· 福建省社会科学规划项目（2008B112）

· 厦门大学“985工程”人文优势学科项目资助成果

赌棋山庄词话校注

刘荣平　校注

厦门大学出版社 XIAMEN UNIVERSITY PRESS 国家一级出版社 全国百佳图书出版单位

前 言

谢章铤(1820—1903),字枚如,福建长乐人。道光二十九年(1849)中副车(副榜贡生),同治四年(1865)中举人,光绪二年(1876)应礼部试,次年举进士,授中书舍人,随即挂冠归讲江西白鹿洞书院,后主讲福州致用书院讲席13年。著述甚富,刊本有《赌棋山庄文集》7卷、《文集续编》2卷、《文集又续编》2卷、《赌棋山庄诗集》14卷、《酒边词》8卷、《赌棋山庄馀集》8卷、《赌棋山庄词话》12卷、《词话续编》5卷、《说文闽音通》2卷、《课馀偶录》4卷、《课馀续录》5卷、《围炉琐忆》1卷、《藤阴客赘》1卷、《稗贩杂录》4卷、《校刻东岚谢氏诗略》4卷。另有若干稿本存世。谢氏在诗、词、文、经学等方面均有建树,尤以词学批评得享盛名。谭献评其学曰:"闽中学人可以称首"。[1]兹撷其词学思想之菁华,稍作引论,论及谢氏论词之主旨、阐释之主张、地域词史之建构,其他则从略。

一

《赌棋山庄词话》及其《续编》刊于光绪十年(1884),篇幅甚巨,内容多记词坛掌故,收集词人词作,故在一定程度上遮蔽了其论词精义。然谢氏在同治十年(1871)作《答魏秀仁书》中论及魏氏《陔南山馆诗话》时说:"大著弟已粗览一过,比前较精、较结,《诗话》精神尤团结,但采诗颇多,然亦无碍宏旨。"[2]可见谢氏撰词话自有"团结"二字在心,需要论者进行阐发。此"团结"指主旨,即众多材料必须围绕一个中心来演绎安排,颇似今天我们论散文常说的"形散而神不散"之"神"。方智范等《中国古典词学理论史》主要论及谢氏折衷浙、常二派的治词途径、诗词同源说,兼及谢氏的词史观、性情说、养气说、声律说等内容,并认为谢氏撰写词话的目的是在寻觅道、咸词坛失落已久的"词之真种子"(据文义,"词之真种子"殆即"忧生念乱"的涉世词篇)。这些大抵不差,可惜他们未能深入开掘,于谢氏论词主旨及其意义仍不够明晰。笔者认为词量说才是谢氏独具开创性并极具批评意义的词学理论。

欲明词之"量",先说人之"量"。谢章铤《刘芑川〈东洋小草〉序》说:"且夫水之载物,以物之轻重为量,重者见深,轻者见浅。维人于世亦然。量至于是,见至于是;见至于是,言至于是。"[3]人是创作主体,量至之人虽不一定能作量至之词，但量不至之人绝少能作量至之词。此人之“量”即指人的器量、胸襟、怀抱、品格等等，故谢氏反复讲词家要养气。谢氏生活的时代要求词家更有“量”，他一生经历了道、咸、同、光四朝，鸦片战争、太平军起义、义和团运动、中日甲午战争等内忧外患接踵而至，使生活在这个时代尤其是道、咸两朝的词家蒙受巨大的苦难。他在《词话续编》卷三中说：“余尝欲辑丧乱以来各家吊亡悼逝诸作，都为一集，言者无罪，闻者足鉴，传诸檀板，以警将来。是以《小雅》告哀之义，而当局者所宜日置之坐右也。”[4]此言即是受到时代的激荡而产生的诉求。然道、咸以来有些词家的创作仍然守着香软柔弱的词风，积习难改，而词学理论仍有人在倡导清空醇雅、比兴寄托，显然已不是时代的需要。

谢氏指出：“予尝谓词与诗同体。粤乱以来，作诗者多，而词颇少见。是当以杜之《北征》、《诸将》、《陈陶斜》，白之《秦中吟》之法运入减偷，则诗史之外，蔚为词史，不亦词场之大观欤？”[5]论者常据此说谢氏的论词主旨是“诗词同体”，而“诗词同体”是常州词派的认知，不能见出谢氏论词的创造性。又有论者反复申说谢氏的论词主旨是他的“词有史”的观点，然周济已先在《介存斋论词杂著》中说：“诗有史，词亦有史，庶乎自树一帜矣。”[6]谢氏同时代的词家谭献也在《箧中词》、《箧中词续》中屡用词史观评词，故词史观也很难说就是谢氏最有特色的理论。值得注意的倒是谢氏解决了如何做到词有史的问题，即用杜甫、白居易作诗之法去作词，这样可以做到词有史。如此，要了解什么是词有史，必先了解什么是诗有史。

“诗史”二字最早出自晚唐孟棨《本事诗·高逸第三》：“杜逢禄山之难，流离陇蜀，毕陈于诗，推见至隐，殆无遗事，故当时号为‘诗史’。”[7]意谓杜诗即是社会史。然而，诗毕竟不同于史书，它直接作用于人的情感，故宋胡宗愈《成都新刻草堂先生诗碑序》说：“先生以诗鸣于唐，凡出处去就、动息劳佚、悲欢忧乐、忠愤感激，好贤恶恶，一见于诗。读之可以知其世，学士大夫谓之‘诗史’。”[8]意谓杜诗于社会史一义之外又别有心灵史之义。词可以是社会史的词，也可以是心灵史的词，从诗言志、词言情的传统来看，词似乎更应该是心灵史的。虽然香软柔弱的词可据以考察词人的心灵史，但因其不过多涉及时事，故难以据以考察社会史。又由于有比兴寄托的作词法则在，使得词作稍涉及时事，必用曲笔弱化之，抒情主体被隐藏了，读起来好像总是觉得词意隔了一层。于是就有了这样的疑问：词之“寄兴深微”[9]的体性特征及配套的比兴寄托作词法则，在干戈满天的时代，真的能够承担自身的使命吗？

时代要求词学理论的突破。谢氏说：“惜填词家只知流连景光，剖析宫调，鸿题巨制，不敢措手，一若词之量止宜于靡靡者，是不独自诬自隘，而于派别亦未深讲矣。”[10]不难见出，谢氏认为鸿题巨制才有“词之量”可言。“鸿题”自是大题目之意，“巨制”非指词之篇幅，而是指词有足够的时空容量，如他评于冈

《唱晚词》:“地则金陵、维扬等处,人则向荣、张嘉祥、邓绍良、袁甲三诸大帅,皆见于篇,虽其词未必入胜,然亦乱离之时能词者应有之言。但所填只此《满江红》十数阕,其馀则仍是栽花饮酒闲生计,未尽量也。”[11]可见,词量即是词之容量。“地则金陵、维扬等处”,已不是词中常见亭台楼阁的空间容量;人则向荣诸大帅,已不是词中常见吟风弄月之人;事已不全是栽花饮酒闲生计,而是多了戎马疆场平天下,如此从人、地、事诸方面着手就能扩大词的容量。词量一词是谢氏倡导作词要“敢拈大题目出大意义”[12]的观点的形而上表述,更有理论色彩,其指向即是词要写重大时事,多写重大时事就可更好地展现历史。在谢氏词话中,词量说成为品评清代词人词作的一条最重要的标准,有量之词人,谢氏无不网罗,如黄景仁、蒋士铨、林则徐、邓廷桢、刘家谋等。谢氏主盟的聚红榭词人的词作也多涉及时事。[13]

时人作词未尽量,很大原因是词人的传统习性使然。谢氏指出:“词之兴也,大抵由于尊前惜别,花底谈心,情事率多,亵近数传,而后俯仰激昂,时有寄托,然而其量未尽也。故赵宋一代作者,苏、辛之派不及姜、史,姜、史之派不及晏、秦,此故正变之推未穷,而亦以填词为小道。若其量之,只宜如此者。”[14]按传统习性作词,不但使词的容量狭小,还会导致对词家的评价不当。鉴于此,谢氏论词毕生倡导学苏轼、辛弃疾。[15]他还从词之源与流两方面引导人们对词量的注重,有说:“夫词之源为乐府,乐府正多纪事之篇;词之流为曲子,曲子亦有传奇之作。”[16]也就是说,作词纪事断断可行,非只抒情一途。多纪事,多写时事,多写重大时事,就可以做到“夫词固有词之量矣”。[17]

时人作词未尽量,还有现实的原因,这就是风气坏透了。“耳食之徒或袭其(指国初诸老)貌而不究其心,音节虽具,神理全非,题目概无关系,语言绝少性情,未极终篇,废然思返,岂按吕协律之作必为是味同嚼蜡而后可乎?”[18]此语是针对浙派末流只讲形式不讲内容而发的。此外,清代嘉庆以后词坛已为常州派牢笼,谢章铤虽颇赏此派推尊词体之功,但也深厌其以比附说词,其原因一是不满意此派解词如同猜谜的做法,二是不满意此派作词讲比兴寄托却不能直接明了地反映现实。常州词派理论的基石即是“意内言外”说,谢氏却说:“是盖乾嘉以来,考据盛行,无事不敷以古训,填词者遂窃取《说文》,以高其声价。殊不知许叔重之时,安得有减偷之学,而预立此一字为晏、秦、姜、史作导师乎?郢书燕说,众口一词,何为也?”[19]因为“意内言外”说对于词学批评来说,容易导致评论偏离词之本意,而对于指导作词来说,又容易导致词作不直接写时事,均与“词之量”无甚益处,故谢氏有所不取。

谢氏的词量说在清词史上意义甚巨。对清词卓有研究的严迪昌先生在《清词史》中引证谢氏词话最多,也最认同谢氏的观点,包括对“词之量”的注重,举凡谢氏重点介绍的以词写时事有成就的词家,严先生基本上都安排篇幅予以探讨。清词有它自身的发展规律，它早已是不能合律歌唱的诗体，故首先面临如何反映现实的巨大任务。从这层意义上说，词量说的意义不低于寄托说、沉郁说、重拙大说。因为后三说虽在一定的程度上倡导涉世，但其注意的中心仍在词的艺术层面，且深受传统诗学批评的影响。因此，我们认为：词量说最能代表谢章铤的词学理论成就。

二

清代词学以常州词派鼻祖张惠言的《词选》影响最大。谢章铤对张氏的词学观屡有论述，表达出自己的独立的见解和一定的困惑。他的困惑固是他的词学阐释观的局限所致，但带给我们的思考意义却是不小的。

谢章铤是在咸丰十年(1860)年末读到张惠言《词选》的，这本书是他的朋友梁鸣谦从京师带给他的，那一年他四十一岁。因为对这本书的解读，遂形成其词学观中精彩的内核。首先，他对《词选序》重寄托、尊词体给与很高的评价。他说："礼堂自京师归，出皋文《词选》示余。余读之曰：'此词家正法眼之作也。'"〔20〕又说："相其微意，殆为朱、厉末派饾饤涂泽者别开真面，将欲为词中之铮铮佼佼者乎？《续选》凡词五十二家，一百二十二首，则翰风外孙董子远毅所录，以补前选之遗，亦肄业之善本也。"〔21〕又说："皋文《词选》诚足救此三蔽(笔者注：淫词、鄙词、游词)。其大旨在于有寄托，能蕴藉，是固倚声家之金针也。"〔22〕正是因为重寄托可以医治浙派末流不重立意之病，谢章铤推之为"肄业之善本"、"词中之铮铮佼佼者"、"倚声家之金针"。在此基础上，他进一步认识到张氏尊词体的用心，有说："是故皋文以寄托论词，山阳潘四农以人品论诗，皆诚为能尊诗词之体者。"〔23〕甚至希望词能与六义并列，有说："宋人咏物，高者摹神，次者赋形，而题中有寄托，题外有感慨，虽词实无愧于六义焉。"〔24〕他进而要求通过读词以精求六义，有说："昔竹垞撰《词综》，以雅为宗，读《词综》则词不入于俚，读皋文此《选》则词不入于浅。且使天下不敢轻易言词，而用心精求于六义，皋文之有功于词，岂不伟哉！"〔25〕这些见解与我们今天对《词选》的认识基本无差别，而他在一百多年前即已提出。

但谢章铤对张氏词学观更多的是持批评的态度，主要原因是张氏用比附说词的方式容易导致对词作本意理解的偏离，甚至为寻求词中寄托而不惜曲解词作。这确实是一个困扰词学阐释学的问题。他虽未能给出令人信服的解说，但其探索精神及引起的思考值得关注。

首先，他表现出对词作本意的注重。如说："虽然，词本于诗，当知比兴，固已。究之，尊前花外，岂无即境之篇，必欲深求，殆将穿凿。夫杜少陵非不忠爱，今抱其全诗，无字不附会以时事，将《漫兴》、《遣兴》诸作，而皆谓其有深文，是温柔敦厚之教，而以刻薄讥讽行之，彼乌台诗案，又何怪其锻炼周内哉？即如东坡之《乳燕飞》，稼轩之《祝英台近》，皆有本事，见于宋人之纪载。今竟一概抹杀之，而谓我能以意逆志，是为刺时，是为叹世，是何异读《诗》者尽去小序，独创新说，而自谓能得古人之心？恐古人可起，未必任受也。前人之纪载不可信，而我之悬揣，遂足信乎？故皋文之说不可弃，亦不可泥也。"[26]他甚至以自己的亲见之事来否定对词作的曲解，并提出"虽作者未必无此意，而作者亦未必定有此意"[27]的见解。如说："今一遇稍有感慨之词，便以为指斥时事，愁禽怨柳，塞满乾坤，是直以长短句为谤书矣。夫岂其然？昔吾友刘赞轩勷曾作《咏尘》词云：'帘前几阵狂风，登楼一望迷南北。蒙蒙骤起，纷纷自扰，斜阳欲黑。舞榭灯昏，妆台钗冷，模糊春色。叹遮来难觅，扫来仍聚，染双鬓、谁人识。　　无赖青青垂柳，又愁痕、雨边暗织。半黏去马，半随流水，销魂行客。十斛量愁，千重疑梦，青衫泪湿。好拂衣归去，低徊明镜，把朱颜惜。'（原注：《水龙吟》）无锡丁杏舲绍仪采入《听秋声馆词话》，疑为慨时之作。其时粤匪披猖，闽中大警，赞轩非无忧愤之篇。而此词则实因朝云在殡，柳枝不来，感逝伤离，所遭辄不如意而作，无关时事也。夫以同时之人，踪迹未密，尚难揣其用意之所在，而况在千载百年以上乎？"[28]刘勷是其挚友，鉴于此，人们容易相信谢章铤关于《咏尘》词的见解乃是符合词作本意的解读。当然，这种自我作证的阐释方式不符合阐释学的一般规则，因而其说仍不够令人信服。

其次，谢章铤试图从张惠言《词选序》的理论依据层面去寻绎比附说词的弊病根源所在。张惠言词论的理论依据即是"意内言外"，如何看待这一依据呢？谢氏说："有通套语、门面语，流传习用，且若奉为指南，而不知其与本义不相酬者。如近人论词，辄曰：'词者，意内言外。'按：此语本于《说文》，然此特大徐本耳，若小徐本则作'意内音外'。音外者，古之所谓语助，今之所谓虚字也，故经传于助句之字，辄训曰'词'。若，几词也；于，叹词也；云，语已词也；其，问词之助也。此类多矣！夫'意内言外'，何文不然？不能专属之长短句。苟为'意内音外'，则倚声者将专求虚义，专讲馀腔，若古乐府之'沦浡'、'妃呼豨'之类，令人不可解乎？且今之称为能手者，不以作意见奇，而以知音自诩，是直'音内意外'矣，更与古义不合。"[29]东汉许慎释词为"意内言外"，在乾嘉考据盛行的背景下，深通《易经》的张惠言很容易将其拿来解释作为词体之词[30]，谢章铤看到了这点。然谢章铤毕生治经，对《说文》下过很深的功夫，尤重小徐（徐锴）本《说文》，认为小徐对词的解释更可信，遂以小徐"意内音外"去替代大徐（徐铉）"意内言外"的解释，企图从根本上抽去张氏词学观的理论依据，为消去比附说词打下基础。[31]应该说：这一努力很难达到预期效果。谢章铤对"意内言外"说本有精妙的把握，他说："词虽小道，难言矣。与诗同志而竟诗焉，则亢;与曲同音而竟曲焉,则狎。其文绮靡,其情柔曼,其称物近而托兴远且微,骤聆之,若惝恍缠绵不自持,而敦挚不得已之思隐焉。是则所谓'意内言外'者欤?"[32]这是从词之"寄兴深微"体性特征来体认的,正因为这一特性是词体最根本的特征,所以"意内言外"的阐释方式是可以大行其道的,很难被否定。谢章铤所主张的"意内音外"更接近的是词的形式特征,而不是体性特征,因而很难说比"意内言外"更适合去解读词作。这点,连谢章铤本人都保持清醒的认识,他本认为"词以声为主"[33],因此过于重视声(音),就会"专求虚义,专讲馀腔","第以虚腔见美",则立意愈去愈远矣!然而这样一来,他则一时显得不能自圆其说,也显示出他的困惑所在。我们认为声音最真实记录意义,其意义在于你如何透过声音去理解。这只是从一般层面去理解言意关系,而未切合词之体性特征。在言意关系不好处理的时候,谢章铤的选择是:"词也者,意内而言外者也。言胜意,剪彩之花也;意胜言,道情之曲也。固与其言胜,无宁意胜,意胜则情深。"[34]他的《酒边词》的确深于情。

周济、谭献的词学思想行世后,谢章铤的词学阐释观又有新的开拓。谢章铤光绪壬午(1882)作《词辨跋》云:"持论(指《词辨》)创而确,大可开拓眼力。其选录大意则本于皋文张氏。皋文之论词,以有怀抱有寄托为归,将以力挽淫艳、猥琐、虚枵、叫呶之末习,其用意远矣!虽然,词以温尉为大宗,温尉之诗靡靡,以彼怀抱较之李、杜,不待智者而知其不似也,而谓其词皆遐稽隐讽字字有着落,或不然也。诗三百,一言以蔽曰:'思无邪'。吾谓词不尽有托,而能以有托之心读之,则有托矣。"[35]此言可以看出是对周济寄托说的反省,应该说这是很实际的体认。此后谢章铤在光绪十年(1884)刊行《词话续编》中正式提出"虽作者未必无此意,而作者亦未必定在此意"的见解,似是针对谭献《复堂词录叙》所说"作者之用心未必然,而读者之用心何必不然"而发的。[36]谭氏之言,清初王夫之说过类似的话:"作者用一致之思,读者各以其情而自得。"[37]四库馆臣也说过:"当其独契,不必喻诸人人,并不必印诸著书之人。"[38]因而谭氏理论显得缺乏创新。谭、谢有交往,谢氏说谭氏"修辞之功与予派别不同"。[39]相对于前期坚持根据词作本意释词的观点,"以有托之心读之则有托"的观点提出,一定程度上有认同读者自由阐释的一面。"虽作者未必无此意,而作者亦未必定在此意"的观点的提出,又有坚持按词作本意释词的意味。相较而言,"以有托之心读之则有托"显得更可贵。既认为"词不尽有托",又承认读者在读词时可以"以有托之心读之",如此词中的寄托则可以出自读者的理解了。今天的阐释学主张在阐释的过程中,一方面要切合事实,一方面要张扬主体阐释的自由。

三

在《赌棋山庄词话》及其《续编》共 252 则条目中，有 67 则论及闽人词作和轶事，如若单将这 67 则词话析出另编，就是一部相当可观的《闽中词话》。这说明：谢章铤有浓厚的地域词学的建构意识。这一点在晚清词学批评家中无人能出其右。

在 67 则论及闽人闽词的词话中，谢氏论宋代闽籍词家 2 人，明代闽籍词家 7 人，清代闽籍词家 56 人，有的词家是一再论及，多达 3 则。可见谢氏地域词学建构的重点实在清代闽籍词家词作，这些词家中有 32 人与谢氏有交往。谢氏一生爱好游历交往，以真情交友，门生故旧遍及大江南北，其中不少人爱好作词，这为谢氏编纂词话提供了充足的取材资源。这是谢氏词话多论及乡邦词人词作的客观原因。另有作为一代词学家的谢章铤其个人词学修养的原因。

首先，谢氏有强烈的建构地域词史的意识。他说："吾闽词家，宋元极盛，要以柳屯田、刘后村为眉目。明代作者虽少，然如张志道以宁、王道思慎中、林初文章，亦复流风未泯。又继以余澹心怀、许有介友、林西仲云铭、丁雁水炜、韬汝焯。雁水与竹垞、电发友善，其名尤著。近叶小庚太守申芗亦擅此学，著《词存》、《词谱》等书。"[40]这就将自宋到清道光间的闽词发展线索清晰地勾画了出来。他又能看到明代闽词发展的不足，并对此表达了遗憾："明代词学，譬诸空谷足音，而海滨朴习，更无有肄业及之者。"[41]同时，他又对清初词学大盛，而闽中词家无能与陈维崧、朱彝尊等辈争雄表示了可惜。他说："闽中词学，宋代林立，元明稍衰，然明人此道本少专家，昧昧者盖不独一隅。特怪国初渔洋、羡门、迦陵、竹垞诸老，南北提唱，一时飙发泉涌，电掣云屯，倚声一途，称为极盛。吾闽卒无特起与之角立者，即二丁勉强继响，顾附庸风雅，不足擅场。近时叶小庚太守著书数十卷，先型略具，宗风未畅。许秋史秀才用笔清秀，颇有姜、史遗风。其所刻《萝月词》，后半气体，比前半加宏，使培充磨砻，未必不转而愈上。天不假年，无由臻于大成，惜乎！"[42]谢章铤正是在反省中去检阅词史，知道了闽籍词家的成绩与不足。

其次，谢章铤有意在理论上为闽词发展廓清障碍。闽人治词，原有顾虑。黄宗彝《非半室原刻词存叙》指出了原因："以闽人每多蛮音鸟语，学焉不精；又以词为诗馀，体格晚近则不必学；又以词多男女言情之作，有伤风雅，则不可学。要皆闽人难视填词，而以数自藏其短，故元明以来，虽博士通儒莫不陷溺其说。若诗若文若经史，治者各足抗衡古人，而无以填词著于后。"[43]诸种原因中认为闽音不适合填词尤为有害。周密《齐东野语》卷一三载晋江（今属福建)人林外(字岂尘),"尝为垂虹亭词,所谓'飞梁遏水者',倒题桥下,人亦传为吕翁作。惟高庙识之曰:'是必闽人也。不然,何得以'锁'字协'埽'(扫)字韵。'已而知其果外也"。[44]宋人叶绍翁《四朝文见录》也记载了此事。林外词因宋孝宗的猜测成功,一举得名。但发展到后来,这反倒成为闽人不宜填词的口实。丁绍仪《听秋声馆词话》卷十八说:"闽语多鼻音,漳、泉二郡尤甚,往往一东与八庚、六麻与七阳互叶,即去声字亦多作平,故词家绝少。"[45]类似丁绍仪这样的论调确有不少,在闽人的脑海中深深盘踞。不在理论上补偏救弊,闽词就难以得到长足发展。谢氏说:"闽中宋元词学最盛,近日殆欲绝响,而议者辄曰:'闽人蛮音鴂舌,不能协律吕。'试问'晓风残月',何以有井水处皆擅名乎?而张元幹长乐、赵以夫长乐、陈德武闽县、葛长庚闽清诸家,皆府治以内之人,其词莫不价重鸡林,即林岂尘以'锁'韵'扫',此乃用古韵通转,不得以《闻见录》之言而讥诮之也。且今之作词者,将协古乐乎?将协俗乐乎?若协古乐,则吾诚不敢知,若协俗乐,则今日乐部所演习者,大抵老伶伎师随口胡诌之言,何以抑扬顿挫皆可入听乎?古人词不尽皆可歌,然当其兴至,敲案击缶,未尝不成天籁。东坡'铁板铜琶',即是此境。作者不与古人共性情,徒与伶工竞工尺,遂令长短句一道,畏难若登天,不知皆自画之为病也。"[46]这一论证可谓击中要害——如若闽音不适合填词,何以宋代闽词大盛?谢氏编刊《聚红榭雅集词》,特请擅长音韵学的挚友黄宗彝写序,并在《稗贩杂录》卷四中全文照录黄《序》。黄宗彝《聚红榭雅集词序》认为:"夫三代正音,吾闽未替,则以闽人填词,谐律固其馀事。"并多方举例论证闽音利于填词,其有力证据是:"天下方音,五音咸备,独缺纯鼻之音,惟吾闽尚存,乃千古一线元音仅存于偏隅者。漳、泉人度曲,纯行鼻音,则尤得音韵之元矣。"[47]这一说法相当有说服力。此虽为《雅集词》结集时所写的一篇序言,然以黄氏与聚红榭同人之密切关系看,则很可能是当日同人之间的一种共识。谢章铤为自己《酒边词》作《词后自跋》,叙述其二十一岁学词时,得知建宁许赓皞兄弟姐妹能度曲操管弦,艳羡之,惑于许氏所言"填词宜审音,审音宜认字,先讲反切则字清,遍习乐器则音熟,然其得心应手,出口合耳,神明要妙之致,非可以言传,亦非可以人强也。"数年之间不敢作词,后多读古人词,觉许氏之言有疑问,不宜盲从。有说:"夫词辨四声,韵书俱在,言语虽不同而四声则有一定。且今之传奇,往往一人填词,一人正谱,有自填之而不能自度之者,故宋人之词亦不尽可歌。"[48]于是乃复填词。词至清代早已变成与诗一样可以抒情言志的诗体,斤斤拘泥于音声,怯步不前,无异于作茧自缚。特别是说"言语虽不同而四声则有一定"甚有道理,为操闽音者亦可填词,找到了理论上的依据和行之有效的办法:即据平仄四声去填,可有效地避开方言的干扰。

再次,谢章铤在以继绝响的责任感驱使下欲为闽词树立一帜。谢氏主盟聚红榭以前，除高文樵、谢章铤二人以外，闽地鲜有寄意于填词者。稍前，闽籍词人除叶申芗较著名，词坛沉寂已七百馀年。这一现状与两宋闽籍词人众多、名家辈出的繁盛景象形成了鲜明对比。必得一、二才力与眼光超出流辈之人，专诣独造，集合群力，闽词才能振起。谢章铤适当其任，黄宗彝《聚红榭雅集词序》说："枚如毅然拂众论，独于斯道有心得，且以词人多闽产，嗣续薪传，非我其谁？其自任之重如此。"正是赖其鸠合同党，长时间用功填词；又赖其倾尽心力，搜刻同人唱和之作，闽词才有中兴可言。谢氏作《词话》初稿后，就请同年友刘存仁作序，序十分契合谢氏以苏、辛为楷模的主张，谢氏感动之馀回信表示感激。他说："不揣狂妄，学填数十阕，于断绝寂寞之中，为吾闽永此一途。然愿甚奢，而才识俱不逮，秋蚓号窍，诚不足当大雅一吷。惟进而教督之，匡正之，则真为无穷之赐，且更望助我张目，于此道树立一帜，亦吾闽一大生色也。"[49] 正是振兴闽词这一责任感使得谢氏及其盟友词的创作取得了很大的成就。

最后，谢氏出于对前辈典型的追慕和对同道词学活动的尊重，大量记载闽人词作，负起文献编辑的责任，大量词作因为谢氏的记载而为人所知。如叶申芗在道光十四年纂《闽词钞》，掀起地域词学文献编辑之风气，谢氏觉得有必要予以详细介绍，因而立专条讨论。有说："叶小庚太守撰《闽词钞》四卷，始于宋徐昌图，终于元洪希文，附以方外、闺媛，凡六十一家，为词逾千首，闽中词人梗概具焉。昔者元《凤林书院诗馀》，厉樊榭谓可以溯江西词派，顾亦不尽豫章之人。至国朝《浙西六家词》、《荆溪词》、《四明近体乐府》，则皆专摭土风勒为一编者。小庚是书，存亡萃佚，其亦维桑之敬也夫？但此道宣究殊希，流传或滞，仍归寂寞。特略其姓氏于左，以资参稽。"[50] 李应庚、翁宗琳、刘家谋（部分）、刘琛、崔挺新、黄宗彝、叶滋沅、刘存仁（部分）、董庆澜、张承渠、高思齐、张见心、廖菊农、李涵亭、计荣村、叶甲三、潘联禧、陈星垣、薛幼臣、沈学渊、林熯、郑守廉（部分）、丁铸、黄熥、徐一鹗（部分）、陈遹祺、黄经、林天龄、王彝、石介的词作，因为谢氏的记载，我们今天才能看到。谢氏的辛勤辑录，另有为闽人留名的愿望。如他曾说："大抵闽士不善为名，至闺阁有著述，尤秘匿不肯示人。惟青楼女子，时或以此钓奇，然亦从前风气偶有之，今则绝无矣。"[51] 可以说，写一部《闽词史》，总是饶不过谢氏词话的记载，当然，他的记载仍只是清代闽词的一小部分。

谢氏有丰富的词学思想，论述涉及很多领域，如其对词之音律、情感、立意的讨论，也很有见解，时贤论述已多，在此不具论。

注释：

〔1〕《复堂日记》卷一，清光绪间仁和谭氏刻《半厂丛书续编》本。

〔2〕林公武主编《二十世纪福州名人墨迹》第1～3页，福建美术出版社2002年版。此《书》作年据陈昌强先生《谢章铤年谱》考证，参陈庆元先生主编《谢章铤集》第834页，吉林文史出版社2009年版。

〔3〕《赌棋山庄文集》卷一，清光绪十年(1884)南昌刻本。

〔4〕清光绪十年(1884)刻本。

〔5〕〔10〕〔11〕〔16〕〔41〕《赌棋山庄词话续编》卷三。

〔6〕唐圭璋编《词话丛编》第1630页，中华书局1986年版。

〔7〕明正德嘉靖顾氏夷白斋刻《顾氏文房小说》本。

〔8〕杜甫撰、仇兆鳌注《杜诗详注》卷二十五，清文渊阁《四库全书》本。

〔9〕王国维《人间词话》，民国十六年(1927)海宁王氏《王忠悫公遗书》铅印本。

〔12〕《赌棋山庄词话》卷八，清光绪十年(1884)南昌刻本。

〔13〕参刘荣平《聚红榭唱和考论》，《福建师范大学学报》2006年第3期。

〔14〕〔17〕〔18〕〔33〕《赌棋山庄文集》卷五《与黄子寿论词书》。

〔15〕郭则沄《清词玉屑》卷八："赌棋词主苏、辛。"民国二十五年(1936)蛰园校刊本。

〔19〕〔29〕《赌棋山庄词话续编》卷五。

〔20〕〔25〕《赌棋山庄文集》卷二《张惠言〈词选〉跋》。

〔21〕〔22〕〔26〕〔27〕〔28〕《赌棋山庄词话续编》卷一。

〔23〕〔35〕《课馀续录》卷四，清光绪二十六年(1900)福州刻本。

〔24〕《赌棋山庄词话》卷九。

〔30〕张惠言在《词选序》中说："词者，盖出于唐之诗人，采乐府之音，以制新律，因系其词，故曰'词'。《传》曰：'意内而言外谓之词。'其缘情造端，兴于微言，以相感动，极命风谣里巷男女哀乐，以道贤人君子幽约怨悱不能自言之情，低徊要眇，以喻其致。盖《诗》之比兴，变风之义、骚人之歌则近之矣。"(清道光十年宛邻书屋刻本《词选》。)论者认为"传曰"之传指《周易孟氏章句》。张德瀛《词征》卷一曰："词与辞通，亦作词。《周易孟氏章句》曰：'意内而言外也。'……《周易章句》，汉孟喜撰。喜字长卿，东海兰陵人，事迹具《汉书·儒林传》。喜与施雠、梁丘贺同受业于田王孙，传田何之《易》。世以'意内言外'为许慎语，非其始也。"(《词话丛编》第4075页。)不过，张惠言也说过其以"意内言外"释词是借用了《说文》。陆继辂《崇百药斋续集》卷三《冶秋馆词序》谈到他在乾隆五十八年(1793)初习倚声时，张惠言对他说："词故无所为苏、辛、秦、柳也，自分苏、辛、秦、柳为界，而词乃衰。且子学诗之日久矣，唐之诗人，四杰为一家，元、白为一家，张、王为一家，此气格之偶相似者也。家始大于高、岑，而高、岑不相似；益大于李、杜，而李、杜不相似，子亦务求其意而已。许氏云：

'意内言外谓之词。'凡文辞皆然,而词尤有然者。"(清道光四年合肥学舍刻本。)所以说张惠言以"意内言外"释词是借鉴《说文》并未有多大的不妥。

〔31〕《赌棋山庄文续》卷一《答张玉珊》:"自有《说文》二千年来,真面不得见,唐本既已失传,传者止大、小徐二本。大徐摹刻者多,举世盛行;小徐直至乾隆中叶始显,而其势不敌大徐,考订家直侪之《玉篇》、《字林》、《广韵》、《集韵》之中,以备字书之一种。夫《说文》真本既不得见,大、小徐俱治说文,似不宜有所轩轾,况大徐学不及小徐,其定本多从小徐之说而有时反失其意,故欲于二本参稽同异,庶可窥《说文》之真于万一否?"(清光绪十八年福州刻本。)谢章铤撰有《说文大小徐本录异》1 卷,稿本,国家图书馆藏。经目验,未见小徐本则作"意内音外"之记载。徐锴著有《说文解字系传》40 卷、《说文解字篆韵谱》5 卷等。民国刻《四部丛刊》景述古堂景宋钞本《说文解字系传》通论下卷三十五:"词者,音内而言外,在音之内,在言之外也。何以言之?惟也、思也、曰也、兮也、斯也,若此之类,皆词也,语之助也。"则宋钞本小徐《说文》实作"音内言外",非"意内音外"。谢章铤《赌棋山庄词话》引证文献时每多改动原文,有时也凭记忆去组织材料,因此,"意内音外"云云有可能是谢氏据小徐本《说文》所作的改动,也有可能是谢氏记忆有误,但也不能排除谢氏所看到的小徐《说文》版本确有作"意内音外"的。只是宋本小徐《说文》在《说文》系统中的权威性,似不容置疑。

〔32〕《赌棋山庄文集》卷一《叶辰溪〈我闻室词〉叙》。

〔34〕《赌棋山庄文集》卷二《〈双邻词钞〉序》。

〔36〕谭献《复堂词录序》见清光绪间仁和谭氏刻《半厂丛书续编》本《复堂文集》卷一。据李剑亮《论丁绍仪对谭献词学阐释论的影响》一文,谭献的这一观点是从丁绍仪的观点"作者不宜如此,读者不可不如此体会"发展而来的。(《浙江大学学报》2005 年第 5 期。)其说完全可信。丁氏,江苏无锡人,长期宦游闽、台。丁氏观点见其《听秋声馆词话》卷二十。《听秋声馆词话》于同治八年(1869)九月刊于福州,多记闽、台词人词作。谢章铤撰《赌棋山庄词话》曾广泛参考过丁氏《词话》。谢氏的话,出现在《词选》引录鲖阳居士曲解东坡《卜算子》语之后,但随即提到丁绍仪曲解刘勷《咏尘词》,比较丁氏和谢氏的话,不难看出谢氏之言是为了驳正丁氏之言而说的。再比较谢氏和谭氏的话,在行文语气和方式上,谢氏的话更接近谭氏。这从"作者"、"未必"、"何必"三个用词上可以看出。谭献《复堂日记》卷一:"访长乐谢章铤枚如。此君于经籍、金石之学均有本末,闽中学人可以称首。"此事发生在同治二年(1863)三月,这是谭、谢交往的最早记载。(参本书附录"谭献评《聚红榭雅集诗词》"条)据徐彦宽辑《复堂日记补录》卷一,谭、谢二人再见面是在同治十年(1870)。《补录》记同治十三年(1874)谭氏在京赴礼部试时说:"入场。邻号适晤长乐谢枚如同

年，不相见又三年矣。矮屋促膝为乐。”（民国二十年《念劬庐丛刻初编》铅印本。）以后未见谭、谢再见面的记载。而据《复堂词录叙》徐珂按语：“书（指《复堂词录》）成于光绪八年（1882）九月，未刊行，师归道山矣。”从1863年到1882年，计20年时间，在这20年里谭献有可能对人讲起自己的观点。谢氏是否看过或听过谭氏的观点，不得而知。谢氏《词话》及其《续编》刊于光绪十年（1884），从时间来说，谢氏有可能获知谭氏的观点，而谢氏和谭氏都曾注意到丁氏的观点，这是无疑的。

〔37〕王夫之《姜斋诗话》卷一，民国上海商务印书馆刻《四部丛刊》景《船山遗书》本。

〔38〕永瑢等撰《四库全书总目》卷一百七《几何论约提要》，中华书局1965年版。

〔39〕《课馀偶录》卷三，清光绪二十四年（1898）福州刻本。

〔40〕《赌棋山庄词话》卷一。

〔42〕〔50〕《赌棋山庄词话》卷四。

〔43〕黄宗彝《非半室词存》卷首，民国十年（1921）铅印本。

〔44〕明正德刻本。

〔45〕清同治八年（1869）刻本。

〔46〕〔49〕《赌棋山庄词话》卷五。

〔47〕谢章铤辑《聚红榭雅集词》（卷1～2），清同治丙辰（1856）福州刻本。

〔48〕《赌棋山庄文集》卷三。

〔51〕《赌棋山庄词话续编》卷二。

目 录

校注例言

一、本书以清光绪十年刻本《赌棋山庄词话》及其《续编》为底本进行校注。词作按《词律》、《词谱》断句标点，诗、曲、文、赋等则按现代通行规则断句标点。本书基本不变动谢氏词话的段落安排，少数段落变动则予以说明。繁简字转化据中国社科院语言研究所词典编辑室编《现代汉语词典》(第 6 版)，不作类推简化，适当保留繁体字。原文误字不改，在其后用[　]标出正确用字。本书重视对谢氏词话的正确判读，如疑而不能明者，尽力在覆核引文的基础上予以判读。

二、本书《附录》据晚清民国间刊行的《赌棋山庄文集》、《文续》、《文又续》、《赌棋山庄诗集》、《酒边词》、《赌棋山庄笔记合刻》等进行辑录，兼采谢章铤存世稿本。

三、本书力图逐一覆核谢氏词话所引原文，如词话引文改动较大，则照录原文；如改动不大，则出校记说明，以求相互对照。所取校版本，尽可能选择光绪十年前刊本。若一书有数种版本，取与谢氏词话引文最近的一种对校。少数版本则据光绪十年后影印本或点校本。

四、本书所引文献第一次出现时指明作者、文献名、卷数或页码、版本，以下再次引证，只指明文献名、卷数或页码，书名相同者分别指明作者。

五、谢氏撰写词话重点参考的他人词学著作，如杨慎《词品》、沈谦《填词杂说》、徐釚《词苑丛谈》、彭孙遹《金粟词话》、毛奇龄《西河词话》、李调元《雨村词话》、郭麐《灵芬馆词话》、许宗彦《莲子居词话》、王士禛《花草蒙拾》、丁绍仪《听秋声馆词话》、江顺诒《词学集成》等，如观点相同或相似，则引证诸词话，以见源流；如后出之词话或词学研究著作，有与谢氏词话观点相同或相似，则酌采之，以见影响。

六、谢氏词话间有不指明出处，或不详细指明出处，本书一律予以详细指明。少数不能指明的出处，暂付阙如。本书重视谢氏词话的辑佚价值，凡在存世文献中最早出现于谢氏词话的诗、词、文、曲、赋等作品则予以说明；谢氏稿本和朋辈间往还的纸札，尽力蒐求，如能访获，则说明存于何地，并与谢氏词话对校。

七、谢氏词话出现判断失误或结论错误，本书逐一辨明。

八、谢氏词话涉及大量作者，若为人熟知，只作简单介绍，并指明依据；若不为人所知，则尽力考证，作较详细介绍，亦附依据。

九、本书每小节标题参考了《词话丛编》本，但按统一规则进行更改，如一律采用人名，不采用字号；书名采用全称，不采用简称等；亦多有据文意重新拟题者。附录中小节标题则是笔者自拟。

十、本书对词学专门术语、不容易理解的词语作简明诠释。

《赌棋山庄词话》序

少学倚声，苦无师授。取竹垞《词综》读之，曼声绰态，峥玉圆珠，使人荡气回肠，魂销而不能已。循念茹荼食蓼，无酒裙歌扇之欢，以发其哀丽跌宕之致，即强习之而不肖也，辍弗讲。长游维扬，山川佳丽甲天下，青帘画舫，歌吹往来。每当风日晴和，烟月靓深，倚棹推篷，思取洞箫一枝，抗声长啸，以嘲弄景光，亦仿佛有词意。而方心钝舌，不能作酸甜柔脆语，遂噤不敢发声。南旋，过燕南赵北口，时值初秋，萧萧芦苇，渔讴获唱，大似江以南风景。赵女抱筝至，声呜呜不可辨，哀厉激亢，有悲歌慷慨之遗风焉，始叹"铜琶铁板"与"晓风残月"正复异曲同工。知此道刿刌毫芒，不差累黍，非按切宫商调和心气者，不能领艺也，何尝不可进于道哉？同年友谢君枚如，弱冠负异才，出语辄惊老宿，其为诗，嵚崎磊落，奇气拂拂从十指出，读竟不胜屈服。嗣出其《词话》一卷相视，捃摭遗闻，旁采近什，浸淫不已。于词道奥窔，实能窥见三昧，惜乎余之不足以语此也。顾念声音之道，感人最微。雍门之琴，河西之讴，即素不相习者闻之，犹且凄人心脾，竦人毛发，缠绵凄咽，若不知歌泣之何因者，动于所感也。今读枚如之文，峭厉廉悍似韩非，连忭恢谲似蒙叟，已适适然诧为奇才。继读枚如之诗，骚情掩抑，一弦一心，如老鹤孤嘹、幽兰独笑。今又旁溢而为诗馀，以抒其抑扬抗坠、骀宕不尽之思。乌虖！美矣！而谓能移我情否耶？枚如好奇服，性落落寡合，同谱中辱与余善，谬以为知音，投诗枉赠。而余则蒲柳蚤衰，心精销耗，无以答其相勉之意。回忆壮盛年华，几若前尘宿梦。挑灯卒读，拔剑起舞，为之唱《浪淘沙》一阕，不禁涕泗之沾襟也。咸丰建元闰八月望后，闽县年愚弟刘存仁谨叙。[1]

余纂《词话》，初得一卷，炯甫喜之，即为作序。其后编辑渐多，颇有议论考订，然炯甫皆不及见矣。今故人已逝，何忍弃置，遂不索他序，仍以此篇志缘起云。光绪甲申章铤记。

〔1〕此《序》又见刘存仁《屺云楼文钞》卷三。题作《〈赌棋山庄词话〉题后》，署作年"辛亥(1851)闰八月"。"晴和"原作"晴美"，"慷慨"原作"忼慨"，"刿刌"原作"分刌"，"毫芒"原作"微茫"，"嗣出其词话"原作"嗣出其所著词话"，"相视"原作"相示"，"连忭"原作"连犿"，"恢谲"原作"恢诡"，"抒其"原作"发其"，"乌虖美矣"前原有"几几作揖柳攀辛想"，"辱与余善"原在"投诗枉赠"后，"无

以答"前原有"愧"字,"销耗"原作"消耗"。《文钞》无"咸丰建元闰八月望后,闽县年愚弟刘存仁谨叙"。末有谢章铤评语:"真气满户牖,行文极顿挫淋漓之致,读毕如见天外数峰,如见美人独笑,悠然意远而情为之永。"(据清光绪四年福州刊《屺云楼全集》本。)

赌棋山庄词话

赌棋山庄词话卷一

王昶论两宋词

王述庵昶[1]云："南宋词多黍离麦秀之悲，北宋词多北风雨雪之感。"[2]"世以填词为小道者，此扣盘扪籥之说。"[3]诚哉是言也！词虽与诗异体，其源则一，漫无寄托，夸多斗靡，无当也。

述庵一生，专师竹垞[4]，其所著之书，皆若曹参之于萧何。[5]然竹垞选《词综》，当时苏、辛派未盛，故所登寥寥。至国朝，则"铁板铜琶"[6]与"晓风残月"[7]齐驱并驾，亦复异曲同工，划而一之[8]，无怪有遗珠之叹。若蒋藏园[9]，若黄仲则[10]，集中佳作，皆不入录。

〔1〕王昶(1725—1806)，字德甫，一字琴德，晚号述庵，又号兰泉，上海青浦人。乾隆十九年(1754)进士。历任内阁中书，刑、吏部主事及郎中，鸿胪侍卿，通政司副使，左副都御史，江西、直隶按察使，云南、江西布政使，刑部侍郎。晚年主讲娄东书院。著有《春融堂集》68卷、《柏井集》6卷、《履二斋尺牍》8卷、《王昶信札》不分卷。(据柯愈春《清人诗文集总目提要》第699～700页，北京古籍出版社2002年版。)另著有《蒲褐山房诗话》不分卷，纂有《湖海诗传》46卷、《湖海文传》75卷、《青浦诗传》34卷、《金石萃编》160卷、《琴画楼词钞》25卷、《明词综》12卷、《国朝词综》56卷、《国朝词综二集》8卷等。

〔2〕许宗彦《莲子居词话序》："王少寇述庵先生尝言：'北宋多北风雨雪之感，南宋多黍离麦秀之悲，所以为高。'亡友阳湖张编修皋文为《词选》，亦深明此意。"(据清嘉庆刻本《莲子居词话》卷首。)

〔3〕王昶《春融堂集》卷六十八《示长沙弟子唐业敬》："填词世称小道，此扪籥扣盘之语，非为深知词者。词至碧山、玉田，伤时感事，微婉顿挫，上与《风》、《骚》同指，可斥为小道乎？"(据清嘉庆十二年塾南书舍刻本，下同。)

〔4〕朱彝尊，号竹垞。参卷二“朱彝尊赠伎词”条。

〔5〕曹参（？—前190），秦末泗水沛（今属江苏）人。早年为狱掾。刘邦称帝后，任齐相国。高帝六年（前201），封平阳侯。惠帝二年（前193）继萧何为相国，举事无所变更，一遵萧何约束。百姓称善。（据郑天挺、吴泽、杨志玖主编《中国历史大辞典》，音序本，第2984页，上海世纪出版股份有限公司、上海辞书出版社2007年版。）萧何（？—前193），秦末泗水沛（今属江苏）人。早年任县主吏。刘邦为汉王，以萧何为丞相。汉代建立后，以功封为“酂侯”，位次第一。采摭秦六法，重新制定律令制度。高帝十一年（前196）被拜为相国。高帝死后，复事惠帝。病危时，推荐曹参继任相国。（同上。）

〔6〕俞文豹《吹剑续录》：“东坡在玉堂，有幕士善讴，因问：‘我词比柳词何如？’对曰：‘柳郎中词，只好十七八女孩儿，执红牙拍板，唱“杨柳外、晓风残月”；学士词，须关西大汉，执铁板，唱“大江东去”。’公为之绝倒。”（据张宗祥校订《吹剑录全编》第38页，上海古典文学出版社1958年版。）

〔7〕柳永《雨霖铃》：“今宵酒醒何处？杨柳岸、晓风残月。”

〔8〕王昶《〈国朝词综〉序》：“余弱冠后，与海内词人游，始为倚声之学。以南宋为宗，相与上下其议论，因各出所著，并有以国初以来词集见示者。计四五十年来所积既多，归田后恐其散佚湮没，遂取已逝者择而钞之，为《国朝词综》四十八卷。……至选词大指，一如竹垞太史所云，故续刻于《词综》之后，而推广汪氏之说以告世之工于词者。”（据清嘉庆七年王氏三泖渔庄刻增修本《国朝词综》卷首。）

〔9〕蒋士铨，号藏园。参卷二“蒋士铨咏节义词”条。

〔10〕黄景仁，字仲则。参卷二“黄景仁与吴兰修词”条。

闽词家

吾闽词家，宋元极盛，要以柳屯田〔1〕、刘后村〔2〕为眉目。明代作者虽少，然如张志道以宁〔3〕、王道思慎中〔4〕、林初文章〔5〕，亦复流风未泯。又继以余澹心怀〔6〕、许有介友〔7〕、林西仲云铭〔8〕、丁雁水炜〔9〕、韬汝焯〔10〕。雁水与竹垞〔11〕、电发〔12〕友善，其名尤著。近叶小庚太守申芗亦擅此学，著《词存》、《词谱》等书。〔13〕有《金缕曲》咏落花云：“命莫如花薄。叹年年、一番春尽，一番飘泊。辜负东皇栽培意，生受封家恶剧。况更有、许多做作。飞上锦茵能有几，但吹来、篱溷真无着。回首视，孰清浊。　红嫣紫姹何如昨。想都因、未除结习，俗缘难却。琪树琼花神仙品，一染红尘便错。空怅望、蓬瀛楼阁。此别钧天成小谪，也有人、说道人间乐。身世事，杳难托。”〔14〕时太守由翰林改县，故不无玉堂天上之感。[15]

〔1〕柳永(987？—1053?)，初名三变，字景庄，后改名永，字耆卿，福建崇安(今武夷山市)人。仁宗景祐元年(1034)进士，授睦州团练推官。历知余杭县令、监晓峰盐场、泗州判官、著作郎、西京灵台令、太学博士，累官至屯田员外郎。世称“柳屯田”。有词集《乐章集》，《全宋词》录存213首。(据王兆鹏、刘尊明主编《宋词大辞典》第526～527页，凤凰出版社2003年版。)叶梦得《避暑录话》卷下记一西夏归朝官说：“凡有井水饮处，即能歌柳词。”(据明崇祯汲古阁刻《津逮秘书》本。)

〔2〕刘克庄，号后村居士。参本卷“《词律》脱误”条。

〔3〕张以宁，字志道。参《续编》卷一“张以宁其人其词”条。

〔4〕王慎中(1509—1559)，字道思，初号南江，更号遵岩居士，晋江(今属福建)人。嘉靖五年(1526)进士，授礼部主事，迁吏部郎中，官至河南布政使参政，以忤夏言落职。古文卓然成家，与唐顺之齐名，称“王唐”。著有《遵岩集》25卷。词名《遵岩先生词》，有《惜阴堂汇刻明词》本。(据马兴荣、吴熊和、曹济平主编《中国词学大辞典》第167页，浙江教育出版社1996年版。)

〔5〕林章，字初文。参本卷“林章词”条。

〔6〕余怀，字澹心。参本卷“余怀词”条。

〔7〕许友，字有介。参卷八“许友诗词”条。

〔8〕林云铭，字西仲。参本卷“林云铭词”条。

〔9〕丁炜，一字雁水。参本卷“丁炜词”条。

〔10〕丁焯，字韬汝。参本卷“丁炜词”条。

〔11〕朱彝尊，号竹垞。参卷二“朱彝尊赠伎词”条。

〔12〕徐钒，字电发。参卷二“徐钒词”条。

〔13〕叶申芗，号小庚。参卷四“《闽词钞》、《词综补遗》互有得失”条。

〔14〕词见叶申芗《小庚词存》卷一。“辜”原作“孤”，“籓”原作“藩”。(据清道光十四年刻本，下同。)

〔15〕叶申芗改官在辛未(1811)年。《小庚词存》卷一《沁园春》(忆丁卯冬)词序：“辛未改官后，乞假归省，留别芷汀六兄，并题《洪江送别图》。”玉堂：官署名。汉侍中有玉堂署，宋以后翰林院亦称玉堂。叶申芗嘉庆十四年(1809)举进士后入翰林，散馆改云南富民县。参卷四“《闽词钞》、《词综补遗》互有得失”条。

三家词话中警语

诗话汗牛充栋，词话作者颇罕。然如刘公勇之《七颂堂词绎》[1]、王阮亭之《花草蒙拾》[2]、邹程村之《远志斋词衷》[3]等书，亦复金针暗度。今略其警语于左，鄙见所及，则附其下：

词欲婉转而忌复。

词字字有眼，一字轻下不得。

中调、长调转换处，不欲全脱，不欲明黏。

重字良不易，须另出，不是上句意，乃妙。[4]此方有味，不然直可删却。

词不可参一死句。[5]

有警句则全首俱动。

须上脱香奁，下不落元曲，乃称作手。未脱香奁犹可，落元曲风斯下矣。

长调最难工，芜累与痴重同忌。衬字不可少，又忌浅熟。

咏物至词，更难于诗，即"昭君不惯胡沙远，但时忆、江南江北"亦费解。[6]此词音节固佳，至其文则多有欠解处。白石极纯正娴雅，然此阕及《暗香》阕则尚有可议。盖白石字雕句炼，雕炼大[太]过，故气时不免滞，意时不免晦。

柳七最尖颖，时有俳狎，山谷亦不免。[7]山谷更甚，于俳狎中更见鹘突。

陡然一惊，正是词中妙境。

檃括体不作可也。

古人多于过变乃言情，然其意已全于上段，若另作头绪，不成章矣。以上《词绎》。

弇州谓苏、黄、稼轩为词之变体，是也。谓温、韦为词之变体，非也。谓之正始则可，谓之变体则不可。[8]

绝调不可强拟。

词本色语，入诗便失古雅。[9]

近人不及前人者，其趣浅也。[10]

咏物不取形而取神，不用事而用意。[11]此邹程村所谓"不可不似，尤忌刻意太似"也。以上《花草蒙拾》。

朱承爵云："词，句欲敏，字欲捷，长篇须曲折三致意，而气自流贯乃得。"[12]

小调不学《花间》，则当学欧、晏、秦、黄，总以不尽为佳。[13]

词非自《选》诗、乐府来，不能入妙。[14]

词至咏古，非惟着不得宋诗腐论，并着不得晚唐人翻案法。反覆流连，别有寄托。

填词与骚赋异体，自当断以近韵为法。以上《词衷》。

程村论词谱、词名、词韵，语颇精详，以篇长不及录，然攻词者不可不肄业及之。[15]

〔1〕刘体仁(1612—1677)，字公㦷，河南颍川卫(今安徽阜阳)人。顺治十二年(1655)进士，官吏部考功郎。著有《七颂堂集》16卷计《诗集》9卷、别集《空中语》1卷、附录《诗馀》1卷、《文集》4卷、《尺牍》1卷。(据《清人诗文集总目提要》第83页。)

〔2〕王士禛，号阮亭。参卷八"王士禛词"条。

〔3〕邹祗谟，号程村。参卷八"邹祗谟词"条。

〔4〕原作："重字良不易。'错、错、错'与'忡、忡'之类是也。然须另出，不是上句意，乃妙。"(据清光绪刻《别下斋丛书》本，下同。)

〔5〕原作："词尤不可参一死句。"

〔6〕此则与上则，谢氏词话作一则。今据《别下斋丛书》本分为二则。"胡沙"原作"风沙"。

〔7〕原作："柳七最尖颖，时有俳狎，故子瞻以是阿少游。若山谷亦不免。"

〔8〕原作："弇州谓苏、黄、稼轩为词之变体，是也。谓温、韦为词之变体，非也。夫温、韦视晏、李、秦、周，譬赋有《高唐》、《神女》而后有《长门》、《洛神》；诗有《古诗录别》而后有建安、黄初、三唐也。谓之正始则可，谓之变体则不可。"(据清道光刻《昭代丛书》本，下同。)

〔9〕原作："'平芜尽处是春山，行人更在春山外。'升庵以拟石曼卿'水尽天不尽，人在天尽头'，未免河汉。盖意近而工拙悬殊，不啻霄壤，且此等入词为本色，入诗即失古雅，可与知者道耳。"

〔10〕原作："仆尝与苕文、伯玑、家兄西樵、子侧，共论明震川、荆川、鹿门、遵岩诸公之文，于唐宋大家可谓肖子，然不及前人者，其趣浅也。尝试移以评伯温、公谨、升庵、元美诸公长短句，程村、金粟亦以为然。"

〔11〕原作："程村尝云：'咏物不取形而取神，不用事而用意。'二语可谓简尽。"

〔12〕原作："朱承爵《存馀堂诗话》云：'诗词虽同一机杼，而词家意象与诗略有不同。句欲敏，字欲捷，长篇须曲折三致意，而气自流贯乃得。'"(据清道光十年《赐砚堂丛书初编》本，下同。)

〔13〕原作："余常与文友论词，谓：'小调不学《花间》，则当学欧、晏、秦、黄。《花间》绮琢处，于诗为靡，而于词则如古锦纹理，自有黯然异色。欧、晏蕴藉，秦、黄生动，一唱三叹，总以不尽为佳。'"

〔14〕原作："《词品》云：'填词于文为末，而非自《选》诗、乐府来，不能入妙。'"

〔15〕邹祇谟《远志斋词衷》凡 64 则，论词谱 13 则，论词牌名 7 则，论词韵 6 则。论词谱，主张谱无定例，用某体题下注明即可；论词牌名，主张应从旧名；论词韵，主张用韵应遵成法。

许赓皞词

瓯宁许秋史赓皞著《萝月词》，于里门举梅崖词社，同社十一人，大半出其指授。生平酷好白石、玉田二家。尝有“人在子规声里瘦，落花几点春寒骤”句，为陆莱庄我嵩、沈梦塘学渊、王友山玶所叹赏，呼为“许子规”。[1]后以修《武夷志》故，搜幽剔险，坠仙掌峰下死，惜哉！未死时，自编是年诗，名曰《岩扃》，是殆俗所谓诗谶也。[2]《卜算子》云：“兀坐拥孤衾，怕背灯儿卧。一夜砧声响不停，好梦都敲破。　　无赖是吟蛩，引得愁无那。醒时已自怯凄清，梦也何须做。”[3]《点绛唇》云：“白板门前，酒帘摇曳留人住。惊沙吹雨。卷起昏鸦语。　　候馆灯青，鬼唱秋坟句。摇鞭去。紫骡嘶处。残月低于树。”[4]《江城梅花引》咏夜雨云：“酒阑灯灺梦初遥。听潇潇。恨潇潇。敲碎春心无赖是芭蕉。花正怯寒人更冷，漏声紧，梦相逢，到画桡。　　画桡画桡。隔红楼。魂自销。首自搔。去也去也，去不见、江水迢迢。怕是落花惊醒转无聊。檐畔风铃犹自语，和雨点，一声低，一声高。”[5]《满江红·题尤展成〈钧天乐〉传奇》云：“竖子成名，甚块垒、酒浇难下。问纨袴、五陵年少，几人金马。一第无缘归去易，万言有策知音寡。吊湘累、千古共神伤，长沙贾。　　乌江哭，胡为者。青山约，何时也。叹锦囊才尽，玉楼真假。碧落仙郎鸾鹤侣，白头词客渔樵社。只一腔、热血未曾消，歌边洒。”他如《菩萨蛮》云：“语燕替人愁。夕阳红上楼。”[6]《虞美人》云：“离愁无力似杨花。纵趁东风飞不到天涯。”[7]嗟乎！若秋史者，天假以年岁，岂不攀辛揖柳哉！

汪于鼎集载：“乡邻某，娶妇甫一月，即行贾，妇刺绣易食，以其馀积，岁易一珠，用彩丝系焉，名曰‘纪岁珠’。夫归，妇殁已三载，启箧得珠二十馀颗。”[8]秋史有《高阳台》一阕咏其事。[9]

〔1〕许赓皞(1815—1842)，字秋史，一字克孳，号萝月，福建瓯宁(今建瓯)人。曾创梅崖词社。著有《平远堂遗诗》5 卷《补录》1 卷、《萝月词》2 卷。(据《平远堂遗诗》卷首蒋蘅《序》、郑天爵《跋》、方宇《跋》。生年据陈昌强《谢章铤年谱》，陈庆元主编《谢章铤集》第 710 页，吉林文史出版社 2009 年版。)《萝月词》收词 100 阕。季景台《萝月词序》：“克孳表叔戊戌年(1838)于里门举梅岩词社，同社十一人大半出其指受授。”(据清道光刻本《萝月词》，下同。)许赓皞

《萝月词自序》论自己词学渊源云:“长调主白石、玉田,短调主少游、漱玉。”蒋衡《萝月词序》:“克孳髫年即习倚声,尝有‘人在子规声里瘦,落花几点春寒骤’之句,为陆莱庄、沈梦塘、王友山诸君所激赏。”“许子规”得名词《蝶恋花》全词云:“闷掩兰窗消永昼。小小蛾湾,绿得愁痕皱。人在子规声里瘦。落花几点春寒骤。　　坐拥博山熏翠袖。燕姹莺娇,不管侬僝僽。拍断阑干吟未就。鹦哥惊醒将人咒。”

〔2〕郑天爵《平远堂遗诗跋》:“道光壬寅(1842)五月,予在平和学署,得建州书报秋史三月游武夷,坠死于仙掌峰下。”蒋蘅《平远堂遗诗序》:“独辛丑(1841)岁,秋史未出里门,题曰‘岩扃’,殊不可解。及明年三月,遂有仙掌坠崖之变,殆其谶耶?秋史自编诗集,亦在是年,岂逆知其将化去,故手定是编贻后人耶?而秋史之诗遂如是止矣。悲夫!”(**均见《平远堂遗诗》卷首,清道光二十九年刻本,下同。**)按:《岩扃》指诗集中的一编,编死之年自作诗。

〔3〕《卜算子》词见《萝月词》卷一。“曳”原作“漾”,“鸦”原作“雅”。

〔4〕《点绛唇》词见《萝月词》卷二。

〔5〕《江城梅花引》词见《萝月词》卷一。“楼”原作“桥”。

〔6〕《菩萨蛮》见《萝月词》卷一。全词云:“泪痕弹上桃花薄。春魂惊醒风筝落。钗腻坠无声。一帘花影明。　　海棠眠未足。渐渐销香玉。燕语替人愁。夕阳红上楼。”

〔7〕《虞美人》见《萝月词》卷一。全词云:“苦吟损了眉尖翠。几日心如醉。离愁无力似杨花。纵趁东风飞不到天涯。　　帘边数缕烟明灭。门掩空庭月。熏炉坐拥袖罗单。偏是鹧鸪声里有些寒。”

〔8〕引见汪洪度《息庐诗》所收《纪岁珠》。“易”原作“置”,“曰纪岁珠”前原无“名”字,“殁”原作“没”,“启箧得珠二十馀颗”原作“得珠已积二十馀颗矣”。(**清康熙刻本。**)汪洪度,字于鼎,号息庐,安徽歙县人,寓居扬州。上元(今江苏南京)籍诸生。受业于王士禛,享年六十馀。(**参《清人诗文集总目提要》第278页。**)著《息庐诗》6卷、《黄山领要录》2卷。

〔9〕《高阳台》词见《萝月词》卷一。《高阳台·纪岁珠》全词云:“梦与春回,泪随风洒,穿成一串愁肠。倾向荷盖,年年只有空房。琵琶遗恨商人妇,怕重歌、啰唝情伤。更凄然、愁锁闺红,怨织流黄。　　回思携手樱桃下,忆抛来记曲,红袖围香。碧海深沉,卅年欢债谁偿。何时老屋牵萝补,怅归来、长簟空床。只深宵、鱼目鳏鳏,恨逐更长。”

《词律》脱误

红友[1]《词律》，倚声家长明灯也。然体调时有脱略，平仄亦多未备。如《念奴娇》，余据苏轼[2]、赵鼎臣[3]、葛郯[4]、吕渭老[5]、沈瀛[6]、张孝祥[7]、程垓[8]、杜旟[9]、姜夔[10]增出二十三字。《齐天乐》，予据高观国[11]、史达祖[12]、方岳[13]、洪瑹[14]、吴文英[15]、陈允平[16]、周密[17]、姚云文[18]、詹正[19]、刘天迪[20]、萧东父[21]、滕宾[22]、王易简[23]、张伯淳[24]增出三十三字。《水调歌头》，予据蔡伸[25]、刘之翰[26]、辛弃疾[27]、仲并[28]、王以宁[29]、袁华[30]、于立[31]、陆仁[32]增出十五字。《摸鱼儿》，予据欧阳修[33]、晁补之[34]、辛弃疾、程垓[35]、杜旟[36]、冯取洽[37]、张炎[38]、徐一初[39]、李裕翁[40]、张翥[41]增出二十五字。《贺新郎》，余据苏轼、张元翰[42]、辛弃疾、刘克庄[43]、刘过[44]、高观国、文及翁[45]、蒋捷[46]、李南金[47]、葛长庚[48]、王奕[49]增出四十三字。虽其中不无误笔，然有累家通用者，不载则疏矣。然其中亦有以入代平、以上代平之字，不得第据平仄而不细辨也。[50]

〔1〕万树，字红友。参卷八“万树词”条。

〔2〕苏轼(1036—1101)，字子瞻，号东坡居士，眉山(今属四川)人。仁宗嘉祐二年(1057)进士，授凤翔府通判。熙宁中，历知密、徐、湖三州。元丰二年(1079)，因作诗讽刺新法，贬为黄州团练副使。哲宗即位，起知登州，旋入朝为起居舍人，迁中书舍人、翰林学士知制诰。元祐二年(1087)兼侍读。四年，出知杭州。六年，召为翰林学士承旨，寻出知颍州，徙扬州。七年，召为兵部尚书，改礼部尚书。出知定州。绍圣初，贬惠州安置，再贬昌化军安置。徽宗立，赦还。建中靖国元年(1101)卒于常州。《宋史》卷三三八有传。词集名《东坡乐府》(一名《东坡词》)。《全宋词》存其词 361 首，《全宋词补辑》另辑录 1 首。(据《宋词大辞典》第 441 页。)著有《苏文忠公全集》115 卷。

〔3〕赵鼎臣(1070—?)，字承之，号苇溪翁，又号竹隐畸士，韦城(治今河南滑县东南)人。哲宗元祐六年(1091)进士，历官真定府户曹参军、以徽猷阁待制知邓州、太府卿。《乐府雅词》选其词 1 首，《全宋词》据以录入。《全宋词补辑》另辑 1 首。(据《宋词大辞典》第 522 页。)

〔4〕葛郯(？—1181)，字谦问，号信斋，葛立方之子，江阴(今属江苏)人。高宗绍兴二十四年(1154)进士。乾道七年(1171)通判常州。淳熙六年(1179)守临川。有《信斋词》，《全宋词》存其词 30 首。(据《宋词大辞典》第 565 页。)

〔5〕吕渭老，一作滨老，字圣求，槜李(今浙江嘉兴)人。宣和间以诗名世。有《圣求词》。年岁当与张元幹、陈与义、邓肃等人相近。《全宋词》录其词 134

首。(据《宋词大辞典》第 419 页。)

〔6〕沈瀛(1135—?),字子寿,号竹斋,吴兴(今浙江湖州)人。一作仪真(今属江苏)人。高宗绍兴三十年(1160)进士。乾道八年(1172)为国子录。后为枢密院编修官、知梧州、知江州、江东安抚使司参议。有《沈子寿文集》,不传。今传《竹斋词》1 卷。《全宋词》存其词 90 首。(据《宋词大辞典》第 472 页。生年据王兆鹏《沈瀛考》,王兆鹏、王可喜、方星移《两宋词人丛考》第 169 页,凤凰出版社 2007 年版。)

〔7〕张孝祥(1132—1169),字安国,号于湖,历阳(今安徽和县)人。高宗绍兴二十四年(1115)进士第一,签书镇东军节度判官,官至荆南湖北路安抚使。《宋史》卷三八九有传。著有《于湖集》40 卷。《全宋词》录存 223 首。(参《宋词大辞典》第 495～496 页。)

〔8〕程垓,字正伯,眉山(今属四川)人。南宋孝宗朝在世,与陆游、尤袤等同时。陆游《渭南文集》卷三十一有《跋程正伯所藏山谷帖》。有《书舟词》。《全宋词》存其词 157 首。(据《宋词大辞典》第 571 页。)

〔9〕杜旟,字伯高,号桥斋,金华(今属浙江)人。淳熙、开禧间两以制科荐。与陈亮善。有《桥斋集》,不传。《全宋词》存其词 3 首。(据《宋词大辞典》第 444 页。)

〔10〕姜夔(1155? —1209),字尧章,号白石道人,鄱阳(今江西波阳)人。早孤贫,终身未仕。二十岁后北游淮楚,南历潇湘。后客居合肥、长沙、湖州。自绍熙四年(1193),依贵胄张鉴居十年。晚年居杭州西湖。著有《白石诗集》、《诗说》、《续书谱》、《绛平帖》、《白石道人歌曲》等。《全宋词》收其词 87 首。(据《宋词大辞典》第 530～531 页。)

〔11〕高观国,字宾王,号竹屋,山阴(今浙江绍兴)人。与史达祖同时并齐名。著有《竹屋痴语》。《全宋词》存其词 108 首。(据《宋词大辞典》第 548 页。)

〔12〕史达祖,字邦卿,号梅溪,汴(今河南开封)人。开禧间,为宰相韩侂胄堂吏,深受信任,奉行文字,拟贴撰旨,皆出其手。曾随李壁使金。韩败,达祖贬死。有《梅溪词》。《全宋词》录存 112 首。(据《宋词大辞典》第 415 页。)

〔13〕方岳(1199—1262),字巨山,号秋岩,祁门(今属安徽)人。绍定五年(1232)进士。调南康军、滁州教授,除淮东安抚司干官。除太学正、宗学博士。知邵武军、袁州,迁吏部尚书左郎官。著有《秋岩先生小稿》,中有词 3 卷。《全宋词》录存 75 首,《全宋词补辑》另辑录 4 首。(据《宋词大辞典》第 407～408 页。)

〔14〕洪瑹,字叔玙,号空同词客。孝宗时人。有《空同词》1 卷,《全宋词》录存 16 首。(据《宋词大辞典》第 532 页。)

〔15〕吴文英(1200？—1260?)，字君特，号梦窗，晚号觉翁，四明(今浙江宁波)人。终生未仕，流寓各地，以居苏、杭最久。有《梦窗词》。《全宋词》存其词341首。(据《宋词大辞典》第463页。)

〔16〕陈允平(1205？—1280?)，字君衡，一字衡仲，号西麓，四明(今浙江宁波)人。淳祐三年(1243)为余姚令，德祐年间，授沿海制置司参议官。宋亡后，征至大都，不受官放还。诗有《西麓诗稿》1卷，词有《西麓继周集》1卷、《日湖渔唱》1卷。《全宋词》存其词209首。(参《宋词大辞典》第483页。)

〔17〕周密(1232—1298)，字公谨，号草窗，又号蘋州、萧斋。祖籍济南(今属山东)，居于吴兴，遂为湖州人，故又号"泗水潜夫"、"弁阳老人"。景定二年(1261)，为临安府幕僚。约在咸淳元年(1265)，任两浙运司椽。景炎元年(1276)为义乌令。宋亡不仕。著述甚多，今存世有《齐东野语》20卷、《癸辛杂识》6卷、《浩然斋雅谈》3卷、《志雅堂杂钞》2卷、《云烟过眼录》4卷、《澄怀录》2卷等。词集名《蘋州渔笛谱》(一名《草窗词》)，凡3卷，《全宋词》存其词153首。另编有《绝妙好词》7卷。(参《宋词大辞典》第507页。)

〔18〕姚云文，字圣瑞，更名云，高安(今属江西)人。度宗咸淳四年(1268)进士，初调高邮尉，官至工、刑部架阁。入元，授承直郎，又任抚、建两路儒学提举。秩满，家居。有《江村遗稿》，不传。《全宋词》存其词9首。(据《宋词大辞典》第535页。)

〔19〕詹正，应为詹玉。詹玉，字可大，号天游，《名儒草堂诗馀》署为古郢(今湖北江陵)人，《元史》卷一七三称江西人，似以《元史》为是。至元间为翰林应奉、集贤学士。后被弹劾落职。著有《天游词》，收词22首。《全宋词》去其误入之作，存其词13首。(据《宋词大辞典》第581～582页。)

〔20〕刘天迪，号云闲，西昌(今江西泰和)人。《名儒草堂诗馀》收其词6首，《全宋词》据以录入。(据《宋词大辞典》第430页。)

〔21〕萧东父，生平不详。《名儒草堂诗馀》录其词1首，《全宋词》据以录入。(据《宋词大辞典》第556页。)

〔22〕滕宾，一作滕斌，字玉霄，黄冈(今属湖北)人，或云睢阳(今河南商丘)人。至大间，官翰林学士，出为江西儒学提举，后弃家入天台山为道士。词有周泳先《唐宋金元词钩沉》辑本《玉霄集》1卷，收词9首。刘毓盘辑本《涵虚词》另收词1首。(据《中国词学大辞典》第140页。)

〔23〕王易简，字理得，号可竹，山阴(今浙江绍兴)人。宋末登进士第，除瑞安主簿，不赴。入元，隐居不仕。著有《山中观吟史》。《乐府补题》收其词4首，《绝妙好词》载其词3首。《全宋词》录其词7首，另收存目词1首。(参《宋词大辞典》第401～402页。)

〔24〕张伯淳(1242—1302)，字师道，崇德(今浙江桐乡)人。宋末进士，累

官至太学录。至元二十三年(1286)以荐除杭州路儒学教授,历浙东道按察使知事、福建廉访司知事。元贞元年(1295)除庆元路总管府治中,未几辞归。大德四年(1300)起为翰林侍讲学士。谥文穆。著有《养蒙集》10卷。词名《养蒙先生词》,1卷。(据《中国词学大辞典》第138页。)

〔25〕蔡伸(1088—1156),字伸道,号友古居士,兴化军仙游(今属福建)人。徽宗政和五年(1115)进士。宣和间,历官太学辟雍、知潍洲北海县、通判徐州。高宗建炎中,为张俊神武右军参赞军事,屡败金兵。后通判真州,历知滁州、徐州、德安府、和州。著有《友古居士词》,《全宋词》录存175首。(据《宋词大辞典》第582页。)

〔26〕刘之翰,荆南(今湖北江陵)人,任峡州远安主簿,曾作词一首献金州都统制田世辅,见洪迈《夷坚志》支景卷十《刘之翰》。《全宋词》据以录入。(据《宋词大辞典》第429页。)

〔27〕辛弃疾(1140—1207),字幼安,号稼轩,历城(今山东济南)人。耿京聚兵山东,辛弃疾任掌书记。绍兴三十二年(1162),张安国杀京降金,辛弃疾径趋金营,缚之献行在,为江阴佥判。后通判建康、知滁州、知江陵府兼湖北安抚、知隆兴府兼江西安抚、知潭州兼湖南安抚。淳熙八年(1181)被弹劾落职居上饶。绍兴二年(1191),起为福建提点刑狱,迁大理少卿,知福州兼福建安抚使。五年,再度落职。嘉泰三年(1203),起知绍兴府兼浙东安抚使,移知镇江府。有《稼轩长短句》(一作《稼轩词》)。《全宋词》录存626首,《全宋词补辑》另辑录3首。(据《宋词大辞典》第468页。)

〔28〕仲并,字弥性,江都(今江苏扬州)人。高宗绍兴二年(1132)进士,累官平江府教授,通判湖州、镇江。绍兴十六年(1146)坐事降二官,自是闲退二十年。孝宗即位,起为光禄丞,出守蕲州。以疾卒于淮东仪幕。著有《浮山集》10卷,内有词1卷。《全宋词》据以增补,共收词35首。(参《宋词大辞典》第423页。)

〔29〕王以宁(1090?—1146后),字周士,湘潭(今属湖南)人。早年入太学,后佐帅幕。历官京畿提刑、以枢密院编修官知鼎州、京西制置使、以右朝奉郎知全州。著有《王周士词》,《全宋词》录存32首。(据《宋词大辞典》第398页。)

〔30〕袁华,应为袁去华。袁去华,字宣卿,奉新(今属江西)人。高宗十五年(1145)进士。知善化县、迁知石首县。淳熙四年(1177)尚在世。有《适斋类稿》,不传。词集《宣卿词》1卷,今存89首,《全宋词》据以录入。(据《宋词大辞典》第536～537页。)

〔31〕于立,字彦成,号虚白子,南康(今属江西)人。学道会稽山中,又号龙江山人。以诗酒放浪江湖间,与顾德辉友善。词存《水调歌头》1首,见《玉山

名胜集》。(据《宋词大辞典》第149页。)

〔32〕陆仁,字良贵,号樵雪生,又号乾乾居士,河南人。寓居昆山。《全金元词》据《玉山名胜集》录其词1首。(据唐圭璋编《全金元词》第1125页,中华书局1979年版。)

〔33〕欧阳修(1007—1072),字永叔,号醉翁,晚号六一居士,吉州永丰(今属江西)人。仁宗天圣八年(1030)进士,补西京留守推官。历官右正言、知滁州、扬州、颍州、应天府兼南京留守、翰林学士、知开封府。嘉祐六年(1061),拜参知政事。卒谥文忠。词集名《醉翁琴趣外编》(一作《六一词》),各本收词不一。《全宋词》录其词242首。(据《宋词大辞典》第502~503页。)著有《欧阳文忠集》153卷、《新唐书》225卷等。

〔34〕晁补之(1053—1110),字无咎,号归来子,巨野(今属山东)人。神宗元丰二年(1079)进士,历官澶州司户参军、国子监教授、秘书省正字、校书郎、知齐州、尚书吏部员外郎、知河中府等职。《全宋词》存其词167首。(据《宋词大辞典》第542页。)有诗文集《鸡肋集》70卷、《晁无咎词》6卷。

〔37〕冯取洽,字熙之,自号双溪拟巢翁,延平(今福建南平)人。与黄昇、刘子寰同时并多有唱和之词。著有《双溪词》1卷。《全宋词》录存24首。(据《宋词大辞典》第417页。)

〔38〕张炎(1248—1320?),字叔夏,号玉田,又号乐笑翁。祖籍凤翔(今属陕西),居临安(今杭州)。张镃曾孙,张枢子。宋亡,家产籍没,流落江湖,至以卖卜为生。著有《山中白云词》8卷,另有《词源》2卷。《全宋词》录词302首。(参《宋词大辞典》第489~490页。)

〔39〕徐一初,事迹不详。《吴礼部诗话》载其词1首,《全宋词》据以录入。(据《宋词大辞典》第544页。)

〔40〕李裕翁,生平不详。《名儒草堂诗馀》选其词1首,《全宋词》据以录入。(据《宋词大辞典》第456页。)

〔41〕张翥,参卷十二“张翥、杨基学姜夔”条。

〔42〕张元翰,应为张元幹。张元幹(1091—1161),字仲宗,号芦川,又号真隐山人,永福(今福建永泰)人。大观四年(1110),与徐俯、吕本中在南昌结社唱和,后游太学,于政和三年(1113)出仕。宣和七年(1125),任陈留县丞。靖康元年(1126),李纲为亲征行营使,辟入幕府为僚属。因历主抗战,与李纲同日遭贬。建炎间,为将作监。绍兴元年(1131),以右朝奉郎致仕。绍兴二十一年(1151),坐作词送胡铨,削籍除名。著有《芦川归来集》10卷,其中有词3卷。《全宋词》录其词185首。(参《宋词大辞典》第494页。)

〔43〕刘克庄(1187—1269),字潜夫,号后村,莆田(今属福建)人。以荫入仕。历知建阳、通判吉州、江西提举、将作监,累官工部尚书,以龙图阁学士致

仕。著有《后村先生大全集》200卷。词集名《后村长短句》,一作《后村别调》、《后村居士诗馀》。《全宋词》录存264首,《全宋词补辑》另辑录5首。(参《宋词大辞典》第431页。)

〔44〕刘过(1154—1206),字改之,号龙洲道人,吉州太和(今江西泰和)人。终身未仕。以诗侠名,陆游、辛弃疾、陈亮皆折节与之交。《全宋词》录存77首。(据《宋词大辞典》第425页。)著有《龙州集》15卷、中有词2卷。

〔45〕文及翁,字时学,号本心,绵州(今四川绵阳)人,移居吴兴(今浙江湖州)。宝祐元年(1253)进士,官至资政殿学士签书枢密院事。元兵至,弃官遁。宋亡,累征不起。有集20卷,不传。《全宋词》据《钱塘遗事》辑其《贺新郎》词1首,又有存目1首及失调名词1句。(据宋词大辞典》第406页。)

〔46〕蒋捷,字胜欲,号竹山,阳羡(今江苏宜兴)人。先世为宜兴巨族。咸淳十年(1274)进士。宋亡后遁迹不仕。元大德间宪使交荐其才,卒不就。著有《小学详断》及《竹山词》1卷。《全宋词》录存94首。(据《宋词大辞典》第564页。)

〔47〕李南金,字晋卿,自号三溪冰雪翁,乐平(今属江西)人。高宗绍兴二十七年(1157)进士,曾为光化军教授。《全宋词》据《鹤林玉露》收其词1首。(据《宋词大辞典》第454页。)

〔48〕葛长庚(1194—1229?),字白叟,又字如晦,号蠙庵,又号海蟾、海琼子,闽清(今属福建)人。《全宋词·订补附记》定其生于绍熙五年(1194),嘉靖《九江府志》卷十四谓其"宋绍定己未冬解化"。绍定凡六年,无己未年,有己丑(1229)年,"己未"或为"己丑"之误。七岁能诗赋,父死母嫁,弃家游海上,初至雷州,继为白氏子,改姓白,名玉蟾。后隐于武夷山学道,嘉定中诏征赴阙,馆太一宫,封紫清明道真人。《全宋词》录存其词135首。著有《海琼白玉蟾先生文集》、《罗浮山志》、《玉蟾先生诗馀》(一作《海琼子词》)。(据《宋词大辞典》第565页。)

〔49〕王奕,字伯敬,号玉斗山人,玉山(今属江西)人。与文天祥、谢枋得友善。宋亡,建斗山书院。《全宋词》录其词27首。(据《宋词大辞典》第395页。)著有《玉斗山人集》3卷。

〔50〕《词律》一书,成为清代词学争论的一个热点。江顺诒《词学集成》卷一:"红友开辟榛莽,二百年来填词家恪遵矩矱,一洗明人之荒谬。近时讲求益密,乃有摘其疵类补其罅漏者,其草昧之功不可没也。惜不明宫调,仅从四声斤斤比较,究非探源星宿耳。"(清光绪刻本。)可谓持平之论。

李应庚词

"君丈夫也,长别后、依然憔悴。我急向、苍天一问,天方苦醉。画饼虚名难下咽,一钱措大非容易。莽乾坤、能得几清秋,君其戏。　不堪说,今世事。惟共写,相思字。叹生平可笑,无聊之至。为古担忧心未死,强颜岂把儒冠弃。息劳筋、又是对床眠,君须记。"——赠友人调《满江红》。"伯也归来矣。莽关山、麻衣匍匐,父棺旋里。无恙妻孥童仆辈,一切平安差喜。赁庑在、龙潭小市。近日登山谋负土,待梅花、初放之期是。曾叮嘱,报吾子。　陆屋东西差可拟。算几番、风晨月夕,联床卧起。惭愧年来真肮脏,负累阿兄凡几。向窗下、缥缃漫理。驹侄豚儿同笔砚,鬼画符、学究村而已。白近状,只如此。"——寄刘芑川调《金缕曲》。[1]此吾乡李星村应庚[2]词也。星村与台江校书张锦云善,有长生七夕之约,所居曰"餐霞楼",朝夕二人书声与钗声相间也。其《赠餐霞楼主人》七古云:"居无桃花主人之汪伦,出无鉴湖狂客之季真。丈夫少壮不得志,年来流落江水滨。掉头不受哙等伍,手抱美人梦龙虎。刘项殂兮阮籍哀,时不再来焉用武。金尊泛酒如葡萄,酒酣长啸天争高。胸中千万之块垒,随风飞落奔惊涛。美人为我扬清歌,歌声含愁不能和。罢酒相向各痛哭,尔我共命将奈何。范大夫,元真子,身挟名姝弄江水。烟波不问乱与理,拍手大笑吾仙矣。"[3]未三年而锦云竟死。星村图其影为长卷,为之葬于天宁山[4]。山对面有酒楼,星村饮其上,必酾酒隔江遥酹之,岁时致祭如其私。其《视墓》七律云:"山头宿草不重肥,我亦人间百事非。有墓清明来一恸,无家魂魄汝何归。零星挂纸冥资薄,仓卒焚香野祭微。岁岁萧郎为添土,可怜故鬼已啼饥。"[5]戊申秋,余暂归自东洋[6],星村出长卷属题,余为填《乳燕飞》一阕,中有句云:"天壤怜才能几辈,便相怜、未必真知己。又孤负、一年三入梦,梦醒时,枕簟凉如水。"[7]星村读竟,泪汪汪欲坠。锦云有女曰月清,现依某姬求活,星村赠以四绝云:"阿母香坟宿草荒,餐霞楼碎散群芳。年来汝似亡巢燕,苦向人家觅画梁。""曾侍珊瑚笔架旁,曾经呼唤点茶汤。左芬今日非娇小,那更潘郎鬓有霜。""易残风月感南唐,何处天台觅阮郎。地下有灵怜块肉,好从苦海乞慈航。""枉向人间说可怜,青楼从古恨如天。不应使汝犹沦落,我愧曹瞒嫁蔡年。"[8]北里间多传诵者。

〔1〕李应庚未见有词集传世。此二词也不见《聚红榭雅集词》。林葆恒纂《闽词徵》卷四选《满江红》词,另一词未选。(民国二十年忉庵刊本。)

〔2〕李应庚(1815—1885)字星村,别号餐霞仙,闽县(今福州)人。聚红榭祭酒之一。据民国《福建通志·文苑传·清三》:父兄皆为县令,家境甚裕,喜

与贫贱多文者处，文酒自娱兼选舞征歌，父兄卒后大困，晚岁目盲，依亲故过活，终生仰慕柳永、周邦彦。据谢章铤《课馀续录》卷五，所著《琴寄斋诗剩》1卷，友人为刻之，佳作不尽录。《琴寄斋诗剩》有《甲子五十述感》诗，知应庚生于嘉庆二十年(1815)。据谢章铤《赌棋山庄文续》卷二《〈共明月图〉跋》："予甲辰(1844)方识芑川，而是图作于癸卯(1843)。其后戊申(1848)、己酉(1849)，芑川延予课子，是图适悬斋壁，朝夕相对者二年。庚戌(1850)，芑川由宁德训导调台湾教谕。未数年台乱，芑川守陴暍疾卒官。其生平著述、书画多散失，家已中落矣。近一友人忽出是图，谓予曰：烂纸不足珍，然归之君，当有情。予泫然受之，因而装潢之。芑川既予善，诸君亦交相引重，深谈痛饮，盖无三日不面。于今四十年，无此乐矣。星村最为老寿，前年亦殁，图中人无一存者，屋梁落月，谁与共耶？"(**清光绪十八年福州刻本**。)从戊申后推四十年即丁亥(1887)，再前推二年即乙酉(1885)，星村即卒于此年。《聚红榭雅集词》存其词4首，《过存诗略》存其诗19首。(**参刘荣平《聚红榭唱和考论》，《福建师范大学学报》2006年第3期**。)

〔3〕见《琴寄斋诗剩》，题作《餐霞楼命酒放歌》。"少壮"原作"壮岁"，"不受"原作"羞与"，"葡萄"原作"蒲萄"，"千万"原作"千丈"。(**据清同治三年刻本，下同**。)

〔4〕鲁曾煜纂乾隆《福州府志》卷五《山川一·府城内山》："天宁山在时升里，俗名盐仓山，又名挂傍山。"(**清乾隆十九年刊本**。)穆彰阿纂嘉庆《大清一统志》卷四百二十五四："盐仓山，在闽县南十五里，省会第一案山也。"(**民国《四部丛刊续编》景旧钞本**。)

〔5〕见《琴寄斋诗剩》，题作《清明过云姬墓》。"山头"原作"坟头"，"为添土"原作"代添土"，"已啼饥"原作"尚啼饥"。

〔6〕东洋，宁洋县地名，在宁洋县东南部。参卷二"刘琛词"条。

〔7〕此词不见谢章铤《酒边词》，可作谢氏词补遗之用。《酒边词》卷三《买陂塘·寄星村》词注："餐霞楼在沧霞洲，张姬锦云素善星村，所以事星村者备至。今没数年矣，星村图其影为长卷，余为题《金缕曲》一阕，详余《赌棋山庄词话》。"(**清光绪十五年刻《赌棋山庄所著书》本**。)按：《金缕曲》一名《乳燕飞》。郭则沄《清词玉屑》卷八："锦云亦能为长短句，惜遗草不传。"(**民国二十五年蛰园校刊本**。)

〔8〕以上四绝见《琴寄斋诗剩》，题作《赠月清云姬养女》。

彭孙遹语

彭金粟[1]云:“词以自然为宗,但自然不从追琢中来,便率易无味。”此三语尤为词中中肯之论。又云:“用古人之事,则取其新僻而去其陈因;用古人之语,则取其清隽而去其平实;用古人之字,则取其轻丽而去其浅俗。”[2]然用事亦不宜太新僻,恐有狐穴诗人之诮。熟事能生,旧事能新,更为妙手。盖辞有限,意无穷,以意运辞,何熟非生?何旧非新?近秀水冯柳东登府[3]好用僻典,然观其词,意为辞掩,颇觉晦涩,乃叹范赞之记《云仙》[4],陶穀之录《清异》[5],稍资谈柄,不是仙才。

〔1〕彭孙遹,别号金粟山人。参卷八“彭孙遹词得温、李神髓”条。

〔2〕均见《金粟词话》。“轻丽”,原作“鲜丽”。(据清光绪刻《别下斋丛书》本。)

〔3〕冯登府,号柳东。参卷二“冯登府词与雠律”条。

〔4〕范赞当为冯赞之误。参永瑢等撰《四库全书总目》卷一百四十《〈云仙杂记〉提要》(中华书局1965年版,下同)。

〔5〕陶穀(903—970),字秀实,邠州新平(今山西彬县)人。本姓唐,避石敬瑭讳改。仕后晋为知制诰兼掌内外制、参与机要,又拜中书舍人。仕后周为翰林学士,历兵部、吏部侍郎。入宋为翰林学士承旨,官至户部尚书。(据《中国历史大辞典》第2573页。)著有《清异录》2卷。永瑢等撰《四库全书总目》卷一百四十二《〈清异录〉提要》云:“是书皆采摭唐及五代新颖之语,分三十七门,各为标题,而注事实缘起于其下。……记诸事,如出一手。大抵即穀所造,亦《云仙散录》之流,而独不伪造书名,故后人颇引为词藻之用。楼钥《攻媿集》有《白醉轩》诗,据其自序,亦引此书。则宋代名流即已用为故实,相沿既久,遂亦不可废焉。”

和僻词

遍和僻调,自是才人兴致,究竟不足为长技,体制既不圆润,音节更多聱牙。古人传作,正不以僻调见长,观于柳屯田、万俟雅言便见。[1]

〔1〕邹祗谟《远志斋词衷》:“僻调之多,以柳屯田为最。此外则周清真、史梅溪、姜白石、蒋竹山、吴梦窗、冯文子集中率多自制新调,馀家亦复不乏。至

如晁次膺、万俟雅言之依月按律,进词应制,调名尚数百种未传。曾觌、张抡、吴琚辈亦然。今人好摹乐府,句栉字比,行数墨寻,而词律之学弃如秋蒂。间有染指,不过《草堂》遗调,率趋易厌难之故,岂欲尽理还之日耶?"

和韵叠韵

和韵叠韵,因难见巧,偶为之便可,否则恐有未造词先造韵之嫌,且恐失却佳兴。国初词人,迦陵[1]最健,叠韵诸作已不能纵横妥帖。阮亭[2]才极清妙,和韵亦不无凑砌句。新丰鸡犬,总未能尽得故处也。[3]

〔1〕陈维崧,号迦陵。参卷四"陈维崧一门词"条。

〔2〕王士禛,号阮亭。参卷八"王士禛词"条。

〔3〕邹祗谟《远志斋词衷》:"张玉田谓词不宜和韵,盖词语句参错,复格以成韵,支分驱染,欲合得离。能如李长沙所谓善用韵者,虽和犹如自作,乃为妙协。……但不可如方千里之和《片玉》、张杞之和《花间》,首首强叶,纵极肖,能如新丰鸡犬,尽得故处乎?"新丰,县名。汉高祖七年(前200)置,唐废。治所在今陕西省临潼县西北,本秦骊邑。汉高祖定都关中,其父太上皇居长安宫中,思乡心切,郁郁不乐。高祖乃依故乡丰邑街里房舍格局改筑骊邑,并迁来丰民,改称新丰。据说士女老幼各知其室,从迁的犬羊鸡鸭亦竞识其家。太上皇居新丰,日与故人饮酒高会,心情愉快。后乃用作新兴贵族游宴作乐及富贵后与故人聚饮叙旧之典。

余怀词

莆田余澹心怀[1]侨寓金陵,推襟送抱,一时名士皆从之游。词曰《秋雪》,阮亭称其"步武放翁"。[2]其《卜算子》咏残莺云:"柳外与花前,啼断廉纤雨。惯惊残梦惯惊魂,欲住真难住。　记得乍来时,娇小歌金缕。如今上苑总无春,只得随春去。"[3]《虞美人·吴门感旧和李后主》云:"鹦哥报道花开了。春事知多少。玉箫吹出一江风。昨夜美人携手曲栏中。　银塘珠箔依然在。梦境何曾改。愁人禁受许多愁。却忆十年零落泪空流。"[4]《永遇乐·为陈其年题小像》云:"髯汝来前,我知汝心,汝知我意。湖海元龙,大床自卧,碌碌轻馀子。骚耶奴仆,史耶牛马,总在书生笼里。乍相逢、虬须直视、五岳胸中坟起。　六朝遗恨,半生落魄,都付马蹄秋水。我见犹怜,世皆欲杀,吊客青蝇耳。赋成穷鸟，命钟磨蝎，骂坐何知程李。看三毛、谁添颊上，磊砢如此。”[5]《望海潮·钱塘怀古》云：“六桥烟雨，两峰云雾，看来总是销魂。弩射潮头，笛吹湖口，有人立尽黄昏。流水绕孤村。况西陵松柏，今日犹存。油壁轻车，春风扫尽马蹄痕。　　兴衰伯业谁论。但孤臣血溅，野老声吞。如此江山，几番歌哭，那堪月落空尊。浩劫满乾坤。叹勾留一半，飘泊三分。无赖荷花桂子，香簇涌金门。”[6]澹心，字无怀，曾著《板桥杂记》，笔墨哀丽，虽光远之志《北里》[7]，不啻子山之赋《江南》[8]，后之作者，莫之或先。

飞来峰有萧九娘酒垆，九娘能诗，有“斜阳远挂湖边树”句。澹心《踏莎行》所谓“怪石飞来，冷泉流去。斜阳远挂湖边树。徐娘虽老尚多情，当年留下伤心句。”[9]

〔1〕余怀(1616—1696)，字澹心，一字无怀，号曼翁，又号曼持老人，原籍福建莆田，侨居金陵(今南京)。无科名，终老布衣，入清后以遗民自居。著述甚富，有《甲申集》7卷、《江山集》3卷、《七歌》不分卷、《枫江酒船诗》不分卷、《玉琴斋词》不分卷、《味外轩诗辑》不分卷、《板桥杂记》3卷、《茶史补》不分卷等。(参方宝川、陈旭东《余怀及其著述》，《福建师范大学学报》2006年第2期。)词另有《秋雪词》1卷。

〔2〕王士禛，号阮亭。参卷八“王士禛词”条。“步武放翁”云云，不知出自何书。吴伟业《序》曰：“澹心之词，大要本于放翁，而点染藻艳，出脱轻俊，又得诸《金荃》、清真。此由学富而才儁，无所不诣其胜耳。”(清康熙刻《百名家词钞》本《秋雪词》。)

〔3〕见《秋雪词》。“惊魂”，《百名家词钞》本作“销魂”。

〔4〕见《秋雪词》，又见民国十七年南京国学图书馆影印稿本《玉琴斋词》。稿本词题作：“吴门感旧”。

〔5〕见《秋雪词》。

〔6〕见《秋雪词》。据《百名家词钞》，“钱塘”作“钱唐”，“销魂”作“消魂”，“扫尽”作“扫断”，“浩劫”作“浩气”，“叹”作“喜”，“勾留”作“句留”，“无赖”作“最好”。

〔7〕《北里志》，撰者孙棨，字文威，号无为，曾官御史、翰林学士、中书舍人。(据曹寅《全唐诗》卷七百二十七，清文渊阁《四库全书》本。)此书一卷，写成于中和四年(884)，记载中和以前长安(今陕西西安)城北平康里的歌妓生活，故名《北里志》。

〔8〕庾信《哀江南赋》，参卷二“咏物词”条。

〔9〕见《秋雪词》；又见稿本《玉琴斋词》。均有词序云：“小饮飞来峰下萧九娘酒垆。”

林云铭词

闽县林西仲云铭以议论古文得名，亦能词，有《吴山鷇音》。[1]《菩萨蛮·守岁》云："谯楼只听三更鼓。今年便把明年补。总是一宵分。遂成两岁人。　通宵临镜好。细看如何老。看去不争多。争多能奈何。"[2]《念奴娇》咏愁云："问愁何物，记当初、那里和伊相识。惯认眉尖寻旧路，误我花朝月夕。向壁搔头，阑干倚遍，倦眼慵春色。平芜大地，一齐颦皱如尺。　正苦白发频催，无端万绪，牵我肠应直。户掩黄昏刚就枕，恶梦更番突入。斥去还来，除非拌饮，醉死华胥国。酒多晨困，又将前病添剧。"[3]耿逆作乱，要西仲降，不应，囚之三年。初入狱，梦头飞去，既出狱，复梦头飞归。[4]妻蔡氏步仙捷[5]通经籍，与同患难，后寓钱塘，家焉。女瑛佩[6]，适闽县诸生郑郯，皆能词。

〔1〕林云铭（1628—1697），字西仲，号损斋，别号沤浮隐者，福建闽县（今福州）人。顺治十五年（1658）进士，官徽州府推官。康熙十三年（1674）为耿精忠所囚，逾二年得归杭州，以卖文为生。著有《损斋焚馀》10卷、《吴山鷇音》8卷、《挹奎楼选稿》12卷。（据李灵年、杨忠主编《清人别集总目》第1363页、安徽教育出版社2000年版。另据《清人诗文集总目提要》第200页。）《挹奎楼选稿》，仇兆鳌为之删定。有康熙三十五（1696）年陈一夔刻本，收词35阙。仇兆鳌《序》云："丙子（1756）春，予再过西湖，取《损斋焚馀》十卷、《吴山鷇音》八卷，严加存汰，又益以近日新篇，厘为一十二卷，洵洋洋大观矣。"

〔2〕见《吴山鷇音》卷八。有词题云："庚申守岁"。（清康熙刻本，下同。）

〔3〕见《吴山鷇音》卷八。有词题云："愁味"。"我"原作"人"，"拌"原作"拚"。

〔4〕林云铭《吴山鷇音自序》："余生不辰，向以海氛频仍，屡濒于死。罢官归，即遁迹建溪，不数年又值闽变，坐系。乙卯（1675）二月，余梦予头自落几上，已而飞去，至丙辰（1676）八月晦夜，梦头复归。次月，王师至，得释。戊午（1678），游新安，有回龙寺僧言余：'塑有小像在寺，彼时头亦自堕失去，逾年方得之鼠穴中，用漆黏合，宛有颈瘢可验。'询其断续年月，与余所梦仿佛相符。虽当年逆藩生杀之机，与余精神之感物类之，应或有涉于怪幻，不可臆解。大抵失头为余当死之期，得头为余再生之日，此其理之易见者也。"

〔5〕《吴山鷇音》卷八附收蔡捷词3首。蔡捷，字步仙，闽县（今福州）人，林云铭室。（据丁绍仪《听秋声馆词话》卷三、林葆恒纂《闽词徵》卷六）《闽词徵》谓蔡有《挹奎楼词》并收其词4首。按：《挹奎楼诗馀》1卷，有康熙三十五年陈

一夔刻本，乃林云铭之作。另有康熙六十年刻本《挹奎楼诗馀》1卷，亦林云铭作。则可知蔡捷并未有《挹奎楼词》，《闽词徵》误记。

〔6〕林瑛佩，字悬藜，侯官（今福州）人，林云铭女，闽县拔贡生郑郯室，著有《悬藜遗稿》、《林大家词》。（据鲁曾煜纂乾隆《福州府志》卷七十六、《闽词徵》卷六。）《闽词徵》收林瑛佩词6首。丁绍仪《听秋声馆词话》卷三云："耿精忠叛时，闻西仲名，胁之不屈，幽系之。西仲女瑛佩，年甫笄，见逻者日伺于门，慨然曰：'是盖利吾有耳。'尽出所蓄并簪珥给之，家乃无恙。精忠反正，西仲得脱。瑛佩工诗词，后归闽县诸生郑剡。"（清同治八年刻本。）按："剡"应为"郯"。

翁宗琳词

"少小繁华，那时节、金陵家住。谁不道、教坊第一，妆成人妒。恨被五陵年少累，因教侬作商人妇。别离来，思昔又思今，泪无数。　　前欢笑，罗裙污。后冷落，容颜故。抱琵琶遮面，感君相顾。今欲招邀弹一曲，不妨心事弦中诉。奈空船、月白与江寒，难虚度。"董琴虞平章[1]大令曾于舟中诵是词，时校书曾月仙在侧，大令诵且解，未终调，而月仙泪簌簌下。[2]嗟呼！湿尽青衫，何怪当年司马哉？[3]词为闽县翁玉樵宗琳[4]作。芑川[5]云。

〔1〕董平章（1811—1870），字琴虞，一字眉轩，晚号退叟，福建闽县（今福州）人。道光十三年（1833）进士，授户部主事，后知秦州。有善政。以疾去官。著有《秦川焚馀草》6卷附《补遗》。事迹详《秦川焚馀草》卷末王权《诰授朝议大夫知府衔前知州事董公德教碑记》。

〔2〕《秦川焚馀草·附刻》引录刘家谋《怀藤吟馆随笔》云："壬辰（1832）冬，与董琴虞平章同行空江，夜航，月色如昼，琴虞唱其师翁玉樵宗琳《满江红》词云（略，即本条所引。）曾月仙校书在旁，闻之泪簌簌下。"（清光绪刻本。）《赌棋山庄文续》卷二《秦川焚馀草序》："刘芑川教谕以诗与予定交，芑川固与君（指董平章）善。"或董平章从刘家谋处读到《怀藤吟馆随笔》而录曾月仙事存《秦川焚馀草》中。按：《怀藤吟馆随笔》一卷，未刊，今佚。谢章铤曾存有副本。谢氏《赌棋山庄馀集·文》卷二："芑川《怀藤吟馆随笔》一卷，予托陈彦士文翊秀才借钞于黄氏《不暇懒斋晬录》中。秀才，黄氏婿也。不暇懒斋者，其妇翁黄浣云幕游台阳所居室，芑川时官教授，故得录之。"（民国十四年刻本。）按：黄浣云，名鹤龄，嘉应（今广东梅县）人。丁绍仪之师。入台澎兵备道幕。曾刻其师莫若愚《屏麓草堂诗话》。（据谢章铤《赌棋山庄馀集·文》卷三。）著有《不暇懒斋诗钞》不分卷，旧钞本，福建图书馆藏。丁绍仪《听秋声馆词话》卷四："道光丁

未(1847)秋，以归妹故渡海至彰化，适黄浣云师鹤龄馆台湾郡，赋诗召余，佐勾稽者八阅月。师，嘉应人，善度支学，好为诗，以香山、义山、遗山为宗，尝自谓'三山后学'。词非所喜。余初至台呈《八声甘州》一阕，即依调见答云(略)。师所著《不暇懒斋诗》，嘱人携赴台阳，舟覆没于水，然掇拾丛残，尚得十二卷。余倩符雪樵大令校选一过，力稍有馀，当为刊行，志之以当息壤。"

〔3〕白居易《白氏长庆集》白氏文集卷第十二《琵琶引并序》："元和十年，予左迁九江郡司马。明年秋，送客湓浦口，闻舟中夜弹琵琶者，听其音铮铮然有京都声，问其人，本长安倡女，尝学琵琶于穆、曹二善才。年长色衰，委身为贾人妇。遂命酒使快弹数曲，曲罢闷默，自叙少小时欢乐事，今漂沦憔悴转徙于江湖间。予出官二年，恬然自安，感斯人言，是夕始觉有迁谪意。因为长句，歌以赠之。凡六百一十二言，命曰《琵琶行》。诗云："就中泣下谁最多，江州司马青衫湿。"(民国刻《四部丛刊》景日本翻宋大字本。)

〔4〕翁宗琳，字玉樵。闽县(今福州)孝廉，与刘家谋相识。(据刘家谋《鹤场漫志》卷上，清道光二十九年刻本。)董平章之师。李家瑞《停云阁诗话》卷六载其《不倒翁》诗，谓其负经世才而屈居冷官。(清咸丰五年刻本。)

〔5〕刘家谋，字芑川。参本卷"刘家谋词"条。

《迦陵填词图》

《迦陵填词图》为释大汕作，掀髯露项，旁坐丽人，拈洞箫而吹。[1]是图近日有刻本，其中洪稗畦、蒋铅山二套南北曲最佳。[2]昨在都门，于袁筱坞保恒[3]侍郎处见其原卷，抽妍骋秘，词苑大观也。惜大汕人品不堪，宗风扫地，以工为秘戏图，得当路欢心，卒以违禁取利毙于法。详王渔洋《分甘馀话》。[4]此图出其手，是一大玷耳。

〔1〕缪荃孙《艺风堂文续集》卷二《石濂和尚事略》："僧大汕，字石濂，吴(按：今江苏苏州)人，幼警敏，善画士女，作诗有佳句。有故出家，踪迹诡秘，并无师承，诈为觉浪嫡嗣。屈翁山证成之觉浪者，开堂在万历末年(1620)，石濂尚未生，出世在顺治戊子(1648)，石濂止十六岁，并无亲觐付嘱之事。入广州初，卖画观音，称讲师，而已后谄事平南王之幕客金公绚光，得见平南及俺达公。广州长寿、清远飞来二寺，皆实行和尚所住持，实行殁，公绚言于俺达，以石濂主持长寿。长寿无产业，飞来有租七十馀石。干诸当事，请以飞来为下院，尽逐实行之徒而并吞其租，翁山有力焉。自是石濂日益富厚，其人多巧思，以花梨紫檀点铜文石作椅桌、屏柜、盘盂、杯椀诸物，多以饷诸当事及士大夫，

无不赞赏者。《陈迦陵填词图》即其所绘，奕奕如生，或谓其最工素女秘戏册卷以媚诸贵人，亦未可知。……其尤不法者，则在通洋一节。海禁虽开，而出洋贸易本商贾之事，乃石濂之通洋则多将干禁之物致诸交人，以邀厚利，有闻之令人缩舌者。即不系干禁之物，如缎疋等皆缕金于其端作王府用。……律禁略卖人口，而彼将良家子女买作优伶，节次售之。有封疆民社之责者，似宜取其所刻之书板而尽毁之，严禁其通洋，会同关部。嗣后长寿之僧，不得一人出海，长寿之物不得一箱出海，庶几振国纪而肃宪纲，毋贻地方之累。福建巡抚许中丞嗣兴，时为按察使，独恶之，辄逮治得其前后奸状，笞逐至赣州，止于山寺。又复兴起，皈依甚众。江右李中丞基和又逐之，押发原籍，死于常山途次。"（清宣统二年刻民国二年印本。）释大汕著有《离六堂集》12 卷、《离六堂二集》3 卷、《潮行近草》3 卷、《海外纪事》6 卷。

〔2〕吴衡照《莲子居词话》卷一："《迦陵填词图》，为释大汕传神，掀髯露项，有国士风，旁坐丽人，拈洞箫而吹，恍唱'杨柳岸、晓风残月'也。洪昉思、蒋心馀两先生题曲绝佳，随笔于此。（略）"洪昇（1645—1704），字昉思，号稗畦，又号稗村，别号南屏樵者，浙江钱塘（今杭州）人。所著《长生殿》盛行于世。因国丧期间觞演《长生殿》之罪，被斥去国子生籍。后酒醉堕水死。另著《啸月楼集》7 卷、《稗畦集》6 卷、《稗畦续集》1 卷。（据《清人诗文集总目提要》第 308～309 页。）蒋士铨，铅山人。参卷二"蒋士铨咏节义词"条。

〔3〕袁保恒，号筱坞。参《续编》卷二"张树荚与徐镜清词"条。

〔4〕见王士禛《分甘馀话》卷四。（清文渊阁《四库全书》本。）

吴衡照语

吴子律衡照〔1〕云："词患堆积，堆积近缛，缛则伤意。词忌雕琢，雕琢近涩，涩则伤气。"〔2〕又云："言情以雅为宗，语艳则意尚巧，意亵则语贵曲。"又云："词八百二十馀调，二千三百馀体。红友《词律》录止六百六十馀调，千百八十馀体。"〔3〕然余读竹垞《词综·凡例》云："葆酚舍人辑《词[illegible]》，计一千调。"〔4〕余所见未经采入者又百馀，然则不止八百馀调矣。〔5〕

〔1〕吴衡照（1771—?），字夏治，号子律，浙江仁和（今杭州）籍，海宁（今属浙江）人。嘉庆十六（1811）年进士，任金华府学教授。著有《辛卯生诗》4 卷。（据《清人诗文集总目提要》第 1059 页。）另有《莲子居词话》4 卷。

〔2〕见《莲子居词话》卷一。"患"，原作"忌"。

〔3〕以上见《莲子居词话》卷二。

〔4〕朱彝尊《词综·凡例》："岁在癸丑，舍馆京师宣武门右，与葆酚舍人户

庭相望。予辑是书，葆酚辑《词暎》，辨晰体制，以字数多寡为先后，最为精密，计一千调。"(清康熙三十年裘杼楼刊本。)

〔5〕据吴藕汀、吴小汀《词调名辞典》统计，是书收2806调，其中包含同调异名者。(上海书店出版社2005年版。)

论学稼轩

学稼轩，要于豪迈中见精致。近人学稼轩，只学得莽字、粗字，无怪阑入打油恶道。〔1〕试取辛词读之，岂一味叫嚣者所能望其项踵？蒋藏园〔2〕为善于学稼轩者。

稼轩是极有性情人。学稼轩者，胸中须先具一段真气、奇气，否则虽纸上奔腾，其中俄空焉，亦萧萧索索如牖下风耳。吴子律〔3〕曰："《稼轩长短句》十二卷，元大德己亥孙粹然、张公俊刊于广信书院，曾于知不足斋见写本。"〔4〕

〔1〕吴衡照《莲子居词话》卷三："今人学辛稼轩，叫嚣打乖，堕入恶趣，无迦陵先生才，不可作耳。"

〔2〕蒋士铨，号藏园。参卷二"蒋士铨咏节义词"条。

〔3〕吴衡照，字子律。参上一条。

〔4〕见《莲子居词话》卷二。"曾于"，原作"余在"。

彭孙遹填词

彭羡门填词，字之多寡，音之平仄，多所出入，迦陵亦然。〔1〕

〔1〕吴衡照《莲子居词话》卷二："彭十于字之多寡、平仄，任意出入，沿明人故习。不若朱十之严。"彭十指彭孙遹，朱十指朱彝尊，均以排行称。陈维崧，号迦陵。参卷四"陈维崧一门词"条。

题《湖海楼词》后

余题《湖海楼词》后云："善权山上诵经苦。别如来、莲花座下，人间小住。"〔1〕相传迦陵为善权山诵经猿再世，见《鹤徵录》、《莲子居词话》等书。〔2〕

〔1〕此词谢章铤《酒边词》未载，可作谢氏词补遗之用。按：调寄《贺新郎》。

〔2〕见李集《鹤徵录》卷一。（清嘉庆十五年漾葭老屋刻本。）吴衡照《莲子居词话》卷二："迦陵先生，相传是善权山中诵经猿再世。初受知于龚定山宗伯，时方为诸生，誉未盛也，宗伯遇之厚。一日，燕会，诸达官毕集，宗伯揖先生上坐，先生不辞，乃就坐。有客某见先生掀髯据席，若无人焉，为不平然，无如何也。"

孙尔准刻《无弦琴谱》

金匮孙平叔尔准[1]制军在闽时，曾刻《无弦琴谱》，[2]乃宋钱塘仇远山村[3]著。山村在宋为名家，张翥[4]、张雨[5]、莫维贤[6]，皆在门下，其词则绝少流传。合较周公谨《绝妙好词》、朱竹垞《词综》等书，不过三、四首。平叔为太史时，得于《永乐大典》，凡一百一十九调。中如《越山青》云："四月时。五月时。柳絮无风不肯飞。卷帘看燕归。　　雨凄凄。草凄凄。及早关门睡起迟。省人多少诗。"《更漏子》云："栋花风，都过了。冷落绿阴池沼。春草草，草离离。离人归未归。　　暗魂销，频梦见。依约旧时庭院。红笑浅，绿颦深。东风不自禁。"[7]丰神一何旖旎。山村家钱塘西城脚下，今呼"仇家园"[8]。先族叔华田尊青[9]曾经其地，云："园出苋，绝佳，鬻者称为'仇园苋'。"

先叔长于诗，中年即死，其稿多散佚。余记其《宿白沙》云："一塘凉月浸芦花，摇曳舵声过白沙。此去中州几千里，此间犹算未离家。"又咏萍调寄《凤栖梧》末云："从此离愁生不数。杨花应悔低飞误。"

〔1〕孙尔准(1770—1832)，字平叔，号莱甫，一号戒庵，江苏无锡人。嘉庆十年(1805)进士，改庶吉士，授编修。出任福建汀州知府，迁福建盐法道，擢江西按察使、福建布政使，巡抚安徽、广东、福建，授闽浙总督。卒赠太子太师，谥文靖。著《泰云堂集》25卷，计文集2卷、骈体文集2卷、诗集18卷、词集3卷，《婆娑洋集》1卷。（据《清人诗文集总目提要》第1053页。）

〔2〕孙尔准在史馆时从《永乐大典》辑得《无弦琴谱》，后与陆莱臧共同校正付梓。事见《泰云堂文集》卷一《〈无弦琴谱〉叙》。（清道光刻本。）

〔3〕仇远(1247—1326)，字仁近，一字仁父，号山村、山村民，钱塘（今浙江杭州）人。咸、淳间有诗名，与白珽齐名，人称"仇白"。成宗大德九年(1305)，任溧阳州学教授，以杭州知事致仕。家余杭溪上之仇山，后居虎林白龟池上，卒葬于杭州栖霞岭下。《全宋词》录其词120首。（据《宋词大辞典》第406

页。)著有《兴观集》1卷、《山村遗稿》4卷、《金渊集》6卷、《无弦琴谱》2卷等。

〔4〕张翥,参卷十二"张翥、杨基学姜夔"条。

〔5〕张雨(1283—1350),字伯雨,一字天雨,钱塘(今浙江杭州)人。弃家为道士,法名嗣真,道号贞居子,又号句曲外史,曾住持西湖福真观。延祐七年(1320)居开元宫,历主茅山崇寿观、元符宫。后至元二年(1336)归杭,居吴山三茅观。著有《句曲外史集》7卷、《玄品录》5卷、《贞居词》1卷。(据《中国词学大辞典》第144页。)

〔6〕莫维贤,字景行,钱塘人。好学能诗,雅尚标致,筑别业于西湖南北两山间,时致士大夫游咏其间,人比王维之辋川庄。洪武初曾为杭庠训导。所著有《广莫子稿》。(据凌迪知《万姓统谱》卷一百二十,清文渊阁《四库全书》本。)

〔7〕以上二首见《无弦琴谱》卷二。(清道光刻本。)

〔8〕吴衡照《莲子居词话》卷三:"文章显晦,有数存乎其间,不可强也。吾杭诗馀,后清真知名者为仇山村,而词止四首。安知海内无好事家,如张子野、姜白石二集,藏弃完好,以待流传耶?山村家钱塘西城脚下,今呼'仇家园',地出苋,极美。"

〔9〕华尊青,事迹不详。下引其诗词,赖谢氏记录而存世。

林章词

福清林初文章〔1〕,万历元年孝廉,诗词有盛名,然遗集不传〔2〕,述庵《明词综》只录《孤鸾》一首。〔3〕余读《莲子居词话》,又得《长相思》,云:"江南头。江北头。水满花湾花满洲。花间是妾楼。　　郎东头。妾西头。妾处春波郎处流。劝郎休荡舟。"〔4〕初文负大志,尝献书阙下,不报,归而卜居华林园侧,亭树池馆之胜,金陵无出其右。子君迁、古度皆能诗。古度,字茂之,号那子,尤杰出,尝以《挝鼓行》见赏屠隆。〔5〕儿时佩一万历钱,至老不去身,又有"江东父老"小印。〔6〕

〔1〕林章(1555—1599),本名春元,字初文,又字寅伯,福清(今属福建)人。万历元年(1573)举人,后屡试进士不第,挈家居金陵。后上书言兵事,被逮下狱,暴病而卒。(据刘德城、周美颖主编《福建名人词典》第113页,福建人民出版社1995年版。)著有《林初文先生诗选》1卷、《林初文诗文全集》不分卷。

〔2〕《林初文先生诗选》有明崇祯刻本,《林初文诗文全集》有明天启四年刻崇祯印本,俱存。

〔3〕《孤鸾》见《林初文诗文全集》,有词题:"禁中妓"。(明天启四年刻崇祯

印本，下同。）又见王昶纂《明词综》卷四。（清嘉庆七年王氏三泖渔庄刻本。）

〔4〕见《莲子居词话》卷二，又见《林初文诗文全集》。

〔5〕王士禛《带经堂集》卷七十三《林翁茂之〈挂剑集〉序》："林翁古度，亦闽人也。少赋《挝鼓行》，为东海屠隆所知。其父初文孝廉，尝献书阙下，不报，归而卜居金陵。翁及其兄君迁皆好为诗歌，又出交当代名士，声誉日起。"（清康熙五十年程哲七略书堂刻本。）林古度（1580—1665），字茂之，一字那子，人称乳山道士。福清人。父章，兄懋（又名君迁），妹玉衡，皆能诗。明亡，流寓金陵。（参陈庆元《林古度年表》，《南京师范大学文学院报》2010年第4期。）著有《林茂之文草》1卷、《林茂之赋草》1卷、《林茂之诗选》2卷。

〔6〕沈德潜辑《清诗别裁集》卷三《闻友人言林茂之先生尚未能葬》注云："茂之尝纫一万历钱于衣带间，示不忘也。又尝自卜生圹于金陵，乃没后尚未能葬，宜其慨然于心。"（清乾隆二十五年教忠堂刻本。）陈庆元《福建文学发展史》："林古度佩万历钱之举，在明遗民中有不小的反响。"（第389页，福建教育出版社1996年版。）陈文述辑《秣陵集》卷六《乳山访林古度故居》："甲申（1644）后，徙真珠桥南陋巷，掘门蓬蒿，蒙翳弹琴，赋诗弗辍也。王士正司理扬州，每集名士，泛舟红桥。古度年八十五，士正亲为撰杖。……卒年九十。……殁三年，周亮工葬之钟山之麓。或云后居乳山，有'江东父老'小印。"（清光绪十年刻本。）

丁炜词

二丁竞爽，澹汝，炜；韬汝，焯。[1]时有"词兄词弟"之称。澹汝尤以小调见长，所著《紫云词》中，如《钗头凤》云："春如酒。花如绣。恼人天气清明候。荼蘼下。秋千架。东邻娇女，相招游冶。怕。怕。怕。　罗衫旧。腰肢瘦。风情困似三眠柳。山盟话。都成假。待伊来后，揉将花打。罢。罢。罢。"[2]《诉衷情·金陵怀古》云："胭脂冷落六朝妆。苔井久荒凉。休问景阳殿阙，禾黍满宫墙。　怀晋宋，忆齐梁。总堪伤。一双社燕，几阵昏鸦，过尽斜阳。"[3]《更漏子·江夜舟行同韬汝》云："背孤衾，听急橹。耿耿无眠凄楚。江国路，几秋残。无如此夜寒。　云墨墨。风瑟瑟。空把阑干暗拍。天渺渺，水茫茫。无如此夜长。"[4]与北宋人真堪把臂入林也。澹汝由漳平教授官湖北廉访，治甓园[5]，延宾客。竹垞[6]、园次[7]、纬云[8]、蘅圃[9]诸公，朝夕唱和其中。酒酣以往，艳歌一曲，引商刻羽，宠柳眠花，其风流真难数数觏也。所得诸姬赠物，封诸一箧，题曰"情价"。[10]

澹汝尝泊舟庐陵张家渡，夜梦身在全州，买舟作匆匆他适状，苏东坡追送江浒，歌词赠别，词调《杨柳枝》云："烟雨微茫二月天。水山连。征人晓立瘴江边。默无言。十里长亭新柳色。伤心碧。客中别客最堪怜。是坡仙。"〔11〕

〔1〕丁炜(1634—1696)，字澹汝，一字雁水，号问山，福建晋江人。明尚书启浚孙。顺治八年(1651)补县学生，十二年就漳州府试，名第一，授漳平教谕，历官鲁山丞、知献县、户部主事、员外郎，兵部武选司郎中，补职方郎。康熙二十年(1681)分巡南赣，官至湖广按察使。因病假归，数年卒。著有《问山文集》8卷、《问山诗集》10卷。(**据陈寿祺《东越文苑后传》卷一《丁炜传》，清嘉庆道光刻《左海全集》本。另据同治《赣县志》卷二十七、《清人别集总目》第2页。**)词有《紫云词》不分卷。丁焯，字韬汝，丁炜从弟，戊辰(1688)中副车。官理藩院知事。著有《沧霞诗集》、《沧霞词》。未见流传。事迹参《问山文集》卷一《弟韬汝〈沧霞诗集〉序》、《弟韬汝〈沧霞词〉序》、陈寿祺《丁炜传》。郭则沄《清词玉屑》卷一："雁水弟韬汝，亦雅擅声律，足继双丁。雁水回旋豸节，韬汝乃厄于一第，为老明经。然其词豪气不减，尝与雁水共宴秦淮观竞渡，韬汝词先成，一座惊服。"

〔2〕见《紫云词》。词题："无题"。(**据咸丰四年重刊本，下同。**)

〔3〕见《紫云词》。

〔4〕见《紫云词》。"衾"原作"檠"，"阑干"原作"床栏"。

〔5〕《问山文集》卷一有《甓园记》。据《记》，甓园壬戌年(1802)建成。(**据咸丰四年重刊本。**)甓园即今天的赣州公园。黄德溥、崔国榜修，褚景昕纂同治《赣县志》卷七："甓园，在道署内，丁副使炜构，自为《记》，郡守吴绮赋之。康熙二十八年(1689)已卯(**按：已卯应为己巳**)，副使刘荫枢继治，颜之曰'惜福'。五十年(1711)辛卯，少参陈良弼增葺，筑台曰'来爽'。乾隆五年(1740)庚申，副使青阿立重修，建文昌阁于东南隅。二十四年(1759)己卯，分巡道董榕就署东累土为山，下为池。因乡邑有丰台涄水，遂名山为'丰台'，池为'涄池'。右辟'蔚乔轩'、'援琴室'，取王守仁《思归轩赋》中语为迎养处。二十五年内署毁，宁道素章阿重建。嘉庆二十五年(1820)，巡道汪全德重修，自为记"。(**清同治十一年刻本。**)

〔6〕朱彝尊，号竹垞。参卷二"朱彝尊赠伎词"条。

〔7〕吴绮，字薗次。参卷九"吴绮其人其词"条。

〔8〕陈维岳，字纬云。参卷四"陈维崧一门词"条。

〔9〕龚翔麟，号蘅圃。参卷十一"《浙西六家词》"条。

〔10〕丁炜《紫云词自序》："辛亥(1851)，吴子薗次、陈子纬云遥来，晨夕尚有花下、筵前、良辰、美景唱酬诸章外，此则皆军旅、山谷、风尘、霜雪、舆马、舟楫之间劳者之歌。""情价"云云，未知出自何处。同治《赣县志》卷四十七《艺文

志》载丁炜撰有《甓园唱和集》,或“情价”一事载此书中,惜此书未能访获,是否存世亦未可知。

〔11〕见《紫云词》。《杨柳枝第二体》词序云:“辛酉(1801)九月六日,余从洪州回虔,舟泊庐陵张家渡。征帆息影,万籁鸣秋,寒柝侵宵,孤灯照梦,仿佛身在全州。幞被忩忩作买舟他适状,苏公东坡追送江浒,歌词赠别。维时烟雨溟蒙,柳条绾恨,殊有黯然可怜之色。余时欲踵和,俯仰低徊久之,盖心知苏公为千古词人,未可轻持布鼓而在全州握别,若有尤难为怀者。因勉就原调奉酬,醒后朦胧,追忆不遗一字,急呼童爇烛书之。其调为平昔倚声所未及,按之《乐府雅词》,仍不适分刌,但苏公一词不复记忆,深为惋然。余何人斯?曷敢冀公之旷代相接,而粤之全州尤非缘想所至,幻境迷离,姑述之以纪异梦云。”

刘家谋词

戊申,予依刘芑川家谋〔1〕于东宁,唱和颇多〔2〕,芑川有《斫剑集》。短调如《钗头凤》云:“窗前雨。窗中语。一般牵引无头绪。风声恶。钩声作。有人偷傍,水晶帘箔。莫。莫。莫。　天将曙。人先去。乱啼乌臼真无趣。丁宁约。殷勤诺。月圆时节,再来休错。确。确。确。”又云:“惺忪境。伶俜影。自家安慰无人省。秋眉结。春心热。病容消瘦,怎禁摧折。撇。撇。撇。　眠方醒。更还永。锦衾错怨熏笼冷。人久别。书重叠。一鞭归骑,绿杨时节。说。说。说。”〔3〕长调如《金缕曲·寄李少棠敬》云:“空自伤心起。叹古来、英雄豪杰,都归蒿里。究竟未能低首坐,一片热肠难死。况浊酒、更为驱使。百尺危楼天汉上,看无边、浩浩东流水。水有尽,愁何已。　君家衮衮名门子。却少年、激昂忼慨,胸襟如此。黄肖岩谢枚如风流还绝世,俊爽又如程石夫李星村。莫掉臂、但为名士。勉力同担天下计,笑鲰生、官与人俱鄙。岭海外,素餐耳。”〔4〕《寄黄肖岩宗彝》云:“往事休提起。到如今、停云天外,伤心无已。屈宋九原呼不出,涸尽沅湘千里。更何处、滋培兰芷。欲说自惭还自叹,空满腔、热血如流水。后望者,茫茫耳。　伯舆只道缘情死。却又能、耽吟纵酒,自家料理。侠骨柔肠齐迸出,儿女英雄谁是。奈绝调、无人识此。快婿东床君所喜,便有成、未免头巾气。臣狂处,难及矣。”自注:“大儿为君婿。”〔5〕皆可以右挹苏、辛,左联秦、柳。芑川与其妇詹氏伉俪极笃,余尝见《计偕入都寄内》四绝云:“阑干十二对银河,携手无因奈别何。一样团圆好明月,他乡不及故乡多。”“功名得失总须归,莫更相思怨锦帏。到底红颜能似旧,梦卿消瘦梦卿肥。”“春风吹绿柳梢头,节序关心泪两流。便得浮名了何益,又添离别又添愁。”“锦衾冷拥月痕斜,梦断云山万里涯。惟有客心清似水,不曾贪折异乡花。”〔6〕其枕边听雨调《月上海棠》中云："滴滴闲阶，屡惊人、枕边双睡。"又云："生怕庭花，怎禁伊、几番敲坠。妆台人，偏只关心茉莉。"[7]想见深夜梦回枕畔喁喁时也。

"怒发冲冠，恨血沾襟，郁勃难消。问能飞将军，是谁李广，横行青海，几许天骄。未缺金瓯，空捐玉币，为甚和亲学汉朝。多时累，我胸中磊块，索酒频浇。　谁图无限忧焦。忽眉舞神飞在此朝。看磨刀水赤，人心未死，弯弓月白，鬼胆先飘。袯襫同袍。犁锄当戟，不待军门尺籍标。腥臊涤，听欢声动处，万顷春潮。"此调《沁园春》，乙巳芑川所填，感事作也。[8]是时海氛方棘，彼族逼处城内乌石山，居民义愤同仇，几如广东之三元里。而徐松龛继畬中丞力持和议，极意与民为难，而俎上之肉，惟其所欲为矣。[9]嗟乎！登楼一望，秋风四起，海水滔滔，逝将安止？安得携一斗酒，濡大笔，复填此等词哉？

〔1〕刘家谋(1814—1853)，字芑川，一字仲为，别号外丁卯桥居士，福建侯官(今福州)人。道光十二年(1832)举人，官宁德教谕、台湾府学训导。著有《芑川先生合集》17卷，计《外丁卯桥居士初稿》8卷、《东洋小草》4卷、《观海集》4卷、《斫剑词》1卷。事迹详谢章铤《赌棋山庄文集》卷二《教谕刘君小传》、民国《闽侯县志》卷七十二。按：《小传》云刘家谋官台湾教谕，不确，实任府学训导。参卷四"报黄宗彝书"条。《小传》云："著有《外丁卯桥居士初稿》八卷、《东洋小草》四卷、词一卷、《开元宫词》二卷、《海音》二卷、《观海集》四卷、《东洋纪程》一卷、《操风琐录》四卷、《鹤场漫志》二卷、《怀藤吟馆随笔》一卷、《揽环集》十卷，皆可传者。"(**据清光绪十年南昌刻本，下同。**)今见清道光二十八年刻本《东洋小草》附《斫剑词》收词57阕。

〔2〕《赌棋山庄文集》卷一《祭芑川文》："忆道光甲辰(1844)，君归自都门见余文，访余于嵩山草堂。时吾友张任如新夭，余颓然若丧其生平，君所以慰谕鼓舞之者备至。戊申(1848)，依君于宁德，四海两人，相视莫逆。"(**清光绪十年南昌刻本。**)刘家谋《鹤场漫志》卷下："戊申(1848)春(谢章铤)来宁，为余课诸儿，居年馀，风晨月夕，唱和极多，得诗词各一卷。"

〔3〕见《斫剑词》。"容"原作"肌"，"叠"原作"迭"。(**据清道光二十八年刻本，下同。**)

〔4〕见《斫剑词》。原题作《贺新凉·答李少棠敬》，"浩浩"原作"浩荡"。按：《贺新凉》一名《金缕曲》。

〔5〕见《斫剑词》。原题作《贺新凉·柬肖岩》，"出"原作"醒"，"奈绝调无人识此"原作"但已预奚容复尔"。

〔6〕刘家谋存世著作有《外丁卯桥居士初稿》、《东洋小草》附词、《开天宫词》、《海音》、《观海集》、《东洋纪程》、《操风琐录》、《龙湫纪游》、《鹤场漫志》，均经目验，未见《计偕入都寄内》诗。疑此诗出《怀藤吟馆随笔》，或出《揽环集》。

《怀藤吟馆随笔》，今佚，谢章铤曾录有副本，参卷一"翁宗琳词"条。《揽环集》，谢章铤似未曾看到全貌，今佚。谢章铤《课馀续录》卷一："《揽环集》十卷，皆录知交投赠。予所见已二十馀则，人各系以小传，如《中州集》例。"（**清光绪二十六年福州刻本。**）

〔7〕见《斫剑词》。《月上海棠·枕边听雨》全词云："愁天如梦还如醉。甚伤情、洒就万千泪。滴滴闲阶，屡惊人、枕边双睡。夜阑时，可但芭蕉心碎。　疏影灯暗摇金穗。一声声、湿透半帘翠。生怕庭花，怎禁伊，几番敲坠。妆台人，偏只关心茉莉。"

〔8〕《斫剑词》未收此词。《斫剑词》刊于道光二十八年(1848)，而此词作于乙巳(1845)，则此词可作《斫剑词》之补遗。刘家谋或顾于时忌，梓行《斫剑词》时，特刊落此词。

〔9〕徐继畬(1795—1873)，字健男，号牧田，又号松龛，山西五台人。道光六年(1826)进士，改庶吉士，授编修，转陕西道监察御史，官至福建巡抚。（**据《清人诗文集总目提要》第1305页。**）著有《松龛全集》计奏疏2卷文集4卷诗集2卷、《两汉幽并凉三州今地考略》1卷、《汉志沿边十郡考略》1卷。《文集》卷四《谢政归里祭主文》："蒙恩擢广西巡抚，旋调任福建巡抚，在任五年。两署闽浙总督，以焦头烂额之地，值山穷水尽之时，兼以抚局。既定，奉命专办通商事务，困心棘手，不可名言。继畬谨守先训，饮冰茹蘖，不取一钱，矢慎矢勤，力图补救。九年之中，疆土幸无变乱，夷情亦复安恬。不料时局既变，议论日新，继畬坚守素志，不肯轻开边衅，遂为言路所攻，弹章至于六、七。圣主悯其戆愚，降补太仆寺少卿。本年夏初，上《三渐宜防》一疏，蒙谕嘉奖，旋有四川正主考之命。闱务方毕，奉文以闽抚，任内起解官犯，迟延革职。伏念继畬才力短浅，未能建立勋名，以光祖考，诚为可愧，惟谨洁自守，尚未玷先人清白。方今时事艰难，中外皆无从措手，幸以微罪归田，未必非塞翁之福。今已于十一月十一日抵里，从兹里居教授，为村学究以终身矣。"（**民国刻《山右丛书初编》本。**）按：《三渐宜防疏》见《奏疏》卷下。

赌棋山庄词话卷二

黄景仁与吴兰修词

五伦非情不亲，情之用大矣，世徒以儿女之私当之，误矣。然君父之前，语有体裁，观情者要必自儿女之私始，故余于诸家著作，凡寄内及艳体，每喜观之。[1]黄仲则[2]十六夜忆内《踏莎行》云："珠斗斜擎，云罗浅熨。蟾盘偷减分之一。重圆又是一年看，明年看否谁人必。　今夜兰闺，痴儿娇女。那知阿母消魂极。拟将归棹趁秋江，秋江又近潮生日。"[3]吴石华[4]寄内《黄金缕》云："一春欢意何曾纵。似怕春寒，又怯寒衣重。不做情天长似梦。雨丝织得愁无缝。　药炉茗盌成清供。病亦无多，只是酸心涌。欲寄尺书情万种。平安一半将伊哄。"[5]又《喝火令》云："慧业宁多福，离愁也夙因。十年两度祝三生。奈是八年今夕，孤影可怜卿。　心近人千里，宵凉雁一绳。又惊归梦见分明。见汝焚香，见汝损眉青。见汝绿鬟扶起，独自拜双星。"[6]

石华短调绝佳，梁应来绍壬曾采《黄金缕》、《减字木兰花》等阕入《两般秋雨庵随笔》。[7]更有《临江仙》云："落得半生甘薄倖，为谁只管离家。东风支病小年华。情丝千缕，和泪寄天涯。　短纸行行惆怅字，几曾重仿簪花。急来一半是涂鸦。零星苦语，写了又添些。"[8]《菩萨蛮》云："秋虫琐碎啼金井。离人渐觉秋衾冷。一味做凄凉。梦魂都不双。　当年相恋意。万种心头记。酒醒一灯昏。更长细细温。"[9]《黄金缕·春夜听仪墨农琐语》云："温柔见惯寻常事。约笑裁欢，珍重三分媚。看到热怀凉似水。真真地久天长意。　忆曾检得双文纸。写了鸳鸯，小注卿侬字。不许侬看生隐避。那知侬又牢牢记。"[10]一杯在手，孤灯相对，循环雒诵，诚不知作几许销魂。

〔1〕谢章铤忆内诗颇多，如魏秀仁《陔南山馆诗话》卷四云："刘芑川《怀藤吟馆随笔》曰：'枚如室人陈球，字淑慧。画草虫，楚楚有致，小诗亦绵丽。《赠外》云："惟郎知侬情，惟郎识侬意。为郎爱花香，金钗攒茉莉。"《闺词》云："轻轻小砚泼渝糜，十幅鸾笺欲写时。回首忽然夫婿至，故拈彩笔画蛾眉。"皆枚如所常诵者。'枚如忆内诗极多，不能悉录。"(《魏秀仁杂著钞本》第148～149页，魏秀仁撰、陈庆元编，江苏古籍出版2000年版。)然刊本《赌棋山庄诗集》尽删此类诗，稿本《诗集》仅存《寄内》、《忆内》、《得家书》3首，《酒边词》刊本、稿本也绝少保存忆内词，其原因不明，或出于某些忌讳而不存此类诗。

〔2〕黄景仁(1749—1783),字仲则,一字汉镛,号鹿菲子,江苏武进(今常州)人。诸生。乾隆四十一年(1776)高宗东巡,召试二等,充武英殿签官。后贫病而死。著有《两当轩全集》20卷,中有《竹眠词》3卷。事迹详《两当轩全集》附毛庆善《黄仲则先生年谱》。

〔3〕见《两当轩全集》卷十八《诗馀》。"圆"原作"逢"。(清咸丰八年黄氏家塾刻本。)

〔4〕吴兰修(1785—?),字石华,号荔村,广东嘉应(今梅县)人。嘉庆十三年(1808)举人,官信宜训导。卒年五十馀。家富藏书。道光元年(1821)与曾钊、张维屏等结希古堂文社。(事迹据《清人诗文集总目提要》第1231页,生年据《中国词学大辞典》第235页。)著有《学海堂集》16卷、《学海堂二集》22卷、《守经堂集》1卷、《端溪砚史》3卷、《荔村吟草》3卷、《桐花阁诗集》不分卷、《桐花阁词》1卷、《南汉纪》5卷。

〔5〕见《桐花阁词》,题作《黄金缕·寄书后作》。(清嘉庆刻本,下同。)

〔6〕见《桐花阁词》,有词序:"星期寂寞,浅梦易惊,被冷如冰,灯微似豆,辄书短调,附寄红闺。"

〔7〕梁绍壬《两般秋雨庵随笔》卷五《桐花阁词》:"岭南多诗人而词家绝少,嘉应吴石华广文兰修著《桐花阁词》,郭频伽先生以为跌宕而婉、绮丽而不缛,有少游之神韵,而运以梅溪、竹山之清真者也。《黄金缕》云:'柳丝细腻烟如织。病过花朝,又是逢寒食。多少春怀抛不得。都来压损眉峰窄。　可怜生抱伤心癖。一味多愁,只恐非长策。葬罢落花无气力。小阑干外斜阳碧。"《减兰·过秦淮》云:'春衫乍换,几日江头风力软。眉月三分,又听箫声过白门。　红楼十里,柳絮蒙蒙飞不起。莫问南朝,燕子桃花旧板桥。'余酷爱诵之。"(清道光振绮堂刻本。)

〔8〕见《桐花阁词》,有词序:"题汪玉宾士女图四首"。有尾注:"缄书"。

〔9〕见《桐花阁词》。

〔10〕见《桐花阁词》。有词序:"春夜听仪墨农克中琐语,赋此索和。"

厉淳、袁一峰词

芑川[1]云:盐田旅壁有调《醉太平》云:"愁多病多。血潮泪波。清风明月闻歌。唤数声奈何。　时过梦过。心长景矬。情丝欲断还拖。把青萍自磨。"末云:"仆西湖狂客,东峤劳人,无地埋忧,有天问句。孔融四海,难觅新知。杜牧十年,空留旧梦。矧兹黯黯一灯,倍觉茫茫万感,聊题小令,自识孤踪。丙申六月仁和厉淳。"又长白袁一峰《卖花声》云:"花月正春三。绿柳毵毵。山光抹翠水拖蓝。隔岸人家应住处，无限烟岚。　　斜日又停骖。小醉初酣。梁间楼燕语呢喃。一夜客中眠不稳，梦近江南。”〔2〕

〔1〕刘家谋，字芑川。参卷一“刘家谋词”条。

〔2〕厉淳、袁一峰词未见它处。疑此则录自刘家谋《怀藤吟馆随笔》或《揽环集》。关于《怀藤吟馆随笔》、《揽环集》，参卷一“翁宗琳词”条、“刘家谋词”条。

张云璈词

钱塘张仲雅云璈〔1〕《浪淘沙·长安客思》云：“红雨扑阑干。莺意摧残。闲愁如草未能删。恋尽重衾多少梦，只在乡关。　　香冷鹧鸪斑。帘外轻寒。年年别恨说西湾。看遍绿萝屏上画，不是春山。”〔2〕《金缕曲》咏虞姬云：“不信天亡汝。怪千秋、英雄末路，未离儿女。此际虞兮无可奈，雪涕中宵如雨。恨一霎、婵娟谁主。子弟八千无一在，况当年、帐下闲歌舞。留盖世，气如虎。　　汉家也复空眉妩。算而今、定陶垓下，共成黄土。一样尊前翻楚调，鸿鹄声声偏苦。只疑事、重教怀古。骏马已随亭长去，问美人、毕竟归何所。此意在，倩谁补。”〔3〕仲雅极推尊袁简斋、赵云松，名其诗集曰《简松》〔4〕，词曰《三影阁筝语》。

仲雅尝赋“十无词”，谓“无书、无米、无钱、无官、无知己、无佳山水、无花、无盛宴、故乡无屋、家书无好音”。〔5〕其次女襄亦能诗。有小婢吴金凤者，随侍有年，其兄来赎券以去，襄送以七律云：“六萌何处驾香车，泪色空滋系臂纱。脱口芳名呼易熟，凭肩软语记无差。妆梳莫便随时习，举止终须入大家。怜尔正如窗外蝶，东风吹上别枝花。”〔6〕仲雅为书于扇首，并系以《清平乐》云：“落梅风骤。只向窗纱逗。燕子未来人去后。正是花朝时候。　　江南归路如弦。一帆送尔犹怜。明日春寒半臂，不知更唤谁添。”〔7〕

〔1〕张云璈（1747—1829），字仲雅，号简松，晚号复丁老人，浙江海宁人。乾隆三十五年（1770）举人，官湖南湘潭知县。著有《简松草堂全集》77卷计《简松草堂文集》12卷、《诗集》20卷、《蜡味小稿》5卷、《归艎草》1卷、《知还草》5卷、《复丁老人草》2卷、《金牛湖渔唱》1卷、《三影阁筝语》4卷、《四寸学》6卷、《选学胶言》20卷、《补遗》1卷。（据《清人诗文集总目提要》第851页。）

〔2〕见《三影阁筝语》卷一。（清嘉庆单刻本，下同。）

〔3〕见《三影阁筝语》卷三。

〔4〕赵翼《简松草堂诗集序》:"今过江枉访,以所著《简松草堂集》问序于予,先叩其'草堂'名义何?孝廉曰:'干宝《搜神记》云:"偓佺好食松实,以遗尧,尧不暇服。松者,简松也,受服者皆三百岁。"然此神仙之说,某意不在是。某生平酷嗜袁子才及先生之诗,袁号简斋,先生字云松,合二公字号,适符此松名,遂以颜吾斋,聊志景附之意焉。'噫!可见其意念之谦而嗜好之癖矣!"(清嘉庆十二年刻本《简松草堂诗集》。)

〔5〕见《三影阁筝语》卷二《台城路·十无词》。

〔6〕此据《三影阁筝语》卷二《清平乐》词序节录。"芳名"原作"小名","软语"原作"芳语"。

〔7〕见《三影阁筝语》卷二。

长调与短调

长调要转折矫变,短调要词意惝怳。[1]

〔1〕沈谦《填词杂说》:"小调要言短意长,忌尖弱。中调要骨肉停匀,忌平板。长调要操纵自如,忌粗率。能于豪爽中着一二精致语,绵婉中着一二激厉语,尤见错综。"(唐圭璋编《词话丛编》第629页,中华书局1986年版。)

刘士棻吊李光瑚夫妇词

闽县李亦珊光瑚仕广州别驾,家庭多缺憾,一弟又桀骜不可驯,自甘凉解饷归,抑郁以死,棺久不得归。其妻蔡氏名梅魁,字如珍,有《焚馀集》,卒年二十九,尝割股愈姑疾。谓老妇曰:"吾夫死,无一过问者,设久殡此,其何以堪?我将死之,闻者或怜我之节,送夫柩归,吾翁姑亦藉以同归,吾无憾矣。"乃冠帔拜堂上,自缢。其同官某之妻闻于老妇而悯之,属其夫醵金以助,已[己]仍出二百金送之归,且立庙祀之。[1]粤中南海知县仲振履为之填《双鸳祠》院本。[2]振履字柘泉,一字柘庵,又号览岱庵木石老人,籍江南,长于倚声。此词尤哀怨动人,卷首有吾乡刘心香士棻先生题词[3]。余调《乳燕飞》书其后云:"苦雨凄风夜。把此卷、长吟一遍,数行泣下。夫妇人间多似鲫,似汝凄凉盖寡。侭辛苦、艰难都罢。委曲求全还未得,况无端、贝锦工嘲骂。心中痛,谁能写。　肝肠寸断颜凋谢。却犹将、纲常二字,时时认者。为妇为儿无一可,此罪千秋难赦。说不出、泪行盈把。博得旁观称苦节,想君心、听此添悲诧。不得已,如斯也。"[4]

〔1〕以上据《双鸳祠传奇·弁言》转写。（清嘉庆二十五年刊本。）丁芸《闽川闺秀诗话续编》卷一载蔡梅魁有《焚馀集》一卷，并云："上宪题奏敕赐本省建坊入祠，弟瑞麟为梓遗诗。"（清光绪二十二年刻本。）

〔2〕仲振履，字临侯，号云江，又号柘庵，江苏泰州人。嘉庆十三年（1808）进士，官南澳同知。长于戏曲。道光《泰州志》卷二十三载仲氏著有《咬得菜根堂诗文稿》。（据《清人诗文集总目提要》第1123页。）今存《弃馀稿》3卷、《虎门揽胜》2卷、《双鸳祠传奇》1卷、《冰绡帕传奇》2卷，编有《兴宁县志》12卷。梁廷枏《曲话》卷三："番禺令仲拓庵振履卸事后，寓省垣作《双鸳词》八折，即别驾李亦珊事也。起伏顿挫，步武井然，惜《点谱》一折入手太闲，《歌赛》一折收场太重；通体八出，杂剧则太多，传奇又太少，古今曲家无此例也。"（清道光刻《藤花亭十七种》本。）

〔3〕刘士棻，字周有，号心香，侯官（今福州）人。嘉庆六年（1801）进士，改庶吉士，出任广东香山等知县。居官清廉，罢归时一贫如洗。著有《绿满斋诗钞》10卷，又名《自怡悦草堂诗钞》。（据《清人诗文集总目提要》第1068页。）《双鸳祠传奇》并无刘士棻《题词》，卷后有刘士棻《双鸳祠传奇后序》。

〔4〕谢章铤《酒边词》卷一收此词。"此卷"作"这卷"、"似鲫"作"似蚁"、"泪行"作"泪痕"、"不得已"作"真不愿"。有词序："闽县李光瑚，字亦珊，仕广州别驾，以家难殁于官。妻蔡氏殉之，其友仲振履为之填《双鸳词》院本，甚凄惋，哀之而作。"调作《贺新凉》。按：《贺新凉》一名《乳燕飞》。

谢堃词

甘泉谢佩禾堃游幕四方，喜结纳，著《春草堂集》十数种[1]，集中惟词差胜，词亦短调较长。《菩萨蛮》云："轻烟送暖侵帘幕。轻衫欲换春罗薄。无语下阶墀。青梅子满枝。　檐牙闻鹊喜。暗数青梅子。试唤小鬟猜。猜郎来不来。""闲情片片屏山隔。侵帘草妒罗裙色。杨柳一丝丝。日高春昼迟。　花开不甚惜。花落长相忆。惆怅凭阑干。花光拂袖寒。""莺声啼破辽西梦。弦声拨碎江南弄。春昼雨丝丝。春愁春不知。　垂垂乌臼树。绿遍江南路。春共落花飞。春归人未归。"[2]丰神秀倩，娓娓可诵。他如《生查子》云："隔岁落花时，执手蓬窗底。相劝酒如渑，相别泪如水。　怅望浮云端，游子情难已。会面安可期，乡县万馀里。"[3]又："鬟耸楚山云，裙系湘江水。午倦发娇瞋，故枕郎衣睡。"[4]入诗较佳，入词稍非本色。佩禾有小妻曰兰姬，亦能诗，尝集唐句《寄外》云："嫁得萧郎爱远游，烟花三月下扬州。远书珍重何由达，春日凝妆上翠楼。”[5]

〔1〕谢堃(1784—1844)字辔和,一字佩禾,甘泉(今江苏扬州)人。国子监生,官至曲阜屯田郎。(据《清人别集总目》第2291页。)著有《春草堂集》计《骈体文》1卷、《古近体诗》5卷、《词录》1卷、《诗话》5卷、《传奇》8卷、《钱式图》4卷、《花木小志》1卷、《书画所见录》3卷、《金玉琐碎》2卷、《雨窗记所记》4卷、《雨窗随笔》2卷、《恩怨录》1卷。诗话另有单刻本《春草堂诗话》8卷。词另有单刻本《春草堂词集》2卷。

〔2〕三首《菩萨蛮》第一首、第三首见《春草堂词集》卷上,有词序:“拟温助教庭筠。”第二首见《春草堂词集》卷下。(清道光刻本,下同。)三首《菩萨蛮》亦见《春草堂集》卷七《词录》,调作《菩萨鬘》。“阑干”原作“栏杆”,“袖”原作“袂”,“乌臼树”原作“乌柏树”。第一首、第三首有词序:“拟温助教庭筠。”(清道光二十五年刻本《春草堂集》,下同。)

〔3〕见《春草堂词集》卷上,有词序:“寄谭铁箫太守、宝庆汤雨生参戎杭州。”“泪如水”原作“泪如雨”。亦见《春草堂集》卷七《词录》,“蓬”原作“篷”,“泪如水”亦作“泪如雨”。

〔4〕见《春草堂词集》卷下《生查子》。“瞋”原作“嗔”。亦见《春草堂集》卷七《词录》,文字无异。

〔5〕《春草堂集》卷十《诗话》:“姬人萧兰因爱填小词,余戒其勿作。”又:“兰姬,燕产也。爱作满洲装。朱石甫玮题其小像云:‘鬓边影,眉边月,带得天山爽气来。’姬爱画兰。黄春涧钟秀题其册云:‘梦中拾得生花笔,画了蛾眉书楚辞。’春涧,杭州人;石甫,通州人。”《春草堂集》卷十一《诗话》:“兰姬初学诗,即好修饰,稍不称意,弃之者不知凡几。今春用唐句寄余云:‘嫁得萧郎爱远游,烟花三月下扬州。远书珍重何由达,春日凝妆上翠楼。’”(清道光二十五年刊本。)

刘琛词

刘东臣琛[1],侯官孝廉,余与遇于东宁[2]学署。为人性豪隽,言语声闻数室。芑川留之作三日饮,饮酣,二人述少年事,其言乌乌,数太息,继之以泣。余急呼奚僮买爆竹数十放之,响震墙壁,琉黄之气,缕缕从鼻间入,酒怀爽然,三人对视,大笑而起。临别,东臣曰:“吾最畏人家西宾,见子独不畏,子他日归家必过我。”[3]词如《浪淘沙》云:“午梦醒行云。怕看鸾文。七分愁带病三分。庭草无人随意绿,门掩斜曛。　咽泪问氤氲。小语曾闻。心香一瓣晚来焚。

鸳牒三千编子细，新妇参军。”[4]是所谓“愿天下有情人都成了眷属”也。

〔1〕刘琛，字东臣，刘家谋之友，著有《如庠题名录》4卷。刘家谋《外丁卯桥居士初稿》卷四有《家东臣琛过访乍可楼话雨有赠》诗。(清道光二十八年东洋学署刻《芑川先生合集》本。)

〔2〕东宁，指宁洋县东洋。东洋，宁洋县地名，在宁洋县东南部。(据董钟骥修、陈天枢等纂同治《宁洋县志》卷首《宁洋县全图》，民国二十四年钟幹丞铅印本。)宁洋县无东宁地名，因东洋在宁洋县东南部，故称东宁。

〔3〕谢章铤《梦竹斋诗草序》:“忆予昔客东洋，东臣过境，芑川止而觞之。予亦在坐，东臣俯视一切，时或谩骂耳。顾予曰:‘我见人家西宾多矣！非敢骂子。’予笑曰:‘是我不中骂耳’东臣曰:‘友子尚恐其不可而敢骂乎?’予乃知东臣之骂有所激也。君亦与东臣有旧，观于东臣，知君之于诗，訾謷当世以为名高也。”(《赌棋山庄馀集·文》卷二)

〔4〕未见刘琛有词集传世，此词当得之朋辈间交往。《闽词徵》卷五选此词。

周之琦词

祥符周稚圭之琦[1]著《金梁梦月词》，短调学温、李，长调学姜、史。《青玉案》云:“西山颜色仍依旧。只添了、眉痕皱。小院珠帘垂永昼。吟笺半折，画阑孤倚，长忆分襟后。　闲中记曲拈红豆。风雨还惊夜来骤。曾问南园芳事否。莺如人懒，花如人醉，春也如人瘦。”[2]《踏莎行》云:“劝客清尊，催诗画鼓。酒痕不管衣襟污。玉笙谁与唱销魂，醉中只想瞢腾去。　绮席频邀，高轩惯驻。闷来却觅栖鸦语。城头一角晋阳山，怪他青到无人处。”[3]《菩萨蛮》云:“映门衰柳无颜色。长条一夜西风急。人在小红楼。阑干天际愁。　愁来天又暮。艇子冲波去。打浆问鸳鸯。鸳鸯秋梦长。”[4]《相见欢》云:“炉香冷了金猊。镜台携。不信生来长见，翠眉低。　春梦断。画阑畔。旧情迷。刚是晓鸦啼后，子规啼。”又:“一丝秋入雕梁。燕双双。蓦地庭梧已做，十分凉。　楚竹簟。越罗扇。漫思量。咫尺画栏西畔，是斜阳。”[5]《齐天乐》咏寒鸦云:“晚霜天外归飞急，凄凄噤寒无语。水驿樯稀，河堤树老，羞说垂杨终古。酸风听取。问积霰平林，旧巢安否。黯淡丛祠，阵云吹送楚江暮。　苏台前事暗数。醉歌人未散，银箭催曙。叫月声孤，栖烟梦冷，重忆昭阳何处。萧条倦羽。怅子夜啼残，白头还苦。鬓影相看，玉颜空泪雨。”[6]

稚圭妇沈氏卒后，稚圭悼之甚，有《怀梦词》[7]一卷，皆悲香哀粉之作也。

其调《青山湿遍》云："瑶簪坠也，谁知此恨，只在今生。怕说香心易折，又争堪、烬落残灯。忆兼旬、病枕惯瞢腾。看宵来、一样恹恹睡，尚猜他、梦去还醒。泪急翻嫌错莫，销魂直恐分明。　回首并禽栖处，书帷镜槛，怜我怜卿。暂别常忧道远。况凄然、泉路深扃。有银笺、愁写瘗花铭。漫商量、身在情长在，纵无身、那便忘情。最苦梅霖夜怨，虚窗递入秋声。"[8] 伤心苦语，真不数潘安仁[9]、元微之[10]也。调乃纳兰容若所谱者。[11]

〔1〕周之琦(1782—1862)，字稚圭，河南祥符(今开封)人。嘉庆十三年(1808)进士，改庶吉士，授编修。出为四川盐茶道，擢浙江按察使，调江西巡抚，终广西巡抚。著有《珠巢存课》2卷。(据《清人诗文集总目提要》第1160页。)词有《金梁梦月词》2卷、《怀梦词》1卷、《鸿雪词》2卷、《退庵词》1卷，合称《心日斋词集》。另辑有《十六家词选》16卷、《晚香室词录》8卷。

〔2〕见《金梁梦月词》卷上。(清刻《心日斋词集》本，下同。)

〔3〕见《金梁梦月词》卷上。"销"原作"消"。

〔4〕见《金梁梦月词》卷上。"在"原作"倚"。

〔5〕以上见《金梁梦月词》卷上。

〔6〕见《金梁梦月词》卷上。"栏"原作"阑"。

〔7〕见《金梁梦月词》卷上。

〔8〕见《怀梦词》。"坠"原作"堕"，"销魂"原作"魂消"。有词序："道光己丑(1829)夏五，余有骑省之戚，偶效纳兰容若词为此，虽非宋贤遗谱，音节有可述者。"

〔9〕潘岳(247—300)，字安仁，荥阳中牟(今属河南)人。早举秀才，初任河阳令，转怀县令。后历任著作郎、散骑侍郎、给事黄门侍郎。岳热中轻躁，与石崇等谄事贾谧，为贾谧"二十四友"之一，后遭孙秀陷害被杀。工于诗赋，尤长于哀诔。有集10卷，佚，明人辑其遗文成《潘黄门集》6卷。(据曹道衡、沈玉成编撰《中国文学家辞典·先秦汉魏晋南北朝卷》第495～496页，中华书局1996年版。)代表作《悼亡诗》三首，为怀念亡妻而作，情意深厚真挚。

〔10〕元稹(779—831)，子微之，别字威明，行九，鲜卑族后裔，世居京兆万年(今陕西西安)。贞元九年(793)，年十五，以明两经擢第。后游蒲州，有艳遇，终决绝，作著名传奇《莺莺传》，托名张生以纪其事。十九年(803)，中书判拔萃科，署秘书省校书郎。元和元年(806)，登才识兼茂、明于体用科，授左拾遗。历任监察御史、膳部员外郎、中书舍人、翰林学士承旨、宰相、浙东观察使、武昌军节度使等职。诗与白居易齐名，世称"元白"。著有《元氏长庆集》100卷，今存60卷。(据周祖譔主编《中国文学家大辞典·唐五代卷》，中华书局1992年版。)七律《遣悲怀》三首，感情真挚，向称悼亡诗之名篇。

〔11〕纳兰性德，字容若。参卷七“纳兰性德其人其词”条。纳兰性德《通志堂集》卷九有《青衫湿遍・悼亡》词。按:《青山湿遍》又名《青衫湿遍》。

黄景仁别友之词

“一事与君说，君莫苦相留。百年过隙驹耳，行矣复何求。且耐残杯冷炙，销受晓风残月，博得十年游。若待嫁娶毕，白发待人不。　　离击筑，骥弹铗，粲登楼。仆虽不及若辈，颇抱古今愁。此去月明千里，且把《离骚》一卷，读下洞庭舟。大笑揖君去，帆势破清秋。”此填《水调歌头》，黄仲则别友之作也。[1]表弟李少棠[2]，尝取“颇抱古今愁”句篆诸印，曰:“此五字恰似为我设。”

〔1〕黄景仁，字仲则。参本卷“黄景仁与吴兰修词”条。此词见黄景仁《两当轩全集》卷十七《诗馀》，词序云:“仇二以湖湘道远，且怜余病，劝勿往，词以谢之。”“相”原作“羁”，“杯”原作“羹”，“销”原作“还”。

〔2〕李敬，字少棠。谢章铤姨表弟，享年在六、七十之间。谢章铤多有诗词赠之。《赌棋山庄文集》卷一《叶辰溪〈我闻室词〉叙》:“李少棠者，余姨弟也。”卷七《少棠表弟六十寿序》:“古不序寿，而世俗以此为重。余谬以能古文名，甚厌苦之。今冬，少棠表弟六十，其子弟称觞以此请，余独喜为者，诚以予与少棠固不必以世俗之言言之也。”《赌棋山庄文又续》卷二《李蔼如七十寿序》:“道光乙巳、丙辰(1845—1846)间，予读书荔水庄之春晖草庐，姨弟李少棠为之供朝夕。……予曰:‘昔予与少棠徘徊春晖庐外，月光满地，人影参差，忽忽如昨日事。今少棠、寿之不可见，君为少棠弟，亦年且七十矣。”(清光绪二十四年刻本。)按:道光年间无丙辰纪年，“丙辰”当为“丙午”之误。

宋琬戏林嗣环词

国初，马伽沙贾舶抵朱崖，主帅利其赀，将执戮之。雷琼道林铁崖争，以为不可，与帅忤。[1]会尚、耿[2]二藩有异志，欲集饷，铁崖议屯田，拂其意，嗾帅劾之，落职。居西湖，与朱锡鬯[3]、宋玉叔[4]、王贻上[5]相引重。铁崖口吃，有小史名絮铁，绝怜爱之，不使轻见一人。一日，玉叔在坐，呼之不至。玉叔戏为《西江月》云:“阅尽古今侠女，肝肠谁得如他。儿家郎罢太心多。金屋何须重锁。　　羞说馀桃往事，怜卿勇过庞娥。千呼万唤出来么。君曰期期不可。”传者以为韵事。[6]铁崖名嗣环，字起八，晋江人。有文集、诗集、《海渔编》、《岭南纪略》。既殁,葬西湖白沙泉右,琼人祀之包拯祠。

〔1〕宋琬《安雅堂文集》卷二《题林铁崖马伽沙画卷》:"林公铁崖守琼州时,有马伽沙国人贾舶抵朱崖界上者,主帅利其重货,将执而戮之。公曰:'吾以书生释褐,朝廷超拜为副使,持节东南万里海外,固欲其来远人绥荒服也,攘功挑衅,嗣环死不敢为。'帅衔之,然究无以夺公,听贾人归国。"(清康熙三十八年宋思勃刻本。)林嗣环(1607—?),字起八,号铁崖。福建安溪人。明崇祯十五年(1642)年中举人,清顺治六年(1649)登进士第。适逢尚可喜、耿仲明二藩王南征广东,随军南下。入粤后,历任罗定州宗师、广东提刑按察司副使、分巡雷琼道兼理学政,驻节琼州。为减民众役赋而上《屯田疏》,于顺治十三年(1656),被二藩诬告落职,携家寓居杭州西湖。顺治十八年(1661),复审平冤获释,诏升山西左参政。嗣环无意仕途,遂放舟西湖,寄情山水。享年六十左右。卒葬杭州,移葬安溪。著有《铁崖诗文集》、《湖舫集》、《岭南纪略》、《海渔编》、《荔枝话》等。中学课文《口技》节选自林嗣环《〈秋声诗〉自序》(收录在涨潮辑《虞初新志》)。(据林元朱《清代著名文学家林嗣环》,收入其主编《清代著名文学家林嗣环》,人民日报出版社 2001 年版。)按:谢章铤谓林嗣环为晋江人,不确。

〔2〕尚可喜(1604—1676),字元吉,号震阳。辽东海州(今辽宁海城)人。明崇祯五年(1632)任广鹿岛副将。七年,降后清,授总兵官。崇德元年(1636)封智顺王,隶汉军镶蓝旗。屡率部从征。顺治元年(1644)领军入关,攻李自成军。后随孔有德攻湖广。六年(1649)改封平南王,征广东。后专镇广东,与吴三桂、耿仲明合称三藩。康熙十二年(1673)乞归老海城,为圣祖所允。旋三藩乱起,仍忠于朝廷,进封平南亲王。十五年,以子尚之信响应吴三桂叛,忧惧死。(据《中国历史大辞典》第 2224 页。)尚之信(1636—1680),字德符,号白岩。清汉军镶蓝旗人。平南王尚可喜长子。初佐平南王军事,不为可喜所爱,不令袭封。康熙十五年(1676),叛应吴三桂,授招讨大将军,封辅德亲王。次年,降清,袭平南王,率军攻湘、桂。后有人告其谋反,赐死于广东。(据《中国历史大辞典》第 2233 页。)耿精忠(?—1682),清汉军正黄旗人,靖南王耿仲明孙、耿继茂长子。康熙十年(1671)袭王爵。十三年,据福建叛应吴三桂,自称总统兵马大将军,年号裕民,分兵攻浙江、广东、江西等地。十五年,势穷降清。三藩乱平,磔于京师。(据《中国历史大辞典》第 764~765 页。)

〔3〕朱彝尊,字锡鬯,参卷二"朱彝尊赠伎词"条。

〔4〕宋琬(1614—1673),字玉叔,号荔裳,一号无今,山东莱阳人。顺治四年(1647)进士,官至四川按察使。著有《安雅堂未刻稿》10 卷、《诗集》10 卷、《拾遗诗集》8 卷、《拾遗文集》2 卷。词名《二乡亭词》,凡 3 卷。(据《清人诗文集总目提要》第 93~94 页。)

〔5〕王士禛，一字贻上。参卷八“王士禛词”条。

〔6〕《西江月》词见《二乡亭词》卷上，有词序：“索林铁崖侍史絮铁，不见，作此嘲之。”尾注云：“林口吃，故云。”(清康熙刻留松阁刻本。)徐釚《词苑丛谈》卷十一：“林铁崖嗣环使君口吃。有小史名絮铁，尝共患难，绝怜爱之，不使轻见一人。一日，宋观察琬在坐，呼之不至，观察戏为《西江月》词云(略)”(清光绪刻《海山仙馆丛书》本。)

蒋士铨咏节义词

咏事之词，有通阕述其事而美刺自见者，有上半阕述其事，下半阕或议论或赞叹者，其法皆与古文家纪传相通。至于咏节义，述忠孝，则刚健婀娜之笔，婉转慷慨之情，四者缺一，难免负题。余最爱心馀[1]明余杭知县府谷苏公万元殉节词填《贺新凉》云：“寇至无人抗。叹孤城、丸泥失守，谁当屏障。旧令归田遗一老，肯复去先民望。露白刃、与公相向。乱世之人为贼好，劝先生、冠改黄巾样。得富贵，且无恙。　　公怒裂眦气何壮。看微臣、此时心目，海天空旷。愿脱齿牙为剑戟，一骂豕蛇都丧。贼顾曰、是真倔强。尔不我从须赂耳，奈穷官、壁立无封藏。但斫此，好头项。”“利刃环而下。血淋漓、浩然之气，与刀相射。贼技如斯堪一唾，公乃凭虚而驾。看府谷、荒城斗大。中有孤魂垂白练，照河山、不许秦关夜。苌宏恨，岂能化。　　乡官义烈南雷亚。惜当时、寸权尺土，一无凭藉。过客哀歌还击缶，泪涌渭桥清灞。公有后、士之良者。作令寻公遗爱去，向余杭、酹酒公祠舍。述祖德，定悲诧。公裔孙遇龙，壬申进士，龙泉令。”[2]廉顽立懦，端推此种。遇龙，字德水，亦风雅士，尝刻元叶子奇《草木子》行于世。[3]

吴逆之乱，广西巡抚马文毅公雄镇死之。初，吴逆欲文毅降，囚之土室四年，作《汇草辨疑》十二卷。妾顾氏按字为之旁训，后顾氏亦死，死者凡四十馀人。心馀填《桂林霜》院本记之。[4]钱塘顾瓒园孝威之妾姚梦兰既定聘，其父利厚赀，欲夺其志，梦兰不屈，寻死者三。及归顾，善和上下，治家事井井，且好周人之急，卒年二十九。心馀填《空谷香》院本记之。[5]其事则如天如日，其文则可歌可泣，日置案头，诚生人多少情，助人多少气。心馀填词处曰“红雪楼”，四面皆梅花，其孙小榭客岭外，三年不得归，图以志忆。吴石华尝以《绮罗香》题之，见《桐花阁词集》。[6]

〔1〕蒋士铨(1725—1785)，字心馀，一字苕生，号清容，又号藏园，铅山(今属江西)人。乾隆二十三年(1758)进士，改庶吉士，授编修。先后主讲绍兴蕺

山、杭州崇文、扬州安定书院。长于戏曲。乾隆四十三年(1778),充官国史馆纂修官,不久因病乞归。著有《忠雅堂集》62卷。(据《清人诗文集总目提要》第701～702页。)词有《铜弦词》2卷,曲有《藏园九种曲》(一名《红雪楼九种曲》)。

〔2〕以上二词见《铜弦词》卷下。据清道光二十三年刻《蒋氏四种》本,"气何壮"原作"声何壮";"悲诧"原作"悲咤"。词序云:"明余杭知县府谷苏公万元殉节哀词。"

〔3〕叶子奇撰《草木子》有苏遇龙《重梓草木子叙》,末署:"赐进士出身知龙泉县事关中后学苏遇龙德水子敬题于竹轩官舍。"(清乾隆五十一年刻本。)

〔4〕《忠雅堂文集》卷二《〈赐衣记〉填词自序》:"予栖越州六载,涉罗刹一江如履阈。马君宏墉来为丞,予辄止行李驿门,数与语。初以为醇谨儒士也,及君出扶风谱系相示,始详其家世,于戏忠义高门,顾亦官此耶?君曰:'某家以文毅公难荫世叨恩袭,某兄今列佐领固如旧,惟某久困一衿,鳏居二十年,家壁立,乞升斗微禄养子女耳,岂得已耶!'予闻而悲之。按谱:马氏显列仕籍者,自别驾公起家,生广文公至总督公,门乃大,而文毅公挺然继起,殉厥封疆,合门靖难,年才四十有四。呜呼!伟矣哉!……若文毅,半载空衙,四年土室,冻骸饿殍,纵横阶所间,虎伥雉媒,魖沙鱼饵,日陈左右而屹然不动,卒至噀血常山,旋飙柴市,偕四十口藁葬尸陀。呜呼!可谓极其难者矣!长夏病疟,百事俱废,疟止,辄采其事填词一篇,积两旬成《桂林霜》院本。"(清道光二十三年刻《蒋氏四种》本。)

〔5〕《忠雅堂文集》卷二《〈空谷香〉填词自序》:"海宁姚氏为南昌令尹顾君瓒园贤姬,事令尹十有四载。乾隆庚午(1750)冬,诞一子,甫及晬而姬死,时年二十有九。予往吊之,令尹瘠而痛,同人窃有笑之者。令尹独留予饮繐帐侧,语姬生平事最详,凡三易烛而令尹色沮声咽,予亦泫然不能去。夫姬以弱女子,未尝学问,一丝既聘,能为令尹数数死之,其志卒不见夺,虽烈丈夫可也。方欲为姬作小传,越日,晤方伯王宗之先生,语及之。先生曰:'吁!姬其可传也已。天下事有可风者,与为俗儒潦倒传诵,曷若播之愚贱耳目间,尚足观感劝惩,冀裨风教。'予唯唯。"(同上。)

〔6〕《绮罗香》见《桐花阁词》。词序:"藏园红雪楼以红梅得名,蒋心馀太史顾曲处也。其孙小榭客岭外,三年不得归,图以志忆,属余赋之。"

朱彝尊赠伎词

国初词场诸老,蕴藉端推竹垞[1],即纸醉金迷,亦复令人意远。如"赠女郎细细"、"逢吕二梅"、"寄吕二梅"，赠伎"饼儿"、"蜡儿"、"张绮绮"、"张伴月"，"赠歌者陈郎"以及"偶忆"、"感旧"诸作[2]，莫不关注遥深，闲情自永。至于《红桥寻歌者沈西》云："石桥西。板桥西。遥指平山日未西。舟来莲叶西。　人东西。水东西。十里歌声起竹西。西施更在西。"[3]《倩人寄静怜札》云："瓦市塞云凉。封书远寄将。小楼前、一树垂杨。缥缈试听楼上曲，催短拍，《玉娥郎》。　双袖越罗香。人同锦瑟长。爱秋花、惯插钗梁。行四曲中人定识，只莫问，谢三娘。"自注："'谢三娘不识四字'，宋时谣也。"[4]比之"小楼连苑"、"一钩斜月"[5]，使君英雄[6]，何让秦七[7]。

静怜姓晁，竹垞之所最眷者。集中别静怜有《青门引》，忆静怜有《金缕曲》，七夕怀静怜有《尉迟杯》[8]。《玉娥郎》，明武宗遗曲，《金鳌退食笔记》所谓《御制四景玉娥郎》者[9]。"郎"一作"儿"，静怜最善此调。

竹垞有小史吴时来，计甫草欲索之，竹垞答以《有有令》云："尊前须记。记取小名儿，时来方见尔。年便周三五，看秀靥、依然媚。是天生、付与骚人，苦吟不足，添他憔悴。　南北。相携万里。且缓作、五湖归计。镇日笺裁藤角，洗砚收龙尾。钞诗更会人意。问伊故里。可有个、延年女弟。"[10]代州伎白狗，竹垞与之狎，晨访不值，投以《步蟾宫》云："疏帘日影才铺地。却早被、金铃唤起。朝云一片出巫山，盼不到、黄牛峡里。杜甫诗：'白狗黄牛峡'。　仙源乍入重门闭。任闲煞、桃花春水。刘郎去了阮郎归，算只有、相如伴尔。相如小字犬子。"[11]又伎席《玉楼春》云："虫虫本爱穿花径。改席回廊翻道冷。歌时小扇拍犹嫌，醉里香肩凭未肯。　情知并坐无由并。且喜眉梢远相映。待他月上烛斜时，压住影儿应不省。"[12]循诵数词，令人失笑，竹垞真无赖哉！两庑豚蹄，宜不能换《风怀二百韵》也。[13]

〔1〕朱彝尊(1629—1709)，字锡鬯，号竹垞，一号金风亭长，晚号小长芦钓鱼师，浙江秀水(今嘉兴)人。康熙十八年(1679)举博学鸿词，授翰林院检讨，充《明史》纂修官。康熙二十年(1681)充日讲起居注官，并出任江南乡试主考。二十二年入值南书房，康熙准其在紫禁城骑马，还赐居景山之东。二十三年，因私带抄手录四方进书被弹劾降一级。二十九年补原官，两年后因故罢官，告归乡里。著有《曝书亭集》80卷附录1卷、《日下旧闻》42卷、《经义考》300卷。纂《明诗综》100卷、《词综》34卷。事迹详《清史稿》卷四八四、杨谦《朱竹垞先生年谱》(《曝书亭诗集注》附)。

〔2〕《曝书亭集》卷二十四有《殢人娇·赠女郎细细》、《钗头凤·逢吕二梅》、《太常引·寄吕二梅》、《一斛珠·赠伎饼儿》、《昼夜乐·赠伎蜡儿》、《南歌子·赠伎张绮绮》。卷二十五有《鹊桥仙·席上赠伎张伴月》、《百字令·偶忆》。卷二十六有《清平乐·赠歌者陈郎》。卷三十有集句词《瑞鹧鸪·感旧》。

(民国刻《四部丛刊》景清康熙本,下同。)

〔3〕见《曝书亭集》卷二十五,调寄《长相思》。

〔4〕见《曝书亭集》卷二十四,调寄《南楼令》。

〔5〕秦观《水龙吟》:"小楼连苑横空,下窥绣毂雕鞍骤。"《南歌子》(玉漏迢迢尽):"天外一钩残月,带三星。"《南歌子》(香墨弯弯画):"又是一钩新月,照黄昏。"

〔6〕陈寿《三国志》卷三十二《蜀书二》:"先主(刘备)未出,时献帝舅车骑将军董承辞,受帝衣带,中密诏当诛曹公。先主未发,是时曹公从容谓先主曰:'今天下英雄,唯使君与操耳!本初之徒不足数也。'先主方食,失匕箸。"(百衲本景宋绍熙刊本。)

〔7〕秦观排行第七。

〔8〕《青门引》见《曝书亭集》卷二十四。《金缕曲》、《尉迟杯》见《曝书亭集》卷二十五。

〔9〕李富孙《曝书亭集词注》卷一注"玉娥郎"引高士奇《金鳌退食笔记》云:"明神宗时,选近侍三百馀名于玉熙宫学习官戏,各有院本,如《盛世新声》、《雍熙乐府》、《词林摘艳》等。词又有《玉娥儿词》,京师人尚能歌之,名《御制四景玉娥郎》。"(清嘉庆十九年校经庼刻本。)按:所引见《金鳌退食笔记》卷下。据清文渊阁《四库全书》本,神宗前原无"明"字,"各有院本"前原有"岁时升座,则承应之"。

〔10〕见《曝书亭集》卷二十四。词序云:"计甫草索赠吴僮时来。""尊"原作"樽"、"尔"原作"你"。按:计东(1625—1676),字甫草,号改亭,江苏吴江(今苏州)人。顺治十四年(1657)举人,以奏销案除名。著有《改亭文集》16卷、《改亭诗集》6卷。(据《清人诗文集总目提要》第175页。)

〔11〕《步蟾宫》见《曝书亭集》卷二十四。词序云:"代州伎有小字白狗者,晨往曲中访之不值,戏投以词。""闲煞"原作"闲杀"。"杜甫诗:白狗黄牛峡"、"相如小字犬子",皆是谢章铤加注。

〔12〕《玉楼春》见《曝书亭集》卷二十五。有词题:"伎席"。

〔13〕《风怀二百韵》见《曝书亭集》卷七。袁枚《小仓山房诗集》卷十《题竹垞〈风怀〉诗后有序》序云:"竹垞晚年自订诗集,不删《风怀》一首,曰:'宁不食两庑特豚耳。'此訾言也。按:元明崇祀之典颇滥,盖有名行无考附会性理数言,遽与程、朱并列,竹垞耻之,托词自免,意盖有在也。不然,使竹垞删此诗,其果可以厕两庑乎?亦未必然矣。"诗云:"尼山道大与天侔,两庑人宜绝顶收。争奈升堂寮也在,楚狂行矣不回头。"(清乾隆刻增修本。)两庑:指文庙中先贤从祀之处。豚蹄:指祭祀先贤所用的猪蹄。严迪昌《清诗史》:"訾言是不足信的伪言饰词,此处作'言在此而意在彼'解。袁枚以自己的解释,借题发挥,意

在蔑视神圣的'崇祀'于孔庙'两庑'中的那些大儒!"(第770页,浙江古籍出版社2002年版。)又:"事实上清前期诗人中有勇气敢冒'宣尼庑下俎豆无分'之儒教大不韪的,似只有朱彝尊不删《风怀》诗"。(第458页。)又:"《风怀二百韵》的本事二百年来考辨纷出,一主为其小姨'冯寿贞'作,是竹垞'晚年定稿,宁愿不食两庑冷猪肉'的韵事记忆;另一说则力辩'为琵琶妓王三姑作'。"(第519页。)

咏物词

咏物词虽不作可也,别有寄托如东坡之咏雁[1],独写哀怨如白石之咏蟋蟀[2],斯最善矣。至如史邦卿之咏燕[3],刘龙洲之咏指、足[4],纵工摹绘,已落言诠。今日则虽欲为刘、许[5]奴隶,恐二公亦不屑也。彼演肤辞,此征僻典,夸富矜多,味同嚼蜡。夫咏物之诗,古来汗牛充栋,然佳者亦甚寥寥,况词之体又微与诗异乎?作之不已,多者百篇,少亦不下廿卅篇,此如咏梅花者,累代不能得数语。[6]而逐臭之夫,或百咏,或五十咏,是徒使开府[7]汗颜,逋仙[8]冷齿矣。且竹垞咏猫,武曾咏笋,辄胪故实,亦载鄙谚,偶一为之,亦才人忍俊不禁之故态。[9]究之,静志居、秋锦山房之联踪二宋,弁冕六家者[10],区区在此,谅不其然,顾奈何以侔色揣称[11]为能事乎?

〔1〕苏轼咏雁词《水龙吟》(露寒烟冷蒹葭老)见唐圭璋编《全宋词》第330页。(中华书局1965年版,下同。)明毛氏汲古阁刻《宋名家词》本《东坡词》有词题"咏雁"。

〔2〕姜夔咏蟋蟀词《齐天乐》(庾郎先自吟愁赋)见《全宋词》第2175页。

〔3〕史达祖咏燕词《双双燕·咏燕》见《全宋词》第2326页。

〔4〕刘过有《沁园春·美人指甲》、《沁园春·美人足》,见《全宋词》第2145、2146页。

〔5〕"许"应为"史"。

〔6〕李清照《孤雁儿》词序云:"世人作梅词,下笔便俗。予试作一篇,乃知前言不妄耳。"(《全宋词》第925页。)据许伯卿《宋词题材研究》的统计,宋词咏花之作2189首,所咏之花58种,其中数量居于前十位的是:梅花1041首,占咏花词的47.56%;桂花187首,占8.54%;荷花147首,占6.72%;海棠136首,占6.21%;牡丹128首,占5.85%;菊花76首,占3.47%;酴醾60首,占2.74%;蜡梅49首,占2.24%;桃花48首,占2.19%;芍药41首,占1.87%。梅花合蜡梅共1090首,占整个咏花词的一半多一点。(中华书局2007年版。)

〔7〕庾信(513—581),字子山,祖籍南阳新野(今属河南)人,迁居江陵(今属湖北)。庾肩吾之子。初仕梁,累迁通直散骑常侍。侯景叛乱时,逃往江陵。梁元帝即位,任右卫将军、加散骑侍郎,使于西魏,值梁为西魏所灭,羁留长安。仕西魏,官至车骑大将军、仪同三司。北周代魏后,迁为骠骑大将军、开府仪同三司,拜洛州刺史。后人辑有《庾子山集》16卷。(据周祖譔主编《中国文学家大辞典·唐五代卷》第415~416页。)代表作《拟咏怀》二十七首与《哀江南赋》充满了故国沦亡的隐痛和思念乡关的深情。其《咏梅》、《梅花》二诗颇知名。

〔8〕林逋(968—1028),字君复,钱塘(今杭州)人。少孤力学。景德中,放浪江淮。归,结庐杭州孤山。居20馀年,未尝入城市。所居多植梅,尝蓄两鹤,因谓之"梅妻鹤子"。《全宋词》据《乐府雅词》辑其词3首。《宋史》卷四五七有传。(据《宋词大辞典》第501页。)后人辑有《林和靖先生诗集》4卷。其《山园小梅》诗中"疏影横斜水清浅,暗香浮动月黄昏"两句,被誉为千古咏梅绝唱。

〔9〕朱彝尊,号竹垞。参本卷"朱彝尊赠伎词"条。《浙西六家词》所收朱彝尊《江湖载酒集》卷一有《雪狮儿·钱葆馚舍人书咏猫词索和》。李良年,字武曾。参卷十一"《浙西六家词》"条。《浙西六家词》所收李良年《秋锦山房词》卷一有《尾犯·筝》。(清康熙龚氏玉玲珑阁刻本。)

〔10〕《静志居琴趣》,朱彝尊词集。《秋锦山房词》,李良年词集。龚翔麟辑《浙西六家词》共6家词,首收朱彝尊《江湖载酒集》3卷,其后即是李良年《秋锦山房词》1卷。

〔11〕侔色揣称:形容描写景物,恰到好处。侔:相等;揣:估量;称:好。

林乔荫杂著

侯官林樾亭乔荫[1]大令,承同人侗[2]、吉人佶[3]二先生之后,家世风雅,著述甚夥。顾所刻者,只《三礼陈数求义》若干卷,其馀率多散佚,且为强有力者篡取以去。余尝得其杂著数种,穷三日夜为之整理[4],中有二则,颇足为倚声谈助,辄录之:

赵北口当瀛海之交,渔舟芦荡,不减江南,北行至此,心目一爽。旅舍壁上有《谒金门》一阕云:"情脉脉。目断燕南赵北。十二垂虹斜日色。有柳花飞碧。　鸣蚓归鸦声接。一桁水田渔宅。举似潇湘浑未别。少青山几叠。"下书"楚南枫江钓师",未知何人词,特楚楚可诵。[5]

吾乡前辈谢古梅道承阁学,少日请乩,有女仙媚兰者,降笔与唱和。既而冥合,阁学刻檀香为主,供书馆秘室中,即至交不得见也。欢好凡数十年,自少而宦,及老无间,唱答之诗,裒然成集。阁学殁后,其主不知藏何处。吾友龚惟芳偶于市见之,因购以归。主高九寸,宽三寸,中无日月名氏,惟正书《西江月》词一阕云:"香蕙留充君佩,文檀乞与儿栖。袒胸六六叩瓠犀。应念云开月霁。"疑即媚兰作者。道家有叩齿之法,"袒胸六六叩瓠犀",盖招致之密记欤?[6]

余按[7]:阁学[8]号种芋山人,以孝闻,性又端整,诗文书法,俱臻胜妙,名与永福黄莘田任[9]大令并。所居曰"二梅亭",在省会来魁里,樾亭伯祖苍崖正青盐大使有记甚详。[10]媚兰事亦见林淡茹芳《竹佃诗略》。[11]

〔1〕林乔荫,字育万,又字樾亭,福建侯官(今福州)人。乾隆三十年(1765)举人。晚知四川江津县,后赴藏管理粮务。受代归,寻卒。(**据欧阳英修、陈衍纂民国《闽侯县志》卷七十,民国二十二年刻本。**)著有《三礼陈数求义》30卷、《石塔碑刻记》1卷、《西藏见闻录》1卷。另有钞本《樾亭诗稿》不分卷、《樾亭杂纂》2卷等。

〔2〕林侗(1627—1714),字同人,福建侯官(今福州)人。随父宦三秦,纵观三辅名胜,金石碑版搜罗考订无遗。康熙十五年(1676)沿牒署尤溪教谕,以二亲垂老,绝意功名。居福州城西荔水庄,以著述自娱。年八十八卒,闽中称文献焉。(**据鲁曾煜纂乾隆《福州府志》卷六十。生卒年据《福建名人词典》第137页。**)著有《唐昭陵石迹考略》5卷、《来斋金石刻考略》3卷、《林氏杂记》不分卷等。

〔3〕林佶(1660—?),字吉人,号鹿原,福建侯官(今福州)人。康熙四十四年(1705)以举人献赋召试,五十一年(1712)特赐进士,官中书舍人。与修《图书集成》。雍正元年(1723)罢官出都。享年六十三岁以上。著有《朴学斋诗稿》10卷、《文稿》2卷。(**据《清人诗文集总目提要》第387页。**)另著《汉甘泉宫瓦记》不分卷。

〔4〕谢章铤《课馀续录》卷二:"予尝得《樾亭笔记》数卷,穷三日夜力整理抄录,并系一序曰:'樾亭先生精礼学,著《三礼陈数求义》若干卷行于时,其杂著亦具有条理。予从友人叶与端处得其稿本,三因掇拾,其可备掌故资辩证者,录为二卷,名之曰《樾亭杂纂》,录成而序之曰(**略**)。'"《序》作于道光丙午(1846)九月。据《序》,叶与端乃林乔荫之弥甥(外甥之子)。《赌棋山庄馀集·文》卷二《樾亭杂纂序》:"樾亭此稿初未题名,予掇拾毕,以意称为《杂纂》。其原稿即由与端归诸其家,今五十馀年矣,未知存否?而予所录本则已纸幅破裂,虫蛀其字,因命侍史重钞,多存一本,冀其流传得久耳。光绪丙申(1896)冬月药阶退叟校毕又记。"

〔5〕见《樾亭杂纂》。"渔舟"原作"渔州","旅舍壁上有"后原有"题"字,"一阕"原作"一首"。(**据国家图书馆藏佚名钞本,不分卷,下同。**)据《中国古籍善

本书目导航》,武汉图书馆藏有清光绪二十二年谢氏赌棋山庄钞本《樾亭杂纂》,有谢章铤跋。笔者亲往该馆查阅,竟不藏矣。

〔6〕见《樾亭杂纂》。"刻檀香为主"原作"檀木为主","秘室中"原作"密室日","日月"原作"年月"。

〔7〕本段原与上段连接,今据文意分为两段。

〔8〕谢道承(1691—1741),字又绍,号古梅,别号种芸山人,福建闽县(今福州)人。康熙六十年(1721)进士,官至内阁学士兼礼部侍郎。(**据民国《闽侯县志》卷七十。**)著有《小兰陔集》12卷等。

〔9〕黄任(1683—1768),字于莘,号莘田,又号十砚老人。福建永福(今永泰)人。康熙四十一年(1702)举人,官广东四会知县。后罢官归里。著有《香草斋集》(一名《秋江集》)6卷。(**据《清人诗文集总目提要》第494～495页。**)另著有《香草笺》1卷,修有《鼓山志》14卷,协修《泉州府志》76卷。

〔10〕林正青,字洙云,号苍岩。福建闽县(今福州)人。林佶子。诸生。以贡生充兵部行走。雍正十一年(1733),任淮南小海盐场大使。归,治馆舍为陶舫,诗酒自娱,号"太平老人"。(**据民国《闽侯县志》卷七十二。**)著有《砚史》10卷、《榕海旧闻》不分卷、《小海场志》10卷、《瓣香堂诗文集》10卷、《榕海诗话》8卷。《瓣香堂诗集》卷一《集古梅二梅亭分赋道山亭怀古》云:"三十六奇峰,比肩瞰重江。水接联南峰,作记传盛事。"卷一《题画兰为媚兰仙子作》:"一枝生意起春怀,向背多情致自佳。总是清风少披拂,国香零落在天涯。"(**福建师范大学图书馆藏钞本。**)谢章铤《稗贩杂录》卷四《二梅亭十砚斋二记》录有林正青《二梅亭记》。(**清光绪二十七年《赌棋山庄笔记合刻》本。**)

〔11〕林芳(1745—?),字竹佃,号淡茹子,福建闽县(今福州)人。乾隆三十五年(1770)以《春秋》举于乡,再上公车,遂不复行。曾官建安教谕。因爱建阳留居,岁或一归。有弟大瑛常唱和为乐。(**据民国《闽侯县志》卷七十一。**)著有《竹佃闲话录》3卷、《竹佃诗略》3卷。按:《竹佃诗略》自序:"乾隆五十九年(1794),岁甲寅,予且五十矣。"知其生年在乾隆十年(1745),卒年不详。媚兰事见《竹佃诗略》卷中《说鬼诗》其三,"袒胸六六叩瓠犀"即此诗中语。(**清乾隆五十九年刊本。**)

徐釚词

徐电发釚[1]《菊庄词》名重一时,卷首题赠诸家,重叹增歔,不能竞其誉。[2]然辗转应拍,绵丽宜人,求其回味馀香,辄觉不足。集中如《卜算子·春恨》云:"满院碧桃花,半为东风瘦。恼煞梁间燕子飞,有个人来否。　簪柳过清明,斜插凭纤手。烟锁楼头翠锁眉，薄恨浓于酒。”[3]《惜分钗·别恨》云：“心情别。柔肠结。几回立尽梅梢月。惜东流。付东流。郎做杨花，侬逐萍浮。悠悠。　眉儿皱。人儿瘦。魂销最是黄昏候。泪难收。倚银钩。拌着东风，断送离愁。休休。”[4]《点绛唇》云：“飒飒乾坤，帘前暮雨西风透。秋潮如溜。铁骑声还骤。　腹转车轮，绿鬓原依旧。君知否。一分重九。消得人儿瘦。”[5]《满江红·吴越故宫吊钱武肃王用岳忠武韵》云：“电马霜戈，驰江上、怒涛始歇。夸保障、并吞割据，韩彭比烈。寂寞几堆羊虎石，凄凉一片铜驼月。忆白盐、担里是何人，关情切。　故宫内，馀残雪。荒庙里，灵旗灭。笑宋家南渡，金瓯也缺。五国未曾生马角，五王莫漫啼鹃血。算原来、天道好循环，悲双阙。”[6]则与悔庵所赏之“一片残阳在客衣”《减字木兰花》咏客途[7]，掌公所赏之“脉脉红楼，萋萋绿野。一江春水茫茫泻”《踏莎行》咏愁，同为神到。[8]会宁饼金，宜仇元吉、徐良琦之破行囊哉。[9]电发所纂《词苑丛谈》，采摭宏富，为倚声家所必读之书，惜其条下不标出处，几有掠美之嫌。当时竹垞已深病之，电发便欲再注，迄不能也。[10]且其中谬误时有，吴子律曾正数则，见《莲子居词话》，然亦未尽。[11]近小庚太守著《本事词》，尚沿此例。余外从祖丁曼叟铸[12]尝为校补，丹铅严整，甚可宝贵，今其底本在芑川[13]处。

《摸鱼儿》结语，从来皆仄仄仄平仄，第三字无用平者。电发《寒夜观演韩蕲王故事》云：“擂鼓长江口。”又云：“拌与销残漏。”[14]尽属误笔，填者不得以为口实。

〔1〕徐釚(1636—1708)，字电发，号拙存、一号菊庄，又号虹亭、晚号枫江渔父，江苏吴江(今苏州)人。康熙十八年(1679)荐试博学鸿词，授翰林院检讨，与修《明史》。著有《南州草堂集》30卷、《续集》4卷。(据《清人诗文集总目提要》第259页。)另著有《菊庄词》1卷、《菊庄词话》1卷。纂有《枫江渔父图题词》1卷、《青门集》1卷、《词苑丛谈》12卷、《本事诗》12卷。

〔2〕《菊庄词》卷首有丁澎《序》、王嗣槐《词引》、傅燮詷《序》、叶舒璐《菊庄词纪事》。又有《菊庄词话》，收诸家对《菊庄词》的评论。(清康熙三十三年刻本，下同。)

〔3〕见《菊庄词》。

〔4〕见《菊庄词》。“拌”，原作“拚”。

〔5〕见《菊庄词》。有词序：“雨窗不寐，和治湄大令。”又序云：“序曰：时维九月，序属清秋。放鹤亭边，寒花匝地；射潮江上，哀雁横天。治湄先生偶抱微疴，闲吟短句。二毛生鬓，强扶落帽之晨；五斗折腰，空负漉巾之兴。爰歌白苎，未遂登高，漫托乌丝，聊同胜赏。余因搦管，敬和新词，愿寄同人，不忘佳话云尔。时癸丑(1673)重阳后一日书。”

〔6〕见《菊庄词》。

〔7〕《菊庄词·菊庄词话》:"长洲尤悔庵曰:'词之佳者,正以本色,渐近自然,不在镂金错采为工也。读电发诸作,故得此意。至"一片残阳在客衣",直是神到语,虽秦七复生,亦当绝倒。'"尤侗,号悔庵。参卷十二"词中一字韵"条。

〔8〕《菊庄词·菊庄词话》:"武塘曹掌公曰:'词贵离合,不粘本题,方得神情绵邈。菊庄《踏莎行》赋愁云:"脉脉红楼,萋萋绿野。一江春水茫茫泻。"不言愁而愁自至,非离合之妙乎?'"按:曹鉴平,字掌公,号桐旸,浙江嘉善人。曹尔堪长子。康熙十一年(1672)举人,官内阁中书舍人。有《南溪集》。(**据南京大学中文系编《全清词·顺康卷》第8891页,中华书局2002年版。**)

〔9〕叶舒璐《菊庄词纪事》:"康熙十七年(1678),吴江吴孝廉兆骞因丁酉科场事久戍宁古塔,将《菊庄词》及成容若《侧帽词》、顾梁汾《弹指词》三本与骁骑校带至会宁地方,有东国会宁都护府记官仇元吉、前观察判官徐良崎见之,用金一饼购去,仍各题一绝句于左。其仇元吉题《菊庄词》云:'中朝寄得《菊庄词》,读罢烟霞照海媚。北宋风流何处是,一声铁笛起相思。'徐良崎题《弹指》、《侧帽》二词云:'使车昨渡海东边,携得新词二妙传。谁料晓风残月后,而今重见柳屯田。'以高丽纸书之,仍与骁骑校带回中国。遂盛传之。"

〔10〕徐釚《〈词苑丛谈〉自序》:"岁在己未(1679),余橐笔禁林,从退食之暇,与同年友秀水竹垞朱君、宜兴其年陈君互相参订。竹垞始谓余:'据摭书目,必须旁注于下,方不似世儒剿取前人之说以为己出者。'余韪其言,惜已脱稿,无从一一追溯,间取偶及记忆者,分注十之二三。藏诸箧衍,时为补缀,然犹虑其择焉不精耳。"王百里《〈词苑丛谈〉校笺·后记》:"此书体例最大缺点是引载他人作品未注明出处,当时朱彝尊已为指出,徐氏虽然也曾经时加补缀,但已脱稿,无从一一追溯,其自序中颇引以为憾。我在校点和笺注时,为之补注三百十条(本编共七百十六条,其中徐氏自撰如卷五、卷九等及引书已注出的计三百七十九条),或可稍摅徐氏之缺憾。但还有二十七条未知出处。"(**人民文学出版社1988年版。**)

〔11〕吴衡照《莲子居词话》卷二:"徐釚《词苑丛谈》其引书不注所出,殊嫌攘揄。脱漏错谬,全未经雠勘。如卷三《漫叟词话》'褦襶'一条、卷六《耆旧续闻》'榴花'一条、卷七'陆放翁梦莲花博士'一条、'仲殊《踏莎行》'一条,尤其甚者。余为补订十之六七,未及遍也。"

〔12〕丁铸生平,参《续编》卷五"丁铸、施邦镇、何轩举词"条。

〔13〕刘家谋,字芑川。参卷一"刘家谋词"条。

〔14〕见《菊庄词》。"寒夜观演韩蕲王故事",原作"寒夜观剧演韩蕲王夫人故事"。"拌",原作"拚"。

调名宜从朔

古人调法，始皆独创。调有数名，宜从其朔。[1]如《日湖渔唱》[2]既曰《酹江月》，又曰《百字令》，前后异称。至电发《菊庄词》[3]，《蝶恋花》与《凤栖梧》分载；心馀《铜弦词》[4]，《贺新凉》与《金缕曲》杂书。又若调本先传，而题开新号，如《纳兰词》之改《忆王孙》为《秋千索》[5]，虽曰信笔，颇近炫奇。

〔1〕邹祗谟《远志斋词衷》："大抵一调之始，随人遣词命名，初无定准，致有纷拏。至《花草粹编》，异体怪目，渺不可及。或一调而名多至十数，殊厌披览。后世有述，则吾不知。愚按：此类宋词极多，张宗瑞词一卷，悉易新名。近来名人，亦间效此。"又："阮亭常云：'词选须从旧名，如《本草》志药，一种数名，必好称新目，无裨方理，徒惑听睹。'"

〔2〕《日湖渔唱》，陈允平词集。

〔3〕《菊庄词》，徐釚词集。

〔4〕《铜弦词》，蒋士铨词集。

〔5〕《纳兰词》，纳兰性德词集。纳兰性德《通志堂集》卷七有《秋千索·渌水亭春望》3首，其三云："弄一缕秋千索"。（清康熙三十年徐乾学刻本。）

词宜典雅

或曰："词者诗之馀。"然自有诗，即有长短句，特全体未备耳。后人不究其源，辄复易视，而道录、佛偈，巷说街谈，开卷每有《如梦令》、《西江月》诸调，此诚风雅之蟊贼，声律之狐鬼也。乃近日词坛哲匠，亦复不嫌鄙，倍唱《道情》、《鼓子词》之类，张皇楮墨。夫古人乐府，专重典雅，竹垞操选，以此为准。[1]试观小山[2]、梦符[3]二家小令，抑何宛转多风。况词又非曲比者，而必以钉铰为瓣香哉？此其罪过，当不止如秀师之呵鲁直。[4]

〔1〕朱彝尊《词综·发凡》："言情之作，易流于秽，此宋人选词，多以雅为目。法秀道人语涪翁曰：'作艳词当堕犁舌地狱'，正指涪翁一等体制而言耳。填词最雅无过石帚，《草堂诗馀》不登其只字，见胡浩《立春吉席》之作、蜜殊《咏桂》之章，亟收卷中，可谓无目者也。……是集于黄九之作，去取特严，不敢曲徇后山之说。"此言可见朱彝尊《词综》之选旨。

〔2〕晏几道（1038—1110），字叔原，号小山，临川（今江西抚州）人。晏殊第

八子。元丰中，监颍昌府许田镇。退居京城赐第，不践诸贵之门。著有《小山词》，《全宋词》录存260首。（据《宋词大辞典》第540～541页。）

〔3〕阮阅《诗话总龟》卷四十四引《郡阁雅谈》："李梦符，不知何许人，梁开平初，钟传镇洪州，日与布衣饮酒狂吟放逸，尝以钓竿悬一鱼向市肆，蹈《渔父引》卖其词，好事者争买，得钱便入酒家。其词有千馀首，传于江表，略其一两首云：'村寺钟声渡远滩，半轮残月落前山。徐徐拨棹却归湾，浪叠朝霞锦绣翻。'又曰：'渔弟渔兄喜到来，婆官赛了坐江隈。椰榆杓子木瘤杯，烂煮鲈鱼满案堆。'察考取状，答曰：'插花饮酒何妨事，樵唱渔歌不碍时。'遂不敢复问。或把冰入水，及出，身上气如蒸。钟氏亡，亦不知所在。"（民国刻《四部丛刊》景明嘉靖本。）

〔4〕黄庭坚《豫章黄先生文集》卷十六《小山集序》："余少时间作乐府，以使酒玩世，道人法秀独罪余以笔墨劝淫，于我法中当下犁舌之狱，特未见叔原之作耶？"（民国刻《四部丛刊》景宋乾道刊本。）

冯登府词与觯律

冯柳东〔1〕生于词人荟萃之乡，承朱、李〔2〕诸老之后，意欲独立一帜，故其词辄戛戛生造，可谓有志之士矣。然以云善变，则未也。繁缛弗删，遂嫌质实。如《醉太平·过严滩》云："高台水长。扁舟客忙。乱帆飞过惊泷。露青山一窗。　　滩光树光。鸥乡鹭乡。数声渔笛沧浪。正秋风满江。"〔3〕《行香子·东坡生日》云："骑凤天涯。磨蝎年华。证心情、聊欲趺跏。百年身世，万里无家。任黄州月，颍州雪，惠州花。　　白发乌纱。铁板铜琶。唱渊明、归去来耶。一尊顿递，乡味陈些。有木鱼笋，花猪肉，密龙茶。"〔4〕《满宫花》云："燕来迟，莺语早。惆怅一春多少。一春几日是春晴，到得春晴春老。　　西月东风常好。姹紫嫣红休拗。今年人看去年花，花似今年人老。"〔5〕《生查子》云："秋到那家多，月向何人堕。记得昨宵无，早替吹灯火。　　心是共愁心，坐是同愁坐。长定怯衾单，推枕和衣换卧。"〔6〕《满江红·昆山谒刘龙洲墓》云："断碣山阿，叹故国、可怜天水。想魂销红拍，名惊青兕。芦叶江寒风雨夜，金杯酒尽悲歌地。看狂来、气岸轹辛陈，无馀子。　　二顷业，何须计。千金散，浑闲事。且彘肩羊肾，高歌而已。大布衣能谋一战，小朝廷竟容奇士。卧清风、埋插近梅花，君宁死。"〔7〕则如复岭重峦之下，时见奇峰突兀。词凡三种，曰《月湖秋瑟》，曰《钓船笛谱》，曰《花墩琴雅》。柳东由翰林改官闽中，视将乐县事，才七十日，辄谢去，归就教职。何乾生春元孝廉送行诗所谓"当年应笑陶彭泽，宦况多尝十日馀"。〔8〕

柳东妇梅卿有《随月楼残稿》，亦能词。其《南柯子·寒夜》云：“细点瓜齑谱，闲栽萱草花。三年为妇惯贫家。且喜芦帘纸阁，手同叉。　　兽火温篝局，蛾灯罢纺车。戏他小女绾双鸦。懒放鸳针今夜，较寒些。”[9]以产亡。柳东悼亡《城头月》四阕，有云：“鹣鹣比翼原同命。那料鸾离镜。寂寞黔娄，他年谁哭，欲语泪先哽。”又云：“飘零翠鬓春风度。雨近清明苦。几寸香心，无多瘦骨，浅浅埋黄土。”[10]

柳东于旧书得词笺云：“袖薄那禁寒。羞与郎言。早拌卖却婿池田。辛苦天风萝屋底，又遇荒年。　　绣帖未成完。针线抛残。娇儿啼饭忒心酸。一盏瓦镫篱落外，废尽秋眠。”末署款“瘦鸾”。柳东曰：“是贫妇有才者，不可无传，和而著之，调为《卖花声》。”[11]

柳东于词虽非上乘，而较谱雠律，颇为精审。如云：“玉田以《疏影》、《暗香》为《红情》、《绿意》，图谱另分二调，堆絮园驳正之，然不知为玉田作，沿《乐府雅词》之误也。按：二调乃白石自度仙吕宫，用工字结声，旁谱起结，皆用工五。‘江国’，‘国’字换头即用工五，是韵无疑。吴潜和作不叶，非也。《山中白云》有七调，并叶入声，无用上去者，他人即不尽然矣。陈日湖每改上为平，盖上入平皆可通，去不可通耳。”[12]又云：“按：张子野《惜琼花》原词下阕云：‘汴河流如带窄，任轻舟如叶。’《词综》脱‘汴’字、‘舟’字，万氏《词律》知‘轻’下落一字，不知‘河’上之有脱误，今据原本正之。考《词综》脱误甚多，如蔡伸《侍香金童》‘更柳下人家似相织’，脱‘相’字，《词律》另收赵长卿多一字为别体。张先填《于飞乐》‘怎空教花解语，草解宜男’，脱‘花解语’三字，《词律》不知，而以毛滂多此三字另立一体。周邦彦《荔枝香近》‘香泽方薰’，脱‘遍’字，是韵，《词律》作四字句，而谓自‘舄履’起二十八字，直至‘远’字方叶，必无是理，遂误认‘卷’字是韵。柳永《斗百花》‘终日扃朱户’，应作换头起句，《词综》误属上阕，而以‘远恨绵绵’作起，《词律》不知，收晁补之一调，亦同此误，致疑‘参差无味’[13]，宜矣。外如蒋捷《白苎》‘忆昨’下脱‘经莺柳畔’四字，《词律》以柳永多此四字为另格。赵以夫《角招》‘溪横略彴’脱‘横’字；张先《山亭宴》‘问还解相思否’，脱‘还’字；陈允平《垂杨》‘纵鹃啼不唤春归’，脱‘纵’字。此类不可缕举。万氏无由考正，沾沾以辨上去为独得，句调之未审，何暇更论音律耶？近日专尚宫徵，而文不逮意，又未免有声无辞之诮。仇山村所谓‘言顺律舛，律协言缪，俱非本色者也。’”[14]又云：“白石《念奴娇》，鬲指声双调。按：双调乃夹钟商，戈氏顺卿谓中吕商，非也，中吕商乃小石调也。《念奴娇》系太簇商，夹钟与太簇相连，太簇商用四字住，用一字结声。夹钟商用一上字住，用上字结声。同是商音，宫位相联，以太簇而兼夹钟，故曰‘过腔’。白石云：‘鬲指谓之过腔’，是也。此即十二宫相犯之意，惟相犯之调，所住字同，此则住字位相连，微有异耳。若万氏谓《念奴娇》即《湘月》，其说之谬，不足致辨。”[15]持论确有依据，亦足参倚声者一解。柳东又有《金石综例》，专采碑刻，较潘、黄之书，既详且核，尤文章家不废之作。[16]其文集名《石经阁》。

〔1〕冯登府(1783—1841)，字云伯，号勺园，又号柳东，浙江嘉兴人。嘉庆二十五年(1820)进士，官福建长乐县知县、浙江宁波府学教授。事迹详史诠《冯柳东先生年谱》。(**北京图书馆编《北京图书馆藏珍本年谱丛刊》第138册，书目文献出版社1999年版。**)著有《石经阁文集》8卷、《石经阁诗略》5卷、《闽中金石志》14卷、《石经补考》11卷、《论语异文考证》10卷、《三家诗遗说》9卷。词集版本甚多，据吴熊和、严迪昌、林玫仪合编《清词别集知见目录汇编》，冯登府词目有39种之多。主要版本有：清道光石经室刻本《种芸仙馆词》五卷收《钓船笛谱》1卷、《月湖秋瑟》2卷、《花墩琴雅》2卷，藏台湾"中央研究院"历史语言研究所傅斯年图书馆；清道光刻本《种芸仙馆词》五卷收《月湖秋瑟》1卷、《一勺园琴话》1卷、《蓬山邀笛谱》1卷、《花墩琴雅》2卷；藏国家图书馆等地；清钞本《柳东居士长短句》五卷收《柳阴渔笛谱》1卷、《红兰春雨词》1卷、《处清彭斋琴趣》1卷、《梨华馆悼亡词》1卷、《第四桥渔唱》1卷，藏国家图书馆。另有清道光十二年刻本《种芸仙馆词》(又名《冯柳东居士长短句》)5卷，计有《种芸仙馆词》2卷、《月湖秋瑟》2卷、《钓船笛谱》1卷。(**南京图书馆藏，此本收词较多，下校据此本。**)未刊词集有《种芸仙馆集外词》(**稿本，上海图书馆藏**)、《柳东先生诗词剩稿》(**稿本，国家图书馆藏**)。另有《槜李词钞》辑本2卷等。

〔2〕朱指朱彝尊，李指李良年，他们是浙西词派的代表人物。

〔3〕见《月湖秋瑟》卷一。词序："自桐江而下，过严滩出富阳，昔戴勃所谓山水之极致也。终日行柔蓝暖翠间，两崖岩木四合，沙禽水鸟往来，烟际滩声潺潺，下见鱼影；其居人多援厓结屋，或临江而渔；山花自开自落，不知时序，风微波罢，暮色倏至，飒然知为秋也。渔唱忽起，理舷和之，遂成此段。"(**清道光十二年刻本《种芸仙馆词》，下校同。**)

〔4〕见《月湖秋瑟》卷一。词序："东坡生日，悬笠屐图像祝之。"

〔5〕见《月湖秋瑟》卷二。"拗"原作"抝"。

〔6〕见《月湖秋瑟》卷二。"衾单"原作"单衾"。

〔7〕见《花墩琴雅》。"宁"原作"何"。按：清道光十二年刻本《种芸仙馆词》"卷一"下有"花墩琴雅"四字。

〔8〕何春元，字乾生，道光辛卯(1831)举人。年里不详。曾与弟何承元(字松亭)读书乌石山漱石山房，种梨百本。(**据郭柏苍、刘永松纂《乌石山志》卷五《第宅园亭》，清光绪间刻本。**)何春元著述今不存，送行诗未知出自何处。张际亮《思伯子堂诗集》卷二十三："何乾生孝廉卒于京师，其遗稿手为封置其箧中，归其家人。两年以来，问其弟广茂秀才欲为删定，竟不报也。玉雨山房，乾生

别业，昔尝招余及友朋宴会，今亦属他人矣。"（清刻本。）

〔9〕以上据《种芸仙馆词》卷一《城头月·题亡妇梅卿〈南柯子〉词后》跋语。"双鸦"原作"双丫"。

〔10〕以上二首不见道光十二年刻本《种芸仙馆词》。乃见清道光刻本《种芸仙馆词》（扉页题《花墩琴雅》）卷一。此本目录题《月湖秋瑟》2卷、《钓船笛谱》1卷附诗存后、《花墩琴雅》2卷。南京图书馆藏。其所收词目与清道光石经室刻本同，石经室刻本今藏台湾，不得见。词序云："壬申二月十四日悼亡妇梅卿。"此选其二、其三。文字无异。又见《柳东居士长短句》所收《梨华馆悼亡词》，《城头月》有十阕，此见其二、其五阕。"那料"原作"那晓"，"他年谁哭，欲语泪先哽"原作"他年哭我，更有何人肯"。有词序云："仆安仁命薄，子荆情深，花朝后三日，忽遭亡妇之戚，哀悒之馀，不能成辞。春尽七终，悲不自醳，爰倚变徵之音，以当瓦盆之鼓。无霜捣杵，庶或破此情天；碧海栽桑，未必斩斯墨泪也。孺人氏李名红畹，号梅卿，癸亥来归予，享春秋二十有九。"又见《种芸仙馆词》所收《一勺园琴话》。《城头月》共四首，有词序云："悼亡妇梅卿"。此见其二、其三。文字无异。

〔11〕见《月湖秋瑟》卷二。"拌"原作"拚"。

〔12〕引见《月湖秋瑟》卷二《红情》词序。

〔13〕万树《词律》卷十二"晁补之《斗百花》"条注云："杨诚斋有云：'词须择腔，如《斗百花》之无味。'是知此调当时原不以为佳，故作者寥寥，且其调中多有参差。"（清康熙二十六年刻本。）

〔14〕引见《月湖秋瑟》卷二《惜琼花》词序。

〔15〕引见《月湖秋瑟》卷二《湘月》词序。

〔16〕《金石综例》，凡四卷。自序云："金石之有例，所以寓褒贬于笔削，辨体于文章，为法天下后世而传之永远者也。自元潘苍厓取韩、柳二家之文为《金石例》十卷，明王止仲广之以唐宋十五家为《墓铭举例》四卷，本朝黄梨洲以潘书未著为例之义与坏例之始，作《金石要例》一卷，可谓勤且备矣。顾三家仅折衷于文集，未搜罗夫碑版，唐宋人之集之文不皆施之祥金乐石者也。"（清道光刻本。）按：清乾隆二十年刻本《金石三例》收潘昂霄《金石例》、王行《墓铭举例》、黄宗羲《金石要例》。潘昂霄，字景梁，济南人。学者称为苍崖先生。官至翰林侍读学士通奉大夫，谥文僖（一曰谥文简）。与刘辰翁为世交。著有《苍崖类稿》若干卷。（据慈波《潘昂霄〈金石例〉小考》，《江西科技师范学院学报》2009年第3期。）黄宗羲（1610—1695），字太冲，号梨洲，浙江余姚人。南明官至左副都御使，入清隐居。著有《南雷文定》26卷、《诗历》5卷。生平事迹详全祖望《鲒埼亭集》卷十一《梨洲先生神道碑文》。

赌棋山庄词话卷三

李调元《词话》之误

罗江李雨村调元[1]著《词话》四卷，其于词用功颇浅，所论率非探源，沾沾以校雠自喜，且时有剿说，更多错缪。如谓宋人"未有著词话者，惟后山集中所载'吴越王来朝'"等七条。[2]不知玉田《词源》[3]，辅之《词旨》[4]，业有专书，而吴曾《能改斋漫录》[5]十六、十七两卷曰"乐府"，皆词话也。周公谨《浩然斋雅谈》[6]末卷，亦论词。其馀散见于各家诗话杂记，如《渔隐丛话》[7]、《老学丛谈》[8]等类，更指不胜偻。引毛稚黄《清平乐》讹作《忆秦娥》，又谓稚黄《填词名解》能发人所未发。[9]顾此书多拾升庵[10]、元瑞[11]馀唾，牵强殊甚，雨村误矣！惟以黄九不及秦七，痛辟其俚鄙诸作[12]，则诚非随声附和者比。

雨村谓："张辑《东泽绮语债》皆取词中字题以新名，如《桂枝香》名《疏帘淡月》、《齐天乐》名《如此江山》、《长相思》名《山渐青》、《忆秦娥》名《碧云深》、《点绛唇》名《南浦月》又名《沙头雨》、《谒金门》名《花自落》又名《垂杨碧》、《忆王孙》名《阑干万里心》、《好事近》名《钓船笛》，虽于题下自注寓某调，已属掩耳盗铃。乃后世作谱，好一一改旧易新，极无意味，见之令人呕恶。"[13]此与余前卷[14]所论甚合。夫名之新旧，无关于词之美丑，好奇之极，必坠荒唐，无怪《买陂塘》之讹为《迈陂塘》，《大江东去》之讹为《大江乘》也。盖无白石制腔之手，正不必易《念奴娇》为《湘月》耳。[15]

〔1〕李调元(1734—1803)，字羹堂，号雨村，又号童山。四川罗江(治所今四川德阳东北罗江镇)人。乾隆二十八年(1763)进士，改庶吉士，授吏部主事。历官广东乡试副考官、广东提学使、直隶通永兵备道。后因劾永平知府得罪和珅罢官，遣戍伊犁，以母老得释归。著有《童山集》65卷。(据《清人诗文集总目提要》第762页。)另著有《粤东笔记》16卷、《蠢翁词》2卷、《雨村剧话》2卷、《雨村曲话》2卷、《雨村诗话》16卷、《雨村词话》4卷、《雨村赋话》10卷等。辑有《全五代诗》100卷，刊有《函海》163种。

〔2〕《雨村词话》卷二《词话始于陈后山》："宋人诗话甚多，未有著词话者，惟后山集中载'吴越王来朝'、'张三影'、'青幕子妇'、'妓黄词'、'柳三变'、'苏公居颍'、'王平甫之子'七条，是词话当自公始。"(清乾隆刻《函海丛书》本，下同。)

〔3〕《词源》，张炎撰。炎字叔夏，号玉田，又号乐笑翁。《词源》为其晚年论词专著，分上下卷。上卷14则考词律，下卷15则论词法。是第一部对词的乐律、性质、作法进行系统研究的理论性著作。

〔4〕《词旨》，陆辅之撰。为陆氏早年师事张炎时闻教之笔录，共7目232则。所论多本张炎《词源》之说，其意在指示作词法则。所录属对、警句，虽多为残章断句，但保存了不少佚词。

〔5〕《能改斋漫录》，吴曾撰。为杂录考证笔记，其中十六、十七两卷论词，计69则。《词话丛编》辑为《能改斋词话》。它卷也时有论词者。所记多为五代北宋词人逸闻轶事，间涉考证，多博洽精审，偶有疏于考辨之处。

〔6〕《浩然斋雅谈》，周密撰，密字公谨。凡3卷。上卷为考证经史与评论文章，中卷为诗话，下卷为词话。《词话丛编》辑其下卷，题为《浩然斋词话》。所录词林掌故共26则，多为它书所不载。

〔7〕《苕溪渔隐丛话》，胡仔撰。胡仔长期卜居湖州苕溪，自号"苕溪渔隐"。《丛话》分前后两集，前集完成于高宗绍兴十八年(1148)，后集完成于孝宗乾道三年(1167)。前集卷五十九、后集卷三十九论长短句，计48则，《词话丛编》辑为《苕溪渔隐词话》。所录多为词家名篇杰作、词坛逸闻趣事。凡有引录，均揭其书名于前；出于己说者，则注明"苕溪渔隐曰"。于前人误讹之处，多有辨明。邓子勉《宋金元词话全编》于论长短句的两卷外另辑160馀则。(凤凰出版社2008年版。)

〔8〕即陆游《老学庵丛谈》。

〔9〕《雨村词话》卷四《指螺》："毛先舒骙，号稚黄，作《填词名解》四卷，能发人所未发，较胜图谱。然观其自作《鸾情词》则多俗，何也？至《忆秦娥》特新妙。词云：'春深无那，独向幽窗坐。看着玉纤闲不过。细数指螺几个。　晓来难自温存。东风吹乱乌云。多谢玉台明镜，为侬长照眉颦。''数指螺'，出东坡文：'齐安王江上得美石，其文如指上螺。'"按：《清平乐》确误作《忆秦娥》。

〔10〕杨慎，号升庵。参卷四"杨慎《词品》大体可观"。

〔11〕胡应麟，字元瑞。参卷四"杨慎《词品》大体可观"条。

〔12〕《雨村词话》卷一论及黄庭坚词凡12则，有云："后山谓今词家惟黄七、秦九，此语大不可解。山谷惟工诗耳，词非所长。"

〔13〕见《雨村词话》卷二《绮语债》。

〔14〕参卷二"调名宜从朔"条。

〔15〕姜夔《湘月》词序："长溪杨声伯典长沙，楫棹居濒湘江，窗间所见如燕公郭熙画图，卧起幽适。丙午(1186)七月既望，声伯约予与赵景鲁、景望、萧和父、裕父、时父、恭父大舟浮湘，放乎中流，山水空寒，烟月交映，凄然其为秋也。坐客皆小冠綀服，或弹琴，或浩歌，或自酌，或援笔搜句，予度此曲，即《念奴娇》

髙指声也，于双调中吹之。髙指亦谓之过腔，见《晁无咎集》。凡能吹竹者，便能过腔也。”（民国《四部丛刊》景清乾隆江都陆氏本《白石道人歌曲》。）

黄庭坚填词鄙亵

词之原出古乐府，乐府多杂俗谚，如“豨妃”、“沧浡”之类，填词者效之而每放愈下，稍近鄙亵。又以其道之通于曲也，因而“则个”、“甚么”、“呆坐”、“快活”等字，无不阑入，而词品坏矣。推波助澜，山谷无乃罪过。[1]此白石所以以“雅”字为宗指。[2]

〔1〕李调元《雨村词话》卷一：“黄山谷词多用俳语，杂以俗谚，多可笑之句。如《鼓笛令》词云：‘共道他家有婆婆，与一口管教𡱁磨。’又云：‘副靖传语木大，鼓儿里且打一和。更有些儿得处啰。’又一首云：‘打揭儿非常惬意。’又：‘却跋翻和九底。’又一首云：‘冻着你影䭪村鬼。’此类甚多，皆不可解。且‘𡱁’、‘䭪’二字，字书不载，意即甚么之讹也。又如别词中‘奚落’、‘忔憎’、‘吵’、‘噉’等字，皆俗徘语也。元人曲有之，皆不宜入词。”

〔2〕张炎《词源》卷下：“白石词如《疏影》、《暗香》、《扬州慢》、《一萼红》、《琵琶仙》、《探春》、《八归》、《淡黄柳》等曲，不惟清空，又且骚雅，读之使人神观飞越。”（清道光八年《词学丛书》本。）朱彝尊《词综·发凡》：“填词最雅，无过石帚”。石帚指姜夔，参本卷“张鉴《拟南宋姜夔传》”条。

姚燮词

姚梅伯燮[1]曰：“词，小道也，然韵不骚雅则俚，旨不微婉则直，过炼者气伤于辞，过疏者神浮于意，而叫嚣积习、淫曼为工者，尤弗取。”[2]此非探词中骊珠者不能道，宜其自度之工也。短调如《落花时》云：“疏灯隐隐柳丝摇。楼近人遥。春愁着意知深浅，恐难掩、两眉梢。　东风江上茫茫路，吹雨添潮。便伊流得残红去，莫流向、谢娘桥。”[3]《愁倚阑令》云：“垂茜袖，侧金钗。立苍苔。昨夜阴阴微弄雨，海棠开。　羁人无限春怀。歌声隔、杨柳池台。帘幕疏疏风恻恻，燕飞来。”[4]《南乡子》云：“江日动流莺。江上朱楼照水明。楼上女儿年十五，盈盈。衫与杨枝一样青。　无那此时情。棹个兰舟款款行。帘影忽沉人忽下，轻轻。才响钩声响钏声。”[5]《一落索》云：“独立乱红深处。背风无语。怪伊胡蝶绕人飞，却不向、花边去。　重上画楼日暮。江烟催雨。帆来帆去总依稀,恼多种、垂杨树。"[6]《更漏子》云:"水沉沉,天悄悄。雁带远秋飞到。烟淡碧,月昏黄。夜深微有霜。　罗袖举。银筝语。消得相思何许。疏柳外,一层楼。昨宵楼上头。"[7]《清平乐》云:"阑干空处。扑入东风絮。两两鹧鸪啼不住。却又无烟无雨。春愁乱似杨丝。春腰瘦似杨枝。夕燕未知归否,卷帘待了多时。"[8]《忆少年》云:"疏疏帘子,层层花气,低低弦语。香风一丝动,系愁心不住。　莫慢苦吟金缕调,黯灯屏、湘云吹雨。春阴软无力,荡蝶魂来去。"[9]长调如《金菊对芙蓉》云:"轻暖轻寒,疑晴疑雨,坐人水阁当中。正金羊晕蜡,玉马摇虹。是春花影春鬟影,乱酒边、香脆云松。沉沉夜色,深深笑语,密密帘栊。　却喜带醉生慵。侭眉疏痕翠,靥浅涡红。更冰弦细擘,茜袖低笼。是春欢曲春愁曲,奈凄凉、座有吴侬。梦回人远,门开天晓,日上烟空。"[10]梅伯,句东人,词名《疏影楼》。梅伯好撰句,如"汗充"、汗牛充栋也。如"凤么"、么凤也。如"狂牧"、狂杜牧也。如"天泛卵"、卵色天也。如"凸黄凹翠"、如"睇苦颦酸"、如"醺初梦杪"、如"眉楚鬟凄"、如"颤红晕绿"、如"种龙蠡虎",文种、范蠡也。皆戛戛自造。又好用古文奇字,如"种"作"穜"、"剔"作"鬄"、"韵"作"均"、"珍作"谚"、"评"作"訡"、"孤负"作"姑负"、"怡晴"作"怡姓",满纸斑驳,指不胜屈,足见其好奇之癖。至如《沁园春》咏呵云:"相思字、惯嘘将几润,划与郎看。"又云:"郁恨含吁,挠肩引笑,约略微声隔幔传。"[11]咏嚏云:"眼角跳轻,耳轮热重,一例鸳鞋卜未妨。郎归后,问孤衾那夕,曾否思量。"[12]咏青云:"照水能清,依人惯倩,小凤翩翩总逊伊。"[13]则巧而能雅,庶足继响龙洲[14],非直弄狡狯于字句间也。而咏嚏数语,运用《毛诗》"人道我"意[15],比辛、陆之掉书袋者[16],尤见擅场。始知浅斟低唱,亦资经术。按:《丹铅总录》云:"有以'骚人墨客'而合之曰'骚墨',以'汗牛充栋'而合之曰'汗充',皆文理不通,足以发后世一笑。"[17]则"汗充"二字非梅伯创用矣。

柳如是幼与钱生青雨狎,称莫逆交,其诗若书,皆生所教。[18]梅伯咏如是镜云:"问钟情、何似春雨",指此也。镜背铭二十字云:"照日菱花出,临池满月生。官看巾帽整,妾映点妆成。""整"作"塾","帽"作"愲"。[19]

〔1〕姚燮(1805—1864),字梅伯,号野桥,一作野樵,晚号复庄,又号大梅山民,浙江镇海(治所今浙江宁波)人。道光十四年(1834)举人,咸丰间侨居上海。长于戏曲。著有《大梅山馆集》55 卷计《复庄骈俪文榷》8 卷、《二编》8 卷、《复庄诗问》34 卷、《疏影楼词》5 卷。(据《清人诗文集总目提要》第 1403～1404 页。)另著有《今乐考证》12 卷、《读〈红楼梦〉纲领》2 卷、《续疏影楼词》8 卷等。

〔2〕引见《疏影楼词》姚燮自序。"韵",清道光十三年上湖草堂刊本作"均"。(下校同此本,另有稿本异文也一并指出。)

〔3〕见《疏影楼词·画边琴趣上》。

〔4〕见《疏影楼词·画边琴趣上》。“隔”,原作“鬲”;“侧侧”,原作“仄仄”。

〔5〕见《疏影楼词·画边琴趣上》。“帘影忽沉人忽下”,原作“人影忽沉帘忽下”。有词题:“拟晏小山”。“那”,宁波天一阁博物馆藏稿本作“限”。

〔6〕见《疏影楼词·画边琴趣上》。“暮”,原作“莫”。

〔7〕见《疏影楼词·剪灯夜语》。

〔8〕见《疏影楼词·石云吟雅》。原有词序:“韭花馆春日作。”

〔9〕见《疏影楼词·剪灯夜语》。“吹”,原作“歆”。

〔10〕见《疏影楼词·吴径蘋唱》。有词题:“秋水堂纪事”。宁波天一阁博物馆藏稿本词序:“秋水堂纪事,同柳仙叶,即效其体。”“春花影,春鬓影”稿本作“春鬓影,春花影”、“晓”,稿本作“白”。

〔11〕见《疏影楼词·画边琴趣下》。“郎”,原作“伊”。

〔12〕见《疏影楼词·画边琴趣下》。

〔13〕见《疏影楼词·画边琴趣上》。

〔14〕刘过,号龙洲道人。参卷一“《词律》脱误”条。刘过有《沁园春》咏“美人指甲”、“美人足”,见《全宋词》第2145、2146页。

〔15〕毛亨传、郑玄笺、孔颖达疏《毛诗注疏》卷二:“‘寤言不寐,愿言则嚏’。嚏,跲也。《笺》云:‘言我愿思也。’‘嚏’,读当为不敢嚏咳之嚏。我其忧悼而不能寐,汝思我心如是,我则嚏也。今俗人嚏云‘人道我’,此古之遗语也。’”(清嘉庆刊阮刻《十三经注疏》本。)

〔16〕马令《南唐书·彭利用传》:“(利用)对家人稚子,下逮奴隶,言必据书史,断言破句,以代常谈,俗谓之‘掉书袋’。”(清嘉庆刻《墨海金壶》本。)此指辛弃疾、陆游作词爱用典故。

〔17〕见杨慎《丹铅总录》卷十九。(清文渊阁《四库全书》本。)

〔18〕柳如是(1618—1664),本姓杨,名隐,又名因,亦名湜,字如是,以字行,号影怜,又号蘼芜君,江苏吴江(今苏州)人。初为吴江名妓,徐佛弟子,晚归钱谦益,有河东君之名,钱构绛云楼居之。明亡,力劝谦益殉国,不从。及钱病殁,自经死。(据《清人诗文集总目提要》第121~122页。)著有《戊寅草》、《湖上草》、《柳如是尺牍》、《柳如是诗》、《东山詶和集》等。今有周书田、范景中辑校《柳如是集》,复收其佚诗佚文三十馀篇。(中国美术学院出版社2002年版。)陈寅恪先生《柳如是别传》考订其事迹甚详,第四章《河东君过访半野堂及其前后之关系》辨钱青雨即是钱岱勋,可参。钱岱勋事迹无考。(三联书店2001年版。)

〔19〕“问钟情、何似春雨”,《眉妩》词中句,见《疏影楼词·剪灯夜语》。“春雨”,原作“青雨”。词序:“鹳浦郑三云司马辰宦江左,得古镜一,镜背铭二十字

云：'照日菱花出，临池满月生。官看巾帽整，妾映点妆成。''整'作'𠂤'，'帽'作'㡌'，六朝字体也。唐氏筠蒲据查初白《金陵杂咏》诗，定为河东君奁中物，名之曰'如是镜'，后归鹤皋叶梦渔参军，元封以拓本征词，因同卷中吴绿萝调。"词注："如是幼时尝与钱生青雨狎，称莫逆交，其诗若书，皆生所教。如是每冬月御单衣，双颊尝作朝霞色。'从此双栖惟海燕'，茸城诗中句也。"

崔挺新词

明代词学，譬诸空谷足音，而海滨朴习，更无有肄业及之者。芑川居宁德，撰《鹤场漫志》[1]，采先辈遗著数十家，而长短句无闻焉。近人则惟蔡笏山明绅[2]明经、崔松门挺新[3]秀才，颇有涉笔，而秀才词尤清折。《醉花阴》云："绣陌和风收宿雨。簇簇霞千缕。时节正花朝，嫩绿嫣红，都藉春为主。　一尊醽醁斟芳圃。看日高葩吐。扑鼻清香，十二阑干，蛱蝶争飞舞。"[4]秀才为秋谷世召[5]刺史裔孙，刺史与先方伯在杭[6]先生称诗友。秀才一见余，谆谆以古谊相砥砺。余归，复以诗文宠余行，其言俱极郑重也。余酬以绝句云："俯仰乾坤共叹嗟，崔郎家世自清华。楼头好月依然在，知有文章继霍霞。"[7]霍霞，刺史别字，刺史有《问月楼稿》。[8]

〔1〕刘家谋，字芑川。参卷一"刘家谋词"条。谢章铤《鹤场漫志序》云："芑川纂《鹤场漫志》成，示余曰：'宁《志》久不修，旧《志》亦多脱误，文献日消沉，再数十年，风流尽矣。余谨就耳目所及者，掇拾之如此。夫人日习于先进，其心必有所畏而不敢肆，故纪前辈遗事较详，间及时贤者，冀其至于古人也。纪时、纪地、纪风俗、纪物产则亦涉笔及之，资博闻也。虽然，闽去宁三百里，余之官兹土年又浅，敢谓所志为美备哉！聊以备夫后之修志者。'嗟夫！芑川之爱宁人至矣！是为叙。戊申(1848)十月，长乐弟谢章铤拜撰。"

〔2〕蔡明绅，字肇缙，一字笏山，工八体六法之学，诗词雅洁如其人。(据《鹤场漫志》卷下。)《赌棋山庄诗集》卷三有诗《临行答蔡笏山》。

〔3〕崔生挺新，字于盘，一字松门。刘家谋门生。(据《鹤场漫志》卷下。)《赌棋山庄文集》卷六《重摹金门待漏图记》："章铤逾冠游宁德，与崔松门秀才定交。松门名挺新，明太守西叟先生之九世孙也。出示《支提》、《霍童》二山志，皆在杭公之笔。公与西叟为论诗密友，修志时历主其家，唱和殷富。松门询知余为在杭公从孙，亦九世矣，遂修通家兄弟之义，至于今书问不绝。"

〔4〕《醉花阴》见《鹤场漫志》卷下，"扑鼻清香"原作"扑鼻喷清香"。此词是崔挺新咏《花朝雅集图》之作。按：图乃蔡明绅所作。

〔5〕崔世召，字徵仲，福建宁德人，万历己酉(1609)举人，知连州。(据朱彝尊《明诗综》卷六十五，清康熙刻本。)著有《秋谷集》2卷。《鹤场漫志》卷下："邑《志》，崔世召撰，有《西叟全集》、《秋谷集》、《湖隐吟》、《半吃吟》、《脓斋遗稿》。《明诗综》载《秋谷集》，郡《志》载《脓斋遗稿》、《问月楼诗集》、《湖心亭别集》，互有异同。版毁无存，仅馀《湖隐吟》下卷一本、《秋谷集》钞稿一本。余从其族孙挺新借得《湖隐吟》，则上下卷具在焉。又《问月楼启集》下卷一本，世召交吾郡曹能始、谢在杭、徐惟起诸公。诗亦沿晋安风雅派，与竟陵游，不染楚氛，可称矫矫。"

〔6〕谢肇淛，字在杭。参《续编》卷五"谢肇淛词"条。

〔7〕见《赌棋山庄诗集》卷三《酬崔松门挺新》。"俯仰乾坤"作"凭吊千秋"；"知有"作"可有"。(清光绪十四年福州刻本。)

〔8〕刘家谋曾访得《问月楼诗集》。《鹤场漫志》卷下："续访得《问月楼诗集》，钞本，六卷，披榛采兰，足充纫佩。"

洪亮吉词

洪稚存亮吉[1]与黄仲则景仁[2]并名，其词亦不相上下。第稚存早年多沿《啸馀图谱》[3]，时有错拍。如《机声灯影词》、《忆秦娥》、《十六字令》诸阕可见。[4]特其气最清疏，读之可药繁琐之病。《金缕曲·清风亭梦李白》云："天与人俱老。又何为、一千年后，此间凭吊。一半江山归李白，一半分还谢朓。我到也、只馀衰草。毕竟微躯容易尽，觅些须、身后名才好。勤打叠，零星稿。　青衫百计供人笑。只悠悠、非公知我，恨和谁告。金粟前身真小劫，堕作五湖年少。有梦也、不离蓬岛。猛忆人生何者是，只浮云、偶寄孤飞鸟。残梦破，余归了。"[5]《乌夜啼》云："中年一种情牵。病恹恹。欲借旧家楼阁，诉当年。　黄庭卷。丹炉畔。学飞仙。留得一丝儿恨，未生天。"[6]僮窥园从稚存八年，体弱善病，既稚存秋试被黜，僮忽辞去，稚存送以《金缕曲》云："衣薄还如纸。最凄凉、前宵毹毷，今宵送尔。八载追随无别事，伤病伤离伤死。总误尔、朝饥饮水。苦访虫鱼摩篆籀，但论才、尔便成佳士。休更作，朱门使。　无家我共居僧寺。只萧萧、寒云丙舍，尚堪南指。入梦总从吾父母，醒处怕逢妻子。况薄命、久无人齿。明日出门谁念我，就飘蓬、断梗商行止。尔去矣，泪流驶。"[7]僮得词，泣不忍去，稚存复填前调云："暗里惊闻泣。一声声、无端惹我，青衫又湿。多病经旬谁得似，欲共候虫秋蛰。尔似燕、旧巢还入。典尽衣裘频拥絮，更同扶、瘦影当风立。浑不怕，霜华袭。　八年侍我肩差及。笑囊空，新诗屡付，佣钱未给。费尔一杯村落酒，为我解除狂习。说月好，今宵初十。楼上三更云气净，看星辰、如豆天如笠。吟正远，催归急。"[8]此僮得无如萧颖士之奴[9]耶？何言之沉痛也。

〔1〕洪亮吉(1746—1809)，初名莲，又名礼吉，赴试改今名，字君直，一字稚存，号北江，晚号更生，别署藕庄，江苏阳湖(今武进)人。乾隆五十五年(1790)一甲二名进士，授编修，任贵州学政。嘉庆四年(1799)以抨击时政谪戍伊犁，越年放还。历主旌德洋川书院、扬州梅花书院。著有《洪北江诗文集》83卷。(据《清人诗文集总目提要》第845页。)词有《更生斋诗馀》2卷。

〔2〕黄景仁，一字仲则。参卷一"王昶论两宋词"条。

〔3〕《啸馀谱》，明程明善撰，以歌之源出于啸，故名《啸馀》。凡十卷，分题编类。其中《诗馀谱》三卷，据张綖《诗馀图谱》，结合谢天瑞、徐师曾的增订，合并刊入。立论不确，附会甚多。

〔4〕此句应表述为"如《机声灯影词》及《忆秦娥》、《十六字令》诸阕可见。"《机声灯影词》见《更生斋诗馀》卷二。《更生斋诗馀》卷一有《忆秦娥》1首、卷二有《忆秦娥》2首。《十六字令》见《更生斋诗馀》卷一，共5首。(清嘉庆刻《更生斋诗集》本，下同。)

〔5〕见《更生斋诗馀》卷二。

〔6〕见《更生斋诗馀》卷二。有词题"十三夜"。

〔7〕见《更生斋诗馀》卷二。词序云："僮窥园从予八年矣，体弱善病。今年予秋试被落，忽尔辞去，念事伤离，不能无作。命沽酒，歌此调以送之。"

〔8〕见《更生斋诗馀》卷二。词序云："僮得前词，泣不忍去，复成此阕。"

〔9〕萧颖士(708—759)，字茂挺，唐南兰陵(今江苏武进西北)人。开元进士。天宝初，为秘书正字。被劾居濮阳，名士多从其学，人称萧夫子。后召为集贤校理，李林甫恶而出之。韦述荐为史官，又迁河南府参军。安禄山反，力劝山南节度使源洧拒敌。宰相崔圆以为扬州功曹参军，至官一日而去，世称"萧功曹"。后客死汝南，门人私谥文元先生。后人辑有《萧茂挺文集》1卷。(据《中国历史大辞典》第2989页。)《全唐诗》收录其诗20首。张鷟《朝野佥载》："萧颖士，开元中，年十九擢进士，至二十馀该博三教。其赋性躁忿浮戾，举无其比，常使一仆杜亮，每一决责，皆由非义，平复遭其指使如故。或劝亮曰：'子，佣夫也。何不择其善主而受苦若是乎?'亮曰：'愚岂不知，但爱其才学博奥，以此恋恋不能去，卒至于死。'"(清光绪五年刻《畿辅丛书》本。)

词有句中韵

诗有句中韵法，如"籥舞笙鼓"[1]，"舞"与"鼓"韵；"采荼薪樗"[2]，"荼"与

“樗”韵；“日居月诸”[3]，“居”与“诸”韵；“有壬有林”[4]，“壬”与“林”韵。顾其法，诗家颇不讲，而时见于词。如《河传》、《醉太平》等调，句中多有用韵者。[5]填之应节，极可吟讽。姚梅伯云：“露华满天。月华荡烟。隔波人影娟娟。在荷边柳边。　天仙水仙。新怜旧怜。回灯恰并双肩。弄三弦四弦。”[6]又云：“城高斗横。山高月沉。风吹门外骡铃。客将行未行。　三声两声。蛩鸣雁鸣。恼伊枕上人听。梦将醒未醒。”[7]洪稚存云：“葵芳菊芳。蜂忙蝶忙。小庭节近重阳。是秋花总黄。　疏枝贴窗。浓阴满廊。人间月午清凉。比天边更香。”原注：“庭桂盛开，邻人复贻野菊、秋葵。”[8]叶小庚云：“秋晴夜清。云轻月明。绕庭闲步微吟。引离人恨生。　更深酒醒。愁萦梦惊。拥衾遥伴孤檠。更怕听雁声。”[9]四阕皆《醉太平》。

〔1〕引见《诗经·小雅·宾之初筵》。

〔2〕引见《诗经·豳风·七月》。

〔3〕引见《诗经·邶风·柏舟》。

〔4〕引见《诗经·小雅·宾之初筵》。

〔5〕如温庭筠《河传》云：“湖上。闲望。雨萧萧。”“上”与“望”叶。戴复古《醉太平》：“长亭短亭，春风酒醒。”二“亭”字相叶。

〔6〕见《疏影楼词·吴泾蘋唱》。“隔”原作“鬲”。

〔7〕见《疏影楼词·剪灯夜语》。“骡”原作“羸”。

〔8〕见洪亮吉《更生斋诗馀》卷二。词序云：“十七夜，庭桂甚开，邻人复有贻秋葵、野菊者，独饮偶赋。”

〔9〕此词收录在《小庚词存》卷二，文字无异。

张鉴《拟南宋姜夔传》

姜白石，《宋史》无传，祖述倚声者一缺憾也。阮芸台元[1]相国于西湖置诂经精舍，以拟作课，肄业生张鉴[2]之篇，最为详覈，备录于左，或资参考，亦前人补《韦苏州传》[3]意也。

姜夔，字尧章，号白石，饶州番阳人。蚤孤露，气貌若不胜衣服。家贫无立锥，然好客，未尝一日倦。少时即奔走四方，一时如辛弃疾、杨万里、楼钥、王炎、周文璞，皆爱其才，为之延誉。既而客游湘江，以诗谒千岩萧氏，萧以为能，因以其兄之子妻之。初，夔率意为长短句，既成，按以律吕，无不协者，于是喜音律，善吹箫，多自制曲。庆元三年，时议以享国久长，而礼乐之事，式遵旧章，未尝有所改作，因诏天下，求知音之士，蒐讲古制，以补遗轶。于是夔进《大乐议》于朝，欲以正庙乐。其略曰："绍兴大乐，多用大晟所造，有编钟、镈钟、景钟，有特磬、玉磬、编磬，三钟三磬，未必相应。埙有大小，箫、篪、笛有长短，笙、竽之簧有厚薄，未必能合度。琴、瑟，弦有缓急燥湿，轸有旋复，柱有进退，未必能合调。总众音而言之，金欲应石，石欲应丝，丝欲应竹，竹欲应匏，匏欲应土，而四金之音，又欲应黄钟，不知其果应否？乐曲知以七律为一调，而未知度曲之义；知以一律配一字，而未知永言之旨。黄钟奏而声或林钟，林钟奏而声或太簇，七音之协四声，各有自然之理。今以平、入配重浊，以上、去配轻清，奏之不谐协。"夔之言乐，大致以权衡度数先正为主，其议详《乐志》中。又尝作《琴瑟考古图》一卷，及《圣宋铙歌鼓吹曲》十四首，曰《上帝命》、曰《河之表》、曰《淮海清》、曰《沅之上》、曰《皇威畅》、曰《蜀山邃》、曰《时雨霈》、曰《望钟山》、曰《大哉仁》、曰《讴歌归》、曰《帝临墉》、曰《维四叶》、曰《炎精复》。上尚书省作《表》曰："臣闻：铙歌者，汉乐也，殿前谓之鼓吹，军中谓之骑吹，其曲有《朱鹭》等二十二篇。由汉逮唐，承用不替，虽名数不同，而乐纪罔坠，各以咏歌祖宗功业。唐亡，铙部有柳宗元作十二篇，亦弃弗录。神宗受命，帝绩皇烈，光耀震动，而逸曲未举。乃政和七年，臣工以请上诏制用，中更否扰，声文罔传。中兴文儒，荐有拟述，不丽于乐，厥谊不昭。臣今制曲辞十四首，昧死以献。臣粤稽前代铙歌，咸叙威武，屻人之军，屠人之国，以得土彊，乃矜厥能。惟我太祖、太宗、真、仁、高宗，或取或守，罔匪仁术，讨者弗戮，执者弗刘，仁融义安，历数弥永。故臣斯文，特倡盛德，其辞舒和，与前作异。臣又惟宋因唐度，古曲坠逸，《鼓吹》所录，惟存三篇，谱文乖谬，因事制辞，曰《导引曲》、《十二时》、《六州歌头》，皆用羽调，音节悲促。而登封岱宗、郊祀天地、见庙耕籍、帝后册宝、发引升祔、五礼殊情、乐不异曲，义理未究。乞诏有司取臣之诗，协其清浊，被之箫管，俾声畅辞达，感臧人心，永念宋德，无有纪极，海内称幸。"书奏，诏付奉常有司收掌，令太常寺与议。当世嫉其能，不获尽其所议，仅免解而已。同时惟待制朱熹尝叹夔，以为深于礼乐。夔既不遇，益自放于诗酒，其友窃哀怜之，欲输赀为之拜爵，辄谢不许。顺阳范成大之请老也，夔诣之，范有青衣曰小红，色艺双绝。一日，范授简，征新声，夔制《暗香》、《疏影》两曲以进，范使二妓肄习之，音节清婉。迨夔归吴兴，范以小红赠焉。其夕大雪，过垂虹亭，因赋诗，使小红歌而自吹洞箫以和之，闻者莫不凄绝。夔生平学，尤邃于长短句，说者以为南宋词家大宗。其于自制诸曲，皆注节拍于旁，殆似西域旁行之字，然终以无所遇而卒。所著《白石诗词集》及《绛帖平》、《续书谱》、《禊帖偏旁考》行于世。其后，宋人学词者，如张辑、卢祖皋、史达祖、吴文英、蒋捷、王沂孙、张炎、周密、陈允平之徒，皆以夔为宗。

辑字东瑞，号东泽，鄱阳人，受诗词法于夔。有长短句二卷，名《东泽绮语债》。

祖皋，字申之，永嘉人，楼钥之甥。登庆元中进士，嘉定时为军器少监。自号蒲江居士。有《蒲江词》一卷。

达祖，字邦卿，汴人。有《梅溪词》二卷。

文英，字君特，号梦窗，四明人。有《梦窗甲乙丙丁稿》四卷。

捷，字胜欲，义兴人。德祐进士，入元不仕，学者称竹山先生。有《竹山词》一卷。

沂孙，字圣与，号碧山，又号中仙，会稽人。有《碧山乐府》二卷，一名《花外集》。

炎，字叔夏，循王俊之孙，西秦人。侨居临安。自号乐笑翁。有《乐府指迷》及《玉田词》、《山中白云》，共十二卷。

密，字公谨，济南人。侨居吴兴。号弁阳啸翁，又号萧斋、四水潜夫。尝辑南渡以后诸名家乐府为《草窗词选》。自著有《草窗词》二卷，一名《蘋洲渔笛谱》。

允平，字君衡，号西麓，明州人。有《日湖渔唱》二卷。

论曰：自制氏去而古义亡，四始衰而雅音溺。乐胜则流，诗降为曲。虽燥湿所感，生民大情，而政府相推，品物恒性。文辞繁诡，则靡而非典。才情异区，斯丽而有则。有唐中叶，创始倚声。俎豆青莲，宗祧啰唝。温飞卿助教之年，杜紫微制诰之日。易梵呗为艳曲，杂纥那于铙吹。双声单调，纲领之要可指。侧犯换头，情变之数易滥。迨至五代，风流弥劭。孟蜀《花间》，南唐《兰畹》，或沿波于初造，或寻条于后时。"小楼吹彻"，"水殿风来"，君臣闲作，互相嘈哄。以至"深宫划袜"之辞，"秘监攲梳"之作，莫不流播旗亭，传歌酒肆。然而绮缛为多，柔靡不少。丰藻克赡，而风骨不飞。振采失鲜，则负声无力，斯言谅矣！洎乎天水征祥，斯学不坠。元祐、庆历，代不乏人。晏元献之辞致婉约，苏长公之风情爽朗。豫章、淮海，掉鞅于词坛。子埜、美成，联镳于艺苑。幽索如屈、宋，悲壮如苏、李，固已同祖风骚，力求正始。君子正其文，瞽师调其器，厥功所存，良可嘉叹。然而畛域犹存，涯度未远。争价一句之奇，俪采百字之偶，《大成》之集，遗以来喆。若夫学士"微云"，郎中"三影"，尚书"红杏"之篇，处士"春草"之什。柳屯田"晓风残月"，文洁而体清。李易安"落日暮云"，虑周而藻密。综述性灵，敷写器象，盖骎骎乎大雅之林矣。南宋以还，元风益著，虽周、柳之纤丽，辛、刘之雄放，风气所竞，不可相强。而求红牙之哲匠，问绮袖之专门，几于家习偷声，户精协律，有房中之妙奏，非风雅之罪人。贺方回肠断于东山，康伯可风柔于应制，花庵既光价于东南，东浦亦腾辉于河朔，词流之变，于斯极焉。既而白石归吴，移情丝竹，经正者纬成，理足者词畅。清真滥觞于其前，梦窗推波于其后，学者宗尚，要非溢美。其后竹屋、玉田、梅溪、碧山之俦，递相祖习，转益多师，洗草堂之纤秾，演黄初之眇论，后有作者，可以止矣。

夫搓酥滴粉，丽密居多。澄碧闹红，佻巧不少。自三唐创雕琼镂玉之文，而五季沿月露风云之旧，求其辞致萧闲，情采标举，则竹坡挢舌，审斋掣肘。何况志感丝篁，韵谐笙板，探王化之本原，昭歌永之符契也哉？良由学慎始习，功在初化，顿八纮之遐观，搜千载之馀韵。游盛丽者，用登金、张之堂，视妖冶者，必揽施、嫱之袪。爰依沈约《宋书》诗人谢灵运传赞之例，综厥泾渭，略具条贯，俾言选声者得以考焉。至于菊庄门下，犹靳清溪，楚女闺中，誓徇淮海，则删诗者未尝泥其体，而闻声者自足通乎情。必谓妙达此旨，妄加绳墨，则又蠹生于木而还食其木，知音之俟，亦无取尔。[4]

按：尧章徙家苕上，所居近白石洞天，因号石帚[5]，潘柽复赠以号，所谓“白石道人”[6]也。所著尚有《张循王遗事》、《集古印谱》。后游临安，馆水磨方氏，卒葬西马塍，范石湖诗所谓“差幸小红先死去，不然啼损马塍花”。[7]同时又有黄岩老者，亦号“白石”，亦学诗于萧千岩，时称“双白石”云。[8]

〔1〕阮元(1764—1849)，字伯元，号芸台，江苏仪征人。乾隆五十四年(1789)进士，授编修。历任山东、浙江学政，浙江、河南、江西巡抚，湖广、两广、云贵总督，官兵部、礼部、户部、工部侍郎，终体仁阁大学士。谥文达。著有《揅经室集》68卷。(据《清人诗文集总目提要》第997页。)另有《经籍籑诂》106卷等。

〔2〕张鉴(1768—1865)，字春冶，号秋水，别号贞疾居士，浙江乌程(今湖州)人。嘉庆九年(1804)副贡生，官浙江武义教谕。受知于阮元。著有《秋水文丛》50卷、《冬青馆甲集》6卷、《乙集》8卷等。(据《清人诗文集总目提要》第1035页。)

〔3〕韦应物，新旧《唐书》均无传，《旧唐书》无一言及之。欧阳修《新唐书·艺文志四》：“《韦应物诗集》十卷。”《文艺传上》：“若韦应物、沈亚之、阎防、祖咏、薛能、郑谷等，其类尚多，皆班班有文在人间，史家逸其行事，故弗得而述云。”(清乾隆武英殿刻本。)韦应物(737？—？)，京兆万年(今陕西西安)人。历官洛阳丞、京兆府功曹、任鄠县令、栎阳令、比部员外郎、滁州刺史、江州刺史、左司郎中、苏州刺史。贞元七年(791)退职，寄居苏州永定寺。诗名颇著。其诗题材广泛，以田园诗最著名，各体皆佳，尤长于五言。著有《韦苏州集》10卷。(据周祖譔主编《中国文学家大辞典·唐五代传》第75页。)南宋沈作喆《补韦刺史传》：“《新唐书·文艺传》称应物有文在人间，史逸其传，故不录。予既爱其诗，因考次生平行义官代，皆有凭藉始终，可概见如此。恨史官编摩疏陋耳。”(民国刻《四部丛刊》景明嘉靖二十七年华云江州刻本。)按：唐代有另一韦应物，与白居易、刘禹锡同时，曾任太仆少卿兼御史中丞、诸道盐铁转运、江淮留后。《补韦刺史传》将二韦应物混为一人，实误。

〔4〕以上录自《冬青馆乙集》卷八《拟南宋姜夔传》。据清道光十九年刻本，“久长”原作“长久”、“景钟”原作“量钟”、“果应否”原作“果应不”、“度数”原作“度量”、“曰《讴歌归》”后原有“曰《伐功继》”、“由汉逮唐”原作“由汉逮隋”、“神宗”原作“神宋”、“逸曲”原作“逸典”、“粤”原作“若”、“土彊”原作“土疆”、“其辞舒和”原作“其词舒和”、“乖谬”原作“乖讹”、“因事制辞”原作“因事制词”、“耕籍”原作“耕耤”、“五礼”原作“五祀”、“感臧”原作“感藏”、“其友”原作“友人”、“疏影”原作“影疏”、“尤邃于”原作“尤粹于”、“学词者”原作“善学词者”、“东瑞”原作“宗瑞”、“鄱阳”原作“番阳”、“渔笛谱”原作“渔笛稿”、“政府”原作“政序”、“而有则”原作“而以则”、“啰唝”原作“罗唝”、“易滥”原作“易监”、“之辞”原作“之词”、“子埜”原作“子野”、“落日暮云”原作“落日莫云”、“理足”原作“理定”、“秾”原作“襛”，“挢舌”原作“桥舌”。按：清道光二十六年刻本同上校。

〔5〕石帚指姜夔，乃沿成说。吴文英词集中有赠姜石帚的六首词。其中一首《惜红衣》的小序说：“予从姜石帚游苕、霅间，三十五年矣，重来伤今感昔，聊以咏怀。”《惜红衣》是白石自度曲，苕、霅又是白石旧游之地，于是人们就误认为石帚是白石别号。夏承焘先生在《姜白石词编年笺校》一书中，特意撰写了《石帚辨》一节，以翔实的历史资料为依据，辨明姜石帚并非姜白石，乃宋末元初一位杭州举子，了数百年间一桩公案。（第283～286页，上海古籍出版社1981年版。）

〔6〕陈思辑《两宋名贤小集》卷二百七十《白石道人诗》：“姜夔，字尧章，鄱阳人。潘柽号之曰白石道人，又畀以诗云：‘世间官职似樗蒱，采到枯松亦大夫。白石道人新拜号，断无缴驳任称呼。’”（清文渊阁《四库全书》本。）

〔7〕陆友仁《研北杂志》卷下：“小红，顺阳公即范石湖青衣也，有色艺。顺阳公之请老，姜尧章诣之。一日，授简征新声，尧章制《暗香》、《疏影》两曲，公使二妓肄习之，音节清婉。尧章归吴兴，公寻以小红赠之。其夕大雪，过垂虹赋诗曰：‘自琢新词韵最娇，小红低唱我吹箫。曲终过尽松陵路，回首烟波十里桥。’尧章每喜自度曲，吟洞箫，小红辄歌而和之。尧章后以疾没，故苏石挽之曰：‘所幸小红方嫁了，不然啼损马塍花。’宋时花药皆出东西马塍，西马塍皆名人葬处，白石没后葬此。苏石谓小红若不嫁，则啼损马塍花时矣。”（民国景明《宝颜堂秘籍》本。）《词苑丛谈》卷一据《研北杂志》引此诗，却将作者改成范成大，谢章铤或据《词苑丛谈》而误。夏承焘《姜白石系年》：“‘苏石’乃‘苏泂召叟’之误，四库《泠然斋集提要》已辨之。”（《夏承焘集》第1册第445页，浙江古籍出版社、浙江教育出版社，1998年版。）

〔8〕罗大经《鹤林玉露》卷二《姜白石》：“时，黄岩老亦号白石，亦学诗于千岩，诗亦工，时人号双‘白石云’。”（明刻本。）

孙家穀词

《种玉词》一卷，仅十馀阕，四明孙曙丹家穀[1]大令撰，其友姚梅伯为之刊行。[2]虽多涉软语，而清隽可咏。如《江城梅花引·访病》云："蓬松双鬓绿云拖。睡生魔。病生魔。转侧一声娇喘压衾窝。无计留人春又去，怨流水，怨东风，可奈何。　　奈何奈何。愁转多。掩绣罗。抛玉梭。瘦也瘦也，瘦得似、花影婆娑。笑脸佯开红晕不成涡。直恁恹恹谁忍得，凭解说，总无言，待甚么。"[3]《法驾导引·赚别》云："相依恋，相依恋，一刻怕分离。病后忍教闻苦语，愁中难与说行期。索性且瞒伊。"[4]《酷相思·惜别》云："听得几声留客住。又几日、廉纤雨。任叮嘱、东风难做主。人觑着、花无语。花觑着、人无语。　　杨柳丝丝烟几许。兀自恋、微微絮。有多少、闲愁无着处。分一半，卿将去。留一半、侬将去。"[5]《十六字令·言愁》云："酸。心上眉头两处攒。辛和苦，搀入许多般。"[6]

〔1〕孙家穀(1791—1832)，原名家棪，字曙舟，一作汝舟，号树伯，又号幼莲，浙江鄞县(今宁波)人。道光二年(1822)进士，以知县分发山西，补襄陵县。五年，充乡试同考官。著有《襄陵诗草》1卷附《词草》1卷、《种玉词》1卷。(据《清人诗文集总目提要》第1259～1260页。)按："曙丹"应为"曙舟"。

〔2〕姚燮，字梅伯。参本卷"姚燮词"条。《种玉词》附姚燮《疏影楼词》后。

〔3〕见《种玉词》。"待甚么"原作"待怎么"。(清道光十三年刻本，下同。)

〔4〕见《种玉词》。

〔5〕见《种玉词》。"难做"原作"难作"。

〔6〕见《种玉词》。

填词宜选调

填词亦宜选调[1]，能为作者增色，如咏物宜《沁园春》，叙事宜《贺新郎》，怀古宜《望海潮》，言情宜《摸鱼儿》、《长亭怨》等类，各取其与题相称，辄觉辞笔兼美，虽难拘以一律，然此亦倚声家一作巧处也。其它《西江月》、《如梦令》之甜庸，《河传》、《十六字令》之短促，《江城梅花引》之纠缠，《哨遍》、《莺啼序》之繁重，傥非兴至，当勿强填，以其多拗、多俗、多冗也。[2]然俗调比拗调，涉笔尤须斟酌。[3]

〔1〕沈祥龙《论词随笔》："词调不下数百，有豪放，有婉约。相题选调，贵得其宜。调合，则词之声、情始合。"(《词话丛编》第 4060 页。)

〔2〕谢氏此段论选调，立论精彩，应是其长期从事创作得出的结论。早于谢氏之前，仅见少数论者对如何选调进行总结，但不系统。如沈谦《填词杂说》云："小令中调，有排荡之势者，吴彦高之'南朝千古伤心事'、范希文之'塞下秋来风景异'是也。长调极狎昵之情者，周美成之'衣染莺黄'、柳耆卿之'晚晴初'是也。于此足悟偷声变律之妙。"按："南朝千古伤心事"见吴激《人月圆》，"塞下秋来风景异"见范仲淹《渔家傲》，"衣染莺黄"见周邦彦《意难忘》，"晚晴初"见柳永《十二时》。

〔3〕吴衡照《莲子居词话》卷三："词有俗调，如《西江月》、《一翦梅》之类，最难得佳。《念奴娇》之览古，《沁园春》之体物，易地而为之，未有能工焉者矣。"又："频伽词话云：'词有拗调、拗句，须浑然脱口，若不可不用此平仄声字者，方为作手。如未能极工，无宁取成语之合者以副之，斯不觉其聱牙耳。'兹言最得拗体之诀，推之如《江城梅花引》、《喝火令》、《归田乐》，各体虽未为尽拗，然必极精融妥溜而出之。"

方成培《香研居词麈》

推究音律，倚声家之最上乘也。红友一书，世称精审，然譬之涉水，揭而未厉。[1]宋王晦叔灼之《碧鸡坊漫志》[2]、国朝方仰松之《香研居词麈》[3]，有意为耆卿、白石者，谅可作先路之导也夫。仰松，名成培，歙西人。大抵谓"工尺即律吕，乐器无古今"。程教谕瑶田，其友也，素精按拍，亦心折其言。[4]书凡五卷，中有云："凡一词用某韵，则句中勿多杂入本韵字，而每句首一字尤宜慎之。如押鱼、虞韵，而句中多用语、麌、无、吾等字，则五音紊矣。"[5]虽非深谈，持论甚确。节录于此，馀则全书具在，嗜学者自探索之可也。

〔1〕万树，字红友。著有《词律》一书。参卷八"万树词"条。揭而未厉：谓高举而未扬厉之。此谓《词律》虽有首创之功，但所论有不足之处。参卷一"《词律》脱误"条江顺诒评《词律》语。

〔2〕王灼(1111—?)，字晦叔，号颐堂，遂宁府小溪县(今四川遂宁境内)人。绍兴间在夔州短期为幕官，终身不仕。事迹详李孝中、侯柯芳辑注《王灼集》附《王灼生年爵里考辨》。(巴蜀书社 2005 年版。)著有《碧鸡漫志》5 卷、《颐堂文集》5 卷、《颐堂词》1 卷、《糖霜谱》1 卷。李、侯辑注《王灼集》辑逸文 16 篇。

〔3〕方成培，字仰松，号岫云，安徽歙县人。生平肆力于倚声，精通音律。

乾隆四十八年(1783)客游汉皋,不久卒于此地。著有《听对弈轩小稿》3卷、《香研居词麈》5卷等。(据《清人诗文集总目提要》第686页。)另纂有《词槩》26卷。

〔4〕程瑶田(1725—1814),字易田,一字伯易,号葺荷,别号让泉过客,安徽歙县人。乾隆三十五年(1770)举人,任嘉定教谕。授徒为生,长于考据。著有《莲饮集》4卷、《修辞馀钞》1卷。(据《清人诗文集总目提要》第701页。)程瑶田《香研居词麈叙》:"其言曰:'工尺即律吕,乐器无古今。'余为心折者久之。"(清嘉庆刻《读画斋丛书》本《香研居词麈》,下同。)

〔5〕引见《香研居词麈》卷三《记梦》。按:此则乃方氏托为梦中读一书所云,"觉思其言近有理,遂录之"。方氏多从音律上讨论用韵,如卷三《李易安论词》等,更有精义。

《海警》散曲

曩者逆夷肆乱,生民涂炭,而有心人感事愤时之作,更仆难终。有自京师归者,传《海警》散曲一套,不知出于谁何?然言者无罪,闻者足鉴,真减偷家庀史之篇也。其辞曰:"放眼乾坤二百年,太平天下,圣圣相承,盛德周函夏。塞北无尘,江南如画。看海外岛屿微茫,棋布星罗,一一沾王化。　垂衣天子紫宸衙,武纬文经,都上麒麟画。更民间遍地桑麻,父老慈鸠,儿童竹马,作息光阴多闲暇。真个是世跻羲轩,治齐虞夏,汉唐以后如斯寡。却不道平陂往复,兀兀的暗里祸萌芽。　甚春工作孽,放出米囊花。是谁人暗解罗衣偷栽罢?羞答答殢雨尤云,默向东风嫁。煎熬的迷魂仙药,呼吸的夺命丹砂,迷溺中原百万家。　这淡巴菰名不差,那嗼咭唎来非乍,真个是黄金与土争同价。有儿童俊雅,更性情潇洒。等闲下了陈蕃榻,却道是色夺宫鸦,胜似那香焚宝鸭,一阵阵迷濛云气绕窗纱。　悄不觉如梭日月赊,瘦骨如柴,腰肢一把。能文的恇怯了绛帐谈经,会武的耽误了柳营试马。黑腾腾臭染房帏,等药渣万人唾骂。　那朝廷法令严,那官府设施大,痛哭陈书不让长沙贾。纷藉藉儒绅弄舌,恶悻悻吏卒磨牙。禁烟天气无昼夜,一味胡拏。　最苦的桃代李僵,叵测的虎威狐假。罗钳吉网巧梳爬,小户织连冤牵挂。乱纷纷市逢白著,急攘攘狱满黄沙。首事的惹祸招灾,旁观的妆聋作哑。要除积弊报天家,怎知道掀天搅地,只图得论酒评茶,到头来成虚话。　算从来作事须明达,败事率虚夸。济巨川要用着万顷凌波舟,行长途要策着千里追风驾,寸壤怎补黄河罅!他本是横海鲸,汝觑作井底蛙。一霎时锦绣香街,转眼见颓垣断瓦。　想定海地势佳,四面周遭聚客槎。听橹声咿哑,认帆影横斜。蜑户鱼堪买,居人酒可赊。猛一声霹雳从天下，死的、走的，把满城文武都吓煞！可怜呵！深闺弱质，蓬巷娇娃，一似汉公主去和番，别抱琵琶肠断，春风花草，万里越天涯。　　况番禺旧繁华，接闽疆地犬牙，遥遥一水通，那怕着夷船番舶来往周遮。互市的红毡锦罽，贪得的药草名茶。积薪厝火人聊且。有一个邀功启衅，更一番议和养患，酝酿作焚庐劫舍。汉金缯宋岁币，若是耶，还道是文事昆夷汤事葛。尽摧塌了锦绣街，恁沾污了笙歌榭。堪嗟！只馀得旧时月过女墙来，荒城寂寞寒潮打。　　这厦门集将领团乡社，经业虚将手段夸，风流妄许管萧亚。谯楼呵击鼓，城角呵吹笳，寇至曾无一矢加。脱身策出檀公下，督师的忘抽了光弼刀，死绥的空餧了房谟马。勾引了封豕长蛇，辱没了大纛高牙，便有个辞汉仙人也应泪如铅泻。　　说起来嗟呀，想起来惊怕，那镇海飞祸天来大！我这里军起苍头，他那里贼连黄帕。大星夜落海氛骄，一腔热血苌宏洒，平白地把一座县城让与他。冤惨惨父老焚香，连骨如麻，遗镞沉沙。真个是百年征战尽，往往见鱼虾。　　愿皇威畅迩遐，师议律士无哗。擒杨么洞庭湖，杀蚩尤中冀野。羁縻更望金鸡赦，海上干戈谈笑罢。只见海天一色曙气上云霞，恁些时小丑跳梁，都看作一场戏耍。”[1]

〔1〕散曲套数，无牌名。谢伯阳、凌景埏编《全清散曲》据此收录。（第1935～1937页，齐鲁书社2006年增补版。）

赌棋山庄词话卷四

报黄宗彝书

肖岩[1]自台湾移书曰:“客里无聊,取读《词律》,略有兴会,依谱填之,未知顽铁有可铸否?”[2]词调《贺新郎》曰:“抱尽风骚怨。想谢郎、近时心事,如何安顿。醉酒高歌聊复尔,岂是我生始愿。况逐队、舞衫歌扇。博得红颜心肯许,算多情、一样承恩眷。人世事,那堪问。　　相思难觅飞鸿便。只堪怜、自家愁绪,自家排遣。我本情怀多感慨,莫道都因贫贱。傥寄意、又无人见。此恨消从何处去,恐东风、错认旧时面。肠千转,心一片。”[3]余报书曰:“读大作,惊喜欲狂,以手加额者三四。闽中词学,宋代林立,元明稍衰,然明人此道本少专家,昧昧者盖不独一隅。特怪国初渔洋、羡门、迦陵、竹垞诸老,南北提唱,一时飙发泉涌,电掣云屯,倚声一途,称为极盛。吾闽卒无特起与之角立者,即二丁勉强继响,顾附庸风雅,不足擅场。近时叶小庚太守著书数十卷,先型略具,宗风未畅。许秋史秀才用笔清秀,颇有姜、史遗风。其所刻《萝月词》,后半气体,比前半加宏,使培充磨砻,未必不转而愈上。天不假年,无由臻于大成,惜乎!《词律》留以备考,颇非佔毕善本。芑川前年曾于《词综》中选钞一卷,取读之,当必有进。且芑川所录,豪宕多而工致少,初学作词,每患体调拘束,得其梗概,真可以伸缩如意,然后再求熨贴,所谓能用调而不为调用者,则善矣。近日词风,浙派盛行,降而愈下,索然无味。词之真种子,殆将没于黄苇白茅中矣。足下勉之。”[4]后寓信芑川,属其怂恿左右。芑川复书曰:“肖岩词如昙花一现,近又在若有若无之间。”[5]嗟乎!肖岩之不欲以雕虫小技胜人如此。

〔1〕黄宗彝(1812?—1861),一名熼,字圣谟,又字肖岩,福建侯官(今福州)人。曾在台湾依刘家谋两年。《词话续编》卷五谓其以太学生终。著有《婆梭词》2卷、《方言古音考》8卷。生平事迹详谢章铤《赌棋山庄文集》卷二《黄君宗彝别传》。(**生卒年据陈昌强《谢章铤年谱》,《谢章铤集》第712页。**)谢章铤《词话续编》卷五:“余弱冠,即与侯官黄肖岩熼、刘芑川家谋定交。”《黄君宗彝别传》:“余与君相知二十载,不在文字也。敬君爱君,卒无以慰君。悲夫!君曾填词致余,书其后曰:‘余与枚如相见辄相感,相感则相怜,复不敢相慰。言时少,嘿时多;欢笑时少,太息时多。’呜乎!其言盖至沉痛也。”

〔2〕《婆梭词》所收《贺新郎》(独抱风骚怨)跋云:“余素不工减字偷声之学,

己酉(1849),余友芑川刘家谋任台湾府训导,招予同行。海外鲜藏书家,取箧中万红友《词律》读之,学填此阕寄示枚如谢章铤。枚如来札许可,且怂恿芑川勉予学词,遂与芑川倡和数十阕。辛亥(1851),归应秋试,简装从淡水取道内渡,诗文诸稿,芑川爱而藏之。”(清咸丰四年福州刻本,下同。)

〔3〕据《婆梭词》,“抱尽”作“独抱”,“近时心事”作“今日心绪”,“醉”作“纵”,“算”作“准”,“那堪”作“何须”。

〔4〕此札《赌气山庄文集》、《文续》、《文又续》未收,可作谢氏散文补遗之用。刘家谋《东洋小草》卷三《答肖岩三首》(其三):“新词数十首,激越苏辛丛。”(清道光二十九年福州刊本。)则黄宗彝学苏、辛,与谢章铤词学主张声气相通,故谢氏颇称赞之。

〔5〕此书今不见刘家谋存世著作中。

李乔词

嘉义诸生李苍官乔〔1〕春梦调《梦蝶令》云:“别梦迷蝴蝶,春心怕杜鹃。东风无力百花残。惆怅中天,月色好谁看。　黯黯看离色,依依忆旧欢。愁肠紧处带围宽。不见高城,空自倚阑干。”自叹调《苏幕遮》云:“水云缘,林壑趣。蜗角蝇头,至竟何人悟。试看年光新又故。今古英豪,头白应无数。　美人迟,芳草暮。王粲依刘,空作登楼赋。十载飘零谁与诉。一片雄心,尽把东流付。”〔2〕俱觉清拔可诵,海外之英楚也。

〔1〕李乔,字苍官,嘉义(今属台湾)人。诸生。(据《闽词徵》卷五。)

〔2〕以上二词未知谢章铤录自何处。黄宗彝在台湾依刘家谋时,曾与李乔一同赋词。(据黄宗彝《婆梭词》。)刘家谋存世著作未载此二词。疑据刘家谋《怀藤吟馆随笔》,或出其《揽环集》,其书已佚,未可知。此二书参卷一“翁宗琳词”条、“刘家谋词”条。《闽词徵》卷五选此二首词。

毛奇龄、俞士彪词

毛西河〔1〕少年受知于陈卧子〔2〕,故诗词皆承其派别,而词较胜于诗。〔3〕卧子之论词也,探源《兰畹》,滥觞《花间》,自馀率不措意。〔4〕西河虽稍贬辛、蒋,而不废周、史。其词于小令、中调、长调之中,析隋唐题特立一卷,曰《原调》,虽《菩萨蛮》、《小重山》之古,而多为宋人取填者,亦不入焉,可以知其意趣之所在矣。[5]《浪淘沙》云:“杉木为簰竹作櫓。江潮能苦雨能甜。连朝只饮櫓头雨,翻道江潮错着盐。”《南乡子》云:“蕉叶领,橘花翘。红藤篾子束裙腰。私念鹧鸡颜色好。从谁道。裁作大郎头上帽。”《天仙子·蠡城为王郎记事》云:“城上春云城下雨。倩人留婿倾春醑。偷将婿袷障春寒,烹雪黍。炊玉杵。调婿乡音隔窗语。”[6]《长相思·泛舟西江即事》云:“双头钗。独头钗。一样金鹅两样排。钗梁起四台。　乌帽来。白帽来。湖就矶头望几回。菖蒲花未开。”[7]《点绛唇·送春》云:“恼煞啼鹃,逢人还道春归去。留人不住。谁要留春住。　花絮茫茫,万点愁人绪。归何处。春归无路。莫是人归路。”[8]其填《一翦梅》半阕,名为《翦半》,是则难辞杜撰。[9]然古人《玲珑四犯》,本集取四调而成,割裂原文,小作狡狯,于摊破捉拍之旨,固无伤也。[10]观者当不以余为西河佞臣。

西河有《调笑令》三阕,一记冯二,马州当垆者,解西河《桃枝词》,招西河不就;一记胥苓弟慕鄞人伍鳞才而不及乱;一记王琴从吴云章。略云:章少年任子就北试,诸父劳酒设东西院,两伎迓之侑,一王琴,一王筝也。琴年弱好章,章时例着纱帽蓝衣靴。临行,琴私呼曰:“纱帽郎。”背以一觞别。后十年再入都,见琴院西曰:“非纱帽郎耶?”诣章寓,告以貋隘,且惧漏大人侧。琴立谋购别所安置。诘旦,有叩寓妇人声,则琴也。潜徙去,且曰:“昨误作官人妾,苦赎之,令自由耳。”且曰:“今乃幸酬一觞,愿居移月。”章太君、王太君闻之,讽俱归。琴泣曰:“不复为人妾矣。”章归后,都破,不得问。[11]西河又有《鹊桥仙》词序曰:“邑甲聘戊女,有强委禽者,明府姚公断归甲,合沓讼庭。其断词骈俪,世多称之。既而讼者争不彻,太守何公复断归甲。时余方从两公游,两公并命为词纪其事。”词曰:“东床先订,西家愿宿,何事穿墉穿瓦。纵教强委后来禽,却不道、子南夫也。　明府风流,使君潇洒。两断可妻公冶。莫言河汉鹊桥乖,看合浦、在讼庭之下。”[12]其事皆韵甚,檀槽间一胜谈也。阎百诗父牛叟,与妻丁伉俪甚笃,自纪以《兑阁十词》。兑阁,其所居处也。西河和之,有《证前生》、《双鱼问》、《病榻闲情》等小序。其《病榻闲情序》云:“丁少君鲜惰容,虽病亦薄妆读史,牛叟尝调之曰:‘提学未至,女秀才仡仡何为?’每庭前花木苇灌,牛叟谓:‘丈夫当扫除天下。’少君曰:‘请从一室始。’”[13]

西河《词话》四卷,佚其二,论韵、论歌诸则,俱极精凿,亦谈词一正法眼。中记钱塘俞季瑮词,极肮脏可喜。词云:“酒尽穷途泪。看少年、一番行役,一番憔悴。雨雪霏霏泥滑滑,上马屡愁颠踬。又况值,金轮西逝。屈指离家才几日,早行来、已是三千里。嗟岁月,似流水。　蒙茸渐觉羊裘敝。怎当他、朔风凄紧,裂肤堕指。莽莽长途谁是主,灯火前村近矣。只无奈、望门投止。沽得浊醪聊破冷,向灯前、独饮难成醉。天未晓,又催起。”又云:“抚剑悲歌罢。望长天、惊风飍戾,横河倾泻。有客访余余已醉,且自坐君床下。有至语、语君休讶。餐菊纫兰徒自洁，看夷光、未字无盐嫁。非诡遇，贱工也。”又曰：“襟怀岳岳和谁语。笑卞和、楚庭泣玉，徒多愁苦。我有草堂东郭畔，管乐何妨自许。且抱膝、长吟梁甫。有志男儿非困顿，彼扫门、魏勃何须数。不似意，且归去。”词名《京师杂感》，共九章。〔14〕余按：季璞名士彪，官崇仁县丞，有《玉蕤词钞》二卷。〔15〕是词未登《词综》，而蒋子宣《昭代词选》〔16〕、姚茝阶《国朝词雅》〔17〕等书亦未录及。又按：此调乃《贺新郎》，西河以为《满庭芳》，误也。〔18〕

〔1〕毛奇龄(1623—1716)，初名甡，字大可，一字齐于，号初晴，别号西河，浙江萧山人。康熙十八年(1679)召试博学鸿词，授翰林院检讨。(据《清人诗文集总目提要》第161页。)著有《西河合集》，凡一百二十种四百九十七卷。中有《填词》6卷、《词话》2卷。

〔2〕陈子龙，字卧子。参卷八“夏完淳词颇似小山吐属”条。

〔3〕严迪昌《清词史》：“浙中‘三毛’，奇龄以学者为词，不仅高于毛际可《浣雪词钞》(一名《映竹轩词》)多多，而且远较毛先舒有情韵，为学人之词班首。”(第43页，江苏古籍出版社1999年版。)

〔4〕陈子龙词学观主要集中在《安雅堂稿》卷三《三子诗馀序》、《王介人诗馀序》。《王介人诗馀序》：“宋人不知诗而强作诗，其为诗也，言理而不言情，故终宋之世无诗焉。然宋人亦不免于有情也，故凡其欢愉愁怨之致动于中而不能抑者，类发于诗馀，故其所造独工，非后世可及。盖以沉至之思而出之必浅近，使读之者骤遇如在耳目之表，久诵而得沉永之趣，则用意难也；以嬛利之词而制之实工练，使篇无累句，句无累字，圆润明密，言如贯珠，则铸调难也；其为体也纤弱，所谓明珠翠羽尚嫌其重，何况龙鸾必有鲜妍之姿，而不藉粉泽，则设色难也；其为境也婉媚，虽以警露取妍，实贵含蓄，有馀不尽，时在低回唱叹之际，则命篇难也。惟宋人专力事之，篇什既多，触景皆会，天机所启，若出自然，虽高谈大雅而亦觉其不可废，何则？物有独至，小道可观也。”(明末刻本。)

〔5〕《填词》卷一：“《原调》，本稿杂列。今照词例，列小令、中调、长调，因析隋唐题特作一卷，名《原调》，其中《菩萨蛮》、《小重山》等徵近宋调者，悉分列之。”(清康熙间书留草堂刻《西河合集》本，下同。)

〔6〕以上三首见《填词》卷一。

〔7〕见《填词》卷三。

〔8〕见《填词》卷三。“恼煞”，原作“恼杀”。

〔9〕《填词》卷三《翦半》序云：“旧无此曲，疑分《一翦梅》之半，故名。”

〔10〕《玲珑四犯》，周邦彦创调，以后姜夔等人有作。沈辰垣《历代诗馀》卷四十九：“犯字是按歌时假借别调作腔，《词原》入歌谱，故宣、政词家有《侧犯》、《尾犯》、《花犯》、《玲珑四犯》等名也。”(清文渊阁《四库全书》本。)蒋敦复《芬陀

利室词集》卷三《玲珑四犯》序云:"和白石道人均。案:白石自注云:'此曲双调,世别有大石调一曲。'《词律》所载片玉、梅溪、梦窗诸作与此大异,即所谓大石调也。双调者,商声,七调之一,即仲吕商,《词源》谓之夹钟商。南宋律高,故云夹钟,杀声用上字。大石调亦商声,即大簇商,《词源》谓之黄钟商,杀声用高四字。二调相近,中隔一高大石调,亦犹《念奴娇》本大石调,于双调中吹之为《湘月》。《湘月》鬲指,字句不异,此则字句随调而易。所云犯者,白石自注、玉田《词源》言之甚详。谓之四犯,所犯四调同一杀声,归于本律也。读白石文章信美,知何用句,慨然赋此。"(清光绪十一年王韬淞隐庐刻本。)张炎《词源》卷上:"姜白石云:'凡曲言犯者,谓以宫犯商、商犯宫之类,如道调宫上字住,双调亦上字住,所住字同,故道调曲中犯双调,或双调曲中犯道调,其它准此。'唐人《乐书》云:'犯有正、旁、偏、侧。宫犯宫为正,宫犯商为旁,宫犯角为偏,宫犯羽为侧宫。'此说非也,十二宫所住之字各不同,不容相犯,十二宫特可以犯商、角、羽耳。"摊破:因词调乐曲的变动导致歌词上增加字句。促拍:因乐曲节奏加快而致词的字数增多。另有人认为促拍与减字仿佛。

〔11〕《调笑令》三阕见《填词》卷四。"章少年任子"云云乃谢章铤据《调笑令》三阕词序改写。

〔12〕见《填词》卷五。"骈俪"原作"骈丽","余"原作"予","命"字后原有"予"字。

〔13〕引见《填词》卷六《天仙子·病榻闲情》词序。"调之"后原无"曰"字。《兑阁十词》见《填词》卷六,序云:"予游淮时,阎子牛叟与丁少君敦伉俪之好,作《兑阁》十阕。索予和词,予未有以应也。阅一十八年,予赴召至京,值牛叟年七十,丁夫人已亡,其嗣君百诗重贻书并币,专使赴长安请和前词,盖欲以承尊人欢当称觞地也。予始理其词,对使和去,其十阕皆有题,依题演义,不自解工拙。牛叟知我,定有以谅之耳。"有《鹊桥仙·证前生》、《小重山·双鱼问》、《天仙子·病榻闲情》等十阕。按:《病榻闲情序》非毛奇龄作,乃阎牛叟(阎若璩之父阎修龄。若璩字百诗,号潜丘。)词序。据张穆《阎潜丘先生年谱》,阎牛叟词今不传,其小序俱载陈维崧《迦陵词全集》,毛奇龄有和作并载牛叟原序。(清道光二十七年寿阳祁氏刻本。)陈维崧《迦陵词全集》卷十六《月华清·病榻闲情为阎牛叟赋》序:"牛叟《兑阁遗徽》曰:'妻一生鲜惰容,虽疾疢亦淡妆读史。予调之:"提学未至,女秀才矻矻何为?"每憩耳天阁,日课童奴薅濯。余以"丈夫当扫除天下"为言,妻笑曰:"请从一室始。"'"(清康熙二十八年陈宗石患立堂刻本。)按:丁仙窈,字少姜,系嘉靖己未(1559)状元、礼部尚书丁士美孙女,才慧美贤,晓通琴弈,卒后阎修龄赋《兑阁遗徽词》悼亡10首。(据严迪昌《清诗史》第115页。)

〔14〕《京师杂感》见《词话》卷二。"才"原作"能","余"原作"予"。(清康熙

间书留草堂刻《西河合集》本，下同。）

〔15〕俞士彪，原名珮，字季瑮，浙江钱塘（今杭州）人。诸生。尝官崇仁县丞。与毛先舒、徐士俊、丁澎、毛奇龄等唱和。（据《全清词·顺康卷》第4409页。）著有《玉蕤词钞》2卷。康熙十二至十四年（1673—1675），与陆进同辑《西陵词选》8卷，选录清初杭郡173人657首词。（据《中国词学大辞典》第279页。）

〔16〕《昭代词选》，蒋重光辑选，张玉穀、沈光裕参定，刻于乾隆三十二年（1767）。该选为大型清人选清词，起自顺治，迄于乾隆当世。词人凡五百馀家。偏重以词存人，选词极不平衡，多数词人仅取一首至数首，少数则数十首至一二百首。辑录成分多于选择之成分。全编朱彝尊、陈维崧各占两卷，词近二百首。张、沈二人因参与编辑，竟然亦各占两卷。沈词录157首，张词录220首。（据《中国词学大辞典》第283页。）蒋重光，字子宣。参卷八“明词应选吴伟业词”条。

〔17〕《国朝词雅》，姚阶编选，凡24卷。初辑于乾隆四十五年（1780），词友汪秋白、张远春助其成，录清初以来百馀年间词人492家，以续朱彝尊《词综》。嘉庆三年（1798），问序于王昶，刊刻问世。（据《中国词学大辞典》第283页。）

〔18〕《词话》卷二云：“钱塘俞季瑮投以词，名《京师杂感》，共九章，皆《满庭芳》调。”按：清道光刻《昭代丛书》本《西河词话》已将《满庭芳》更正为《贺新郎》。

情语与绮语不同

纯写闺襜，不独词格之卑，抑亦靡薄无味，可厌之甚也。然其中却有豪厘之辨。作情语勿作绮语，绮语设为淫思，坏人心术。〔1〕情语则热血所钟，缠绵恻悱，而即近知远，即微知著，其人一生大节，可于此得其端倪。“笑问双鸳鸯字，怎生书”，出自欧阳文忠。〔2〕“残灯明灭枕头欹，谙尽孤眠滋味”，出自范文正。〔3〕是皆一代名德，慎勿谓“曲子相公”〔4〕皆轻薄者。忆昔与友人读《板桥杂记》，及莱阳姜给谏事〔5〕，或指以为笑资。予慷慨言曰：“嗟乎！此给谏异日之所以能忠君死国也。”〔6〕各眙愕太息谢去。徐仲山咸清《青玉案》曰：“少年不幸称才子。徒多作，淫词耳。”〔7〕绮语淫，情语不淫也。况词本于《房中乐》，所谓燕乐者。《子夜》、《读曲》〔8〕等体，固与高文典册有间矣。近者或矫枉过正，稍涉香奁，一概芟薙，号于众曰：“吾词极纯雅。”及受读之，则投赠肤词，咏物浮艳，轇轕满纸，何取乎尔？反不如靡靡者之尚有意绪可寻也。香草美人，《离骚》半多寄托；朝云暮雨，宋玉最善微言。识曲得真，是在逆志；因噎废食，宁复知音？故昔人谓“天之风月、地之花柳，与人之歌舞，无此不成三才。”杨用修以为虽戏语，有至理也。[9]

〔1〕情语：表达情爱的文章或言语。绮语：佛教语。涉及闺门、爱欲等华艳辞藻及一切杂秽语，十善戒中列为四口业之一。

〔2〕见欧阳修《近体乐府》卷三《南歌子》。（民国刻《四部丛刊》景元本《欧阳文忠公集》。）

〔3〕见范仲淹《范文正公诗馀》之《御街行·秋日怀旧》。（民国刻《彊村丛书》本。）

〔4〕孙光宪《北梦琐言》卷六：“晋相和凝少年时好为曲子词，布于汴、洛。洎入相，专托人收拾焚毁不暇。然相国厚重有德，终为艳词玷之。契丹入夷门，号为‘曲子相公’，所谓‘好事不出门，恶事行千里’。士君子得不戒之乎？”（明万历刻《稗海》本。）

〔5〕余怀《板桥杂记》卷下：“莱阳姜如须游于李十娘家，渔于色，匿不出户。方密之、孙克成并能屏风上行。漏下三刻，星河皎然，连袂闲行，经过赵、李，垂帘闭户，夜人定矣。两君一跃登屋，直至卧房，用排闼哄张，势如盗贼。如须下床跪称：‘大王乞命，毋伤十娘。’两君掷刀大笑曰：‘三郎郎当，三郎郎当。’复呼酒，极饮尽醉而散，盖如须行三。如须高才旷代，偶效樊川，略同谢傅，秋风团扇，寄兴扫眉，非沉溺烟花之比，聊记一则以存流风馀韵云尔。”（清代康熙刻《说铃》本。）姜垓（1614—1653），字如须，号明室潜伏。山东莱阳人。崇祯十三年（1640）成进士，官行人。入清不仕，私谥节文先生。著有《流览堂残稿》6卷。（据《清人别集总目》第1665页。）另有《流览堂补遗》不分卷。

〔6〕王士禛《带经堂诗话》卷二十四：“莱阳姜如农埰、如须垓兄弟齐名，时称二姜。如农，崇祯末为给事中，建言谪戍宣城卫。鼎革后，兄弟《蚕尾续文》无‘兄弟’二字遂卜居吴郡，不归乡里。给事死，遗命葬宣城，以谓故君未赐环，不敢首邱。吾友张杞园贞作祠，记书其事，南北名士多歌咏之。”（清乾隆二十七年刻本。）陈维崧有《水调歌头》词哀悼姜埰卒逝。姜垓未任给事中，谢氏把姜埰的事说成是姜垓的事。姜埰（1607—1673），字如农，晚号敬亭山人、宣州老兵。崇祯四年（1631）进士，明末官礼科给事中，以建言廷杖下狱几死，改谪戍安徽宣城卫，赴谪途中闻北京破，转吴门，与弟姜垓同隐，借居文震孟兄弟之“艺圃”建“敬亭山房”，成为遗老聚会之所。姜埰之死，即遗命归葬前朝遣戍之地宣州一事，引起过极大震动，不啻是一次故国之吊的大集会，为清初文学史上一大公案。（严迪昌《清诗史》第273页。）

〔7〕毛奇龄《词话》卷二：“徐仲山薄人为词，尝作《青玉案》，起句云：‘少年不幸称才子。徒多作，淫词耳。’”（《西河合集》。）徐咸清（？—1690），字仲山，

浙江上虞人，后徙稽山。人龙子。妻商景徽。康熙十八年(1679)举博学鸿儒，罢归。康熙二十九年(1690)七夕，微疾卒。咸清精字学，又博极坟典。著有《资治文字》一百卷。(据毛奇龄《西河合集·墓志铭》卷二《征士徐君墓碑铭》。)毛奇龄《西河合集·序》卷十一《〈资治文字〉序》称其"今其订证之确，引据之博，始而经史子集，既而九流百氏，又既而裨官小说，搜辑穷荒，贯穿山海，洋洋乎天地间一巨观也。"

〔8〕郭茂倩《乐府诗集》卷四十四："《唐书·乐志》曰：'《子夜歌》者，晋曲也。晋有女子名子夜造此声，声过哀苦。'《宋书·乐志》曰：'晋孝武太元中，琅琊王轲之家有鬼歌子，夜殷允为豫章。豫章侨人庾僧虔家亦有鬼歌子，夜殷允为豫章，亦是太元中。则子夜是此诗以前人也。'《古今乐录》曰：'凡歌曲终皆有送声，《子夜》以持子送曲，《凤将雏》以泽雉送曲。'《乐府解题》曰：'后人更为《四时行乐》之词，谓之《子夜四时歌》。又有《大子夜歌》、《子夜警歌》、《子夜变歌》，皆曲之变也。"《乐府诗集》卷四十六："《宋书·乐志》曰：'《读曲歌》者，民间为彭城王义康所作也。其歌云：'死罪刘领军，误杀刘第四'是也。《古今乐录》曰：'《读曲歌》者，元嘉十七年袁后崩，百官不敢作声歌，或因酒燕止窃声读曲，细吟而已，以此为名。'按：义康被徙亦是十七年。南齐时朱硕仙善歌吴声《读曲》，武帝出游钟山，幸何美人墓硕仙，歌曰：'一忆所欢时，绿山破芴荏。山神感侬意，盘石锐锋动。'帝神色不悦，曰：'小人不逊弄我。'时朱子尚亦善歌，复为一曲云：'暖暖日欲冥，观骑立蜘蟵。太阳犹尚可，且愿停须臾。'于是俱蒙厚赉。"(民国刻《四部丛刊》景汲古阁本。)

〔9〕杨慎，字用修。参卷四"杨慎《词品》大体可观"。杨慎《词品》卷三："予友朱良矩尝云：'天之风月、地之花柳，与人之歌舞，无此不成三才。'虽戏语，亦有理也。"(明刻本。)

《闽词钞》、《词综补遗》互有得失

叶小庚[1]太守撰《闽词钞》四卷，始于宋徐昌图，终于元洪希文，附以方外、闺媛，凡六十一家，为词逾千首，闽中词人梗概具焉。[2]昔者元《凤林书院诗馀》，厉樊榭谓可以溯江西词派[3]，顾亦不尽豫章之人。[4]至国朝《浙西六家词》[5]、《荆溪词》[6]、《四明近体乐府》[7]，则皆专摭土风勒为一编者。小庚是书，存亡萃佚，其亦维桑之敬也夫？但此道宣究殊希，流传或滞，仍归寂寞。特略其姓氏于左，以资参稽。[8]

宋徐昌图莆田人，殿中丞。三首。

杨亿浦城人，字大年，雍熙赐进士，翰林学士，卒赠礼部尚书，谥文。一首。

蔡襄仙游人，字君谟，天圣八年进士，端明殿学士，知杭州，谥忠惠。一首。

柳永崇安人，初名三变，字景庄，景祐元年进士，改今名，字耆卿，屯田员外郎，有《乐章集》。二百十首。

章楶浦城人，字质夫，治平二年进士第一，资政殿学士，卒赠光禄大夫，谥庄简。一首。

陈瓘延平人，字莹中，元丰二年甲科，右司谏，谥忠肃，有《了斋集》，词附。十八首。

黄裳南平人，字冕仲，元丰五年进士第一，端明学士，卒赠少傅，有《演山集》，词附。九首。

李弥逊连江人，字似之，大观三年进士，户部侍郎，谥忠肃，有《筠溪集》，词附。十二首。

李纲邵武人，字伯纪，政和二年进士，湖广宣抚使，江西安抚大使，卒赠少师，谥忠定，有《梁溪词》。二十一首。

蔡伸仙游人，字仲道，襄孙。政和五年进士，历倅徐、楚、饶、真四州，自号友古居士，有《友古词》。百四十三首。

李持正莆田人，字季秉，政和五年进士，朝请大夫。一首。

邓肃沙县人，字志宏，左正言，有《栟榈集》，词附。三首。

刘子翚崇安人，字彦冲，号病翁，兴化通判，有《屏山集》，词附。二首。

高登漳浦人，字彦先，绍兴二年进士，富川簿，有《东溪集》。三首。按：《东溪集》近有刊本。

康与之福宁人，初名执权，字伯可，侍郎，有《顺庵乐府》。四十首。

张元幹长乐人，字仲宗，太学上舍，有《归来集》、《芦川词》。百五十一首。

黄公度莆田人，字师宪，绍兴八年进士第一，考功员外郎，有《知稼翁集》，词附。十二首。

朱熹原籍婺源，父松为尤溪尉，卒，遂居闽。字元晦，绍兴十八年进士，焕章阁待制，谥文，有《晦庵词》。十三首。

林外晋江人，字岂尘，绍兴三十年进士，兴化令，自号懒窝，有《懒窝类稿》。一首。

黄铢崇安人，字子厚，自号穀城翁，有《穀城集》。三首。

吕胜已建阳人，后家邵武，字季克，有《渭川词》。十五首。

游次公建安人，字子明，号西池。三首。

刘褒崇安人，字伯宠，淳熙五年进士，司门郎中。五首。

真德秀浦城人，字景元，庆元五年进士，资政殿学士，谥文忠。一首。

赵以夫长乐人，字用甫，嘉定十年进士，吏部尚书，有《虚斋乐府》。三十三首。

王迈仙游人，字实之，嘉定十年进士，司农少卿。七首。

刘子寰建阳人，字圻父，自号篁㟽翁，嘉定十年进士，有《麻沙集》。十首。

哀长吉崇安人，字叔巽，又字寿之，嘉定十三年进士，靖江书记，有《鸡肋集》。一首。

刘清夫建阳人，字静甫。五首。

黄师参闽清人，字子鲁，嘉定十三年进士，南剑倅。一首。

郑域莆田人，字中卿，绍定五年进士，自号松窗。五首。按：《笔精》云："郑域，字中乡。"

潘牥闽县人，字庭坚，端平二年进士，潭州通判，有《紫岩集》。六首。

卓田建阳人，字稼翁。四首。

刘克庄莆田人，字潜夫，淳祐六年恩赐同进士，龙图阁学士，谥文定，词名《后村别调》。百三十一首。

马子严建安人，字庄甫，自号古洲居士，岳阳守。十四首。

严仁邵武人，字次山，词名《清江欸乃》。三十首。

严参邵武人，字少鲁，自号三休居士。二首。

严羽邵武人，字仪卿，自号沧浪逋客，有《沧浪集》，词附。

陈以庄建安人，字敬叟，号月溪。三首。

李芸子邵武人，字耘叟，自号芳洲。一首。

黄公绍邵武人，咸淳进士。二首。

冯取洽延平人，字熙之，自号双溪翁。十七首。

冯艾子延平人，取洽子，字伟寿，自号云月。六首。

李振祖闽县人，字仲山，宝祐四年进士。一首。

陈德武闽县人，词名《白雪遗音》。三十二首。

黄铸邵武人，字希颜，自号乙山，柳州守。二首。

黄简建安人，字元易，自号东浦。三首。

郑楷闽县人，字持正，自号眉斋。一首。

李吕光泽人，字滨老，有《澹轩集》，词附。三首。

刘学箕崇安人，字习之，有《方是闲居士词》。三十五首。

留元崇泉州人，字积翁。一首。

留元刚永春人，字茂潜。开禧元年博学宏辞，秘阁校理、直学士，有《云麓集》。一首。

廖莹中邵武人，字群玉，贾似道门客。一首。

翁孟寅字宾旸，崇安人，寄居临安，领乡荐。四首。

金吴激建州人，字彦高，知深州，有《东山集》。七首。

元洪希文莆田人，字汝执，有《续轩渠集》。一首。

福建士子一首。

方外葛长庚闽清人，字如晦，号琼琯，随母适白氏，冒其姓，称白玉蟾。嘉定中，赐号紫清明道真人，有《海琼集》，词附。八十二首。

闺秀苏氏苏颂妹，同安人，适延安李氏。六首。

阮氏阮逸女，建阳人。一首。

孙氏黄铢母，崇安人，自号冲虚居士。八首。

按：刘子寰字圻父，马子严字庄父，[9]朱竹垞《词综》皆以字为名。其馀缺者甚多，若黄简[10]、李振祖[11]、黄铸[12]，翁孟寅[13]，则汪碧巢[14]所补者。“黄简”作“黄蘭”，然简又名居简，则作“蘭”误，《绝妙好词》选可证也。李吕[15]、刘学箕[16]、王迈[17]，则王兰泉[18]所补者。李吕《调笑令》前有七言八句，四平四仄，此盖如曲之有引子，本不入词，故《乐府雅词》所载郑彦能[19]、晁无咎[20]诸作，其体皆同。其句中平仄，亦无一定，今与词合为一阕，分为上下拍，后来陶凫芗[21]亦沿其误，非也。似此分列于前，则得矣。其馀李纲[22]、高登[23]、林外[24]、游次公[25]、刘清夫[26]、卓田[27]、严参[28]、郑楷[29]、留元崇[30]、留元刚[31]、廖莹中[32]诸人，直至凫芗著《词综补遗》[33]始及之。而杨亿[34]、蔡襄[35]、吕胜已[36]、哀长吉[37]、黄师参[38]及福建士子[39]与闺秀孙氏[40]，则独见于此编矣。陶、叶两家同时著书，皆刻于道光十四年甲午，而彼此互有得失，如李吕则陶所选较佳，刘学箕则叶所收独富。或两人素鲜交情，不及参校耶？然陶选所列之闽后陈氏[41]、名金凤，闽嗣主王延钧之后。朱耆寿[42]、闽人。方信孺[43]、字孚若，兴化军人。陈合[44]、字惟善，长乐人，谥文惠。王楙[45]，字勉夫，其先福清人，后为长洲人。则尚当补录耳。又，王迈有《臞轩集》十六卷，词附，此亦未载。

〔1〕叶申芗（1780—1844），字维郁，号小庚，一字萁园，福建闽县（今福州）人。叶观国季子。嘉庆十四年（1809）进士，入翰林，散馆改云南富民县，历昆明县，东川、开化、昭通各府同知，曲靖、广南二府知府。丁忧复出，历绍兴、湖州二府同知，宁波知府。有善政，擢守洛阳，兼护河陕汝道，以劳终于位。（据民国《闽侯县志》卷六十八。）著有《小庚词存》4 卷，辑有《闽词钞》4 卷、《天籁轩词谱》4 卷、《天籁轩词谱补遗》1 卷、《天籁轩词韵》1 卷、《天籁轩词选》6 卷、《本事词》2 卷。

〔2〕《闽词钞》，凡选闽籍词人 61 家共 1131 首词，所选皆注明出处。陈寿祺《闽词钞序》云："始于宋徐昌图，终于元洪希文，附以方外闺媛，凡六十一家，为词逾千首，闽中词人梗概具焉。其《后村词》则取余所录天一阁《大全集》，多至百三十馀首，盖诸家所未及见，亦足徵网罗之富矣！"（清道光十四年福州刻本，下同。）以《闽词钞》所收刘克庄词与《全宋词》所收刘克庄词对勘，颇多异文，有校勘价值。

〔3〕厉鹗《樊榭山房集》卷七《论词绝句十二首》："送春苦调刘须溪，吟到壶秋句绝奇。不读凤林书院体，岂知词派有江西。"注云："元凤林书院词，三卷，多江西人。"（民国刻《四部丛刊》景清振绮堂本。）

〔4〕冯登府《闽词钞序》云："兹复从故家旧集搜遗摭佚，竭数十年心力而成是钞，其体例特创，其词皆不经见，宋元人不传之集皆赖是以传焉。昔元凤林书院诗馀之选，可以溯江西诗派，顾不尽豫章之人。后之言闽词者，此为真乳矣。"

〔5〕康熙十八年（1679），钱塘龚翔麟将朱彝尊《江湖载酒集》、李良年《秋锦山房词》、李符《耒边词》、沈皞日《茶星阁词》、沈岸登《黑蝶斋词》以及自己《红藕庄词》合刻于金陵，名《浙西六家词》。

〔6〕康熙十七年（1678）春，曹亮武、蒋景祁、潘眉始辑《荆溪词初集》，当年

冬竣工,经同里陈维崧审定后付梓。卷首有蒋、曹、潘三序以及吴雯赋作一首。荆溪因溪出荆山而得名,在宜兴境内。宜兴为清初常州府所辖八县之一,秦时已建县,名阳羡县,隋改名义兴,北宋初避讳再改名,始称宜兴,后世却常以阳羡或荆溪相称。

〔7〕《四明近体乐府》14 卷,袁钧辑,有清嘉庆二十三年刻本。收作者 160 人,间及无名氏仙鬼之作,总词 500 首,杂附词话。末一卷收已作。

〔8〕此"姓氏"皆撮录《闽词钞》而成。"留元刚"条"博学宏辞",原作"博学宏词";"葛长庚"条"海琼集",原作"海璚集";"闺秀",原作"闺媛"。严羽词,《闽词钞》选一首,此条未载所选篇数,当补。

〔9〕刘子寰,字圻父,号篁㟅,建阳(今属福建)人。嘉定十年(1217)进士。早登朱熹之门。官至观文殿学士。刘克庄曾序其诗,原有诗集今不传。词集《篁㟅词》,残而不全,今人赵万里辑本,存词 19 首,《全宋词》据以录入。(据《宋词大辞典》第 430 页。)马子严,字庄父,号古洲,建安(今福建建瓯)人,淳熙二年(1175)进士。曾权知岳州。有《古洲词》,已佚,赵万里《校辑宋金元人词》有辑本,《全宋词》据以录入 29 首。(据《宋词大辞典》第 391 页。)

〔10〕黄简,一名居间,字元易,号东浦,建安(今福建建瓯)人,隐居吴郡光福山。嘉熙中卒。《阳春白雪》、《绝妙好词》共入选其词 3 首,《全宋词》据以录入。(据《宋词大辞典》第 552 页。)

〔11〕李振祖(1211—?),字起翁,号中山,闽县(今福建福州)人。宝祐四年(1256)进士。《绝妙好词》卷三入选其词 1 首,《全宋词》据以录入。(据《宋词大辞典》第 454 页。)

〔12〕黄铸,字亦颜,一作晞颜,号乙山,邵武(今属福建)人。理宗朝官柳州守。《阳春白雪》入选其词 2 首,《全宋词》据以录入。(据《宋词大辞典》第 552 页。)

〔13〕翁孟寅,字宾阳,号五峰,钱塘(今浙江杭州)人。首登临安乡荐,尝为贾似道客。淳祐六年(1246),曾在杭州涌金门外祖送柴望。《阳春白雪》、《绝妙好词》皆入选其词。《全宋词》录存 5 首。(据《宋词大辞典》第 547 页。)一说崇安人,叶绍翁《四朝闻见录》卷二乙集谓孟寅祖建之崇安人。

〔14〕汪森,号碧巢。参卷十二"汪森论词"条。

〔15〕李吕(1122—1198),字滨老,一字东老,号澹轩,邵武军光泽(今属福建)人。年四十,弃科举,与朱熹为讲学之友。有《澹轩集》15 卷,其中词 1 卷。《全宋词》据《澹轩集》增补,录存 18 首。(参《宋词大辞典》第 446 页。)

〔16〕刘学箕(1178—?),字习之,号种春子,又号方是闲居士,崇安(今福建武夷山市)人。刘子翚之孙,隐居不仕。著有《方是闲居士小稿》2 卷,上卷为古今体诗,下卷为赋、杂文及词,《全宋词》据以录入 38 首。(参《宋词大辞典》

第 432 页。)

〔17〕王迈(1184—1248),字实之,号臞轩,莆田(今属福建)人。嘉定十年(1217)进士。擢潭州观察推官,调浙西安抚司干官,改通判漳州。淳祐元年(1241),通判吉州。七年(1247)知邵武军。卒赠司农少卿。与刘克庄友善。《宋史》卷四二三有传。著有《臞轩集》16 卷。词存 19 首,赵万里《校辑宋金元人词》辑为《臞轩词》,《全宋词》据以录入。(据《宋词大辞典》第 393 页。)

〔18〕王昶,号兰泉,参卷一"王昶论两宋词"条。

〔19〕郑仅(1047—1113),字彦能,徐州(今属江苏)人。第进士,为大名府司户参军,知福昌县,提举京东常平,入为户部员外郎,至太府卿。加直龙图阁,为陕西都转运使。改知庆州,徙秦州,复为都转运使。召拜户部侍郎,改吏部侍郎,知徐州。谥修敏。《乐府雅词》录其《调笑转踏》词 12 首,《全宋词》据以录入。(据《宋词大辞典》第 511 页。)

〔20〕晁补之(1053—1110),字无咎,号归来子,巨野(今属山东)人,随父居杭州。著《七述》以谒苏轼,由是知名。官至尚书吏部员外郎,出知河中府。《宋史》卷四四四《文苑传》有传。著有《鸡肋集》、《晁氏琴趣外篇》。《全宋词》录存 167 首。(据《宋词大辞典》第 542 页。)

〔21〕陶樑(1772—1857),字宁求,号凫乡,江苏长洲(今苏州)人。嘉庆十三年(1808)进士,改庶吉士,授编修。出为直隶永平府知府,擢清河道署按察使,历官江西布政使,入为太常寺卿,转吏部左侍郎。著《红豆树馆诗稿》14 卷附《词稿》8 卷《补遗》1 卷。(据《清人诗文集总目提要》第 1070 页。)

〔22〕李纲(1083—1140),字伯纪,邵武(今属福建)人。徽宗政和二年(1112)进士,积官至监察御史。七年(1125),为太常少卿。钦宗即位,除兵部侍郎,进尚书右丞、受命为亲征行营使,指挥汴京保卫战,击退金兵。高宗即位拜宰相,仅七十馀日而罢。绍兴二年(1132),除湖广宣抚使兼知潭州。卒谥忠定。著有《梁溪集》、《梁溪词》。《全宋词》录其词 54 首。(据《宋词大辞典》第 446～447 页。)

〔23〕高登(？—1148),字彦先,号东溪,漳浦(今属福建)人。宣和间游太学。值金兵犯京师,与陈东等上书乞斩蔡京、童贯等六贼。绍兴二年(1132)进士,授广东富川主薄,调静江府古县令。因反对为秦桧父立祠,下狱。后忤秦桧意,夺官编管容州。《宋史》卷三九九有传。著有《东溪集》2 卷。《全宋词》录存其词 12 首。(参《宋词大辞典》第 547 页。)

〔24〕林外,字岂尘,晋江(今属福建)人。宋高宗绍兴三十年(1160)进士,曾官兴化令。有《洞仙歌》题垂虹亭词 1 首,见叶绍翁《四朝闻见录》丙集。《全宋词》据以录入。(据《宋词大辞典》第 501 页。)

〔25〕游次公,字子明,号西池,建安(今福建建瓯)人。孝宗乾道九年

(1173)范成大帅桂林，参内幕。曾为安仁令。淳熙十四年(1187)，知汀州。《全宋词》辑存其词5首。(据《宋词大辞典》第574页。)

〔26〕刘清夫，字静甫，建阳人。与刘子寰齐名。《中兴以来绝妙词选》卷九入选其词5首。《全宋词》据以录入。(据《宋词大辞典》第433页。)

〔27〕卓田，字稼翁，号西山，建阳(今属福建)人。开禧元年(1205)进士，策名解秩而卒。《全宋词》辑存其词7首。(据《宋词大辞典》第503页。)

〔28〕严参，字少鲁，自号三休居士，严羽之族，邵武(今属福建)人。与严羽、严仁齐名，世号"三严"。《中兴以来绝妙词选》卷五录存其词2首，《全宋词》据以录入。(据《宋词大辞典》第444页。)

〔29〕郑楷，字持正，号眉斋，三山(今福建福州)人。生平不详。《绝妙好词》选其词1首，《全宋词》据以录入。(据《宋词大辞典》第511～512页。)

〔30〕留元崇，字积翁，泉州(今属福建)人。宝庆中(1225—1227)，充广东安抚司主管机宜文字。曾知建州。《阳春白雪》卷七选其词1首，《全宋词》据以录入。(据《宋词大辞典》第547页。)

〔31〕留元刚(1179—?)，字茂潜，号齐云，又号云麓子，永春(今属福建)人。开禧元年(1205)，举博学宏词科，赐同进士出身，授国子监学录。嘉定元年(1208)，除秘书省正字。次年，为太子舍人，除军器少监。三年(1210)，为起居舍人。七年(1214)，知温州。移知赣州。十一年(1218)，落职奉祠。十三年(1210)，罢祠。有《云麓集》，不传。《阳春白雪》选其词1首，《全宋词》据以录入。(据《宋词大辞典》第547页。)

〔32〕廖莹中(? —1275)，字群玉，号药洲，邵武(今属福建)人。第进士，为贾似道客。似道断事于葛岭私第，大小朝政，多决其手。德祐元年(1275)，似道罢相，服冰脑自杀。《全宋词》据《齐东野语》等辑录其词2首。(据《宋词大辞典》第585页。)

〔33〕陶樑(1872—1857)，字凫芗，江苏长洲人。嘉庆十三年(1808)进士，官至礼部侍郎。(赵尔巽《清史稿》列传第二〇九卷，民国十七年清史馆本。)著有《红豆树馆诗稿》14卷、《红豆树馆词》8卷《补遗》1卷、《红豆树馆书画记》8卷、《蝶阶外史》4卷、《红豆树馆逸稿》1卷。纂有《国朝畿辅诗传》60卷、《词综补遗》20卷、《晚香唱和集》6卷等。《词综补遗》，有清道光十四年(1834)陶氏红豆树馆刻本。

〔34〕杨亿(974—1020)，字大年，建州浦城(今属福建)人。淳化三年(992)，赐进士及第。历官著作佐郎、知制诰、翰林学士，官终工部侍郎。谥文。《宋史》卷三〇五有传。有《武夷新集》20卷及所编《西昆酬唱集》2卷。《梅苑》选其词1首，《全宋词》据以录入。(参《宋词大辞典》第457页。)

〔35〕蔡襄(1012—1067)，字君谟，兴化军仙游(今属福建)人。仁宗天圣八

年(1030)进士。历官漳州判官、西京留守、馆阁校勘。后历知开封府,进枢密直学士知泉州,移福州;拜翰林学士,知杭州。谥忠惠。《宋史》卷三二〇有传。著有《蔡忠惠集》40卷。《全宋词》据《花草粹编》卷三录存其词1首。(参《宋词大辞典》第583页。)

〔36〕吕胜已,字季克,号渭川居士,建阳(今属福建)人,后家邵武。从学于朱熹,仕为湖南干官,历江州通判,知杭州,后知沅州,官至朝请大夫。有《渭川居士词》。《全宋词》录存89首。(据《宋词大辞典》第419页。)

〔37〕哀长吉,字叔巽,又字寿之,号委顺翁,崇安(今福建武夷山市)人。嘉定十三年(1220)进士,授邵武簿,调静海军掌书记,秩满归隐武夷山。有《鸡肋集》,不传。《全宋词》据《翰墨大全》辑其词6首。(据《宋词大辞典》第529页。)

〔38〕黄师参,字子鲁,号鲁庵,闽清(今属福建)人。嘉定十三年(1220)进士。宝庆中任赣州司户参军。历官国子学正,南剑州添差通判。《中兴以来绝妙词选》卷九入选其词1首,《全宋词》据以录入。(据《宋词大辞典》第554页。)

〔39〕福建士子,名里不详。游临安,与一女子密订终身。后女子嫁他人,二人在西湖相遇,士子赋词1首。见《古杭杂记·诗集》卷三,《全宋词》据以录入。(据《宋词大辞典》第582页。)

〔40〕孙道绚,号冲虚居士,黄铢母。铢字子厚,富沙浦城(今属福建)人,与朱熹为友。其母年三十,夫死寡居以终。平生文章诗词甚富,晚遭回禄,焚毁无馀。事迹见张世南《游宦纪闻》卷八。有词8首,赵万里《校辑宋金元人词》辑为《冲虚道人词》,《全宋词》据以录入。(据《宋词大辞典》第438页。)

〔41〕陈彦章妻,嘉熙二年(1238),兴化陈彦章混补试中,次年正月往太学,时方新娶,其妻作《沁园春》以壮其行。事见《湖海新闻夷坚续志》后集卷二《送夫人学》。《全宋词》据以录入。(据《宋词大辞典》第486～487页。)

〔42〕朱耆寿,字国箕,闽(今福建)人。久游上庠,博洽能文。以累举得官,监临安赤山酒。卒年八十馀。周辉《清波杂志》载其词1首,《全宋词》据以录入。(据《宋词大辞典》第421页。)

〔43〕方信孺(1177—1222),字孚若,号好庵,兴化军(今福建莆田)人。累官淮东转运判官兼提刑,知真州。《宋史》卷三九五有传。有词集《好庵游戏》,不传。《全宋词》据《粤西诗载》卷三五录其词1首。(据《宋词大辞典》第408页。)

〔44〕陈合,字惟善,一作维善,号中山,长乐(今属福建)人。淳祐四年(1244)进士。宝祐四年(1256),以太子博士召试,寻兼庄文府教授。五年,除著作佐郎。历官礼部侍郎。德祐元年(1275),拜端明殿学士,签书枢密院事。

卒谥文惠。《齐东野语》卷一二录其寿贾似道词 1 首。(据《中国词学大辞典》第 117～118 页。)

〔45〕王楙(1151—1213),字勉夫,家本福清(今属福建),徙居平江(今江苏苏州)。少孤,力学,隐居读书,时人称为读书君。著有《野客丛书》30 卷。《全宋词》自《野客丛书》卷二十九辑其词 1 首。(据《宋词大辞典》第 396～397 页。)

杨慎《词品》大体可观

杨升庵〔1〕《词品》六卷、《补遗》一卷,中记刘子寰、马子严、冯艾子,皆以名为字。张仲宗又专举其字,而失记其名,殊误。谓词名多取诗句,虽历历引据,率皆附会,屡为《笔丛》辨驳,然大体极有可观。〔2〕盖升庵素称博洽,于词更非门外道黑白。如云:"辛稼轩自非脱落故常者,未易闯其堂奥。刘改之所作《沁园春》,虽颇似其豪,而未免于粗。近日作词者惟说周美成、姜尧章,而以东坡为词诗,稼轩为词论。盖曲者曲也,固当以委曲为体,然徒狃于风情婉娈,则亦易厌。回视稼轩所作,岂非万古一清风哉!"〔3〕此说极惬当。其载东莞方彦卿俊正月六日于俞君玉席上擘糟蟹寿其友人黄瑜《鹊桥仙》云:"草头八足。一团大腹。持螯笑向俞君玉。花灯预赏为先生,生日是、新正初六。　今宵过了,七人八谷。又七日天官赐福。福如东海寿如山,愿岁岁、春盘盈绿。"瑜字廷美,香山人,才伯佐之祖。〔4〕词虽未佳,然与郎仁宝《七修类稿》所载丰城道中有诗妇余淑柔题《浪淘沙》词云:"苦雨溜风铃。滴滴丁丁。酿成一枕别离情。可惜当年陶学士,孤负邮亭。　边雁带秋声。音信难凭。花须偷数卜归程。料得到家秋正晚,菊满寒城。"〔5〕并为述庵《明词综》所未入,录之以遗读明词者。

升庵云:"李太白应制《清平乐》辞四首,见吕鹏《遏云集》。黄玉林以其二首无清逸韵,止选二首。慎尝补作二首,其一云:'君王未起。玉漏穿花底。永巷脱簪妆黛洗。衣湿露华如水。　六宫鸾凤鸳鸯。九重罗绮笙簧。但愿君恩似日,从教妾鬓如霜。'其二云:'倾城艳质。本自神仙匹。二八承恩初选入。身是三千第一。　月明花落黄昏。人间天上消魂。且共题诗团扇,笑他买赋长门。'永昌张愈光见而深爱之,以为远不忘谏,归命不怨,填辞中有风雅也。"〔6〕按:升庵此词,其即"罗衣香未歇,犹是汉宫恩"〔7〕诗意也。譬之东坡《水调歌头》,庶几无愧。傅粉插花,诸伎扶觞,迹其行事,颇类风狂,然胸中实不知有几斗热血,眼中实不知有几升热泪,后人徒以郑夹漈〔8〕、王深宁〔9〕相视,犹浅之乎知升庵矣。光泽何金门长诏秀才有《新都叹》乐府云:"朝廷有一张。鄙夫衮衮登庙堂。朝廷有一桂。正士纷纷皆引避。新都修撰相公儿。阙廷拜杖血淋漓。臣言是，君知之；臣言非，罪当治。陛下戍臣永昌，手为错足下无扉。臣在永昌三十有六年，不如李太白夜郎犹得生归。乱曰：张桂一何哓哓，曷还我凤凰池。老颠兮归来，南方不可以久稽。”[10] 此胡元瑞所谓“鄙人于杨子业，欣慕为执鞭”者也。[11]

〔1〕杨慎(1488—1559)，字用修，号升庵，新都(今属四川)人。明少师杨廷和之子。正德六年(1511)殿试第一，授翰林院修撰，预修《武宗实录》。世宗继位，任经筵讲官。嘉靖三年(1524)，廷臣“议大礼”，慎等36人上言抗谏，背旨，受廷杖，贬云南礼昌卫。居滇30馀年，卒于戍所。熹宗朝追谥文宪。张廷玉撰《明史》卷一九二本传称“明世记诵之博，著作之富，推慎为第一。”著作甚多，据四川图书馆编《杨升庵著述目录》，多达298种。词有《升庵长短句》3卷、《升庵长短句续编》3卷。另所著《词品》，所辑《百琲明珠》、《词林万选》在词史上颇有价值。(据《中国词学大辞典》第164页。)

〔2〕《词品》卷一《辞名多取诗句》：“辞名多取诗句，如《蝶恋花》则取梁元帝‘翻阶蛱蝶恋花情’；《满庭芳》则取吴融‘满庭芳草易黄昏’；《点绛唇》则取江淹‘白雪凝琼貌，明珠点绛唇’；《鹧鸪天》则取郑嵎‘春游鸡鹿塞，家在鹧鸪天’；《惜馀春》则取太白赋语；《浣溪沙》则取少陵诗意；《青玉案》则取《四愁诗》语；《菩萨蛮》，西域妇髻也；《苏幕遮》，西域妇帽也；《尉迟杯》，尉迟敬德饮酒必用大杯，故以名曲；《兰陵王》，每入阵必先，故歌其勇；《生查子》，‘查’，古‘槎’字，张骞乘槎事也；《西江月》，卫万诗‘只今惟有西江月，曾照吴王宫里人’之句也；《潇湘逢故人》，柳浑诗句也；《粉蝶儿》，毛泽民词‘粉蝶儿共花同活’句也；馀可类推，不能悉载。”(明刻本，下同。)胡应麟《少室山房笔丛·乙部·艺林学山三》：“词名如《点绛唇》、《青玉案》等，或若所言，馀率偶合，岂必尽自诗中哉？如‘满庭芳草易黄昏’，唐人本形容凄寂，词名《满庭芳》岂应出此？《生查子》如用修解，意义殊不通，可一笑也。”又：“用修谓‘查即古槎字’，故凡遇此字辄附会之。夫古字固有通用者，讵容尽尔？词名《生查》，即归博望；药名山查，亦可乘耶？‘只今惟有西江月’，一作‘大白今执为卫万’，恐未然。”又：“菩萨蛮，古西域女蛮国，其人皆危髻金冠，璎珞被体，谓之《菩萨蛮》，非专指妇髻也。且浮屠未有妇人为菩萨者，女蛮国亦未必皆妇人。唐宣宗时来贡，因写其事取此名，而后人以词始太白，绝无谓，详见《别编》。女蛮国者，盖以妆饰类妇人，故名女蛮。使果皆女子，何能万里入贡唐朝乎？”又：“《兰陵王》者，北齐高长恭破周师，勇冠三军，故时人写之为《兰陵入阵曲》，见本传《通鉴》甚明，用修解似在影响间。王长公谓杨博于稗史，忽于正史，信然哉！尉迟敬德大杯事，考本传及唐杂说，俱未见所出，岂误忆元人杂剧《功臣燕》耶？并识以俟博考。”(明万历刻本，下同。)

〔3〕《词品》卷四《评稼轩辞》:"自非脱落故常者,未易闯其堂奥。刘改之所作《沁园春》,虽颇似其豪而未免于粗。近日作词者,惟说周美成、姜尧章,而以东坡为词诗、稼轩为词论。此说固当。盖曲者曲也,固当以委曲为体,然徒狃于风情婉娈则亦易厌。回视稼轩所作,岂非万古一清风哉!或云周、姜晓音律,自能撰词调,故人尤服之。"

〔4〕《鹊桥仙》及黄瑜字里见《词品》卷二。

〔5〕见郎瑛《七修类稿》卷三十四《妇人诗词》(明刻本。)

〔6〕见《词品》卷一《太白清平乐辞》。"如水",原作"似水"。

〔7〕引见杨慎《升庵集》卷十四《古艳曲二首》其二。(清文渊阁《四库全书》补配清文津阁《四库全书》本。)

〔8〕郑樵(1104—1162),字渔仲,兴化军莆田(今属福建)人。不应科举,筑草堂于夹漈山,刻苦力学30年,学者称夹漈先生。绍兴十九年(1149),携所著书十八种一百四十卷至临安,上于朝廷,高宗藏于秘府。后官枢密院编修。治史主张通"古今之变"。生平著述达八十四种,但大多散佚。(据《中国历史大辞典》第3600页。)今存仅《通志》200卷、《夹漈遗稿》3卷、《尔雅郑注》3卷、《六经奥论》6卷等。

〔9〕王应麟(1223—1296),字伯厚,号深宁,祖籍浚仪(今河南开封),庆元(今浙江宁波)人。淳祐进士,宝祐四年(1256)中博学宏词科。曾任太常寺主薄、礼部尚书兼给事中等。宋亡不仕,专事著述。对天文、地理、经史百家均有研究和考证,开清初考据之先河。(据《中国历史大辞典》第2755页。)著有《困学纪闻》20卷、《玉海》204卷、《诗考》1卷、《诗地理考》6卷、《汉艺文志考证》10卷等。

〔10〕何长诏(1785—1822),字金门,光泽(今属福建)人。年十八受知学使恩侍郎普,目为奇才。不屑科举,豪饮善谑。道光二年(1822)三十八,省试病还,卒于舟中。著有《敝帚斋诗集》7卷、《删集》3卷,其兄长载为之刊行。(据《敝帚斋诗集》附高澍然《何长诏传》。)《新都叹》见《敝帚斋诗集》卷一,"朝廷有一张"原作"翰林有一张","庙堂"原作"庙廊","朝廷有一桂"原作"翰林有一桂","引避"原作"引退","戍臣"原作"戍臣","有"原作"又","凤凰池"原作"凤池"。(清道光四年刻本。)另,谢章铤曾将《新都叹》录入《我见录》中。今据《我见录》对校,"朝廷有一张"原作"翰林有一张","朝廷有一桂"原作"翰林有一桂","引避"原作"引避退","有"原作"又","凤凰池"原作"凤皇池"。(《赌棋山庄稿本》第一册,谢章铤撰、陈庆元编,江苏古籍出版社2000年版。)

〔11〕胡应麟(1551—1602),字元瑞,改明瑞,号少室山人、石羊生等。浙江兰溪人。万历四年(1576)举于乡,三次赴京应试不第。好诗文,专事著述。有二酉山房,藏书四万馀卷。(据《中国历史大辞典》第1009页。)著有《少室山房

类稿》120 卷、《少室山房笔丛》48 卷、《诗薮》20 卷、《诗薮续编》2 卷等。《少室山房笔丛·甲部·丹铅新录一》云："杨子用修拮据坟典，摘抉隐微，白首丹铅，厥功伟矣。今所撰诸书，盛行海内，大而穹宇，细入肖翘，耳目八埏，靡不该综，即惠施、黄缭之辩，未足侈也。然而世之学士咸有异同，若以得失瑜瑕仅足相补，何以故哉？余尝窃窥杨子之癖，大概有二：一曰命意太高，一曰持论太果。太高则迂怪之情合，故有于前人之说，浅也凿而深之，明也汩而晦之；太果则灭裂之衅开，故有于前人之说，疑也骤而信之，是也骤而非之。至剽敚陈言，盾矛故帙，世人率以訾杨子，则又非也。杨子蚤岁戍滇，罕携载籍，细诸腹笥，千虑而一，势则宜然。以余读杨子遗文，即前修往哲只字中窾，咸极表章而屑屑是也。晦伯曰：'杨子之言，间多芜翳，当由传录偶乏荩臣。鄙人于杨子业，忻慕为执鞭，辄于估俚之暇，稍为是正。瓮夭蠡海，亡当大方，异日者求忠臣于杨子之门，或为余屈其一指也夫。'庚寅人日识。"

虞姬墓

武进闺秀吴文璧咏虞妃曰："大王既英雄，妃亦奇女子。惜哉太史公，不记美人死。"此与余前卷所记张仲雅词同意。[1] 梁曜北玉绳[2]《瞥记》云："姬墓在灵璧县东三十里，虹县道南，阴陵山北。盖姬死于阴陵失道时也。"[3] 然诗词着不得此考据语。

〔1〕参卷二"张云璈词"条。此条有张云璈《金缕曲》咏虞姬词一首。

〔2〕梁玉绳(1745—1819)，字曜北，号谏庵，浙江钱塘(今杭州)人。敦书子，诗正孙，同书养子。乾隆增贡生。著有《清白士集》28 卷计《蜕稿》4 卷、《人表考》9 卷、《吕子校补》2 卷、《元号略》4 卷、《志铭广例》2 卷、《瞥记》7 卷。(据《清人别集总目》第 2130 页、《清人诗文集总目提要》第 759 页。)

〔3〕《瞥记》卷六："武进闺秀吴文璧咏虞姬云：'大王真英雄，姬亦奇女子。惜哉太史公，不纪美人死。'案：姬墓在灵璧县东三十里，虹县道南，阴陵山北。盖姬死于阴陵失道时也。"(清嘉庆刻《清白士集》本。)

词调出入

东坡《念奴娇》"大江东去"阕、《水龙吟》"似花又似非花"阕、稼轩《摸鱼儿》"更能消几番风雨"阕、《永遇乐》"如此江山"阕等篇，其句法连属处，按之律谱，率多参差。即谨严雅饬如白石，亦时有出入，若《齐天乐》“咏蟋蟀”阕末句可见，细校之不止一二数也。[1]盖词人笔兴所至，不能不变化。此如太白《古风》云：“秦人相谓曰，吾属可去矣。”[2]于诗且合十字作一句也。升庵亦云：“填词平仄及断句皆定数，而语意所到，时有变换。如秦少游《水龙吟》前段歇拍句云：‘红成阵，飞鸳甃。’换头落句云：‘念多情但有，当时皎月，照人依旧。’以词意言，‘当时皎月’作一句，‘照人依旧’作一句；以词调拍眼，‘但有当时’作一拍，‘皎月照’作一拍，‘人依旧’作一拍为是也。维扬张世文云：‘陆放翁《水龙吟》首句本是六字，第二句本是七字，若“摩诃池上追游客”，则七字。下云“红绿参差春晚”，却是六字。又如后篇《瑞鹤仙》，“冰轮桂花满溢”为句，以“满”字住，而以“溢”字带在下句。别如二句分作三句，三句合作二句者尤多。’然句法虽不同，而字数不少，妙在歌者上下纵横取协尔。古诗亦有此法，如王介甫‘一读亦使我，慨然想遗风’是也。”[3]铤又按：亦有字数多少者，如《贺新郎》调，东坡少一字、李南金多一字等类[4]，然单文只证，率是错误，不足援为依据，其平仄亦然。

〔1〕苏轼《念奴娇·赤壁怀古》词见《全宋词》第 282 页，《水龙吟·次韵章质夫杨花词》见《全宋词》第 277 页；辛弃疾《摸鱼儿·淳熙己亥，自湖北漕移湖南，同官王正之置酒小山亭，为赋》见《全宋词》第 1867 页，《永遇乐·京口北固亭怀古》见《全宋词》第 1954 页（此词首句是“千古江山”）；姜夔《齐天乐》咏蟋蟀见《全宋词》第 2175 页。

〔2〕见李白《古风》五十九首之三十一。

〔3〕引见杨慎《词品》卷一《填辞句参差不同》，文字有不同。今录原文：“填辞平仄及断句皆定数，而辞人语意所到，时有参差，如秦少游《水龙吟》前段歇拍句：‘红成阵，飞鸳甃。’换头落句：‘念多情但有，当时皓月，照人依旧。’以辞意言，‘当时皓月’作一句，‘照人依旧’作一句；以辞调拍眼，‘但有当时’作一拍，‘皓月照’作一拍，‘人依旧’作一拍为是也。维扬张世文云：‘陆放翁《水龙吟》首句本是六字，第二句本是七字，若‘摩诃池上追游客’则七字，下云‘红绿参差春晚’却是六字，又如后篇《瑞鹤仙》‘冰轮桂花满溢’为句，以‘满’字叶，而以‘溢’字带在下句。别如二句分作三句，三句合作二句者尤多。然句法虽不同而字数不少，妙在歌者上下纵横取协尔。古诗亦有此法，如王介甫‘一读亦使我，慨然想遗风’是也。”

〔4〕苏轼填《贺新郎》仅一阕，其《贺新郎·夏景》见《全宋词》第 297 页，118 字；李南金《贺新郎·感旧》见《全宋词》第 2857 页，119 字。

宋谚谓吹笙为"窃尝"

宋时谚，谓吹笙为"窃尝"，见张仲宗《芦川词》。[1]

〔1〕况周颐《蕙风词话》卷三："李齐贤，字仲思，辽时高丽国人，有《益斋长短句》。《鹧鸪天》云：'饮中妙诀人如问，会得吹笙便可工。'宋谚谓吹笙为'窃尝'，芦川词《浣溪沙》序云：'范才元自酿，色香玉如，直与绿萼梅同调，宛然京洛风味也，因名曰《萼绿春》，且作一首谚，以'窃尝'为吹笙云。'词后段：'竹叶传杯惊老眼，松醪题赋倒纶巾。须防银字暖朱唇。''窃尝'，尝酒也，故末句云云。仲思居中国久，词用当时谚语，略与张仲宗意同，资谐笑云尔。《织馀琐述》云：'乐器竹制者，唯笙用吸气吸之，恒轻，故以喻窃尝。'"（民国刻《惜阴堂丛书》本。）

杨芳灿、杨揆昆仲词

金匮杨蓉裳芳灿[1]、荔裳揆[2]兄弟并名，而蓉裳尤见擅场。其长调颇近阳羡生[3]，有《芙蓉山馆稿》。《谒金门》云："看不得。一派洛阳秋色。堤畔萧萧衰柳叶。西风如许急。　　目断寥天凝碧。征雁暮飞无力。又是谁家吹玉笛。满庭霜月白。"[4]《百字令》云："药炉烟里，怪春来小病，厌厌如许。玉琢相思金铸泪，只有此情难诉。麝炷香销，铅波镜掩，谁与修眉谱。沉思往事，总如春梦无据。　　须信交颈鸳鸯，双头菡萏，惯入闲词赋。留得情肠经劫在，花鸟也堪千古。光碧堂前，蕊珠宫畔，待觅游仙侣。三生慧业，未妨多作情语。"[5]《满江红·写怀》云："飘泊天涯，作计误、虚名沾惹。不信道、名驹汗血，一生辕下。明镜颠毛霜欲满，青衫老泪铅同泻。任欢场、豪竹间哀丝，难陶写。　　谋生拙，休夸诧。当官懒，从嘲骂。只骚茵墨宝，尚馀声价。噩梦难寻空覆鹿，华年易逝如奔马。向灯前、看剑引杯深，寒芒射。"又《寄弟》云："蜀栈连天，正黛色、千峰喷射。况又是、奔湍骇浪，瞿塘如马。弹指两年人久别，关心一纸书无价。奈朝来、乾鹊惯欺余，临风骂。　　梦中事，醒时诧。心曲恨，毫端写。怪愁吟未了，泪波偷泻。我自看云秦树外，君应听雨巴山下。道潇潇、不似对床声，离愁惹。"[6]又《谒金门》云："阶下寒蛩啼不歇。秋声高一尺。"[7]荔裳有《桐华吟馆稿》。《金缕曲·送汪剑潭归扬州》云："把袂如今别。算人生、风尘消受，几番离合。细马轻衫归去好，莫负扬州明月。到此际、胡为兀兀。最恨情深难自解，却临岐、一语无从说。相聚少，又相忆。　　当筵不饮心偏热。倩玲珑骊歌，为唱阳关三叠。同是浮云游子意，羡尔思归即得。凉月下、荒鸡再咽。此去短长亭畔路，有晓风、吹聚沙如雪。珍重意，善调摄。”[8]《苏幕遮》咏菊影云：“落叶声中人病酒。不为悲秋，也怕秋深候。”[9]二杨俱长于用兵，蓉裳以拔萃试高等，得伏羌令，田五之乱，防御极有功。[10]荔裳亦以中书舍人从征廓尔喀，著绩擢甘肃藩司。比之双丁[11]两到，盖不独文字称为二难也。

〔1〕杨芳灿(1753—1815)，字才叔，一字蓉裳，常州金匮(今江苏无锡)人。年二十拔贡，授甘肃伏羌令，官至户部员外郎分发广东司行走、又为会典馆纂修官。(参《芙蓉山馆全集》附录陈用光《墓志铭》、姚椿《墓表》。)著有《芙蓉山馆全集》计诗钞 8 卷词钞 2 卷文钞 8 卷。

〔2〕杨揆(1760—1804)，字同叔，号荔裳，常州金匮(今江苏无锡)人。乾隆四十五年(1780)赐举人，授内阁中书，入四库全书馆任编校。随福康安征廓尔喀，入藏数千里。嘉庆五年(1800)，官四川布政使，旋代总督。著有《桐华吟馆诗稿》12 卷、《桐华吟馆词稿》2 卷、《桐华吟馆文钞》1 卷。(据《清人别集总目》第 962 页。)《桐华吟馆词稿》又名《璎珞香龛词》。

〔3〕陈维崧，阳羡人。参卷四“陈维崧一门词”条。

〔4〕见清乾隆五十七年刻本《芙蓉山馆词稿》卷二，又见清嘉庆六年刻本《芙蓉山馆词稿》卷二。清光绪十七年活字本《芙蓉山馆全集》所收《芙蓉山馆词钞》未收此词。

〔5〕见清嘉庆六年刻本《芙蓉山馆词稿》卷三，又见清光绪十七年活字本《芙蓉山馆全集》所收《芙蓉山馆词钞》卷一。清乾隆五十七年刻本《芙蓉山馆词稿》未收此词。

〔6〕以上二词见清嘉庆六年刻本《芙蓉山馆词钞》卷三。第一首“杯深”原作“深杯”。有词序：“答侯大春塘写怀之作。”第二首“毫端”原作“豪端”，无序。按：此本凡四卷。清乾隆五十七年刻本《芙蓉山馆词稿》、清光绪十七年活字本《芙蓉山馆全集》均未收《满江红》二词。

〔7〕见清嘉庆六年刻本《芙蓉山馆词稿》卷三，又见清光绪十七年活字本《芙蓉山馆全集》卷二。清乾隆五十七年刻本《芙蓉山馆词稿》未收此词。

〔8〕见《桐华吟馆词稿》卷一。词序：“送汪大剑潭归扬州。”(清嘉庆刻本，下同。)

〔9〕见《桐华吟馆词稿》卷一。

〔10〕赵尔巽《清史稿·高宗本纪五》：“丙午(1786)，甘肃新教回人田五等作乱，命李侍尧、刚塔剿之。”(民国十七年清史馆本。)陈用光《墓志铭》、姚椿《墓表》均述及杨芳灿防守有功事。

〔11〕双丁：谓丁炜、丁焯。参卷一"丁炜词"条。吴绮《林蕙堂全集》卷三《丁雁水观察暨令弟韬汝〈棣华集〉序》："至若宗臣宝臣，并获名于景祐；敬礼正礼，亦齐誉于建安。皆号双丁，同称二妙，斯乃钟灵晋水，复见拔萃济阳，以古观今，后来居上矣！"(清康熙三十九年刻本。)

叶小庚词

"十载江湖常载酒，等闲孤负春风。莫愁湖畔板桥东。垂杨千万树，何处系游骢。　为爱绿窗人似玉，卿偏怜我情浓。翻教恨晚惜相逢。清歌听未已，离梦又匆匆。"《临江仙》。[1]"溪水碧于油。溪娃能荡舟。惯凌波、秀靥明眸。生长阑干船上住，浑不解，别离愁。　佳节快临流。兰桡枉驻留。忆台江、竞渡芳游。鬓影衣香帘尽卷，人都上，水边楼。"《南楼令》。[2]此小庚词也。艳情当家，虽未比芳彭十[3]，庾公南楼，亦兴复不浅矣。[4]小庚辑《本事词》，自序云："凡兹丽制，问何事以干卿。偶辑艳闻，正钟情之在我。"又云："仆也颠比柘枝，痴同竹屋，癖既耽乎绮语，赋更慕乎闲情。"[5]吴县石敦夫同福[6]谓小庚学苏、辛，多豪语。小庚示以手炉、脚炉调《蓦溪山》二阕，谓苏、辛亦有艳体，非不能也。[7]然则小庚何尝不步韩偓[8]之尘而作广平之赋[9]乎？其自题词集云："且喜拈来无绮语，差慰平生。"亦訾言已。[10]

小庚阻雪东阿《摸鱼儿》云："最无端、昨宵风雨，偏将寒月吹去。轮蹄历碌刚过半，喜把来程暗数。翻又住。算难事、人生难莫如行路。问天不语。更费尽工夫，装成玉戏，六出舞飞絮。　男儿志，堪笑儒冠多误。浮名肯把人妒。酒阑欲拟鸺鹠赋，多少壮怀谁诉。拚醉舞。从吾愿、此身愿化陶家土。休论甘苦。但块垒须浇，醉乡频到，此外少佳趣。"[11]《金缕曲》云："游宦成羁旅。问当时、谁人投笔，谁人誓墓。笑我频年牛马走，依旧头颅如许。休更忆、金闺故步。万里携家从薄禄，又那堪、千里抛家苦。离思积，向谁诉。　愁来难觅高阳侣。镇无聊、编篱穿沼，移花栽树。敢学鱼湖同鹿柴，运甓漫消闲绪。但可惜、流年虚度。曾道销魂缘赋别，恨而今、魂也无销处。空怅望，碧云暮。"[12]小庚于洛中官舍治寄园，杂莳花木，有《寄园百咏》。[13]其按拍处曰"天籁轩"，风流真不减甓园[14]，而词则前贤又当畏后生也。孙辰溪滋沅与余善，知守其家学。有《自题小照》云："万树梅花里。望迷漫、一天飞雪，珠抛玉戏。如此园林幽绝景，独对柴门闲倚。曾修得几生能至。一幅琉璃香世界，处其间、不啻神仙矣。知此乐，写吾志。　任夸桃李争春美。怎及他、清高骨格，岁寒开起。和靖风流消歇尽，谁把孤山重理。非敢谓孤芳自喜。我本满腔皆热血，借三分、梅雪胸中洗。君莫笑，画图意。"[15]卷中林子鱼直题词云："恍见春来也。染东风,梅花万树,开残原野。中有幽人方独立,早被暗香萦惹。正狂雪、漫天而下。侧帽披裘无一语,任鹅毛、片片当头打。花与客,共心写。　寒郊景物真潇洒。隔疏林,弯环一带,竹篱茅舍。云影山光幽映极,我亦置身图画。问此乐、何如仆射。清福几人修得到,算吾宗、和靖君其亚。风雅事,惟君藉。"[16]余亦附一阕云:"世界茫茫里。向何方,三间小筑,傍山临水。更有好花环左右,终日对花卧起。这设想未为不美。君傥按图能结构,我移家、请与君同里。种花事,齐料理。　虽然君本名门子。问当年,寄园百咏、于今馀几。树蕙滋兰无限意,不合幽芳自喜。君慨然、低头曰是。我辈那容清福享,但生平、颇爱梅花耳。写吾意,聊复尔。"[17]皆《贺新凉》调。余题赠作不甚留稿,是阕亦久忘之矣。适辰溪于酒间称及,恍然如遇故人,因掇记于此。

〔1〕见叶小庚《小庚词存》卷一,"游"作"花"。

〔2〕见叶小庚《小庚词存》卷二,有词序:"端节小住兰溪"。

〔3〕彭孙遹,排行第十。参卷八"彭孙遹词得温、李神髓"条。

〔4〕庾亮(289—340),字元规,晋颍川鄢陵(今河南鄢陵西北)人。明穆皇后兄。官至江、豫、荆三州刺史,进号征西将军。后病卒。(据《中国历史大辞典》第3365页。)刘义庆《世说新语》卷下之上:"庾太尉在武昌,秋夜气佳景清,使吏殷浩、王胡之之徒登南楼理咏,音调始遒,闻函道中有屐声甚厉,定是庾公。俄而,率左右十许人步来。诸贤欲起避之,公徐云:'诸君少住,老子于此处兴复不浅。'因便据胡床与诸人咏谑竟坐,甚得任乐。"(民国刻《四部丛刊》景明袁氏嘉趣堂本。)

〔5〕见《本事词》卷首。(清道光十二年福州叶氏天籁轩刻本。)

〔6〕石同福,字叙民,号敦夫,江苏吴县(今苏州)人。韫玉子。由浙江知县历官广西梧州知府。著有《瘦竹幽花之馆诗存》10卷,稿本。(据《清人诗文集总目提要》第1151页。)

〔7〕"蓦溪山"应作"蓦山溪"。《小庚词存》卷二《蓦山溪》词序:"前在虎林,与石敦夫论词,以拙作学苏、辛,多豪语。仆谓苏、辛亦有艳词,非不能也。时值冬令,戏填两阕示之,兹捡得旧稿,补录于此。"

〔8〕韩偓(842—约923),字致尧,一作致光,小字冬郎,自号玉樵山人。京兆万年(今陕西西安)人。龙纪元年(889)进士。官翰林学士、中书舍人。天复初,随昭宗奔凤翔,擢兵部侍郎、翰林学士承旨。后为朱温排挤,贬为濮州司马,徙邓州司马。后复官,不敢入朝,入闽避乱,依王审知。词多脂粉绮罗语,有香奁体之称,亦有感时伤乱之作。(参《中国历史大辞典》第906页。)今传《翰林集》4卷、《香奁集》1卷。

〔9〕宋璟(663—737),邢州南和(今属河北)人。弱冠举进士。武则天时,

累官凤阁舍人、左台御史中丞，迁吏部侍郎，兼谏议大夫。复为武三思排挤，历杭、相等州刺史。睿宗立，以吏部尚书同中书门下三品，俄转广州都督。开元四年(716)，代任吏部尚书，兼黄门监。次年，改侍中。八年，罢参知政事，以尚书右丞相致仕。与姚崇同为开元名相。有集10卷，已佚。《全唐文》存文18篇，《全唐诗》存诗6首。(参《中国历史大辞典》第2451页。)按：据《新唐书》卷一百二十四，宋璟曾封广平郡公。刘禹锡《刘梦得文集》卷十《献权舍人》："尝闻昔宋广平之沉下僚也，苏公味道时为绣衣直指使者，广平投以《梅花赋》，苏盛称之，自是方列于闻人之目。"(民国刻《四部丛刊》景宋本。)洪迈《容斋随笔·容斋三笔》卷十六："陶渊明作《闲情赋》，寄意女色，萧统以为白玉微瑕。宋广平作《梅花赋》，皮日休以为铁心石肠人而亦风流艳冶如此。"(清修明崇祯马元调刻本。)

〔10〕《小庚词存》卷二《浪淘沙·再题词存》："迂拙百无成。莫问浮名。晓风杨柳柳耆卿。陶写奚须丝与竹，减字偷声。　官调易分明。深在言情。夜窗细校复微吟。且喜拈来无绮语，差慰平生。"訾言：不足信的伪言饰词。

〔11〕见《小庚词存》卷一，词序："东阿阻雪"。"拌"原作"拚"。

〔12〕见《小庚词存》卷一，文字无异。

〔13〕《小庚词存》卷四收录《寄园百咏》，序云："府署旧有怡园，乃吾乡齐北瀛前辈所辑。余既题西轩为寄巢，因改为寄园。芟荒芜，分畦畛，日课园丁，杂莳花木果蔬，于兹三载。众卉欣荣，玩物适情，寄之吟咏。始于戊夏，迄于亥春。恰葭管之一周，汇芜词为百阕，未能协律，聊以自怡尔。"

〔14〕甓园，参卷一"丁炜词"条。

〔15〕叶滋沅，字辰溪，参卷五"叶滋沅词"条。叶滋沅著述今不存，《自题小照》仅见此处著录。

〔16〕林直(1827—1873)，字子隅，一作子鱼，福建侯官(今福州)人。道光三十年(1850)林则徐自滇归里，招为记室。咸丰间入浙闽幕府，与太平军作战，官知府。尝与龚易图等在里中组织"南社"，治诗。(据民国《闽侯县志》卷六十九。)著有《壮怀堂诗》计初稿10卷二集4卷三集14卷。《壮怀堂诗》未收词，此词赖谢氏记录而传世。《闽词徵》卷五选此词，序云："题华辰溪小照。"按："华"字误。

〔17〕谢氏《酒边词》未收此阕，可作《酒边词》补遗之用。

陈维崧一门词

梅伯《题记曲图》云："看银烛、氍毹试舞。痴绝七郎含微醉，倚红红、细校灯边谱。道尚有，一些误。”[1]小庚《听琵琶》云：“十五载、青衫尘土。潦倒使君痴绝甚，枉替人、细把衷情诉。呼烛起，题长句。”[2]语意极相似。然尚不及陈迦陵听白壁双琵琶《摸鱼儿》一阕云：“是谁家、本师绝艺，檀槽掐得如许。半湾逻迤无情物，惹我伤今吊古。君何苦。君不见、青衫已是人迟暮。江东烟树。纵不听琵琶，也应难觅，珠泪曾干处。　凄然也，恰似秋宵掩泣。灯前一对儿女。忽然凉瓦飒然飞，千岁老狐人语。浑无据。君不见、澄心结绮皆尘土。两家后主。为一两三声，也曾听得，撇却家山去。”[3]此调前后两结句，“曾”字、“家”字，俱不应用平，《荆溪词选》“曾”作“有”，“家山”作“故宫”。[4]“泣”字宜用韵，然其词则极顿挫淋漓之致。望江龙二为光舟中听琵琶《满江红》结句云：“叹两家、后主好江山，雕虫灭。”[5]用意与迦陵同，而措辞何啻霄壤。国初填词最多者，王价人翃及迦陵。价人草本阸于水[6]，迦陵则《湖海楼集》裒然数寸许。然腹笥既富，成篇自易，堆垛之病，同于繁缛。去其浓醯厚酱，真味乃见，不有赖于浙中之庖乎？述庵乃宝其椟而多遗其珠，动以姜、史相绳[7]，令此老生气不出，余所以不能无间于《国朝词综》者，率以此类。盖选家须浏览全集，取其长技，不得以意见为去取也。

蒋竹山《声声慢》“秋声”、《虞美人》“听雨”，历数诸景，挥洒而出，比之稼轩《贺新凉》“绿树听啼鴂”阕，尽集许多恨事，同一机杼，而用笔尤为崭新。[8]迦陵春溪泛舟填《四代好》，上阕提四水，下阕分疏其事，亦是此格。词云：“碧透双溪尾。蒲桃浪，惯被暖风吹碎。琉璃正滑簟纹小，展一川空翠。春衣篷窗漫倚。十载事、从头都记。算飘零、曾度汶水漳水，沁水泜水。　汶水长绕孤城，漳水又抱，铜台废址。可怜沁水，还灌太原残垒。三关怒涛夜起，过泜水、重嗟馀耳。总不如、春水江南，柔蓝千里。”[9]

大抵文字无才情，便无兴会。所以古人论诗，比之张弓，须有十分力，方开得到十分。否则勉强钩弦，筋怒面赤，一再发，敬谢不敏矣。吾读迦陵长调，庶几绰有馀勇哉！过信陵君祠填《满江红》云：“席帽聊萧，偶经过、信陵祠下。正满目、荒台败叶，东京客舍。九月惊风将落帽，半廊细雨时飘瓦。柏初红、偏向坏墙边，离披打。　今古事，堪悲诧。身世恨，从牵惹。傥君而尚在，定怜余也。我讵不如毛薛辈，君宁甘与原尝亚。叹侯嬴、老泪苦无多，如铅泻。”[10]词客有灵，霸才无主，陈琳墓下，伤心不独古人。[11]迦陵受知于龚芝麓鼎孳[12]尚书最深，集中赠别诸作，读之令人气厚。《沁园春》云：“归去来兮，竟别公归，轻帆早张。看秋方欲雨，诗争人瘦，天其未老，身与名藏。禅榻吹箫，伎堂说剑，也算男儿意气场。真愁绝，却心忧似月，鬓秃成霜。　新词填罢苍凉。更暂缓、临岐入醉乡。况仆本恨人，能无刺骨，公真长者，未免沾裳。此去荆溪，旧名罨画，拟绕萧斋种白杨。从今后，莫逢人许我，宋艳班香。”[13]又与吴园茨[14]订布衣昆弟之欢，园茨挐舟过访，迦陵填《满江红》，其上片云：“雨覆云翻，论交道、令人冷齿。告家庙、甲为乙友，从今日始。官笑一麾君竟罢，病惊百日余刚起。问乾坤、弟蓄灌夫谁，惟卿耳。”[15]哀啸狂吟，无非跋扈。竹垞以比青兕，岂过誉哉！[16]馀如《咏萤》云：“惯照人间，闲事一星星。”[17]《陆上慎移居》云：“故人和燕定新巢。”[18]《饮韩楼》云：“狂受人憎，醉供人骂，老任雏姬侮。”[19]《雪夜》云：“三十六簧寒不起，醉把红鹅笙炙。”[20]《遇飓风》云：“乱石将崩，孤城欲没，老树森奇鬼。”[21]《虎邱》云：“春风日夜换，换不了吴宫罗绮。”[22]《暮春风雨》云：“时有茶烟，绝无人影，好个他乡天气。”[23]其可入《词旨·警句》[24]者，数阕难竟。盖不独“浪拥前朝”一语，足称才子也。[25]然迦陵流荡浩瀚，时少停滀，其率易处，颇不宜取法。

陈氏门材最盛，《乌丝》一篇，既推老手。而半雪维嵋有《亦山草堂词》[26]，纬云维岳有《红盐词》[27]，鲁望维岱有《石间词》[28]，皆迦陵兄弟行，莫不含宫咀商，埙篪迭奏。半雪除夕怀弟纬云《南乡子》云：“翠烛坐更阑。柏叶传觞强自宽。绕柱腾腾思阿纬，燕关。三度梅花未共看。　何必锦衣还。竹杖荷裳好是闲。大有故园兄弟在，盘桓。雪后烟蓑雨后山。”[29]纬云有忆旧《满江红》云：“脉脉濛濛，是谁把、繁华吹去。斜阳外、故家亭榭，乱烟凝伫。仿佛细闻丝竹响，飘零碎落银灯雨。记当场、一曲牡丹亭，销魂侣。　锦帐里，春无数。绮席畔，人如许。几番趁遍了，差池燕羽。有恨罗裙寻画蝶，无情纨扇销金缕。问溪边、一带白杨花，应能语。”[30]《虞美人·春闺》云：“乍寒乍暖春无赖。门掩蔷薇外。小楼朝雨忒恹恹。最是冷清清地傍妆奁。　愁来无那愁人老。可惜韶光好。海棠吹落满园中。又是一池红浪皱东风。”[31]鲁望五陵侠少《水调歌头》云：“白面谁家子，腰下佩锟铻。短衣匹马驰骤，游侠遍三吴。更向长安道上，不惜黄金千镒，调笑酒家胡。兄尚平阳主，弟拜执金吾。　行乐处，追从者，绿鞲奴。一生有力如虎，人号小於菟。最爱灌夫籍福，暇日吹箫击筑，自笑一愁无。朱邸春留客，红烛夜呼卢。”[32]盖定生先生[33]为党人魁首，名在三公子之列，文采炳蔚，贻为渊源，故不独迦陵有凤凰之誉，迦陵与彭古晋、吴汉槎，并称“江左三凤凰”，见《今世说》中。[34]即群从亦半是惠连。[35]

〔1〕见姚燮《疏影楼词·画边琴趣上》。词序云：“《屏间记曲拈红豆图》，为万石君后贤题。”

〔2〕见《小庚词存》卷二《金缕曲·旅枕闻隔院琵琶》。

〔3〕陈维崧（1625—1682），字其年，号迦陵，江苏宜兴人。康熙十八年（1679）举鸿博，官翰林院检讨，与修《明史》。（据《清人诗文集总目提要》第176页。）著有《湖海楼全集》51卷，其中词达30卷。此词见陈维崧《迦陵词全集》卷二十九。有词序：“家善百自崇川来，小饮冒巢民先生堂中，闻白生璧双亦在河下，喜甚，数使趣之。须臾，白生抱琵琶至，拨弦按拍，宛转作陈隋数弄，

顿尔至致。余也悲从中来，并不自知其何以故也。别后，寒灯孤馆，雨声萧槭，漫赋此词，时漏下四鼓矣。”

〔4〕见曹亮武、蒋景祁、潘眉等辑《荆溪词初集》卷七。（清康熙十七年刻本，下同。）

〔5〕龙光，字二为，江南望江（今属安徽）人。康熙六年（1667）进士，官内阁中书。（据蒋重光、张玉穀、沈光裕合辑《昭代词选》卷八，清乾隆三十二年刻本。）《迦陵词全集》卷二十一《水龙吟》（三生石上）序云：“安庆龙二为舍人光，能知夙生事，自言盖凌波池中老龙也。魂梦往来时，常仿佛又言生平。每当凄风碎雨，则奋跃欲狂；一遇晴霁，则吻燥神枯，怏怏不乐。睦州方进士某为作传，传最详。凌波池在西京终南山下。”“叹两家、后主好江山，雕虫灭。”见《荆溪词初集》卷四。

〔6〕王翃（1602—1653），字价人，号秋槐，浙江秀水（今嘉兴）人。王庭族弟。顺治九年（1652），赣州舟中遇盗，介人赴水仅免，所携著作没水无遗。后记忆诸著述，什不得一。次年客死镇江。生平事迹详王庭《王介人传》。（《二槐草存》卷首，清康熙十一年王庭刻本。）今存《王价人集》不分卷、《秋槐堂词存》2卷、《春秋二槐诗钞》1卷、《二槐草存》1卷，辑有《东皋握灵本草》10卷。陈子龙《王介人诗馀序》：“禾中王子介人，示予所著词，不下千馀首。”

〔7〕“动以姜、史相绳”，参卷一“王昶论两宋词”条。

〔8〕蒋捷《声声慢·秋声》见《全宋词》第3439页、《虞美人·听雨》见《全宋词》第3444页、辛弃疾《贺新郎》（绿树听啼鴂）见《全宋词》第1914页。

〔9〕见《迦陵词全集》卷十九。有词序：“泛艇春溪作”。“度”，原作“渡”。

〔10〕见《迦陵词全集》卷十二。有词序：“秋日经信陵君祠”。

〔11〕陈琳（156—217），字孔璋，广陵射阳（今江苏宝应）人。“建安七子”之一。汉灵帝中平间，任大将军何进主簿，后入袁绍幕，掌书记。建安五年（200），袁绍与曹操相持官渡，琳为绍作檄文，历数曹操野心，并斥操祖父。曹军破邺，琳为曹军俘获。曹操爱其才而不咎，署为司空军谋祭酒，后徙门下督。二十二年（217）冬，遇疫卒。明代张溥辑有《陈记室集》，收入《汉魏六朝百三家集》中。（据曹道衡、沈玉成编撰《中国文学家大辞典·先秦汉魏晋南北朝卷》第261～262页。）温庭筠《温庭筠诗集》卷四《过陈琳墓》：“曾于青史见遗文，今日飘蓬过古坟。词客有灵应识我，霸才无主始怜君。石麟埋没藏春草，铜雀荒凉对暮云。莫怪临风倍惆怅，欲将书剑学从军。”（民国刻《四部丛刊》景清述古堂钞本。）按：穆彰阿纂嘉庆《大清一统志》卷一百一：“陈琳墓，在邳州界。《九域志》：‘陈琳墓，在下邳。’”（民国刻《四部丛刊续编》景旧钞本。）

〔12〕龚鼎孳（1615—1673），字孝升，号芝麓，安徽合肥人。崇祯七年（1634）进士，授兵科给事中。清初降，授吏科给事中，改礼科，擢太常寺少卿，

迁左都御史，后多次被黜。康熙初，起左都御史，迁刑部尚书。卒谥“端毅”。乾隆时废谥号。事迹详《清史稿》列传二百七十一。著有《定山堂诗集》43卷、《定山堂诗馀》4卷、《龚端毅公奏疏》8卷等。

〔13〕见《迦陵词全集》卷二十四。有词序：“赠别芝麓先生，即用其题《乌丝词》韵。”“伎”，原作“妓”。

〔14〕吴绮，字薗次，参卷九“吴绮其人其词”条。

〔15〕见《迦陵词全集》卷十二。有词序：“薗茨挐舟相访，与余订布衣昆弟之欢而去，赋此纪事。”

〔16〕朱彝尊《曝书亭集》卷二十五《迈陂塘题其年填词图》：“擅词场，飞扬跋扈，前身可是青兕？”

〔17〕见《迦陵词全集》卷一。调《思帝乡》，有词题：“夏夜”。

〔18〕见《迦陵词全集》卷二。调《浣溪沙》，有词序：“陆上慎移居，东郊。”

〔19〕见《迦陵词全集》卷十七。调《念奴娇》，有词序：“次夜，韩楼灯火甚盛，仍听诸君弦管，复填一阕。”

〔20〕见《迦陵词全集》卷十八。调《念奴娇》，有词题：“炙砚”。

〔21〕见《迦陵词全集》卷十八。调《念奴娇》，有词序：“西氿舟行，遇飓风，同南畊赋。”

〔22〕见《迦陵词全集》卷二十。调《翠楼吟》，有词序：“三月十五日，虎丘即景。”“春风”原作“风光”。

〔23〕见《迦陵词全集》卷二十一。调《齐天乐》，有词题：“暮春风雨”。

〔24〕《词旨》，参卷三“李调元《词话》之误”条。

〔25〕王士禛《渔洋诗话》卷中：“先兄西樵常云：‘合肥龚尚书“流水青山送六朝”，才子语；阳羡陈其年“浪拥前朝去”，英雄语。’”（清文渊阁《四库全书》本。）按：陈维崧《迦陵词全集》卷二十二《永遇乐·京口渡江用辛稼轩韵》：“北府军兵，南徐壁垒，浪卷前朝去。”

〔26〕陈维嵋(1630—1672)，一名文鹭，字半雪，江苏宜兴人。陈维崧仲弟。（据《全清词·顺康卷》第5469页。）著有《亦山草堂遗稿》6卷、《亦山草堂遗词》2卷。

〔27〕陈维岳(1635—1712)，字纬云，晚号苦庵，江苏宜兴人。陈贞慧子，陈维崧三弟。任幕僚多年，后以太学生资格考选州判，未赴任，闭门著述以终。著有《红盐词》，未及刊行即散佚，仅见各选本留存40馀首。（据《中国词学大辞典》第200页。）

〔28〕陈维岱，字鲁望，号石间，江苏宜兴人。明顺天府知事陈贞达之子，陈维崧从弟。康熙二十六年(1687)尚在世。工诗古文，与从兄维崧、维岳酬唱最富。有《石间词》，卒后散佚。（据《全清词·顺康卷》第6933页。）

〔29〕见《亦山草堂遗词》卷上。“是闲”原作“自闲”。（清康熙刻本。）

〔30〕见顾贞观、纳兰性德辑《今词初集》卷下。有词序：“溪上感旧。”“仿佛细闻”原作“凄切似闻”，“锦帐”原作“锦障”，“畔”原作“上”，“画蝶”原作“画屧”，“销”原作“抛”。（清康熙刻本。）又见蒋景祁辑《瑶华集》卷九，无词序。“锦帐”原作“锦障”，“画蝶”原作“画屧”。（清康熙二十五年刻本。）又见《国朝词综》卷十四，有词题：“忆旧”。“销魂”，原作“消魂”，“锦帐”原作“锦障”，“销金缕”原作“消金缕”。

〔31〕《虞美人·春闺》见《荆溪词初集》卷二。

〔32〕《水调歌头》见《荆溪词初集》卷四。

〔33〕陈贞慧（1604—1656），字定生，江苏宜兴人。明末四公子之一，入清隐居。著有《山阳集》1卷、《书事七则》1卷、《林园杂佩》1卷。（据《清人别集总目》第1276页。）

〔34〕不见王晫《今世说》。（清康熙二十二年霞举堂刻本。）永瑢等撰《四库全书总目》卷一百八十一《〈彭省庐文集〉提要》：“《彭省庐文集》七卷诗集十卷，江苏周厚堉家藏本，国朝彭师度撰。师度，字古晋，号省庐，华亭人。崇祯戊寅（1638），吴下诸人为千英之会，毕集于虎邱。师度年十五，即席成《虎邱夜宴同人序》。吴伟业有‘江左三凤凰’之目，盖谓师度及吴兆骞、陈维崧也。集中《兵谋》十馀篇，颇见用世之志。诗格沿云间之派，富艳有馀。”

〔35〕谢惠连（407—433），祖籍陈郡阳夏（今河南太康）。谢灵运族弟。十岁能文，深得谢灵运赏识。以居忧时有赠男宠五言诗流传于时，不得入仕。宋文帝允其通籍。元嘉七年（426），为司徒彭城王刘义康法曹参军，兼记室。卒年二十七。有集六卷，佚。明人张溥辑有《谢法曹集》1卷。（据曹道衡、沈玉成编撰《中国文学家大辞典·先秦汉魏晋南北朝卷》第455～456页。）锺嵘《诗品》卷中引《谢氏家录》云：“康乐每对惠连，辄得佳语，后在永嘉西堂思诗，竟日不就，寤寐间忽见惠连，即成‘池塘生春草’，故尝云：‘此语有神助，非我语也。’”（明万历刻《夷门广牍》本。）后诗文中常以惠连为从弟或弟的美称。唐李白《春夜宴从弟桃花园序》：“群季俊秀，皆为惠连；吾人咏歌，独惭康乐。”

孙振豪词

浦城孙汝西振豪[1]《虞美人·本意》云：“悲歌帐里情千古。恋恋非歌舞。意气何曾有尽时。能下英雄双泪是蛾眉。　麝兰一任灰尘土。玉骨香如故。不随莲叶萎泥中。化成一堆芳草诉东风。”《临江仙·水村》云：“坞里溪桥桥里树。树梢屋角溪隅。溪回桥转忽模糊。云多山见少，花满路疑无。　听有涛声寻却误。也非燕唤莺呼。隔林招手叫提壶。牧童樵得笋，农父钓归鲈。”汝西，乾隆初举明经，刻《赓籁集》分馈同人，当时名噪甚，然其诗靡屑不足取，词则此二阕差可咏。[2]

〔1〕孙振豪，字汝西，浦城(今属福建)人。郡诸生，举贤良方正，以母老辞，选拔入成钧，文誉名噪京都。肄业期满，考授州同。甲戌(1753)会试以明通改就教职，补为邵武训导，修文庙，严考课，学生穷困，他加意怜恤。后以病乞假归，筑意可别墅，吟咏其中。著有《赓籁初集》，已刻，二集、三集藏于家。(据翁天祜、吕渭英修，翁昭泰纂光绪《浦城县志》卷二十三《文苑》，清光绪二十六年刻本。)

〔2〕《赓籁集》，今不知踪迹。谢章铤当据此书录入二词。《闽词徵》卷四选此二首词，当据谢氏词话录入。

林鼎复词

别驾林天友鼎复，长乐人，曾视宜兴县事。[1]有《满庭芳》云：“绿树阴浓，白蘋水涨，乍晴烟景波涵。中流击楫，孤棹指荆南。词藻群推二妙，湘江曲、还让陈三。空凭吊，苍凉台榭，梁燕向呢喃。　　当年。歌舞地，云消雾散，涧愧林惭。且褰裳空翠，纵步名蓝。欲拜峰头大石，斜阳近、早促归骖。留馀兴，觞行小令，潦倒镜中酣。”[2]

〔1〕林鼎复，字道极，一字天友，福建长乐人。顺治初大将军范达礼荐授辟常州府通判，官九载，建议运粮改由漕运，后户部奏行，官民两便。兼摄县事。后以权宜行事落职，客死无锡行馆。笃于友谊，工于吟咏，兼擅书法。著有《华鄂堂诗集》。(据孟昭涵修、李驹等纂《长乐县志》卷二十四《列传》，民国七年铅印本。)

〔2〕《华鄂堂诗集》，今不知踪迹。词见《荆溪词初集》卷四。“向”原作“尚”。又见《瑶华集》卷十。“大石”，原作“片石”；“斜阳近”，原作“斜阳逼”；“早促归骖”，原作“联辔归骖”。序云：“春杪，同云臣、其年、枚吉泛舟西溪，小饮南磵山房。”《闽词徵》卷四录此词云：“绿树阴浓，白蘋水涨，新晴烟景波涵。移来小艇，拨棹指荆南。陶写何须丝竹，素心侣、妙纵谐谈。闲指点，苍凉台榭，梁燕向呢喃。　　当年。歌舞地，云消雾散，涧愧林惭。且褰裳空翠，蹑屐名蓝。欲拜峰头片石，斜阳逼、联骑归骖。重听取，清歌一曲，落笔兴方酣。”未知何据。

赌棋山庄词话卷五

荔支天

闽中以六月为荔支天[1]，宋莆田黄师宪公度《好事近》词所谓"还家应是荔支天"。[2]

〔1〕李俊甫《莆阳比事》卷七引《名贤清话》："有咏莆中景云：'一日两潮鱼蟹市，万家六月荔支天。'"（清嘉庆刻《宛委别藏》本。）又有以闽中三月为荔枝天的说法。王庆勋《诒安堂诗稿》初稿卷八《病榻怀人》："闽江三月荔枝天，官阁开时句共联。"（清咸丰三年刻五年增修本。）

〔2〕见黄公度《知稼翁集》卷下。（明天启刻本。）又见《词综》卷十三。

刘克庄居金凤坊柳行庵

刘后村居金凤坊柳行庵，俱见王实之迈《贺新凉》词，一云"驰玉勒，归金凤"，一云"人顶礼，柳行路"。[1]

〔1〕见黄昇《中兴以来绝妙词选》卷九王迈《贺新郎》，序云："呈刘后村，时自桂林被召，到莆又遭烦言。"词云："驰玉勒，归金凤"。注云："金凤池，乃所居也。"同卷王迈《贺新郎·为后村母大人寿》有"人顶礼，柳行路"句，注云："所居地名柳行。"（民国刻《四部丛刊》景明翻宋本。）

陈孟周词

陈孟周，瞽人也。闻人填词，问其调，为诵太白《菩萨鬘》、《忆秦娥》二首。不数日，即为其友人填二词，亦用《忆秦娥》调。其词曰："光阴泻。春风记得花开夜。花开夜。明珠双赠，相逢未嫁。　旧时明月如钩挂。只今提起心还怕。心还怕。漏声初定，玉楼人下。""何时了。有缘不若无缘好。无缘好。怎生禁得，多情自小。　重逢那觅回生草。相思未创招魂稿。招魂稿。月虽无恨，天何不老。”闻者莫不惊叹。此载郑板桥集中[1]，知文章自关夙慧，国初聋、哑二君[2]不足异也。

〔1〕见郑燮《板桥集·板桥诗钞》。（清乾隆清晖书屋刻本。）

〔2〕国初聋、哑二君：清法式善《读汪积山寒灯絮语示儿子桂馨》八首之八：“唐仲言（汝洵）目瞽，李公起（埈）聋哑。耳治与目治，居然称学者。聪明备尔躬，畏难事苟且。农夫弃耒耜，工人毁埴瓦。尚以贱目之，质胜岂不野。义理果内充，文辞讵外假。雷同剿袭辈，任他去捋撦。”（《存素堂诗初集录存》卷二十，清嘉庆十二年王墉刻本）（此则曾请教台湾成功大学王伟勇教授，王教授托台湾大学博士生陈建男查出，谨致谢。）按：明陈衎《唐仲言李公起传》：“唐仲言，名汝询，华亭人，世业儒。仲言生五岁而瞽，未瞽时聪颖绝伦。……及瞽，但默坐听诸兄呫哔而暗识之，积久遂淹贯。……所著有《编蓬集》、《姑蔑集》、及《唐诗解》共若干卷行于世。然其造就未有已也，当予晤言时，为万历戊午（1618），仲言年四十余矣。李公起，名埈，鄞县人。父子静，官侍御，出案辽阳，卒于任。公起堕地而聋，虽聋，岐嶷孝弟，父母笃念之。发及额，闻侍御公讣，号恸，兼昼夜，咽枯而嘶，凡五日，水浆不入口，遂哑。……行世有《盟鸥集》、《郢雪编》、《永誉录》、《研史》凡若干卷，大都清新俊逸，兼兹二美。”（清黄宗羲《明文海》卷四百四，清涵芬楼钞本。）

沈恒、沈贞词

沈启南[1]父恒吉[2]，名恒，字同斋，号缆庵。题画云：“一竿风月，一蓑烟雨，家傍钓台西住。卖鱼生怕近城门，况肯到、红尘深处。　潮生解缆，潮平鼓棹，潮落放歌归去。时人错认是严光，自是个、无名渔父。”调为《鹊桥仙》。其伯父贞吉[3]，名贞，字南斋，又字陶庵，号陶然道人。自题小影云：“此老粗疏一钓徒。服也非儒。状也非儒。年来只为酒糊涂。朝也村酤。暮也村酤。　胸中文墨半些无。名也何图。利也何图。烟波染就白髭须。出也江湖。处也江湖。”[4]调为《一翦梅》。启南风雅，渊源有自矣。此词《明词综》失载。

〔1〕沈周（1427—1509），字启南，号石田，晚年号白石翁，别号有竹庄主人。江苏长洲（今苏州）人。明代四画家之首。画风刚健婀娜，元气磅薄，成为吴门派的先驱。著有《石田集》、《石田杂记》、《客座新闻》等。（据朱铸禹《中国历代画家人名辞典》第443～444页，人民美术出版社2003年版。）

〔2〕沈恒（1409—1477），字恒吉，号同斋，江苏长洲（今苏州）人。沈贞之

弟。善画山水。以杜琼为师，又曾向同乡沈遇学习，笔意虚和细润，可与宋元名家比美。（据《中国历代画家人名辞典》第446页。）

〔3〕沈贞（1400—?）字贞吉，号南斋，又号陶庵。江苏长洲（今苏州）人。工于诗词文赋，善画山水。摹拟董源、巨然，人以为不在刘珏之下。（据《中国历代画家人名辞典》第446页。）

〔4〕梁章钜《浪迹丛谈》卷九《沈石田世家》："《式古堂画考》载沈贞吉、恒吉山水两种。贞吉名贞，字南斋，又字陶庵，又号陶然道人。其弟恒吉名恒，字同斋，号缃庵，即启南之父也。他书即以贞吉、恒吉为名，误矣。贞吉自题画云：'一竿风月，一蓑烟雨，家傍钓台西住。卖鱼生怕近城门，况肯到红尘深处。　潮生解缆，潮平鼓枻，潮落放歌归去。时人错认严光，自是无名渔父。八十三翁沈贞题于有竹居。'恒吉自题画云：'此老粗疏一钓徒，服也非儒，状也非儒，年来只为酒胡涂。　朝也村酤，暮也村酤，胸中文墨半些无。名也何图，利也何图，烟波染就白髭须。出也江湖，处也江湖。时雨方霁，寤寐北窗，展玩右法书名笔，聊为作此赠诚庵老友一笑。沈恒。'观此知启南以词画名家，渊源有自。启南寿至八十三，其父恒吉亦六十有九，贞吉则题画之年已八十三。一家老寿，所谓烟云供养者，良不虚乎？《清河书画舫》云：'传闻缃庵之父曰兰坡，尤能鉴赏书画，游心艺苑。'而《弇州续稿》载：'启南之弟名豳，字翊南，善画梅。'《村文集》又载：'启南之孙名湄，字伊在，画学赵承旨。'则家学相传，前辉后光益远矣。"（清道光二十七年刻本。）按：《鹊桥仙》乃陆游作，文字略有不同。陆游《渭南文集》卷五十《鹊桥仙》（其二）："一竿风月，一蓑烟雨，家在钓台西住。卖鱼生怕近城门，况肯到、红尘深处。潮生理棹，潮平系缆，潮落浩歌归去。时人错把比严光，我自是、无名渔父。"（民国刻《四部丛刊》景明活字本。）

周玄词

周微之玄[1]名在十才子中，于林子羽鸿[2]又为高足。永乐间，以文学征授礼部祠祭司员外郎。徐兴公𤊹称其诗"瓌奇悲壮"，又称其《揭天谣》"酷类李长吉"。[3]集名《宜秋》，道光间福鼎王遇春付梓。末附诗馀六阕，残讹不可句读者去半。《唐多令》云："明月上高楼。青天一片愁。旧江山、几度同游。纵道婵娟千里共，终不似，故园秋。　洒泪寄东流。相思梦到不。刺桐花、发遍沧洲。醉里风光都过了，更何处，系孤舟。"[4]颇有南宋大家风味。玄，一字又玄，与十子中黄玄并名，称"二玄"。[5]

〔1〕周玄，字又玄，一字微之，闽县（今福州）人。张廷玉撰《明史》卷二百八

十六《文苑二》:“尝挟书千卷止高棅家,读十年,辞去,尽弃其书,曰:‘在吾腹笥矣。’”(清乾隆武英殿刻本。)永乐中,以文学征,授礼部员外郎,著有《宜秋集》4卷。《闽中十子诗》录其诗1卷。(参陈庆元《福建文学发展史》第307页,福建教育出版社1996年版。)

〔2〕林鸿,字子羽。参卷六“林鸿词条”。

〔3〕引见徐𤊹《红雨楼题跋》卷下《周祠部〈宜秋集〉》。(清嘉庆三年郑杰刻本。)

〔4〕上海师范大学图书馆藏佚名纂《抄存闽人词十一种》中有《宜秋集》,收词六首,字迹清晰。有《唐多令》词,词序:“寄姬树兼忆浮丘。”“不”,钞本作“否”。清道光间葛文蔚据徐兴公录订钞本同。按:徐兴公录本今存一清抄本,卷端题“三山周玄微之著,后学徐𤊹兴公录”,有乾隆三十七年廖炳识记。道光间福鼎王遇春刊本《宜秋集》,未见。

〔5〕黄玄,字玄之,本将乐(今属福建)人。林鸿弃官归闽,玄遂携妻子居闽县,以岁贡官泉州训导。著有《鸣秋集》。《闽中十子诗》录其诗1卷。(参陈庆元《福建文学发展史》第307页。)张廷玉撰《明史》卷二百八十六《文苑二》:“闽中善诗者,称十才子,鸿为之冠。十才子者,闽郑定、侯官王褒、唐泰,长乐高棅、王恭、陈亮,永福王偁及鸿弟子周玄、黄玄,时人目为二玄者也。”

徐𤊹词

明季,闽县徐𤊹、徐熥[1]兄弟竞爽。熥以诗显,所著有《幔亭集》。𤊹以博洽闻,插架甚富,丹铅历绿,至今流传,尚为世宝。所著有《笔精》、《榕阴新检》等书,家擅池馆,宛委山房、红雨楼皆其胜处。详国朝陈贡士惕园庚焕《鳌峰坊先贤宅迹考》。[2]后废为尼庵,今又转鬻为民居矣。《明词综》载其《望江南》云:“城上角,吹动薜萝烟。别意难忘灯下约,归期空向梦中传。消息杳如年。　孤馆客,今夕不成眠。万井寒砧敲夜月,数声黄叶坠秋天。人在碧云边。”[3]清脆可诵。惜其《鳌峰集》不得见也。子存永延寿,曾与阮亭游,有诗,见《渔洋诗话》。[4]

〔1〕徐𤊹(1570—1642),字惟起,又字兴公,闽县(今属福州)人。邑庠生,厌弃功名,以布衣终。徐熥之弟。积书数万卷,宋元善本近半,友人曹学佺为造宛羽楼贮之。清军入闽,徐氏藏书大量散佚。著有《鳌峰集》28卷、《笔精》8卷、《榕阴新检》16卷,另有《红雨楼文集》20卷,未刻,大量散失。徐熥(1561—1599),字惟和,号幔亭,闽县(今属福州)人。万历十六年(1588)举人,三上春

官皆下第，卒时年仅三十九岁。著有《幔亭集》20卷（已刻15卷）、《闽中旧事》（未完成），编有《晋安风雅》12卷。万历二十九年（1601）刻本《幔亭集》15卷，前14卷为诗，最后一卷为词。福建师大图书馆藏有《幔亭集》卷16～20残本，钞本，收录赋及各体杂文数十篇。（以上参陈庆元《晚明诗人徐𤊹论——兼论荆山徐氏业儒与文学之兴衰》，《中国文化研究》2006年秋之卷。）

〔2〕陈庚焕（1757—1820），字道由，号惕园。祖籍长乐，先世迁福州鳌峰坊。清嘉庆五年（1800）岁贡生，在乡里任教。授宁洋县训导，未任而卒。（据民国《长乐县志》卷二十二。）著有《惕园初稿》17卷、《惕园遗稿》2卷、《惕园诗稿》2卷等行世。《鳌峰坊先贤宅迹考》不见于《惕园初稿》、《惕园遗稿》、《惕园诗稿》中。谢章铤《课馀续录》卷二："近其（指陈庚焕）曾孙幼荷声骏秀才及吾门，予因从之借读先生书，不独撰著宏富，即遗文秘记抄录亦可等身。"《鳌峰坊先贤宅迹考》或即在"遗文秘记"中，未可知。谢章铤《稗贩杂录》卷四《鳌峰坊古迹》录有陈庚焕《九仙山古迹考》，跋云："《惕园初稿》。按：惕园又有记所居宅文，大略与左海同（指陈寿祺《鳌峰里宅记》），不录。""记所居宅文"殆指《鳌峰坊先贤宅迹考》。今《鳌峰坊先贤宅迹考》已不可见。

〔3〕见《明词综》卷五。

〔4〕徐陵（？—1662），字存永，又字无量，号延寿，徐𤊹之子。闽县（今属福州）人。清军入闽，曹学佺投环死，徐陵作《大宗伯曹能始先生挽章一百八十韵》哭之。后飘零南北，客死湖湘。著有《尺木堂集》不分卷。（1960年福州黄曾樾改定稿后钞本。）（参陈庆元《晚明诗人徐𤊹论——兼论荆山徐氏业儒与文学之兴衰》。）王士禛《渔洋诗话》卷下："徐延寿字存永，闽人，徐𤊹兴公之子也。家鳌峰，藏书与曹能始、谢在杭埒。移家湖南，道广陵，与余定交。有《过燕子矶作》云：'冯夷吹浪啮山根，云树千重暗白门。故垒尚闻双燕语，空江曾见六龙奔。杨花莫雪行人路，杜宇春风古帝魂。扣枻中流频唤酒，客情难遣是黄昏。'"

张红桥与林鸿唱和

张红桥与林子羽唱和，艳传艺苑，二人皆能倚声。子羽之金陵，有寄怀《百字令》一阕，红桥亦有和词。〔1〕今检《明词综》，只载红桥，而子羽不载〔2〕，子羽《鸣盛集》尚有词十数阕，《明词综》俱不入选。为录于此，真佳话也。子羽云："钟情太甚，人笑我、到老也无休歇。月露烟云多是恨，况与玉人离别。软语丁宁，柔情婉娈，镕尽肝肠铁。歧亭把酒，水流花谢时节。　应念翠袖笼香，玉壶温酒，夜夜银瓶月。蓄意含嗔多少态，海岳誓盟都设。此去何之，碧云春树，合晚峰千叠。

图将羁思，归来细与伊说。”[3]红桥步韵云：“凤凰山下，恨声声玉漏，今宵易歇。三叠阳关歌未竟，城上栖乌催别。一缕离情，两行清泪，渍透千重铁。重来休问，尊前已是愁绝。　　还忆浴罢描眉，梦回携手，踏碎花间月。漫道胸前怀豆蔻，今日总成虚设。桃叶津头，莫愁湖畔，远树云烟叠。翦灯帘幕，相思谁与同说。”[4]子羽尝夜至，作绝句云：“素馨花发暗香飘，一朵斜簪近翠翘。宝马归来新月上，绿杨影里倚红桥。”[5]红桥和云：“桥外千花照碧空，美人遥隔水云东。一声宝马嘶明月，惊起沙汀几点鸿。”[6]子羽，名鸿，两人唱酬，皆藏名于末句，此例凡十数首。[7]昔少游赠营伎陶心儿《南歌子》末云：“天外一钩残月，带三星。”盖暗藏“心”字。东坡见之笑曰：“此恐被他姬厮赖耳。”[8]子羽无亦有此意哉？红桥没，留玉佩玦一枝，绝句七首，悬一缄床头。子羽归见，不胜哀怨。王恭、周元，各有诗吊之。恭云：“新绿只疑销晓黛，落红犹记掩歌唇。舞楼春去空留月，饮榭香飘不见人。”[9]元云：“梦逐梨云远，歌传薤露愁。只今桥上水，亦作断肠流。”[10]红桥即今之洪山桥[11]，张氏居其地，因以为名。凤凰山亦与相近。但今日水阁诸姬，环萃桥之左右，匪独不解文章，抑亦未闻姝丽，岂山川清淑之气，一泄而不能再聚耶？抑世无子羽其人，莫能消受，而不必生耶？初，长乐王偁[12]有时望，红桥拒不纳，而独委心于子羽。子羽妇朱氏，亦娴吟咏。[13]古人云：“不羡君才羡君福。”吾于子羽，亦作如是想。

〔1〕林鸿，参卷六“林鸿词”条。詹詹外史（冯梦龙）《情史类略》卷十三始敷衍张红桥与林鸿情事，然是小说家言，不足为信。说详张仲谋《明词史》第76～81页，人民文学出版社2002年版。以后载集颇见其事，如王端淑《名媛诗纬初编》、徐釚《本事诗》、沈雄《古今词话》、顾璟芳等《兰皋明词汇选》俱选张红桥的和作。

〔2〕王昶纂《明词综》卷十二：“张红桥，闽县人，居红桥之西，因自号红桥，后归福清林鸿。《词约》云：‘红桥雅丽，能诗，豪右委禽皆不纳。长乐王偁有诗名，亦拒之。及鸿托邻媪投以绝句云：“桂殿焚香酒半醒，露华如水点银屏。含情欲诉心中事，羞见牵牛织女星。”红桥答云：“梨花寂寂斗婵娟，银汉斜临绣户前。自爱焚香消永夜，从来无事诉青天。”遂缔婚焉，相与唱和诗甚夥。后鸿适金陵，作《大江东去》一阕，留连惜别。又明年，鸿自金陵寄《摸鱼儿》一阕、绝句四首。张自鸿去后，独坐小楼，顾影欲绝，及见鸿诗词，感念成疾，不数月而卒。’惜其词传者绝少。”按：《词约》当据《情史类略》节录而成。

〔3〕见《鸣盛集》卷四《大江东·留别红桥故人》。“丁宁”，清嘉庆十三年刻本《鸣盛集》、清嘉庆十四年刻本《情史类略》作“叮咛”；“婉娈”，《情史类略》作“婉恋”；“蓄意”，清初钞本《鸣盛集》、清嘉庆十三年刻本《鸣盛集》均作“蓄喜”。文渊阁《四库全书》本《鸣盛集》未收此词。

〔4〕见《明词综》卷十二。“离情”,《明词综》作“情丝”,“漫道”,《明词综》作“谩道”。《情史类略》卷十三载此词云:“凤皇山下,玉漏声、恨今宵容易歇。一曲阳关歌未毕,栖乌哑哑催人别。含怨吞声,两行珠泪,渍透千重铁。柔肠几寸,断尽临歧时节。　还忆浴罢画眉,梦回携手,踏碎花间月。谩道胸前怀豆蔻,今日总成虚设。桃叶渡头,河冰千里,合冻云叠叠。寒灯旅邸,荧荧与谁闲说。”《情史类略》所载张红桥此词,应是最早出处,王昶《明词综》收入此词时,作了修改。

〔5〕见《鸣盛集》卷四《咏怀》其四,“归来”,清初钞本、清嘉庆十三年刻本俱作“未归”。

〔6〕见《情史类略》卷十三。“桥外”,《情史类略》作“桥畔”。

〔7〕《情史类略》载林鸿藏名诗12首,载张红桥藏名诗11首。

〔8〕徐釚《词苑丛谈》卷三:“少游赠歌妓陶心儿《南歌子》词云:‘玉漏迢迢尽,银潢淡淡横。梦回宿酒未全醒。已被邻鸡催起,怕天明。　臂上妆犹在,襟间泪尚盈。水边灯火渐人行。天外一钩残月,带三星。’末句暗藏‘心’字,子瞻诮其恐为他姬厮赖也。”按:此条出《高斋词话》,见《历代诗馀·词话》引。

〔9〕王恭(1344—1411后),字安中,祖闽县人,居长乐沙堤,自号皆山樵者。永乐四年(1406),以儒士荐修《永乐大典》,授翰林院典籍,投牒归。著有《白云樵唱集》4卷、《草泽狂歌》5卷。另有《凤台清啸集》不传。(参陈庆元《福建文学发展史》第302页。)《闽中十子诗》收其诗5卷。此诗见《闽中十子诗》卷二十六《王检讨集》卷五,题作《过旧游有感》。(袁表、马荧选辑,苗健青点校,福建人民出版社2005版。)《情史类略》说此诗是王偁作,误。

〔10〕周元,应为周玄。参本卷“周玄词”条。其悼亡诗不见《情史类略》、《闽中十子诗》。见《宜秋集》卷三,题作《红桥》。全诗云:“柳暗河仍狭,花深路向修。空防尾生柱,不坠绿珠楼。梦逐梨云远,歌传薤露愁。只今桥上水,亦作断肠流。”(清道光间葛文蔚据徐兴公录订钞本。)

〔11〕陈道纂弘治《八闽通志》卷十七《地理》:“洪山桥,距城五、七里许。旧有石桥,桥门狭猛,水不时泄,民以为病。成化十一年(1475),镇守太监卢胜广其旧址而重建之,规模宏远,十倍于前。佥事章懋为记。二十一年,复坏,钦守太监陈道重备。”(明弘治刻本。)朱彝尊《江城子·饮道山亭》云:“最好红山桥外月”。李富孙《曝书亭集词注》引《一统志》云:“洪山桥,在侯官县西洪塘铺口。明成化中建。长一百二十三丈,水门三十有四,盖桥屋九十三间。府境桥梁洪山与万寿最巨。”谢章铤谓“红桥即今之洪山桥”,殆据李富孙《曝书亭词注》。

〔12〕王偁(1370—1427),字孟扬,又字密斋,永福(今福建永泰)人。洪武

二十三年(1390)举于乡,永乐初,荐授翰林院检讨,充《永乐大典》副总裁。大将军英国公张辅征交趾,辟居幕下。坐解缙党,下狱死。著有《虚舟集》5卷。(参陈庆元《福建文学发展史》第304～305页。)《闽中十子诗》收其诗5卷。《情史类略》说他是永泰人,作诗赠红桥求好,遭拒,又窥视红桥与林鸿相狎并作诗戏红桥,红桥卒后,又作诗悼之。

〔13〕朱氏,沙阳人。《鸣盛集》卷四有《挽沙阳朱氏九首》,其四:"绿杨两叶想眉颦,谁写新诗咏性真。一自朱楼人去后,莺花不似旧时春。"

叶滋沅词

辰溪〔1〕携所作词一卷相视,《惜分飞》云:"望断垂杨青万缕。勾出万千离绪。无计留君住。马蹄竞逐飞花去。　从此停云空望雨。最是多情如汝。忆到伤心处。月光黯淡花无语。"〔2〕绰有《蘋洲渔笛》〔3〕、《无弦琴谱》〔4〕遗风。辰溪与余交情甚挚,集中赠怀诸作语重情长,所谓不自知其啼笑也。

〔1〕叶滋沅,字辰溪,福建闽县(今福州)人。叶小庚之孙。知长兴、寿昌、武康、分水诸县。著《我闻室词》,谢章铤为之序。(据谢章铤《赌棋山庄文续》卷二《叶辰溪七十寿序》。)《叶辰溪七十寿序》云:"道光乙巳、丙午(1845—1846)间,予以词与辰溪定交。是时,年各二十馀,意气勃发,不知忌讳,雌黄及于古作者。闽人固少言词,而辰溪大父小庚先生独以是名家,所著《词谱》、《词韵》、《词存》、《本事词》,皆称为《天籁轩》,予得尽读。……今君年七十矣。"

〔2〕《赌棋山庄文集》卷一有《叶辰溪〈我闻室词〉叙》,但《我闻室词》未见传本,此词当因谢章铤记录而存世。《闽词徵》卷四选此词。

〔3〕《蘋洲渔笛谱》,宋周密词集。

〔4〕《无弦琴谱》,宋仇远词集。

孟超然词

孟瓶庵超然〔1〕先生敦品绩学,为闽中有数人物。自为部郎,典试蜀、粤,及归,掌教鳌峰,谆谆以培育人才为己任。诗文雅洁,多明理见道之言。辛亥夏,余偶读先生所著《瓜棚避暑录》,见为孙羡门题《九曲移居图》,乃知先生于词亦当家者,录之以资谈助。

钱唐孙羡门霖久客于闽,作《九曲移居图》。学使朱竹君首唱,题诗曰:"曲曲逾奇水在山，诸岩且待暇时攀。卖茶客到君须避，背坐仙人蜕骨间。”“龙潭壁上阁船人，大会曾孙怪底真。莫唱人间可哀曲，全家已化白云身。”竹君任满，令弟石君受代为学使一年。竹君卒，石君追和原韵，为羡门题云：“赋就东南最秀山，已袪害马任跻攀。壮看放棹鸡笼外，老欲浮家虎啸间。吹埙独感爱山人，墨淡曾留手迹真。六六峰头猿鹤唳，凭君指点梦中身。”自注：“先兄竹君曾梦为武夷君所召。”盖竹君以庚寅主试闽闱，过建州，梦武夷君来召，梦中复之曰：“某王事未竣，不可以往。”使者问何时，曰：“当以十年为期耳。”己亥，竹君奉督学之命，复来闽。庚子，按试建州，乃决意游武夷，穷搜岩壑之胜，尽兴而返。辛丑，竹君使毕入都，不久得微疾逝。计武夷君来召之岁正十年，岂非数耶？癸卯八月，羡门以图索题，余既作四绝句应之，览二朱君作，怅然有感，为复作《金缕曲》一词云：“廿载蓬山客。为乘轺、仙霞关上，山丹水碧。一枕孤篷催客梦，梦到洞天窟宅。讶风马、云车络绎。九曲峰头虚左待，望先生、认取三生石。人世事，尘凡隔。　　当时鞅掌嗟行役。武夷君、十年以后，不虚诸责。谁料重来前缘在，蜕骨寒岩犹昔。曾几时、果登仙籍。莫唱人间可哀曲，吹篪人、凄断缑山笛。才俯仰，成陈迹。”[2]

闻先生掌教鳌峰时，门生有以非分干者。先生徐起行，自抚其心曰：“日来或有不肖处，被诸君窥见乎？不然，斯言何以至吾耳也？”门生惊惧，谢过，乃止。其风骨如此。[3]

〔1〕孟超然(1731—1797)，字朝举，号瓶庵，福建闽县(今福州)人。乾隆二十五年(1760)进士，改庶吉士，授吏部文选司郎中。三十年充广西乡试主考，三十四年任四川学政，三十七年归里，主鳌峰书院10馀年。(据《清人诗文集总目提要》第735～736页。)著有《亦然亭全集》25卷，中有《瓜棚避暑录》2卷。

〔2〕引见《瓜棚避暑录》卷下。“武夷君”原作“武彝君”，“庚寅”原作“庚寅岁”，“羡门以图索题”原作“羡门以图索余题句”，“讶风马、云车络绎”原作“讶云马、风车络绎”。(清嘉庆刻《亦然亭全集》本。)按：朱筠《笥河诗集》卷十九《〈九曲移居图〉为孙霖羡门作》：“曲曲尤奇水在山，诸岩且待暇时攀。卖茶客到君须避，稳坐仙人蜕骨间。”又：“龙潭壁上搁船人，大会曾孙怪底真。莫唱人间可哀曲，全家已化白云身。”(清嘉庆九年朱珪椒华吟舫刻本。)朱筠(1729—1781)，字竹君，一字美叔，号笥河，顺天大兴(今北京大兴)人。乾隆十九年(1754)进士，改庶吉士，授编修，官至翰林院侍读学士。著有《笥河集》36卷计文集16卷、诗集20卷。(据《清人诗文集总目提要》第722页。)朱珪(1731—1807)，字石君，号南崖，晚号盘陀老人，顺天大兴人。筠弟。乾隆十三年(1748)进士，历任编修、侍讲、侍读学士、侍讲学士、内阁学士、及侍郎、尚书，外任闽、鄂、晋、皖、粤等省按察使、布政使及督抚，官至体仁阁大学士。卒谥文

正。著有《知足斋集》32卷。(据《清人诗文集总目提要》第735页。)《知足斋集》未收"赋就东南最秀山"一诗。(清嘉庆刻增修本。)孙霖,字武水,号羡门山人。浙江归安人。困顿场屋二十载。著《羡门山人诗钞》11卷。(据《清人诗文集总目提要》第741页。)《羡门山人诗钞》未载《九曲移居图》题咏事及诗。(清乾隆刻本。)

〔3〕陈庚焕《惕园初稿》卷六《孟瓶庵先生遗事》:"会闽南富人有狱,求能解者,愿奉镪十万惟所用,欲介人通于先生,莫敢为言者。一日,诸弟子会先生所,谈燕甚欢洽,酒半或微露其意。先生不答,徐起立堂前,搔首视青天曰:'吾日来有不肖行为诸君所窥耶?何斯言之至吾耳也?'四座悚然。"(清咸丰元年刻本。)

报刘存仁书

闽县刘炯甫存仁〔1〕孝廉,见余《酒边词》,极为欣赏。且曰:"仆少日曾学之,未工也。"因检案头《大清律例》卷首相视,有《满江红》二阕云:"友人劝习是业,有感而赋。""无计疗饥,枉说道、读书万卷。苦恨煞、吐气如虹,目光似电。碌碌儒冠徒误事,区区小技休牵恋。叹拊髀、困尽英雄身,思量遍。　定远笔,君苗砚。终军繻,总贫贱。记廿载名场,兴酣文战。新贵黑头多自立,故人青眼重相见。看先生、一笑付浮云,真万变。""数玉量珠,莫轻付、漏卮丞掾。须知道、经济勋名,文章历练。论抱负春华秋实,看声价南金东箭。想朝廷、侧席好求贤,延英殿。　只可惜,题黄绢。黯青衫,遭白眼。叹宾客梁园,豪华久擅。幕府辟除曾倒屣,参军记室羞延荐。拥书城、权当小诸侯,还健羡。"〔2〕炯甫为余序《赌棋山庄词话》〔3〕,文极峭艳,似苏、黄门庭中语。

炯甫为予序《词话》后,余报以书曰:"捧读巨作,流连往复,不独文字之妙,非心知其境者,不能道只字。其中'铁板'数语,尤见持论精湛。诗词离合处,知者盖鲜,能词者或弱于诗,能诗者或粗于词。至今日浙派盛行,专以咏物为能事,胪列故实,铺张鄙谚,词之真种子,殆将湮没。不知诗词异其体调,不异其性情,诗无性情,不可谓诗。岂词独可以配黄俪白,摹风捉月了之乎?然则崇奉姜、史,卑视苏、辛者,非矣。第今之学苏、辛者,亦不讲其肝胆之轮囷,寄托之遥深,徒以浪烟涨墨为豪,是不独学姜、史不之许,即学苏、辛,亦宜挥之门外也。鄙见如是,与赐作大旨颇合。闽中宋元词学最盛,近日殆欲绝响,而议者辄曰:'闽人蛮音鴃舌,不能协律吕。'试问'晓风残月',何以有井水处皆擅名乎?而张元幹长乐、赵以夫长乐、陈德武闽县、葛长庚闽清诸家,皆府治以内之人,其词莫不价重鸡林,即林邑尘以'锁'韵'扫',此乃用古韵通转,不得以《闻见录》之言而讥诮之也。且今之作词者，将协古乐乎？将协俗乐乎？若协古乐，则吾诚不敢知，若协俗乐，则今日乐部所演习者，大抵老伶伎师随口胡诌之言，何以抑扬顿挫皆可入听乎？古人词不尽皆可歌，然当其兴至，敲案击缶，未尝不成天籁。东坡'铁板铜琶'，即是此境。作者不与古人共性情，徒与伶工竞工尺，遂令长短句一道，畏难若登天，不知皆自画之为病也。且夫既能词又能知工尺，岂不更善？然与其精工尺而少性情，不若得性情而未精工尺。故不独姜、史轻苏、辛，而苏、辛亦不愿为姜、史也。铤流览近日词家，颇怪其派别之讹，非但无苏、辛，亦无周、柳，大抵姜、史之糟粕耳。姜、史之精，十不得一也。不揣狂妄，学填数十阕，于断绝寂寞之中，为吾闽永此一途。然愿甚奢，而才识俱不逮，秋蚓号窍，诚不足当大雅一吷。惟进而教督之，匡正之，则真为无穷之赐，且更望助我张目，于此道树立一帜，亦吾闽一大生色也。"〔4〕此书颇足备参词学，故缕述于此。

〔1〕刘存仁(1805—1880)，字炯甫，又字念莪，晚号蘧园，闽县(今福州)人。道光二十九年(1849)举人，咸丰元年(1851)举孝廉方正征入京，以病中道返。一度入林则徐幕，从军广西。咸丰七年(1857)从军西北，任平罗知县，九年任庄浪茶马厅同知，同治七年(1868)任秦州知州。晚年主讲道南、印山书院。(据谢章铤《赌棋山庄文续》卷一《孝廉方正刘征君别传》、民国《闽侯县志》卷七十一、刘存仁《屺云楼文钞》。)著有《屺云楼全集》36卷、《屺云楼诗话》6卷。按：刘存仁生卒年，诸家所定不一，至有四、五种之多。今据《屺云楼文钞》卷八《惕恐录杂记二十三则》所云："同治四年(1865)自序，时年六十有一。"(清光绪四年福州刊《屺云楼全集》本，下同。)定其生年在嘉庆十年(1805)。又，民国《闽县乡土志》卷七十一、民国《福建通志·文苑传·清三》均谓其"卒年七十六"，可定其卒年在同治六年(1880)。

〔2〕不见《屺云楼诗集》附《影春园词》。(清光绪四年福州刊《屺云楼全集》本。)《闽词徵》卷四选此二首词，"当"作"作"。郭则沄《清词玉屑》卷三："吾乡刘炯甫好风雅，尝治律，意非所愿，赋《满江红》二阕题《大清律例》卷端。……枚如录之入《赌棋词话》，遂传于世。"

〔3〕序见刘炯甫《屺云楼文钞》卷三。题作《〈赌棋山庄词话〉题后》，署年月"辛亥(1851)闰八月"。

〔4〕此文不见《赌棋山庄文集》、《文续》、《文又续》。可作谢章铤散文补遗之用。

漳平唱和

壬子，余在漳平，以事同董少白庆澜[1]至感化溪，张轩叔承渠[2]款余，作平原十日欢，删除烦恼，自寻乐趣。轩叔能画，少白善饮，谭艺每彻四鼓。少白有句云："君才我量，同垂不朽。"[3]盖一时意气之盛如此。一夜，余填《永遇乐》调寄高文樵应猋[4]云："嗟聚红生，寂寞溪山，阿谁知汝。碧海骑云，霓裳自奏，下界无人语。遥天有眼，大星见角，出没群鱼乱舞。抱幽兰、一枝独笑，归去五云深处。　热尘九斗，离愁一斛，两岸落红如雨。歌不能狂，言还畏骂，酣睡尤辛苦。何如饮酒，解衣盘礴，自谥骚坛醉虎。招故人、元龙楼上，共分千古。"[5]少白、轩叔亦有作。少白云："吁江田生，茫茫天壤，居然有汝。相聚何迟，相期何厚，千里移书语。原注：前承千里移书相招，且赠句云：'血性文章无客气，艰难身世见交情。'放开只眼，伸来只手，怕甚群魔起舞。扛一枝、如椽健笔，直挥斥烟云处。　担当宇宙，已饥已溺，细诉来泪如雨。狂里深藏，原注：枚如有'世笑侬狂，他怎晓狂中苦'句。痴边漫驻，忍耐何辛苦。原注：枚如自号江田生，又属余作'是痴边人'印。天公大约，劳劳筋骨，却好鞭笞龙虎。招痴张、各持杯酒，烹今炼古。原注：轩叔，号'痴张'。"[6]轩叔云："枚汝知乎，我醉人醒，我忧人喜。情之所钟，都如我辈，有恨焉能已。灌夫骂座，祢生挝鼓，便快亦无聊耳。看造化、小儿游戏，舞一阵天魔起。　尸居腐气，污人膻行，累得侏儒饱死。射策无缘，佣书不值，碌碌风尘里。我生三十，何如投笔，食肉而侯万里。冷黄齑、长年咬尽，书生真鄙。"[7]

〔1〕董庆澜，字少白，闽县(今福州)人。曾与谢章铤在漳平友仁书院唱和。参本卷"《友仁精舍雅集图》题词"条。谢章铤《赌棋山庄诗集》卷四有《重到漳平感事赠董少白庆澜》。

〔2〕张承渠(1823—?)，字轩叔，号痴张，闽县(今福州)人。曾与谢章铤在漳平友仁书院唱和。参本卷"《友仁精舍雅集图》题词"条。(生年据陈昌强《谢章铤年谱》，《谢章铤集》734页。)按："渠"，谢章铤《词话》又写作"榘"。

〔3〕此句未见它处。

〔4〕高思齐(？—1864)字文樵，钱塘(今杭州)人。聚红词榭发起人之一。据谢章铤《高文樵纪行图序》，咸丰二年(1852)与谢章铤相识，结下深厚情谊。数年后与谢章铤同居刘勷家，开展词榭活动。又以小官县尉一职赴漳州，死于甲子(1864)之乱。(《赌棋山庄稿本》第一册)谢章铤《送文樵之漳州序》："始余漳平别文樵，约相见以明年，既三年不相见，今与文樵同居，方幸久相见，文樵又以小官行，聚散之不可常如此。"(《赌棋山庄文集》卷一。)谢章铤《丹芝讲舍杂感》其四注："高文樵县尉思齐。皆死于同治三年(1864)之乱。"(《赌棋山庄

诗集》卷十二。)卒后著述不存。谢章铤《锡三视学山右招襄试事留别诸同志》注云:"文樵则死于漳州之难,只字不复留矣。"(《赌棋山庄稿本》第二册。)谢章铤《王佛仲出其所作印谱求题》其二注云:"亡友钱塘高文樵精篆刻,著《续啸古堂印谱》,专言浙派。甲子(1864)殉难漳州,迄未成书,可叹也。"(《赌棋山庄诗集》卷十二。)《聚红榭雅集词》存其词 24 首。(以上参刘荣平《聚红榭唱和考论》。)郭则沄《清词玉屑》卷三:"文樵之词,可与江弢叔诗、项文彦画并传千古。"

〔5〕见《酒边词》卷四《永遇乐·得文樵书感怀却寄》。

〔6〕此词因谢氏记录而传世。《闽词徵》卷五选此词,题作《永遇乐·和谢枚如》。"世笑侬狂"作"无笑侬狂"。

〔7〕此词未见它处,因谢氏记录而传世。

张承渠词

轩叔[1]为复斋见心[2]先生之孙,复斋能诗,擅书画,有疋量。予旧赠轩叔诗云:"轩叔名公孙,饥驱向海甸。濯濯杨柳姿,不为污泥变。填词有新声,作画究真面。"[3]盖轩叔能守其家学。余之自感化溪归[4],轩叔填《惜分飞》五阕送余。自跋云:"余与枚如相识甫三载,而相知之深,欢若平生。秋日过我,客次拌酒,纵歌互答,承惠新诗数章,意气陵铄,金石逾坚,余将何以对我故人也。今枚如行有日矣,嗟嗟!热血三升,痴情万种,为古担忧,依人作嫁,一副头颅自喜,满腔肝胆向谁?本慧业多磨,岂英雄无赖?长年马磨,异梦同床,到处蛇神,奇形丑状。茫茫知己,落落人间。何幸大苏青眼,酒边联听雨之欢;无如老杜思归,客里唱停云之曲。扪心别后,憔悴奚如?执手今朝,缠绵乃尔。会当铸汝黄金,作客犹留鸿爪。更愿贻余彤管,封侯共奋鸢肩云尔。"词云:"阿大才华当有数。不独登高能赋。自步江东路。古人深慕今人怒。　秋雨湖西弦管度。家世清华如故。莫把浮名误。黄金应铸纱应护。"其一。"我辈钟情轻世故。谣诼蛾眉空妒。岂受樊笼锢。冲天竞去休愁顾。　霜雪人间寒已固。鬼垒登场堪恶。一笑东流付。天心保护无迟暮。"其二。"何处清辉长夜度。冷落云鬟香雾。征雁飞无数。恼他云路频来去。　玉桂凉风金菊露。多被秋花猜妒。难得杯中趣。斋期宁误茵宁吐。"其三。"三载相知承眷注。骥尾龙麟欣附。倦眼风尘顾。长亭离树横朝雾。　肝胆牢骚收不住。润色诗筒酒具。萧索真难度。孤弦自语秋心聚。"其四。"颠酒狂歌能几度。此别何时再晤。不恨来迟暮。深情如铸新如故。　好月幽花难凑趣。总为离愁绊住。尤抱伤心处。临行分付书来去。"其五。[5]嗟乎!若轩叔者,能不令人增交道之重哉?

〔1〕轩叔,参上条。

〔2〕张见心,字复斋,闽县人。工书知画,严于取与,长厚之风,乡里称之。以明经终。著有《复堂漫笔》1卷。(据谢章铤《稗贩杂录》卷四。)民国《闽侯县志》卷四“闽县恩贡”有其名。

〔3〕不见刊本稿本《赌棋山庄诗集》,可作谢氏诗歌补遗之用。

〔4〕事在壬子(1852)年,参上条。

〔5〕此五首词及词序赖谢氏记录而传世。《闽词徵》卷五选其一、其四。有词题:“送枚如”。稿本《赌棋山庄词稿》有谢章铤和词五阕,刊本《酒边词》仅保存第一、三阕,即卷四所收《惜分飞·依调酬张轩叔成桀》二阕。另,稿本《赌棋山庄词稿》有谢章铤所作《忆秦娥·夜坐同少白轩叔》、《忆秦娥·偶作叠前韵》,刊本《酒边词》未收。

《友仁精舍雅集图》题词

友仁书院在漳平北门外,一楼高耸,远山如屏,盖踞菁城〔1〕最胜处。秋日余与文樵〔2〕话别于此,酒酣,联《满江红》调题壁。越数日,适逢重九,文樵复饯余,重叠前韵,和者十数人。文樵属汀州廖镜清〔3〕作《友仁精舍雅集图》,备录诸作,每篇系以跋语,余为序其缘起,成一巨册,真一时胜概也。〔4〕题壁原韵〔5〕云:“如此溪山,无我辈、亦嫌寂寞。长乐谢章铤枚如。想当日、危楼初建,胸饶邱壑。入夜应怜秋月淡,钱唐高应焱文樵。凌虚莫笑浮云薄。枚如。听风吹、渔唱与樵歌,窗间落。吴中李堉涵亭。〔6〕　书一卷,吾能读。枚如。酒千琖,谁言浊。闽县董庆澜少白。〔7〕聚二三知己,各寻欢乐。文樵。人到中年悲白发,闽县叶鼎全甲三。〔8〕天教异地逢青目。闽县潘联禧蔼庭。〔9〕泼淋漓、墨气染菁城,枚如。觥筹错。文樵。”重九叠韵云:“瑟瑟西风,联袂至、同分寂寞。文樵。悄离心、闲泉出峡,倦云归壑。枚如。未去已知双棹稳,再来翻笑孤云薄。甲三。看轻鸢、一线趁斜晖、前村落。涵亭。王粲赋,休重读。徐邈酒,时中浊。闽县张承桀轩叔。〔10〕算人生难遇,知音最乐。吴中计树穀荣村。〔11〕浮白能豪词客胆,少白。垂青应刮山灵目。汀州廖镜清菊农。计良辰、几度得倾谈,时休错。诏安陈玉宇星垣。〔12〕”先是,端午余觞文樵于东山莲花岩,作五日登高联句题壁云:“莲花岩下订同心,少白。五日登高百感侵。异地相逢人似燕,文樵。好山今日客如林。百年肝胆拌浊酒,闽县薛禧年幼臣。〔13〕半世蹉跎怨素琴。未老那堪双鬓白,文樵。幽兰笑我碧云阴。枚如。”是时余将旋省,文樵为作《东山话别图》赠行,余以《忆秦娥》二阕题之。〔14〕

〔1〕菁城，在今福建漳平市中部、九龙江北岸。魏嵩山主编《中国历史地名大辞典》："菁城，即今福建漳平县的别称。"（第992页，广东教育出版社1995年版。）

〔2〕文樵，参本卷"漳平唱和"条。

〔3〕廖菊农，字镜清，汀州人。事迹不详。

〔4〕陈昌强《谢章铤年谱》系廖镜清作《友仁精舍雅集图》事在咸丰二年(1852)九月。（《谢章铤集》第742页。）

〔5〕此题壁词及下重九叠韵词、五日登高联句题壁诗均赖谢氏记录存世。

〔6〕李涵亭，字堉，吴中（今江苏苏州）人。事迹不详。

〔7〕董庆澜，参本卷"漳平唱和"条。

〔8〕叶甲三，字鼎全，闽县人。事迹不详。

〔9〕潘联禧，字蔼庭，闽县人。事迹不详。

〔10〕张承梊，参本卷"漳平唱和"条。

〔11〕计荣村，字树谷，吴中（今江苏苏州）人。事迹不详。

〔12〕陈星垣，字玉宇，诏安（今属福建）人。家贫好读书，淹贯经史耽吟咏，常与杨海云唱和，性爱花，有小园，时花百数十种。著有《醉竹生诗稿》藏家。（据钱江修、范毓桂纂，吴海清续修、张书简续纂民国《建宁县志》卷十六《文苑》，民国八年铅印本。）

〔13〕薛幼臣，字禧年，闽县人。与谢氏交谊见下条。谢章铤文集《稿本》卷一有《应俗视薛幼臣》，诗集《稿本》卷五有《书薛幼臣禧年扇头》诗。《赌棋山庄馀集·诗》有《题薛幼臣遗照》二首。李应庚，字星村，参卷一"李应庚词"条。

〔14〕见《酒边词》卷五《忆秦娥·端午同文樵话别莲花庵》。

薛幼臣、黄宗彝和《友仁精舍雅集图》题词

友仁精舍之会，肖岩[1]、幼臣[2]俱以秋试未与。后二君皆落孙山外，幼臣至而余已归，于甲三处见其和作，归以视肖岩。肖岩亦和一阕，失意之言，令人寡欢。幼臣云："二度菁城，重把臂、敢云寂寞。只难再、满江红聚，莲花之壑。转眼忽惊时事换，扪心不怨人情薄。把新愁、旧恨泪君前，双行落。　何必问，耕与读。何必论，清与浊。算眼前第一，爱钱便乐。贫贱生来赢傲骨，英雄老去输科目。叹秋风、辜负故人多，文章错。"[3]肖岩云："苦唤奈何，只闭门、自捱寂寞。怎忍看、寡妻稚子，待填沟壑。生我难知天道远，反躬敢责人情薄。这肚皮、总不合时宜，该沦落。　聪明怕，书休读。交游谢，世原浊。且平分

贫富，何忧何乐。入世已惭增马齿，知音最易混鱼目。傥因循、一失便终身，谁之错。”[4]盖肖岩时方贫困失计，而又感伤时事，故其言甚苦。嗟乎！辄唤奈何，岂独子野哉？[5]

幼臣为星村之甥，星村屡向余称其刻苦，幼臣亦雅知余，然相见初不相亲。壬子作客漳平，余至而幼臣归矣。余遣使要自同安，既至，甚莫逆。其客中不寐填《满江红》云：“十日离乡，路迢迢、寸心千里。又况是、客中作客，劳尘未已。绝险风波经弗尽，不情岁月伊胡底。叹无端、一付好鬓眉，依人耳。　寒窗外，江如市。孤枕畔，夜如水。苦思量欲觅，家山梦里。白发高堂游子泪，青灯短榻读书味。恼来时、辗转睡难成，鸡声起。”[6]比之星村，洵为宅相。幼臣大父悟邨嘉颖先生，积学有重名，著《书经精华》、《诗经精华》等书，为家塾蒙训善本，盛行于时云。[7]

〔1〕黄宗彝，字肖岩。参卷四“报黄宗彝书”条。

〔2〕幼臣，参上条。

〔3〕此词赖谢章铤记载传世。

〔4〕见黄宗彝《婆梭词》所收《满江红·和韵》。“只”作“且”，“寡妻稚子”作“恒饥妻子”，“这”作“者”，“惭”作“嫌”，“混”作“淆”。跋云：“枚如在漳平，与同志数人结社联吟，颇极诗酒之乐。惜余先归，未及躬逢其盛。杜门不出，度日如年。枚如装成长卷，归以示余，余亦和一阕。”

〔5〕刘义庆《世说新语》卷下之上：“桓子野每闻清歌，辄唤：‘奈何’。谢公闻之曰：‘子野可谓一往有深情。’”（民国刻《四部丛刊》景明袁氏嘉趣堂本。）

〔6〕此词赖谢章铤记载传世。《闽词徵》卷五选此词。

〔7〕薛嘉颖，字悟邨，三山（今福州）人。短视行蹶，未仕，以著述过度而卒。（据谢章铤撰《乐此不疲随笔》，《赌棋山庄稿本》第一册。）《书经精华》，凡 6 卷，清嘉庆二十四年刻本。《易经精华》，凡 6 卷附 1 卷，清光绪元年刻本。另有《诗经精华》，凡 10 卷，清光绪九年刻本。《乐此不疲随笔》评《诗经精华》云：“掇拾饾饤，无关宏节。”

高文樵词深于情

初，余录诸同好《满江红》调赠文樵[1]，且系之曰：“他日杯酒相逢，各出长技，请目为‘聚红词社’，可乎？”文樵喜，乃自号“聚红生”，颜其寓斋曰“聚红轩”。一夜，余与文樵对坐填词，灯结花四，既又茁一蕊，文樵曰：“是所谓‘聚红’也。”故余词云：“把聚红、佳话祝灯花，花休落。”[2]文樵有俊才而深于情，余归，文樵送至江岸，泪承睫若不自禁，凝立望予舟，弗见乃返。且寓书所知，属为余排遣，故余感怀词云："苏小乡亲，高三十五，为我添憔悴。无台避债，填词相向垂泪。"[3]文樵籍钱唐，入闽，能以师道佐州县君，有声。然酒酣以往，时慷慨不自得，思援例入职自效，曰："鸡口终胜牛后也。"余旧赠文樵句云："几辈真为爱我者，小官犹胜依人耳。"[4]文樵读之极欣喜，曰："枚如真知我心。"乃填《金缕曲》一阕，书以团扇赠余云："蓦地逢知己。倚新声、浅斟低唱，情从此起。九十春光虚负了，人在落梅风里。忍见那、榴花开矣。昔日汨罗江上恨，问三闾、何事身轻死。丝五色，缠无已。　　抛残书卷年三纪。甚来由、依人作嫁，飘零千里。漫道焦桐常挂壁，只为知音有几。且商量、自家料理。事到艰时心转怯，小功名、亦属难悬拟。知我者，枚如耳。"其叠题壁韵送余云："分手河干，君此去，吾添寂寞。话不尽、云迷远道，鸟沉深壑。处世那堪身累重，初交莫怨朋情薄。望故乡、莼菜起秋风，伤沦落。　　酒边句，曾披读。原注：'枚如著《酒边词》。'眼前事、分清浊。愿早寻良遇，共图安乐。离别敢为儿女态，音书休阻云天目。笑调羹、手段付东流，谋生错。"[5]是则一声《河满》，双泪交流[6]，便冷心肝亦要裂却也。文樵笃于伉俪，其妇李氏月田，能诗，曾见其寄外数绝句，记其二云："利锁名缰西复东，年年长自慨囊空。自从嫁作君家妇，非在愁中即病中。""长日如年独自眠，恼人情思是炎天。洪山桥下溪流水，一片风帆似妾悬。"[7]文樵常持余词稿示其妇曰："谢君笔下有人。"

〔1〕文樵，参本卷"漳平唱和"条。

〔2〕陈昌强《谢章铤年谱》系谢章铤录《满江红》词赠高文樵并相约组织词社事在咸丰二年(1852)九月。(《谢章铤集》第742～743页。)

〔3〕见《酒边词》卷四《百字令·长夜不寐，百感骈生，挑灯拈填此调，拉杂凄凉，遂得八阕，读一过，不自知其泪之簌簌也》其七。

〔4〕不见《赌棋山庄诗集》，可作谢氏诗歌补遗之用。

〔5〕高文樵未有著述传世，以上二词亦不见《聚红榭雅集词》，赖此存世。按：此词调寄《满江红》。

〔6〕康骈《剧谈录》卷上《孟才人善歌》："孟才人善歌，有宠于武宗皇帝，嫔御之中莫与为比。一旦，龙体不豫，召而问曰：'我不讳，汝将何之？'对曰：'以微眇之身，受君王之宠，陛下万岁之后，无复生焉。'是日，俾于御榻前歌《河满子》一曲，声调凄切，闻者莫不涕零。及宫车晏驾，哀恸数日而殒。禁掖近臣以小棺殡于殿侧山陵之际，梓宫重，莫能举。识者曰：'得非候才人乎？'于是，舆榇以殉遂于端陵之侧。是岁，攻文之士或为赋题，或为诗目，以为冯媛、班姬无以过也。所知者张祜有诗云：'偶因清唱咏歌频，奏入宫中二十春。却为一声《河满子》，下泉须吊孟才人。'"(文渊阁《四库全书》本。)

〔7〕李月田二诗赖谢氏记录存世。

《梅信》诗唱和

汪稼门志伊[1]尚书督吾闽时，以《梅信》诗书扇，赠吴清夫贤湘[2]翰簿，清夫装为册。伊墨卿太守秉绶为作"寒味芳心"四字于首[3]，且和一诗。后为吾友肖岩[4]所得，岁除前二日出以示余，为节录唱和诸作于此。尚书原作云："一番花信到春台，谁遣阳和透骨栽。天地心从枝上见，冰霜气逼萼中来。鹤知消息惊幽梦，月助精神护绿苔。几度冲寒山有意，不烦羯鼓自先开。"[5]墨卿和云："扶容桥迥当平台，楼畔梅花手自栽。最喜故人同鹤至，况闻明月送香来。横枝欲放多临水，寒色虽严未没苔。共识心情贞铁石，青青松竹对门开。"[6]肖岩和云："霜前雪后护楼台，远处移根近处栽。况遇名贤寄意在，如同驿使折芳来。弄笛恰宜歌白雪，刊碑却易上苍苔。风流今日逢潘令，明月一樽凉对开。"原注："余与梅花为生死交，度岁迎年，每与作缘。故乡梅之多者，近则南台之梅坞、凤冈里梅坞，甚属寥寥。远则闽县之梅溪、永福之方广岩、连江之青塘，皆十馀里，清香扑鼻，令人有欲仙之致。旧岁腊底游菁城，欲求一枝，竟不可得。壬子复之宁洋，潘蔼庭出此册相赠，真投我好也，敬和一律，聊以偿余癖云。"[7]中又有江沅《东风第一枝》词云："腊意冲寒，春心酿雪，东风欲到江岸。只应驴背诗人，省识暗香早晚。黄昏月色，已仿佛、相思一半。问旧时、驿使重来，记否故人天远。　　消瘦损、玉关望断。空领略、笛声哀怨。甚时过了江南，路遥计程尚缓。深深烟梦，合早约、东君催唤。正万山、消息归来，讶许冻痕暗换。"[8]此词于"梅信"二字极有体贴，非浪赋寒花也。即以胎息论，亦从石帚[9]、梅溪[10]门径来。

省会乌石山范忠贞公祠，有梅一，相传宋代物也。十数年来，嘆夷盘踞是山，植绰楔[11]，崇楼观，而梅亦困顿于腥膻之中，无能过而问之者。予戊申在宁德，填《金缕曲》有云："撩起我、凄凉心事。细雨忠贞祠下过，人对花、齐滴伤心泪。要花看，将何地。"[12]及归，闻或者欲纵寻斧，先数日梅竟憔悴死。适睹肖岩此册，感物伤怀，乃填《满江红》一首，并附跋语二则。嗟乎！思从曩人，渺不可得，孤芳摇落，何以为心，慷慨广平之赋[13]，非为黄大舆之《梅苑》[14]资故实也。词云："严冻一天，偏做出、江山春色。才晓是、调羹手段，消寒骨格。香暗不沾蜂蝶闹，枝高故耐冰霜逼。幸赋花、人尽铁心肠，花非阨。　　宜爱护，休摧摘。今忽瘁，谁之责。冷相思无着，檐低月黑。梦断忠贞祠下路，埋香也化苌宏碧。属瘦魂、莫向陇头销，招应得。"跋云："岁壬子，余抱幽忧，浪游自排遣，一二知已，惠书省问，述所见闻，皆堪痛哭。适肖岩寄此册相视，欣赏累日夜不厌。因思昔日尚书治吾闽，政举目张，时国家称极休盛，而册中唱和诸君子亦各能出所树立，以自见于世。嗟乎！及今几何时，竟令人累欷增叹，而莫能自解耶？十月，余行经泉南，见道旁薪者，皆焦毁无枝叶。询其故，始知前日剧盗方出掠，官不敢问。盗去，官乃索贿于乡，乡民破家不能满官欲，官遂纵兵焚其十数乡，众悉趋入海，此其烬馀之物也。嗟乎！付之一炬中，安知无梅花哉？则亦与乌石山之宋树相吊而相泣也已。"〔15〕又跋云："墨卿先生与外大父丁喈庭先生同举春官，素相得。尝曰：'墨卿每朝起，举笔悬画数十百圜，自小累大，以极匀圆为度，盖谓能是，则作书腕力自健。其隶法骖汉走唐，无一俗笔，与所述作并负重名。'清夫先生曾为鳌峰书院监院，敦己爱士，人望与墨卿相埒。著《甚德堂集》，文峭洁，不类凡近，与谢退谷教谕、陈惕园贡士最善，有《二士记》。前辈典型，令人起敬，宜肖岩珍袭之而不敢稍亵也。"〔16〕

〔1〕汪志伊(1743—1818)，字莘农，号稼门，晚号实夫，安徽桐城人。乾隆三十六年(1771)举人。由知县升左都御史，官至闽浙总督。著有《稼门集》32卷。(据《清人诗文集总目提要》第823页。)

〔2〕吴贤湘，字清夫，号惠亭，福建宁化人。嘉庆四年(1799)进士，官翰林院典籍，任邵武府学教授。主讲樵川、泉上等书院讲席。著有《甚德堂集》5卷计《文集》4卷、《诗钞》1卷。(据《清人诗文集总目提要》第1047页。)

〔3〕伊秉绶(1754—1815)，字组似、号墨卿、又号墨庵，一作默庵，福建宁化人。乾隆五十四年(1789)进士，官广东惠州府知府。(据《清人诗文集总目提要》第905页。)著有《留春草堂诗钞》7卷《附录》1卷。擅长隶书，嘉、道之后无人能出其右。今印行伊秉绶墨迹各种刊本较多，均不见"寒味芳心"四字。

〔4〕黄宗彝，字肖岩。参卷四"报黄宗彝书"条。

〔5〕见《稼门诗钞》卷六。"透骨"，清嘉庆十五年刻后印本作"启钥"。

〔6〕《留春草堂诗钞》未收此诗。(清嘉庆十九年秋水园刻本。)此诗可作《留春草堂诗钞》补遗之用。

〔7〕黄宗彝未见有诗集传世。黄氏乃谢章铤挚友，此诗幸得谢章铤记录而存世。

〔8〕江沅(1767—1838)，字子兰，号铁君，江苏吴县(今苏州)人。嘉庆十二年(1807)岁贡生。从师段玉裁数十年，精《说文》之学。又师事彭绍升，受古文法。篆法自成一家。道光十一年(1831)常州天宁寺受戒为僧。(据《清人诗文集总目提要》第1025页。)著有《染香庵集》8卷计《文集》2卷、《文外集》1卷、《诗录》2卷、《算沙室词钞》2卷。另著有《说文解字音韵表》17卷、《说文释例》2卷等。《东风第一枝》词见《算沙室词钞》卷上，据清道光二十年刻本，"早晚"原作"蚤晚"，"哀怨"原作"清怨"，"甚时"原作"恁时"，"早约"原作"蚤约"，"消息"原作"销息"，"冻痕暗换"原作"透窗几点"。据黄宗彝《婆梭词》，《东风第一

枝·和韵》云:"雪意重重,云容片片,严威渐到江岸。故国村南村北,省识着花早晚。春心犹浅,才酿出、春风一半。故人折寄霜枝,如见灞桥香远。　昨夜寒、更砧杵断。却惹出、家家凄怨。转头陌上红飞,归去休歌缓缓。鹤声嘹唳,又换作、子规啼唤。幸小园、漏泄春光,竹外横斜数点。"跋云:"潘霭庭赠予梅花诗册,题咏甚多,中有江沅《东风第一枝》梅信词一首。江沅为江艮庭声之孙,依韵答之,以征声气。原作'点'字出韵,未知所据。"今此梅花诗册已不存。谢章铤所录江沅此词与江沅《算沙室词钞》所收此词,文字有不同,谢章铤也是许看到了"点"字出韵,故在录入此词时做了修改。

〔9〕石帚指姜夔。参卷三"张鉴《拟南宋姜夔传》"条。

〔10〕史达祖,号梅溪。参卷一"《词律》脱误"条。

〔11〕绰楔:明清官署牌坊,此指私设衙门。

〔12〕见《酒边词》卷三。

〔13〕广平之赋,参卷四"叶小庚词"条。

〔14〕黄大舆,字载万,号岷山耦耕,蜀(今四川)人。绍兴中,曾为四川安抚司幕僚,撰有《重修清阴馆记》。建炎三年(1129),编选词集《梅苑》。撰有词集《乐府广变风》,不传。存词1首、残篇2句,俱见《碧鸡漫志》卷二。《全宋词》据以录入。(据《宋词大辞典》第553页。)

〔15〕见《酒边词》卷四《满江红·为肖岩题吴清夫所藏汪稼门尚书梅花诗扇册》跋。跋文文字有不同,录如次:"岁壬子(1852),余抱幽忧,浪游自排遣,一二知已,惠书省问,述所见闻,皆堪痛哭。适肖岩寄此册相示,欣赏累日夜不厌,因思昔日尚书治吾闽,政举法行,时国家称极休盛,而册中唱和诸君子,如吴清夫、伊墨绶,亦各能出所树立,以自显于世。及今几何时,竟令人累欷增叹,而莫能自解邪?十月,余行经泉南,见道旁薪者皆焦毁无枝叶,询其故,始知前日剧盗方出掠,治之不得,官乃纵兵焚其十数乡,众悉趋入海。此其烬馀之物。嗟乎!付之一炬中安知无梅花哉?"

〔16〕此跋不见《酒边词》,也不见谢氏文集,可作谢氏散文补遗之用。

赌棋山庄词话卷六

湾里、台江、小西湖水患之由

去省会南门十里地曰湾里，洲边皆水阁，诸姬所居，详张亨甫《南浦秋波录》。[1]今年九月灾时，予居龙溪[2]，得是信。友人陈星垣玉宇填《明月棹孤舟》调云："却道收场时尚早。只因伊、杜娘非老。讵意重阳，才过几日，却被祝融勾了。　从此无分昏与晓。知汝难支烦恼。少慰愁怀，并询近况，恨不将身飞到。"[3]余闻汪稼门[4]尚书督闽时，恶诸姬，欲驱逐之。诸姬扶老携幼，环跪辕门，愿辍业，求赐少资本以为治生。尚书计其费不赀，事遂寝。及道光辛巳，洲边灾时，太守王君楚堂[5]，禁人扑灭，延烧殆尽。后虽屡有兴作，而壮丽终逊从前。非必严禁知敛迹，盖亦一时财力之不及。吾友张任如仁恬[6]常言："神而五帝，则人无不媚之者，人而娼妓，则人无弗溺之者，故二处为销金巨壑。至五帝叹寂寞，娼妓多贫窭，则民穷财殚可知矣。"乙巳，予游连江，填《金缕曲》寄芑川，中云："官府催租声不断，误几家、红粉飘零死。乐游曲，犹佳耳。"[7]盖亦本此意也。嗟乎！论治者亦知歌舞为太平之象哉？又闻某年台江水涨，巨木拥万寿桥[8]，狂浪喷薄高于屋，中洲地震动有声，居民皆涕泣呼号，幸而桥折木下，水势渐平复。陈惕园先生建议谓：旁岸皆伎女逼处，施椿治楼，乃尽夺容水之区，故水横如此。宜令伎女皆舟居，不许侵水浒尺寸地，不然中洲之众，恐终难免其鱼之痛也。详《惕园初稿》。[9]此说亦奠民者所宜留心也。盖省会水利近多不治，小西湖在西门外，岁溉田数千顷。道光初，颇堙塞，林文忠公倡议浚之。[10]今居民复私种菱芡于其中，几满，败株朽橛，污泥日积，秋潦不能及踝，辄苦旱，而东湖之在旗地者亦然。夏春，上游水溢阑入湖，湖浅隘不可容，复旁滥为灾。且数年前以备夷故，费数十万缗买巨石扼濂浦，水易入而难出。故频岁早稻多损，盖涨甚则累旬，少亦十馀日方退。余尝见湖壖父老说："其初建屋时，门去水尺许，不及廿年，今门前可列广筵十席矣。而城壕及内河亦多积秽，高者可以为路，设有缓急，窃恐非宜。昔日若移濂浦之费，以之浚湖、治河，不独无虚縻之患，而民且受无穷之益矣。"盖海口门户，在五虎不在濂浦[11]。且濂浦填后，逆夷长驱直进，而商贾之覆没者，岁且无数。又附近湾里洲边有地曰"后墙里"，径路冗折，漳、泉奸民，群萃其中，勾通夷人，贩积鸦片，获贿无算，因而招纳闲散，朋比吏胥，作奸犯科，不可穷诘。漳、泉俗本好勇尚气，此辈又素习不善，一旦有警，势必乘间哄起矣。[12]曲突徙薪[13]之计，吾望其勿待焦头烂额时也。

〔1〕张际亮(1799—1843),字亨甫,榜名亨辅,别号华胥大夫、松寥山人,福建建宁人。道光四年(1824)拔贡,十五年(1835)顺天举人。入八旗官任教习。早孤,伯兄教之成立。著有《松寥山人诗初集》10卷、《思伯子堂稿》32卷、《张亨甫文集》6卷。(据王飚《张际亮年谱简编》,《思伯子堂诗文集》,上海古籍出版社2007年版。)张际亮《南浦秋波录》卷三《纪事·宅里记》:"诸伎所居最著者曰洲边,曰湾里,其次曰尚书庙……""湾里,其前与洲边相接,其后隔水为泗州铺、中亭铺,地稍宽于洲边,诸伎纵横为楼阁,而街衢之曲折随之,巷宛转以分,风帘玲珑而共月,春人对倚,秋士忘悲,东笛西箫,千珠万玉,是为香海,抑曰情天。辛巳(1821)灾后,馀宅无几。"(清光绪刻本。)

〔2〕据陈昌强《谢章铤年谱》,谢氏咸丰二年(1852)三月曾到诏安,则谢氏居龙溪亦当在此时。龙溪、诏安均属漳州府。

〔3〕陈玉宇,字星垣。参卷五"《友仁精舍雅集图》题词"条。此词赖谢氏记录而存世。

〔4〕汪志伊,字稼门。参卷五"《梅信》诗唱和"条。

〔5〕王楚堂(1770—1838),号云榭,仁和(今浙江杭州)人。嘉庆七年(1802)进士。历任福建知府、大理寺卿、兵部侍郎、仓场侍郎。以疾卒于官。生平事迹详《云翁自订年谱》。(《北京图书馆藏珍本年谱丛刊》第131册。)

〔6〕张仁恬,字任如。参本卷"咏小西湖诗词"条。

〔7〕见《酒边词》卷二《贺新凉·川书问近状并故乡近事填此代札》第三首。

〔8〕万寿桥,横跨闽江的大石桥,始建于元代,元至治二年(1322年)落成,是连接福州台江区和仓山区的重要通道。以后屡废屡建。

〔9〕陈庚焕,号惕园。参卷五"徐燉词"条。陈惕园先生"建议"云云系撮录《惕园初稿》卷十三《私拟南台水利隐忧议》、《书南台水利隐忧议后》而成。

〔10〕倡议浚小西湖事未载林则徐《林文忠公政书》。李家瑞《停云阁诗话》卷四:"宫保林文忠公官江苏布政使时,丁艰回籍,以吾乡西湖水利溉田万顷,岁久淤塞,倡议重修。"

〔11〕五虎,即五虎门。民国《闽侯县志》卷五十二《海防》:"五虎门,在治东大海中冲险海泛,南界长乐梅花泛,北界连江定海泛。"濂浦:在福州东南开化里。陈道纂弘治《八闽通志》卷七十三《宫室》:"平山堂,在府城东南开化里濂浦,宋少帝尝驻跸于此,陆秀夫诸贤有诗。"

〔12〕谢章铤《藤阴客赘》:"漳、泉风俗素称刁悍,一言不相下,辄聚数十百人,炮火刀兵,哄然而起,名曰'械斗'。虽官其地者,弗能禁也。然官亦利其罹法而鱼肉之。"(清光绪二十七年《赌棋山庄笔记合刻》本。)漳泉械斗,参《续编》

卷二“林兆鲲词”条。

〔13〕曲突徙薪：曲：弯；突：烟囱；徒：迁移；薪：柴草。把烟囱改建成弯的，把灶旁的柴草搬走。比喻事先采取措施，才能防止灾祸。

《榕园词韵》修洁有条理

海盐吴子安著《榕园词韵》[1]，修洁有条理，其《凡例》诸则，持论俱确，然云本书“从《广韵》录出，所取甚简，如‘虽’字、‘讵’字、‘但’字、‘或’字及‘崆峒’之‘崆’、‘茱萸’之‘茱’、‘剞劂’之‘剞’、‘邂逅’之‘邂’之类，难施韵脚，悉从舍旃。隐僻生涩，亦一意屏却。作诗不妨叶险韵，然终非上乘，不为识者所韪。至于填词，尤贵平易，字面一乖，便非当行本色，且为韵甚宽，叶字复有定数，非如诗家滔滔百韵，无所底止，以故不习见难叶者，概不复存。”[2]是固然矣。但其中亦有太缺略者，即如“否”字、“舀”字，皆词家常用，而麌韵、篠韵皆失入。否，方矩切。陈琳《大荒赋》“岂云行之臧否”[3]，辛弃疾《永遇乐》“为问廉颇，尚能饭否”[4]，俱与上文“虎”字叶，盖古音也。“不”字有夫音，《诗》“鄂不”是也，故转入甫音。[5]“舀”，以沼切。《说文》：“舀，抒臼也。”《广雅·释诂》：“舀，抒也。”今闽人犹谓抒水为舀。又如“齼”字，齿伤酸也。高士奇曰：“今京师语谓怯皆曰齼。曾茶山和曾宏父送柑云：‘莫向君家樊素口，瓠犀微齼远山颦。’”《天禄识馀》。[6]“笛”字读邱玉切。陆游曰：“泸、邛间谓笛为曲，故鲁直《念奴娇》词‘老子生平、江南江北，爱听临风笛。孙郎微笑，坐来声喷霜竹’。‘笛’与‘竹’叶，今俗本竟改作‘曲’，非是。”《老学庵笔记》。[7]其字其音，虽不如“否”、“舀”之古，而此等在词家则确有依据，所当补入，不得执《广韵》之书而诿其挂漏之咎也。

〔1〕吴宁，字方舟，号浣亭，浙江钱塘人。乾隆四十三年(1778)举人，官云南通海知县。(据《清人诗文集总目提要》第673页。)著有《兰蕙林文钞》1卷《诗钞》1卷、《吴氏榖音》3卷、《榕园诗》不分卷。纂有《榕园词韵》不分卷。按：《榕园词韵》署“吴宁子安编”，则吴宁一字子安。

〔2〕见《榕园词韵·发凡》。据清乾隆刻本，“所取甚简”后有“仅十之二三”，“隐僻生涩”前有“涉”字。

〔3〕陈琳，参卷四“陈维崧一门词”条。《大荒赋》今佚，仅存互不连贯的十几段佚文。引见宋吴棫《韵补》卷三。《韵补》卷首《韵补书目》：“《大荒赋》几三千言，用韵极奇古，尤为难知。”(宋刻本。)

〔4〕辛弃疾《永遇乐》：“凭谁问、廉颇老矣，尚能饭否。”见《全宋词》第1954页。

〔5〕毛亨传、郑玄笺、孔颖达疏《毛诗注疏》卷九："'常棣之华，鄂不韡韡。'兴也。常棣，棣也。鄂，犹鄂鄂然，言外发也。韡韡，光明也。《笺》云：'承华者曰鄂，不当作拊，拊鄂足也。'鄂足，得华之光明则韡韡然盛，兴者喻弟以敬事兄，兄以荣覆弟，恩义之显，亦韡韡然，古声'不'、'拊'同。"

〔6〕高士奇(1645—1704)，字澹人，号竹窗，别号江村，浙江钱塘(今杭州)人。曾在京城卖文为生，后得康熙隆遇，供奉内廷，累官詹事府少詹事。卒谥"文恪"。著有《高江村集》80卷。(据《清人别集总目》第309页。)另有《天禄识馀》8卷等。按：《天禄识馀》版本、卷数不一，此引见清康熙刻《说铃》本《天禄识馀》，卷上云："'齼'字，《玉篇》不载，音楚，去声，齿怯也。今京师语谓怯皆曰'齼'。曾茶山和曾宏父饷柑诗云：'莫向君家樊素口，瓠犀微齼远山颦。'黄山谷和人送梅子云：'相如病渴应须此，莫与文君蹙远山。'茶山之诗全效之。方秋崖《杨梅》诗：'并与文园消午渴，不禁越女蹙春山。'"曾几，号茶山居士。其《茶山集》卷六有《曾宏甫分饷洞庭柑》，注云："齼，初举切，齭同齿，伤醋也。又音所。"(清乾隆刻武英殿《聚珍版丛书》本。)

〔7〕陆游《老学庵笔记》卷二："鲁直在戎州作乐府曰：'老子平生，江南江北，爱听临风笛。孙郎微笑，坐来声喷霜竹。'予在蜀见其稿。今俗本改'笛'为'曲'，以协韵，非也。然亦疑'笛'字太不入韵，及居蜀久，习其语音，乃知泸、戎间谓'笛'为'曲'，故鲁直得借用，亦因以戏之耳。"(明崇祯汲古阁刻《津逮秘书》本。)

顾贞观《南乡子》以俗语入词

古钱率一面有字，一面无字，无字为阳为面，有字为阴为背。无字，《汉书·西域传》谓之"幕"，《唐书·柳仲郢传》谓之"模"，而或谓之"漫"。明末辄铸字于漫，如天启大钱铸"一两"字，崇祯钱铸"户工"等字。至国朝则一面铸汉字，一面铸清书，而世俗谓汉字为字为阳，清书为覆为阴。惟卜筮之用钱，则以三覆为重爻，为阳；三字为交爻，为阴。二字一覆，以一覆为主，为单爻。二覆一字，以一字为主，为折爻。《仪礼疏》："筮法古用木画地，今则用钱。以三少为重钱，重钱则九也。三多为交钱，交钱则六也。两多一少为单钱，单钱则七也。两少一多为折钱，折钱则八也。"顾亭林曰："今人以钱筮者犹如此。"[1]顾梁汾贞观《南乡子》云："绣榻近来闲。似整如欹欲卸鬟。自把毛诗教小凤，关关。鹦鹉偷传唤阿蛮。　湘管泪痕斑。掷罢金钱弄玉环。身似离爻中断也，单单。欲展双眉更折难。"[2]以此运入词句，特觉新颖，其前片末二语用时俗称谓，更为巧合。

〔1〕顾炎武《日知录》卷十一《钱面》:"自古铸钱,若汉五铢、唐开元、宋以后各年号,钱皆一面有字,一面无字。储泳曰:'自昔以钱之有字处为阴,无字处为阳。古者铸金为货,其阴则纪国号,如镜阴之有款识也。'凡器物之识必书于其底,与此同义,沿袭既久,遂以漫处为背。'漫'亦谓之幕,见《汉书·西域传》,《旧唐书·柳仲郢传》作'模'。近年乃有别铸字于漫处者,天启大氏始铸'一两'字,崇祯钱有'户工'等字。钱品益杂,而天下亦乱。按:唐会昌中,淮南节度使李绅请天下以州名铸钱,京师为京钱。未几,武宗崩,宣宗立,遂废之。无字谓之阳,有字谓之阴,《仪礼·疏筮法》:'古用木画地,今则用钱。'以三少为重钱,凡言多少者,皆归余之数。重钱则九也,三多为交钱,交钱则六也。两多一少为单钱,单钱则七也。两少一多,为折钱,折钱则八也。今人以钱筮者,犹如此。今人用钱以筮,以三漫为重爻,为阳;三字为交爻,为阴。二字一漫,以一漫为主,故为单爻。二漫一字,以一字为主,故为折爻。犹《易传》所云'阳卦多阴,阴卦多阳'之意。钱以有字处为阴,是知字乃钱之背也,碑之背亦名为阴。"(清乾隆刻本。)

〔2〕见《弹指词》卷上。"更",清乾隆四十年积书岩刻本作"又"。

黄宗彝词

肖岩[1]自台湾归,复之宁洋[2]。壬子夏,余于菁城[3]读其词一卷,兼揽南北宋之胜,传作也。《满江红》云:"红雨楼前,爱有石、有泉有竹。忆当日、雪堆幽径,月明华屋。两扇青山排闼入,异书坐对焚香读。看黄尘、滚滚者相公,皆粗俗。　嗟掷笔,谋食肉。叹馏口,徒果腹。算难得再种,故园之菊。十载奇忧白发尽,一场好梦黄粱熟。问人生、岁月有几何,消清福。"[4]又云:"莽莽苍苍,十万里、胸吞八九。放眼处、左携诗卷,右携杯酒。破浪乘风行壮矣,幕天席地言夸否。倚长鲸、拔剑斫西风,神龙吼。　山欲纳,巨鳌口。潮欲杀,水犀手。枕柁楼细数,翼张星柳。喝月狂哦苏子赋,呼风醉踢周公斗。论人生、富贵与功名,终吾有。"原注:"辛亥七月,余自台湾对渡五虎门,舟出观音山,驶风如箭。是夜,舟过黑水洋,风止,数万里茫茫,波平若镜。闻下有磁石,舟停久辄碎,同舟者皆失色。余至天后神前焚香默告,登柁楼唱姜白石平韵《满江红》一阕,依填一阕,风复大作。次日,舟抵虎门白畎。"[5]又云:"会上麟山,好一带、茂林修竹。又几曲、绿侵苔径,红迷柳谷。伽叶喜欢花在手,释迦嗔恨云生足。趁浮生、半日且偷闲,归休速。　钟声断,茶声续。梵声缓,泉声促。叹乐地难得,似僧幽独。肯戒六根方是净,未除一发终嫌俗。况吾曹、利锁与名缰,皆拘束。"原注:"麟山寺在宁洋县南,一邑之胜也。"[6]《百字令》云:"晴窗破晓,又开门墙角,迷濛山色。万籁无声人悄悄,风坠空庭一叶。残月留辉,微云弄影,意象都澄澈。泠然善也,妙悟难索言说。　却叹横海经年,破浪乘风，两鬓将成雪。失计归来仍得计，免涉波涛深阔。六月旋家，三冬就道，依旧身为客。冲寒犯暑，年年忘却除夕。”[7]《好事近》云：“搔首问青天，是我知心惟月。多少不团圆事，莫向青灯说。　　年来何事慰春心，有两鬓华发。休似柳花飞散，任行人攀折。”[8]《卜算子》云：“取次等新晴，晚觉斜阳逗。又听空阶滴滴声，正四更时候。　　情感百端更，心绪千般凑。人道愁来纵酒宜，奈酒新愁旧。”[9]

〔1〕黄宗彝，字肖岩。参卷四“报黄宗彝书”条。

〔2〕福建宁洋县建制于明隆庆元年(1567)，1956年8月撤消建置，治所在漳平北部双洋镇。

〔3〕菁城，参卷五“《友仁精舍雅集图》题词”条。

〔4〕据黄宗彝《婆梭词》，“楼前”原作“山房”，“忆当日”原作“记好景”，“谋”原作“思”，“叹”原作“谋”，“餬”原作“糊”，“徒”原作“叹”，“再”原作“归”，“白发尽”原作“青鬓改”，“梦”原作“事”，“消清福”原作“流光速”。

〔5〕“右携”原作“右持”，“斫”原作“舞”，“哦”原作“吟”。

〔6〕“柳”原作“花”，“半”原作“今”，“归休速”原作“流光速”。按此词原注是：“同会稽陶锡谷望龄游麟山寺。”谢氏或别有所据。

〔7〕“晴窗破晓”原作“客窗早起”，“又开门墙角”原作“未开门墙头”，“迷蒙”原作“一片”，“风”原作“忽”，“言”原作“人”，“叹”原作“悔”，“经”原作“三”，“破浪乘风”原作“披风吸浪”，“冲寒犯暑”原作“霜来柳往”。

〔8〕“惟”原作“唯”，“休”原作“莫”。

〔9〕“纵酒宜”原作“须纵酒”，“情感百端”原作“情感百端生”。按：据律此句应是五字。“生”字当补。

张际亮《金台残泪记》

《燕兰小谱》五卷，自称西湖安乐山樵，传者谓余秋室集所作。[1]皆纪有名京旦，分花、雅二部。花者，弋腔、梆子傅粉旦也，四十四人，以成都陈银官为冠，王桂官次之，魏长生为殿。雅者，昆腔不傅粉旦也，二十人，以元和吴大保为冠，四喜官次之，张发官为殿。近张亨甫[2]复著《金台残泪记》三卷，纪事同而用意颇异。凡为传十篇，诗五十九首，词三阕，杂记三十七则，始杨法龄，终王小庆。其《小庆传》首云：“华胥大夫曰：‘人得于天而可爱者，才也，色也，二者自相为爱，又深于众人。众人爱之而已，自相为爱，则相怜焉，相悲焉，而至于相殉焉。’嗟乎！吹气皆韵，送目已通，清魂易消，芳心难閟。是惟才人，是惟美人，此宜其相爱。未陨先虞，不寒犹怯，年知似水，意常若秋，故才人必早衰，美人亦然。美人必善病，才人亦然，此宜其相怜。至于嫁于厮养，辱在仆圉，盖美人之薄命也，而才人有甚焉。送正平于江夏，则厮养不如，罪子长以宫刑，则仆圉不如，此宜其相悲。嗟乎！爱复奈何，怜复奈何，悲复奈何，不相殉而奈何。是故绮帏初卷，横波一顾，是为态殉；壁画黄河，舟邀青翰，是为意殉；卧病枕股，越礼奔琴，是为身殉。身殉而情可无憾矣！然而情天多陷，无石可填，情海多沉，无鹊可渡，是故又有思殉者焉。浦口别伤，门阑映断，寄书悄悄，度夜迢迢，此一时也，伤何如矣？又有疾殉者焉，镜羞改靥，黛损欺眉，衣外盈盈，我自语我，笛边黯黯，卿不知卿，此一时也，怨何如矣？又有痴殉者焉，青冢埋啼，红泉污粉，宫中帐里，惨淡娙娥，天上人间，凄凉信誓。况乃未曾平视，洛川思宝枕之投。乍感传观，蜀道掩香罗之泣。招寻九地，凭吊千秋，代往哀来，愁多涕少。嗟乎！此一时也。则有冒非笑而不辞，结怅惘而如溯，如余今日之为《小庆传》者，又岂非痴也哉？"[3] 嗟乎！读此文而不揉肠荡气者，人情乎？其《疏影·用姜白石韵为韵香即法龄题画梅》云："婵娟似玉。记那年旧梦，林下曾宿。唤醒罗浮，双翠啼痕，斑斑欲化湘竹。仙云不坠春仍晚，甚处问、枝南枝北。恰夜来、墨影横斜，又是月明人独。　　堪叹朱颜宛转，抱清怨瘦损，眉妩孤绿。可得东风，吹汝如花，只在空山茅屋。关河日夕愁烟暗，且莫听、笛中凄曲。便算他、冷艳幽芳，也半落生绡幅。"[4] 则仿佛过垂虹桥，听小红低唱时也。[5] 远者王紫稼[6]，近者李桂官[7]，皆取重于硕彦，歌咏之辞烂如。而迦陵眷恋紫云[8]，至以百首《梅花》诗赎罪过[9]，"努力作藁砧模样"，一阕《贺新郎》，檀板间于今犹艳称之。[10] 盖洛阳分司、江州司马，一领青衫，别饶热泪，妇人醇酒，果知其何心耶？[11] 岂与徒侈狐媚者齐语哉！李雨村欲作《孌鉴》一书，见《雨村诗话》。[12] 吾恐大欲难防，讽一劝百也，况夫遁为跅弛[13]，固有大不得已者乎？

〔1〕余集（1738—1823），字蓉裳，号秋室，浙江仁和（一作钱塘）人。乾隆三十一年（1766）进士，改庶吉士。纪昀荐入四库馆，授编修。官至侍读学士，后主讲河南大梁书院。著有《秋室学古录》6卷、《梁园归棹录》1卷、《忆漫庵剩稿》1卷、《秋室百衲琴》1卷。（据《清人诗文集总目提要》第788页。）按：《燕兰小谱》，或认为吴长元所作。张次溪《清代燕都梨园史料事略》："仁和吴长元太初，别署西湖安乐山樵，其友余集序其所撰。《宸垣识略》谓先生客京师十馀载，以著述自娱，屡为缙绅先生雠校秘册云云，盖长元亦尝作客燕京者。乾隆时所刊《燕兰小谱》一书，为长元所撰，当时文家笔记多称道其事，惟汲修主人《啸亭杂录》有'王湘云善绘墨兰，颇多风趣，余太史集为之作《烟兰小谱》'之语。叶文德辉甲寅岁《重刻〈燕兰小谱〉跋语》即以之为据，谓是余集所撰，复引孙子潇太史《今昔辞》为证，盖以'烟兰'即'燕兰'也。抑余集当日亦尝撰《烟兰

小谱》，与长元之《燕兰小谱》同出一辙，亦未可知，惟直以‘烟兰’为‘燕兰’，殊未免附会耳。”（据张次溪编《清代燕都梨园史料》，台湾学生书局1965年版，下同。）

〔2〕张际亮，字亨甫。参本卷“湾里、台江、小西湖水患之由”条。

〔3〕引文见《金台残泪记》卷一《王小庆传席秀林附》。“意常若秋”原作“意若常秋”、“早衰”原作“蚤衰”、“凭吊千秋”原作“凭吊千春”、“为小庆传者”原无“者”字。（据清光绪刻本，下同。）

〔4〕见《金台残泪记》卷二。词序云：“用姜白石韵为韵香题画梅。”

〔5〕姜夔《白石道人诗集》卷下《过垂虹》：“自作新词韵最娇，小红低唱我吹箫。曲终过尽松陵路，回首烟波十四桥。”（民国刻《四部丛刊》景清乾隆江都陆氏本。）

〔6〕王紫稼（1625—1656），名稼，字紫稼，亦有以王子嘉、王子珍呼之者。时人多称之为王郎。苏州人。清初著名的男旦演员，所演《会真》红娘，人人叹绝。顺治间为江南御史李森先杖杀。与龚鼎孳、钱谦益、吴伟业等有交游。（据程宇昂《王紫稼生卒年考》，《韶关学院学报》2007年第8期。）尤侗《艮斋杂说》卷四：“予幼时所见王紫稼，妖燕绝世，举国趋之若狂。年已三十，游于长安，诸贵人犹惑之。吴梅村作《王郎曲》云：‘宁失尚书期，恐见王郎迟。宁犯金吾夜，难得王郎暇。’而龚芝麓复题赠云：‘蓟苑霜高舞柘枝，当年杨柳尚如丝。酒阑却唱梅村曲，肠断王郎十五时。’其倾靡可知矣！后李琳枝御史按吴，录其罪，立枷死。识者快之。”（清康熙刻《西堂全集》本。）

〔7〕据蕊珠旧史《辛壬癸甲录》：李桂官即李长春，字纫香。隶“四大徽班”之一春台部，寓李铁拐斜街春福堂，称春福堂主。（《清代燕都梨园史料》本。）袁枚《随园诗话》卷四：“李桂官与毕秋帆尚书交好，毕未第时，李服事最殷，病则秤药量水，出则授辔随车。毕中庚辰（1760）进士，李为购素册界乌丝，劝习殿试卷子，果大魁天下。溧阳相公，康熙前庚辰（1700）进士也，重赴樱桃之宴，闻桂郎在坐，笑曰：‘我揩老眼，要一见状元夫人。’其名重如此！戊子（1768）年，毕公官陕西，李将往访，路过金陵，年已三十，风韵犹存。余作长歌赠之，序其劝毕公习字云：‘若教内助论勋伐，合使夫人让诰封。’”（清乾隆十四年刻本。）

〔8〕徐紫云（1644—1675），字九青，号曼殊，人称云郎。水绘园中明僮。康熙七年（1668），随陈其年入都，名流争一听佳唱，菊部歌儿多摹其音。南腔北播，京邑剧风为之一变。冒鹤亭为水绘园旧主，曾裒辑陈其年与紫云缠绵生死故事成《云郎小史》。（据张次溪《云郎小史序》，《云郎小史》卷首，《清代燕都梨园史料续编》本，台湾学生书局1965年版。）

〔9〕冒鹤亭辑《紫云小史》引钮玉樵《觚剩》：“其年未遇时，游广陵。冒巢民

爱其才，延致梅花别墅。有童名紫云者，儇丽善歌，令其执役书堂，生一见神移。适墅梅盛开，生偕紫云徘徊于暗香疏影间。巢民见之，佯怒，缚紫云，将加以杖。生傍徨，计得冒母片言方解。时薄暮，乃长跪门外，启门者曰：'陈某有急，求太夫人发一玉音，非蒙许诺，某不起也。'因备言紫云事。顷之，青衣媪出曰：'先生休矣，巢民遵奉母命，已不罪云郎，然必得先生咏梅绝句百首成于今夕，仍送云郎侍左右也。'生大喜，摄衣而回，篝灯濡墨，苦吟达曙。百咏既就，亟书送巢民。巢民读之击节，笑遣云郎。"(《清代燕都梨园史料续编》本。)

〔10〕陈维崧《迦陵词全集》卷二十六《贺新郎·云郎合卺为赋此词》："小酌酴醾□。喜今朝、钗光簟影，灯前滉漾。隔着屏风喧笑语，报道雀翘初上。又悄把、檀奴偷相。扑朔雌雄浑不辨，但临风、私取春弓量。送尔去、揭鸳帐。　六年孤馆相依傍。最难忘、红蕤枕畔，泪花轻扬。了尔一生花烛事，宛转妇随夫唱。努力做、藁砧模样。只我罗衾浑似铁，拥桃笙、难得纱窗亮。休为我、再惆怅。"郭则沄《清词玉屑》卷七："迦陵词佳作甚多，而贺云郎娶妇词所谓'努力做藁砧模样'者独脍炙人口。"

〔11〕洛阳分司：胡仔《苕溪渔隐丛话后集》卷十五引《古今诗话》："(杜)牧之为御史，分司洛阳，时李司徒罢镇闲居，声妓为当时第一。一日开筵，朝士臻赴，以杜尝持宪不敢邀饮。杜讽坐客达意，愿预斯会。李驰书杜，闻命遂赴会。中有妓百馀，皆绝色殊艺，杜独坐妓行，瞪目注视，满饮三卮，问李曰：'闻有紫云者，孰是?'李指示之，杜凝睇良久，曰：'名不虚得，宜以见惠。'李俯首而笑，诸妓亦皆回首破颜。杜又自饮三爵，朗吟而起，曰：'华堂今日绮筵开，谁唤分司御史来。忽发狂言惊四座，两行红粉一齐回。'意气闲逸，傍若无人。"(清乾隆刻本。)江州司马：参卷一"翁宗琳词"条。

〔12〕李调元《雨村诗话》卷九："顽童即娈童也……有名者几及百人，其它指不胜出。破国亡家皆由于此，尝欲作《孌鉴》一书以示戒，未成也。"

〔13〕跅弛：放荡不循规矩。

林鸿词

林子羽有《游仙记》云："客游玉华洞，梦入一莎径，见华表朱榜金书曰：'瑶草洞天'。有一女奴曰：'子非林郎耶？妾之女君待子久矣，妾请肃客。'乃过泠然驭风之馆，道华萼葆光之楼，至怡神亭。亭西有天葩轩，轩中码磁几上陈一册曰《霞光集》。一女年可二八，向余再拜。予答礼请姓字，女曰：'妾之严君，瑶华洞主葆素真君，董其姓，处默其字。妾乃第三女，小字芸香。严君阶列地仙，职司文衡，佳者皆录于《霞光集》，以备上帝观览。君之作凡数十，其"一鸟镜天净，万花潭雨香”与“檄雨古坛暝，礼星寒殿开”之句，尤为称赏，今日愿求雅作。’余献诗曰：‘白玉仙源隔紫霞，人间有路入瑶华。绛囊傥示餐松诀，长向天坛扫落花。’女和曰：‘天葩芳艳绚云霞，自愧才非萼绿华。待得尘缘收拾尽，凤笙同奏碧桃花。’既惊寤，翼日寻其地，见一潭中有赪鲤数尾，因念尺素传书事，乃作一绝投之曰：‘曾入瑶华洞里来，天葩轩槛绝纤埃。玉笙未奏青鸾曲，山下碧桃空自开。’忽双鱼衔而入，须臾，一笺浮上，有诗曰：‘天葩小院敞银屏，鹊散天河逗客星。欲识别来幽思苦，晚峰长想黛眉青。’”《记》甚长，不能详录。[1]骖鸾偶凤，何此君好梦之多也？其与红桥唱和，余已觌缕于前。[2]兹读其词集，复见其《蝶恋花·红桥忆别》有“锦屏翠幄留春住”之句，《玉漏迟·记红桥故人春游》有“偏付与容华，称颦宜笑”之句。[3]《摸鱼儿·书情》云：“记红桥、少年游冶，多少云情雨趣。金鞍几度归来晚，香靥笑迎朱户。肠断处。数半醉微醒，灯暗夜深语。问情几许。情应似、吴蚕吐茧，撩乱万千绪。　离别处，淡月乳鸦啼曙。泪痕坠红袖污。海怀遐想何年了，空寄锦囊佳句。春欲去。恨不得、长绳系日留春住。相思最苦。莫道不销魂，衷肠铁石，涕泪也如雨。”[4]愈征其倾倒之至矣。又其钱塘舟中述怀填《满庭芳》云：“小雨催寒，轻烟弄晚，空江一望模糊。片帆东去，谁念旅怀孤。寒雁连翔欲下，还惊起、相应相呼。栖泊处，拥篷欹枕，清梦绕菰蒲。　还思行乐处，有高阳酒侣。洛浦娇姝。空赢得半生，酒困诗癯。不道年来憔悴，但顾影、冷笑微吁。螺江上，天公还肯，容我钓鲈鱼。”[5]子羽词不失南宋清疏之气，在明初即置之刘诚意[6]、高青邱[7]间，亦复何惭作者？况红桥留别之篇，康熙时徐电发纂《本事诗》，备采于集，炳炳在人耳目前。[8]王述庵竟一字不登[9]，其疏甚矣。

按：《摸鱼儿》阕上片结拍，考之谱律，少二字。当是错误，非有此体也。第二句刻本作“雨情云绪”，与下“千万绪”重押。曾见林吉人佶朴学斋[10]钞本作“云情雨趣”，从之。或谓词家重押甚多，即如近人纳兰容若《浣溪沙》，既曰“多情情寄阿谁边”，又曰“红绵粉冷枕函边”[11]，是亦一明证也。且叶少蕴填《贺新郎》云：“谁采蘋花寄与。但怅望、兰舟容与。”[12]连用二“与”字矣。然余按：《芦浦笔记》谓：“石林词下‘与’字去声。汉《礼乐志》：‘练时日，淡容与’，颜注：‘与，闲舒。’今歌者不辨，乃以其叠两‘与’字，妄改上‘与’作‘寄取’，可叹也。”[13]然则虽似重押，实非重押，大抵字同而音义则有异耳。盖词自《苍梧谣》、《南歌子》，至《戚氏》、《莺啼序》，短者三四韵，长者亦不过二十馀韵，傥使一韵两用，匪独才俭，即审音之道亦疏。不得引《柏梁台》之三“治”字、二“哉”字，《陌上桑》之三“头”字、二“隅”字等文，谓古人不忌重韵，以为文过也。又子羽集中有《望海潮》，刻者将后片起三句分入上片作结语，尤误。[14]

〔1〕林鸿(1338—?)，字子羽，福清(今属福建)人。洪武初，以人才荐，授将

乐县儒学训导，拜礼部精膳司员外郎。太祖临轩，试《龙池春晓》、《孤雁》二诗称旨，名动京师，年未四十自免归。鸿与郑定、王褒、唐泰、高棅、王慕、陈亮、王偁、周玄、黄玄合称“闽中十才子”，林鸿称首。（参陈庆元《福建文学发展史》第290页。）张廷玉撰《明史》卷二百八十六《文苑二》云：“鸿论诗，大指谓汉魏骨气虽雄，而菁华不足。晋祖玄虚，宋尚条畅，齐、梁以下但务春华少秋实，惟唐作者可谓大成。然贞观尚习故陋，神龙渐变常调，开元、天宝间声律大备，学者当以是为楷式。闽人言诗者率本于鸿。”著有《鸣盛集》4卷，词存其中，风格雅整疏俊。引文据《鸣盛集》卷四《梦游仙记》节录而成。“收拾”，原作“巡拾”。

〔2〕见卷五“张红桥与林鸿唱和”条。

〔3〕以上见《鸣盛集》卷四。

〔4〕见《鸣盛集》卷四。“云情雨趣”原作“雨情云绪”，“数半醉微醒”原无“数”字，“坠”原作“啼”，“销魂”原作“消魂”。

〔5〕见《鸣盛集》卷四。有词序：“钱塘舟中述怀”。

〔6〕刘基(1311—1375)，字伯温，浙江青田(今温州文成县)人。元统进士。历官高安丞、江浙儒学副提举，处州路总管府判。后弃官归隐。至正二十年(1360)始辅佐朱元璋完成帝业、开创明朝。明洪武三年(1370)，授弘文馆学士，封诚意伯。卒追赠太师，谥文成。（据《中国历史大辞典》第1579页。）著有《诚意伯文集》20卷。

〔7〕高启(1336—1374)，字季迪，号槎轩、青丘子，长洲(今江苏苏州)人。元末往来江浙，以诗闻名，与杨基等称“四杰”，又与徐贲等号“北郭十友”。洪武二年(1369)征修《元史》。次年授翰林院编修，教授诸王。擢户部侍郎。不久归居，授书自给。后因作诗被指为歌颂张士诚，遭腰斩。（据《中国历史大辞典》第737页。）著有《高太史大全集》18卷。

〔8〕见《本事诗》卷三。（清光绪十四年徐氏刻本。）

〔9〕指王昶《明词综》未收。

〔10〕林佶，字吉人。参卷二“林乔荫杂著”条。鲁曾煜纂乾隆《福州府志》卷二十一《第宅园亭一》：“朴学斋，在光禄坊，林中书佶读书处，中有志在楼、栖鹤巢，佶皆有记。”林佶著《朴学斋小记》，见沈祖牟辑《嵛斋丛书》，钞本，福建图书馆藏。朴学斋钞本林鸿词，已不可见。

〔11〕《浣溪沙》见纳兰性德《通志堂集》卷六。“枕函边”原作“枕函偏”，故此例不算重押。

〔12〕见《全宋词》第764页。“寄与”，《全宋词》作“寄取”。周密《浩然斋雅谈》卷上：“石林词‘谁采蘋花寄与，又怅望、兰舟容与。’或以为重押韵，遂改为‘寄取’，殊无义理，盖容与之‘与’自音豫，乃去声也。扬子云《河东赋》云：‘灵与安步，风流容与。’注：‘天子之容服而安豫，与读为豫。’汉《礼乐志》：‘练时

日，澹容与’。注：‘闲、舒，皆去声。’”（清乾隆刻武英殿《聚珍版丛书》本。）

〔13〕刘昌诗《芦浦笔记》卷十《石林词》：“叶石林《贺新郎》词有‘谁采蘋花寄与。但怅望、兰舟容与。’下‘与’字去声。汉《礼乐志》：‘练时日，澹容与’，颜注：‘闲舒也。’今歌者不辨音义，乃以其叠两‘与’字，改上‘与’作‘寄取’而不以为非，良可笑也。庆元庚申(1200)，石林之孙筠守临江，尝从容语及，谓赋此词时年方十八，而传者乃云为仪真妓女作，详味句意，皆不相干，或是书此以遗之尔。”（清道光刻《知不足斋丛书》本。）

〔14〕《望海潮》见《鸣盛集》卷四。经覆核，清嘉庆十三年刻本《鸣盛集》、清初钞本确有此误。

刻词不合体例

自明以来，词学道微，不独倚声无专家，即能分句读者亦少。近刻子羽《鸣盛集》，目其词为词话，此何说耶？[1]丁雁水与竹垞、电发善，及刻《紫云词》，将二公评语刊入，盖作者既以少而自珍，故见者亦过誉而失实，不知其贻笑于大方也。[2]郑荔乡方坤刻《青衫词》，小令与散曲夹厕其间，体例尤为不合。[3]许秋史刻《萝月词》，《摸鱼儿》一调，竟脱去一拍，屡有良友审定，竟亦不觉。[4]今日或作诗话，引朱子《水调歌头》，误以为《满庭芳》。而某钜公著书讲学，于论文论诗之末，以为填词无关学问，可以不作。嗟乎！是又大言欺人，自掩其短者也。词本古乐府，而句法长短，则又渊源三百篇。有宋一代，名公钜卿，魁儒硕彦，无不讲偷声减字者，岂真曲子相公[5]尽皆轻薄哉？不习其艺，置之不论可也，妄加雌黄，则有胡卢于其侧者矣。然亦因究心于此道者，太属寥寥也。

〔1〕见清嘉庆十三年刻本《鸣盛集》卷四，清初钞本也如是。

〔2〕清康熙希郧堂刻本《紫云词》有自序及丁澎、朱彝尊、徐釚、陈维岳序。有朱彝尊、吴绮、徐釚、陈维云评语。收词194首。清咸丰四年重刊本《紫云词》有朱彝尊、陈维岳、丁澎、徐釚及自序，有朱彝尊、吴绮、徐釚、陈维云评语。按：二本收词相同，只是作序者排序不一样。

〔3〕郑方坤《蔗尾诗集》卷十五《青衫词》所收《题张鹿泉骑牛图》乃散曲。（清乾隆刻本。）

〔4〕经覆核，《萝月词》卷二《买陂塘·初春雪夜独坐》，确脱去一拍。《摸鱼儿》一名《买陂塘》，《萝月词》中未见《摸鱼儿》调。

〔5〕和凝有“曲子相公”之称，参卷四“情语与绮语不同”条。

郑方坤词

荔乡与兄石幢方城，犹子有邻天锦，以时文雄长闽中，称“三郑”。[1]而荔乡诗古文辞颇不愧方家，其词则见赏于蒋铅山。[2]大抵佳处却有《后村别调》[3]风味。《采桑子》云：“汉皇重色思倾国，长短纤秾。玉白花红。涂抹都为悦己容。　天寒有女依修竹，镜暗芙蓉。月冷帘栊。独处蚫蜗恰伴侬。”又云：“生平怕读《登楼赋》，不谓儿童。便尔飘蓬。佳节多于马上逢。　谁知行路难如此，寄庑怜鸿。弹铗歌冯。冷炙残杯到处同。”《浣溪沙·秋闺夜坐图》云：“落叶萧萧月鉴帷。塞鸿一夜尽南飞。檀郎何事独归迟。且自孤灯挑永夕，从渠小玉睡多时。绿窗对影静支颐。”《清平乐·秋江泣别图》云：“萧其森矣。临水悲哉气。浪打孤篷篙拔起。不许征人再倚。　连丝别泪荧荧。归期纵订奚凭。恨不身为樯燕，随郎直上巴陵。”《金缕曲·寒漏》云：“海水凉银箭。听天街、鼕鼕不绝，千门尽掩。无数啼蛄争吊月，迸出悲丝急管。更腷膊、翰音相乱。驿柝村舂齐唱和，一声声、打入愁心坎。梦不到、华胥馆。　此情此夜谁能遣。最怜渠、孤灯逆旅，深闺小胆。坐拥绣衾寒似铁，一串鲛珠着脸。捱不过、五更三点。惟有玉钗冠上挂，揭流苏、软玉笼香暖。喃喃语，尚嫌短。”又步韵题朱云亭大令《桐庄词》云：“檀板当窗挂。溯从来、偷声减字，源流骚雅。周柳辛苏音响歇，谁更凿空补罅。算都只、寄人篱下。心折桐庄词一卷，是红盐、白纻乌丝画。歌宛转，几晨夜。　寥寥此调谁弹也。细评量、声同金掷，字均缣价。清比娇莺啼恰恰，圆似露荷珠泻。又五色、雨丝飞洒。秾郁芊眠白石境，叹悠悠、孰是知音者。将进酒，与君话。”[4]传闻荔乡子天篯[5]，博学而不慧。尝晓出，归而不知其家，问邻人曰：“君识郑某所居乎？”过市，或屑铜敷泥为镫，天篯以为真也，典衣数百钱买归，其痴厚率如此。然《十三经注疏》背诵不遗一字，并能举某句在某卷某简某行。初，其妇翁某见其善读，谓当成大器，以女归焉。天篯亦谓宰相当用读书人，以此愈益自负。而其妇卒郁郁死，天篯挽之曰：“不作今生宰相，愿为来世夫妻。”天篯后以县学生终，其遗事至今犹藉藉人口。荔乡一门风雅，妇女皆娴吟咏。[6]

〔1〕郑方坤，字则厚，号荔乡，福建建安（今建瓯）人。方城弟。雍正元年（1723）进士，历官至登州、兖州知府。著有《蔗尾诗集》15卷、《文集》2卷、《却扫斋唱和集》2卷（与郑方城合撰）。（据《清人别集总目》第1497页。）另有《国朝名家诗钞小传》4卷。词有《青衫词》1卷附诗集中。郑方城，字石幢，号霞村，福建建安（今建瓯）人。雍正十一年（1733）进士，授四川新繁令。著有《绿痕书屋诗稿》10卷、《石幢遗文》5卷。（参《清人诗文集总目提要》第566页。）

另有《却扫斋唱和集》2卷(与郑方坤合撰)。郑天锦,字有章,号芥舟,福建建安(今建瓯)人。方城子。乾隆十七年(1752)进士,授广东连山知县,兼署理瑶同知。著有《芥舟诗草》1卷。(参《清人诗文集总目提要》第689页。)

〔2〕蒋士铨,字心馀。参卷二“蒋士铨咏节义词”条。蒋士铨《忠雅堂文集》卷二十八《金缕曲·春夜曲阜使院读郑荔乡太守〈青衫词〉书卷尾》:“一夜清明雨。翦镫煤、颦而坐者,萧然愁旅。唱遍青衫词一卷,太守清豪如许。想少日、淹留情绪。百感孤踪都似仆,对江山肯作寻常语。拔长剑,向天舞。”

〔3〕《后村别调》,刘克庄词集名。

〔4〕以上六首词俱见《蔗尾诗集》卷十五《青衫词》。“秋闺夜坐图”原作“题《秋闺夜坐图》”、“孤灯”原作“孤釭”、“秋江泣别图”原作“题《秋江泣别图》”、“廖廖”原作“寂寥”。《金缕曲》(檀板当窗挂)词序云:“朱云亭大令出《桐庄词》相示,率题其后,即用集中韵,二首。”

〔5〕桂文灿《经学博采录》卷五:“侯官又有郑茂才天锢,乾隆中人也。赋性绝人,过目之书卷页次第一字不爽,无书不读,精于天文、算术、舆地之学,尤熟本朝掌故,时人号曰‘书笼’。说经之文甚多,考证精确,惜皆散佚。”(民国刻《敬跻堂丛书》本。)按:“錭”即“锢”字,郑天锢或即郑天錭。

〔6〕梁章钜《闽川闺秀诗话》卷二《郑镜蓉》:“郑镜蓉,字玉台,建安人。荔乡先生之长女,归陈文思为文安令衣德子妇,早寡,以节终得旌表。有《垂露斋集》、《泡影集》。荔卿先生一门群从风雅,蝉联膝前,九女皆工吟咏。长即镜蓉、次云荫,字绿落、三青蘋,字花汀、四金銮,字殿仙、五长庚,阙其字、六咏谢,字菱波,又字林风、七玉贺,字春盎、八风调,字碧笙、九冰纨,字亦未详。九人中惟冰纨未嫁而殇,长庚诗无可考,余则人人有集。荔乡先生守兖州时,退食馀闲,日有诗课,拈毫分韵,花萼唱酬,有《垂露斋联吟集》。自古至今,一家闺门中诗事之盛,无有及此者。近人撰《闺秀正始集》,但云先生四女能诗,所登又仅玉台、花汀两人诗,殆未之详考耳。”(清道光二十九年刻本。)按:《国朝闺秀正始集》二十卷附录补遗二卷,完颜恽珠辑,有清道光十一年红香馆刻本。

咏小西湖诗词

省会小西湖在闽王时,恒舞酣歌之地,历详省志、府志及姚循义《西湖志》。[1]湖山湾环,水木明瑟,楼台载酒,啸歌遂多。芑川《访水晶宫》云:“芙蓉落尽秋烟夕,短棹渔郎卧吹笛。琅琊王气杳如云,三十六宫土花碧。全盛曾闻龙启年,经营屡费水衡钱。四围复道度香辇,十里清波飞彩船。大罗仙人领威武,自谓乐游足千古。歌舞风流尽燕莺,江山蟠踞犹龙虎。石榴花发石门开,东麑征鼙动地来。金雁钿蝉没衰草，珠帘画栋生寒埃。可怜五县尚天子，溶溶不见全湖水。终竟胭脂土一堆，无端骨肉兵双起。俯仰盛衰空怆然，秦楼汉殿谁常全。古来水晶宫不坏，惟有湖月光团圆。"[2]张任如仁恬《登湖心亭》云："空亭有秋色，一寺抱湖光。"[3]抚往陈今，俱善形容。近读荔乡《金缕曲·西湖怀古》云："郭外西风射。忆当年、金戈铁骑，争王夺霸。复道纵横三十里，一片珠甍绣瓦。曳绮縠、环而侍者。急鼓短箫《乐游曲》，奉新词、满写香罗帕。重开宴，长春夜。　　而今事去如奔马。似楚台、梁园赵苑，荡无存也。莽莽川原何处问，寂寞江城潮打。剩樵牧、歌吟其下。唤醒迷离龙帐梦，听晨钟、隐隐传莲社。铜仙泪，浩盈把。"[4]是则"故垒西边"[5]、"竹西佳处"[6]、"仆本恨人"[7]，其伤心当不让东坡、白石也。西湖所重在水利，今则雄兵桥下，积葳可以隐人。姚氏旧《志》，尚待补苴。谁能搜葺前闻，参稽往籍，仿萧山毛氏《湖湘水利志》、仪征李氏《扬州画舫录》两家义例[8]，勒成一书，庶论治者有所考镜焉。[9]若徒侈游览，以资歌咏，抑已末矣。

按：《乐游曲》，诸家选词概不收录，然其音节与张志和《渔歌子》极相类，是固绝妙好词者。红友《词律》据以为谱，真不为无见也。[10]《天籁轩词谱》收及辽萧后回心院词[11]，而独置此曲不登，是殆一时失检耳。

〔1〕姚循义，字斐园，江西浮梁人。拔贡。雍正五年(1727)任长乐县令。(据民国《长乐县志》卷十二)雍正十三年(1735)任侯官县令，十七年卸任。(据李厚基等修、陈衍等纂民国《福建通志》卷二十三，民国二十七年刻本。)乾隆三年十一月(1738)任屏南县令。(据沈钟纂修乾隆《屏南县志》卷六，抄本。)乾隆壬戌(1742)九月任南靖县令。(据姚循义修、李正曜等纂乾隆《南靖县志》卷首王廷诤《序》，1987年据乾隆八年刻本复印本。)乾隆中署闽清县一年，政声卓著。去官之日，士民惘然。(据杨宗彩修、刘训瑺纂民国《闽清县志》卷七，民国十年铅印本。)纂修《三山西湖志》6卷、《闽清县志》10卷、《南靖县志》10卷。

〔2〕见刘家谋《外丁卯桥居士初稿》卷一，系在辛卯(1831)年，则此诗刘家谋十八岁作，题作《水晶宫》。"渔郎"原作"渔儿"，"石门"原作"石榴"，"胭脂"原作"燕脂"，"秦楼"原作"秦台"。

〔3〕张仁恬(1822—1844)，字任如，福建侯官(今福州)人。台湾嘉义教谕昆玉子。九岁通五经，十岁能文，十一岁出就试，试辄冠军。谢章铤同学。(据谢章铤《赌棋山庄文集》卷一《张任如哀辞》。)张仁恬未有著述流传，《登湖心亭》诗赖此保存。

〔4〕郑方坤，号荔乡。参上条。《金缕曲·西湖怀古》见《蔗尾诗集》卷十五《青衫词》。

〔5〕"故垒西边"，苏轼《念奴娇·赤壁怀古》中语。

〔6〕“竹西佳处”，姜夔《扬州慢》(淮左名都)中语。

〔7〕“仆本恨人”，江淹《恨赋》中语。

〔8〕《湖湘水利志》应为《湘湖水利志》，《志》凡3卷，毛奇龄撰，有清康熙书留草堂刻《西河合集》本。此《志》编纂方法是采用专文形式，记载由南宋至清萧山湘湖水利大事。毛奇龄，参卷四“毛奇龄、俞士彪词”条。《扬州画舫录》，李斗撰。李斗(1749—1817)，字北有，号艾塘。原籍山西忻县，寄寓仪征。诸生。未仕。(**据周春乐注《扬州画舫录·前言》，山东友谊出版社2001年版。**)撰有《永报堂诗集》8卷、《艾堂乐府》1卷、《扬州画舫录》18卷、《奇酸记传奇》4卷、《岁星记传奇》2卷，合称《永报堂集》。所作《扬州画舫录》有不少戏曲、曲艺史料，是研究戏曲史的重要文献。李斗《自序》：“凡志书所详别无异闻者概不载入，或事有可录而闻见有未及者，遗漏之讥，亦所不免。”周春乐《前言》：“全书按扬州城市区域的划分和郊外景点的布局，分条块有序叙述；人物的记载则穿插其间。”

〔9〕谢章铤门生何振岱完成了乃师的心愿。何振岱主纂《西湖志》于丙辰年(1916)刊行，卷一至卷四论水利。林炳章《西湖志序》：“视旧《志》增四分之三”。(**民国五年福建水利局铅印本。**)旧《志》即指姚循义《西湖志》。

〔10〕万树《词律》卷一录闽后陈氏《乐游曲》云：“是调有二首，此首与《渔歌子》‘松江蟹舍’一首相近，想其腔则各异也。其又一首云：‘西湖南湖斗彩舟，青蒲紫蓼满中洲。’平仄想亦不拘。”

〔11〕见《天籁轩词谱》卷五。(**清道光刻本。**)

赌棋山庄词话卷七

黄名瓯论务头与词体

康熙中，闽县黄御卜名瓯著《数马堂问答》[1]，自天文至数学二十卷，曾于亲旧见其稿本。然惟五行之学颇精，方伯黄学圃淑琬[2]称其占验无不奇中。中亦有一则论词，略云："余与友人拈韵作词，因论词要务头上用韵嘹亮，学者苦不知务头为何物，亦从无有分明指出者。李笠翁乃以为词之有务头，犹棋之有眼，有此则活，无此则死。信如此言，则务头原无定位，惟佳句之所在便是务头矣。非也。窃谓务头乃词中顿歇之处，千里来龙，聚于环抱之地。盖于务头上用字嘹亮，则馀韵悠扬，不致板煞，而有联络贯串之妙。"[3]余按：此说尤非。务头言声，非言辞也。如李之说，是词中之紧句；如黄之说，是词中之主意，均于务头名义不合。南海梁章冉廷枏《曲话》云："《中原音韵》于北曲之务头，胪列甚详，而南曲绝无道及。《啸馀谱》载务头一卷，究未析明。笠翁谓既不得其解，当以不解解之，不得为谜语欺人者所惑。此说良当。"[4]然余谓《九宫谱定》云："凡曲遇揭起其音，而宛转其调，如俗之所谓做腔处，即是务头。"[5]其论虽创而实确也。君徵《度曲须知》内有《字头辨解》一篇，字头即务头。所谓"字端一点锋铓，见乎隐、显乎微也。"又云："善唱则口角轻圆，而字头为功不少。不善唱则吐音庞杂，字疣着累偏多，此则务头要嘹亮之说也。"[6]御卜又著《振梅集》、《痴奴集》、《龙山集》、《振梅杂纪》。其父名志辅[7]，字翼素，著《四书增删绎注》、《毛诗要旨》、《列国图考》、《全闽艺文镜》、《墨池试草》、《明诗选》、《翼斋文集》，不知世有传本否？矮屋寒儒，埋头故纸，不可谓非有志之士，然而殊可悲已，故略其姓氏于此。

御卜又谓："词体如美人，含娇掩媚，秋波微转，正视之一态，旁观之又一态，近窥之一态，远窥之又一态。"[8]数语颇俊，然此亦谓温、李、晏、秦耳，若苏、辛、刘、蒋，则如素娥之视宓妃，尚嫌临波作态。

〔1〕黄名瓯，字驭卜，福州人。（据永瑢等撰《四库全书总目》卷一百二十九《数马堂答问提要》。）《数马堂问答》应是《数马堂答问》，凡20卷。

〔2〕黄淑琬，事迹不详。

〔3〕见《数马堂答问》卷十二。有删节。今录台湾汉学研究中心藏旧钞本原文："余与友山拈韵赋词，因论作词之法：当务头上用字嘹亮。学者苦不知务

头为何物,亦从无有分明指出者。李笠翁乃以为词之有务头,犹棋之有眼,有此则活,无此则死。信如此言,则务头原无定位,惟佳句之所在便是务头矣。非也。余细味'务头上用字嘹亮'七字,则务头句有定所,诵于此处用字嘹亮耳,安得以棋眼比之哉?以余愚意度之,所谓务头者,窃谓务头乃词中顿歇之处,即千里来龙,聚于环抱之地也。……盖于务头上用字嘹亮,则馀韵悠扬,不致板煞,而有联络贯串之妙。"

〔4〕梁廷枏《曲话》卷四:"按:《中原音韵》于北曲之务头,胪列甚详,而南曲务头绝无道及。又按:《啸馀谱》载务头一卷,然于务头二字究未说明。李笠翁谓二字既不得其解,当以不解解之,不得为谜语欺人者所惑。此说良当。"车文明《"务头"再探》:"务头"是元明时期戏曲、散曲创作、演唱中一个常用的文艺术语,是曲(尤其是北曲)唱中最紧要的地方,也就是最精彩、高潮、关键之处,具有婉转悠扬的特征,并有其固定的位置,对其字句平仄要求最严格。它是"以乐传辞"唱法的派生物,是出字之后再有工尺的"做腔",类似于"过腔",通俗一点说,类似于今天戏曲演唱中的"耍嗓子",属揭起其音、婉转其调之处。准确地说,是由"字腔"与"过腔"组合成的字少声多的曲乐段落。在字多声少的北曲中,属于较少的字少声多之腔,在行腔急促的地方,起转折的作用,尤为珍贵,'如众星中显一月之孤明也'。唱家须明白,在"务头"处要唱彩。填词者要知"务头",在此处字句、平仄一定要严守格律,尤其要少加衬字,否则会被讥为"不明务头"。由于北曲音乐亡轶,我们今天无法用乐谱与词谱(字句平仄定格)对照分析"务头",只能利用古人的描述进行阐释,这是此古代文艺术语至今众说纷纭的根本原因。(《文艺研究》2009年第2期。)

〔5〕引见东山钓史《九宫谱定·总论》。"即是务头"前原有"每调或一句,或二三句;每句或一字,或二三字"。(任讷辑《新曲苑》,民国二十九年刻本。)按:查继佐(1601—1676),字伊璜,号东山,晚号钓史,即是《九宫谱定》作者。事迹详本书"谢章铤词话补辑"之一"《赌棋山庄笔记》所见词话","查伊璜、曹溶词"条。

〔6〕见沈宠绥《度曲须知》卷上。"字端"前明崇祯刻本有"至"字,"字疣着累偏多"后明崇祯刻本有"吾故作此辨解,以唤醒夫认字疣为字头者,更以唤醒夫认字头为字疣者"。

〔7〕黄志辅,字翼素,诸生。乾隆《晋江县志》卷八《选举志》有其名。

〔8〕见《数马堂答问》卷十二,有删节。今录台湾汉学研究中心藏旧钞本原文:"词之体,如美人之含娇掩媚,欲言不言,欲语不语,□□□□□□□□□□□,乍笑乍啼。其妙趣在于:斜倚凝神,秋波微转。美人之模样,正视之一态,旁观之又一态,近窥之一态,远窥之复一态。"

徐𤊹《笔精》论词

徐兴公[1]《笔精》中载《词品》[2]十则，然如宣宗之《寄生草》、六如之《黄莺儿》、枝山之《皂罗袍》、王和卿之《咏蚨蝶》、林廷玉之《咏酒》，此皆论曲，论词只五则耳。五则中如引文衡山《满江红》调，错误近半，无乃失检太甚。兹为校正如右："漠漠轻寒，'寒'字下句重出，别本作'阴'字，是。正梅子、弄黄时节。最恼是、欲晴还又雨，此句羡'又'字。寒又热。'寒'上脱'乍'字。燕子梨花都过也，小楼无那伤春别。此下脱'傍阑干、欲语更沉吟，终难说'二句，遂令上片无结语。　　一片片，榆钱荚。一点点，杨花雪。下二句与上二句原本互换。傍阑干、欲语更沉吟，终难说。此处脱'渐西垣日隐，晚凉清绝'二句，而误将上片结语赘此，语意节拍，俱不相属，尚得谓之佳作乎？池面盈盈深浅水，柳梢淡淡黄昏月。是谁人、吹彻玉参差，情凄切。"盖明代少讲减偷，故体制未辨，评骘多讹，兴公有意炫博，遂生笼东之谈。[3]

兴公谓易安未尝改嫁。以为易安作《金石录后序》在绍兴二年，年五十有二，老矣。清献公之妇，"清献"应为"清宪"。王阮亭《分甘馀话》曰："《闲中今古录》论李易安晚节改适云：'翁则清献，为时名臣'。又引瞿佑《诗话》：'清献名家厄运乖，羞将晚景对非才'云云，以挺之为抃，谬矣。盖以阅道谥'清献'而挺之谥'清宪'故，致此舛讹耳。"[4]郡守之妻，必无更嫁之理。持论精审，足为贤媛洗冤。[5]国朝诸老，如竹垞、西堂辈，悉衍其说。[6]郑域，诸书俱云字中卿，此云字中乡。[7]近海盐张咏川宗橚《词林纪事》于中卿词后小注"《词品》"云云，即是兴公此书，非升庵之《词品》也。[8]《四朝闻见录》载中卿自作韩侂胄《南园记》，并砻石以献。韩以放翁《记》为重，仆郑石，瘗之地。后韩败，郑获免。[9]盖其人品不足道，而词自是作家。如生日《念奴娇》云："嗟来咄去，被天公、把作小儿调戏。蹀雪龙庭归未久，还促炎州行李。不半年间，北朝南粤，一万三千里。征衫着破，着衫人可知矣。　　休问海角天涯，黄蕉丹荔，自足供甘旨。泛绿依红无个事，时舞斑衣而已。救蚁藤桥，养鱼盆沼，亦是经纶耳。伊周安在，且须学老莱子。"[10]此等作肩随竹山[11]，差无愧色。中卿，庆元中随张贵谟使北，著《燕谷剽闻》二卷，故有"蹀雪龙庭"之语。

〔1〕徐𤊹，一字兴公。参卷五"徐𤊹词"条。

〔2〕《词品》见《笔精》卷六。(《笔精》，徐𤊹撰、沈文倬校注，福建人民出版社1997年版。下同。)

〔3〕未知谢氏所据何本。今录沈文倬校注本《笔精》此词原文："漠漠轻寒，正梅子弄黄时节。最恼是、欲晴还雨，乍寒又热。燕子梨花都过也。小楼无那伤春别。傍阑干欲语更沉吟，终难说。　　一点点，杨花雪。一片片，榆钱荚。渐西垣日隐，晚凉清绝。池面盈盈深浅水，柳梢淡淡黄昏月。是谁人、吹彻玉

参差，情凄切。”与谢氏校正无异。“浙西”二字是沈文倬据四库本增补，馀皆照录崇祯本。崇祯本是《笔精》的最早刊本，则此词的错讹实不在徐氏。

〔4〕不见王士禛《分甘馀话》，实见王士禛《带经堂诗话》卷十八，文字无异。

〔5〕见《笔精》卷六《易安改嫁》。

〔6〕朱彝尊，号竹垞。参卷二“朱彝尊赠伎词”条。尤侗，号西堂老人。参卷十二“词中一字韵”条。“悉衍其说”，未知出自何处。

〔7〕见《笔精》卷六《郑松窗》。沈文倬校注本据崇祯本所录：“宋郑域字中卿，三山人，号松窗。”则讹误不在徐氏。

〔8〕见徐釚《词林纪事》卷十一。（清嘉庆三年刻本。）按：杨慎《词品》卷四《郑中卿》：“郑中卿，名域，三山人，号松窗。使虏回，有《燕谷剽闻》二卷，纪虏事甚详。”则《词林纪事》关于郑域事实据杨慎《词品》。

〔9〕见叶绍翁《四朝闻见录》卷二乙集《陆放翁》。（清道光刻《知不足斋丛书》本。）

〔10〕黄昇《中兴以来绝妙词选》卷四载《念奴娇·戊午生日作》词。下文“蹀雪龙庭”即是此词中语。“把作”原作“把做”，“北朝”原作“北胡”，“亦是”原作“是亦”。并云：“郑中卿，名域，三山人，号松窗，庆元丙辰(1196)多随张贵谟使虏，有《燕谷剽闻》两卷，记虏中事甚详。”脱脱纂《宋史》卷三十七《本纪·宁宗一》：“（庆元二年九月，1196）丁酉，遣张贵谟使金贺正旦。”（清乾隆武英殿刻本。）

〔11〕蒋捷，号竹山。参卷一“《词律》脱误”条。

《四明近体乐府》

《浪淘沙》，二十八字绝句耳，李主衍之为五十馀字。〔1〕《阳关曲》，亦二十八字绝句耳，元人歌之至一百馀字。〔2〕词转于诗，歌诗有泛声，有衬字，并而填之，则调有长短，字有多少，而成词矣。〔3〕故《竹枝》、《柳技》诸体，无非词，亦无非绝句也。然作谱者不录此体，则失词源；选集者尽录此体，又紊词界。〔4〕若其人素不知按拍，而我于其诗卷中强拈此等作，名之曰词，列入词选，不独燕书郢说，顿失作者初心。而又词又诗，反令二十八字并无一定归宿。况沉香被诏，旗亭画壁，《采莲》、《欸乃》之篇，《江南》、《红豆》之曲，无不登之弦管，尽应厕之减偷。今独取《竹枝》、《柳枝》而入之，则抉择更为失平，然则选词之不必选此体也明矣。近鄞人袁陶轩钧〔5〕撰《四明近体乐府》十四卷，自唐至国朝凡百六十人，然如唐之贺季真知章，元之袁伯长桷，葛逻禄乃贤易之，明之屠田叔本畯，国朝之陈玉几撰，羌无他作，只载《竹枝》、《柳枝》一二篇，遂得谓之倚声家乎？又各家序履历而不序著述，令人无从考订，亦是一失。至“近体乐府”之名，本周益公必大词，却非陶轩臆创也。[6]

宋赵立之闻礼选《阳春白雪》，将已作散列其中。[7]近蒋子宣辑《昭代词选》，张荫嘉玉穀、沈瞻文光裕，实同排纂。而张、沈二君之作，互相参定刻入，且至四卷之多，皆非例也。[8]当如《绝妙好词》载于卷末，则得矣。[9]袁陶轩亦用此例，附录已作。[10]其《蝶恋花·夹竹桃》云：“一夜萧萧红雨湿。摇动微风，斜映疏帘月。不信武陵春寂寂。琅玕泪洒相思血。　　人面那堪经岁别。翠袖当年，曾倚修篁立。沅水湘流都可惜。无情有恨花应泣。”[11]赋物有新意，不徒工于粘合也。又秋闱题壁《满江红》云：“这破青衫，还只管、留他何用。单则是、年年矮屋，心枯骨痛。疏雨斜风诗鬓短，冷肴粗饭官厨送。没奈何、把酒问青天，天如瓮。　　一点点，灯悬梦。一个个，虱逃缝。笑鼠肝虫臂，文章屈宋。烂得羊头君莫笑，看来鸡肋时偏重。问何如、傀儡上排场，随人弄。”[12]陶轩困诸生二十年，举孝廉方正，卒不遇，故未免文章憎命之叹。有《瞻衮堂集》，未刻。[13]

陶轩是书，刻于其甥郑耐生乔迁。[14]耐生妹婿周克延世绪善倚声，尝欲绘《周郎顾曲图》，以匹陈检讨《填词图》。其《寿菰山馆集》，钱塘陈云伯文述称为直超北宋。早卒，耐生哀而破例附刻之。[15]寒食《浪淘沙》云：“不了四山青。午暖啼莺。杜鹃花密碍鞋行。扶起纸钱风力大，会做清明。　　我自诉卿卿。病与愁并。旧时潘岳鬓星星。浑不相干松树下，一椀青精。”[16]又调云：“为爱藕花香。单等斜阳。断无气力晚梳妆。手了一枝黄玉笛，吹过南厢。　　月自上蠡墙。今夜初凉。管他不惯野鸳鸯。坐到银河西转去，铁样心肠。”[17]《珍珠帘》云：“睡魔去了眠难定。短屏山、又是灯花红烬。襆被孤楼，客里秋怀冷。多谢墙梢残月上，透一重、松窗帘影。休整。且不衫不履，栏干斜凭。　　芳径。篔筜修倩，与芭蕉阔叶，浮青遥并。替我破寂寥，更送番风阵。只怪海棠花睡足，便紧唤、唤难苏醒。清境。做明朝半日，小楼诗兴。”[18]病闷《满江红》云：“大约斯人，书不上、太常名姓。否则甚、壮年潦倒，兼之多病。花未春酣原不艳，草当风疾终须劲。怪奚奴、煮药日安排，萧萧鼎。　　忙笔砚，猢狲性。愁岁月，蜉蝣命。忽梦中人告，此心休冷。天若早将君辈死，世谁更把吾文定。古鬚眉、何氏欲端详，鸡啼醒。”[19]题虞小林绣幕围香读六朝图《买陂塘》云：“笑儒生、酸寒骨相，谁消艳福如此。明经三十头颅老，那有寻常青紫。如幻耳。且幻出、风流红杏尚书事。簪花女子。算偎我添香，泥卿捧砚、都付半张纸。　　人间世，要赚金钗十二。商量先撤图史。后堂歌舞通宵宴，孰解咬文嚼字。吾语尔。者富贵、繁华莫把诗书恃。各言其志。愿椎髻挑丝，布裙春米，娇女母边侍。”他如《满江红》云：“诗卷定因排闷富，酒肠莫为怜钱窄。”《鹧鸪天》云：“枫瑟瑟，荻萧萧。许多秋影夕阳描。隔楼烟密长堤暗，一个僧归第四桥。"[20]《贺新凉》云："不料寻常薪米债，也满肩、付与英雄负。"又云："思量西发长安笑。镜中看、酸寒骨相，公侯未肖。况挟兔园残册子，狠欠玉堂才调。"[21]其气疏达，颇不愧湖海楼[22]中人。

竹垞选明词，未就而卒，述庵得其草本而梓之，即今所传之《明词综》也。[23]余每惜其多渗漏。吴子律尝有补人补词之作，记其概于《词话》中。[24]近读陶轩此书，所录明词，更出子律之外凡四十八人。内若魏安、张楷、李文靖、邬昭明等十馀人，皆《竹枝》、《柳枝》绝句耳。[25]其成词者实三十馀人，《词综》只登屠隆、钱光绣一二人，其馀皆佚。[26]夫四明一隅，尚且如此，则述庵之荒略多矣。况钱忠介肃乐[27]、张忠烈煌言[28]之辈，身为胜朝遗献，其词尤足增坛坫之光乎？当竹垞时，容有忌讳，匿不得见，今则炳如日星矣。忠介《唐多令》云："往事总堪嗟。归心逐暮鸦。二十年、南北天涯。破屋半间还未许，浮云外，旅人家。　　白眼看繁华。风流安在耶。问奔驰、几辆麻鞋。欲借东风重拾取，早蹴损，牡丹芽。"[29]《满江红》云："满世疮痍，何独我、藜床支骨。应堪笑、新来病鬼，伴他贫客。一抹孤烟天外冷，数行香篆空中结。问年来、祠祷是何方，心头血。　　春风起，幽禽说。秋草罢，听鶗鴂。叹几何生世，繁华顿歇。京洛鱼书千里恨，故园蝶梦三更月。怪阴阳、无故又欺人，凄凉绝。"[30]忠烈步岳忠武韵《满江红》云："屈指兴亡，恨南北、皇图销歇。更几个、孤忠大义，冰清玉烈。赵信城边羌笛雨，李陵台畔胡笳月。惨模糊、吹出玉关情，声凄切。　　汉苑露，梁园雪。双龙逝，一鸿灭。剩逋臣怒击，唾壶皆缺。豪气欲吞白凤髓，高楼肯饮黄羊血。试拨云、待把捧日心，诉金阙。"[31]有声皆血，如过西台下听皋羽击碎竹如意时[32]。董阆石含《莼乡赘笔》载忠烈就义诗，极凄惋，有"生比鸿毛犹负国，死留碧血欲支天"之句。[33]而全谢山祖望《鲒埼亭集·忠介忠烈神道碑》叙述最为详核，或传谢山为忠介后身。[34]

〔1〕李煜《浪淘沙》（帘外雨潺潺）54字。王奕清等纂《钦定词谱》卷十一："按唐人《浪淘沙》，本七言绝句，至南唐李煜，始制两段令词，虽每段尚存七言诗两句，其实因旧曲名，另创新声也。"（中国书店1983年版。）

〔2〕《阳关曲》亦名《古阳关》、《阳关三叠》，今存30多种版本。宋扬湜《古今词话》载无名氏《古阳关》："渭城朝雨，一霎浥轻尘。更洒遍客舍青青。弄柔凝。千缕柳色新。更洒遍客舍青青。千缕柳色新。休烦恼。劝君更进一杯酒，人生会少。自古富贵功名有定分。莫遣容仪瘦损。休烦恼，劝君更进一杯酒，只恐怕西出阳关，旧游如梦，眼前无故人。只恐怕西出阳关，眼前无故人。"（《词话丛编》第54页。）则宋人已歌至103字。谢氏说元人歌之至一百馀字，殆据元李冶《敬斋古今黈》卷七。李氏说他曾向老乐工某乙学习《阳关曲》之唱法，后悟某乙所教未得其正。乃"因博访诸谱。或有取《古今词话》中所载叠为

十数句者，或又有叠作八句而歌之者。”（清光绪刻《海山仙馆丛书》本。）惜李氏博访之“诸谱”未流传下来。

〔3〕朱熹《朱子语类·诗文下》云：“古乐府只是诗，中间却添许多泛声，后来人怕失了那泛声，逐一声添个实字，遂成长短句。今曲子便是。”（明成化九年陈炜刻本。）

〔4〕邹祇谟《远志斋词衷》：“词之《纥那曲》、《长相思》，五言绝句也。俱载《尊前集》中。《柳枝》、《竹枝》、《清平调引》、《小秦王》、《阳关曲》、《八拍蛮》、《浪淘沙》，七言绝句也。《阿那曲》、《鸡叫子》，仄韵七言绝句也。《花间集》中多收诸体。《瑞鹧鸪》，七言律诗也。载《草堂集》中。《款残红》，五言古诗也。杨用修体。体裁易混，征选实繁，故当稍别之，以存诗词之辨。”

〔5〕袁钧（1750—1804），字秉国，一字陶轩，号西庐。浙江鄞县（今宁波）人。年十九补诸生，旋受知于学使阮元，拔第一，元抚浙，召至幕中。嘉庆元年（1796），诏征直省孝廉方正，有司以钧应，授六品衔，后主稽山书院。卒年五十五。著有《瞻衮堂集》30卷、《孝经古解》9卷、《论语古解》20卷。辑有《郑氏佚书》、《四明书画记》、《文徵》、《献徵》、《近体乐府》、《诗汇》等。（据《瞻衮堂集》卷首《征举孝廉方正陶轩先生传》、《清人诗文集总目提要》第871页。）

〔6〕欧阳修《欧阳文忠公集》有《近体乐府》三卷，收《乐语》和《长短句》。周必大《近体乐府》见《文忠集》卷一百八十五，亦收乐语和长短句。

〔7〕赵立之编《阳春白雪》卷五选己作《玉漏迟》（絮花寒食路）、《瑞鹤仙》（客边情味恶）、《好事近》（人去绿屏闲），共3首。

〔8〕张玉穀（1721—1780），字荫嘉，号乐圃。江苏吴县（今苏州）人。年二十九补博士弟子员。善书，尤长于戏曲歌辞。著有《乐圃吟钞》8卷，前四卷收诗180首，后四卷录词206阕。（据《清人诗文集总目提要》第677页。）另有《古诗赏析》22卷。《昭代词选》卷三十四、三十五共选张玉穀词225首。沈光裕，字瞻文，号礼门。江南元和（今苏州）人。乾隆十七年（1752）举人。著有《拂云书屋词》。（据《昭代词选》卷三十。）《昭代词选》卷三十、三十一选沈光裕词共157首。

〔9〕周密辑《绝妙好词》卷七选己作22首。

〔10〕《四明近体乐府》卷十四收陶轩词50首。（清嘉庆二十三年刻本，下同。）

〔11〕见《四明近体乐府》卷十四。

〔12〕见《四明近体乐府》卷十四。词序：“壬子秋闱题壁”。

〔13〕《瞻衮堂集》，据卷首《征举孝廉方正陶轩先生传》，有30卷，清光绪刻本只有10卷。

〔14〕郑乔迁，字仰高，号耐生，浙江慈溪人。诸生。与吴德旋、陆继辂、冯

登府为师友。卒年六十馀。著有《藏密庐文稿》4 卷。(**据《清人诗文集总目提要》第 1076 页。**)郑乔迁《刻四明近体乐府序》:"征君为余伯母舅,著述甚夥,其《瞻衮堂集》,余尝拟刻之而未逮。今兹之刻,盖有感于余心而寄余无限之深情也。征君少孤,为名诸生,二十馀年而终不遇,得膺孝廉方正之举,旋客死山阴。……余惧征君之湮没无闻,幸斯编为旧所录而藏者,因亟付梓,表乡邦之先哲,发潜德之幽光,且固余小子之责。"

〔15〕周世绪《四明近体乐府附卷序》:"余刻袁征君《四明近体乐府》竣,校雠之役,拟属之克延,而克延死,悲可知已。克延,余妹婿也。善倚声,尝欲绘《周郎顾曲图》,与陈检讨《填词图》相颉颃,可谓心好之者矣。《寿菰山馆词》,钱唐陈云伯称其直超北宋,信不诬也。余检其遗稿,恐其烟销灰灭,没世无闻,因约孙幼莲孝廉家棪选定,得五十阕,镌诸卷末,以广其传。"周世绪,字克延,鄞县(今浙江宁波)人。诸生。著有《寿苏山馆词》。(**据丁绍仪辑《国朝词综补》卷三十二,清光绪刻前五十八卷本。**)陈文述(1771—1843),字云伯,一字隽甫,号退庵,又号碧城外史,别号颐道居士,浙江钱塘(今杭州)人。嘉庆五年(1800)举人,授安徽全椒知县,改江苏江都知县。著有《颐道堂集》78 卷。(**据《清人诗文集总目提要》第 1061 页。**)

〔16〕见《四明近体乐府・附卷》,词序云:"寒食西山作。"

〔17〕见《四明近体乐府・附卷》,调寄《卖花声》。

〔18〕见《四明近体乐府・附卷》,"寂寥",原作"萧寥"。词序云:"秋风续愁,野馆不寐,裹衣独起,四无人声,月影小立,得少佳趣,词以写之。"

〔19〕见《四明近体乐府・附卷》,"鬓眉",原作"须眉"。

〔20〕以上见《四明近体乐府・附卷》。

〔21〕见《四明近体乐府・附卷》。"不料寻常薪米债"云云,调寄《貂裘换酒・感赋》。按:《贺新郎》一名《貂裘换酒》。

〔22〕陈维崧《湖海楼词》收词 1600 馀首。

〔23〕王昶《明词综序》:"予友桐乡汪康古,又谓竹垞太史于明词曾选有数卷,未及刊行。今其本尚存,汪氏频访之而不得。嘉庆庚申(1800),遇汪小海于武林,则太史未刻之本在焉。于是即其所有,合以生平所搜,辑得三百八十家,共成十二卷,汇而镌之,以附《词综》之后。选择大旨,亦悉以南宋名家为宗,庶成太史之志云尔。"

〔24〕吴衡照,号子律。参卷一"吴衡照语"条。《莲子居词话》卷三:"朱竹垞《词综》三十卷,后有汪碧巢补人三卷补词三卷。今兰泉王先生辑《明词综》,余亦疑其尚有渗漏,因仿碧巢之例,拟作补人一卷补词一卷,选择大概仍取与兰泉先生相比附。他日见闻所及,当足而成之,随笔于此。"

〔25〕《四明近体乐府》卷八选魏安、张楷《竹枝》各 1 首,卷九选李文靖、邬

昭明《竹枝》各1首。

〔26〕王昶纂《明词综》卷四选屠隆词1首、卷九选钱光绣词1首。《四明近体乐府》卷八选屠隆词1首,卷九选钱光绣词3首。

〔27〕钱肃乐(1606—1648),字希声,一字虞孙,号止亭,浙江鄞县(今宁波)人。崇祯间进士,初授太仓知州,进刑部员外郎,以忧归。南明弘光元年(1645),于宁波起兵抗清,迎鲁王朱以海至绍兴监国。鲁监国元年(1646),清军渡钱塘江,他入闽求救。隆武朝灭,削发为僧。此年,复佐鲁监国经营福建,连下三十馀城,晋东阁大学士。旋因郑彩擅权,忧愤而死。(据《中国历史大辞典》第2020页。)谥忠介。著有《钱忠介公集》20卷首1卷附录6卷。

〔28〕张煌言(1620—1664),字玄著,号苍水,鄞县(今浙江宁波)人。崇祯十五年(1642)举人,官至南明兵部侍郎。弘光元年(1645),清军下江南,与钱肃乐等起兵,奉鲁王监国,后扈从鲁王入闽依郑成功。永历十三年(1659)与郑成功大举入江,下皖地20馀城。至清康熙三年(1664),被俘就义。(据《中国词学大辞典》第180页。)著有《张忠烈公集》12卷。

〔29〕见《四明近体乐府》卷九。"耶"原作"邪"。有词序:"和文信国旅恨。"

〔30〕见《四明近体乐府》卷九。有词序:"病中寄慨。"

〔31〕见《四明近体乐府》卷九。词序云:"步岳忠武韵。"又见《张忠烈公集》卷十一。有词序:"怀岳忠武。""皇图"原作"黄图"、"更几个"原作"便几个"、"豪气"原作"豪杰"、"高楼"原作"高怀"、"拨云"原作"排云"。(据清傅氏长思阁钞本。)

〔32〕谢翱《晞发集》卷九《登西台恸哭记》:"有云从南来,渰浥浡鬱,气薄林木,若相助以悲者。乃以竹如意击石,作楚歌招之曰:'魂朝往兮何极,暮归来兮关水黑,化为朱鸟兮,有咮焉食。'歌阕,竹石俱碎,于是相向感喟。"(明万历刻本。)

〔33〕见《莼乡赘笔》卷二"烈士殉节"条。(清刻《说铃》本。)张煌言《张忠烈公集》卷十一《八月辞故里拟绝命词自鄞解省》:"生比鸿毛犹负国,死留碧血欲支天。"

〔34〕全祖望(1705—1755),字绍衣,号谢山,浙江鄞县(今宁波)人。乾隆元年(1736)进士,选翰林院庶吉士。散馆罢归居乡,历主绍兴蕺山书院,广东端溪书院。著有《鲒埼亭集内编》38卷、《外编》50卷、《鲒埼亭诗集》10卷、《句馀土音》6卷。(据《清人诗文集总目提要》第596页。)《鲒埼亭集》卷九有《明故权兵部尚书兼翰林院侍讲学士鄞张公神道碑铭》。(清同治刻本。)钱林《文献徵存录》卷五《全祖望》:"祖望生而有异,人传为钱忠介后身。"(清咸丰八年有嘉树轩刻本。)

姜宸英与姚鼐词

姜西溟宸英[1]曰："少时与客为长短句，亦不下百馀曲。"又曰："记壬戌灯夕，与阳羡陈其年，梁溪严荪友、顾华峰，嘉禾朱锡鬯，松陵吴汉槎数君同饮花间草堂。中席，主人指纱灯图绘古迹，请为赋《临江仙》一阕。余时与汉槎赋裁半，主人摘某字于声未谐，某句调未合。余谓汉槎曰：'此事终非吾胜场，盍姑听客之所为乎？'汉槎亦笑起而阁笔。"《湛园未定稿》。[2]今西溟集中无词，殆以不惬意而尽删之欤？然观《四明乐府》所录，如秋柳《临江仙》云："五更知有恨，碧月冷于霜。"[3]未尝非佳句也。姚姬传鼐[4]曰："词学以浙中为盛，余少时尝效焉。一日，嘉定王凤喈语休宁戴东原曰：'吾昔畏姬传，今不畏之矣。'东原曰：'何耶？'凤喈曰：'彼好多能，见人一长，辄思并之。夫专力则精，杂学则粗，故不足畏也。'东原以见告，余悚其言，多所舍弃，词其一也。"《惜抱轩后集》。[5]然如咏芦花《水龙吟》云："霜浓几夜，宿凫影压，玲珑秋碎。"咏秋蝶《台城路》云："楼阴静悄。正欲向东家，又依残照。"[6]未尝非合作也。今人既不能胜场，又不忍舍弃，头白有期，汗青无日，悲夫！

〔1〕姜宸英(1628—1699)，字西溟，号湛园，又号苇间，浙江慈溪人。清康熙三十六年(1697)一甲三名进士，授翰林院编修，时年已七十。三十八年以主顺天乡试事下狱病死。著有《姜先生全集》33 卷计《湛园未定稿》10 卷、《西溟文钞》4 卷、《真意堂佚稿》1 卷、《湛园藏稿》4 卷、《湛园杂记》4 卷、《湛园题跋》1 卷、《苇间诗集》5 卷、《湛园诗稿》3 卷、《诗词拾遗》1 卷。(据《清人诗文集总目提要》第 196 页。)

〔2〕引见《湛园未定稿》卷六《题蒋君长短句》。(清康熙二老阁刻本。)

〔3〕见《四明近体乐府》卷十。

〔4〕姚鼐(1731—1815)，字姬传，一字梦穀，别号惜抱，安徽桐城人。乾隆二十八年(1763)进士，历任礼部主事、员外郎、升刑部郎中，充四库纂修官。归主扬州梅花书院、安庆敷文书院、歙县紫阳书院、江宁钟山书院。著有《惜抱轩集》88 卷计《文集》16 卷、《文后集》10 卷、《诗集》10 卷、《诗后集》1 卷、《外集》1 卷、《法帖题跋》3 卷、《笔记》8 卷、《九经说》17 卷等。编有《古文辞类纂》74 卷。(参《清人诗文集总目提要》第 736 页。)词编入集中，凡 8 首。

〔5〕引见《惜抱轩诗后集》，文字无误。(清同治五年刻《惜抱轩全集》本。)

〔6〕以上二词见《惜抱轩诗后集》。

李裕、俞经词

李房山裕[1]倡词学于四明，和者颇众，其自业亦时有胜撰。旅舍题壁《菩萨蛮》云："篱边落尽西邻枣。空庭一半生秋草。予有白云心。相思在故林。　此间空郁郁。似兔难离月。梦也阻人还。门前一带山。"春晓《罗敷媚》云："夜来翠幌春寒浅，醒也朦胧。睡也惺忪。多半迷离细雨中。　春皇太似人无赖，一度东风。一度残红。花信朝来到刺桐。"秋思《醉花阴》云："月影渐肥梧渐瘦。不道秋来骤。夜夜望明河，屈指佳期，又落牵牛后。　手撷小红凉露透。晚砌金风溜。离思绕天涯，蓦地飞来，何处箜篌奏。"[2]俞醉六经慕房山，欲得其传，适丧偶，遂娶房山女，翁婿齿相若，此尤词苑佳话。[3]柳絮《如梦令》云："片片飘来玉树。舞向珠帘开处。无力自安排，一任东风措置。且住。且住。带着春愁飞去。"其《采桑子》："柳会含烟。榆会飞钱。画出清明三月天。"[4]，则与房山《鹧鸪天》之"海上秋多黄叶村"[5]句同一工妙也。

〔1〕李裕，字其昌，一字房山，浙江鄞县（今宁波）人，国子监生。（据《四明近体乐府》卷十二。）著有《原上草》不分卷，钞本。

〔2〕以上见《四明近体乐府》卷十二。

〔3〕俞经，字醉六，号约园，又号抱山。鄞（今浙江宁波）人，乾隆壬申(1752)举人，官义乌教谕，有《约园诗稿》。（据阮元《两浙輶轩录》卷二十五，清嘉庆刻本。）《四明近体乐府》卷十二引《西庐词话》云："倪韭山云：'醉六中年始学诗，慕李房山之诗，欲得其传，适丧偶，遂娶房山女，翁婿年齿相若也。'余观醉六词，亦是得力于房山者。"按：《西庐词话》，袁钧自撰，散行在《四明近体乐府》中。

〔4〕以上见《四明近体乐府》卷十二。

〔5〕见《四明近体乐府》卷十二《鹧鸪天·秋深》。

倪象占《沁园春》词

陶轩《西庐词话》曰："最爱倪韭山象占清明《卜算子》云：'山上送春风，雨又萧萧下。红笑红啼两不分，是杜鹃开也。'尝戏呼为'倪杜鹃'。韭山尝自评所作不能蕴藉，先求疏通。夫不疏通未有能蕴藉者，韭山可谓知言矣。"[1]余谓韭山[2]戏为内人写照《沁园春》云："请勿含羞，拂我吟笺，当君镜台。看一丸螺翠，同怜鬓发，三分脂粉，代晕双腮。比恁风流，房中京兆，而我头衔尚秀才。

还无奈，每逢春离别，计日归来。　　此中不尽情怀。怅少小、香闺梦几回。但朝朝柴米，忙将时度，年年儿女，老把人催。花落庭前，月明窗外，我亦愁深不可猜。春何在，且微挑言笑，略展眉开。”[3]此真可谓疏通矣。且以画眉之笔，转而传神，吾知其非貌寻常行路人比也。

〔1〕袁钧，一字陶轩。参本卷“《四明近体乐府》”条。引见《四明近体乐府》卷十三。原文云：“《西庐词话》：‘韭山词，余最爱其清明《卜算子》“山上送春风，雨又萧萧下。红笑红啼两不分，是杜鹃开也。”之句，尝戏呼为“倪杜鹃”。’顷录四明词，韭山遗余书云：‘词之常行，谈者多以美成、玉田为正。拙作先求疏通，不能蕴藉，由于质性所近，然亦言所欲言而已。’夫不疏通未有能蕴藉者，韭山可谓知言矣。”

〔2〕倪象占，名承天，以字行，更字九三，一字韭山，象山（今属浙江）人。乾隆四十三年(1769)优贡生，嘉善训导。（据《四明近体乐府》卷十三。）著有《铁如意诗稿》1卷、《九山类稿》3卷、《九山诗文》2卷、《近稿偶存》1卷、《周易索诂》12卷等。

〔3〕见《四明近体乐府》卷十三。

顾贞观词

顾梁汾[1]短调隽永，长调委宛尽致，得周、柳精处。迹其生平，与吴汉槎兆骞[2]最称莫逆，《秋笳》之诗，《弹指》之词，固是骚坛二妙。其寄汉槎宁古塔《贺新凉》[3]云云，浓挚交情，艰难身世，苍茫离思，愈转愈深，一字一泪。吾想汉槎当日，得此词于冰天雪窖间，不知何以为情？后来效此体者极多，然平铺直叙，率觉嚼蜡，由无深情真气为之干，而漫云以词代书也。

梁汾咏寒柳《临江仙》云：“西风着意做繁华。飘残三月絮，冻合一江花。”又云：“永丰西畔即天涯。白头金缕曲，翠黛玉钩斜。”[4]咏梅《浣溪沙》云：“冻云深护最高枝。”又云：“一片冷香惟有梦，十分清瘦更无诗。待他移影说相思。”[5]剔透玲珑，风神独绝，诚咏物雅令也。比之排比嫩辞，襞积冷典，相去岂不万万哉！余尝怪今之学金风亭长者，置《静志居琴趣》、《江湖载酒集》于不讲，而心摹手追，独在《茶烟阁体物》卷中，则何也？[6]夫咏物南宋最盛，亦南宋最工。然倘无白石高致，梅溪绮思，第取《乐府补题》而尽和之，是方物略耳，是群芳谱耳，便谓超凡入圣，雄长词坛，其不然欤？[7]咏梅词亦见赏于容若，容若有《忆江南》一阕，即因此词而作。首曰：“新来好、唱得虎头词。”末曰：“标格早梅知。”中间即述此二句。[8]可见好文章，知音自同也。恐观者未省，聊复举之。

〔1〕顾贞观(1637—1714),字华峰,又字华封,又字远平,号梁汾,初名华文。江苏无锡人。康熙初入京师,以诗受知尚书龚鼎孳和大学士魏裔介,得其引见而任内阁中书舍人。康熙五年(1666)应顺天府乡试中举,后掌国史馆典籍。康熙十年(1671)魏裔介去位,顾贞观受牵连罢职归里。康熙十五年(1676)与纳兰性德订交,二十年(1681)营救吴兆骞生还榆关。纳兰卒,归里构"积书岩"于惠山,避世以终。(据张秉戍《弹指词笺注·前言》,北京出版社2000年版。)著有《顾梁汾先生诗词集》9卷。词名《弹指词》,凡2卷。编有《积书岩宋诗删》25卷。与纳兰性德合编《今词初集》2卷。

〔2〕吴兆骞,字汉槎。参本卷"纳兰性德其人其词"条。

〔3〕见《弹指词》卷下。调作《金缕曲》。词序:"寄吴汉槎宁古塔,以词代书。丙辰(1676)冬寓京师千佛寺,冰雪中作。"

〔4〕见《弹指词》卷下。

〔5〕见《弹指词》卷上。

〔6〕陈廷焯《白雨斋词话》卷三云:"竹垞《江湖载酒集》,洒落有致;《茶烟阁体物诗》,组织甚工;《蕃锦集》,运用成语,别具匠心,然皆无甚大过人处。惟《静志居琴趣》一卷,尽扫陈言,独出机杼。艳词有此,匪独晏、欧所不能,即李后主、牛松卿亦未尝梦见,真古今绝构也。"(清光绪二十年刻本。)朱彝尊,号竹垞,一号金风亭长。参卷二"朱彝尊赠伎词"条。

〔7〕《乐府补题》,南宋遗民词选。不著编者姓氏,或为元初陈恕可所辑。是书选录《天香》赋龙涎香8首,《水龙吟》赋白莲10首,《摸鱼儿》赋莼5首,《齐天乐》赋蝉10首,《桂枝香》赋蟹4首,共37首。朱彝尊《曝书亭集》卷三十六《乐府补题序》云:"诵其词可以观志意所存。虽有山林友朋之娱,而身世之感,别有凄然言外者。其骚人《橘颂》之遗音乎?"康熙十八年(1679),朱彝尊赴京参加博学鸿词科考试,携来《乐府补题》一册,掀起一场大唱和。严迪昌《清词史》:"以朱彝尊为宗主的浙西词派由此陡然炽盛,随之咏物风气大开。清词咏物之盛的空前绝后,即自此始。然而,天下事物的发展又每是始所未料,还在浙西树帜的初期,其致命的最终导向衰颓的因素已隐伏着了,这致命的弊端也正是这抒情主体的意志日趋淡化的咏物风习。"(第254页。)

〔8〕纳兰性德《通志堂集》卷六《梦江南》:"新来好,唱得虎头词。一片冷香惟有梦,十分清瘦更无诗。标格早梅知。"

纳兰性德其人其词

纳兰容若成德[1]深于情者也，固不必刻划《花间》，俎豆《兰畹》，而一声《河满》，辄令人怅惘欲涕。[2]情致与《弹指》[3]最近，故两人遂成莫逆。读两家短调，觉阮亭“脱胎温、李”[4]，犹费拟议。其中赠、寄梁汾《贺新凉》、《大酺》诸阕[5]，念念以来生相订交，情至此，非金石所能比坚。仆亡友侯官张任如仁恬，才高命薄，死之日，仆挽之云：“本是肺腑交，已矣！似此人间谁识我。可怜肝肠断，嗟乎！从今地下始逢君。”戊申，仆寓居宁德，寒食怀人，凄怆欲绝，填《百字令》云：“春光似箭，看莺娇蝶懒，清明又到。梨树阴阴闻故鬼，如诉如啼如祷。南国家山，杜鹃滴血，绿遍王孙草。满城苦雨，柳条檐际飞扫。　却忆张籍当时，酒边戏语，百样添烦恼。寒食西风吹点泪，此际才为情好。一别六年，夜台无雁，幽信何从讨。孤游已屡，个人曾否知道。”盖仆曾与君泛论交际，君笑曰：“清明肯流几点泪，方见好也。”[6]心怪其语不祥，越一年，而君竟殁。今读容若“后生缘，恐结他生里”[7]句，山阳闻笛，愈增腹痛矣。[8]

汉槎[9]，梁汾友耳。容若感梁汾词，谋赎汉槎归，曰：“三千六百日中，吾必有以报梁汾。”[10]厥后卒能不食其言，遂有“绝塞生还吴季子，算眼前、此外皆闲事”[11]句。嗟乎！今之人，总角之友，长大忘之。贫贱之友，富贵忘之。相勖以道义，而相失以世情；相怜以文章，而相妒以功利。吾友吾且负之矣，能爱友之友如容若哉？容若尝曰：“花间之词如古玉器，贵重而不适用，宋词适用而少贵重。李后主兼有其美，更饶烟水迷离之致。”又曰：“词虽苏、辛并称，而辛实胜苏，苏诗伤学，词伤才。”《渌水亭杂识》。[12]此真不随人道黑白者。集中警句，美不胜收，略举一二，以与解人共赏：“语密翻教醉浅”、“心事眼波难定”、《如梦令》。[13]“花骨冷宜香”、“远梦轻无力”、“总是别时情，那得分明语。判得最长宵，数尽厌厌雨。”《生查子》。[14]“一种蛾眉，下弦不似初弦好。”《点绛唇·感旧》。[15]“逗雨疏花浓淡改，关心芳字浅深难。”《浣溪沙》。[16]“妆罢只思眠。江南四月天。”、“人在玉楼中。楼高四面风。”、“休近小阑干。夕阳无限山。”、“只是去年秋。如何泪欲流。”《菩萨蛮》。[17]“雨歇春寒燕子家”、“桃花羞作无情死，感激东风。吹落娇红。飞入闲窗伴懊侬。”、“冷逼毡帷火不红”、“不辨花丛那瓣香”。《采桑子》。[18]“萧萧落木不胜秋，莫回首、斜阳下。”《一落索》。[19]“天将妍暖护双栖”。《山花子》。[20]“惜花人共残阳薄。春欲尽、纤腰如削。新月才堪照独愁，却又照、梨花落。”《拨香灰》。[21]“天将愁味酿多情”。《鹧鸪天》。[22]“不恨天涯行役苦。只恨西风，吹梦成今古。”《蝶恋花》。“谁翻乐府凄凉曲，风也萧萧。雨也萧萧。瘦尽灯花又一宵。　不知何事萦怀抱，醒也无聊。醉也无聊。梦也何曾到谢桥。”《采桑子》。[23]容若词有《饮水》、《侧帽》两种，其刻本有《通志堂集》、顾梁汾合刻两种。[24]后袁兰村通复梓《饮水词》，附《小仓山房合刻》中。[25]而最备者，莫如镇洋汪仲安元治之《纳兰词》[26]，凡五卷三百二十三阕，比之袁本多百馀阕，可谓搜罗无遗憾矣。然其中颇有失考。毛稚黄尝自度曲，名《拨香灰》，其句法字数与《忆王孙》俱同，但平仄稍异，容若《绿水亭春望》即填此调，因其中有"飏一缕秋千索"句，故自名《秋千索》。[27]《琵琶仙》系白石自度腔，容若《中秋》阕即填此调，只第六句比原作少一字，原作载《词律》第十六卷一百字类，仲安皆以为谱律不载，疑其为自度曲，非也。[28]仲安刻是书竟，曾填《齐天乐》一阕，镌板分同人索和，真好事者。词云："骖鸾返驾人天杳，伤心尚留兰畹。艳思攒花，哀音咽笛，当日更番肠断。乌丝漫展。认蠹粉芸烟，旧痕凄惋。拥鼻微吟，怎禁清泪暗承眼。　终惭替人过许，只为零落甚，重为排卷。白氎晨书，青灯夜校，忍记三生幽怨。蓉城梦远。傥梦可相逢，此情深浅。传遍词坛，有愁应共浣。"[29]仲安填词有纳兰再世之目，"替人"句谓此也。[30]

余德水金云："容若，大学士明珠子，十七为诸生，十八举乡试，十九成进士康熙癸丑，二十二授侍卫，拥书万卷，萧然自娱，人不知为宰相子也。"《熙朝新语》。[31]丁药园云："容若填词，多于马上尊前得之。"[32]吴园次序《饮水词》，末云："非慧男子不能善愁，唯古诗人乃云可怨，公言性吾独言情，多读书必先读曲。"[33]嗟乎！若容若者，所谓翩翩浊世佳公子矣。亡友芑川最爱此词，尝手录数十阕，并以《百字令》题其后。有云："为甚麟阁佳儿，虎门贵客，遁入愁城里。此事不关穷达也，生就肝肠尔尔。"[34]既教谕台阳，携以渡海，辛亥台乱，勤劳殁王事，其棺附舟南下，中途遇盗，遗稿秘钞，俱付之洪涛巨浸中，悲夫！[35]芑川又素爱李后主，每读其词，辄太息。尝与余立题分咏，余颇訾南唐之失政，芑川见之，愠曰："若此多情人，岂可不从末减乎？"乃以自填《黄金缕》示予，曰："重瞳又见江南李。垓下悲歌，变出柔肠里。懊恼小楼风又起。天涯何处黄花水。　撮襟题遍澄心纸。好个翰林，可惜为天子。流水落花春去矣。断肠犹说鸳鸯寺。"[36]组织往事，意在言表，真咏古之妙则，甚愧余之褊且腐也，牵连书之，以俟后之续《词苑丛谈》者。容若所著，又有《大易集成粹言》八十卷、《陈氏礼记集说补正》三十八卷、《通志堂集》二十卷。

容若妇沈宛，字御蝉，浙江乌程人，著有《选梦词》。述庵《词综》不及选。[37]《菩萨蛮》云："雁书蝶梦皆成杳。月户云窗人悄悄。记得画楼东。归骢系月中。　醒来灯未灭。心事和谁说。只有旧罗裳。偷沾泪两行。"[38]丰神不减夫婿，奉倩神伤，亦固其所。检集中悼亡之作，不下十数首，其《沁园春》自叙云："丁巳重阳前三日，梦亡妇淡妆素服，执手呜咽，语多不复能记，但临别有云：'衔恨愿为天上月，年年犹得向君圆。'觉后感赋长调。""瞬息浮生，薄命如斯，低徊怎忘。自那番摧折，无衫不泪，几年恩爱，有梦何妨。最苦啼鹃，频催别鹄，赢得更阑哭一场。遗容在，只灵飙一转，未许端详。　重寻碧落茫茫。料短发、朝来定有霜。信人间天上，尘缘未断，春花秋月，触绪堪伤。欲结绸缪，翻伤漂泊，两处鸳鸯各自凉。真无奈，把声声檐雨，谱入愁乡。”[39]容若颇多自度曲，《玉连环影》、三十一字。《落花时》[40]、五十二字。《添字采桑子》、五十字，与《促拍采桑子》字同句异。《秋水》[41]、一百一字。《青衫湿遍》[42]、一百二十二字，一曰《青衫湿》。《湘灵鼓瑟》[43]、一百三十二字，一曰《翦梧桐》。是也。若《踏莎美人》[44]、六十二字。《翦湘云》[45]八十八字。则梁汾所度，取而填者。容若所与游皆知名士。震泽赵函曰：“惠山之阴，有贯华阁者，在群松乱石间，远绝尘轨。容若扈从南来时，尝与迦陵、梁汾、荪友信宿其处。旧藏容若绘像及所书阁额，近毁于火，甚可惜也。”《纳兰词序》。[46]而稗官中《红楼梦》一书，或传为容若而作[47]，虽无左证，然相其情事，颇相类也。若随园以为记曹通政[48]，殆不然欤？

〔1〕纳兰性德(1655—1685)，原名成德，避东宫讳，改性德，字容若，别号楞伽山人。父明珠，官大学士、太子太傅。满洲正黄旗人。年十七补诸生，入太学，受业于徐元文、徐乾学兄弟。十八岁举顺天乡试，二十岁成进士，授侍卫。著有《通志堂集》20卷，中有词4卷。与顾贞观合辑《今词初辑》2卷。词集初名《侧帽》，后经顾贞观增补为《饮水词》，后人又汇辑成《纳兰词》，今存词348首。(参《中国词学大辞典》第210页。)

〔2〕《何满子》，参卷五“高文樵词深于情”条注〔6〕。

〔3〕《弹指词》，顾贞观词集。

〔4〕“脱胎温、李”，不详出自何书。

〔5〕《通志堂集》卷七有《金缕曲》“赠梁汾”、“简梁汾”、“寄梁汾”、“赠梁汾”、“再赠梁汾用秋水轩旧韵”诸题。《通志堂集》卷七有《大酺·寄梁汾》词。

〔6〕挽词不见谢氏文集。词见《酒边词》卷二。《百字令·清明》注云：“故友张君任如殁六年矣，日余与君泛论及交际，君笑曰：‘清明肯流几点泪，方见好也。’越一年而君竟殁，三复斯言，能无腹痛耶？”张仁恬，字任如。参卷六“咏小西湖诗词”条。

〔7〕《通志堂集》卷七《金缕曲·赠梁汾》词中句。“后生”原作“后身”。又见《今词初集》卷下《贺新郎·赠顾梁汾题杵香小影》，“后生”亦作“后身”。

〔8〕晋向秀经山阳旧居，听到邻人吹笛，不禁追念亡友嵇康、吕安，因作《思旧赋》。后因以“山阳笛”为怀念故友的典实。范晔《后汉书》卷五十一《桥玄传》：“初，曹操微时，人莫知者，尝往候玄，玄见而异焉。谓曰：‘今天下将乱，安生民者，其在君乎？’操常感其知己，及后经过玄墓，辄凄怆致祭，自为其文曰：‘士死知己，怀此无忘，又承从容约誓之言：“徂没之后，路有经由，不以斗酒只鸡过相沃酹，车过三步，腹痛勿怨。”虽临时戏笑之言，非至亲之笃好，胡肯为此辞哉！’”(民国刻百衲本景宋绍熙刻本。)

〔9〕吴兆骞(1631—1681),字汉槎,江苏吴江(今苏州)人。吴伟业以其与彭师度、陈维崧为江左三凤凰。稍长为慎交社首领,与同声社章在兹、王发争操选政有隙。顺治十四年(1657)举于乡,为章、王所告发,遂起科场之狱,谪戍宁古塔,居塞外长达23年,以所著《长白山赋》进献康熙,挚友顾贞观又为之请于纳兰性德,昔日社盟徐乾学等为赎还。著有《秋笳集》8卷、《归来草堂集》不分卷。(据《清人诗文集总目提要》第222页。)

〔10〕《弹指词》卷下《金缕曲》(我亦飘零久)注云:"二词容若见之,为泣下数行,曰:'河梁生别之诗,山阳死友之传,得此而三。此事三千六百日中,弟当以身任之,不俟兄再嘱也。'余曰:'人寿几何?请以五载为期。'恳之太傅,亦蒙见许,而汉槎果以辛酉(1681)入关矣。附书志感兼志痛云。"

〔11〕《通志堂集》卷七《金缕曲·简梁汾》词中句。

〔12〕见《通志堂集》卷十八《渌水亭杂识四》。

〔13〕见《通志堂集》卷六。

〔14〕见《通志堂集》卷九。

〔15〕见《通志堂集》卷六。原无词题"感旧"。

〔16〕见《通志堂集》卷六。

〔17〕见《通志堂集》卷七。

〔18〕见《通志堂集》卷六。

〔19〕见《通志堂集》卷七。"落",原作"络"。

〔20〕见《通志堂集》卷七。

〔21〕见《通志堂集》卷七。"拨香灰",原作"秋千索"。按:此词词牌名《瑶华集》作《拨香灰》。

〔22〕见《通志堂集》卷八。"鹧鸪天",原作"於中好"。按:本调汪元治刻本作《鹧鸪天》。《鹧鸪天》一名《於中好》。

〔23〕以上二首见《通志堂集》卷六。

〔24〕顾梁汾合刻本即《饮水诗词集》,凡五卷,题"长白性德著,锡山顾贞观阅定。"(清康熙间刻本。)

〔25〕袁通(1716—1797),字兰村,袁枚继子。姚鼐《惜抱轩文集》卷十三《袁随园君墓志铭》:"君卒于嘉庆二年(1797)十一月十七日,年八十二。夫人王氏无子,抚从父弟树子通为子。"(清嘉庆十二年刻本。)著有《捧月楼词》2卷附《膝外馀言》1卷。袁通选录本《饮水词钞》,凡2卷,收词211首,有清嘉庆《小仓山房合刻》本。

〔26〕汪元治(1810?—1877),字仲安,号珊渔,江苏镇洋(今太仓)人。长于倚声,善画。曾任河南汤阴、中牟令。晚年主讲徐州、宿迁、崇明等地书院。(据《中国词学大辞典》第244页、《清人别集总目》第1527页。)著有《结铁网斋

诗集》10卷《补钞》1卷附《邢庄剩草》,中有词13首。尝重辑《纳兰词》,刻于道光十二年(1832)。

〔27〕见《通志堂集》卷七《秋千索·渌水亭春望》其三。"飏",原作"弄"。汪元治辑本《纳兰词》卷二《秋千索》调下注云:"按:此调谱律不载,或亦自度曲,一本作《拨香灰》。"谢氏之意是说汪元治未能明确《秋千索》来源于《拨香灰》,如能明确这一来源,就不会作出是《秋千索》是纳兰自度曲的判断。

〔28〕《通志堂集》卷八有《琵琶仙·中秋》。汪元治辑本《纳兰词》卷四《琵琶仙》调下注云:"按:此调谱律不载,或亦自度曲。"万树《词律》卷十六收姜夔《琵琶仙》注云:"此石帚自制腔"。

〔29〕汪元治《齐天乐》不见《结铁网斋诗集》,不详谢章铤录自何书。

〔30〕汪元浩《纳兰词跋》云:"余弟仲安从王丈少仙假得先生《侧帽词》,好之笃,故其笔墨间有近之者,曾质之赵丈艮甫,丈赏为纳兰再世,仲安未敢当也。"

〔31〕余金《熙朝新语》卷八:"纳兰容若性德,大学士明珠子。康熙癸丑(1673)进士,少聪敏,过目成诵。年十七为诸生,十八举乡试,十九成进士,二十二授侍卫。拥书数万卷,萧然若寒素,弹琴歌曲评书画以自娱,人不知为宰相子也。"(清嘉庆二十三年刻本。)

〔32〕丁澎,号药园。参卷八"丁澎《扶荔词》颇伤于脆"条。引见汪元治辑本《纳兰词·词评》,云:"容若填词有《饮水》、《侧帽》二本,大约于尊前马上得之,读之如名葩美锦,郁然而新,又如太液波澄,明星皎洁。"

〔33〕见汪元治辑本吴薗次《纳兰词·原序》。

〔34〕《百字令》未见《斫剑词》,可作刘家谋词补遗之用。

〔35〕《赌棋山庄文集》卷四《林子鱼岭海诗存序》:"甲子(1864),余之粤,君方捧檄治兵,告余曰:'官职不可知,诗则不甘为人后也。'然仓皇别去,卒未得读其新制。归过厦门,芑川之丧初至自台湾,驿路相逢,抚棺一恸,天地颠倒,毛发酸楚,沧波渺然不知其几千里,而芑川长已矣,乃益回首念君不置也。"

〔36〕见《斫剑词》,有词序:"书李后主词后。"

〔37〕指王昶《国朝词综》未选沈宛词。

〔38〕沈宛,字御蝉,浙江乌程(今湖州)人,长白侍卫纳兰室,著有《选梦词》。(据蒋重光纂《昭代词选》卷三十四。)《昭代词选》卷三十四录此词。按:据张草纫《纳兰词笺注·前言》,沈宛乃纳兰侍妾。参《续编》卷一"黄燮青《国朝词综续编》疏于校雠"条。

〔39〕见《通志堂集》卷九。《自叙》及词,文字差异较大,据清康熙三十年徐乾学刻本重录,序云:"丁巳(1677)重阳前三日,梦亡妇淡妆素服,执手哽咽,语多不复能记,但临别有云:'衔恨愿为天上月,年年犹得向郎圆。'妇素未工诗,

不知何以得此？觉后感赋。”词云：“瞬息浮生，薄命如斯，低徊怎忘。记绣榻闲时，并吹红雨，雕阑曲处，同倚斜阳。梦好难留，诗残莫续，赢得更深哭一场。遗容在，只灵飙一转，未许端详。　　重寻碧落茫茫。料短发、朝来定有霜。便人间天上，尘缘未断，春花秋叶，触绪堪伤。欲结绸缪，翻惊摇落，减尽荀衣昨日香。真无奈，倩声声邻笛，谱出回肠。”

〔40〕以上二首见《通志堂集》卷六。

〔41〕以上二首见《通志堂集》卷八。

〔42〕见《通志堂集》卷九。

〔43〕见《通志堂集》卷九。“翦字梧桐”，原作“翦梧桐”，有词题：“自度曲”。

〔44〕见《通志堂集》卷七。

〔45〕见《通志堂集》卷八。顾贞观《弹指词》卷上《翦湘云》：“翦破湘云一缕”。

〔46〕据汪元治辑本《纳兰词》，“惠山之阴”前原有“余尝登”，“所书阁额”原作“所书贯华阁额”。

〔47〕张维屏《国朝诗人征略二编》卷十：“容若原名成德，大学士明珠之子。世所传《红楼梦》，贾宝玉盖即其人也。《红楼梦》所云乃其髫龄时事，其诗善言情，又好言愁。”（清道光二十二年刻本。）

〔48〕袁枚《随园诗话》卷二：“康熙间曹练亭为江宁织造，每出拥八驺，必携书一本观玩不辍。人问：‘公何好学。’曰：‘非也，我非地方官，而百姓见我必起立，我心不安，故藉此遮目耳。’素与江宁太守陈鹏年不相中，及陈获罪，乃密疏荐陈，人以此重之。其子雪芹撰《红楼梦》一部，备记风月繁华之盛。明我斋读而羡之。当时红楼中有某校书尤艳，我斋题云：‘病容憔悴胜桃花，午汗潮回热转加。犹恐意中人看出，强言今日较差些。’‘威仪棣棣若山河，应把风流夺绮罗。不似小家拘束態，笑时偏少默时多。’”

赌棋山庄词话卷八

邹祗谟词

邹程村祗谟[1]与阮亭、羡门游，故其词修洁，有《花间》遗意。《浣溪纱》调不易填，以其句法近诗。程村《别绪》云："何事连宵唱懊侬。双垂斗帐绣芙蓉。凄清晓起怨征鸿。　　水驿蓬窗山驿店，夜程霜月晓程风。丁宁有限意无穷。"[2]此却恰好，且有馀味。又《南乡子》云："妾身能自造春风。"[3]《水调歌头・中秋》云："刚道人间月半，天上月团圆。"[4]造句亦奇，"月半"字见《祭义》及《士丧礼》[5]，又岑参诗"凉州三月半"[6]，韩愈诗"南方二月半"[7]。

〔1〕邹祗谟(？—1670)，字讦士，号程村，别号丽农山人，江苏武进(今常州)人。顺治十五年(1658)进士，后三年以逋粮案被黜，不复仕。(据《清人诗文集总目提要》第202页。)著有《邹讦士诗选》2卷、《丽农词》2卷、《远志斋词衷》1卷、《声华合谱》6卷。与王士禛合编《倚声初集》20卷(在20卷作品之前有《爵里》3卷、《前编》4卷)。

〔2〕见陈维崧、吴本嵩、吴逢原、潘眉辑《今词苑》卷一。"丁宁"，原作"叮咛"。(清康熙十年徐喈凤南磵山房刻本。)钞本《丽农词》、清康熙刻留松阁刻本《丽农词》均未收此词。

〔3〕见清康熙刻留松阁刻本《丽农词》卷上。钞本有词题："赋艳"。

〔4〕见清康熙刻留松阁刻本《丽农词》卷下。有词序："中秋次东坡韵"。

〔5〕"月半"见《礼记・祭义》、《仪礼・士丧礼》。

〔6〕见岑参《河西春暮忆秦中》。

〔7〕见韩愈《同冠峡》诗。

国初三毛

国初三毛：稚黄、西河、鹤舫际可。[1]稚黄、西河较胜，西河论词多确凿。即稚黄谈艺亦复不苟，议者徒訾其《填词名解》之附会穿凿[2]，遂尽没其真耳。鹤舫与吾闽林西仲善[3]，文亦相似，均非上乘正法眼也。其《蝶恋花》云："桂魄凄凉寒玉宇。顾影无憀，影也添凄楚。为月不眠情更苦。明朝愿下廉纤雨。"[4]

翻说颇觉新妙。

〔1〕毛先舒，字稚黄。参本卷“毛先舒论词不必名诗馀”条。毛奇龄，号西河。参卷四“毛奇龄、俞士彪词”条。毛际可(1633—1708)，字会侯，号鹤舫，浙江遂安(今淳安)人。顺治十五年(1658)进士，历官陕西城固等知县。著有《安序堂文钞》30卷。(据《清人诗文集总目提要》第239～240页。)词有《浣雪词钞》2卷。

〔2〕如永瑢等撰《四库全书总目》卷二百《〈填词名解〉提要》云：“附会支离，多不足据。”

〔3〕林云铭，字西仲。参卷一“林云铭词”条。林云铭《吴山鷇音》有毛际可、毛先舒《序》。毛际可《序》称与林云铭同举戊戌(1658)进士，相期以诗文鸣国家之盛，后遭时数之厄与林略同。

〔4〕见毛际可《浣雪词钞》卷上。有词题：“言愁”。(清康熙刻本。)又见《今词初集》卷上。“明朝”，《今词初集》作“明宵”。

彭孙遹词得温、李神髓

彭羡门孙遹〔1〕真得温、李神髓，由其骨妍，故辞媚而非俗艳。董东亭潮〔2〕谓先生晚年收毁《延露词》，故传本甚少。《东皋杂钞》。〔3〕然迦陵〔4〕之豪宕，竹垞〔5〕之醇雅，羡门之妍秀，攻倚声者所当铸金事之，缺一不可。《卜算子》云：“身作合欢床，臂作游仙枕。打起黄莺不放啼，一晌留郎寝。”〔6〕彭十艳情当家，固宜阮亭怵服。〔7〕相传羡门见沈去矜、董文友词，笑谓邹程村曰：“泥犁中皆若人，故无俗物。”〔8〕斯虽戏言，亦可见其忍俊不禁矣。至若《雨中花令》云：“麹生已拜尚书尹。更毛颖、又中书品。橘叟千头，竹君千户，尽领通侯印。　羽客乘轩花锡衮。先生相、岂长栖遁。官柳排衙，官蛙叠鼓，官补南柯郡。”〔9〕此则解嘲应闲之别调，可谓温厚善谑矣。

太白如姑射仙人，温、尉是王、谢子弟，温尉词当看其清真，不当看其繁缛。胡元任谓庭筠“工于造语，极为奇丽”。〔10〕然如《菩萨蛮》云：“梧桐树。三更雨。不道离情正苦。一叶叶，一声声，空阶滴到明。”〔11〕语弥淡，情弥苦，非奇丽为佳者矣。羡门深窥此秘。《生查子》云：“起立悄无言，残月生西弄。”〔12〕《玉楼春》云：“江南无限断肠花，枝上东风枝下雨。”又云：“人从春色去边来，舟向梦魂来处去。”〔13〕《临江仙》云：“斜阳如弱水，只管向西流。”〔14〕着墨无多，寻味不尽，亦异乎屯田俳语矣。设色，词家所不废也。今试取温尉与梦窗较之，便知仙凡之别矣。盖所争在风骨，在神韵，温尉生香活色，梦窗所谓七宝楼台，拆碎不成片段。[15]又其甚者，则浮艳耳。阮亭揣摩花间，沾沾于"䰀"、"苣"一二字义，是犹见其表而遗其里欤？[16]须知"檀栾金碧，婀娜蓬莱"[17]，未必便低便俗于"宝函钿雀"[18]、"画屏鷓鴣"[19]，亦视驱遣者造诣何如耳。

〔1〕彭孙遹(1631—1700)，字骏孙，号羡门，别号金粟山人，浙江海盐人。顺治十六年(1659)进士，官中书舍人。康熙十八年(1679)应博学鸿儒试，列第一等第一名，授编修，累官至吏部右侍郎，兼翰林院掌院学士。(据《清词史》第61页。)著有《南淮集》3卷、《松桂堂全集》37卷、《金粟词话》1卷。词有《延露词》3卷、《茗斋诗馀》2卷。

〔2〕董潮(1729—1764)，字晓沧，号东亭，江苏武进(今常州)人。少孤，赘于海盐入籍。乾隆二十八年(1763)进士，改庶吉士，授内阁中书。乞养归。著有《东亭诗选》2卷、《红豆诗人集》19卷、《东皋杂钞》3卷。(据《清人诗文集总目提要》第725页。)

〔3〕《东皋杂钞》卷一："彭少宰羡门，少以长短句得名，所刻《延露词》，皆一时香艳之作，至暮年每自出价购之，百钱一本，随得随焚，盖自悔其少作也。"(王云五主编《丛书集成初编》，中华书局1985年版。)

〔4〕陈维崧，号迦陵。参卷四"陈维崧一门词"条。

〔5〕朱彝尊，号竹垞。参卷二"朱彝尊赠伎词"条。

〔6〕见《延露词》卷一。有词题："赋艳"。(清刻本，下同。)

〔7〕王士禛号阮亭。王士禛《花草蒙拾》："仆每读史邦卿《咏燕》词：'又软语商量不定，飘然快拂花梢，翠尾分开红影。'又：'红楼归晚，看足柳昏花暝。'以为咏物至此，人巧极天工矣！近得彭十《咏萤》词，至'轻沾叶露，暗栖花蕊。乱翻银井，有时团扇惊回。'又：'巧坐人衣相映，又随风欲堕，带雨犹明。'不禁叫绝，即令梅溪复生，抽毫拂素，何以过之。"王士禛《带经堂集》卷十二《渔洋诗十二》："风流文采推彭十(原注：孙遹)，宫体新词徐庾前。"

〔8〕王晫《今世说》卷八《排调》："彭羡门在广陵见沈去矜、董文友词，笑谓邹程村曰：'泥犁中皆若人，故无俗物。'"(清康熙二十二年霞举堂刻本。)

〔9〕见《延露词》卷二《雨中花·解嘲》。"更毛颖又中书品"原作"毛生又摄中书品"，"先生相岂长栖遁"原作"先生岂合长栖遁"。

〔10〕胡仔《苕溪渔隐丛话后集》卷十七："苕溪渔隐曰：'温庭筠《湖阴曲》警句云："吴波不动楚山远，花压阑干春昼长。"庭筠工于造语，极为绮靡，《花间集》可见矣。'"(清乾隆刻本。)胡仔(1110—1170)，字元任，号苕溪渔隐，绩溪(今属安徽)人，历任广西经略安抚司机宜文字、广西提刑司干办公事、福建转运司干办公事、建安主薄。著有《苕溪渔隐丛话》前后集。(参《宋词大辞典》第524页。)

〔11〕此调非《菩萨蛮》，而是《更漏子》。温庭筠《更漏子》见赵崇祚纂《花间集》卷一。（民国刻《四部丛刊》景明万历刊巾箱本。）

〔12〕见《延露词》卷一。有词题："旅夜"。

〔13〕见《延露词》卷二。有词序："三月晦日归舟"。

〔14〕见《延露词》卷二。有词题："遣信"。

〔15〕张炎《词源》卷下《清空》："词要清空，不要质实，清空则古雅峭拔，质实则凝涩晦昧。姜白石词如野云孤飞，去留无迹；吴梦窗词如七宝楼台，眩人眼目，碎拆下来，不成片段。此清空质实之说。"

〔16〕王士禛《花草蒙拾》："花间字法，最着意设色，异纹细艳，非后人纂组所及。如'泪沾红袖黦'、'犹结同心苣'、'豆蔻花间趖晚日'、'画梁尘黦'、'洞庭波浪飐晴天'。山谷所谓古蕃锦者，其殆是耶？"

〔17〕吴文英《声声慢·闰重九饮郭园》词中语。

〔18〕温庭筠《菩萨蛮》（其十）词中语。

〔19〕"画屏金鹧鸪"，温庭筠《更漏子》（柳丝长）词中语。

毛先舒论词不必名诗馀

毛稚黄先舒〔1〕时有新意，短调亦善留馀。当时以"三瘦"得名，谓"不信我真如影瘦"、《玉楼春》。"书来墨淡知伊瘦"、《踏莎行》。"鹤背山腰同一瘦"。《临江仙》。〔2〕而其集中，尚有"除却鞋尖似昔时，馀都是、今春瘦"、《拨香灰》。"花枝解我因花瘦。故意相挑逗"，《虞美人》。未尝非好句也。《菩萨蛮》云："试暖春无力"。《浪淘沙》云："一梦几回醒。断续难成。偏从醒后忆分明。好梦如今须好做，不许零星。"措辞工妙。《拨香灰》，稚黄自度曲。又有《满镜愁》五十字，乃沈去矜所度。〔3〕

稚黄曰："填词不得名诗馀，犹曲自名曲，不得名词馀。又诗有近体，不得名古诗馀，楚骚不得名经馀也。盖古歌皆作者随意造之，歌者随变入节，传之以声而歌，故乐有谱而歌无谱也。后世歌法渐密，故作定例而使作者按例以就之，平平仄仄，照调制曲，预设声节，填入辞华，盖其法自填词始。故填词本按实得名，名实恰合，何必名诗馀哉？问：'若是，则古人随意为之，何以皆可歌？是歌工之工善传喉吻耶？抑古人皆知音律耶？'曰：'歌工虽巧，不能使拗者之可歌。古作者才虽高，不能尽通音律。要之，古人事不强作，亦不强成，通音律者乃作歌，不通者不作也。歌之而叶者乃歌，不叶者不歌也。后世歌者愈昧，作者愈多，而歌法愈益密，不得不为定谱以绳之。使贤者俯而就，不肖者跂而及，填词之谓矣。故填词既出则诗亡，夫诗之亡也，诗馀也哉。'"《潠书》〔4〕余按：

此论最为明通。惟谓词出而诗亡，则又不然。夫所谓诗馀者，非谓凡诗之馀，谓唐人歌绝句之馀也。盖三百篇转而汉魏，古乐府是也。汉魏转而六朝，《玉树后庭》、《子夜》、《读曲》等作是也。六朝转而唐人，绝句之歌是也。唐人转而宋人，长短句之词是也。其后词转为小令，小令转为北曲，北曲转为南曲，源流正变，历历相嬗。故馀者声音之馀，非体制之馀。然则词明虽与诗异体，阴实与诗同音矣，而曰"词出诗亡"哉！虽然，乐府之歌法亡，后人未尝不作乐府，绝句之歌法亡，后人未尝不作绝句。且唐人绝句、宋人词，亦不尽可歌，谓必姜、张而后许按拍，何其宽于诗而严于词欤？

〔1〕毛先舒(1620—1688)，字稚黄，初名骙，字驰黄，浙江仁和(今杭州)人。明崇祯诸生，父殁后弃举业，以著述终老。受知于陈子龙。诗文与毛奇龄、毛际可齐名，并称为"浙中三毛"。又与陆圻、孙治、柴绍炳等并称"西泠十子"。(据《中国词学大辞典》第189页。)著有《毛稚黄先生全集十四种》计《思古堂集》2卷、《匡林》2卷、《潠书》8卷、《小匡文钞》4卷、《螺峰说录》2卷、《圣学真语》2卷、《格物答问》2卷、《东苑文钞》2卷、《东苑诗钞》1卷、《蕊云集》1卷、《晚唱》1卷、《诗辩坻》4卷、《韵学通指》2卷、《韵白》1卷、《稚黄子文洴》1卷、《鸾情集选》1卷。按：目录仅著录14种，实为16种，《稚黄子文洴》1卷、《鸾情集选》1卷未计入目录。

〔2〕《玉楼春·闺晚》、《踏莎行·书来》、《临江仙·写意》均见《鸾情集选填词》。(据清康熙刻思古堂十四种本，下同。)亦分别见《全清词·顺康卷》第2180、2182、2183页。陈康祺《郎潜纪闻》卷七："毛驰黄先舒尝有词云：'不信我真如影瘦'，又云：'鹤背山腰同一瘦'、'书来淡墨知伊瘦'，世称'毛三瘦'。见陈检讨集中《毛驰黄〈韵学通指〉序》。"(清光绪刻本。)按：陈维崧《陈迦陵文集》卷三《毛驰黄〈韵学通指〉序》未谈及毛驰黄作词事。(民国刻《四部丛刊》景清本。)徐釚《词苑丛谈》卷五："毛稚黄《玉楼春·闺晚》云：'闲庭悄立，愁时秋色，满阶花似绣。月明背着陟然惊，不信我真如影瘦。　嘹嘹孤雁丁丁漏。又是三鼕街鼓后。露珠珠泪一般多，谁湿银纱衫子袖。'又《踏莎行·书来》云：'数点黄花，一行衰柳。凄其客况秋时候。空闺寂寂念相闻，书来墨淡知伊瘦。　心似悬旌，人如中酒。恹恹最怕黄昏后。枕头耳热浪频猜，想伊不忍将人咒。'又《临江仙·写意》云：'我醉古人千日酒，醒来月挂床边。仰头大笑看青天。胸中无限仄，江海总平川。　鹤背山腰同一瘦，且看若个诗仙。抱琴抚弄意泠然。不思明日事，更探杖头钱。'沈东江嘲曰：'昔子野称"张三影"，今稚黄可谓"毛三瘦"矣。'"

〔3〕《拨香灰·春恨》、《虞美人·落花》、《菩萨蛮·朝睡》、《浪淘沙·感怀》、《满镜愁·送春》均见《鸾情集选填词》。亦分别见《全清词·顺康卷》第

2179、2179、2173、2178、2177页。《拨香灰·春恨》词序云:“钱唐毛先舒自度曲也。昔作忆诗,本有‘寻香更拨灰’之句。”《满镜愁·送春》词序云:“临平沈谦自度曲也。”

〔4〕引见《潠书》卷四《填词名解》。“填词不得名诗馀,犹曲自名曲,不得名词馀。”原作“填词者填其词也,不得名诗馀。填词不得名诗馀,犹曲自名曲,不得名词馀。”“随变”原作“寻变”、“故乐有谱而歌无谱也”原无“而”字、“耶”原作“斜”、“愈多”原作“愈滥”。(据清康熙刻思古堂十四种本。)

江藩论填词不知宫调

江郑堂藩[1]曰:“仇山村谓:‘腐儒村叟,酒边豪兴,引纸挥笔,动以东坡、稼轩、龙洲自况。极其至,四字《沁园春》,五字《水调歌头》,七字《鹧鸪天》、《步蟾宫》,拊几击缶,同声附和,如梵呗,如步虚,不知宫调为何物,令老伶俊倡面称好而背窃笑,是岂足以言词哉!’近日大江南北,盲词哑曲,塞破世界,人人以姜、张自命者,幸无老伶俊倡窃笑之耳。”《词源跋》。[2]余谓郑堂之言过矣。宋人歌词,犹今人之歌曲,走腔落调,知者颇多。若论词于今人,则犹宋人论绝句,歌法虽极考究,终鲜周郎,而谓老伶俊倡能窃笑哉?声音既变,文字随之,正不得轩轾太甚。至今日,词学所误在局于姜、史[3],斤斤字句、气体之间,不敢拈大题目,出大意义,一若词之分量[4]不得不如是者,其立意盖已卑矣,而奚暇论及声调哉?

〔1〕江藩(1761—1831),字子屏、号郑堂,江苏甘泉(今扬州)人,祖籍旌德(今属安徽)。监生,经学家。(据《清人别集总目》第565页。)著有《隶经文》4卷、《伴月楼诗钞》3卷、《周易述补》4卷、《国朝汉学师承记》8卷、《国朝宋学渊源记》2卷、《江湖载酒词》2卷等。

〔2〕见秦恩复《词源跋》,非江藩《词源跋》,谢氏误记。“谓”原作“曰”,“水调歌头”原作“水调”,“足以”原作“足与”。(据清道光八年《词学丛书》本《词源》。)

〔3〕姜、史指姜夔、史达祖。

〔4〕词之分量,参本书前言。

沈谦词取法未高

沈去矜谦[1]好尽好排，取法未高，故不尽倚声三昧。长调意不副情，笔不副气，徒觉拖沓耳，且时时阑入元曲。去矜好自度曲，如《美人鬟》[2]、四十四字。《月笼沙》[3]、六十字。《东风无力》[4]、七十一字。《蝶恋小桃红》[5]、犯曲，上四《蝶恋花》，下三《小桃红》，后段同。七十二字。《胜常》[6]七十六字。之类皆是。《东湖月》一百字则及门潘云赤所度，去矜和之者，调皆圆美。[7]其《东风无力》云："万里春愁直"。[8]"直"字最奇。至《十二时慢》云："仔细想、真无意思。撞着吃亏忍气。"又云："人也劝奴，为何守这，冷冷清清地。奴须丢不下，死生只在这里。"[9]等句，实非雅调，不得以黄九、柳七藉口。[10]

〔1〕沈谦（1620—1670），字去矜，号东江，浙江仁和（今杭州）人。入清不仕，业医。与陆圻、毛先舒等合称"西陵十子"。著述今存《东江集钞》9卷、《东江别集》5卷、《临平记》4卷、《沈氏词韵略》。（据汪超宏《沈谦年谱》，《明清浙籍曲家考》，浙江大学出版社2009年版。）

〔2〕见《东江别集》卷一。《美人鬟·歌妓》序云："新翻曲，上二句《虞美人》，下二句《菩萨蛮》，后段同。"（清康熙十五年沈圣昭、沈圣晖刻本，下同。）

〔3〕见《东江别集》卷二。《月笼沙·九日题南楼壁间》序云："新翻曲，上三句《西江月》，下二句《浪淘沙》，后段同。唐杜牧诗：'烟笼寒水月笼沙'。"

〔4〕见《东江别集》卷二。《东风无力·南楼春望》序云："自度曲，范至能词：'溶溶曳曳，东风无力，欲皱还休。'"

〔5〕见《东江别集》卷二。《蝶恋小桃红·秋思》序云："新翻曲，上四句《蝶恋花》，下二句《小桃红》，后段同。"

〔6〕见《东江别集》卷二。《胜常·再过薛姬》序云："自度曲。唐诗：'背人含笑道胜常'，即今妇人万福也。"

〔7〕见《东江别集》卷三。《东湖月》词序云："己酉生日，潘生云赤以自度曲寿余，览次有感，依韵答之。"

〔8〕见《东江别集》卷二。

〔9〕见《东江别集》卷三。"十二时慢"，原作"十二时"、"仔细"，原作"子细"、"撞着"，原作"撞住"。

〔10〕黄九，指黄庭坚。柳七，指柳永。

万树词

红友[1]《词律》，去矜[2]《词韵》，皆声名极盛之作。而二君于词，都非超乘，但红友较强耳。其《登悠然楼》云："曲尚屯田柳。独予宗、眉山苏大，分宁黄九。"[3]然其排荡处，颇涉辛、蒋藩篱，一泻千里，绝少潆洄。词论之讥，正恐不免。《苏幕遮》云："彩分鸾，丝绝藕。且尽今宵，且尽今宵酒。门外骊驹声早骤。恼煞长亭，恼煞长亭柳。　倚秦筝，扶楚袖。有个人儿，有个人儿瘦。相约相思须应口。春暮归来，春暮归来否。"[4]《贺新凉》云："汝到园中否。问葵花、向来铺绿，今全红否。种柳塘边应芽发，桃实墙东落否。青笋箨、褪苍龙否。手植盆荷钱叶小，已高擎、碧玉芳筒否。曾绿遍，桂丛否。　书笺为寄村翁否。乞文章、茅峰道士，返茅峰否。舍北人家樵苏者，近斫南山松否。堤上路、尚营工否。是处秧青都是浪，我邻家、布谷还同否。曾有雨，有风否。"[5]论文，有疏气而无深情；论调，是奇格而非雅令。作者见奇，读者称妙，而词之古意亡矣。按：此体本于山谷，山谷有檃括醉翁亭记《瑞鹤仙》，通阕皆用"也"字[6]；又有《阮郎归》，通阕皆用"山"字[7]。其后竹山秋声《声声慢》，亦通阕皆用"声"字，都非美制，而竹山差胜耳。[8]盖填短调、押实字，或有佳者。若长调，虚字则必不能妥帖矣。张咏川曰："是盖效福唐独木桥体者"。[9]然余按：《礼》载《汤盘铭》三韵"新"字[10]，其后灵帝中平中《董逃歌》十三韵"逃"字[11]，则此体之滥觞也。曲亦有之，如元人《扬州梦·那吒令》，叠押"头"字[12]，《荐福碑·叨叨令》，叠押"道"字者是。[13]

去矜、红友，皆工院本，红友所撰杂剧、传奇至十六种之多。黄文旸《曲海》。[14]盖红友为吴石渠炳[15]之甥，石渠以四种得名，渊源固有所自。其言曰："曲者有音有情有理，不通乎音弗能歌，不通乎情弗能作，理则贯乎音与情之间，可以意领不可以言宣，悟此则如破竹建瓴，否则终隔一膜也。"[16]予谓词亦如是，高下疾徐，抗坠抑扬，音之理也。景地物事，悲欢去就，情之理也。按之谱而无碍，音理得矣；揆之心而大顺，情理得矣。理何由见，于音之离合、情之是非见之，理具而后文成也。然而文则必求称体，诗不可似词，词不可似曲，词似曲则靡而易俚，似诗则矜而寡趣，均非当行之技。吾请于音、情、理之外益之曰有"文"。红友又工于集句，如《江城子·旅怀》云："醉来扶上木兰舟。张仲宗《踏莎行》。大江流。唐庚《衷情》。去难留。周邦彦《早梅芳》。阔甚吴天，史达祖《玲珑四犯》。极浦几回头。孙光宪《菩萨蛮》。春尽絮飞留不得，刘禹锡《柳枝》。又重午，刘潜夫《贺新凉》。又中秋。刘过《唐多令》。　芳尘满目总悠悠。蒋捷《高阳台》。倚危楼。辛弃疾《归朝欢》。雨初收。欧阳修《芳草渡》。天气凄凉，程垓《蝶恋花》。冉冉物华休。柳永《八声甘州》。水面霜花匀似翦，秦观《玉楼春》。翦不断，孟昶《乌夜啼》。那些愁。毛滂

《更漏子》。”[17]又《寄内》云：“萧萧江上荻花秋。无名氏《眼儿媚》。水悠悠。黄昇《长相思》。思悠悠。李景[18]《山花子》。移过江来，僧挥《木兰舟》。飞梦到扬州。晁补之《临江仙》。芳草连天迷远望，周邦彦《满江红》。官驿外，陆游《蓦溪山》。柳枝愁。史达祖《祝英台近》。　　庭槐影碎被风揉。吴淑姬《小重山》。晚云留。苏轼《南柯子》。夕阳洲。蒋捷《木兰花慢》。帘幕轻阴，马伟寿《春云怨》。暝色入高楼。李白《菩萨蛮》。凉月去人才数尺，王安石《蝶恋花》。应念我，李清照《忆吹箫》。不抬头。牛峤《西溪子》。”[19]真可谓天衣无缝矣。辰溪曰：“‘翦不断’，乃李后主句，非孟昶也。”[20]

〔1〕万树(1630？—1688)，字花农，又字红友，号山翁，自号三野先生，江苏宜兴人。国子监太学生。吴兴祚任福建巡抚、两广总督时延至幕中，奏议皆出其手。工词曲，逋脱稿，兴祚即命家伶按拍佐觞。著有《堆絮园集》、《璇玑碎锦》等剧曲20馀种。红友曾在无锡侯氏亦园研讨词律，后在广州独立编纂《词律》20卷。词有《香胆词选》6卷，凡500首。(据《中国词学大辞典》第197页。)

〔2〕沈谦，字去矜。参本卷“沈谦词取法未高”条。

〔3〕见《香胆词选》，调寄《贺新郎》。词序云：“登徐氏悠然楼，追怀映薇先生，用稼轩悠然阁韵，先生原任吉安刺史。”“苏大”，原作“苏二”；“分宁”，原作“庐陵”。(据《全清词·顺康卷》本《香胆词选》，下同。)

〔4〕见《香胆词选》，又见清康熙刻《百名家词钞》本《香胆词》。《百名家词钞》本有词题：“离情”。“恼煞”，《百名家词钞》本作“恼杀”；“瘦”，《百名家词钞》本作“旧”。《全清词》本《香胆词选》均同。

〔5〕《全清词》本《香胆词选》、《百名家词钞》本《香胆词》均未收此词。见蒋景祁纂《瑶华集》卷十八。“桃实墙东落否”，《瑶华集》作“桃实落墙东否”。

〔6〕《瑞鹤仙》见《全宋词》第415页。

〔7〕《阮郎归》见《全宋词》第390页。

〔8〕《声声慢》见《全宋词》第3439页。

〔9〕张宗橚(？—1775)一名东橚，字咏川，号思岩，又号藕村，海盐(今属浙江)人。太学生。性恬淡，不求闻达，惟以诗词自遣。家有涉园林亭之胜，甲于浙右，时携亲戚友觞咏其间。乾隆四十年(1775)捐馆。著有《藕村词存》1卷、辑有《词林纪事》32卷。(据《藕村词存》卷首陆光宗《序》，清刻本。)引见《词林纪事》卷六黄庭坚《瑞鹤仙·檃括〈醉翁亭记〉》张宗橚按语。无“是”字，“者”作“也”。

〔10〕郑玄注、陆德明音义《礼记》卷十九：“汤之盘铭曰：‘苟日新，日日新，又日新。’”(民国刻《四部丛刊》景宋本。)

〔11〕冯惟讷辑《古诗纪》卷十八《董逃歌一作灵帝中平中京都歌》：“承乐世

董逃。游四郭董逃。蒙天恩董逃。带金紫董逃。行谢恩董逃。整车骑董逃。垂欲发董逃。与中辞董逃。出西门董逃。瞻宫殿董逃。望京城董逃。日夜绝董逃。心摧伤董逃。”(清文渊阁《四库全书》本。)

〔12〕乔孟符《杜牧之诗酒扬州梦杂剧》:“【那咤令】倒金瓶凤头。捧琼浆玉瓯。蹴金莲凤头。并凌波玉钩。整金钗凤头。露春纤玉手。天有情天亦老,春有意春须瘦。云无心云也生愁。”(臧懋循辑《元曲选》戊集下,明万历刻本,下同。)

〔13〕马致远《半夜雷轰荐福碑杂剧》:“【叨叨令】往常我青灯黄卷学王道。划地来红尘紫陌寻东道。如今十个九个人都道。都道是七月八月长安道。兀的不困杀人也么哥,困杀人也么哥。看书生何日得朝闻道。”(《元曲选》丁集上)

〔14〕黄文旸《曲海序目》著录万树杂剧有:《珊瑚珠》、《舞霓裳》、《藐姑仙》、《青钱赚》、《焚书闹》、《骂东风》、《三茅宴》、《玉山宴》,并于《玉山宴》下注云:“八种,万树作,未刻。”著录万树传奇有《风流棒》、《空青石》、《念八翻》、《锦尘帆》、《十串珠》、《黄金瓮》、《金神凤》、《资齐鉴》,并于《资齐鉴》下注云:“八种,阳羡万树作。”(据李斗《扬州画舫录》卷五,周春东注,山东友谊出版社2001年版。)

〔15〕吴炳(1595—1648),原名寿元,字可先,号石渠,别署粲花主人、粲花楼主人,江苏宜兴人。万历四十七年(1619)进士,授湖北蒲圻县令。天启间,调刑部主事,升工部员外郎。崇祯间,迁福州知府,补浙江盐运司,迁留都户部,升江西吉安知府,改江西提学副使。永历朝,擢礼部右侍郎兼东阁大学士。清顺治五年(1648)被俘自尽。张廷玉撰《明史》卷三百七十二有传。(参孙秋克《吴炳年谱》,《徐州教育学院学报》2002年第3期。)著有传奇《绿牡丹》6卷、《疗妒羹记》2卷、《画中人》2卷、《情邮记》2卷、《西园记》2卷,合称《粲花别墅五种》,又名《石渠五种曲》。

〔16〕此乃万树论曲之言,见梁廷枏《曲话》卷三。

〔17〕以上各词均见《香胆词选》。“旅怀”原作“旅怀集句”,“张仲宗”原作“张元幹”,“春尽絮飞留不得,刘禹锡《柳枝》”原作“寒食清明都过了,吕渭老《极相思》”,“刘潜夫《贺新凉》”原作“刘克庄《贺新郎》”。

〔18〕“李景”应作“李璟”。

〔19〕以上各词均见《香胆词选》。“寄内”原作“寄内集句”,“山花子”原作“摊破丑奴儿”,“木兰舟”原作“减字木兰花”,“蓦溪山”原作“蓦山溪”,“南柯子”原作“南歌子”,“忆吹箫”原作“凤凰台上忆吹箫”。按:马伟寿,应为冯伟寿,其《春云怨》词收录在《中兴以来绝妙词选》卷十。《香胆词选》正作冯伟寿,谢氏抄误。

〔20〕"翦不断",李煜《相见欢》(无言独上西楼)中语。

王士禛词

阮亭沿凤洲、大樽绪论[1],心摹手追,半在《花间》,虽未尽倚声之变,而敷辞选字,极费推敲。且其平日著作,体骨俱秀,故入词即常语、浅语,亦自娓娓动听。其"郎似桐花,妾似桐花凤"之句,最为擅名,然起结少味,殊非完璧。[2]《忆江南》云:"江南好,画舫听吴歌。万树垂杨青似黛,一湾春水碧于萝。懊恼是横波。"[3]《浣溪纱》云:"雨后虫丝罥碧纱。朝来鹊语斗檐牙。日痕红曙一阑花。　　残梦未遥犹眷恋,篆烟初袅半夭邪。消魂应忆泰娘家。"[4]《菩萨蛮》云:"玉兰花发清明近。花间小蝶黏香鬓。邀伴捉迷藏。露微花气凉。　　花深防暗逻。潜向花阴躲。蝉翼惹花枝。背人扶鬓丝。"[5]又云:"梦残鬓枣垂香枕。芙蓉髻坠蒲桃锦。翠幄碧如烟。小星将曙天。　　起来双黛浅。绣阁抛金翦。憔悴鼠姑红。玉阶三月风。"[6]真所谓极哀艳之深情,穷倩盼之逸趣者,不但"绿杨城郭是扬州"[7]一语之神韵[8]独绝也。《踏莎行·醉后》云:"屈子离骚,史公货殖。直须一石瞢腾醉。胸中五岳不能平,何人解识狂奴意。　　修竹弹文,绿章封事。聊将笔墨供游戏。茂陵若问马卿才,飘飘大有凌云气。"[9]酒杯睥睨,目无馀子,难兄西樵[10],故有"群季惠连真不让"[11]之句。

〔1〕王士禛(1634—1711),字子真,一字贻上,号阮亭,别号渔洋山人,济南新城(今山东桓台)人。顺治十五年(1658)二甲进士,官至刑部尚书,谥"文简"。《清史稿》卷二六六有传。生平事迹详《渔洋山人自撰年谱》(民国刻《四部备要》本)。死后,因避清世宗胤禛讳,追改名为"士正"。乾隆时,诏再改为"士祯"。清初诗坛泰斗,倡"神韵"说,主持风雅数十年。著有《带经堂全集》92卷,另有《渔洋诗话》3卷、《蜀道驿程记》2卷、《池北偶谈》26卷、《居易录》34卷等。词集《衍波词》2卷单行,一名《阮亭诗馀》。词论著作有《花草蒙拾》1卷。与邹祗谟合辑《倚声初辑》24卷。王世贞,号凤洲。参卷九"朱彝尊论南北宋词"条。陈子龙,号大樽。参本卷"夏完淳词颇似小山吐属"条。王士禛《倚声初集序》:"诗之为功既穷,而声音之道势不可终废。于是温、和生而《花间》作,李、晏而《草堂》兴,此诗之馀而乐府之变也。诗馀者,古诗之苗裔也。语其正,则景、煜为之祖,至漱玉、淮海而极盛,高、史其大成也。语其变,则眉山导其源,至稼轩、放翁而尽变,陈、刘其馀波也。有诗人之词,唐五代诸君子是也;有文人之词,晏、欧、秦、李诸君子是也;有词人之词,柳永、周美成、康与之之属是也;有英雄之词,苏、陆、辛、刘之属是也。因网罗五十年来荐绅、隐逸、宫闱之

制，汇为一书，以续《花间》、《草堂》之后，使夫声音之道不至湮没而无传，亦尤尼父歌弦之意也。”（清顺治十七年刻本《倚声初集》。）此论与王世贞《艺苑卮言》论词之正变、陈子龙推崇花间词风颇相似，故谢章铤认为王士禛沿王世贞、陈子龙之绪论。

〔2〕见《衍波词》卷下《蝶恋花・和漱玉词》。词云：“凉夜沉沉花漏冻。欹枕无眠，渐听荒鸡动。此际闲愁郎不共。月移窗罅春寒重。　忆共锦裯无半缝。郎似桐花，妾似桐花凤。往事迢迢徒入梦。银筝断续连珠弄。”（清康熙刻《国朝名家诗馀》本，下同。）陈廷焯《白雨斋词话》卷六：“‘把酒祝东风，种出双红豆。’吴薗次词也。当时有‘红豆词人’之号。‘郎似桐花，妾似桐花凤。’王阮亭词也。京师人呼为‘王桐花’。此类皆一时情艳语，绝无关于词之本原。而当时转以此得名，何其浅也。”

〔3〕见《衍波词》卷上。此词调名原作《望江南》。按：《忆江南》一名《望江南》。

〔4〕见《衍波词》卷上。“阑”原作“栏”，“邪”原作“斜”。

〔5〕见《衍波词》卷上。“黏”原作“粘”。有词题“迷藏”。

〔6〕见《衍波词》卷上。原有词题“和飞卿”。

〔7〕见《衍波词》卷上《浣溪沙・红桥同箨庵、茶村、伯玑、其年、秋崖赋》。词云：“北郭清溪一带流。红桥风物眼中秋。绿杨城郭是扬州。　西望雷塘何处是，香魂零落使人愁。淡烟芳草旧迷楼。”郭则沄《清词玉屑》卷八：“赌棋词主苏、辛。其论渔洋词，亦谓其‘极哀艳之深情，穷倩盼之逸趣’。所录诸词皆侧艳之作，当有本事。”

〔8〕赵尔巽《清史稿》列传五十三王士祯本传：“士祯姿秉既高，学问极博，与兄士禄、士祜并致力于诗，独以‘神韵’为宗。取司空图所谓‘味在酸咸外’、严羽所谓‘羚羊挂角，无迹可求’，标示指趣。自号渔洋山人，主持风雅数十年。同时赵执信始与立异，言诗中当有人在。既没，或诋其才弱，然不失为正宗也。”

〔9〕见《衍波词》卷上。原有词题云：“醉后作”。

〔10〕西樵，参下条“王士禄词”条。

〔11〕见王士禄《炊闻词》卷下《临江仙・忆东堂花树》。（清留松阁刻本。）

王士禄词

西樵士禄〔1〕《炊闻词》，一百七十三首，论者谓如《渔歌子》之“逐鹭征凫下远洲”〔2〕、《生查子》之“阶怜好月痴”〔3〕、《点绛唇》之“雨黝空庭”、《卜算子》之“暗烛影疑冰”[4]，皆未免失之雕琢，过于求奇，非词家本色也。《菩萨蛮》云：“春魂啼梦扶难起。玉敧翠弱慵难理。不用郁金油。鬟云腻欲流。　一双罗袜瘦。小凤娇红咮。着罢立盈盈。兰阶无限情。”[5]则是温尉门庭语。[6]

〔1〕王士禄(1626—1673)，字子底，号西樵，山东新城(今桓台)人。王士禛兄。顺治九年(1652)进士，官至吏部考功员外郎。著有《十笏草堂诗选》11卷、《辛甲集》7卷、《上浮集》2卷、《西樵诗选》6卷、《考功集选》4卷。(据《清人诗文集总目提要》第182页。)词有《炊闻卮语》2卷，改名《炊闻词》。

〔2〕见《炊闻词》卷上。

〔3〕见《炊闻词》卷上。

〔4〕以上见《炊闻词》卷上。

〔5〕见《炊闻词》卷上。“啼”，原作“带”。“慵难理”，原作“妆慵理”。有词题：“闺晓二首”。

〔6〕郭则沄《清词玉屑》卷八：“赌棋颇抑西樵，谓其词为‘温尉门庭语’。”

丁澎《扶荔词》颇伤于脆

《燕衔花》、五十二字。《一痕眉碧》、五十一字，犯曲，上二句《一痕沙》，下二句《眉峰碧》，后段同。《山鹧鸪》、五十六字，犯曲，上三句《小重山》，下二句《鹧鸪天》，后段同。《银灯映玉人》、八十三字，犯曲，上五句《剔银灯》，下三句《玉人歌》，后段同。《合欢》、九十四字，犯曲，上五句《万年欢》，下五句《归朝欢》，后段同。《御带垂金缕》，一百十字，犯曲，上六句《御带花》，下五句《金缕曲》，后段同。[1]皆丁飞涛澎[2]自度曲。飞涛《扶荔词》颇伤于脆，由其极力爱好。《行香子》云：“才上香车。忽过平沙。片时间、人远天涯。今宵好梦，何处寻他。但一更钟，三更雨，五更鸦。　愁对飞花。怕见残霞。别离情、付与琵琶。断魂江上，吹落谁家。正梦儿来，灯儿晕，月儿斜。”[3]《临江仙》云：“怪他燕子故双栖。湘钩暗下，赚得个扑帘飞。”[4]颇清婉，不见佻态。

〔1〕《燕衔花》、《一痕眉碧》、《山鹧鸪》见《扶荔词》卷一，《银灯映玉人》见《扶荔词》卷二，《合欢》、《御带垂金缕》见《扶荔词》卷三。(清康熙刻本，下同。)

〔2〕丁澎(1622—1691?)，字飞涛，号药园，浙江仁和(今杭州)人。顺治十二年(1655)进士，官刑部主事。与毛先舒等称“西泠十子”。顺治十四年(1657)典河南乡试，因更易榜首数卷，于十七年流放辽宁尚阳堡放牛五年，放归纂修《浙江省志》。(据《清人诗文集总目提要》第151页。)著有《扶荔堂文集选》12卷、《扶荔堂诗选》12卷、《扶荔词》4卷、《词别录》1卷。

〔3〕见《扶荔词》卷二。"上",原作"住"。有词题:"离情"。词后有评语:"尤悔庵曰:'一更钟,三更雨,五更鸦',此屯田所谓'聒得人心欲醉时'。跳却二更、四更,正见其妙。"

〔4〕见《扶荔词》卷二,有词题:"春睡"。

明词应选吴伟业词

蒋子宣曰:"吴梅村、龚芝麓、曹秋岳、梁苍岩诸人词,俱名家,然取冠本朝,殊乖教忠之道,一概置而不录,于体为宜。"〔1〕其说甚正,然谭艺非讲学比也。诸公在国初实开宗风,不独提倡之功不可忘,而流派之考更不可没。夫钱文僖〔2〕词载于宋,赵文敏〔3〕词登于元,昔人不以为非,编次之例应尔。信如子宣之言,则诸公之作,将附于胜国乎?抑另编一集乎?况五代十国词家,率多身更两姓,非付之秦火不可?而西河〔4〕、西堂〔5〕辈,名挂前朝学籍,推类至尽,亦不宜选矣。进退之间,动多窒碍,乃知高论,非通例也。若周筼、贺裳、张纲孙、钱光绣之徒,述庵厕之明末,盖本于竹垞,以《明诗综》证之,可见皆遗老也。〔6〕子宣采取,亦殊失真。至梅村淮南鸡犬〔7〕,眷恋故君,其《贺新凉·病中有感》云:"万事催华发。论龚生、天年竟夭,高名难没。吾病难将医药治,耿耿胸中热血。待洒向、西风残月。剖却心肝今置地,问华陀、解我肠千结。追往事,倍凄咽。　　故人慷慨多奇节。为当年、沉吟不断,草间偷活。艾灸眉头瓜喷鼻,今日须难诀绝。早患苦、重来千叠。脱屣妻孥非易事,竟一钱、不值何须说。人世事,几圆缺。"〔8〕不作一毫矫饰,足见此老良心。遭逢不幸,读之鼻涕下一尺,述庵奈何竟置此词于不选乎?此词关系于梅村大矣,述庵其未讲知人论世之学哉?梅村《秣陵春传奇》,有声梨园间,集中观演秣陵春《金人捧露盘》云:"喜新词,初填就,无限恨,断人肠。为知音、仔细思量。"〔9〕《芜城》之赋〔10〕,《梦华》之录〔11〕,盖别有伤心矣。阮亭诗"白发填词吴祭酒"〔12〕,非虚美也。梅村殁为泰山府君,见阮亭《池北偶谈》。〔13〕

〔1〕引见蒋重光《昭代词选·凡例》。蒋重光(1708—1768),字子宣,江苏长洲(今苏州)人。诸生。师事沈德潜。家富藏书,乾隆间其子向四库馆进秘本百种。著有《赋琴楼集》不分卷。(据《清人诗文集总目提要》第611页。)与张玉穀、沈光裕合纂《昭代词选》38卷。

〔2〕钱惟演(977—1034),字希圣,吴越王钱俶子,临安(今浙江杭州)人。从俶归宋。少补牙门将,累迁左神武将军。真宗咸平中,授太仆少卿,累迁知制诰翰林学士。景德间,预修《册府元龟》,诏与杨亿分为之序。天禧四年

(1020),为枢密副使。仁宗即位,进兵部尚书,为枢密使。官终崇信军节度使。谥思,改谥文僖。著有《家王故事》、《金坡遗事》。《全宋词》录存其词2首。《宋史》卷三一七有传。(据《宋词大辞典》第546页。)

〔3〕赵孟頫(1254—1322),字子昂,号松雪道人,湖州(今属浙江)人。宋太祖十一世孙,秦王赵德芳之后。年十四,以父荫补官。入元,以程钜夫荐征入朝,授兵部郎中,迁集学直学士,累官至翰林学士承旨。追封魏国公,谥文敏。著有《松雪斋集》10卷《外集》1卷。词存集中卷三、卷一〇。(据《中国词学大辞典》第139~140页。)《全金元词》收其词36首。

〔4〕毛奇龄,号西河。参卷四"毛奇龄、俞士彪词"条。

〔5〕尤侗,号西堂老人。参卷十二"词中一字韵"条。

〔6〕周篔(1623—1687),初名筠,字公贞,更字青士,号筜谷,浙江嘉兴人。清初弃举子业,且贾且读。(据《清人诗文集总目提要》第162页。)著有《采山堂集》24卷,编《今词综》10卷。另编《词纬》30卷,未刊。贺裳,字黄公,号檗斋,江苏丹阳人。崇祯初入复社。顺治间诸生。著有《蜕疣集》不分卷。(据《清人诗文集总目提要》第85页。)另著有《红牙集》1卷、《载酒园诗话》2卷、《皱水轩词筌》1卷、《史折》3卷《续编》1卷。张纲孙(1619—?),一名丹,字祖望,号秦亭,又号竹隐君,浙江钱塘(今杭州)人。"西陵十子"之一。与施闰章等往来。著有《秦亭集》20卷。(据《清人诗文集总目提要》第103页。生年据单锦珩总主编《浙江古今人物大辞典》第224页,江西人民出版社2001年版。)钱光绣,字圣月,浙江鄞县(今宁波)人。著有《删后词》。(据《昭代词选》卷十一。)《昭代词选》卷十二选尤侗词72首,卷十七选毛奇龄词17首,卷五选周篔词5首,卷五选张纲孙词2首,卷六选贺裳词4首,卷十一选钱光绣词1首。按:王昶纂《明词综》卷七选张纲孙词1首,卷九选钱光绣词1首、贺裳词2首、周篔词6首。朱彝尊纂《明诗综》并未选周篔、贺裳、张纲孙、钱光绣四人诗,此或许是《昭代词选》选其词的一个原因。

〔7〕吴伟业(1609—1672),字骏公,号梅村,江苏太仓人。明崇祯四年(1631)进士,初授翰林院编修,历迁东宫侍读,南京国子监司业。甲申后福王拜少詹事,与马士英辈不合,辞官归里。顺治十年(1653)被迫出为秘书院侍讲,迁国子祭酒,四年后辞官乞归。事迹详顾师轼《吴梅村先生年谱》(清光绪二十三年刻本。)著有《梅村集》40卷、《吴诗集览》20卷、《梅村词》1卷等。淮南鸡犬:比喻投靠别人而得势的人。王充《论衡·道虚》:"淮南王刘安坐反而死,天下并闻,当时并见,儒书尚有言其得道仙去,鸡犬升天者。"

〔8〕见《梅村集》卷二十《诗馀》。据清顺治间刊本,"往事"原作"往恨","艾灸"原作"艾炙","圆缺"原作"完缺"。清留松阁刻本《梅村词》卷下同。

〔9〕见《梅村集》卷十九《诗馀》。词序:"观演《秣陵春》。"清留松阁刻本《梅

村词》卷下同。

〔10〕《芜城赋》，鲍照的代表作。芜城即广陵（今扬州），在南北朝初最为富裕，然元嘉二十七年（450）和大明三年（459）两遭兵祸，繁华荡尽。大明三年，鲍照过广陵，悲从中来，感发而作此赋。

〔11〕《东京梦华录》，孟元老撰。靖康之难第二年，孟元老离开东京（汴京）南下，避地江左。绍兴十七年（1147），撰成《东京梦华录》，详实地记录下东京的风俗样貌，让后人可以从书中目睹东京当时之盛况。

〔12〕“白发填词吴祭酒”：王士禛《渔洋山人精华录》卷五《江东》：“江东人物旧难俦，遗老飘零半白头。斑管题诗吴祭酒梅村，红颜顾曲袁荆州箨庵。太常缣素云烟落烟客，宗伯文章江汉流牧斋。径欲相从破萧瑟，片帆高挂五湖秋。”（民国刻《四部丛刊》景林佶写刻本。）

〔13〕王士禛《池北偶谈》：“吴梅村祭酒，辛亥元日，梦上帝召为泰山府君，是岁病革，有《绝命词》云：‘忍死偷生廿载馀，而今罪孽怎消除。受恩矢债须填补，纵比鸿毛也不如。’时浙僧水月能前知，孕舟迎之，至，曰：‘公元旦梦，告之矣，何必更问老僧？’遂卒。”（清文渊阁《四库全书》本。）

许友诗词

余家藏许有介[1]墨迹一帧，中草七言绝句云：“雨泣风号翠几层，石头怀古不堪登。无端缚就松针笔，画出青山是孝陵。”款曰：“《雨中游清凉山诸诗作画》之一也，五竺道兄正之。”[2]按：五竺乃宁德崔嵸嵸，名列云间十八子。[3]孝陵，明太祖园寝，故跳行书，盖黍离之感深矣。所著有《米友堂集》。《眼儿媚》云：“精魂石上忆三生。寒夜与卿盟。帘前明月，窗间小饮，楼上残更。　而今闲坐记芳情。庞儿约略明。觯肩倚案，低头弄笔，斜眼挑灯。”[4]有介，前代贡生，诗列《明诗综》[5]，蓝汀选其词入国朝，非是。[6]“庞儿”句，平侧失叶。

〔1〕许友（1615—1663），一名宷，又名友眉，字有介。初名宰，字介寿，一作介眉，号瓯香，福建侯官（今福州）人。能诗，工草书，善画枯木竹石。康熙初，以诸生终。（据《全清词·顺康卷》第735页，生卒年据张宏生主编《〈全清词·顺康卷〉补编》第291页。）著有《米友堂诗集》7卷、《文集》不分卷、《杂著》4卷。

〔2〕民国二十年石印本《米友堂诗》未收此诗。杨钟羲《雪桥诗话馀集》卷一：“许瓯香师事倪鸿宝，善书画，诗尤孤旷高迥。《雨中游清凉山诸诗作画》之一云：‘雨响风号翠几层，石头怀古不堪登。无端缚就松针笔，画得青山是孝陵。’墨迹系草书，孝陵跳行书，款署五竺道兄正之，法弟许友书于紫藤花庵。

五竺,宁德崔嶷殿生也。子遇,岁贡。孙鼎,举人。孙均,官祠部。皆能诗,累世擅三绝,闺房亦娴翰墨。其族兄铁堂,王渔洋作《慈仁寺双松歌》赠之,称为闽海奇人者也。黄莘田诗,渊源铁堂。"(民国刻《求恕斋丛书》本。)

〔3〕刘家谋《鹤场漫志》卷下:"崔明经嶷,字殿生,一字五竺,自号西竺村童,世召四子也。少负才名,列云间社十八子中。"杭世骏《榕城诗话》卷中:"崔嶷,字殿生,闽县人。十三能诗,号西竺邨童。卒业陈征君仲醇,从父征仲宦游吾杭,刊有《畊秋诗》一卷。古诗摹形长吉,文深义浅,近体尤纤微瘯瘁。有《舆雨》一绝云:'叶香乱打冷霏霏,舆梦寻秋雁影稀。烟雨满溪行不了,渡头扶伞一僧归。'又《舟行》云:'春到江声扫碧天,渔船不系入孤烟。开窗依旧山无雪,水鸭呼寒宿柳边。'殊有画理。《寒食五言》云:'晨磬全瘖雨,春峦半养烟。'乃为渐近自然。"(清道光刻《知不足斋丛书》本。)

〔4〕见沈时栋辑《古今词选》卷二,"卿"作"君","约略明"作"较可憎"(康熙十三年刻本);又见姚阶辑《国朝词雅》卷三(清嘉庆三年刻本);又见王昶辑《明词综》卷七,"卿"亦作"君"。按:福建图书馆藏有谢章铤批注清嘉庆三年刻本《国朝词雅》。卷一首页题云:"肖岩从苏州购得此书,其工。时有批语,持论颇平,节录之,批语出戈载。咸丰八年六月江田生记。"钤有"枚如读过"阳文印章一枚。此词,谢章铤据《国朝词雅》录入。

〔5〕朱彝尊纂《明诗综》未收许友诗,卷七十三收其父许豸诗一首。

〔6〕姚阶,字芷汀,娄县(治所今上海松江)人。诸生。(据丁绍仪辑《国朝词综补》卷十五。)编有《国朝词雅》24卷。

宋琬、何承燕词

宋玉叔琬[1]诮白髭《沁园春》后段云:"叹黑云突起,九阍难叫,青蝇欲吊,只影堪哀。不自我先,不自我后,汝乃乘危利我灾。炎凉态。笑星星髯也,果小人哉。"[2]盖玉叔时为族子龁龁,入狱对簿,责头叹腹,寄愤独深。[3]后读《随园诗话》载何承燕《留须》云:"马齿频加,鹏程屡蹶。还容尔面添何物。丈夫欲表必留须,试问那个些儿没。　　窥镜多惭,染羹谁拂。鬑鬑博得罗敷悦。从今但拟学诗人,闲吟便好将他捋。"[4]游戏之言,更堪喷饭。按:其调为《踏莎行》。[5]承燕,字春巢,见《莲子居词话》。[5]

〔1〕宋琬,字玉叔。参卷二"宋琬戏林嗣环词"条。

〔2〕见《二乡亭词》卷三。

〔3〕赵尔巽《清史稿》列传二百七十一《文苑一》:"(顺治)十八年(1661),

(宋琬)擢按察使。时,登州于七为乱,琬同族子怀宿憾,因告变,诬琬与于七通,立逮下狱,并系妻子。逾三载,下督抚外讯,巡抚蒋国柱白其诬。康熙三年(1664),放归。十一年(1672),有诏起用,授四川按察使。明年,入觐,家属留官。所值吴三桂叛,成都陷,闻变惊悸卒。"

〔4〕见袁枚《随园诗话》卷十一。

〔5〕何承燕《春巢诗馀》卷一收《留须》词,调寄《柳长青》,"试问"作"试看"。(清乾隆静者居刻本。)按:《踏莎行》,一名《柳长青》。

〔6〕见《莲子居词话》卷四。

《惜分飞》句中用韵

《惜分飞》两结句第四字,有用韵者,有不用韵者。《词律》收陈允平阕,上结云:"相思叶底寻红豆。"下结云:"翠腰羞对垂杨瘦。"此则不用韵也。[1]然毛滂填此调则云:"更无言语。空相觑。"又云:"断魂分付。潮归去。"[2]"语"字、"付"字皆韵,红友一时失检,故不载耳。至《天籁轩词谱》载此词仄八韵,若是,实十韵也。[3]盖此等句法,起于《毛诗》"君子阳阳左执簧"[4],至汉魏以来更盛,如"焦头烂额为上客"、前汉《霍光传》。"仕宦不止车生耳"、汉谚。"京都三明各有名"、晋《中兴传》。"草木萌芽杀长沙"、晋《长沙王乂传》。"登车不落为著作,体中何如作秘书"、《南史》。"以时及泽为上策"。《齐民要术》。至若"五经纷纶井大春"、"关东觥觥郭子横"、"五经复兴鲁叔陵、"关东说诗陈君期"[5]、"天下义府陈仲举"、"海内所称刘景升"[6],其见于《后汉书》、《东观汉纪》、《圣贤群辅录》者,覙缕不尽。余谓词体源于三百篇及古乐府,观此益信。[7]

〔1〕见《词律》卷六。

〔2〕见《全宋词》第677页。

〔3〕见《天籁轩词谱》卷一。

〔4〕见《诗经·王风·君子阳阳》。

〔5〕吴骞《拜经楼诗话》卷四:"昔人多为口语,凡七字中两协韵,此体殆始于汉,盛于东京,沿及两晋六朝,至隋唐以后不多见,聊书所记忆者。"从"焦头烂额为上客"至"关东说诗陈君期"并见此卷所引。(清嘉庆刻《愚穀丛书》本,下同。)

〔6〕《拜经楼诗话》卷四:"前载七字口谣,盛于东汉,兹复从《圣贤群辅录》续得数事云。""天下义府陈仲举"、"海内所称刘景升"见此卷所引。

〔7〕谢氏认为谓词体源于三百篇及古乐府,可能是受汪森的影响。严迪昌

先生曾批评汪森《词综序》专从长短句的角度探讨词的远源为偏至之论。有云："汪森力辟词是诗的'馀事'，是'小道'之说，论辩词体的独立性，理论锋芒较朱彝尊为锐。但他的专从词的长短不一的句式角度探其远'源'，以及解释诗与词所以分流的原因，都不免是偏至之论。"(《清词史》第287页。)参卷十二"汪森论词"条。

夏完淳词颇似小山吐属

明末风雅，首陈大樽子龙[1]，大樽门下首夏存古完淳[2]。存古，华亭人，彝仲[3]之令子也。宏光时以荫授中书，国朝赐谥"节愍"，就义年方十七。所为诗文如唳猿，如啼鹃，令人不堪卒读。《柳塘词话》谓其有《玉樊堂词》[4]。近人编《夏内史集》，末载词二十馀阕。《鹊踏枝》云："珠帘人影盈盈处。不到春深，不解相思苦。独倚玉阑无一语。梨花几阵黄昏雨。　宛转声声听杜宇。回首销魂，无计教春去。忽见旧年携手路。绵绵芳草离离树。"[5]《千秋岁》云："几番薄幸。无限伤心景。眉前事，心头病。残灯馀一点，恰把罗衣整。窗棂外，一枝带雨梨花影。　独步东风静。访当时花径。寒悄悄，花光净。人去多时也，往事犹堪省。飘红泪，银钉露满秋千冷。"[6]他如《一斛珠》之"乍晴乍雨催人瘦"[7]、《忆王孙》之"一种东风几样吹"[8]，颇似小山吐属。不独《大哀》[9]一赋，伤心直逼兰成[10]也。"人去"句，应作"多时人去也"，方叶。

〔1〕陈子龙(1608—1647)，字人中，一字卧子，号大樽。江苏华亭(今上海松江)人。崇祯十年(1637)进士，弘光间官兵科给事中。南都沦亡，奋起抗清，被俘殉国。著有《安雅堂稿》18卷、《湘真阁稿》6卷。王昶于嘉庆八年(1803)编刻《陈忠裕公全集》。(据《清人诗文集总目提要》第63页。)纂有《明经世文编》508卷。词有《幽兰草》1卷、《湘真阁存稿》1卷。

〔2〕夏完淳(1631—1647)，字存古，号小隐。松江华亭(今上海松江)人。夏允彝子，陈子龙弟子。十二岁博览群书，为文千言立就，如风发泉涌。十五岁时，随父师起兵抗清。父亲投水死后，他随陈子龙组织太湖义军继续从事抗清复明。清顺治四年(1647)春，南明鲁王授中书舍人。后不幸被清军侦知逮捕，慷慨就义，年仅十七岁，死后谥"节愍"。(据华振鹤《郑振铎与松江三掘夏允彝墓》，《钟山风雨》2009年第2期。)

〔3〕夏允彝(1596—1645)，字彝仲，号瑗公，松江华亭(今上海松江)人。夏完淳之父。明末东林党人，讲求气节，与同郡陈子龙、徐孚远等人结"几社"。崇祯七年(1637)进士，授长乐知县，有政声。南明弘光时，擢吏部考功司主事。

顺治二年(1645),与陈子龙等起兵抗清,兵败投水死。谥“忠节”。(据华振鹤《郑振铎与松江三掘夏允彝墓》。)著述有王昶、庄师洛辑《夏节愍公集》10卷《卷末》1卷《补遗》2卷。

〔4〕沈雄《柳塘词话》卷三:“夏存古《玉樊堂词》,向得之曹顾庵五集中,见其词致慷慨淋漓,不须易水悲歌,一时凄感,闻者不能为怀,留此数阕,以当《东京梦华录》也。”(据民国十年刻《词话丛钞》本。)

〔5〕见《夏内史集》卷八。“人影”原作“小妇”、“处”原作“坐”、“无一”原作“斜欲”、“宛转声声听杜宇”原作“听宛转声声杜宇”、“忽见旧年携手路,绵绵芳草离离树”原作“忆得旧年郎去路,连天芳草斜阳渡”。有词题:“春闺”。(据清嘉庆吴氏听彝堂刻《艺海珠尘》本,下同。)

〔6〕见《夏内史集》卷八。有词题:“忆旧”。

〔7〕见《夏内史集》卷八。有词题:“新月”。

〔8〕见《夏内史集》卷八。

〔9〕《大哀赋》,见《夏内史集》卷一。

〔10〕庾信,小字兰成。参卷二“咏物词”条。

《淞南乐府》

南汇杨徵男光辅〔1〕撰《淞南乐府》六十阕,调皆《望江南》,叙述华亭风土掌故,颇为明赡。盖明杨运之枢〔2〕《淞故述》、王胜时沄〔3〕《云间第宅志》之遗意,而近人陈锦江金浩〔4〕《松江衢歌》之变调也。中论盐法一则,诚为留心时务之谈。而所载邬景超事,尤足备词家话柄,是固辅轩使者所不弃也。词云:“淞南好,磨盾骋才华。殉国将军书梵呗,征台都督赋仙霞。百战笔生花。”乔公子一琦,力开五石弓,能左右射。诗古文辞皆奇警,尤善书法,有《金刚经》石刻行世。从刘将军綎战死滴水崖,于乾隆四十年赐谥“忠烈”。邬景超,邑之壮士,康熙十七年,率乡勇百人从闽督姚启圣征台湾,积功擢左都督。贼平,不之官而归。著《从戎纪略》、《光霁楼词》。其《闽南记捷》云:“记仙霞秋尽玉关西,寒月照征袍。听岩城画角,边风四急,战骑初骄。铁甲三秋暗度,猛士气全枭。饮马长城窟,雪压弓刀。细柳营开列壁,正军惊韩范,将说嫖姚。拟投鞭直下,势竭海南潮。誓指日、妖氛净扫,笑终朝、鼯鼠技潜消。看捷奏三军乐,贺凯唱还朝。”〔5〕“淞南好,乐岂与民同。盐贩荷枷凭役卖,桃佣抱瓮听官封。物产为谁丰。”盐快夺民盐,以十之一二入官,馀仍私售。灶盐,斤不满十文,肆盐价至二十六文,故贩私者甘犯禁以趋利。雍正四年,南令钦公琏请将上南盐课均摊两邑地漕项下,每亩征三厘九丝二忽六纤强,俾民食灶盐而不罹于法。仁人之言,其利溥哉!惜淞民例食浙盐,两江台省,难以上请。鄙意必得浙省盐法,衙门将所辖省分有灶之县,统计汇题,方合政体。近年别省业有奏请,允行。年终汇计,课裕而民安,特旨嘉奖者。浙省援例入告,此其时矣。乾隆癸丑,重修《南汇县志》,余语当事,特存此议于盐课项下,以俟后之君子。水蜜桃垂熟,官票封园,胥役从中渔利,乃高其值以售之民。[6]“淞南好，尘梦唤人醒。牧竖荒场驸马第，酒佣新馆探花厅。归鹤叹非丁。”明李深为淮府仪宾，土人艳称其第为驸马厅，即今同仁里营丁牧马之地。探花厅酒馆，乃沈绎堂太史旧第，堂额尚存。[7]“淞南好，妓席听新歌。武弁帮闲更小帽，文人避谤换新靴。客比鲫鱼多。”妓家大半在西城，营丁错处，故倚武弁为屏障。生监不守分者，骂‘破靴党’。[8]他如“晨握僧鞋临宝镜，夜牵佛手入香帏”、僧鞋，菊名。佛手，柑名。[9]“尼院馈来和尚豆，倡家煮出小娘蛏”，和尚豆，即蚕豆，一头去皮炒之。俗呼妓曰“小娘”，蛏有玉柱双垂而白，故名。[10]故作险诨，骇目引笑，虽非雅制，亦可入《启颜录》[11]。又按：景超词，诸选未见。

〔1〕杨光辅，字徵男，号心香，上海南汇人，嘉庆元年(1796)岁贡。博攻经史，能文工诗。著有《鹤书堂诗词集》、《琼台集》、《绿雨轩稿》、《淞南乐府》等。(据许敏标点《淞南乐府·题记》，上海古籍出版社1989年版。)

〔2〕杨枢(1502—1556)，字运之，别号细林，江苏华亭(今上海松江)人。领应天乡荐。历官延平府推官、辰州同知、临江同知、以疾卒。著有《言史慎馀》、《淞故述》等。(据徐阶《世经堂集》卷十七《明故江西临江府同知细林杨君墓志铭》，明万历间徐氏刻本。)

〔3〕王沄，字胜时。参卷十“柳如是词”条。

〔4〕陈金浩，字锦江，江苏华亭(今上海松江)人。恩贡生，官宣城县教谕。著有《松江衢歌》1卷。(据清嘉庆吴氏听彝堂刻《艺海珠尘》本《松江衢歌》。)

〔5〕“行世”原作“行于世”，“从刘将军蜓战死滴水崖，于乾隆四十年赐谥忠烈”原作“起家文士，中武举。抚臣荐授辽东广宁守备，积功升游击。从刘总兵蜓战死滴水崖。于乾隆四十年，赐谥忠烈”，“康熙十七年，率乡勇百人从闽督姚启圣征台湾，积功擢左都督”原作“康熙十七年，闽督姚启圣征台湾，移檄征兵，景超率乡勇百人应募，授守备，为蒋懋勋麾下先锋。积战功擢左都督”，“闽南记捷”原作“闽南记捷一阕”，“长城窟”原作“长河窟”。(据清嘉庆吴氏听彝堂刻《艺海珠尘》本《淞南乐府》，下同。)按：“闽南记捷”词调寄《八声甘州》。

〔6〕“淞民”原作“松民”，“乾隆癸丑，重修《南汇县志》，余语当事，特存此议于盐课项下，以俟后之君子”原作“乾隆癸丑，重修《南汇县志》，凡钦公议略之不合志体者，例应删去。光辅语志局纂修朱鸿雪：‘此条于国计民生颇有关系，宜存之以俟后之君子。’请于邑侯胡公，得附刊新志《盐课》项下”。

〔7〕“明李深为淮府仪宾”后原有“太后特旨入京赐婚”。

〔8〕“骂”原作“曰”。

〔9〕“香帏”原作“罗帏”，“僧鞋，菊名。佛手，柑名”原作“僧鞋菊，翠碧可爱，晓妆竞以簪髻。佛手柑出台湾。闽船进口，争鬻于市。闺人以彩线络诸枕屏，香堪媚寝”。

〔10〕“和尚豆，即蚕豆，一头去皮炒之”原作“蚕豆一头去皮，用油酱炒熟，曰和尚豆”，“玉柱”原作“肉柱”。

〔11〕《启颜录》，侯白撰。侯白，字君素，魏郡（今属河北）人。滑稽善辩，举秀才，为儒林郎，好为诽谐杂说。隋高祖闻其名，召令于秘书修国史。《启颜录》今佚，《太平广记》引用甚多。上取子史旧文，近记自己言行，诽谐太过，时复流于轻薄。（据鲁迅《中国小说史略》第七篇《〈世说新语〉与其前后》，中华书局 2010 年版。）

赌棋山庄词话卷九

朱彝尊论南北宋词

竹垞曰："世人言词，必称北宋，然词至南宋始极其工，至宋季而始极其变。"[1]此为当时孟浪言词者发。其实，北宋如晏、柳、苏、秦，可谓之不工乎？且竹垞之与李十九论词也，亦曰："慢词宜师南宋，而小令宜师北宋矣。"[2]盖明自刘诚意[3]、高季迪[4]数君而后，师传既失，鄙风斯煽，误以编曲为填词。故焦弱侯《经籍志》[5]备采百家，下及二氏，而倚声一道缺焉，盖以鄙事视词久矣。升庵[6]、弇州[7]力挽之，于是始知有李唐、五代、宋初诸作者。其后耳食之徒，又专奉《花间》为准的，一若非《金荃集》[8]、《阳春录》[9]举不得谓之词，并不知尚有辛、刘、姜、史诸法门。于是竹垞大声疾呼，力阐宗旨，而强作解事之讥遂不禁集矢于杨、王矣。[10]然二君复古之功[11]，正不可没。至今日袭浙西之遗制，鼓秀水[12]之馀波，既鲜深情，又乏高格，盖自樊榭[13]而外，率多"自桧无讥"[14]，而竹垞又不免供人指摘矣。盖嗣法不精，能累初祖者率如此。

〔1〕见朱彝尊《词综·发凡》。朱彝尊《曝书亭集》卷五十三《书东田词卷后》："予少日不喜作词，中年始为之，为之不已，且好之，因而浏览宋、元词集几二百家。窃谓：'南唐北宋惟小令为工，若慢词至南宋始极其变。'以是语人，人辄非，独宜兴陈其年谓为笃论。信夫！同调之难也。"

〔2〕朱彝尊《曝书亭集》卷四十《鱼计庄词序》："曩予与同里李十九武曾论词于京师之南泉僧舍，谓'小令宜师北宋，慢词宜师南宋。'武曾深然予言。"李良年，字武曾，参卷十一《浙西六家词》条。

〔3〕刘基，明洪武初年封诚意伯。参卷六"林鸿词"条。

〔4〕高启，字季迪。参卷六"林鸿词"条。

〔5〕焦竑(1540—1620)，字弱侯，号漪园，又号澹园。江宁(今江苏南京)人。万历进士，授翰林院修撰，后任东宫讲读官。万历二十五年(1597)任顺天乡试官，因事被劾，贬福宁州同知。年七十，始升任南京国子监司业，遂辞官在南京讲学。(据《中国历史大辞典》第1213页。)著作颇丰，有《焦氏澹园集》49卷、《焦氏澹园续集》27卷、《焦氏类林》8卷、《老子翼》8卷、《庄子翼》8卷、《养正图解》不分卷、《玉堂丛语》8卷等。另辑有《国史经籍志》6卷、《熙朝名臣实录》27卷、《国朝献徵录》120卷、《焦氏笔乘》14卷等。

〔6〕杨慎，字用修，号升庵。参卷四“杨慎《词品》大体可观”条。

〔7〕王世贞(1526—1590)，字元美，号凤洲，又号弇州山人。江苏太仓人。嘉靖二十六年(1547)进士，官至南京刑部尚书。著有《弇州四部稿》174卷、《弇州山人四部续稿》207卷、《弇山堂别集》100卷、《艺苑卮言》8卷等。(据《中国词学大辞典》第168～169页。)

〔8〕《金荃集》，温庭筠词集，今不传。

〔9〕《阳春录》，冯延巳词集，宋陈世修序本称《阳春集》。

〔10〕朱彝尊《词综·发凡》：“明初作手，若杨孟载、高季迪、刘伯温辈，皆温雅芊丽、咀宫含商；李昌祺、王达善、瞿宗吉之流，亦能接武。至钱唐马浩澜，以词名东南，陈言秽语，俗气薰入骨髓，殆不可医；周白川、夏公谨诸老，间有硬语；杨用修、王元美则强作解事，均与乐章未谐。然三百年中岂无合作？当遍搜文集，发其幽光，编为二集，继是编之后。”

〔11〕杨慎著有《词品》，王世贞著有《艺苑卮言》，在词学批评史上均有很大影响。

〔12〕朱彝尊，浙江秀水(今嘉兴)人。此指浙西词派。

〔13〕厉鹗，号樊榭。参卷十二“集句词”条。

〔14〕毛亨传、郑玄笺、孔颖达疏《毛诗注疏》附《释音毛诗注疏》卷七：“襄二十九年《左传》，鲁为季札歌《诗》云：‘自《桧》以下无讥焉’。言季札闻此二国之歌，不复讥论，以其国小故也。季札不讥风俗，无以言焉，故郑不言桧之风俗。”

吴锡麒长短句洵为作手

钱唐吴穀人锡麒祭酒应制诗赋，一时纸贵。[1] 而《有正味斋集》颇伤雕琢，洪稚存所谓“青绿溪山，尚未苍古”也。[2] 惟长短句则洵为作手。自叙《伫月楼分类词选》有云：“慕竹垞之标韵，缅樊榭之音尘。窃谓字诡则滞音，气浮则滑响，词俚则伤雅，意亵则病淫。”[3] 循究斯言，可以知其意旨与造诣矣。集中体物诸作，佳处真不让朱、厉独步。若祭酒者，亦善学浙派，而为其铮铮者欤？《浣溪沙》云：“隔树新声唤乳鸠。扑帘香絮堕银钩。无人寻梦到江头。　结局东风归似客，消魂晚雨冷于秋。落花如画满衫愁。”《巫山一段云》云：“金粉铺残照，胭脂烂古苔。半春浓雨不曾来。今日小园开。　裙色鸳鸯妒，衣痕蝴蝶猜。落花如雪罥轻钗。无语下香阶。”[4]《虞美人》云：“杨枝弹碎清明雨。搅作愁和絮。春残更苦是花残。况到落花时节有些寒。　镜中描出双蛾瘦。人似当年否。凄迷一片夕阳西。只恐梦回不待乱莺啼。”[5]《满江红·题罗两峰聘〈鬼趣图〉》云：“跂脚蒙头，是五趣、中间来者。但散入、阎浮提里，那分高下。

结柳曾劳韩子送，移书屡被东方骂。奈今番、咄咄逼人何，儿童怕。　　青荷笠，肩头亚。白杨火，风中灺。又零丁帖子，招魂才罢。枯腊难充黄父饭，长身逃得钟葵鲊。被先生、碧眼一双圆，淋漓写。”〔6〕题蒋心馀先生《临川梦》院本《金缕曲》云：“万事飘如絮。蓦吹来、先生笔底，梦都堪据。不怕残钟轻打破，机上穿成缕缕。莫认作、荒唐云雨。一段因缘文字起，续离骚、半部精魂语。真共幻，论千古。　　宛然玉茗花前句。试唤起、临川点拍，也应心许。三十种眠全解脱，才识菩提觉路。引蝴蝶、翩翩而舞。世上尽饶鼾睡汉，问何人、许入梨园谱。才读罢，夜三鼓。”《无闷·出古北口》云：“垂者云耶，立者铁耶，相对峥嵘万古。绕一发中原，自成门户。照出墙边冷月，怕更向、秦时从头数。断鞭笼袖，回身马上，细看来路。　　行旅。乱山去。问酒肆谁家，冒寒沽取。任落叶呼风，吼声如虎。高歌出塞，尽卷入、丁丁琵琶语。待射侣、相约残年，为道短衣休误。”〔7〕《满江红·题唐六如画郑元和像》云：“百结鹑衣，叹公子、豪华非昨。曾记得、平康旧里，黄金挥霍。阿母但知钱树子，才人惯唱莲花落。幸青娥、俊眼不曾迷，团圆剧。　　绣繻记，梨园作。桃花坞，风流托。认先生小影，一般飘泊。图画莫嫌蛇足误，世情都是鹅毛薄。算不如、冷炙与残杯，贫儿乐。”〔8〕他如《罗敷媚》云：“名是杨枝。愁似杨丝。怕见杨花渡口飞。”《雨中花》云：“坐树莺啼，当帘燕语，未稳单衾睡。”《菩萨蛮》云：“愁自在心头。杨花不替愁。”《南楼令》云：“侧倚团团罗扇子，偷半面，看鸳鸯。”《思佳客·夕泊枫桥》云：“鸦群黑拢高高树，萤点青搀短短芦。”〔9〕《菩萨蛮·茌平道中》云：“上九是良时。春风鬓上知。”〔10〕《满江红·姑苏午日》云：“往事总如炊黍过，今人那不离骚读。”〔11〕又调秘戏钱云：“色相难空阿堵物，画图又入菩提变。”〔12〕调观演《邯郸梦》云：“人哭人歌传舍换，梦来梦去神仙老。”〔13〕《贺新郎·孤山观梅》云：“日落苍苔浑似水，容我阑干独靠。”〔14〕《湘月·咏秋声馆》云：“秋无今古，问古人听得、秋声多少。”〔15〕傥遇陆辅之〔16〕，当不忘采缀也。

〔1〕吴锡麒（1746—1818），字圣徵，号穀人，浙江钱塘（今杭州）人。乾隆四十年（1775）进士，改庶吉士，授编修，迁侍读，官至国子监祭酒。晚年主讲扬州安定书院。著有《有正味斋集》73卷计诗集16卷、诗续集8卷、诗外集5卷、词8卷、骈体文24卷、骈体文续集8卷、试帖详注4卷。（据《清人诗文集总目提要》第845页。）李元度《国朝先正事略》卷四十二：“浙中诗派自竹垞、初白后，大宗、太鸿起而振之，及两公殂谢，嗣音者少。先生诗境超妙，为朱、查、杭、厉之后劲，既工骈体，兼善倚声，试律体尤能独开生面，馆阁风气为一变，名重中外。所著《有正味斋集》，高丽使臣出饼金争购，厂肆为之一空。”（清同治刻本。）

〔2〕洪亮吉《北江诗话》卷一：“吴祭酒锡麒诗，如青绿溪山，渐趋苍古。”（清

光绪授经堂刻《洪北江全集》本，清道光至光绪间刻《粤雅堂丛书本》同。）梁绍壬《两般秋雨庵随笔》卷一："吴穀人祭酒词华盖代，然偶以雕琢掩其才气。稺存洪太史评其诗如"青绿溪山，尚未苍古"，是已。"（清道光振绮堂刻本。）谢氏所引当据《两般秋雨庵随笔》。

〔3〕见《有正味斋集·骈体文》卷八。（据清嘉庆刻《有正味斋诗集》本。）

〔4〕以上二首词见《有正味斋词集》卷一。（据清嘉庆刻《有正味斋诗集》本，下同。）

〔5〕见《有正味斋词集》卷二。

〔6〕见《有正味斋词集》卷八。"笠"，原作"伞"。

〔7〕以上二首词见《有正味斋词集》卷八。

〔8〕清嘉庆刻《有正味斋诗集》本《有正味斋词集》未收此词。《有正味斋诗集》另有道光、咸丰、同治刻本，均未收此词。清乾隆刻《琴画楼词钞》本《有正味斋词集》、清乾隆刻本《有正味斋琴言》、民国扫叶山房石印本《有正味斋词集》亦未收此词。唐圭璋、钟振振主编《金元明清词辞典》、钱仲联编《清词三百首》皆收有此词，然皆未指明出处。据钟振振先生告：此词出处即是谢氏《赌棋山庄词话》，殆谢氏据朋辈间传钞所录。

〔9〕以上四首词见《有正味斋词集》卷一。

〔10〕见《有正味斋词集》卷二。

〔11〕见《有正味斋词集》卷八。

〔12〕见《有正味斋词集》卷五。

〔13〕见《有正味斋词集》卷八。词序云："朱春桥方霭旧有《邯郸梦词》一阕，今刻在小长芦《渔唱》中，余在都下，偶阅是剧，即用其调，赋寄春桥。"

〔14〕见《有正味斋词集》卷七。

〔15〕见《有正味斋词集》卷一。词序云："集欧梅花下草堂，分咏扬州古迹，得秋声馆。"

〔16〕陆行直（1275—?），字季道，一字辅之，号壶天，亦号壶中天，或称湖天居士。嘉禾（今浙江嘉兴）人。居吴中，遂为吴江（今江苏苏州）人。历官翰林典籍，至治元年（1321）辞归。至正九年（1349）犹在世。尝从张炎游。著有《词旨》1卷。词存1首。（据《中国词学大辞典》第143页。）

郑燮词独胜

扬州郑板桥燮〔1〕大令，书画步武青藤山人，自称其书为"六分半"。〔2〕又有"徐文长门下走狗郑燮"私印。〔3〕诗文琐亵不入格〔4〕，词独胜。自叙云："燮年三十至四十，气盛而学勤，阅前作，辄欲焚去。至四十五六，便觉得前作好，至五十外，读一过便大得意，忘已丑而信前是，可知其心力日浅。”又云：“为文再三更改，无伤也，然改而善者十之七，改而谬者亦十之三，乖隔晦拙，反走入荆棘丛中去，要不可以废改，是学人一片苦心也。”又云：“少年游冶学秦、柳，中年感慨学苏、辛，老年淡忘学刘、蒋，皆与时推移，而不自知者，人亦何能逃气数也。”[5]此皆身历艰苦之言，不止长短句一道为然也。《唐多令·寄怀刘道士并示酒家徐郎》云：“一抹晚天霞。微红透碧纱。颤西风、凉叶些些。正是客愁愁不稳，杨柳外，又惊鸦。　　桃李别君家。霜凄菊已花。数归期、雪满天涯。分付河桥多酿酒，须留待，故人赊。”[6]《金缕曲·赠王一姐》云：“竹马相过日。还记汝、云鬟覆颈，胭脂点额。阿母扶携翁背负，幻作儿郎妆饰。小则小、寸心怜惜。放学归来犹未晚，向红楼、存问春消息。向我索，画眉笔。　　廿年湖海长为客。都付与、风吹梦杳，雨荒云隔。今日重逢深院里，一种温柔犹昔。添多少、周旋形迹。回首当年娇小态，但片言、微忤容颜赤。只此意，最难得。”[7]《满江红·思家》云：“我梦扬州，便想到、扬州梦我。第一是、隋堤绿柳，不堪烟锁。潮打三更瓜步月，云荒十里虹桥火。更红鲜、冷淡不成团，樱桃颗。　　何日向，江村躲。何时上，江楼卧。有诗人某某，酒人个个。花径不无新点缀，沙鸥颇有闲功课。将白头、供作折腰人，将毋左。”[8]其馀《菩萨蛮·晚景》云：“流水远天波似乳。断烟飞上斜阳去。”[9]《金缕曲·赠陈周京》云：“莫向人前谈往事，恐道旁、屠贩疑真假。勉强去，妆聋哑。[10]《有赠》云：“嚼花心、红蕊相思汁。共染得，肝肠赤。”[11]《菩萨蛮·留春》云：“雪消春又到。春到人偏老。切莫怨东风。东风正怨侬。”《留秋》云：“江上山无数。何处登高去。松径小山头。夕阳新酒楼。”《沁园春·恨》云：“难道天公，还箝恨口，不许长吁一两声。”《落梅》云：“昨夜三更，灯昏月淡，铁马檐前说是非。”[12]《踏莎行》云：“分明一见怕销魂，却愁不到销魂处。”《虞美人》云：“撩他花下去围棋。故意推他劲敌让他欺。”[13]莫不谢华启秀，新意宜人。《满江红》旧有平、仄二体，板桥填《田家四时苦乐歌》一阕，前后“苦”、“乐”分押，目为“过桥新格”，亦词苑别调也。[14]板桥少失恃，受抚于乳母费氏，集中有《乳母诗》，言之极沉痛。[15]又有绝句云：“小印青田寸许长，钞书留得旧文章。纵然面上三分似，岂有胸中百卷藏。”题曰《县中小皂隶，有似故仆王凤者，见之辄黯然》。[16]相传板桥多外宠，尝欲改律文笞臀为笞背，闻者笑之。[17]

宋李之仪《姑溪词》，附录黄鲁直、贺方回和作。近《曝书亭集》并载联句。板桥学词于陆种园震，集中特刊二阕，以见渊源，虽非通例，亦可知其在三谊重矣。[18]《金缕曲·吊史阁部墓》云：“孤冢狐穿罅。对西风、招魂剪纸，浇羹列鲊。野老为言当日事，战火连天相射。夜来半、层城欲下。十万磨刀横似雪，侭孤臣、一死他何怕。气堪作，长虹挂。　　难禁恨泪如铅泻。人道是、衣冠葬所，音容难画。埋骨并无清净土，便饱饥鸢也罢。这一墓、何论真假。惆怅残碑留汉字，细摩挲、不识谁题者。一半是，荒苔藉。”[19] 按：阮吾山葵生《茶馀客话》曰：“阁部督师赴扬，寄孥白下，有孕妾于沧桑后生一子，因家焉。雍正初，邓东长宗伯钟岳督学江左，录之邑庠，而刻石署壁以纪其事。”[20] 然则相传阁部未有后者，非也。《扬州志》载阁部有养子直，而《靳茶坡集》有送《史愚庵梅花岭展墓》诗，注：“愚庵，道邻子，鼎革后，流寓山阳。”或即直耶？[21] 又按：阁部弟蘧庵可程，崇祯十六年进士，入仕本朝，摄政王致阁部书所谓“识介弟于清班”[22] 也。有《河传》一阕，述庵选入《词综》，而注其名下曰：“明大学士史忠正公可法之弟”。[23] 阅之令人悚然，南枝向暖北枝寒，吾其如梅花何哉？

〔1〕郑燮（1693—1765），字克柔，号板桥，江苏兴化人。乾隆元年（1736）进士，历官范县、潍县知县。乾隆十八年（1753）以请赈忤大吏落职南还，鬻书画为生。诗词书画无不精绝，画尤卓特，为“扬州八怪”之一。（据《中国词学大辞典》第 216 页。）著有《板桥集》6 卷，其中《词钞》1 卷。今人辑有《郑板桥全集》。

〔2〕据葛金烺《爱日吟庐书画录》卷四，郑板桥有“六分半书”朱文长方印。（清宣统二年葛氏刻本。）震钧《国朝书人辑略》卷四《郑燮》引《墨林今话》：“书隶、楷参半，自称‘六分半书’，极瘦硬之致，亦间以画法行之。”（清光绪三十四年刻本。）

〔3〕袁枚《随园诗话》卷六：“郑板桥爱徐青藤诗，常刻一印云：‘徐青藤门下走狗郑燮’。童二树亦重青藤，题青藤小像云：‘抵死目中无七子，岂知身后得中郎？’又曰：‘尚有一灯传郑燮，甘心走狗列门墙。’”按：徐渭（1521—1593），字文长，号天池山人，浙江山阴（今绍兴）人。诸生。客总督胡宗宪幕，宗宪督师平倭，渭预其谋。后游幕南北。善草书，工写花草竹石，为青藤画派始祖。（据《浙江古今人物大辞典》第 396 页。）著有《徐文长文集》30 卷、《四声猿》4 卷、《南词叙录》1 卷等。

〔4〕“不入格”之说太过。《诗钞·前刻诗序》：“余诗格卑卑，七律尤多放翁习气，屡为知己诟病。”《板桥自序》认为自己的诗“亦颇有自铸伟词者”。板桥诗颇多写民生疾苦的篇什，在清代诗史上有一定的地位。（参《清诗史》第 830～836 页。）

〔5〕引文均见郑燮《词钞自序》。据清乾隆清晖书屋刻本《板桥集》，“心力日浅”后有“学殖日退”，“忘已丑而信前是”在“学殖日退”后，“为文”后有“须千斟万酌以求一是”，“苏、辛”作“辛、苏”。（下同此本。）

〔6〕见《板桥集·板桥词钞》。

〔7〕见《板桥集·板桥词钞》。“金缕曲”原作“贺新郎”，“背负”原作“负背”，“向我索”原作“问我索”，“温柔”原作“温存”。按：《金缕曲》一名《贺新郎》。

〔8〕见《板桥集·板桥词钞》。"团"原作"圆","何时上"原作"何日上"。

〔9〕见《板桥集·板桥词钞》。"菩萨蛮"原作"蝶恋花"。

〔10〕见《板桥集·板桥词钞》。"金缕曲"原作"贺新郎","真"原作"虚"。

〔11〕见《板桥集·板桥词钞》。调作《贺新郎》。

〔12〕以上四词见《板桥集·板桥词钞》。

〔13〕以上二词见《板桥集·板桥词钞》。原有词题:"无题"。

〔14〕见《板桥集·板桥词钞》。《田家四时苦乐歌板桥新格》共四阕,上片结字皆是"苦",下片结字皆是"乐"。按:"过桥新格"应为"板桥新格"。

〔15〕见《板桥集·板桥诗钞》。

〔16〕见《板桥集·板桥诗钞》。"见之辄黯然"原作"每见之黯然"。

〔17〕袁枚《随园诗话》卷九载此事。

〔18〕陆震(1671—?),字仲远,号仲子,一号种园,江苏兴化人。负才不羁隐于市。工诗词行草书,贫而好酒。郑板桥曾从之学词。著有《陆仲子遗稿》,词近150首。(据《中国词学大辞典》第214页。)《陆仲子遗稿》不分卷,乃郑燮等人整理,刘蔚园刊行。《词钞自序》:"陆种园先生讳震,邑中前辈,燮幼从之学词,故刊二首以见一斑。"三谊:谓婚姻、交游、里闬之规范。邵经邦《弘艺录》卷二十八《祭许亲母文》:"呜呼!婚姻之戚,死生之分也;交游之契,世讲之悰也;里闬之同,妯娌之风也。登是三谊者鲜焉。"(清康熙邵远平刻本。)此指郑板桥能传其师之学。

〔19〕陆震《金缕曲·吊史阁部墓》见《板桥集·板桥词钞》。"十万磨刀横似雪"原作"十万横磨刀似雪","埋骨并无清净土,便饱饥鸢也罢。这一墓,何能真假"原作"敧仄路旁松与柏,日日行人系马。且一任,樵苏尽打","惆怅"原作"只有"。

〔20〕阮葵生《茶馀客话》卷八:"明史阁部可法殉节时,相传尚无嗣息。弟可程官北京,不达,其后裔无有问之者。雍正初,邓东长先生督学江左,试上元,有童子史姓,年四十馀,其祖贯书可法名。心异之,谓乡氓少闻见,名偶同耳。召询之,则阁部孙也。盖督师赴扬,寄孥白下,有孕妾于沧桑后生一子,延史氏之脉,因家焉。邓公遍询诸老生,对无异,及试阅其文,疵颣百出。邓公曰:'是不可以文论,录之邑庠,而刻石署壁以记其事。"(清光绪十四年刻本。)

〔21〕史梦兰《止园笔谈》卷三:"《靳茶坡集》有《送史愚庵梅花岭展墓》诗。愚庵,道邻子,鼎革后流寓山阳。又《扬州志·名宦传》载:史公死后,养子直求其尸,不得,招魂葬衣冠焉。愚庵,当即直耶?"(清光绪四年刻本。)

〔22〕引见计六奇辑《明季南略》卷七《大清摄政王致史可法书》。(清钞本。)

〔23〕见王昶纂《国朝词综》卷一。

严长明、陆次云论度曲

自三百篇不被管弦，而古乐府之法兴；乐府亡而唐人歌绝句之法兴；绝句亡而宋人歌词之法兴；词亡而元人歌曲之法兴。至明代曲分南北，檀板间各成宗派。沈德符[1]《顾曲杂言》、沈君绥[2]《度曲须知》，多论出字收音之秘，于派别尚少分晰。近严长明[3]、曹仁虎[4]、钱坫[5]诸君，撰《秦云撷英小谱》，言之甚详，又复精确。[6]节录于此，不独备谈麈也。“演剧昉于唐教坊梨园子弟，金、元间始有院本。一人场内坐唱，一人场上应节赴焉，今戏剧出场，必扮天官以引导之，其遗意也。院本之后，演而为曼绰，俗称高腔，在京师者为京腔。为弦索。曼绰流于南部，一变而为弋阳腔，再变而为海盐腔。至明万历后，魏良辅、梁伯龙出，始变为昆山腔。弦索流于北部，安徽人歌之为枞阳腔，今名石牌腔，俗名吹腔。湖广人歌之为襄阳腔，今谓之湖广腔。陕西人歌之为秦腔。秦腔，自唐、宋、元、明以来，音皆如此，后复间以弦索。至于燕京及齐、晋、中州，音虽递改，不过即本土所近者少变之，是秦声与昆曲体固同也。至言其用四声同也，二十八调同也。声之中有音，喉、腭、舌、齿、唇是也。调之中有节，高下、平侧、缓急、艳曼、停腔、过板是也。板之中有起、有腰、有底，眼之中有正、有侧，声平缓则三眼一板，惟高腔七眼一板。声急侧则一眼一板，又无不同也。其中微有不同者，昆曲佐以竹，秦声间以丝。然乐器中九调，自乙调、正宫、六字、凡字、小宫、尺字、上字诸调，丝与竹皆同也。秦声所以去竹者，以秦多肉声，竹不如肉，故去笙笛，但用弦索也。昆曲止用绰板，秦声兼用竹木，俗称梆子，竹用篔筜，木用枣。所以用竹木者，以秦多商声，《诗含神雾》。商主断割，邯郸绰《五经析疑》。故用以象椌楬，《乐记》郑注：“椌楬，柷敔。”声柷柷然，取义于止也。《释名》。且也商声驶烈，《元览》。绰板声沈细，仅堪用以定眼也。昔唐明皇与太真按乐清元小殿，所用乐器凡七：宁王玉笛、李龟年觱篥而外，上羯鼓、妃子枇杷、马仙期方响、张野狐箜篌、贺怀智拍板。手操实居其五，可知秦中用以节声者，唐时已若是，矧玉笛与觱篥昆曲亦在所不用哉？至于九调，昆曲止用七调，无四合也。七调中乙调最高，惟十番用之。上字调亦不常用，其实只五调耳。若正宫音属黄钟，为曲之主，乃自有昆曲二百馀年，惟苏昆生发口即中中声，毕生所歌，皆正宫调。嗣响者，娄江顾子惠、施云章二人耳。近日歌昆曲者，甫入正宫，即犯他调，犯入他调，亦非中声。至秦中，则人人发口皆音中黄钟，调入正宫。而所谓正宫者，又非大声疾呼，满堂满室之谓也。其擅长在直起直落，又复宛转关生，犯入别调，仍蹈宫音。如歌商调则入商之宫，歌羽调则入羽之宫。《乐经》‘旋相为宫’之义，非此不足以发明之。所以然者，弦索胜笙笛，兼用四合，变宫、变徵皆具。以故叩律传声，上如抗，下如坠，曲如折，止如槁木，倨中矩，句中钩，累累乎端如贯珠，斯则秦声之所有，而昆曲之所无也。昔周有韩娥，秦有薛谈、秦青，汉有虞公、李延年，唐有方等女、郝三宾等，在昔相传。乐王曲圣，莘莘蓁蓁，皆秦人，非吴人也。"[7]

善词亦藉善歌，故宋词亦不尽可歌，须歌者具融化之才。姜白石云："《满江红》末句'无心扑'三字，歌者将'心'字融入去声，方谐音律。"[8]即此说也。盖能"声中无字，字中有声"，沈括《梦溪笔谈》载此二语。[9]镕铸贯通，无不入协。从来手口并擅者少，故无论杂剧、传奇，多半一人填词，一人正谱，急节以赴之，迟声以媚之，减偷之功，半资引刻。至今日巴人下里，尚少顾误之周郎[10]，而欲其与玉汝[11]、美成[12]辈争衡乎？然偶尔一遭，此道终在，毛大可元夕填《锦缠道》等调，曲师竟能入唱，其谱尚列词话，此非词之可歌一明证哉？[13]况《一翦梅》、《点绛唇》诸体，为南北曲引子者，无不可以发口，而其他调则否。然则非词之不可歌，能歌词者不常有耳。又按：弋阳腔又曰"乱弹"，南方谓之"下江调"；甘肃腔即"琴腔"，又名"西秦腔"，胡琴为主，月琴为副，工尺咿唔如语，道光三年御史奏禁，今所谓"西皮调"也。[14]又有句调，则"山西腔"也。[15]此《撷英小谱》所未详，不揣固陋，衍而论之。余尝谓：稽之宋词，秦、柳，其南曲昆山腔乎？苏、辛，其北曲秦腔乎？此即教坊大使对东坡之说也。[16]

陆云士次云述曲工金叟之言曰："字有四声，度曲者四声各得其是，虽拙亦佳，非徒取媚听者之耳也。如阳平拖韵稍长，即类于阴。阴平发音稍亮，即类于阳。去声亢矣，过文宜抑而复扬。入声促矣，出字贵断而后续。虽有一定之腔，亦可短长以就韵。虽有不移之板，亦宜变换以成文，而其要领，在于养气。如阳音以单气送之则薄，阴音以双气送之则滞。将收鼻音，先以一丝之气引入，而以音继之，则悠然无迹。"《湖壖杂记》。[17]此尤足证融化之说矣。大抵音乐一道，儒者解其义而不习其器，乐工习其器而不解其义。故乐工鲜能著书，而儒者之所张皇楮墨者，如话钧天，如望神山，持论愈高，实用愈少耳。至今日则文人多哑曲，而乐部尤多盲工，虽有妙制，辄遭其荼毒，非龉删其句，即句更其字。余尝闻：某工歌《长生殿·闻铃》折，误"荒茔"为"一番人"矣；某工歌《琵琶记·寄书》折，易"伯喈"为"状元公"矣。而何者谓之"犯"，何者谓之"带"，肤浅调名，开卷即已茫然。在彼法中，数典几于忘祖，安能换头鬲指，寻绎九宫八十四调之幽眇哉？乡前辈陈东村烺先生，曾撰《紫霞巾》、《花月痕》二曲，质之歌者，辄云棘口，东村亦以此茫然自失。[18]予谓此非文章之过也。夫曲至汤若士[19]、吴石渠[20]，亦可谓能事矣，乃李笠翁曰："《牡丹亭》、《邯郸梦》，得以盛传于世；《绿牡丹》、《画中人》，得以偶登于场，皆才人侥幸之事，非文至必传之理也。"[21]及观笠翁所著十种，市侩之气，令人难耐。作者高自矜诩，习者转相惊奇，始知阳春白雪，难索赏音，而笠翁之盛有时名，不足异矣。梁章冉曰："俗伎搬演，改节参差，虽有周郎，亦当掩耳。"[22]故得明人正谱，良工按拍，一遇佳词，增色十倍。在昔《鸣鸿度》海宁查氏[23]、《钧天乐》长洲尤氏[24]诸院本，所以声容并美者，大抵亲授家伶，朝斑管而夕氍毹耳。彼场屋勾阑之内，安得常逢金叟[25]其人哉？虽然，仆亦作哑曲者，则且论文字之美丑，东村二曲，不无可议。盖撰曲亦有三长：词也、白也、介也。一者未至，即非当家，嗟乎！难矣！虽小道，必有可观，非身入其中者不知也。

〔1〕沈德符(1578—1642)，字景倩，又字虎臣，嘉兴(今属浙江)人。万历四十六年(1618)举人。自幼生长京邸，熟悉朝廷故事。中年后南归，凭记忆将旧事见闻随录成篇，撰成《万历野获编》34 卷，备载朝章典故，里巷琐语。其中有不少有关民歌小曲、戏曲小说的材料。后人曾辑录有关戏曲资料编为《顾曲杂言》。(参《中国曲学大辞典》第 906 页。)另著有《飞亮语略》1 卷、《敝帚轩剩语》4 卷、《秦玺始末》1 卷。

〔2〕沈宠绥(？—1645?)，字君徵，号适轩主人，吴江(今江苏苏州)人。少为诸生，后以例入太学。所交多名士，精于音律之学。著有《弦索辨讹》3 卷、《度曲须知》2 卷。(参《中国曲学大辞典》第 906 页。)前者专为弦索歌唱者，指明应用的字音和口法。书中列举数套曲子，逐字注音，以示规范。后者则将南北曲之源流、格调、字母、发音、归韵诸种方法，一一辨析其故，使度曲者有规则可循。

〔3〕严长明(1731—1787)，字道甫，号东有，一字东友，江苏江宁(今南京)人。乾隆二十七年(1762)召试举人，赐内阁中书，官至内阁侍读学士。著有《严东有诗集》10 卷。(据《清人诗文集总目提要》第 739 页。)

〔4〕曹仁虎(1731—1787)，字来殷，一作莱婴，号习庵，又号渔庵，江苏嘉定(治所今上海嘉定区)人。乾隆二十六年(1761)进士，改庶吉士，授编修，官至侍讲学士。著有《曹学士遗集》30 卷。(据《清人诗文集总目提要》第 737 页。)

〔5〕钱坫，字献之，江苏嘉定(治所今上海嘉定区)人。钱大昕从子。乾隆甲午(1774)副贡，官乾州州判。(据丁丙《善本书室藏书志》卷五，清光绪刻本。另据冯桂芬同治《苏州府志》卷一百十二，清光绪九年刊本。)著有《十经文字通正书》14 卷、《说文解字校注》12 卷、《论语后录》5 卷等。

〔6〕《秦云撷英小谱》共七则。严长明撰四则，曹仁虎撰二则，钱坫撰一则。

〔7〕引见严长明《小惠宝儿喜儿》。“必扮天官以引导之”原无“以”字，“一变而为弋阳腔，再变而为海盐腔”原均无“而”字，“魏良辅、梁伯龙出”原作“梁伯龙、魏良辅出”，“有腰”原作“有要”，“沈细”原作“沉细”，“上字调亦不常用，其实只五调耳”原作“上字调亦不尝用，其实止五调耳”，“为曲之主”原作“为主”，“人人发口”原作“人人出口”，“满堂满室之谓也”原作“满堂满室之说也”，“擅长”原作“擅场”。(据清光绪至宣统刻《双楳景闇丛书》本。)

〔8〕姜夔《白石道人歌曲》卷三:“《满江红》旧调用仄韵,多不协律,如末句云‘无心扑’三字,歌者将‘心’字融入去声,方谐音律。”

〔9〕沈括《梦溪笔谈》卷五:“古之善歌者有语谓:‘当使声中无字,字中有声。’凡曲止是一声清浊高下,如萦缕耳。字则有喉、唇、齿、舌等音不同,当使字字举本皆轻圆,悉融入声中,令转换处无磊磈。此谓声中无字,古人谓之如贯珠,今谓之善过度是也。如宫声字而曲合用商声,则能转宫为商歌之,此字中有声也。善歌者谓之内里声,不善歌者声无抑扬,谓之念曲,声无含韫谓之叫曲。”(民国刻《四部丛刊续编》景明本。)

〔10〕张岱《夜航船》卷九:“周瑜妙于音律,虽三爵之后,少有阙误,瑜必举目瞠视。时人语曰:‘曲有误,周郎顾’。”(清钞本。)

〔11〕魏玩,字玉汝,襄阳(今属湖北)人。魏泰之姊,宰相曾布妻。能诗词,朱熹《朱子语类》卷一百四十云:“本朝妇人能文,只有李易安与魏夫人”《全宋词》存其词 14 首。(据《宋词大辞典》第 590～591 页。)

〔12〕周邦彦(1056—1121),字美成,号清真居士,钱塘(今浙江杭州)人。元丰六年(1083)在太学,献《汴都赋》,神宗异之,自太学诸生命为太学正。元祐二年(1087),出为庐州教授。八年,知溧水县。绍圣末,迁为国子监主簿。除秘书省正字,历校书郎、考功员外郎、卫尉、宗正寺少卿、兼议礼局检讨。知隆德府,移知明州。入拜秘书监,进徽猷阁待制,提举大晟府,出知顺昌府,徙处州,未赴。著有《清真集》,一作《片玉词》。《全宋词》存其词 186 首。(据《宋词大辞典》第 509 页。)

〔13〕毛奇龄,字大可。参卷四“毛奇龄、俞士彪词”条。《锦缠道》之曲谱,见毛奇龄《词话》卷二。(《西河合集》。)

〔14〕张际亮《金台残泪记》卷三:“《燕兰小谱》记甘肃调即‘琴腔’,又名‘西秦腔’。胡琴为主,月琴为副。工尺咿唔如语。此腔当时乾隆末始蜀伶、后徽伶尽习之。道光三年,御史奏禁。”又:“《燕兰小谱》记京班旧多高腔。自魏长生来,始变梆子腔,尽为淫靡。然当时犹有保和文部,专习昆曲。今则梆子腔衰,昆曲且变为乱弹矣。乱弹即弋阳腔,南方又谓‘下江调’。谓甘肃腔曰‘西皮调’。”周贻白《中国戏曲发展史纲要》:“谢章铤生于嘉庆二十五年(公元一八二〇年),则道光八年还只九岁。他这段话,显然是根据张际亮之说而掺以己见。其实,都错了。姑无论高腔系由弋阳腔变出,乱弹并不专指弋阳腔,而所谓‘下江调’,或因弋阳腔产于江西,属长江下游之故,但以西皮调作甘肃腔,即秦腔,又名西秦腔,‘工尺咿唔如语’,实为《燕兰小谱》对西秦腔的说法,乃被抄来放在西皮调上面,这就未免强作解事了。”(第 421 页,上海古籍出版社 1979 年版。)

〔15〕句调,即勾腔。西湖安乐山樵《燕兰小谱》卷一:“山西勾腔似昆曲,而

音宏亮，介乎京腔之间。”（《清代燕都梨园史料》本。）张际亮《金台残泪记》卷二：“今山西色少佳者，所谓‘勾腔’亦稀矣。”

〔16〕陈师道《后山诗话》：“退之以文为诗，子瞻以诗为词，如教坊雷大使之舞，虽极天下之工，要非本色。今代词手唯秦七黄九尔，唐诸人不迨也。”（明崇祯汲古阁刻《津逮秘书》本。）教坊大使对东坡之说，参卷一“王昶论两宋词”条。

〔17〕陆次云，字云士，浙江钱塘（今杭州）人。以监生考授州判。康熙十八年（1679）荐试博学鸿词，官江阴知县。著有《澄江集》7卷、《北墅绪言》5卷。（据《清人诗文集总目提要》第248～249页。）另有《湖壖杂记》1卷等。引见《湖壖杂记》“西泠桥”条。（清康熙二十二年《陆云士杂著》本。）

〔18〕陈烺（1743—1827），字士辉，号东村，别署榕西逸客。福建闽县（今福州）人。乾隆四十二年（1777）举人。曾官德化训导。工诗。著有《垂老诗集》、《杜诗注》，戏曲有《紫霞巾传奇》、《花月痕传奇》。（据俞为民、孙蓉蓉编《历代曲话汇编》清代编第三集，黄山书社2008年版。）《紫霞巾传奇》2卷，有清嘉庆刻本；《花月痕传奇》2卷，有清刻本。今国家图书馆藏有此二种，皆钤有“长乐郑振铎西谛藏书”印。“茫然自失”云云，不详出处。陈登龙《花月痕传奇序》：“虽复赏心，何知顾曲。识阳春之难和，敢希骥尾之蝇。”似对《花月痕》曲辞棘口有微意。

〔19〕汤显祖（1550—1616），字义仍，号若士，一号海若，别署清远道人，江西临川人。隆庆四年（1570）中举，万历十一年（1583）中进士，授南京太常寺博士，改南京詹事府主簿，升南京礼部祠祭司主事。万历十九年（1591），上《论辅臣科臣疏》，抨击政治腐败，语诋神宗，谪广东徐闻典史。两年后量移浙江遂昌知县。万历二十六年（1598）弃官归里。张廷玉撰《明史》列传卷一百一十八有传。著有《牡丹亭》（一作《还魂记》）、《紫钗记》、《南柯记》、《邯郸记》。并称“临川四梦”。（参《中国曲学大辞典》第125页。）另有诗文集《玉茗堂集》29卷。

〔20〕吴炳，字石渠。参卷八“万树词”条。

〔21〕李渔（1611—1680），原名仙侣，字笠鸿，一字谪凡，号笠翁、湖上笠翁。祖籍浙江兰溪，生于江苏如皋。补博士弟子员，屡试不第。入清不再应举。清顺治八年（1651）迁居杭州。顺治十八年（1661），移家南京。康熙十六年（1677）又移家杭州。戏曲有《笠翁十种曲》、《闲情偶寄》等。今人编有《李渔全集》20卷。（据《中国曲学大辞典》第142页。）引见《闲情偶寄》卷四《演习部·选剧第一》云：“汤若士之《牡丹亭》、《邯郸梦》得以盛传于世，吴石渠之《绿牡丹》、《画中人》得以偶登于场者，皆才人侥幸之事，非文至必传之常理也。”（清康熙刻本。）

〔22〕梁廷枏《曲话》卷三：“俗伶搬演，率多改节，声韵因以参差，虽有周郎，亦当掩耳。”

〔23〕《鸣鸿度》，查伊璜著。查伊璜，参《词话补辑》“查伊璜、曹溶词”条。吴骞《拜经楼诗话》卷四：“查孝廉晚益耽声伎之乐，家蓄女伶，并一时妙选。尝自制《鸣鸿度》等新乐府，登场搬演，视汤玉茗所云‘伤心拍遍无人会，自掐檀痕教小伶’者，未免生党姬之妒矣。厉樊榭云：‘查家旦色皆以些为名。’故毛西河有‘只有柔些频顾影，猜人不欲近阑干’之句。”

〔24〕《钧天乐》，尤侗著。尤侗，参卷十二“词中一字韵”条。

〔25〕金叟：《湖壖杂纪》云：“丙辰之夏，红藕花开，王子古直偕女史素蓉、曲工金叟，拉余举杯桥上，为邀月之饮。素蓉歌《东风无赖》一曲，听者凝神。叟曰：‘子之歌善矣！然毫厘千里之间犹有进也。字有四声，度曲者四声各得其是，虽拙亦佳，非徒取媚听者之耳也。如阳平拖韵稍长，即类于阴；阴平发音稍亮，即类于阳；去声亢矣，过文宜抑而复扬；入声促矣，出字贵断而后续，虽有一定之腔，亦可短长以就韵；虽有不移之板，亦宜变换以成文；而其要领在于养气。如阳音以单气送之则薄，阴音以双气送之则滞。将收鼻音，知以一丝之气引入，而以音继之则悠然无迹。子有数字未谐，试反寻之，自得也。’素蓉即起拜谢。余曰：‘此所谓识曲听其真也。’古之称善歌者曰绕梁、裂石，惟美其调之高耳。袁中郎谓每度一字，几尽一刻，仅形其声之细耳。善乎《乐记》所谓“上如抗，下如坠，止如槁木，累累乎如贯珠”，能尽节奏之妙，故最知音者，莫若古圣人也。而子得之，虽然“不惜歌者苦，但伤知音稀”，知子者有人乎？’叟曰：‘人之知我，不如我之自知也。’古直曰：‘一技也，亦有然哉？’遂罢酒刺船而去。”（清康熙二十二年刻《陆云士杂著》本。）

吴绮其人其词

余十一岁始就外傅，越三年得羸疾几殆，督课尽废。偶检先世遗书，见吴园次绮《林蕙堂集》中，有《艺香词钞》，好之。[1]彼时并不知何者为词，第见刊本所分句读，或长或短，异之，持问长老，方知世间有倚声之学。园次人品清迥，生平遗事，洵足增重词场。读其《听翁自传》，令人神往。《传》云：“听翁仕至二千石，多惠政，以忤上官，投劾归，贫甚。婿江辰六醵金筑室于广陵南门，曰‘天地间亭’。制府吴留村赠以买山钱，归，得粉妆巷废圃居焉。又以钱二百缗，得东陵田七十亩，种秫与豆，足供半岁食。圃荒甚，有索文与诗者，多以树木花竹为润笔费，不数月而成林，因名之曰‘种字林’。于是偃仰其中，春而花，秋而月，偕内子江夏君以诗酒自适，虽至屡空，泊如也。常曰：‘吾才不逮古人，而冒忝方州。性懒，不能为导引术，而年及古稀。不事家人生产，而莱妻伶妾，无北门之谪。诸儿子不营利禄，而皆拈弄笔墨，粗能为诗古文词，吾知造物之与我厚矣。'乃以修短衰健听之天，利钝荣辱听之人，是非毁誉听之千百世而后，故自号曰'听翁'。诗务言其性之所近，文好作孝穆、子山语，词则儿女子皆能习之。有毘陵闺秀诵其'把酒属东风，种出双红豆'二语，以为秦七、黄九不能过也，故又号'红豆词人'云。"[2]文长不备载。

余尝论国初诸词家，以诗譬之：竹垞严整，其高、岑乎？迦陵矫变，其李、杜乎？容若绵至，其温、李乎？而园次着墨不多，都适人意，殆王、孟欤？然难与刻舟求剑者道也。园次序钱葆酚《湘瑟词》云："词原靡丽，体虽本于房中，而语必遥深，义实通于《世说》。"又云："昔天下历三百载，此道几属荆榛。迨云间有一二公，斯世重知《花草》。"[3]数语括尽词品、词运。云间谓陈卧子。明自中叶以后，知词仅三人，杨升庵、王弇州及卧子。若夏公谨言[4]、马浩澜洪[5]，皆不足数也。郑荔乡曰："园次以明经荐授秘书院中书舍人，奉诏谱杨椒山乐府，世祖大称赏，迁武选司员外郎，盖即以椒山原官官之。出知湖州，人号为'三风太守'，谓多风力、尚风节、饶风雅也。"《诗钞小传》。[6]辰六名闿，新贵人，有《春芜词》。[7]留村名兴祚，奉天人，有《留村词》。[8]

"今何夕。年年苦被霜华逼。霜华逼。十三楼上，几番吹笛。　山河满目斜阳急。阑干醉倚蛾眉碧。蛾眉碧。英雄老矣，壮心犹昔。"《忆秦娥·生日示陶姬》。[9]"朝雨沐小阁。翠阴如幄。阁外白云飞去速。乱峰随意绿。　灵鹊喜声相续。新笋看看成竹。满径落红无管束。燕儿衔补屋。"《谒金门·雨后》。[10]"湖光夜彻。飞上小楼都化月。人似梅花。烂醉孤山处士家。　梦云缥缈。起傍玉阑花影悄。燕子多情。偷得纱厨细语声。"《减字木兰花》。[11]他如："好极转生疑"。《海棠春·晓妆》。[12]"月借水光磨"。《太常引》。[13]"莺坐浑身柳，蜂归两股花。一弦春怨语琵琶。"《南歌子》。[14]"南山雪净青初足"、"语细怕莺知，肠断凭花续。"《后庭宴》。[15]"斜月压帘霜重"。《转应曲》。[16]"风飐落花红不定"。《归自谣》。[17]"做成悲切。诉向凄凉月。"《点绛唇·蟋蟀》。[18]"十里轻烟桃叶舫，一桥凉雨梅花笛。"、"醉我频倾瓶几个，泥谁典却钗双只。"、"孤磬声摇残照紫，乱帆影挂秋云碧。"《满江红》。[19]"掷眼兜鞋，凭肩稳髻。"《念奴娇》。[20]旖旎跌宕，固不以涨墨为豪者。至若"颠耶其仙。圣耶其贤。人间龌龊堪怜。向醉乡且眠。　吟乎有笺。歌乎有弦。糟邱长据千年。其谁曰不然。"《醉太平》。[21]则枯肠芒角，者番吐露矣。园次词编于宗人某，中有《忆秦娥》，竟脱去一句。[22]而末卷附刻散曲，独别之曰"填词"，不知其何解也。[23]

园次闺房最昵，集中有《九日鸳湖忆内》及《江夏君五十》两散套，不厌长言。[24]其姬人某卒，园次哭之恸，作《瘗兰铭》，略云："姬，楚人，姓马氏，兰吹其小字也。玉台在郡，家邻行雨之乡。绛帐为村，身是扶风之后。"[25]《紫云词》有《玉女摇仙佩·为园次寿马少君》云："眉画春山细。更浣花清思，猜琴妙慧。"又云："夫子狂游玩世，醉月寻诗，沽酒鹔钗频泥。"[26]添香拂砚，真不减清娱之于马史、朝云之于东坡也。[27]

〔1〕吴绮(1619—1694),字薗次,号听翁、一号丰南,别号红豆词人,安徽歙县籍,江苏江都(今扬州)人。顺治十一年(1654)拔贡生,荐授秘书院中书舍人,官至湖州知府。(据《清人诗文集总目提要》第127～128页。)著有《林蕙堂全集》26卷,辑录《宋金元诗永》20卷《补遗》2卷,与程洪合编唐宋词选本《记红集》4卷。词有《艺香词》4卷,见康熙三十九年刻本《林蕙堂全集》卷23至卷26。乾隆四十一年单刻本则题《艺香词钞》,亦4卷。

〔2〕《听翁自传》见《林蕙堂全集》卷首。云:"听翁出于延陵,逸其名与字,仕至二千石,多惠政,不畏强御,以忤上官投劾归,归而贫甚,不能自给。长婿江子辰六,醵金筑室于广陵之南门,曰'天地间亭',翁于是乎有居。癸亥(1683)游粤东,制府吴留村赠以买山钱,归得粉妆巷赵氏之废圃而移居焉,翁于是乎有园。又以钱二百缗得东陵田七十亩,翁于是乎有田。田种秫与豆,仅供半岁食,居以移后,复为他人所有。圃荒无树木花竹,有索翁文与诗者,多以树木花竹为润笔费,不数月而成林,因名之曰'种字林'。翁于是乎偃仰其中,春而花,秋而月,偕内子江夏君以诗酒自适,虽至屡空,泊如也。常曰:'吾才不逮古人,而冒忝方州;性懒,不能为导引术,而年及古稀;不事家人生产,而莱妻伶妾,无北门之谪;诸儿子不营利禄,而皆拈弄笔墨,粗能为诗古文词,吾知造物之与我已为过矣。'于是以修短衰健听之天,以利钝荣辱听之人,以是非毁誉听之千百世而后,流行坎止,吾何心焉,故自号曰'听翁'。……诗务言其性之所近,不甚规模初盛诸体格;为文章,好作孝穆、子山语,见世之优孟欧、苏,饾饤班、范者,不屑为也。……所作填词小令,儿童女子皆能习之。有毗陵闺秀日诵其'把酒属东风,种出双红豆'二语,以为秦七、黄九不能过也,故又号'红豆词人'云。"(清康熙三十九年刻本,下校同。)

〔3〕见《林蕙堂全集》卷五《钱葆酚〈湘瑟词〉序》。

〔4〕夏言(1482—1548),字公谨,号桂州,江西贵溪人。正德十二年(1517)进士。授行人,擢兵科给事中。世宗即位后奉命清理庄田,又定祭祀典礼,得宠。嘉靖十五年(1536)进武英殿大学士,与机务。十七年成为内阁首辅。嘉靖二十一年被严嵩排挤免官,二十四年重新被起用为首辅,力主收复河套,忤帝意,削职处死。(据《中国历史大辞典》第2948页。)著有《夏桂洲文集》18卷、《桂洲诗集》24卷、《南宫奏稿》5卷。

〔5〕马洪,字浩澜,号鹤窗,浙江仁和(今杭州)人。明正统初前后在世。居塾授徒,以布衣终。著有《花影集》、《续游仙诗》。(据沈朝宣纂嘉靖《仁和县志》卷九,清光绪刻《武林掌故丛编》本。另据《全明词》第249页,饶宗颐初纂、张璋总纂,中华书局2004年版。)杨慎《词品》卷六:"马浩澜著《花影集》,自序

云:'四十馀年,仅得百篇,亦不可谓不难矣。'"

〔6〕郑方坤《本朝名家诗钞小传》卷二:"(吴绮)以明经贡入太学,会世祖章皇帝求异才备顾问,用朝臣荐授秘书院中书舍人。奉召谱杨椒山乐府,大加称赏,迁武选司员外郎,盖即以椒山原官官之,宠异至矣已!由工部出知湖州府,多惠政,不畏强御,湖人德之,号为'三风太守',谓多风力、尚风节、饶风雅也。"(据广文书局编译所编《古今诗话丛编》本,台北广文书局1971年版。)

〔7〕江闿,榜姓越,字辰六,贵州贵筑(今贵阳)人。康熙二年(1663)举人,康熙十八年(1679)举博学鸿词,官山西解州知州。(据林葆恒《词综补遗》卷三,张璋整理,上海古籍出版社2005年版。)著有《春芜词》2卷,吴绮、尤侗为之序。尤《序》曰:"吾友吴薗次才华敏妙,以词论之,亦草堂中秦九也。雅闻有婿越辰六,风流吐纳,不减乃翁。"(清康熙刻本。)

〔8〕吴兴祚(1632—1698),字伯成,号留村,由会稽徙铁岭,隶汉军正红旗。顺治七年(1650)官江西萍乡知县,擢福建按察使,官至两广总督。著有《留村诗钞》1卷。(据《清人诗文集总目提要》第235页。)另有《留村词》,收词25阕,见《州山吴氏词萃》,清吴隐刻潜泉丛钞本。又见《州山吴氏先集》(一名《山阴吴氏词钞》),民国七年山阴吴氏排印本。

〔9〕见《林蕙堂全集》卷二十三《忆秦娥·客中生日戏示陶姬》。亦见乾隆四十一年刻本《艺香词钞》卷一。(下同此本。)

〔10〕见《林蕙堂全集》卷二十三。亦见《艺香词钞》卷一,"随意"作"添意"。

〔11〕见《林蕙堂全集》卷二十三《减字木兰花·湖光》。亦见《艺香词钞》卷一。

〔12〕见《林蕙堂全集》卷二十三《海棠春·晓妆次王阮亭闺情四首》其一。亦见《艺香词钞》卷二,词题:"晓妆"。

〔13〕见《林蕙堂全集》卷二十三《太常引·曾波阁玩月同雁水诸君用稼轩韵》。亦见《艺香词钞》卷二。

〔14〕见《林蕙堂全集》卷二十三《南歌子·闺情》。亦见《艺香词钞》卷二。

〔15〕见《林蕙堂全集》卷二十四《后庭宴·同闺人登爱山台》。亦见《艺香词钞》卷二。

〔16〕见《林蕙堂全集》卷二十三《转应曲·蟋蟀》。亦见《艺香词钞》卷一。

〔17〕见《林蕙堂全集》卷二十三《归自谣·闺忆》。亦见《艺香词钞》卷一。

〔18〕见《林蕙堂全集》卷二十三《点绛唇·咏蟋蟀》。亦见《艺香词钞》卷一。

〔19〕分别见《林蕙堂全集》卷二十五《满江红·钟伟弢邀泛画溪赋赠》、《满江红·偕余澹心过饮陈集生斋中,喜周子俶、秦留仙、顾梁汾继集》、《满江红·金山》。"醉我频倾瓶几个"原作"醉我倾将瓶几个"。亦见《艺香词钞》卷三,

“醉我频倾瓶几个”亦作“醉我倾将瓶几个”。

〔20〕见《林蕙堂全集》卷二十五《念奴娇·初晴湖上即事》。亦见《艺香词钞》卷三。

〔21〕见《林蕙堂全集》卷二十三《醉太平·题醉仙图为念因寿》。“吟乎有笺歌乎有弦”作“歌乎有弦吟乎有笺”。亦见《艺香词钞》卷一。“吟乎有笺歌乎有弦”亦作“歌乎有弦吟乎有笺”。

〔22〕宗永之《艺香词钞序》:“宗后学琥绣拜书于谷水之知止草堂”。扉页题:“宗后学琥绣永之重校”。“中有《忆秦娥》,竟脱去一句”即指《艺香词钞》中《忆秦娥·客中生日戏示陶姬》脱去“霜华逼”三字。《林蕙堂全集》所收《忆秦娥·客中生日戏示陶姬》未脱去“霜华逼”三字。

〔23〕《林蕙堂全集》卷二十六《填词》收散曲 63 支。《艺香词钞》卷四同。

〔24〕《林蕙堂全集》卷二十六有《九日泊鸳湖忆内》调《二郎神》,《江夏君五十》调《新水令》。亦见《艺香词钞》卷四。

〔25〕《瘗兰铭》见《林蕙堂全集》卷十三。

〔26〕《紫云词》,丁炜词集。据《紫云词》,“为园次寿马少君”原作“为吴菌次寿马少君”。

〔27〕清娱,姓随,平原(今属山东)人,年十七归司马迁。随至华阴之同州,而迁召入京师,留清娱于同。已而,迁陷腐刑,病卒于京。清娱闻之,遂悲愤而死。事迹详褚遂良《故汉太史司马公侍妾随清娱墓志铭》(据《褚遂良集》,清光绪刻《武林往哲遗著》本。)王朝云,字子霞,钱塘(今杭州)人,苏轼官杭州通判纳为妾。从苏轼二十三年,卒于惠州,年仅三十四岁。朝云死后,苏东坡将她葬在惠州西湖栖禅寺。(据梅鼎祚《青泥莲花记》卷一《王朝云》,明万历刻本。)

词贵清空

宋词三派,曰婉丽,曰豪宕,曰醇雅,今则又益一派,曰饾饤。宋人咏物,高者摹神,次者赋形,而题中有寄托,题外有感慨,虽词实无愧于六义焉。至国朝小长芦出,始创为征典之作,继之者樊榭山房。长芦腹笥浩博,樊榭又熟于说部,无处展布,借此以抒其丛杂。然实一时游戏,不足为标准也,乃后人必群然效之。[1]即如咏猫一事,自葆馚[2]、竹垞[3]、大[太]鸿[4]、绣谷[5]而外,和作不下十数家。[6]予少日曾为集录,亡友张任如[7]见之笑曰:“弄月嘲风之笔,乃为有苗氏作世谱哉。”予失笑,投笔而起。是言虽虐,然实咏物家针砭也。或曰:“多识之学,《风》诗不废,子何独于词而訾謷之,一言不已,而至再至三乎?”予曰:“诗三百篇,开卷第一言即是咏物,然使第曰‘关关雎鸠,在河之洲’,第曰‘参差荇菜，左右流之’，而尽去其下文，则此诗何以为风化之原乎？而当日尼山秉笔，吾知必从删弃矣。且今之为此者，动曰吾瓣香姜、史也。然《暗香》、《疏影》之篇，‘软语商量’之句，岂二公搜索枯肠，独无一二冷典，乃赋空而不为征实哉？盖词贵清空，宋贤名训也。[8]”

〔1〕朱彝尊有咏物词集《茶烟阁体物集》。陈廷焯《白雨斋词话》卷三云：“竹垞《江湖载酒集》洒落有致，《茶烟阁体物集》组织甚工，《蕃锦集》运用成语，别具匠心，然皆无甚大过人处。”厉鹗咏物词过分堆砌典故，对浙派后期的词风造成了不良影响。徐珂《近词丛话》：“鹗词宗彝尊，而数用新事，世多未见，故重其富，后生效之，每以捃摭为工，后遂浸淫，而及于大江南北，然钞撮堆砌，言节顿挫之妙，未免荡然。”(《词话丛编》第 4223 页。)厉鹗博学多才，熟于说部，有笔记小说《东城杂记》2 卷传世。沈德潜《清诗别裁集》卷二十四：“樊榭学问淹洽，尤熟精两宋典实，人无敢难者。而诗品清高，五言在刘眘虚、常建之间。今浙西谈艺家专以饤饾挦扯为樊榭流派，失樊榭之真矣。”

〔2〕钱芳标，原名鼎瑞，字宝汾，一字葆馚，江苏华亭(今上海松江)人。康熙五年(1666)顺天举人，十八年(1679)荐举博学鸿词，以亲丧未与试，后官内阁中书。著有《金门稿》6 卷。(据《清人诗文集总目提要》第 261 页。)另有《湘瑟词》4 卷、《望庐集句》1 卷。

〔3〕朱彝尊，号竹垞。参卷二“朱彝尊赠伎词”条。

〔4〕厉鹗，字太鸿。参卷十二“集句词”条。

〔5〕吴焯(1676—1733)，字尺凫，号绣谷，别号蝉花居士，安徽歙县籍，浙江钱塘(今杭州)人。喜聚书，善绘事。著有《药园诗稿》2 卷、《渚陆飞鸿集》1 卷、《鱼睨集》1 卷、《径山游草》1 卷。(据《清人诗文集总目提要》第 459～460 页。)另著有《玲珑帘词》1 卷。

〔6〕朱彝尊《曝书亭集》卷二十九有《雪狮儿》词，序云：“钱葆馚舍人书咏猫词索和赋得三首。”并附钱芳标《雪狮儿》咏猫词。黄汉《猫苑》卷下：“吴石华调寄《雪狮儿》咏猫有序。钱葆馚有《雪狮儿》咏猫词，竹垞、樊榭、穀人并和之，引征故实，各不相袭，后有作者，难为继矣！”(清咸丰瓮云草堂刻本。)王初桐《猫乘》卷八收钱莼魰《雪狮儿》咏猫词 1 阕、朱彝尊《雪狮儿》咏猫词 3 阕、厉鹗《雪狮儿》咏猫词 3 阕、陆纶《雪狮儿》咏猫词 2 阕、吴锡麒《雪狮儿》咏猫词 3 阕。(清嘉庆三年自刻本。)

〔7〕张仁恬，字任如。参卷六“咏小西湖诗词”条。

〔8〕张炎《词源》卷下：“词要清空，不要质实，清空则古雅峭拔，质实则凝涩晦昧。姜白石词如野云孤飞，去留无迹；吴梦窗词如七宝楼台，眩人眼目，碎拆下来，不成片段。此清空质实之说。”

辛词胜苏词

晏、秦之妙丽，源于李太白、温飞卿；姜、史之清真，源于张志和、白香山；惟苏、辛在词中，则藩篱独辟矣。读苏、辛词，知词中有人，词中有品，不敢自为菲薄，然辛以毕生精力注之，比苏尤为横出。吴子律曰："辛之于苏，犹诗中山谷之视东坡也。东坡之大，殆不可以学而至。"[1]此论或不尽然。苏风格自高，而性情颇歉，辛却缠绵恻悱，且辛之造语俊于苏。若仅以大论也，则室之大不如堂，而以堂为室，可乎？

〔1〕吴衡照《莲子居词话》卷四："苏、辛并称，辛之于苏，亦犹诗中山谷之视东坡也。东坡之大与白石之高，殆不可以学而至。"

赌棋山庄词话卷十

《圭塘欸乃集》

元许文忠有壬[1]置园池于相州，与弟可行有孚[2]、子元幹桢[3]、门客马明初熙[4]分题唱和，有《圭塘欸乃集》，凡诗二百馀篇，词八十馀首。[5]其填《摸鱼儿》调，皆用晁补之“买陂塘、旋栽杨柳”为起句，各十阕。竹垞曾采一阕入《词综》[6]，然其中尚多合作，为掇录数首，不独资谈柄，并知元代去宋未久，词学之犹存师法如此。“买陂塘、旋栽杨柳，园亭偬有公务。东山更理闲丝竹，莫用苍生霖雨。鸥鹭渚。澹相对忘机，不羡蓬瀛屿。平生愿语。便泉石膏肓，烟霞痼疾，始遂隐居趣。　邯郸路，老我头颀如许。黄粱何日逢吕。斜川便是桃源洞，千载归来辞句。巾漉湑。笑琴亦无弦，何处求新谱。茫茫万古。任沧海桑田，白衣苍狗，不到老农圃。”可行作。“买陂塘、旋栽杨柳，散人不理他务。柳栽近水应先绿，须用等闲霖雨。遵北渚。看双桧蟠空，倒影摇烟屿。千言万语。只今日投簪，经年闭户，便自得天趣。　真男子，报国谁如张许。论交仍负嵇吕。我今但要闲陶写，幸免镂章雕句。村瓮醑。此真是、交梨火枣传家谱。庭空树古。有野鹤时来，衡门不锁，清彻地仙圃。”文忠作。“买陂塘、旋栽杨柳，闲人忙过曹务。山翁溪友来相贺，昨夜应时甘雨。舟泛渚。有茶灶相从，同过东西屿。鸥边自语。是午梦初回，馀酲未解，七椀得真趣。　神仙事，云海茫茫何许。何人岩下逢吕。诗家却有还丹诀，万景点成奇句。公自醑。且山水徜徉，莫考飞升谱。悠悠万古。看一片烟霞，四时风物，吾圃即元圃。”元幹作。又《太常引》云：“藕花无数半开时。池上客来稀。杖屦独徘徊。忽翠盖、因风尽欹。　天工妆景，水神输供，陶写费新诗。身外杳难期。笑士价、才堪五皮。”可行作。“藕花香里有丛筠。照水绿梢新。清洁出风尘。似持与、幽人写真。　门无俗客，地多清兴，羽扇白纶巾。甘作太平民。故自谓、羲皇上人。”元幹作。夫士大夫宦游中外，老归于乡者有之，然而势利累之，匆匆不暇唱渭城矣。得山川之胜而燕游者亦有之，然而声色进焉，昏昏都如长夜饮矣。至若一拖青紫，自诩通儒，才辨之无，便轻后进，卒之五善[7]穷于称，九能[8]鲜其誉，仗马楥麟，安怪议者轻薄也。若文忠，可谓佣中佼佼矣。

是作倡于明初，然明初词颇劣。其上文忠《摸鱼儿》十阕，五阕皆用“参知机务”字，如“参知绿野机务”、“参知老圃机务”等句。四阕皆用“检校公务”字，如“池塘检校公务”、“平堤检校公务”等句。时文忠官中书左丞，明初盖以“参知"、"检校"寿之者，然而已落恶趣矣。竹垞不选，谅哉！其后文忠复有所作，时明初在京师，乃遥同之，题曰《圭塘补和》[9]。《太常引》云："园中风物水中亭。消得两娉婷。浊酒卷荷倾。早洗尽、筝声笛声。　　四堤晴柳，一天花气，付与晚山青。飞絮挟云轻。任膝上、瑶琴自横。"[10]

〔1〕许有壬(1287—1364)，字可用，彰德汤阴(今河南汤阴)人。延祐二年(1315)进士，授同知辽州事。累擢中书参知政事、御史中丞、集贤大学士、太子谕德、中书左丞。至正十七年(1357)致仕。谥文忠。《元史》卷一八二有传。(**据《中国词学大辞典》第 145 页。**)所著有《至正集》81 卷、《圭塘小稿》16 卷、《圭塘欸乃集》不分卷(合著)。

〔2〕许有孚，字可行，彰德汤阴(今河南汤阴)人。许有壬之弟。由国学上舍登至顺元年(1330)进士，授湖广儒学副提举，改湖广行省检校。后至元元年(1335)除南台御史，迁同佥太常礼仪院事。至正间，与有壬父子、客马熙唱和，成《圭塘欸乃集》二卷。词存 20 首，18 首见《圭塘欸乃集》，2 首附见兄有壬《圭塘欸乃别集》。(**据《中国词学大辞典》第 146 页。**)

〔3〕许桢，字元幹，彰德汤阴(今河南汤阴)人。许有壬之子，以门功补太祝，历秘书郎、太常博士。有词 10 首见《圭塘欸乃集》，另有《柳梢青》4 首附见有壬《圭塘欸乃别集》。(**据《中国词学大辞典》第 148 页。**)

〔4〕马熙，字明初，衡州安仁(今湖南安仁)人。历官至右卫率府教授。(**据《中国词学大辞典》第 147 页。**)曾与圭塘唱和，作《摸鱼子》10 阕及《圭塘补和诗》，另有《太常引》、《渔家傲》词各 4 首，系补和许有壬之作，并见《圭塘欸乃集》。

〔5〕许有壬《圭塘欸乃并引》："至正戊子(1348)秋，吾兄中丞公以赐金得康氏废园于相城之西，池陻亭圮垣垝，卉木伐，唯双古桧在，庀徒具畚锸，从事疏凿池。广袤千馀步，深一仞，形如桓圭。西椭二洲，东规一岛，带以平堤，缭以周垣，渠于干艮，以时启闭。台于坤维，高可数丈，西山岩麓，近在眉睫，百里之景可而有视。亭之罅漏堁葺，而户牖之南为道，道中为桥。十一月五日，导水入池，纵鱼数千尾，作乐合宾友落成，将桥于二洲，舫于水，莲于池，柳于堤，果于亭侧，松竹花草于池南，次第而时植焉。昔人平泉绿野，吾不知其何如，若是园者，亦城西之佳地矣。公杖屦或衣或宫锦，招佳宾挈子弟，觞咏其间，香山独乐不是过也。公尝谓池成当用晁补之《摸鱼子》首句'买陂塘、旋栽杨柳'为乐府，未几，明初马先生先摭此以为公寿，公欢然即席和之，命有孚同赋，得二首。池既成，载赓八韵，通为十阕，以成初意。且以为同声唱和，张本公因题之曰《圭塘欸乃》。是池得佳名矣，然园有亭台，命名纪实，则必待公为记焉。"(**清嘉庆吴氏听彝堂刻《艺海珠尘》本，下同。**)

〔6〕《词综》卷二十九采许有壬、许有孚、马熙、许桢《摸鱼子》词各一阕。

〔7〕五善：古代射礼的五项要求。《论语·八佾》"射不主皮"何晏《论语注疏》引马融曰："射有五善焉：一曰和志，体和；二曰和容，有容仪；三曰主皮，能中质；四曰和颂，合雅颂；五曰兴儛，与舞同。"（清阮刻《十三经注疏》本。）

〔8〕九能：古指大夫应当具备的九种才能。《诗·鄘风·定之方中》"卜云其吉，终然允臧"郑玄笺曰："建邦能命龟，田能施命，作器能铭，使能造命，升高能赋，师旅能誓，山川能说，丧纪能诔，祭祀能语，君子能此九者，可谓有德音，可以为大夫。"（清阮刻《十三经注疏》本《毛诗注疏》。）

〔9〕马熙《圭塘补和并序》："《欸乃》既歌之明年，如京师，可行洎桢，日侍安阳公觞咏圭塘更唱迭和之语。词凡二百四十有九。又明年，桢来京师，熙始得伏读全集。大篇云行，短章泉流，无非乐日用之常，而忧国忧民之实亦未尝不默寓其间也。桢闻诗趋庭，日有新益，而熙乃以抗尘走俗不得与于斯文，愧可胜言耶？然可行序引有张本同声之说，固欲援之入社，今虽未至，未必峻拒之也。于是忘其芜陋，勉强补和，得诗七十八、词八。录次左方，惟二先生进而教之。"

〔10〕以上所引诸词及词句并见《圭塘欸乃集》。"黄粱"原作"黄粮"，"须用"原作"应用"，"元圃"原作"玄圃"，"持与"原作"特与"，"池塘检校公务"原作"池亭检校公务"。

刘存仁文为发愤之作

尝读元刘一清《钱塘遗事》，中载文及翁登第后，与同年游西湖。或问西蜀有此景否？及翁即席赋《贺新凉》云："一勺西湖水。渡江来、百年歌舞，百年酣醉。回首洛阳花世界，烟渺黍离之地。更不复、新亭坠泪。簇乐红妆摇画艇，问中流、击楫何人是。千古恨，几时洗。　　余生自负澄清志。更有谁、磻溪未遇，傅岩未起。国事如今谁倚仗，衣带一江而已。便都道、江神堪恃。借问孤山林处士，但掉头、笑指梅花蕊。天下事，可知矣。"〔1〕嗟乎！是真《小雅》诗人之义也。比之陈参政之《木兰花慢》〔2〕、德祐太学生之《百字令》〔3〕，更为沉痛，谁敢轻填词为小道哉！其后宋亡，及翁累征不起，善矣！然《遗事》又载：乙亥正月京师戒严，朝臣宵遁，及翁时参机政，与焉，何其谬也！〔4〕嗟乎！今之为及翁者岂少哉？辛亥，延建告警，仙游失守，富者远徙，贫者肆窃，有掠赀财者，有劫妻女者，有受乡愚诓诈要挟而隐忍倾家以依附之者，哀声及乎道路，独身受之人，讳不敢言。省会粮匮，兵羸钱荒，所招义勇尤横，且市井萧然，而龙断贱丈夫，反思乘时罔利者比比。〔5〕或作揭帖，略云："赊不得，借不得，当不得，卖不得，番银换不得，救死度生俱无策。求不得，乞不得，帮不得，赖不得，抢夺又不得，半死半生真惨恻。”悲夫！近吾友刘炯甫出文一束相示，有《钱荒议》、《战守议》、《编甲团乡说》、《权说》、《发义仓记》。[6]恺切敷陈，皆有关时务之言，而往来书札，尤为不惜苦口。如云：“钱荒由乡，金银贵由大户。乡民敛钱自固，绅富敛金银思避，愈匿愈荒，愈荒愈匿，然而荒则有之，犹未尽匮也。”[7]又云：“昨兴化有人回省云：现在募勇，勇即贼也，遍地皆勇，遍地皆贼也。贼至从贼，贼退为勇，徒糜官饷，无济时艰。”[8]又云：“今之议者，不曰张皇，即曰骚扰，谓宜以静镇处之。乌乎！此讳疾忌医之见也。计自军兴以来，由广西而楚南北，今春不两月间，武昌、安庆相继失守，今镇江又告急矣。守土之臣，非不镇静也，寇至则委而去之。”[9]又云：“保障之法，前所云水陆城乡并举之说也。合计水险几处，陆险几处，水兵若干，陆兵若干。明请中丞，老弱汰之，精壮练之，不足则团乡兵以辅之。兵民合一，则民有固志矣；官绅合一，则士亦有固志矣。使晓然于事，事实济足，以保身家，则富者乐于输财，贫者乐于输力矣。受刍言，则人乐用命；容诤友，则士敢尽言。破除资格、位望、门户、同异一切之客气，以实心行实事，天下尚不足为，何况一乡一城之防堵已乎？”[10]贾生上策[11]，监门绘图[12]，此真有用之言。余谓炯甫，珍藏之以俟知音，然而难言之矣。叶与端滋森和余雅集图《满江红》云：“人醉我醒，又何怪、甘心寂寞。对一室、妻儿图史，避时之壑。拔剑闻鸡愁力尽，闭门种菜安才薄。只不堪、屈指旧交游，都零落。　长沙传，难终读。柴桑酒，才非浊。真不如归去，人间奚乐。论世谁怜胸有血，问时早叹天无目。愿生生、莫再作多情，吾知错。”[13]嗟乎！等说论于飘风，谁复懋置于耳者。读与端之词，拔剑看天，泣数行下，愈知炯甫之所为发愤也。

〔1〕见刘一清《钱塘遗事》卷一《游湖词》。“坠泪”，清光绪刻《武林掌故丛编》本作“堕泪”。文及翁，字时学，号本心，绵州（今四川绵阳）人，徙居吴兴（今浙江湖州）。宝祐元年（1253）进士，为昭庆军节度使掌书记。景定三年（1262），以太学录召试馆职，除秘书省正字，历校书郎、秘书郎、著作佐郎、著作郎。咸淳元年（1265）六月，出知漳州。四年，以国子司业、礼部郎官兼学士院权直兼国史院编修、实录院检讨官、秘书少监。年末，以直华文阁知袁州。德祐初，除资政殿学士签书枢密院事。元兵将至，弃官遁去。入元，累征不起。有文集二十卷，不传。《全宋词》据《钱塘遗事》辑其词1首。（据《宋词大辞典》第406页。）《贺新凉》见《全宋词》第3138页。

〔2〕《木兰花慢》见《全宋词》第1070页，注云：“陈参政（元人）作，见《浩然斋视听钞》。”

〔3〕《百字令》见《全宋词》第3419页。

〔4〕见《钱塘遗事》卷七《朝臣宵遁》。

〔5〕刘存仁《屺云楼诗话》卷六:"(癸丑,1853)二月,永安告警。五月后省垣中和民铺停止,新创官铺,钱荒米贵,羽檄交驰,人心皇皇,如不终日。五月,延平警报至,大田、德化失守。八月,逆匪由永安窜入兴化,仙游失守,东奔西窜。逆匪退而黑白旗勾引。"(清同治闽侯林氏刊本。)

〔6〕刘存仁,字炯甫,参卷五"报刘存仁书"条。《编甲团乡议》见《屺云楼文钞》卷四、《权说》见《屺云楼文钞》卷五。《钱荒议》、《战守议》、《发义仓记》,均未见《屺云楼文钞》。《编甲团乡议》附谢章铤跋语,有云:"时咸丰辛亥(1851)九月,年小弟章铤读毕记。"

〔7〕引文据《权说》转写。

〔8〕或见《发义仓记》,惜《屺云楼文钞》未收此文。

〔9〕引见《编甲团乡议》。原文:"今之议团乡者,不曰张皇,即曰骚扰,谓宜以静镇处之。乌乎!此讳疾忌医之见也。计自军兴以来,由广西而楚南北,蹂躏特甚。今春不两月间,武昌、安庆相继失守。迩者羽檄交驰,道路传播,风声鹤唳,草木皆兵,维时守土之臣非不镇静也,寇至则委而去之。……今风闻镇江又告急矣。"

〔10〕或见《战守议》,惜《屺云楼文钞》未收此文。

〔11〕贾谊(前200—前168),洛阳(今属河南)人。文帝召为博士,迁太中大夫。建议改正朔、易服色制度、定官名、兴礼乐。文帝纳其言,定法令,遣诸侯就国。后因大臣周勃、灌婴等谮毁,贬为长沙王太傅。后因梁王胜坠马死,自伤失职,悲泣死。(据《中国历史大辞典》第1158页。)著有《新书》10卷。其《治安策》提出"众建诸侯而少其力"、"驱民而归之农"的办法,巩固中央集权制。说理透辟,逻辑严密,气势汹涌,铿锵有力,对后代散文影响很大。

〔12〕郑侠(1041—1119),字介夫,号一佛居士,福州福清(今属福建)人。英宗治平进士,调光州司法参军,任满后进京城,监安上门。他不赞同王安石新法,借熙宁七年(1074)久旱不雨,绘《流民图》上神宗,将灾民之苦归罪于新法。次日,新法罢者十有八事。王安石罢相出知江宁,又绘《正直君子邪曲小人事业图》,指斥吕惠卿等,编管英州。哲宗立,始得归,为泉州教授。元符间再贬英州。徽宗立,赦还,复前职,旋又为蔡京所夺。遂不复出。(据《中国历史大辞典》第3602页。)著有《西塘集》9卷。

〔13〕叶滋森(1823—1883),字与端,晚号补园,福建闽县(今福州)人。叶大庄父。年二十二补县学生,咸丰三年(1853)选授仙游县学训导,荐擢知县,分发江苏。同治四年(1865)署震泽,五年补靖江,共任十三年,调江浦。以疾告归,读书自娱。卒年六十一。著有《弟子职疏证》、《池上草堂笔记》、《莼香楼书画识》、《蝠岩仙馆诗稿》,编有《怀雨斋丛书》。(据叶大庄《写经斋文稿》卷一

《先府君行状》，清光绪二十一年刻《写经斋全集》本。）未见叶滋森有著述刊行流传，此词赖谢氏记录存世。

沈学渊《八美词》

沈梦塘[1]参吾闽志局，时以长短句与学人唱和，然所填不甚流传。一日，炯甫[2]出其《八美词》曰："梦塘作此词并作图，备极渲染，今画肆摹仿，不知其所自出矣。"八美者：北齐女子木兰、隋谯国洗[冼]夫人、唐李卫公妻红拂、唐平阳昭公主、宋韩蕲王妻梁夫人、明水西宣慰司女官奢香、明石砫宣抚司女官秦良玉、明宫人费贞娥。其调皆《齐天乐》。《木兰》云："木兰花发木犀香，盈盈一枝低护。索母穿针，从爷问字，纤手还工缣素。军书旁午。叹万里烽烟，一家门户。不是缇萦，世间谁说重生女。　　黄河漳水几曲，忽蛮靴窄袖，飞骑先渡。晓帐霜凄，宵营月上，梦入春闺无路。迷离顾兔。想绝塞胭脂，让伊眉妩。卸甲归来，拭妆惊伴侣。"《秦良玉》云："杜鹃啼破沧桑梦，蛾眉老去无恙。一角河山，全家骨肉，莫话平生凄怆。桃花马上，看手制征袍，请缨长往。骠雪追风，弹娘云鬓定相仿。　　孤城夔府落日，叹封疆竖子，徒议增饷。谶语川红，稗官蜀碧，愧杀同时诸将。平台画像。问比似凌烟，更谁多让。割袖谈兵，酒阑犹抵掌。"此二阕最佳。[3]余按：云间姜晓泉有《儿女英雄画册》，凡十二人。首聂政姊，次如姬、次冯嫽、次冯婕妤，其馀与梦塘所举正同，疑梦塘即蓝本于此册者。册皆有诗。"其咏费宫人云：'深宫尚有女专诸，一尺鱼肠雪不如。可惜英雄窦良女，姓名不载旧唐书。'盖悼窦良女刺李希烈，仅见杜牧文，刘昫《唐书》不载也。其后临川乐莲裳钧复题古诗十二章，吴江郭频伽麐各为之赞，惟红拂、奢香缺焉。一以无稽，一以遐夷也。"而陈云伯文述跋之，以为不止此数。因历举元女、以兵符授黄帝者。越女以剑术走白猿公者。以及国朝余西生、八岁走京师，上书救父罪者。节烈恭人徐氏，滑令强克捷子妇，城破骂贼被脔者。凡数十百人，盛矣。《颐道堂文集》，篇长不及录。[4]呜乎！希深有言："天地灵淑之气，不钟于男子而钟于妇人。"[5]今日者，铁骑朝飞，狼烽夜举，其有抽刀而御孙恩[6]，擐环而征苏峻[7]者乎？则八人者，固当铸金事之，而一鼓须眉之气矣。

〔1〕沈学渊（1788—1833），字梦塘，宝山（治所今上海宝山区）人。嘉庆十五年（1810）举人，曾应孙平叔之聘，与修福建省志。事迹参金武祥《粟香随笔·粟香五笔》卷八《宝山沈、黄两孝廉诗》（清光绪刻本）、李兆洛《沈君梦塘传》（袁翼《邃怀堂全集·骈文补笺·征刻沈梦塘先生遗集启》，清光绪十四年袁镇嵩刻本）。著有《桂留山房诗集》12卷、《桂留山房词集》不分卷。

〔2〕刘存仁，字炯甫。参卷五“报刘存仁书”条。

〔3〕八美词见《桂留山房词集》，题作《台城路·王平华观察属题英雄儿女图》。以上二词在其中。“木犀香”作“东风稗”，“爷”作“耶”，“漳水”作“流水”，“老去”作“老来”，“定”作“漫”，“谶语”作“血染”，“稗官”作“尘埋”，“杀”作“煞”，“像”作“象”。（**清道光二十四年郁松年刻本**。）上海师范大学图书馆藏佚名钞本《抄存闽人词十一种》收《沈梦塘词稿》，凡56阕，未见此《齐天乐》二首。《抄存闽人词十一种》首页钤有“讱庵经眼”章，阴文。林葆恒（1872—1950），字子有，号讱庵，闽县（今福州）人。举人，历官湖北勤业道，淡于仕进，入民国不仕。平生沉潜书史，尤耽倚声。晚年流寓津沪，创立津沽词社、须社、沤社、瓶社等，一时推为祭酒。纂有《闽词徵》6卷、《词综补遗》100卷。（**据张璋整理《词综补遗·前言》**。）林氏编纂此二书时可能参看过此钞本。福建图书馆藏佚名清钞本《沈梦塘词稿》，凡75阕，亦未收此二词。

〔4〕引见陈文述《颐道堂文钞》卷十一《姜晓泉儿女英雄画册跋》。云：“费贞娥云：‘深宫尚有女专诸，一尺鱼肠雪不如。可惜英雄窦良女，姓名不载旧唐书。’盖悼窦良女刺李希烈，仅见杜牧文，刘昫《唐书》不载也。非特画称名家，诗亦称良史焉。临川乐君莲裳题古诗十二章，吴江郭君频伽各为之赞，惟红拂、奢香缺焉，一以无稽，一以遐夷也。”（**清嘉庆十二年刻道光增修本**。）按：杜牧《樊川文集》卷六有《窦列女传》，民国刻《四部丛刊》景明翻宋本。乐钧《青芝山馆诗集》卷十八有《题奇女图十二首并序》，清嘉庆二十二年刻后印本。乐钧，号莲裳。参《续编》卷四“乐钧《断水词》”条。郭麐，号频伽。参卷十二“郭麐、杨夔生《词品》乃陈言”条。按：清嘉庆二十二年刻后印本《青芝山馆诗集》、清嘉庆二十四年刻本《足本灵芬馆全集》未收郭氏赞语。

〔5〕希深应为希孟。谢直，原名希孟，改名直，字古民，号晦斋，台州黄岩（今属浙江）人。从陆九渊游。孝宗淳熙十一年（1184）进士。历任太社令、大理寺司直。嘉定十五年（1222），由添差嘉兴府通判落职奉祠。《全宋词》据《谈薮》辑其词1首。（**据《宋词大辞典》第577页**。）陆九渊责备谢在临安为妓女建鸳鸯楼，有愧于理学。谢即口咏《鸳鸯楼记》：“自逊、抗、机、云之嗣，而天地英灵之气，不钟于男子而钟于妇人。”（**据蒋一葵《尧山堂外纪》卷六十，明刻本**。）用陆氏4个祖先来贬低陆九渊的“象山学派”。按：谢绛，字希深，官至知制诰，《宋史》卷二百九十五有传。谢氏记忆偶误。

〔6〕孙恩（？—402），字灵秀，琅琊（今山东胶南县）人。世奉五斗米道。隆安二年（398），会稽王世子元显征发诸郡免奴为客者，号曰“乐属”，以充兵役，百姓怨愤。孙恩趁民心骚动，率众从海岛攻克会稽，杀会稽内史王凝之。会稽、吴郡、吴兴、义兴、临海、永嘉、东阳、新安八郡，一时俱起，旬日之中，达数十万。后屡战屡败，卒为太守辛景所破，投海死。（**据《中国历史大辞典》第**

2491页。)

〔7〕苏峻(?—328),字子高,长广挺县(今山东莱阳)人。初仕郡主薄,举孝廉。永嘉之乱,纠合流人数千家结垒自守。后率众南渡,授鹰扬将军。以平王敦功,进冠军将军、历阳内史、散骑常侍、封绍陵公。有锐卒万人,渐有异志。庾亮执政,谋夺其兵权,征为大司农。咸和二年(327),遂与祖约起兵反,入建康,专朝政,自为骠骑将军,录尚书事。不久为温峤、陶侃等击败而死。(据《中国历史大辞典》第2466～2467页。)

《词综》失载杜牧《八六子》

《词综》一书,采摭精富矣,而失载杜樊川之《八六子》。按:是词见顾梧芳《尊前集》。竹垞《凡例》曾列是书,而《曝书亭集》又有一跋,谓得吴文定公手钞本。词人之先后,乐章之次第,与顾氏靡有不同。始知是集为宋初人编辑,非顾氏所撰也。[1]然则此词必非明人伪作可知。竹垞既见此词,不解何以弗采。其词云:"洞房深。画屏灯照,山色凝翠沉沉。听夜雨冷滴芭蕉,惊断红窗好梦,龙烟细飘绣衾。辞恩久归长信,凤帐萧疏,椒殿闲扃。　辇路苔侵。绣帘垂、迟迟漏传丹禁。蕣华偷悴,翠鬟羞整,愁重望处金舆渐远,何时彩仗重临。正销魂,梧桐又移翠阴。"[2]唐词传世甚罕,零玑断璧,俱属可宝。第此词后片一连四句无韵,不应如是之疏。检《词综》所选少游之作,亦然,第上片又微有不同,而《词律》杨缵、晁补之等篇,则第四句皆有韵。红友疑杜、秦俱有错误,是也。又按:洪文敏曰:"少游《八六子》词,'片片飞花弄晚,蒙蒙残雨笼晴。正销凝,黄鹂又啼数声。'余家旧有建本《兰畹集》载杜牧之一词,记其末句云云。"《容斋四笔》。[3]然则词调俱在,而吴子律《词话》谓词不全,而并忘调名,则失考之甚矣。[4]子律又谓《江城梅花引》一名《摊破江神子》,见《书舟词》,红友所未载。然考之《词律》,已见于调下小注矣。[5]惟书舟填《一丛花》,而别本又作《御街行》。按:二调句法节拍俱同,但韵之平仄异耳。[6]然平仄两协,词中常有,如《忆秦娥》、《满江红》皆是,此则红友议论之所未及矣。又按:近日《尊前集》传本刻自汲古阁,子晋跋云:"得之闽中郭圣仆。圣仆所最宝者一折角汉砚,因颜其居曰'汉砚斋'。赠余二书:兹编及《蒴绡集》。又赠余二画,一淡墨水仙,一秋林高岫,盖其爱姬李陀奴、朱玉耶笔。"[7]此有关吾闽掌故,谈艺者所当甄综也。至谓此书出于顾氏,则子晋未见文定钞本,但据梧芳自叙之言,不足怪也。[8]又按:杜词或是三声互叶,"禁"字、"整"字、"远"字皆韵。

〔1〕朱彝尊《曝书亭集》卷四十三《书〈尊前集〉后》:"《尊前集》二卷,不著编

次人姓氏。万历十年(1582),嘉兴顾梧芳锓板以行,佥以谓顾氏书也。康熙辛酉(1681)冬,予留吴下,有持吴文定公手钞本告售。书法精楷,卷首识以私印,书肆索直三十金。取顾氏本勘之,词人之先后,乐章之次第,靡有不同,始知是集为宋初人编辑,较之《花间集》,音调不相远也。既还其书,因识于顾氏本后。"

〔2〕见顾梧芳《尊前集》卷上。"愁重",明汲古阁刻本作"愁坐"。

〔3〕洪迈《容斋四笔》卷十四《秦、杜八六子》:"秦少游《八六子》词云:'片片飞花弄晚,蒙蒙残雨笼晴。正销凝、黄鹂又啼数声。'语句清峭,为名流推激。予家旧有建本《兰畹》曲集,载杜牧之一词,但记其末句云:'正销魂、梧桐又移翠阴。'秦公盖效之,似差不及也。"(清修明崇祯马元调刻本。)

〔4〕吴衡照《莲子居词话》卷二:"词不全而并亡调名者,唐杜牧'正销魂、梧桐又移翠阴。'吴越王钱俶'金凤欲飞遭掣搦,情脉脉,行即玉楼云雨隔。'南唐潘佑'楼上春寒花四面,桃李不须夸烂漫,已失了东风一半。'宋陆游'飞上锦裀红绉',王安石妻吴国夫人'待得明年,重把酒携手,那知无雨又无风。'"

〔5〕《莲子居词话》卷二:"《临江仙》一名《雁后归》,见东山《寓声乐府》;《江城梅花引》一名《摊破江神子》,见《书舟词》;《八声甘州》一名《潇潇雨》;《凤凰阁》一名《数花风》;《霜叶飞》一名《斗婵娟》,见《山中白云》;《朝天子》一名《朝天紫》,见《词品》;《十六字令》一名《花娇女》;《如梦令》一名《小梅花》;《天仙子》一名《万斯年》;《点绛唇》一名《十八香》;《思归乐》一名《二色宫桃》;《朝玉阶》一名《散天花》;《青玉案》一名《客中忆》;《梦行云》一名《六么花十八》;《倒犯》一名《吉了犯》,见无名氏《同调异名录》。此红友《词律》所未载。"万树《词律》卷二注康与之《江城梅花引》云:"此词又误刻《书舟词》中,题曰《摊破江神子》,然则此调祗应名为《摊破江城子》可耳,因相沿已久,不便议改。"

〔6〕程垓《书舟词·一丛花》词序云:"闺怨。或刻《御街行》。"(明刻《宋名家词本》。)按:范仲淹有《御街行》(纷纷坠叶飘香砌),苏轼有《一丛花》(今年春钱腊侵年),二词句法节拍只是大致相同。《一丛花》上阕第二句作五字句,《御街行》上阕第二句作六字句。下阕亦如是。

〔7〕见毛晋《尊前集跋》,原文云:"此本予得之闽中郭圣仆。……其最珍玩者一折角汉砚,因颜其垒曰'汉砚'。……赠余二书:兹编及《翦绡集》也。又赠余二画:一淡墨水仙,一秋林高岫,盖其爱姬李陀奴、朱玉耶笔也。"(明汲古阁刻本,下同。)

〔8〕毛晋《尊前集跋》:"雍熙间,有集唐末五代诸家词命名《家宴》,为其可以侑觞也。又有名《尊前集》者,殆亦类此,惜其本皆不传。嘉禾顾梧芳氏,采录名篇,釐为二卷,仍其旧名。虽不堪与《花间》、《草堂》颉颃,亦能一洗绮罗香泽之态矣。"顾梧芳《尊前集引》:"若玄宗之《好时光》、李太白之《菩萨蛮》、张志

和之《渔父》、韦应物之《三台》，音婉旨远，妙绝千古，它如王、杜、刘、白，卓然名家，下逮唐末群彦若干人，联其所制，为上下二卷，名曰《尊前集》，梓传同好。”

赵师侠《坦庵词》

《词综·凡例》云：“罗愿《鄂州小集》，词附。”今检《小集》，止《水调歌头》一阕，即竹垞所选者。《小集》，康熙间歙程圣跂哲所刻，目录称是词为“歌”，卷中又称是词为“诗馀”，互岐如是，“歌”之称尤不可解。圣跂在阮亭门下，著有《蓉槎蠡说》。[1]《凡例》又云：“赵师侠《坦庵长短句》一卷”，而所选亦止《谒金门》一阕。暇日偶读《坦庵词》，见其《浣溪纱》云：“雪絮飘池点绿漪。舞风游漾燕交飞。阴阴庭院日迟迟。　一缕水沉香散后，半瓯新茗味回时。萧闲万事总忘机。”所谓清绝滔滔者。而《谒金门》阕反不见于集中，知名词之散佚多矣。[2]《坦庵词》凡八十馀，有《诉衷情》三首，题曰“莆中酌献白湖灵惠妃”[3]，则今祀典之天后也。然其词云：“专掌握、雨旸权。”则湄州在宋代祈晴祷雨，不独恩在海舶矣。[4]坦庵在莆阳咏桃花有《满江红》，题壶山阁有《柳梢青》，而鹿鸣宴填《汉宫春》云：“莆中旧传盛事，六亚三魁。”[5]此尤足资文献之谈助也。坦庵，汴人。[6]

〔1〕程哲，字圣跂，歙县(今属安徽)人。师事王士禛。经史百家靡不究览，收藏书籍金石文字甚富。官潮州同知。(据石国柱修、许承尧纂民国《歙县志》卷七，民国二十六年旅沪同乡会铅印本。)著有《蓉槎蠡说》12卷、《窑器说》1卷。钱泰吉《曝书杂记》卷一：“罗《鄂州小集》六卷附《郢州遗文》一卷，歙程哲圣跂辑录，康熙癸巳(1713)七略书堂刻本也。”(清光绪刻《别下斋丛书》本。)《蓉槎蠡说》，说部之书，有清康熙刻本，凡12卷。王士禛《序》云：“圣跂乃以‘蠡说’名之，若曰吾仅以蠡测海云尔，其不自满足为何如哉！虽然海也者，委也，果能由其委而穷其源以极之于星宿，而蓉槎自以益远矣。蓉槎，圣跂别字也。”《水调歌头》见《鄂州小集》卷一。据明洪武二年罗宣明刻本，目录确称是词为“歌”，但卷中也称是词为“歌”，并未称“诗馀”。明钞本亦同。知谢章铤记忆有误。

〔2〕《浣溪沙》见明毛氏汲古阁刻《宋名家词》本《坦庵词》。“萧闲”原作“翛闲”。有词序：“鉴止宴坐”。(下同此本。)

〔3〕“莆中酌献白湖灵惠妃”，《坦庵词》作“莆中酌献白湖灵惠妃三首”。

〔4〕今福建莆田湄洲岛，有为祀海神林默娘而建的妈祖庙。

〔5〕《满江红》词序云：“壬子(1192)秋社莆中赋桃花”。词云：“莆中旧传盛

事，六亚三魁。"此句非《汉宫春》词中语。《柳梢青》词序云："壬子莆阳壶山阁"。《汉宫春》词序云："壬子莆中鹿鸣宴"。

〔6〕赵师侠，字介之，号坦庵，宗室子，新淦（今江西新干）人。淳熙二年（1175）进士，十五年（1188）为江华郡丞。著有《坦庵词》（一作《坦庵长短句》）。《全宋词》录其词154首。（据《宋词大辞典》第518～519页。）朱彝尊《词综》卷十一称赵为汴（今河南开封）人，谢氏当从之。然明刘松纂隆庆《临江府志》卷十称赵为新淦人，当以《府志》记载为准。

余纂《雅集词》之意

仆近纂《雅集词》〔1〕，或疑其中多肮脏幽咽之章，且引竹垞之言曰："'欢愉之言难工，愁苦之言易好。'昌黎亦善言诗矣，至于词，或不然。大都欢愉之辞工者十九，而言愁苦者十一焉耳。"《紫云词序》。〔2〕余谓情之悲乐，由于境之顺逆，苟当其情，辞无不工，此非可强而致，伪而为也。且竹垞尝曰："《南风之诗》、《五子之歌》，此长短句之所由昉。"《水村琴趣序》。〔3〕之二篇者，一乐一悲，其可谓虞舜知言，而五子为不足道乎？〔4〕况昌黎之说〔5〕，即词亦何莫不然？昔范希文在塞下，尝填《渔家傲》，有"将军白发征夫泪"句，欧阳六一议为"穷塞主"。及后送人守边，乃特矫之曰："玉杯遥献南山寿"。〔6〕然论者谓范公真得《东山》诗人之意，而六一辞气涉夸，感人已浅，是真善于品藻矣。〔7〕夫词多发于临远送归，故不胜其缠绵恻悱。即当歌对酒，而乐极哀来，扪心渺渺，阁泪盈盈，其情最真，其体亦最正矣。他如咏物而必多寄托，怀古则别有流连，歌者有怀，劳人思息，安能尽如《郊祀》之矜庄，铙、吹之扬厉哉？〔8〕且宋人多称寿之词〔9〕，喜悦谅无过此。然魏华父专工斯作，至今日则徒供覆瓿，何也？其情不属也。〔10〕盖文字之能留于天地间者，皆有精神以贯之。精神之浅深，而声名之久暂因之。鞶帨〔11〕为工，吾知其无与于斯道矣。善乎竹垞之言曰："诗所难言者，委曲倚之于声，其辞愈微，而其旨益远。善言词者，假闺房儿女子之言，通之于《离骚》、变雅之义，此尤不得志于时者所宜寄情焉耳。""余餬口四方，多与筝人酒徒相狎，情见夫词，后之览者且以为快意之作。而孰知短衣尘垢，栖栖北风雨雪之间，其羁愁潦倒未有甚于今日者耶？"《红盐词序》。〔12〕嗟乎！此即余之纂词意也，而奚暇较量于欢愉愁苦之间哉！

〔1〕咸丰六年（1856），《聚红榭雅集词》第一集刊行。有黄宗彝《序》、谢章铤《小引》。第一集即第一卷、第二卷。共收聚红榭社员5人115首词。第一卷收13咏46首，第二卷收20咏69首。计高文樵24首、谢章铤32首、宋谦

14首、刘三才20首、刘勷24首。其中《寻芳草》(去岁别来就)一首未署作者,因排在谢章铤词之后,疑为谢章铤作。同治二年(1863),《聚红榭雅集词》第二集刊行。第二集即第三、四、五、六卷,有谢章铤《小引》。共收聚红榭社员15人279首词。第三卷收14咏55首、第四卷收12咏67首、第五卷收30咏79首、第六卷收18咏78首。计谢章铤50首、宋谦23首、刘三才20首、刘勷34首、马凌霄45首、梁履将18首、陈文翊1首、林天龄32首、王彝5首、梁鸣谦19首、李应庚4首、徐一鹗14首、刘绍纲3首、王廷瀛6首、陈遹祺5首。全部《聚红榭雅集词》六卷共收16人394首。谢章铤《过存诗略纪事》云:"癸亥(1863)夏,余方汇刊《雅集词》第二集,云汀忽出残稿一本相示,礼堂慨然曰:'极盛难为继,昔日在会诸君或仕于朝,或饥驱四方,或闭门肮脏不自得,日月无多,风景顿异,求为一日之聚而不可再顾,此区区殊可惜矣,曷弗留之?'余闻此言,惘惘者数日。"(清同治二年福州刻本《过存诗略》。)

〔2〕《紫云词序》见《曝书亭集》卷四十。"昌黎亦善言诗矣"原作"斯亦善言诗矣"。

〔3〕《水村琴趣序》见朱彝尊《曝书亭集》卷四十。"由昉"后原有"也"字。

〔4〕《南风之歌》述乐事,《五子之歌》述悲事。王肃《孔子家语》卷八:"子路鼓琴,孔子闻之,谓冉有曰:'甚矣!由之不才也。……昔者,舜弹五弦之琴,造《南风》之诗,其诗曰:"南风之熏兮,可以解吾民之愠兮;南风之时兮,可以阜吾民之财兮。"得其时,阜盛也。唯修此化,故其兴也勃焉!德如泉流,至于今,王公大人述而弗忘。'"(民国刻《四部丛刊》景明翻宋本。)孔安国传、孔颖达疏《尚书注疏》卷三《五子之歌第三》:"太康失邦,昆弟五人须于洛汭,作《五子之歌》。五子名字,书传无闻,仲康盖其一也。五子之歌,太康尸位以逸豫,灭厥德,黎民咸贰,乃盘游无度,畋于有洛之表,十旬弗反。有穷后羿因民弗忍距于河,厥弟五人御其母以从徯于洛之汭。五子咸怨,述大禹之戒以作歌。"(清阮刻《十三经注疏》本。)

〔5〕韩愈《昌黎先生文集》卷第二十一《荆潭裴均扬凭唱和诗序》:"从事有示愈以《荆潭唱和诗》者,愈既受以卒集。因仰而言曰:'夫和平之音淡薄,而愁思之声要妙;欢愉之辞难工,而穷苦之言易好也。'是故文章之作,恒发于羁旅草野,至若王公贵人,气得志满,非性能而好之则不暇以为。"(宋蜀本。)

〔6〕魏泰《东轩笔录》卷十一:"范文正公守边日,作《渔家傲》乐歌数阕,皆以'塞下秋来'为首句,颇述边镇之劳苦,欧阳公尝呼为'穷塞主之词'。及王尚书素出守平凉,文忠亦作《渔家傲》一词以送之,其断章曰:'战胜归来飞捷奏,倾贺酒,玉阶遥献南山寿。'顾谓王曰:此真元帅之事也。"(明刻本。)

〔7〕贺裳《皱水轩词筌》:"庐陵讥范希文《渔家傲》为'穷塞主词',自矜'战胜归来飞捷奏,倾贺酒,玉阶遥献南山寿'为真元帅之事。按:宋以小词为乐

府，被之管弦，往往传于宫掖。范词如‘长烟落日孤城闭，羌管悠悠霜满地，将军白发征夫泪’，令‘绿树碧帘相掩映，无人知道外边寒”者听之，知边庭之苦如是，庶有所警触。此深得《采薇》、《出车》‘杨柳’、‘雨雪’之意。若欧词止于谀耳，何所感耶？”（《词话丛编》本第707页。）

〔8〕郭茂倩《乐府诗集》卷一《郊庙歌辞》：“祭乐之有歌，其来尚矣。两汉已后，世有制作，其所以用于郊庙朝廷以接人神之欢者，其金石之响、歌舞之容亦各因其功业治乱之所起，而本其风俗之所由。武帝时诏司马相如等造《郊祀歌诗》十九章，五郊互奏之。”《乐府诗集》卷二十《唐凯乐歌辞》：“《唐书·乐志》曰：‘唐制：凡命将出征，有大功献浮馘，其凯乐用铙、吹二部，乐器有笛、筚篥、箫、笳、铙、鼓、歌七种迭奏。”

〔9〕据刘尊明《唐宋词综论》一书统计，宋代寿词总计2554首，约占《全宋词》作品总数(21055)的八分之一弱(未包括宽泛意义上的颂圣祝寿词、祈福祝寿词)；其中有姓名可考的作者431人，约占《全宋词》作者总数(1494)的三分之一弱。(第136页，中国社会科学出版社2004年版。)

〔10〕魏了翁(1178—1237)，字华父，号鹤山，邛州蒲江(今属四川)人。庆元五年(1199)进士，授签书剑南节度判官厅公事。嘉泰二年(1202)为国子正。四年，改武学博士，召入学馆。开禧元年(1205)，除秘书省正字。明年，迁校书郎，出知嘉定府。嘉定二年(1209)丁父忧解官，筑室白鹤山下，授徒讲学。三年，知汉州。历知眉州、泸州、潼川府。宝庆元年(1225)，被劾欺世盗名，谪居靖州。绍定四年(1231)复职。五年，进宝章阁待制、潼川路安抚使、知泸州。史弥远卒，召为权礼部尚书兼直学士院。端平二年(1235)，同签书枢密院事、督视京湖军马。官终知福州、福建安抚使。卒谥文靖。《宋史》卷四三七有传。(据《宋词大辞典》第590页。)著有《鹤山全集》110卷，内有长短句三卷，共189首词，十九为寿词，为宋人词集所罕有。黄昇《中兴以来绝妙词选》卷七以为“皆寿词之得体者”。朱彝尊《词综·发凡》：“宣、政而后，士大夫争为献寿之词，联篇累牍，殊无意味。至魏华父，则非此不作矣。是集于千百之中，止存一二，虽华甫亦置不录也。”

〔11〕鞶帨：古代妇女用的小囊和毛巾，比喻雕饰华丽的辞采。方以智《通雅》卷三：“鞶帨，喻表饰也。”(清文渊阁《四库全书》本。)

〔12〕引文均见朱彝尊《曝书亭集》卷四十《陈纬云〈红盐词〉序》。“余”原作“予”，“情见夫词”原作“情见乎词”，“耶”原作“邪”。

《词律》失检

《词律》目录载《小重山》又一体，入声韵，而卷中失登。兹采周公谨《浩然斋雅谈》中一阕，以备参考。“鼓报黄昏禽影歇。单衣犹未试、觉寒怯。尘生锦瑟可曾阅。人去也，闲过好时节。　对景复愁绝。东风吹不散、鬓边雪。些儿心事对谁说。眠不得，一枕杏花月。”[1]《雅谈》又载四明周子宽容作：“谢了梅花恨不禁。小楼羞独倚、暮云平。夕阳微放柳梢明。东风冷，眉岫翠寒生。　无限远山青。重重遮不断、旧离情。伤春还上去年心。怎禁得，时节又烧灯。”[2]据此，则上片首句第五字、下片四句第一字，俱可用仄。子宽词，竹垞不及选。盖公谨所著书，竹垞时未出人间，《绝妙好词》费却如许苦求而后得也。见何义门《读书敏求记跋》。[3]又按：王衍《甘州曲》“可惜许、沦落在风尘”，《词律》脱“许”字，误作七字句。[4]温庭筠《酒泉子》“玉钗斜簪云鬟重”，《词律》误“重”作“髻”。“裙上镂金双凤”本六字句，与韦庄“曙色东方才动”同，《词律》误“镂金”作“金缕”，又脱“双”字，遂定为四十字体。又顾敻“海燕兰堂春又至”，“至”字与上“意”字下“泪”字韵，《词律》误作“去”，且注之曰：“去字借叶”。[5]贺铸《太平时》“楼角云开风卷幕”，《词律》误“楼”作“桉”，且注其旁曰：“可平”。[6]此类皆失检者。红友披榛斩棘，诚为有功词苑，而时亦主张太过，其脱误失遗颇多。拟暇日辑诸家评语，并考核群籍，为之补苴，庶不贻千虑之一失乎？又红友论图谱好收异名曰：“孙行者，者行孙，何穷极乎？”[7]如此不典之言，著书竟混笔端，吾甚为不取也。

词有一阕两叶者，如《河传》、《酒泉子》、《上行杯》、《纱窗恨》等类是也。然大抵平仄各自为韵，归于同部者少。近读贺方回词，见其《水调》、《六州》两歌头，独备此体。考之《词律》，则《水调歌头》失载，而《六州歌头》又引韩元吉作，逐段自相为叶，凡五换韵[8]，而未知尚有此不换韵者。按：毛诗“妹”与“渭”协、“祥”与“梁”协、《大明》。“雍”与“公”叶、“肃”与“穆”叶、《雝》。“石”与“席”叶、“转”与“卷”叶，《柏舟》。此皆一章两韵隔协者。至《大田》、《有渰》之篇，韵虽不同，音实一部，则又词曲家三声互叶之源矣。更《钗头凤》有转平韵者，红友亦未采及，兹并为校录于左：

《水调歌头》：“南国本潇洒韵。六代浸豪奢韵。台城游冶韵。襞笺能赋属宫娃韵。云观登临清夏韵。碧月流连长夜韵。吟醉送年华韵。回首飞鸳瓦韵。却羡井中蛙韵。　访乌衣，成白社韵。不容车韵。旧时王谢韵。堂前双燕过谁家韵。楼外河横斗挂韵。湖上潮平霜下韵。樯影落寒沙韵。商女篷窗罅韵。犹唱后庭花韵。”[9]

《六州歌头》：“少年侠气，交结五都雄韵。肝胆洞韵。毛发耸韵。立谈中韵。死生同韵。一诺千金重韵。推翘勇韵。矜豪纵韵。轻盖拥韵。联飞鞚韵。斗城东韵。轰饮酒垆,春色浮寒瓮韵。吸海垂虹韵。闲呼鹰嗾犬,白羽摘雕弓韵。狡穴俄空韵。乐匆匆韵。　似黄粱梦韵。辞丹凤韵。明月共韵。漾孤篷韵。官冗从韵。怀倥偬韵。落尘笼韵。簿书丛韵。鹖弁如云众韵。供粗用韵。忽奇功韵。笳鼓动韵。渔阳弄韵。思悲翁韵。不请长缨,系取天骄种韵。剑吼西风韵。怅登山临水,手寄七弦桐韵。目送归鸿韵。"[10]

《钗头凤》:"世情薄。人情恶。雨送黄昏花易落。晓风干。泪痕残。欲笺心事,独语斜阑。难。难。难。　人成各。今非昨。病魂常似秋千索。角声寒。夜阑珊。怕人寻问,咽泪装欢。瞒。瞒。瞒。"[11]红友讥明人填《惜分钗》第三句用仄仄起为失调,今检此词,则已先之矣。[12]

按:《水调歌头》第三句,或上四字下七字,或上六字下五字,或贯十三字为一句。即如东坡"明月几时有"阕,上片"不知天上宫阙",下片"不应有恨",笔兴所至,句法参差。今读方回作,乃知本四字句也。至《天籁轩》谓东坡所填"去"与"宇"叶,"合"与"缺"叶,为间用四仄韵。[13]然亦偶尔相符,未必着意,不应一阕中前后忽叶四句。吴子安尝言:"《西江月》、《戚氏》诸体,三声互叶,实曲学滥觞,非词家标准。"[14]今以方回质之,乃知宋词用韵自有此一例,不待元人小曲而后然矣。《钗头凤》阕,相传放翁出妻唐氏所作,后人多辨其诬。[15]然其词见《癸辛杂识》,则亦是宋人手笔。[16]其调与《惜分钗》同,但结句多一字。《惜分钗》后半亦转平韵者,或两调本一调乎?[17]

〔1〕见周密《浩然斋雅谈》卷下,无名氏作。

〔2〕周容词见周密《浩然斋雅谈》卷下。

〔3〕杨谦《朱竹垞先生年谱》引吴焯《〈读书敏求记〉跋》:"竹垞既应召,后二年,典试江左,遵王会于白下。竹垞故令客置酒高燕,约遵王与偕,私以黄金翠裘予侍书小史。启镝,豫置楷书生数十于密室,半宵写成而仍返之。当时所录并《绝妙好词》在焉。词既刻,函致,遵王渐知竹垞诡得,且恐其流传于外也。竹垞乃设誓以谢之。"又引柯崇朴《绝妙好词序》云:"往余与朱检讨竹垞有《词综》之选,摭拾散逸,采掇备至,所不得见者数种,周草窗《绝妙好词》其一也。嗣闻虞山钱子遵王藏有写本,余从子煜为钱氏族婿,因得假归。然传写多讹,迨再三参考,始厘然复归于正。爰镂板以行之。"又云:"据此,则非先生所诡得矣,绣谷之言近诬。"(清嘉庆刻《曝书亭集诗注》本。)按何焯,号义门,未作《读书敏求记跋》。吴焯,构亭名"绣谷"。谢氏把吴焯说成是何焯,误矣。

〔4〕见《词律》卷一。

〔5〕温庭筠、顾敻词见《词律》卷三。

〔6〕见《词律》卷三。

〔7〕《词律》卷十六苏轼《念奴娇》注云："孙行者，行者孙，有何穷极乎？"

〔8〕见《词律》卷二十。

〔9〕见贺铸《东山寓声乐府》卷上。（清光绪三十四年缪荃孙艺风堂刻本。）

〔10〕见贺铸《东山寓声乐府补遗》。（同上。）

〔11〕唐婉作。《全宋词》第1602页据《古今词统》卷十录入。

〔12〕见《词律》卷八吕渭老《惜分钗》词注。

〔13〕见《天籁轩词谱》卷三。

〔14〕吴宁《榕园词韵·发凡》："若《西江月》、《少年心》、《戚氏》、《换巢鸾凤》诸体，亦三声互叶，实曲学滥觞，非词家标准。"吴宁，一字子安。参卷六"《榕园词韵》修洁有条理"条。

〔15〕吴骞《拜经楼诗话》卷三、王士禛《带经堂诗话》卷十八、吴衡照《莲子居词话》卷三等皆辨其诬。吴熊和《陆游〈钗头凤〉词本事质疑》认为陆游《钗头凤》词为感怀唐氏而作不能无疑，并提出此词有可能是陆游寓居成都期间，据蜀中流行的新调《撷芳词》而创作的冶游之词。（《唐宋词通论》第449～457页，浙江古籍出版社1989版。）

〔16〕唐氏《钗头凤》词实不见于《癸辛杂识》，陆游《钗头凤》词见于周密《齐东野语》卷一。谢氏误记。

〔17〕杨湜《古今词话》："政和间，京都妓之姥曾嫁伶官，常入内教舞，传禁中《撷芳词》以教其妓。……人皆爱其声，又爱其词，类唐人所作也。张尚书帅成都，蜀中传此词竞唱之。却于前段下添'忆、忆、忆'三字，后段下添'得、得、得'三字，又名《摘红英》。其所添字又皆鄙俚，岂传之者误耶？《擅芳英》之名，非擅为之，盖禁中有撷芳园、擅景园也。"（《词话丛编》第45～46页。）据吴藕汀、吴小汀《词调名辞典》，《撷芳词》又名《玉珑璁》、《折红英》、《惜分钗》、《清商怨》、《钗头凤》、《摘红英》。（第953页。）

柳如是词

前卷记柳如是幼与钱青雨狎。[1] 近读王义士沄[2]《辋川诗钞》，虞山《柳枝词》云："鄂君绣被狎同舟，并蒂芙蓉露未收。莫怪新诗刻烛敏，捉刀人已在床头。"自注："我郡有轻薄子钱岱勋，从姬为狎客，若仆隶，名之曰'偕'。姬与客赋诗，思或不继，辄从舟尾倩作，客不知也。归虞山后，偕亦从焉。我友宋辕文有《破钱词》。"[3] 义士原名溥，晚号僧士，明华亭贡生，在几社为卧子高弟，卧子授命，义士收葬之。集六卷，其中孤忠高义，逸老遗民，低昂纸上，诚庀史之作也。又云："姬少为吴中大家婢，流落北里杨氏，小字影怜，后自更姓柳，名是，字如是。”[4]“解诗知书。”[5]“钱选列朝诗，历诋诸作者，托为姬评。”[6]余按：虞山[7]不讲倚声，而如是《金明池》咏寒柳云：“有恨寒潮，无情残照，正是萧萧南浦。更吹起、霜条孤影，还记得旧时飞絮。况晚来、烟浪迷离，见行客、特地瘦腰如舞。总一样凄凉，十分憔悴，尚有燕台佳句。　春日酿成秋日雨。念畴昔风流，暗伤如许。纵饶有、绕堤画舫，冷落尽、水云犹故。念从前、一点春风，几隔着重帘，眉儿愁苦。待约个梅魂，黄昏月淡，与伊深怜低语。”[8]则居然作者，味其词，正有无数伤心处也。乃风尘虽脱，而依归尚非第一流，卒之君负国，“妾不负君”[9]，苍凉晚节，此尤红颜之薄命欤？使当日不见拒于黄陶庵[10]，则依傍忠魂，岂至留此一重缺憾哉？陈云伯令常熟，重修河东君墓，有《记》。[11]查伯葵撰为作墓碣，其文俱极骈丽。[12]嗟乎！明社将屋，青楼女子独多倜傥不群。顾眉生见竹垞《酷相思》词：“风急也、声声雨。风定也、声声雨。”倾奁以千金赠之。戴延年《秋灯丛话》。[13]然则芝麓尚书之爱才，其尚有闺助哉？若此者，求之《青泥莲花记》[14]中，岂易多觏？

〔1〕参见卷三“姚燮词”条。

〔2〕王沄（1619—1693），原名溥，字胜时，号僧士，江苏华亭（今上海松江）人。明贡生，陈子龙弟子。子龙授命，沄收葬之，并常周济其妻张氏与子妇丁氏，时称“王义士”。著有《辋川诗钞》6卷。集中《虞山竹枝词》4首，极谤柳如是，讳其师与陈子龙交往事迹。《虞山行》则专咏钱谦益。（据《清人诗文集总目提要》第126～127页、《清人别集总目》第51页。）另著有《云间第宅志》1卷。

〔3〕见《辋川诗钞》卷六。“归虞山后”原作“归虞山之之后”，衍一“之”字。（清道光三十年金山钱氏漱石轩《艺海珠尘》本，下同。）

〔4〕引见《虞山柳枝词》第一首自注。

〔5〕引见《虞山柳枝词》第二首自注。原注云：“姬解诗知书。”

〔6〕引见《虞山柳枝词》第十首自注。原注云：“钱选列朝诗，首及御制，下注臣钱谦益曰云云。历诋诸作者，托为姬评。”

〔7〕钱谦益（1582—1664），字受之，号牧斋，晚号蒙叟，江苏常熟人。学者称虞山先生。万历三十八年（1610）进士，官至侍读学士。顺治二年（1645）降清，授内秘书院学士兼吏部侍郎。著有《牧斋初学集》110卷、《牧斋有学集》50卷。（据《清人诗文集总目提要》第4～5页。）

〔8〕词见钱曾注《牧斋初学集诗注》卷十八“有美诗”注引。“有恨”原作“有怅”，“迷离”原作“斜阳”，“画舫”原作“画舸”，“念”原作“忆”，“春风”原作“东风”。（清康熙间玉诏堂刊本。）又见王昶纂《国朝词综》卷四十七。“一样”作“一种”。

〔9〕张贵胜《遣愁集》卷十："徐达下姑苏，破葑门，常遇春亦破阊门。张士诚见事急，谓妻刘氏曰：'我败且死，若曹何为？'刘曰：'妾不负君。'遂自缢。"（清康熙二十七年刻本。）

〔10〕黄淳耀（1605—1645），字蕴生，号陶庵，明苏州嘉定（今属上海）人。崇祯十六年（1643）进士，未受官职。弘光元年（1645）七月，清军攻苏州，率民守城，城陷，与弟渊耀自缢于僧舍。（事迹详陈鼎《东林列传》卷十一《黄淳耀传》，清文渊阁《四库全书》本。另参张廷玉《明史》卷二百八十三。）所著有《山左笔谈》1卷、《陶庵全集》22卷。袁枚《随园诗话》卷八："黄陶庵先生性严重，馆牧斋家，不肯和柳夫人诗，然其诗极有风情。《竹枝歌》云：'东湖西湖莲菂开，一日摇船采一回。莲叶田田无限好，只因曾见美人来。柳条不系玉蹄騧，拋作长鞭去路斜。春色也随郎马去，妆楼飞尽别时花。'"

〔11〕陈文述，字云伯，参卷七"《四明近体乐府》"条。其《颐道堂文钞》卷四有《重修河东君墓记》。

〔12〕查揆（1770—1834），原名初揆，字伯葵，号梅史，浙江海宁人。受知于阮元。嘉庆九年（1804）举人，官直隶滦州知州，改顺天蓟州知州。长于戏曲。（据《清人诗文集总目提要》第1052～1053页。）著有《筼谷诗文钞》32卷。《文钞》卷十二有《河东君墓碣》。

〔13〕戴延年《秋灯丛话》之"顾眉生"条云："国初宏奖风流，不特名公巨卿为然，即闺中好尚亦尔。龚尚书芝麓顾夫人眉生见竹垞词：'风急也，潇潇雨，风定也，潇潇雨。'倾奁以千金赠之。"（清道光刻《昭代丛书》本。）

〔14〕《青泥莲花记》，明梅鼎祚撰，凡13卷，有明万历刻本。书中专记青楼妓女，以满腔热忱表示同情与敬意，认为她们是出污泥而不染的莲花。梅鼎祚《鹿裘石室集》卷二十九《青泥莲花记序》："《记》凡如干卷，首以禅玄，经以节义，要以皈从若忠若孝，则君臣父子之道备矣。外编非是记，本指即参女士之目，摭彤管之遗，弗贵也。其命名受于鸠摩，其取义假诸女史，盖因权显实，即众生兼摄，缘机逗药，庶诸苦易瘳，故谈言可以解纷，无关庄论神道。繇之设教，旁赞圣谟，观者毋堇，以录烟花于南部，志狎游于北里而已。"（明天启三年玄白堂刻本。）

赌棋山庄词话卷十一

词之回文体

词之回文体，有一句者，有通阕者，有一调回作两调者，虽极巧思，终鲜美制。魏善伯祥[1]曰："诗之有回文，犹梅之有腊梅，种类不入品格。"《伯子文集》。[2]诗犹然已，而况词乎？

〔1〕魏际瑞（1620—1677），原名祥，字善伯，号伯子，江西宁都人。明崇祯九年（1636）诸生。入清曾客浙抚范承谟幕，后说降吴三桂部将韩大任被杀。著有《魏伯子文集》（又名《四此堂稿》）10卷。（据《清人别集总目》第2452页。）另有《五杂俎》5卷。

〔2〕见《魏伯子文集》卷一《书回文跋》。"诗之有回文"，原无"有"字。（据清道光二十五年刻《宁都三魏全集》本。）

汲古阁遗事

元之顾阿瑛[1]，明之毛子晋[2]，皆身当阳九[3]，斥其资财，招宾客，置书画彝鼎。然子晋校刊典籍，尤为有功艺林，则甚矣二君之善为谋也。风鹤方警，保无多藏厚亡之患，即封殖终其身，亦不过庸庸一富翁耳，安能轻世肆志，而复擅美名哉？吴梅村有寿子晋《木兰花慢》云："尚湖高隐处，较漆简，定遗经。正伏胜加餐，扬雄强饭，七略纵横。争传。杀青奇字，更五千、馀偈叩南能。夜雨蒲团佛火，春风菌阁书声。　卧荒江投老遗民。兵后海田耕。喜柳坞堂开，月泉诗就，贳酒行吟。高谈。九州风雅，问开元、以后属何人。百岁颠毛斑白，千年翰墨丹青。"[4]其推挹可谓至矣。子晋子斧季扆[5]亦嗜古，有父风。曾读其《跋赵孟奎〈分类唐歌诗〉》云："赵氏《分类唐歌诗》，乃乡前辈藏本，售于先君。先君见背后，先达为余言，此书世间已无第二本。予急归捡之，按照目录，仅存十一。传闻武进唐孝廉孔明字昭有之，托王石谷翚往问，无有也。先是，托王子良善长访于金坛，子良述于子荆之言曰：'唐氏旧有其书，须价百金。'因思于与唐姻娅也，果能得之，鸠工付梓，不过倾家之半，遂可公之天下，盍再访之？内兄严拱侯垣曰：'此韵事，亦胜事也，吾当往。'次日即行，道经丹阳，宿旅店楼中。中夜闻户枢声，鸡初鸣，邻壁大呼‘失金’。诸商旅皆起，将启行，户皆扃锸，不得去。天明，伍伯来，追宿店者二十三人，拱侯居首，为与失金者比屋也。匍匐见县令，命各出囊金，召失金者验之。布金满堂下，多者数百，最少者拱侯也。及验毕，皆非，遂出。拱侯曰：‘可以行矣。’曰：‘未也。令不能决，当质之于神。’舁神像坐广庭，庭中驾炽炭，上置巨锅，倾桐油于中，火炎炎从油上出。向拱侯曰：‘请浴。’拱侯叹曰：‘毛斧季书癖，害人一至于此乎？赵孟奎之《唐诗》有无不可知，令予死于沸油，何也？’一老人曰：‘若无恐，苟盗金，必糜烂，不然，无伤也。’试以手探之，痛不甚剧，遂醮油涂体，果无损。遂以次二十二人，尽无恙。拱侯曰：‘人谋鬼谋，镬汤炉炭尽尝之，今可行矣。’又一人亦去。其二十一人者方与旅店哄，及事白，盗金者店家也。拱侯抵金坛，促于子荆寓书唐孔明。答曰：‘无之。’竟不得书以归。予趋迎问《唐歌诗》，拱侯曰：‘焉得歌，不哭幸矣。’予惊叩之，备述前事，既怅怏，又跼蹐焉。”吴骞《拜经楼诗话》。〔6〕前辈求书之笃如此，其难复如此，心力俱殚，不独事韵，即文亦妙也。又相传子晋有一孙，性嗜茗饮，购得洞庭山碧萝春、虞山玉蟹泉水，独患无美薪，因顾《四唐人集》板而叹曰：“以此作薪煮茶，其味当倍佳也。”遂按日劈烧之。荥阳悔道人《汲古阁刻板存亡考》。〔7〕此皆可入《嘉话录》〔8〕者，连类书之，为谈汲古阁遗事者考焉。至所刊《词苑英华》、《宋六十家词》等书，虽校雠时有错误，然其嘉惠倚声家之恩大矣。

〔1〕顾阿瑛(1310—1369)，一名德辉，字仲瑛，号金粟道人。昆山(今属江苏)人。以子贵，封武略将军、飞骑尉、钱塘县男。筑玉山草堂与友人觞咏唱和。(据《全金元词》第1123～1124页。)著有《玉山璞稿》不分卷、《玉山逸稿》4卷等。

〔2〕毛晋(1599—1659)，原名凤苞，字子晋，号潜斋，常熟(今属江苏)人。家藏图书八万九千馀册，多宋元刻本，建汲古阁、目耕楼以储书。曾校刻《十三经》、《十七史》、《津逮秘书》、《六十种曲》等，为历代私家刻书之冠，后人称为“毛钞”。(据《中国词学大辞典》第176页。)著有《毛诗陆疏广要》2卷、《虞乡杂记》3卷等。

〔3〕阳九：指灾荒年景和厄运。

〔4〕见《吴诗集览》卷二十下《诗馀》。词序云：“寿汲古阁主人毛子晋。”(清乾隆四十年凌云亭刻本。)

〔5〕毛扆(1640—?)，字斧季，江苏常熟人。毛晋子。耽校雠，精小学，有名于时。撰有《汲古阁珍藏秘本书目》。(据谭正璧《中国文学家大辞典》第1400～1401页，上海书店1981年版。)

〔6〕录自吴骞《拜经楼诗话》卷一，文字删节太过，今备录：“赵氏《分类唐歌

诗》,乃乡前辈藏本,后以售于先君者。先君见背后,先达为予言,此书世间已无第二本。予急归捡之,按照目录仅存十一。因思以天下之大、好事者之众,岂遂无全书?传闻武进唐孝廉孔明宇昭有之,托王石谷翚往问,无有也。先是托王子良善长访于金坛,甲辰(1664)二月子良从金坛来,述于子荆之言曰:'唐氏旧有其书,须价百金。'因思于与唐姻娅也,果能得之,鸠工付梓,不过倾家之半,遂可公之天下,俾读其书者如入建章而睹千门万户之富,此生乐事淑逾于此矣!盍再访诸?内兄严拱侯垣曰:'此韵事,亦胜事也,吾当往。'次日即行,道经丹阳,宿旅店楼中。中夜闻户枢声,鸡初鸣,邻壁大呼:'失金。'诸商旅皆起,将启行,户皆扃镉,不得出。天明,伍伯来,追宿店者二十三人,拱侯居首,为与失金者比屋也。匍匐见县令,命各出囊金,召失金者验之。布金满堂下,多者数百,最少者拱侯也。及验毕,皆非,遂出。拱侯曰:'可以行矣。'曰:'未也。'令不能决,当质之于神。舁神像坐广庭,庭中驾炽炭,上置巨锅,倾桐油于中,火炎炎从油上出。向拱侯曰:'请浴。'拱侯叹曰:'毛斧季书癖,害人一至于此乎?赵孟奎之《唐诗》其有无未可知,令予死于沸油,何也?'一老人曰:'若无恐,苟盗金,必糜烂,不然,无伤也。'试以手探之,痛不甚剧,遂醮油涂体,果无损。遂以次二十二人,尽无恙。拱侯曰:'人谋鬼谋,镬汤炉炭尽尝之,今可行矣。'又一人亦去。其二十一人者方与旅店哄,及事白,盗金者店家也。拱侯抵金坛,促于子荆寓书唐孔明。答曰:'无之。'竟不得书以归。予趋迎问《唐歌诗》,拱侯曰:'焉得歌,不哭幸矣。'予惊叩之,备述前事,既怅怏又局蹐焉。"同卷论及《分类唐歌诗》,有云:"赵孟奎《分类唐歌诗》一百卷,昔人未见著录,收藏家也绝少。明叶文庄《泾东稿》中有《书〈唐歌诗〉残本后》云:'仅得实存二十七卷,盖已不及三之一矣。'文庄自言从雷景阳侍郎借钞。往予在吴门书肆,见不全宋椠十册,后有毛扆手跋,盖汲古阁旧藏也,楮墨极精好。此书分门纂类,赵孟奎《序》言凡一千三百五十三家,四万七百九十一首,可谓广矣。孟奎字文耀,号香谷,寄贯苏州,太祖十一世孙,宝祐四年文天祥榜进士,忠惠公与篡子也。官至秘阁修撰。"

〔7〕见荥阳悔道人《汲古阁刻板存亡考》之"四唐人集"条,云:"相传毛子晋有一孙,性嗜茗饮,购得洞庭山碧罗春茶、虞山玉蟹泉水,独患无美薪,因顾《四唐人集》板而叹曰:'以此作薪煮茶,其味当倍佳也。'遂按日劈烧之。案:《四唐人集》内惟《唐英歌诗》一种最为善本,即如席氏《百家唐诗》内亦刻而空白多至二三百字,令人不可读,然则汲古此本真秘宝也。"(清同治十三年刻《小石山房丛书》本。)。按:荥阳悔道人即郑德懋。

〔8〕《刘宾客嘉话录》,唐韦绚撰,不分卷,有明正德嘉靖刻《顾氏文房小说》本。韦绚,字文明,京兆(今陕西西安)人。顺宗朝宰相韦执谊之子。曾官江陵少尹、起居舍人、义武军节度使。据韦绚自序,书乃宣宗大中十年(856)在江陵

时所作，内容追记穆宗长庆元年(821)刘禹锡在白帝城(今四川奉节)的谈话，故自名其书为《刘公嘉话录》。刘禹锡曾官太子宾客，故今本题为《刘宾客嘉话录》。刘禹锡与韦绚父同为王叔文集团主要人物，关系亲近，所谈自然亲切。书中除记载史事、掌故外，还有讨论经传、评论诗文等内容，并保存了一些方言材料；但也有一些侈谈天命、吉凶的条目。唐兰《〈刘宾客嘉话录〉的校辑与辨伪》共辑存101条。(载《文史》第4辑，中华书局1965年版。)

小山词社

雍正乾隆间，词学奉樊榭为赤帜，家白石而户梅溪矣。[1]惟王小山太守时翔[2]及其侄汉舒秀才策[3]独倡温、李、晏、秦之学，其时和之者，顾玉停行人陈垿[4]、毛鹤汀博士健[5]、徐冏怀秀才庾[6]，又有素威辂[7]、颖山嵩[8]、存素愫[9]三秀才，皆王门一姓之俊。笙磬同音，埙篪迭奏，欲语羞雷同，诚所谓豪杰之士矣。太仓自吴祭酒[10]而后，风雅于兹再盛。小山有《香涛》、《绀寒》、《青绡》、《初禅》等集。[11]其自跋云："'词至南宋始称极工'，诚属创见。然笃而论之，细丽密切，无如南宋。而格高韵远，以少胜多，北宋诸君，往往高拔南宋之上。余年十五，爱欧阳、晏、秦之作，摹其艳制，得二百馀首。年来与里中举词社，强效南宋，不能工也。"[12]余最喜其《苏幕遮》云："不须留，侬去罢。才转身来，又作愁人话。肠断春风杨柳下。落日看看，早月儿来也。　两眉低，双袖把。直恁情多，怎忍轻抛舍。一笑重回离恨卸。并坐红窗，且再过今夜。"[13]又如："一时欢绪。一生愁绪。要相逢，不相逢，那人何处。若说待来生，已被今生误。且分付、断魂归去。"《惜黄花》。[14]"章句酸才，琵琶小伎，抹杀奇男侠女。"《齐天乐》。[15]"西风帘下自然凉。况是怯秋人起，独眠床。"《南柯子》。[16]"黄花自瘦无人处"。《蝶恋花》。[17]皆可诵者，其自期许为不诬矣。

汉舒著《香雪词》，比之小山，更觉胜场。小山短调较工，汉舒长篇亦美，即小山亦盛推之，谓"逸尘而奔，几欲驾两宋诸名家而出其上也。"[18]其秋夜对酒放歌填《梅花引》云："倾一斗。开笑口。天边月逆行云走。左《离骚》。右蟹螯。狂吟独啸，亦足以自豪。铜芝泪冻灯花死。挂壁宝刀光射水。拍头颅。捋髭须。龙泉太阿，惟汝最知吾。　披绣袷。挥纨箑。卿自用卿法。声如钟。气如虹。岂甘郁郁，长作可怜虫。人能着翅马能啮。来犯北风去密雪。上危冈。草荒荒。试拓弓弦，霹雳倒黄獐。"[19]又云："马赤兔。人吕布。世间馀子何堪数。菊花秋。酒新篘。身无俗骨，餔歠亦风流。银河浪阔公无渡。服药轻身真大误。李青莲。王子安。才鬼聪明，毕竟胜顽仙。　西园市。列金紫。龌龊谁甘尔。调清平。琴广陵。千秋月旦，知己在旗亭。仙人掌下真州道。柳七还邀红粉吊。发酒悲。亦奚为。月下风前,且自去填词。"原注:柳七葬真州城西仙人掌。[20]独开生面,是词场青兕手段也。

汉舒所遇曰平原君,有"落花小院夕阳黄"之句,汉舒时时对人吟之。平原君亡后,汉舒填词哀挽累数十阕,而《虞美人》二首,即借此句填入,所谓"谁传七字向残笺。赚我梦中吟了十多年"也。[21]又有焚旧寄吴门诗文感赋《满江红》云:"不是无情,忍埋没、文章光价。算海内、斯人一去,知音者寡。费我十年《鹦鹉赋》,误他半世鸳鸯社。问这般、相累是谁欤,微名也。"[22]嗟乎!"我未成名卿未嫁,可知同是不才人。"[23]红粉多情,青衫有泪,宜乎汉舒难以遣此。

其年为诸生时,曾为某学使所忌,必欲置之劣等,借端训饬以辱之,先期出游方免。故集中有《怅怅词》云:"腰彩唇朱,浑妆就、腐儒花靥。堪喷饭、骚肠赋骨,也来帖括。儿辈不关诗酒事,乃公偶堕文章劫。看他年、百队罽如霞,夔州猎。"[24]余每读此词,辄为失笑。因思国初傥非鸿博一举,则已未榜中诸老,如其年、电发、大可、志伊以及二大布衣,皆槁项牖下以终耳,国家何以收人文化成之治哉?[25]则甚矣七百字[26]之足令英雄短气也!汉舒应试金陵,曾填《金缕曲》云:"落日金波泻。晚风高、飘萧败叶,偏随病马。买得浊醪谋一醉,醉里据鞍悲诧。目断处、乱云平野。身在泥涂浑不觉,尚掀眉、自许骚坛霸。谁信是,非狂者。　　漫言婢价输奴价。怕而今、蛾眉燕颔,总沉茅舍。我有广寒修月斧,构尽凌云台榭。只依样、葫芦难画。今夜孤村荒店里,嘱哀蛩、莫絮伤心话。青衫泪,正盈把。"[27]又有"灰微香力死,幔薄花魂冻。"《千秋岁》。[28]"伤薄命。怜孤韵。者般穷。生把东风背了,受西风。"《乌夜啼·玫瑰秋来忽发数花感咏》。[29]"雨停得意鹁鸠声。只恐残阳难作几时明。"《虞美人·晚春》。[30]"烟柳万丝愁织。腻得一带纱窗,欲明无力。"《芭蕉雨·春雨》。[31]笔响秋声,纸铺怨气,想其倒绷婴儿,盖不胜美人迟暮之悲。然而今之知汉舒者,则不在于工制艺能取富贵矣。善乎韩文懿公菼之言曰:"吾虽贵为尚书,曾不如秀水朱十以七品官归田,得多读数千卷书。"[32]嗟乎!此固非佳人莫能解也。

小山词社诸君,亦多揣摩南宋,然得髓者殊未见也。若存素《浣溪纱》云:"水远波平点白鸥。峭帆高挂泛归舟。暮天萧淡夕阳愁。　　云际钟声红叶寺,烟边渔唱白蘋洲。耐看山色是深秋。"[33]鹤汀《眼儿媚》云:"柳条轻软杏花鲜。见了便情牵。送阁微笑,背灯私语,别是巫山。　　琼枝想象春还在,题破浣花笺。昨宵醉后,今朝梦里,明日愁边。"[34]素威《浣溪纱》云:"漠漠轻阴暝玉楼。凤箫声断画屏幽。竹窗蕉雨思悠悠。　　多病近来疏酒盏,峭寒终日下帘钩。最难将息是深秋。"[35]则犹是小山家法矣。大抵今之揣摩南宋,只求清雅而已,故专以委夷妥帖为上乘,而不知南宋之所以胜人者,清矣而尤贵乎真,真则有至情;雅矣而尤贵乎醇,醇则耐寻味。若徒字句修洁,声韵圆转,而置立意于不讲，则亦姜、史之皮毛，周、张之枝叶已。虽不纤靡，亦且浮腻，虽不叫嚣，亦且薄弱。仆于倚声，孱学耳，何敢望梅溪、玉田藩篱，然词客有灵，闻斯言或当首肯也。

闽中呼父曰“郎罢”，呼子曰“团”，见于唐顾况诗。[36] 冏怀《台城路》咏薯云：“夕阳村掩蜑户。几家充野饭，香袅千缕。拾橡同炊，然糠慢煮。阿团一灯欢聚。”[37] 赋景既真，措辞亦雅。冏怀曾客三山，故通吾乡称谓。冏怀又言：“闽人以薯酿酒，颇佳。”[38] 然此酒俗呼“蕃薯烧”，螯口刺鼻，实不耐饮。故周栎园历举闽酒，而不登此品。至薯则村邑恃以为命，功与五谷等。《闽小纪》中记之甚详[39]，好事者又辑为《金薯传习录》[40]。冏怀更有《鹧鸪天》词，以“凄惶岭”对“黯淡滩”，与文信国“惶恐滩头”、“零丁洋里”之句同工矣。[41]

〔1〕厉鹗，号樊榭。参卷十二“集句词”条。姜夔，号白石道人。参卷一“《词律》脱误”条。史达祖，号梅溪。参卷一“《词律》脱误”条。

〔2〕王时翔(1675—1744)，字皋谟，又字抱翼，号小山，江苏太仓人。雍正六年(1728)由诸生荐授晋江知县，官至成都知府。著有《小山诗文全稿》20卷计《小山诗初稿》2卷、《续稿》4卷、《后稿》2卷、《诗馀》4卷、《文稿》8卷。(据《清人诗文集总目提要》第455页。)

〔3〕王策，字汉舒，江苏太仓人。诸生，享年不永。著有《香雪词钞》2卷。(据王昶《国朝词综》卷二十六。)

〔4〕顾陈垿，字玉停，江苏太仓人。康熙五十四年(1715)举人，以荐入湛凝斋修书，书成议叙授行人司行人。出使山东、浙江，所至得大体，还督通州仓。雍正三年(1725)，以目疾乞归。年七十卒。(据王昶《春融堂集》卷六十五《顾陈垿传》。)著有《洗桐轩文集》9卷、《抱桐轩文集》3卷等。

〔5〕毛健，字今培，号鹤汀，江苏太仓人。贡生。著有《卧茨乐府》1卷。(据王昶纂《国朝词综》卷二十五。)

〔6〕徐庚，字冏怀，江苏太仓人。诸生。著有《昙华词》2卷。(据王昶纂《国朝词综》卷二十六。)

〔7〕王辂，字素威，江苏太仓人。诸生。著有《滓虚词》2卷。(据王昶纂《国朝词综》卷二十五。)

〔8〕王嵩，字颖山，江苏太仓人。诸生。著有《别花人语》1卷。(据王昶纂《国朝词综》卷二十五。)

〔9〕王愫，字存素，号林屋，又号朴庐，江苏太仓人。诸生。善画。乾隆年间在世，年八十六卒。著有《朴庐诗稿》4卷计《朴庐诗稿》、《题画诗钞》、《林屋诗馀》、《论画正则》各1卷。(据《清人诗文集总目提要》第686页。)

〔10〕吴伟业，江苏太仓人，曾任国子祭酒。参卷八“明词应选吴伟业词”

条。

〔11〕《小山诗馀》凡4卷，卷一《香涛集》、卷二《绀寒集》、卷三《青绡乐府》、卷四《初禅绮语》。(**清乾隆十一年王氏泾东草堂刻本，下同。**)

〔12〕王昶《国朝词综》卷二十四引《小山自跋》云："词至南宋始称极盛，诚属创见。然笃而论之，细丽密切，无如南宋，而格高韵远，以少胜多，北宋诸公往往高拔南宋之上。余年十五，爱欧文忠、晏小山、秦淮海之作，摹其艳制，得二百馀首。年来与里中毛博士鹤汀、顾孝廉玉停举词社，二君皆仿南宋，余亦强效之弗能工也。"王时翔《小山文稿》卷三《小山词自跋》："朱竹垞检讨先生独谓南宋始称极盛，诚属创见。然笃而论之，细丽密切，无如南宋。而格高韵远，以少胜多，北宋诸公，往往高拔南宋之上。予年十五，爱欧文忠、晏小山、秦淮海之作，摹其艳制，得二百馀阕。比冠学诗，恐笔弱遂止不为。年来与里中举诗社，与毛博士鹤汀、顾孝廉玉停倡言以词参之，二君皆仿南宋，予亦强效之弗能至也。"(**《小山诗文全稿》，清乾隆十一年王氏泾东草堂刻本。**)谢氏改"诗社"为"词社"，显然是受到王昶的影响，此一改遂使小山词社名扬清词史，其实作词在社中只是副业，不可不察。严迪昌先生《清词史》立专节讨论小山词社，未注意到王昶改动原文。

〔13〕见《小山诗馀》卷一。"来"，原作"时"，有词题："次干初韵"。

〔14〕见《小山诗馀》卷四。

〔15〕见《小山诗馀》卷四。"抹"，原作"没"。

〔16〕见《小山诗馀》卷二。

〔17〕见《小山诗馀》卷一。

〔18〕引见王时翔《小山文稿》卷二《别花人语序》。原无"也"字。

〔19〕见《香雪词钞》卷下。"梅花引"原作"小梅花"。(**民国七年扫叶山房石印本，下同。**)

〔20〕见《香雪词钞》卷下。"马赤兔，人吕布"原作"马中兔，人中布"。

〔21〕见《香雪词钞》卷上。序云："平原君生前有'落花小院夕阳黄'之句，词旨凄婉，惜全首缺落，借填二词，以志哀悼。"

〔22〕见《香雪词钞》卷上。

〔23〕罗隐《偶题》(一作《嘲钟陵妓云英》)："我未成名君未嫁，可能俱是不如人。"

〔24〕见陈维崧《迦陵词全集》卷十一《满江红·怅怅词》。《香雪词钞》卷上有《满江红·冬夜和〈乌丝词〉中〈怅怅词〉韵》。

〔25〕陈维崧，字其年。参卷四"陈维崧一门词"条。徐釚，字电发。参卷二"徐釚词"条。毛奇龄，字大可。参卷四"毛奇龄、俞士彪词"条。汪志伊，参卷五"《梅信》诗唱和"条。秦瀛《己未词科录》卷九引邵长蘅《青门旅稿》："康熙十

八年，诏举博学鸿词，海内之士应诏集阙下者百馀人，上亲试之，得五十人，悉命官翰林，纂修《明史》，异数也。”（清嘉庆刻本。）二大布衣：应为三大布衣。朱彝尊《曝书亭集》卷七十六《承德郎日讲官起居注右春坊右中允兼翰林院编修严君墓志铭》：“康熙十有七年（1678）春，天子法古，制科取士，诏在廷诸臣暨外督抚大吏各举博学之彦，毋论已仕未仕，征诣阙，月给太仓禄米。明年三月朔，召试太和殿，廷发题：赋、序、诗各一首。学士院散官纸，光禄布席赐燕体仁阁下。于时，无锡严君成《省耕》一诗而退，赋、序置不作也。天子擢五十人，纂修《明史》。部议：分资格，进士出身者以馆职用，余给待诏衔，俟史成日授官。诏下五十人齐入翰苑。布衣与选者四人：除检讨富平李君因笃、吴江潘君耒其二，予及君也。君文未盈卷，特为天子所简，尤异数云。未几，李君疏请归田养母，得旨去。三布衣者骑驴入史局，卯入申出，监修总裁，交引相助。越二年，上命添设日讲官知起居注八员，则三布衣悉与焉。是秋，予奉命典江南乡试，君亦主考山西。比还，岁更始，正月几望，天子以逆藩悉定，置酒乾清宫，饮燕近臣，赐坐殿上。乐作，群臣以次奉觞上寿，依汉元封柏梁台故事，上亲赋《升平嘉燕诗》，首倡‘丽日和风被万方’之句。君与潘君同九十人继和，御制序文，勒诸石。二月，潘君分校礼闱卷。三布衣先后均有得士之目，而馆阁应奉文字，院长不轻假人，恒属三布衣起草。”据此，三大布衣指潘耒、朱彝尊、严绳孙。

〔26〕七百字：清乾隆以后科举取士试卷的规定字数。潘奕隽《三松堂集》文集卷一《墨准初刻序》：“国家重熙累洽久，道化成文治之隆，前代未有。皇上加意，作人清真雅正，巽命屡申。今春，礼闱榜发，重颁谕旨，训诲谆切，揭晋陆机‘词达理举，无取冗长’，唐韩愈‘陈言务去’二语，以为文章正鹄，并命乡、会两试及学臣取士咸以七百字为率，违者不录。圣训煌煌，万世制义之极轨也。”（清嘉庆刻本。）按：潘奕隽（1740—1830），字守愚，号榕皋，晚号三松居士，别号水云漫士。江苏吴县人。乾隆三十四年（1769）进士，授内阁中书。升户部贵州司主事，充贵州乡试副考官。著有《三松堂集》30 卷计诗集 20 卷续集 6 卷文集 4 卷。（据《清人诗文集总目提要》第 803 页。）

〔27〕见《香雪词钞》卷下，调作《贺新郎》。词序云：“自金陵行至丹阳，马上口占，用前韵。”“荒店里”原作“荒店月”。

〔28〕见《香雪词钞》卷上。有词序：“春夜用《弹指词》韵”。

〔29〕见《香雪词钞》卷上。词序：“庭中玫瑰一丛，秋来忽发数花。”“者般穷”原作“一般穷”。

〔30〕见《香雪词钞》卷上。词题：“晚春写况”。

〔31〕见《香雪词钞》卷上。

〔32〕韩菼（1637—1704），字元少，江苏长洲（今苏州）人。康熙十二年（1673）进士第一，官至礼部尚书。乾隆十七年（1752）追谥文懿。（据冯桂芬纂

同治《苏州府志》卷八十八，清光绪九年刊本。）著有《有怀堂文稿》22卷、《诗稿》6卷、《有怀堂稿诗文补遗》2卷。朱彝尊《曝书亭集》卷七十一《礼部尚书兼掌翰林院学士长洲韩公墓碑》："公尝语门弟子张大受曰：'吾贵为尚书，何如秀水朱十以七品官归田，饭疏饮水，多读书万卷。'呜呼！公之胸怀萧然自远。"

〔33〕王愫《浣溪沙》词见《林屋诗馀》，有词序："舟过虞山。"（清乾隆三十二年刻本。）

〔34〕毛健《眼儿媚》见《国朝词综》卷二十五。

〔35〕王辂《浣溪沙》见《滓虚词》。（民国八年五月思益句刊社排印本。）

〔36〕顾况《华阳集》卷上："（囝，哀闽也。）囝生闽方，闽吏得之，乃绝其阳。为臧为获，致金满屋。为髡为钳，如视草木。天道无知，我罹其毒。神道无知，彼受其福。郎罢别囝，吾悔生汝。及汝既生，人劝不举。不从人言，果获是苦。囝别郎罢，心摧血下。隔地绝天，乃至黄泉，不得在郎罢前。"（清文渊阁《四库全书》本。）

〔37〕徐庚《台城路》见《国朝词综》卷二十六。

〔38〕引见徐庚《台城路》尾注。

〔39〕周亮工《闽小纪》卷二《闽酒》遍举闽酒未及蕃薯烧，卷三《蕃薯》详论蕃薯的食用价值。（清康熙周氏赖古堂刻本。）

〔40〕《金薯传习录》，陈世元撰，凡2卷，有清乾隆删补本。

〔41〕徐庚《鹧鸪天》词见《昭代词选》卷二十六。（此承陈昌强、祁宁锋二先生告知。）文天祥《过零丁洋》："惶恐滩头说惶恐，零丁洋里叹零丁。"

词宜雅趣

词宜雅矣，而尤贵得趣，雅而不趣，是古乐府，趣而不雅，是南北曲。李唐、五代多雅、趣并擅之作。〔1〕

雅如美人之貌，趣是美人之态。有貌无态，如皋〔2〕不笑，终觉寡情。有态无貌，东施效颦〔3〕，亦将却步。

〔1〕"趣"，是明清词学重要的理论范畴之一。李佳《左庵词话》卷上云："词以意趣为主，意趣不高，不雅。虽字句工颖，无足尚也。意能迥不犹人最佳，东坡词最有新意，白石词最有雅意。"（《词话丛编》第3104页。）沈祥龙《论词随笔》云："宋人选词，多以雅名，俗俚固非雅，即过于秾艳，亦与雅远。雅者其意正大，其气和平，其趣渊深也。"（《词话丛编》第4055页。）

〔2〕《左传·昭公二十八年》："昔贾大夫恶娶妻而美，三年不言不笑。御以

如皋,射雉,获之,其妻始笑而言。"孔颖达疏:"《诗》云:'鹤鸣于九皋',是皋为泽也。如,往也。为妻御车以往泽也。"(杜预注、孔颖达疏《左传正义》卷第五十二,清阮刻《十三经注疏》本。)后用为取悦美妻之典实。

〔3〕《庄子·天运》:"故西施病心而矉其里,其里之丑人见而美之,归亦捧心而矉其里。其里之富人见之,坚闭门而不出;贫人见之,挈妻子而去之走。"(庄周撰、郭象注《庄子》,民国刻《四部丛刊》景明世德堂刊本。)效:仿效;颦:皱眉头。比喻胡乱模仿,效果极坏。

《浙西六家词》

唐虞皆名其臣,至周则文侯称字矣。孔门皆名其弟子,至孟氏,则乐正、公孙称子矣。论者以为世变使然。〔1〕至诗文称人名,古者不嫌,刘谌、李白且直书先圣,如"西狩泣孔邱"〔2〕、"狂歌笑孔邱"〔3〕是也。今则有议其非者,此后人之谨饬也。然少陵曰:"南寻禹穴见李白"。〔4〕青莲曰:"饭颗山头逢杜甫"。〔5〕直呼朋好名姓,今人亦不敢复尔,则是质朴不及古风。顾黄公赠尤西堂诗曰:"今朝却喜见尤侗"。〔6〕读者骇然,习俗之移人甚矣!李武曾良年《貂裘换酒·和朱十》云:"若天意、定怜才子。潘耒查容无恙在,伴竹垞、老去同烟水。楚江柳,又青矣。"〔7〕潘字次耕,吴江人。〔8〕查字韬荒,海宁人。〔9〕耒、容皆名也,武曾其犹行古之道欤?武曾与兄绳远〔10〕、弟符〔11〕,称"嘉兴三李"。绳远字斯曾,不为词。

武曾曰:"南宋词人,如梦窗之密、玉田之疏,必兼之乃工。"曹贞吉《秋锦山房词序》。〔12〕近王小山亦谓:"梦窗之奇丽而不免于晦,草窗之淡逸而或近于平。"王颖山《别花人语序》。〔13〕此言乃学南宋者之金针也。惟疏故平,惟密故晦,至今日则一味求妥而不讲警策,又能疏而不能密,能平而不能晦,匪独无奇丽,亦不足言淡逸矣。武曾词工于著景,如"一带寒沙,贯酒旗,轻挂在晚烟疏树。"《解连环》。〔14〕"背岭人家,云碎着檐如絮。"《绮罗香》。〔15〕"未识君时,曾经此渡,门外几枫残照。"《喜迁莺·寄题鲍声来草亭》。〔16〕真有画意矣。武曾原名虞兆潢,见李集《鹤徵录》〔17〕,《词综》谓字符曾,误也。

迦陵序《六家词》曰:"仆也红牙顾误,雅自托于伶官。绣幔填词,长见呵于禅客。铜官玉女,邑居不百里而遥。小令长谣,卷帙实千篇以外。傥仅专言浙右,诸公固是无双。如其旁及江东,作者何妨有七。"〔18〕隐有大将旗鼓,八面受敌之意。余谓竹垞超伦绝群,以匹迦陵,洵无愧色,馀子皆当敛衽。然而李氏武曾、分虎、符,《耒边词》。沈氏融谷、皞日,《柘西精舍集》。覃九,岸登,《黑蝶斋词》。机、云竞爽,咸籍并称。竹垞先登,蘅圃龚翔麟《红藕庄词》后劲,浙西风雅,允冠一时,就中而分虎尤胜。〔19〕《祝英台近》之十首烧香词,不亚于《载酒集》十二首《洞仙歌》。如云："换衣冠，匀粉黛，两桨画船载。众里关心，芳草渡头待。珠宫片刻同行，毂侬魂断，况对佛、并肩齐拜。　　石阑外。掩却方麯回身，不分见伊再。替折花枝，流盼未曾怪。只愁津鼓催归，彩丝须结，网住这、西施长在。"[20]又云："鹊声干，莺语啭，红雨洒千片。不坐钿辕，不障合欢扇。分明要使人看，如何归舫，把云母、横窗遮遍。　　碧河浅。输与掠水丝禽，鹢首惯偷眼。懊恼吴侬，桑橹疾于箭。借他角觝春哥，皂车相傍，又引露、女银娇面。"[21]

词从南宋入手，时多浮漫，分虎先学北宋，故无此病。吴子律赏其《帆影词》"忽遮红日江楼暗，只认是、凉云飞度。待翠蛾、帘底凭看，已过几重烟浦。"谓为入神之笔。[22]予谓不若"荻渚枫湾，宛转随人，消尽斜阳今古。"[23]其寄慨为深远也。分虎又效朱希真渔父词填《钓船笛》十一首。如云"少日是渔郎，老去便成渔叟。烟箬有时不戴，采江花簪首。"又云："不去筑鱼梁，也不鱼叉携个。风里一丝转飏，便无鱼也可。"[24]又云："生长在吴根，不与吴侬相识。只有粉丝飞到，听沙头吹笛。"[25]言近旨远，非徒赋《渔家傲》者。

旧传埋猫可以引竹。分虎云："参差渐过墙西角，记衔蝉埋处。"[26]又，嘉兴以"笋"、"损"音同，蚕时忌闻此语。秋锦云："正采桑时候，除了蚕娘、更无人讳。"[27]此可为运俗入雅之法。善文者，竹头木屑无弃材也。其调皆《尾犯》，皆咏笋。又，蟹与柿子同食，令人病痧。覃九《桂枝香》咏蟹云："霜林柿叶分红颗，镇妨伊、未沾冰齿。"[28]

覃九词胜于其叔。《江城子》云："隋堤系缆水平沙。板桥斜。那人家。记得门前，一树有枇杷。唤起当垆同对酒，红烛护，绿窗纱。　　津帆容易隔峰霞。秣陵花。白门鸦。锦瑟凄凉，一度感年华。三十六鳞浑不见，惟有梦，到天涯。"[29]其《菩萨蛮・咏梅集调名》云："疏影一痕沙。行香满路花。"又云："飞雪满群山。个侬愁倚阑。"粘合既工，并饶远韵。[30]《卜算子》云："一片乱山秋，不管离魂破。"[31]"破"字亦奇。融谷泊铜陵感怀及喜孝山来金陵二阕《百字令》最佳，其馀浅淡不耐人思。《醉落拓》云："双鬓丝丝，莫对镜前觉。"[32]"觉"字下得有味，所谓"伤心事，莫恁太分明"[33]也。

《六家词》刻于蘅圃。蘅圃交竹垞最早，为倚声最先，而所得比诸家较浅，绵丽不及竹垞，淡远不及武曾。《粉蝶儿・本意》云："趁好风儿，一双两双得意。拣花枝、夜来浓睡。"[34]《珍珠令・咏珥》云："偶坠香泥飞燕啄。便衔去书床那角。那角。被一曲相思，钩人心着。"[35]如此好句，不数见也。蘅圃填《好女儿》用古闺秀名，如"小小"、"虫虫"、"轻轻"、"七七"等类，而调下自注"用双声小名"[36]，以叠字为双声，不知其何所据？钱竹汀大昕尝言："《周南》'于嗟麟兮'，与章首'麟之趾'相应，以两'麟'字为韵。《大雅》'文王曰咨'、'咨女殷商'，'咨'、'咨'亦韵。"《十驾斋养新录》。[37]又词家有一字韵体，然则叠字或可谓叠韵乎？

〔1〕说详顾炎武《日知录》卷四。

〔2〕刘琨《重赠卢谌》："宣尼悲获麟，西狩泣孔丘。"谢章铤云刘谌作，误。

〔3〕李白《庐山谣寄卢侍御虚舟》："我本楚狂人，凤歌笑孔丘。"

〔4〕见杜甫《送孔巢父谢病归游江东兼呈李白》。

〔5〕见李白《戏赠杜甫》。

〔6〕尤侗《西堂杂组》二集卷六《答黄九烟》："辱赠《扇头十绝》，首云：'今朝喜得见尤侗'。见者无不怪之，仆解之曰：'白也诗无敌'，杜甫诗也；'饭颗山头逢杜甫'，李白诗也。下此则'不及汪伦送我情'、'旧人惟有何戡在'，无不呼名者，又何怪焉？不特此也，人苟知己，则行之可，字之可，名之亦可；即呼之为牛，呼之为马，亦无不可。苟非知己，则称之为先生也，叱之为小子耳；尊之为大人也，犹骂之为老奴耳。至于'不敢说'，'可不敢说'、'非常不敢说'，则其人为何如人哉？白之名甫，甫之名白，先生之名侗，一也。诚恐先生借仆名押韵耳，苟仆而可名，仆不朽矣。"(清康熙刻本。)按：黄周星(1611—1680)，原姓周，冒姓黄，字景虞，号九烟，晚更名曰黄人，字略似，号半非，别号圃庵，又曰笑苍道人，湖南湘潭人。崇祯十三年(1640)进士，授户部给事中，不就。明亡不仕，投水而死。著有《夏为堂诗略刻》11 卷、《别集》2 卷。(《清人诗文集总目提要》第 78～79 页。)谢氏说诗是顾黄公作，误。按：顾景星(1621—1687)，字赤方，号黄公，湖北蕲州人。明亡浮家淀湖，顺康间屡征不起。著有《白茅堂集》46 卷、《白茅堂诗选》9 卷。(《清人诗文集总目提要》第 147 页。)

〔7〕李良年(1635—1694)，字武曾，又作五曾，初更姓名虞兆潢，字法远，号秋锦，浙江嘉兴人。绳远弟。康熙十八年(1679)试博学鸿词，不遇。晚年居秋锦山房。著有《秋锦山房集》22 卷《外集》3 卷。(据《清人诗文集总目提要》第 251 页。)词名《秋锦山房词》，收入《浙西六家词》。引见《秋锦山房词》。

〔8〕潘耒(1646—1708)，原名栋吴，字次耕，号稼堂，晚号止止居士，江苏吴江(今苏州)人。康熙十八年(1679)召试博学鸿词，授翰林检讨。著有《遂初堂集》40 卷计《诗集》16 卷《文集》20 卷《别集》4 卷、《遂初堂集外诗文稿》2 卷。(据《清人诗文集总目提要》第 316 页。)另有《类音》8 卷。

〔9〕查容(1634—1685)，字韬荒，号渐江，浙江海宁人。继佐从子。诸生。著有《查浒翁文集》4 卷、《渐江诗集》12 卷(存 2 卷)。(据《清人别集总目》第 1605 页。)词有《浣花词》不分卷。

〔10〕李绳远(1633—1708)，字斯年，号寻壑，又号樵岚山人、一号补黄村农，浙江嘉兴人。监生。入湖广总督丁思孔幕。著有《寻壑外言》5 卷。(据《清人别集总目》第 820 页、《清人诗文集总目提要》第 240 页。)谢氏说李绳远

字斯曾，误。

〔11〕李符(1639—1689)，原名符远，字分虎，号耕客，又号桃乡，浙江嘉兴人。良年弟。工骈体。著有《香草居集》7卷计诗5卷词2卷。(据《清人诗文集总目提要》第275页。)词名《耒边词》，收入《浙西六家词》。

〔12〕曹贞吉《秋锦山房词序》见《浙西六家词》。

〔13〕见《小山文稿》卷二《别花人语序》。原文："南宋词人号极盛，然以吴梦窗之奇丽而不免于晦，以草窗之澹逸而或近于平，此则兼二窗之美而无其病。"

〔14〕《解连环》见《秋锦山房词》，有词序："同青藜、纬云、彦吉小饮旗亭观剧"。

〔15〕《绮罗香》见《秋锦山房词》，有词序："桃园晚行同分虎赋"。

〔16〕《喜迁莺·寄题鲍声来草亭》见《秋锦山房词》，"草亭"原作"草庭"。

〔17〕李集《鹤徵录》卷七："李良年，字武曾，初名法远，又名兆潢，号秋锦，浙江嘉兴人。"

〔18〕引见陈维崧《浙西六家词序》。

〔19〕朱彝尊，号竹垞。参卷二"朱彝尊赠伎词"条。有《江湖载酒集》收入《浙西六家词》。沈皞日(1637—1703)，字融谷，号柘西，又号茶星，浙江平湖人。以贡生授广西来宾知县，后升任辰州同知，卒于任。有《柘西精舍词》，收入《浙西六家词》。(据《中国词学大辞典》第203页。)沈岸登(1639—1702)，字覃九，号南渟，又号惰耕村叟，浙江平湖人。沈皞日侄。工诗词，善书画，人目为"三绝"。性好泉石，不求闻达。(据《中国词学大辞典》第203页。)著有《黑蝶斋诗钞》4卷、《黑蝶斋词》1卷，其词刻入《浙西六家词》。龚翔麟(1658—1733)，字天石，号蘅圃，晚号田居士，浙江仁和(今杭州)人。康熙二十年(1681)副贡，三十三年(1694)考选陕西道御史，后十年乞归。著有《田居诗稿》10卷。(据《清人诗文集总目提要》第377页。)另有《红藕山庄尺牍》8卷、《红藕庄词》2卷。其词刻入《浙西六家词》。

〔20〕见《耒边词》卷一，"衣冠"原作"衣裳"。

〔21〕见《耒边词》卷一，"角觝"原作"角抵"。

〔22〕见《莲子居词话》卷二。

〔23〕吴衡照，号子律，参卷一"吴衡照语"条。此句及吴衡照所赏之句见《耒边词》卷二《疏影·帆影》。

〔24〕见《耒边词》卷二，"转飏"原作"轻飏"。

〔25〕见《耒边词》卷二。

〔26〕《耒边词》卷二《尾犯·笋》词序云："竹以三月为秋，旧传埋猫可以引竹，吴俗至今行之，故有'衔蝉'句。"

〔27〕见《秋锦山房词》卷一《尾犯·笋》。注云："禾中蚕时以'笋'、'损'同音，多讳此字。"

〔28〕见《黑蝶斋词》卷一《桂枝香·蟹》注云："食证不可与柿子同食。"

〔29〕见《黑蝶斋词》卷一。词序云："送顾左公之白门。"

〔30〕见《黑蝶斋词》卷一。"咏梅集调名"原作"集调名咏梅"。

〔31〕见《黑蝶斋词》卷一。

〔32〕见《柘西精舍词》卷一。有词题："用玉田韵"。

〔33〕此乃俗语，意谓伤心事不要分得太清，愈分清愈伤心也。

〔34〕见《红藕庄词》卷一，原无词题"本意"二字。

〔35〕见《红藕庄词》卷一，"坠"原作"堕"。

〔36〕见《红藕庄词》卷二，词序云："集双声小名。"

〔37〕钱大昕《十驾斋养新录》卷十六《诗句中有韵》："《周南》'于嗟麟兮'句似无韵，实与章首'麟之趾'相应，以两'麟'字为韵也。"又："《大雅》'文王曰咨'、'咨女殷商'二句似无韵，而'王'与'商'、'文'与'殷'皆韵，'咨'、'咨'亦韵。"（清嘉庆刻本。）

词可兴、观、群、怨

乾隆中，裕陵尝命儒臣取三百篇谱之，着以四上六五诸音，列以琴瑟笙箫之器，于是皆可奏之乐部。[1]傥准此法而推之，词审其阴阳平仄，剂其过不及[2]，安见不有清真、耆卿其人，使大晟复盛，而井水重歌哉？冯定远班[3]亦言："嘉靖中，善胡琴者犹能弹宋词，至于今，则元人北曲亦不知矣。"[4]然则予谓非词不可歌，歌词无其人，殆非武断者。定远又述先辈之言曰："曲子以声为主，其辞不离本色。场上之曲与科介相应，优儿敷粉墨而歌，欲得俚童野老，哭抃不禁，斯为能事。若三人不解，则工而无所施矣。套数之体，当使西园公子、南国佳人，坐绮筵而听之。苟杂以鄙词，恐辱我象板鸾箫也。小令务在调笑陶写，施于斜行小字，嘌唱曼声，但得俊语相参，收拾出众，便为佳手。"[5]此论极佳，细参之，并可悟词曲之分，不但于曲中能辨体裁也。若定远之自论词，则又似未得门者。定远曰："长短句肇于唐季，脂粉轻薄，端人雅士盖所不尚。"又曰："鲁公作相，有'曲子相公'之言，一时以为耻。坡公谓秦太虚'乃学柳七作曲子'，秦愕然以为不至是，是艳词非宋人所尚也。"其说俱详《钝吟文稿》。[6]夫词始于太白，盛于飞卿，何尝是唐季？宋人亦何尝不尚艳词？功业如范文正，文章如欧阳文忠，检其集，艳词不少。盖曼衍绮靡，词之正宗，安能尽以铁板铜琵相律？惟其艳而淫、而浇、而俗、而秽，则力绝之。至耆卿亦有高处，如"渐霜风凄紧，关河冷落，残照当楼”[7]，此亦何减古人？定远徙[徒]见元人之杂曲，明人之昆腔，即讲求南北宋亦涉猎《草堂》污下选本，目未睹前辈典型，故有此卮言也。亦知词固有兴观群怨，事父事君，而与《雅》、《颂》同文者乎？吾请举近人陆太冲以谦[8]之言曰：“其事关伦纪者甚多，如东坡《水调歌头》‘琼楼玉宇，高处不胜寒’，神宗以为‘苏轼终是爱君’。欧阳全美《踏莎行》，奉使不还，朝廷录其节，与洪忠宣《江城梅花引》数阕同揆。吴毅夫《满江红》‘报国无门’、‘济时有策’，其自负何如？岳亦斋《祝英台近》，感慨忠愤，与辛幼安‘千古江山’一词相伯仲。文信国《大江东去》，气冲牛斗，无一毫委靡之色。刘须溪《宝鼎现》，词意凄婉，与《麦秀歌》无殊；《兰陵王·送春》词，抑扬悱恻，即以为《小雅》、楚《骚》可也。又如陆放翁《钗头凤》，孝义兼挚；陈刚中《太常引》有‘陟屺瞻望，不遑将母’之思。至若弟兄华发，别语丁宁，则有黄元明之《青玉案》；薄宦东西，离歌不忍，则有黄师宪之《卜算子》；中秋怀梅溪，交情宛转，则有高竹屋之《齐天乐》；西山寿平父，交契最深，则有姜白石之《鹧鸪天》。又或离群索居以寄怀，长歌痛哭以悼友，则有张玉田之《忆旧游》、《琐窗寒》；若夫伉俪情深，不特刘叔安有《水龙吟》，史邦卿有《寿楼春》、《夜行船》。即妇人女子，谊笃所天，论其常，魏夫人之《菩萨蛮》、紫竺之《生查子》、孙氏之《忆秦娥》、易彦祥妻之《一翦梅》、章文虎妻之《临江仙》，深得《国风·卷耳》之遗；论其变，舒氏之《点绛唇》、郑意娘之《好事近》、戴石屏妻之《怜薄命》、徐君宝妻之《满庭芳》，有《柏舟》自矢之风。凡此忠孝节义之事，可约略举也。或谓终不敌迷花殢酒之事居多。窃以为：何文缜，尽节名臣也，而有赠妓惠柔之作；真西山，作《大学衍义》人也，而有《蝶恋花》之词。盖古来忠孝节义之事，大抵发于情，情本于性，未有无情而能自立于天地间者，此《双莲》、《雁邱》鸟兽草木，亦以情而并垂不朽也。昔京山郝氏论诗曰：‘诗多男女之咏，何也？曰：夫妇，人伦之始也。故情欲莫甚于男女，廉耻莫大于中闺，礼义养于闺门者最深，而声音发于男女者易感。故凡托兴男女者，和动之音，性情之始，非尽男女之事也。’得此意以读词，则闺房琐屑之事，皆可作忠孝节义之事观。又岂特偎红倚翠，滴粉搓酥，供酒边花下之低唱也哉？”《词林纪事序》。[9]是真不愧知言矣。虽然，吾窃见后世之说诗者，风雨怀人之作，《子衿》忧时之篇，尚以“桑中濮上”[10]疑之，则谓填词为轻薄子，夫复何辞？而以意逆志[11]，谁知以风人之旨[12]求之长短句哉？

〔1〕清高宗敕撰《诗经乐谱》，凡30卷。卷首《命诸皇子及乐部大臣定〈诗经〉全部乐谱谕》述编纂大旨云：“古乐皆主一字一音。《虞书》：‘依永和声’。虽有清浊长短之节，合之五声六律，只于一句之数字内分抑扬高下，不得于一字一音之内忝以曼声。后世古法渐湮，取悦听者之耳，多有一字而曼引至数声，此乃时俗伶优所为，正古人所讥‘烦手之音’，未足与言乐也。”（《丛书集成

初编》。)

〔2〕况周颐《蕙风词话》卷一:"词之为道,智者之事,酌剂乎阴阳,陶写乎性情。自有元音,上通雅乐,别黑白而定一尊,亘古今而不敝矣。"

〔3〕冯班(1604—1671),字定远,号钝吟居士,江苏常熟人。钱谦益门生。著有《钝吟全集》23卷计《冯氏小集》3卷、《钝吟集》3卷、《钝吟别集》1卷、《钝吟馀集》1卷、《钝吟老人集外诗》1卷、《钝吟乐府》1卷、《游仙诗》2卷、《钝吟文稿》1卷、《钝吟杂录》10卷。(据《清人诗文集总目提要》第46页。)

〔4〕见《钝吟文稿·古今乐府论》。"北曲"原作"北词"。(清初毛氏汲古阁清康熙陆贻典等刻《钝吟全集》本,下同。)

〔5〕"曲子以声为主"云云见《钝吟乐府自序》。"优儿敷粉墨而歌"后原有作"之"字。按:《钝吟乐府自序》应编入《钝吟文稿》,却与诗歌编在一起,可能出现错位。《钝吟乐府自序》版心题"外集",前页版心题"集外诗",后页版心题"钝吟文稿"。

〔6〕见《钝吟文稿·叙词源》。"鲁公",原作"和鲁公"、"秦太虚"后原有"言久不相见"、"是艳词非宋人所尚也"原作"'针线慵拈伴伊坐',晏元宪讥之,艳词非宋人所尚也"。

〔7〕柳永《八声甘州》词中语。"凄紧",《全宋词》作"凄惨"。

〔8〕陆以谦,字太冲,浙江嘉兴人。著有《太冲诗抄》15卷。(据《清人诗文集总目提要》第1099页。)

〔9〕据清嘉庆三年刻本《词林纪事》,"人伦"原作"人道"、"得此意以读词"原作"得此意以读是书"。

〔10〕《诗经·桑中》云:"爰采唐矣?沬之乡矣。云谁之思,美孟姜矣。期我乎桑中,要我乎上宫,送我乎淇之上矣!"桑中即桑间,在今河南省濮阳附近。《礼记·乐记》:"桑间濮上之音,亡国之音也。"班固撰颜师古注《汉书·地理志下》:"卫地有桑间濮上之阻,男女亦亟聚会,声色生焉。"(清乾隆武英殿刻本。)

〔11〕孟轲《孟子》:"说诗者,不以文害辞,不以辞害志,以意逆志,是为得之。"(民国《四部丛刊》景宋大字本。)

〔12〕卜商《诗序》卷上《大序》:"治世之音安以乐,其政和;乱世之音怨以怒,其政乖;亡国之音哀以思,其民困。故正得失、动天地、感鬼神,莫近乎诗。先王以是经夫妇、成孝敬、厚人伦、美教化、移风俗。"(明崇祯汲古阁刻《津逮秘书》本。)此即所谓风人之旨。

赌棋山庄词话卷十二

集句词

填词有即集词句者，且有通阕只集一人之句者。然他人寥寥数篇，至竹垞则专集诗句，既工且多。[1]第考之《临川集》，荆公已启其端。咏梅《甘露歌》三首、草堂《菩萨蛮》一首，皆是集句。《甘露歌》云："天寒日暮山谷里。的皪愁成水。地上渐多枝上稀。惟有故人知。"《菩萨蛮》云："花是去年红，吹开一夜风。"又云："何物最关情，黄鹏三两声。"[2]可谓灭尽针线之迹。蘅圃题《蕃锦集》云："是谁能纫百家衣，只许半山人说。"[3]当是指此，非泛言诗中集句也。然半山不标出处，未若竹垞历注名姓，尤令人易于根据。汾阳客感《临江仙》云："无限塞鸿飞不度，李益。太行山碍并州。白居易。白云一片去悠悠。张若虚。饥乌啼旧垒，沈佺期。古木带高秋。刘长卿。　永夜角声悲自语，杜甫。思乡望月登楼。魏扶。离肠百结解无由。鱼元机。诗题青玉案，高适。泪满黑貂裘。李白。"[4]他如《满庭芳》[5]、《归田欢》[6]诸阕，神工鬼斧，前贤定畏后生。盖集句，长调比短调尤难也。此集，《六家词》中未及载。

清真词有曹季中杓注。季中，号一壶居士，见陈振孙《书录解题》，其注久佚不传。[7]近宛平查心縠为仁与钱塘厉樊榭同笺《绝妙好词》，然搜采佚闻，虽名为笺，与纪事相类。[8]若李富孙《曝书亭词注》，则数典释义，允为注书正例。[9]富孙，秋锦[10]后人，其于是书颇多举正。如：小红楼之《明月引》，应为《江城梅花引》[11]；寿刘编修之《六么令》，应为《百字令》。至《蕃锦集》中原本只注人名，李氏并考题目。而《桂殿秋》之"刘写"，应为"刘驾"；《捣练子》之"顾况"，应为"张祜"；《江神子》之"李贺"，应为"雍陶"；《浣溪纱》之"张蟾"，应为"张蠙"；《全唐诗》无张蟾。《减兰》之"王勃"，应为"王维"；《采桑子》之"韩偓"，应为"韩翃"；《菩萨蛮》之"李白"，应为"李中"；《题画》。《河渎神》之"陈颇"，应为"黄颇"[12]；《鹧鸪天》之"杜甫"，应为"杜牧"；《燕台送陈右源还吴》第一句。[13]"李舒"应为"乐章"；郁氛氲见《昭德皇后庙乐章》。按《唐书·乐志》：其词内出，李舒撰。《德明兴圣庙乐章》、《让皇帝乐章》，并系四言。《河传》之"刘长卿"，应为"刘禹锡"；《玉楼春》之"张贲"，应为"皮日休"；《临江仙》之"张谓"，应为"张说"；"钱翊"应为"杜荀鹤"；《怀归寄周青士、缪天自》。《南楼令》之"齐已"，应为"李白"；《十拍子》之"殷文圭"，应为"苏广文"；《天仙子》之"皮日休"，应为"陆龟蒙"[14]；《满庭芳》之"李颀"，应为"李频"；"王续"应为"王绩"[15]。又："笑拈霜管题诗句"、"难道今生不再逢"，

原注："郎士元"、"韩偓"，捡之本集皆无，盖竹垞出之腹笥，记忆不无偶疏。[16]校雠谛当，真长水[17]之功臣矣。然落叶之扫，时有未尽。《买陂塘》下片结句素无六字，书舟、碧山诸作，尽是刻本传讹，竹垞别阕，亦皆五字。《送展成归吴》云："怜取旧时题扇"，"时"字应删。原集亦无此字。[18]《多丽》首句三字，次句六字，今以"满长亭落叶"五字断句，非。[19]别本《江湖载酒集》有《六么令·用赵氏事赠舍人武昔》，《曝书亭集》删去，而寿刘编修亦全用刘氏事，其体相同，故误《百字令》为《六么令》。[20]"酒后狂呼双耳热，更弯弧、射碎辕门柳"，此暗用《三国志》吕布事，引《北齐·祖珽传》及《周礼》释之，亦不甚关涉。[21]《罗璧识遗》谓公羊、穀梁皆姜姓，《书姜开先》词后《醉太平》阕，亦未引及。[22]

《蕃锦集》偶句，无不工妙。如《浣溪纱》云："阆苑有书多附鹤，李商隐。春城无处不飞花。韩翃。""碧幌青灯风艳艳，元稹。紫槽红拨夜丁丁。许浑。""树色到京三百里，殷尧藩。柳条垂岸一千家。刘商。""暮雨自归山悄悄，李商隐。残灯无焰影幢幢。元稹。""蜡照半笼金翡翠，李商隐。罗裙宜着绣鸳鸯，章孝标。"《鹧鸪天》云："平铺风簟寻琴谱，皮日休。醉折花枝当酒筹。白居易。""桃花脸薄难藏泪，韩偓。桐树心枯易感秋。曹邺。""松间明月长如此，宋之问。石上青苔思杀人。楼颖。"[23]《玉楼春》云："一生一代一双人，骆宾王。相望相思不相见。王勃。""女萝力弱难逢地，曹邺。戏蝶飞高始过墙。姚合。""落花不语空辞树，白居易。明月无情却上天。薛逢。"[24]近黄石牧之隽唐堂集唐极有盛名，《香屑》一集，不胫而走。[25]然多多为富，求若此匀整细丽，亦不复数见，今于倚声得之，真绝唱哉！相传竹垞少时，塾师以"王瓜"令对，即应声曰"后稷"。[26]年十七，入赘冯氏，与名士王鹿柴即席对古人名，如"顾野王、沈田子"、"蔡兴宗、崔慰祖"、"杜审言、萧思话"、"韩择木、李栖筠"、"刘方平、徐圆朗"、"刘仁本、范道根"之类，凡数十事[27]，此亦何减"金屈戌"、"玉丁东"[28]哉。

集句别有机杼，佳处真令才人阁笔。如《武后庙》云："六宫粉黛无颜色，万国衣冠拜冕旒。"《太白酒楼》云："我辈此中惟饮酒，先生在上莫题诗。"《春宫》云："一阴一阳之谓道，此时此际难为情。"《义冢》云："掩之诚是也，逝者如斯夫。"皆不可凑泊之句。[29]吾闽昵游北里[30]，每书楹帖赠所欢，仿词家娄婉儿[31]、崔廿四[32]故事，分押其名于内，亦有集句而佳者。予所闻："曾经沧海难为水，愿作鸳鸯不羡仙。"水仙。"雪肤花貌参差是，仙管云璈仿佛闻。"雪仙。"喜子有情常傍户，燕儿留客不思家。"喜燕。"润脸呈花，圆姿替月；振声似玉，吹气成兰。"替花玉兰。[33]却与"把往事、今朝重提起；破工夫、明日早些来。"戏台。"愿天下有情人，都成了眷属；是前生铸定事，莫错过姻缘。"伎馆。全集院本者，具见撮合苦心。[34]昔纪文达公昀谓古语无不有偶，时适翻《孟子》，或即指"伯夷非其君不事"请对，文达曰："孟子致为臣而归"。或又举"维女子与小人为难养也"，文达曰："有寡妇见鳏夫而欲嫁之"。[35]

〔1〕《蕃锦集》，朱彝尊集句词集。陈廷焯《白雨斋词话》卷三云："竹垞《江湖载酒集》洒落有致，《茶烟阁体物集》组织甚工，《蕃锦集》运用成语，别具匠心，然皆无甚大过人处。"

〔2〕《甘露歌》、《菩萨蛮》见王安石《临川先生文集》卷三十七。徐本立《词律拾遗》卷一："《甘露歌》，二十四字，即《古祝英台》。"（清同治十二年刻本。）胡仔《苕溪渔隐丛话后集》卷三十九："苕溪渔隐曰：'鲁直书荆公集句《菩萨蛮》词碑本云："数间茅屋闲临水。窄衫短帽垂杨里。花是去年红。吹开一夜风。

娟娟新月偃。午醉醒来晚。何许最关情。黄鹂三两声。"因阅《临川集》，乃云："今日是何朝，看余度石桥。"余谓不若'花是去年红，吹开一夜风'为胜也。"

〔3〕见《红藕庄词》卷一《绿意·题朱锡鬯〈蕃锦集〉和沈融谷韵》。（《浙西六家词》。）

〔4〕《临江仙·汾阳客感》见《曝书亭集》卷三十。

〔5〕《满庭芳·春暮入云门山赠月公》见《曝书亭集》卷三十。

〔6〕《归田欢·柯翰周见过村舍夜话，即〈归朝欢〉》见《曝书亭集》卷三十。

〔7〕曹杓，字季中，号一壶居士，曾注《清真词》2卷。今其书不传。（据陈振孙《直斋书录解题》卷二十一，清武英殿《聚珍版丛书》本。）

〔8〕查为仁(1693—1749)，字心穀，别号莲坡居士，顺天宛平(今属北京)人。康熙五十年(1711)举人，被讦得罪，入狱八年。事白得释，居天津水西庄，储书万卷，发愤攻读。著有《蔗塘未定稿》9卷《蔗塘外集》8卷，中有《押帘词》1卷。（据《清人诗文集总目提要》第536页。）与厉鹗合纂《绝妙好辞笺》7卷。厉鹗(1692—1752)，字太鸿，又字雄飞，号樊榭，浙江钱塘人。康熙五十九年(1720)举人，乾隆元年(1736)荐试博学鸿词，不赴。著有《樊榭山房全集》42卷。（据《清人诗文集总目提要》第533页。）另有《辽史拾遗》24卷、《东城杂记》2卷、《南宋院画录》8卷等。纂有《宋诗纪事》100卷、《绝妙好辞笺》7卷(与查为仁合纂)、《南宋杂事诗》7卷。《樊榭山房集》有词2卷、又有词集《秋林琴雅》4卷《续词》1卷《补》1卷。

〔9〕李富孙(1764—1844)，字既汸，号香子，一号芗沚。浙江嘉善人。嘉庆六年(1801)拔贡，历主金华丽正书院、义乌绣川书院、金坛金沙书院、海宁安澜书院。著有《校经庼文稿》18卷。（据《清人诗文集总目提要》第996～997页。）另著有《鹤徵后录》12卷、《曝书亭词注》7卷。

〔10〕李良年，号秋锦。参卷十一"《浙西六家词》"条。

〔11〕见《曝书亭词注》卷一《明月引》，有按语："此调名《江城梅花引》，又一体八十六字，名《明月引》。"

〔12〕以上见《曝书亭词注》卷七。

〔13〕见《曝书亭词注》卷七《鹧鸪天·燕台送陈左源还吴》。"陈右源"原作"陈左源"。

〔14〕以上见《曝书亭词注》卷七。

〔15〕《曝书亭词注》卷七《满庭芳》(迸笋穿溪)"吾师无一事"句注云:"李频《秋宿慈恩寺遂上人院》。案:自注作李钇误。"

〔16〕见《曝书亭词注》卷七。"笑拈霜管题诗句",见《鹧鸪天·峄山》,案语云:"郎集无此句"。"难道今生不再逢",见《瑞鹧鸪·春思》。案语云:"韩集无此句"。

〔17〕长水:浙江嘉兴的别称,因秦时曾于此置长水县而得名。此指朱彝尊,朱彝尊是浙江秀水(今嘉兴)人。李符《江湖载酒集序》:"(朱彝尊)方与予约,将为青鞋布袜,行歌互答于长水之乡,且终老焉。乃未几而征车北发,旋登史馆。"(《浙西六家词》。)

〔18〕见《曝书亭词注》卷三《迈陂塘·送尤展成还吴》,末句正是"怜取旧题扇"。则此问题不成立。

〔19〕见《曝书亭词注》卷一《多丽·送王怀仁谪官西安经历》。

〔20〕《六么令·用赵氏事赠舍人武昔》见《浙西六家词》所收《江湖载酒集》卷三。《曝书亭词注》卷二《六么令·寿刘宣人编修用刘氏事》调下加按语曰:"此调系《百字令》,作《六么令》,误。"谢氏是进一步指明造成错误的原因。

〔21〕见《曝书亭词注》卷二《金缕曲·寄谭七郡丞兄在榆林》。

〔22〕见《曝书亭词注》卷一。《醉太平·题姜开先赠歌者李郎〈秦楼月〉词》"公羊穀梁"句后引"自注"曰:"郑清之送新姜诗,《公羊》、《穀梁》并出一人之手,其姓则姜,盖四字反切皆姜字。"

〔23〕以上见《曝书亭词注》卷七。

〔24〕"一生一代一双人"、"相望相思不相见"见《曝书亭集词注》卷七《玉楼春·画图》,"女萝力弱难逢地"、"戏蝶飞高始过墙"见《曝书亭集词注》卷七《瑞鹧鸪·春思》,"落花不语空辞树"、"明月无情却上天"见《曝书亭集词注》卷七《瑞鹧鸪·感旧》。

〔25〕黄之隽(1668—1748),字石牧,又字若木,号唐堂,江苏华亭(今上海松江)人。康熙六十年(1721)进士,改庶吉士,官至右春坊右中允。著有《唐堂集》61卷、集唐人诗《香屑集》18卷。(据《清人诗文集总目提要》第426页。)

〔26〕余金《熙朝新语》卷七:"朱竹垞检讨研经博学,上彻九重,其所著述固已风行海内矣。即一二绪馀亦有颖异独绝者,幼时塾师举'王瓜'使属对,即应声曰'后稷',师怒之而心服其对之工。"

〔27〕杨谦《朱竹垞先生年谱》:"华亭王鹿柴廷宰过冯翁小饮,见先生问曰:'曾学诗否?'对曰:'未也。'鹿柴曰:'诗有一学而能者,有终身学之而不能者,

洵有别才焉。'酒至,举古人名俾作对,如'顾野王对沈田子、郑虎臣对沈麟士、蔡兴宗对崔慰祖、萧子云对任伯雨、魏知古对颜相时、吉中孚对温大有、杨完者对晁补之、杜审言对萧思话、贡师泰对齐履谦、任蛮奴对张恶子、金安上对郑居中、刘辰翁对逢丑父、韩择木对李栖筠、蔡有邻对徐无党、王岩叟对阮佃夫、李思齐对石作蜀、柳三变对张九成、郑樱桃对郭芍药、王僧绰对马仙琕、秘彭祖对庾黔娄、刘方平对徐圆朗、刘仁本对范道根'之类。鹿柴语冯翁曰:'此子将来必以诗名世,其取材博矣。'"

〔28〕李商隐《李义山诗集》卷四《魏侯第东北楼堂郢叔言别,聊用书所见成篇》:"锁香金屈戌"。《今月二日,不自量度,辄以诗一首四十韵干渎尊严……》:"王佩玉丁东"。(民国刻《四部丛刊》景明嘉靖本。)

〔29〕梁章钜《楹联丛话》卷六:"太白楼中联句以王有才'吾辈此中堪饮酒,先生在上莫题诗'为最著。"卷十二:"《随园诗话补遗》云:'对联之佳者,或题禅堂云:"无法向人说,将心替汝安。"佛座云:"大护法不见僧过,善知识能调物情。"题虎丘画春册店门云:"一阴一阳之谓道,此时此际难为情。"题戏台后云:"做戏何如看戏乐,下场更比上场难。"或见赠云:"天上何曾有山水,人间乐得做神仙。"'"卷十二:"张南山为余述武后庙联云:'六宫粉黛无颜色,万国衣冠拜冕旒,'武后何以有庙,庙亦不知在何地,而联语则亦庄亦谐,精切不易矣。"卷十二:"有以义园求刘金门先生撰联者,先生集《四书》云:'逝者如斯夫,掩之诚是也。'确切不移。"(清道光二十年桂林署斋刻本,下同。)

〔30〕昵游,谓亲近游乐之事。北里,唐长安平康里位于城北,亦称北里。其地为妓院所在地,后因用以泛称娼妓聚居之地。

〔31〕胡仔《苕溪渔隐丛话前集》卷五十:"《高斋诗话》云:'少游在蔡州与营妓娄婉字东玉者甚密,赠之词云:'小楼连苑横空'。又云:'玉佩丁东别后'者是也。又赠陶心儿词云:'天外一钩横月,带三星'谓'心'字也。"(清乾隆刻本。)

〔32〕吴曾《能改斋漫录》卷十七《咏崔念四词》:"政和间,一贵人未达时不欲书名,尝游妓崔念四之馆,因其行第作《踏青游》词云:'识个人人,恰止二年欢会。似赌赛、六只浑四。向巫山,重重去,如鱼水。两情美。同倚画楼十二。倚了又还重倚。　　两日不来,时时在人心里。拟问卜、常占归计。拚三八清斋,望永同鸳被。到梦里。蓦然被人惊觉,梦也有头无尾。'都下盛传。"(清文渊阁《四库全书》本。)

〔33〕以上当系谢章铤闻见笔录而存世。"曾经沧海难为水",见元稹《离思》其五;"愿作鸳鸯不羡仙",见卢照邻《长安古意》;"仙乐风飘处处闻"、"雪肤花貌参差是",见白居易《长恨歌》。"喜子有情常傍户":沈绍湘《燕翦》:"十年常傍户,踪迹正相同。""燕儿留客不思家":元好问《遗山乐府》卷三:"楼中燕子

能留客，陌上杨花也笑人。”“圆姿替月，润脸呈花”，见唐佚名《镇军大将军吴公碑》。“振声似玉”：刘勰《文心雕龙·声律篇》云：“声转于吻，玲玲如振玉；辞靡于耳，累累如贯珠矣。”（民国刻《四部丛刊》景明嘉靖刊本。）“吹气成兰”：郭宪《汉武洞冥记》卷四：“帝所幸宫人名丽娟，年十四，玉肤柔软，吹气胜兰，不欲衣缨，拂之恐体痕也。”（明正德嘉靖刻《顾氏文房小说》本。）

〔34〕梁章钜《楹联丛话》卷十二：“京师戏园每演一剧，必分开数日，始了其绪，盖勾留观者使不能中途而辍也。有集联云：‘把往事今朝重提起，破工夫明日早些来。’可称工切。”卷六：“花神庙旁有月老祠，有金书联云：‘愿天下有情的，都成了眷属；是前生注定事，莫错过姻缘。’盖集《琵琶记》、《西厢记》两院本成句也。”

〔35〕纪昀（1724—1805），字晓岚，号春帆，晚号石云，直隶献县（今属河北）人。乾隆十九年（1754）进士，改庶吉士，授编修。官至礼部尚书，任《四库全书》总纂官。谥文达。著有《纪文达公遗集》32卷计文16卷诗16卷。（据《清人诗文集总目提要》第694页。）梁章钜《浪迹丛谈》卷七：“吾师纪文达公尝言：‘世间书籍中语，无不可成偶者。’客举‘惟女子与小人为难养也’，公应曰：‘有寡妇见鳏夫而欲嫁之’，又举‘孟子致为臣而归’，公应曰：‘伯夷非其君不仕’。皆信口拈出不假思索，自是别才。”

评两宋词

北宋多工短调，南宋多工长调。北宋多工软语，南宋工多工硬语。然二者偏至，终非全才。〔1〕欧阳、晏、秦，北宋之正宗也。柳耆卿失之滥，黄鲁直失之伧。白石、高、史，南宋之正宗也。吴梦窗失之涩，蒋竹山失之流。〔2〕若苏、辛自立一宗，不当侪于诸家派别之中。〔3〕

〔1〕词家每好分南北宋。谢氏此言主张合南北宋之长，实通达之见。陈廷焯《白雨斋词话》卷八：“词家好分南宋、北宋，国初诸老几至各立门户。窃谓论词只宜辨别是非，南宋、北宋，不必分也。若以小令之风华点染，指为北宋；而以长调之平正迂缓、雅而不艳、艳而不幽者，目为南宋，匪独重诬北宋，抑且诬南宋也。”

〔2〕词之正变说乃明人王世贞开其端，以后各有申说。其《艺苑卮言》云：“言其业，李氏晏氏父子、耆卿、子野、美成、少游、易安至矣，词之正宗也；温、韦艳而促，黄九精而刻，长公丽而壮，幼安辨而奇，又其次也，词之变体也。”（王世贞《弇州四部稿》卷一百五十二，明万历刻本。下同。）

〔3〕《艺苑卮言》云："词至辛稼轩而变，其源实自苏长公，至刘改之诸公极矣。"郭则沄《清词玉屑》卷八："赌棋词主苏、辛。"

学词须兼善两宋

词至南宋，奥窔尽辟，亦其气运使然，但名贵之气颇乏，文工而情浅，理举而趣少。[1]善学者，于北宋导其源，南宋博其流，当兼善，不当孤诣。[2]

〔1〕关于南宋词的这种认识，《词话续编》卷五有进一步申说，云："予尝谓南宋词家，于水软山温之地，为云痴月倦之辞，如幽芳孤笑，如哀鸟长吟，徘徊隐约，洵足感人。然情近而不超，声咽而不起，较之前人，亦微异矣。不独东坡之《百字令》、《水调歌头》无其兴致，即柳耆卿之'渐霜风凄紧，关河冷落、残照当楼'，秦少游之'醉卧古藤阴下，了不知南北'，出语高爽。惟白石尚有此意，馀则皆不逮也。有花柳而无松柏，有山水而无边塞，有笙笛而无钟鼓，斤斤株守，是亦只得其一偏矣。辛、刘之派，安可废哉！"趣，明清词学理论范畴之一。参卷十一"词宜雅趣"条。

〔2〕此指示作词门径与周济不同，谢氏研究过周济《词辨》，参附录"《词辨跋》条"。周济《宋四家词选目录序论》："问涂碧山，历梦窗、稼轩，以返清真之浑化。余所望于世之为词人者，盖如此。……北宋主乐章，故情景但取当前，无穷高极深之趣。南宋则文人弄笔，彼此争名，故变化益多，取材益富。然南宋有门径，有门径故似深而转浅；北宋无门径，无门径故似易而实难。"(《词话丛编》第1643～1645页。)

南宋词家善养气

词家讲琢句而不讲养气，养气至南宋善矣。[1]白石和永，稼轩豪雅，然稼轩易见，而白石难知。[2]史之于姜，有其和而无其永；[3]刘之于辛，有其豪而无其雅。[4]至后来之不善学姜、辛者，非懈则粗。

〔1〕陈廷焯《白雨斋词话》卷八："白石、梅溪、碧山、玉田词，修饰皆极工，而无损其真气。何也？《列子》云：'有色者，有色色者。'知此，可以言词矣。"

〔2〕刘熙载《词概》："白石才子之词，稼轩豪杰之词，才子豪杰，各从其类爱之，强论得失，皆偏词也。"(清同治刻古桐书屋六种本《艺概》。)

〔3〕谢氏论姜夔《白石道人诗说》“雕刻伤气，敷衍露骨。若鄙而不精巧，是不雕刻之过；拙而无委曲，是不敷衍之过”云：“此即疏密相间之说也。故白石字雕句刻，而必准之以雅。雅则气和而不促，辞稳而不浇，何患其不精巧委曲乎？”（参本卷“姜夔《诗说》与长短句相通”条。）则史达祖词之和亦是从“字雕句刻而必准之以雅”得来。张炎《词源》认为史达祖《东风第一枝·春雪》、《绮罗香·春雨》、《双双燕·咏燕》、《齐天乐·促织》“皆全章精粹，所咏瞭然在目，且不留滞于物。”“瞭然在目”，则有不耐思之处。是为不“永”。

〔4〕张炎《词源》卷下：“辛稼轩、刘改之作豪气词，非雅词也。于文章馀暇，戏弄笔墨，为长短句之诗耳。”

朱彝尊词集附他人之作

会稽姜开先启赠歌者李郎《秦楼月》云：“天下李。一般柯叶分仙李。分仙李。东西南祖，故家苗裔。按：赵郡李氏兄弟居巷东巷西，有东西南三祖，见《唐书·宰相世系表》。 汉时有个延年李。唐时有个龟年李。龟年李。崔九堂前，岐王宅里。”竹垞以《醉太平》书其后云：“支郎眼黄。何郎粉香。尊前一曲断肠。爱秦楼月凉。 公羊穀梁。自注：‘郑清之送新姜诗。《公羊》、《穀梁》并出一人之手，其姓则姜，盖四字反切皆姜字。’鄱阳括苍。词人试数诸姜。自注：‘梅山姜特立，括苍人。’算尧章擅场。按：姜夔字尧章，鄱阳人。”〔1〕运用典切，知倚声端须博览。昔稼轩能学《内传》，“凡我同盟鸥鹭，今日既盟之后，来往莫相猜。”〔2〕易安能用《世说》，“清露晨流，新桐初引”。〔3〕以此视之，何多让也。又，海盐闺秀虞兆淑，字蓉城。《点绛唇》云：“梅绽芳菲，垂杨烟外低金缕。韶华小住。生怕廉纤雨。 绣户凄凉，蝴蝶双飞去。愁如许。梦魂无据。还在秋千路。”竹垞有题虞夫人《玉映楼词集》，亦填此调云：“玉映楼空，镜台留得伤心句。比肩人去。谁忍修箫谱。 门柳风前，依旧飘金缕。廉纤雨。返魂何处。莫是秋千路。”〔4〕味其词，亦李居士、朱淑真〔5〕一流人欤？然历考诸家词选所载，亦只此一首，疑本集久佚，即从《曝书亭》采摭者。即李氏作注，亦不得详其生平。〔6〕然则集中附录他人之作，其功岂少哉？姜开先词，述庵亦未采。〔7〕

〔1〕《曝书亭集》卷二十四《醉太平·题姜开先赠歌者李郎〈秦楼月〉词》后附姜启《秦楼月》词。

〔2〕《左传·鲁僖公九年》：“秋，齐侯盟诸侯于葵丘曰：‘凡我同盟之人，既盟之后，言归于好。’”

〔3〕沈雄《古今词话·词品》卷下：“杨慎曰：词于文章为末艺，非自《选》诗、

乐府来，必不能入妙。东坡之‘照野弥弥浅浪，横空暧暧微霄’，用陶潜‘山涤馀霭，宇暧微霄’语也。易安之‘清露晨流，新桐初引’，全用《世说》。若在稼轩，诸子百家，行间笔下，驱斥如意矣。如‘天气殊未佳，汝定成行否？得且住，为佳耳。’此晋帖中无名氏语也。语本入妙而稼轩引用之。”（清康熙刻本。）

〔4〕《曝书亭集》卷二十七《点绛唇·题虞夫人玉映楼词集》后附虞兆淑词《点绛唇》。

〔5〕李清照，号易安居士。朱淑真，参本卷“朱淑真异闻”条。

〔6〕指李富孙《曝书亭集词注》未交代虞兆淑生平事迹。

〔7〕指王昶《国朝词综》未收录姜启《秦楼月》词。

张翥、杨基学姜夔

前卷所载张鉴《补姜尧章传》，传末所举学姜诸人，本于竹垞《黑蝶斋词序》。然竹垞又曰：“张翥、杨基皆具夔之一体。基之后，得其门者寡矣。”〔1〕按：翥字仲举，晋宁人，有《蜕岩乐府》。〔2〕基字孟载，嘉州人，有《眉庵词》。〔3〕张鉴不著于篇，盖为宋人立传，不能搀入元人明人也。然陈允平〔4〕之后宜补列仇山村〔5〕，山村亦姜派者，仲举即其门下士。竹垞时，《无弦琴谱》未出，故不得论定，非有意削之也。至孟载诗：“细柳已黄千万缕，小桃初白两三花。”“罗幕有香莺梦暖，绮窗无月雁声寒。”“芳草渐于歌馆绿，落花偏向舞筵多。”此例凡数十句，竹垞谓试填入《浣溪纱》，皆绝妙好辞也。《静志居诗话》。〔6〕按：此说本于弇州〔7〕，学者知此，则诗词之辨明矣。作诗不求气体，徒讲字句，其不为《浣溪纱》亦仅矣。

〔1〕参卷三“张鉴《拟南宋姜夔传》”条。朱彝尊《曝书亭集》卷四十《黑蝶斋诗馀序》：“词莫善于姜夔，宗之者张辑、卢祖皋、史达祖、吴文英、蒋捷、王沂孙、张炎、周密、陈允平、张翥、杨基，皆具夔之一体，基之后得其门者寡矣。”

〔2〕张翥（1287—1368），字仲举，号蜕庵，晋宁（今山西临汾）人。尝从学于李存、仇远。至正初，以隐逸荐，召为国子助教，寻退居淮东。复起为翰林国史院编修官，预修辽、金、宋三史，进翰林应奉、修撰，迁太常博士、礼仪院判官。累官翰林侍读兼国子祭酒，以翰林承旨致仕。《元史》卷一八六有传。著有《蜕庵集》5卷、《蜕岩词》2卷。（据《中国词学大辞典》第145～146页。）倪灿《补辽金元艺文志》：“张翥《蜕岩乐府》三卷”。（清光绪刻广雅书局丛书本。）

〔3〕杨基（1326—1378），字孟载，号眉庵，原籍四川嘉州（今乐山），苏州长洲（今江苏苏州）人。张士诚召为丞相府纪室，不久辞去。洪武二年（1369）起

为荥阳知县,官至山西按察使。因事罢免,罚作劳役,死于贬所。善诗文,工画,为吴中四杰之一。(据《中国历史大辞典》第3176页。)著有《眉庵集》12卷,词附。

〔4〕陈允平,参卷一“《词律》脱误”条。

〔5〕仇远,字山村。参卷一“孙尔准刻《无弦琴谱》”条。

〔6〕朱彝尊《静志居诗话》卷三:“吴中四杰孟载,犹未洗元人之习,故铁厓亟称之工。元美《卮言》谓孟载七律尚短,‘柳如新折后已,残梅似半开时’类《浣溪沙》词中语。予谓不特此也,如:‘芳草渐于歌馆密,落花偏向舞筵多’、‘细柳已黄千万缕,小桃初白两三花’、‘布谷雨晴宜种药,葡萄水暖欲生芹’、‘雨颉风颃枝外蝶,柳遮花映树头莺’、‘花有底忙冲蝶过,鸟能多慧学莺啼’、‘且自细听莺宛宛,莫教深惜燕匆匆’、‘春色自来皆梦里,人生何必在尊前’、‘燕子绿芜三月雨,杏花春水一群鹅’、‘江柳净无馀叶在,渚莲池有一花开’、‘花里小楼双燕入,柳边深巷一莺啼’、‘江浦荷花双鹭雨,驿亭杨柳一蝉风’、‘山顶雪惟朝北在,水边春已自东来’、‘一路诗从愁里得,二分春向客中过’、‘春水染衣鹦鹉绿,江花落酒杜鹃红’、‘高树绿阴千嶂湿,野棠疏雨一篱香’、‘立近晚风迷蛱蝶,坐临秋水映芙蓉’、‘罗幕有香莺梦暖,绮窗无月雁声寒’、‘眉晕浅颦横晓绿,脸消残缬腻春红’、‘小雨送花青见萼,轻雷催笋碧抽尖’、‘屋柘烟朝焙茧鹊,炉沈火昼熏茶试’,填入《浣溪沙》,皆绝妙好辞也。”(清嘉庆扶荔山房刻本。)

〔7〕王世贞《艺苑卮言》:“杨孟载有一起一联甚足情致而不及之者,‘判醉望愁醒,愁因醉转增’是词中《菩萨蛮》调语,尚短。‘柳如新折后已,残花似未开时’是《浣溪沙》调语,故也。”(《弇州四部稿》卷一百四十八。)

王策赠歌儿阿陈《金缕曲》

唐宋人无不戴花,魏晋人无不傅粉。汉舒[1]赠歌儿阿陈《金缕曲》云:“休自逊、青衣班辈。丸髻清歌施粉黛,是六朝、名士都如此。卿一笑,吾狂矣。”[2]可谓雅谑。今日官府给赏,犹有簪花之例。而插萸戴菊,此俗久废,不过词人承用其文。若效陈思王[3]、何晏[4]故事,即乐部亦惟梆子[5]为然。近闻昆旦乃有傅粉[6]者,一贱业耳,而顿觉今昔淳浇之感,嗟乎!

〔1〕王策,字汉舒。参卷十一“小山词社”条。

〔2〕见《香雪词钞》卷二。词序云:“研山堂席上赠歌儿阿陈。”“吾”,原作“我”。

〔3〕陈寿《三国志·魏书·陈思王植传》:"陈思王植字子建,年十馀岁,诵读《诗》、《论》及辞赋数十万言,善属文。"《三国志·魏书·王粲传》注引《魏略》:"时天暑热,(曹)植因呼常从取水自澡讫,傅粉。遂科头拍袒,胡舞五椎锻,跳丸击剑,诵俳优小说数千言讫。"

〔4〕何晏(? —249),字平叔,南阳宛(今河南南阳)人。汉外戚何进之孙,曹操养子。曹爽当政时,累官至尚书。后为司马懿所杀,夷三族。玄学代表人物之一。(据《中国历史大辞典》第941页。)著有《论语注疏》20卷、《周易何氏解》1卷。《三国志·魏书·曹爽传》:"晏性自喜动静,粉白不去手,行步顾影。"

〔5〕梆子,又名梆板,打击乐器,约在明末清初,随着梆子腔戏曲的兴起而流行。李调元《雨村剧话》卷上:"俗传钱氏《缀白裘外集》有'秦腔',始于陕西,以梆为板,月琴应之,亦有紧、慢,俗呼'梆子腔',蜀谓之'乱弹'。"(俞为民、孙蓉蓉编《历代曲话汇编》,黄山书社2008年版,下同。)梆子腔即以使用梆子击拍而得名。

〔6〕昆曲,起源于元朝末年的昆山,盛行于苏州。起初称为昆山腔,与海盐腔、余姚腔、弋阳腔、杭州腔并称为南戏五大声腔。戏曲角色有"生、旦、净、丑"。李调元《雨村剧话》卷上引丹邱云:"靓,傅粉墨献笑供谄者也,粉白黛绿,古谓之'靓装',故谓之'靓装色',今俗讹为'净'。"

国朝三家长短调并工

长短调并工者,难矣哉!国朝其惟竹垞〔1〕、迦陵〔2〕、容若〔3〕乎?竹垞以学胜,迦陵以才胜,容若以情胜。

〔1〕朱彝尊,号竹垞。参卷二"朱彝尊赠伎词"条。

〔2〕陈维崧,号迦陵。参卷四"陈维崧一门词"条。

〔3〕纳兰性德,字容若。参卷七"纳兰性德其人其词"条。

词中一字韵

尤西堂侗〔1〕曰:"诗无一字,惟梁鸿《五噫歌》以'噫'字叶韵,故东坡《哨遍》亦以'噫'字换头。然周晴川《十六字令》云:'眠。月影穿窗白玉钱。无人弄,移过枕函边。'已用'眠'字冠首矣。"《艮斋杂说》。〔2〕按:此说本于孔冲远,所谓"诗以申志，一字则言蹇而意不会”。《毛诗正义》。[3]然顾亭林曰：“《缁衣》三章，章四句，非也。‘敝’字一句，‘还’字一句，若曰‘敝予’，‘还予’，则言之不顺矣。且何必一言之不可为诗也。”“《吴志·历阳山石文》：‘楚，九州渚。吴，九州都。’‘楚’字一句，‘吴’字一句，亦是一言之诗。”《日知录》。[4]此论最确。若词则《醉春风》中三叠字，《惜分钗》末二叠字，皆一字一句一韵，实与《历阳文》‘渚’与‘楚’叶、‘都’与‘吴’叶同体。即《十六字令》，蔡伸[5]、张孝祥[6]所填皆一字韵，不始于周晴川[7]。自明人作谱，方不知此字是韵，误以为三字句。[8]

〔1〕尤侗(1618—1704)，字同人、更字展成，别字悔庵、晚号艮斋、又号西堂，江苏长洲(今苏州)人。清顺治六年(1649)拔贡，康熙十八年(1679)举博学鸿词，授翰林院检讨，阅三年乞假归，主持东南文苑二十馀年。著有《西堂全集》61卷、《馀集》66卷、《鹤栖堂稿》10卷。《西堂全集》有《百末词》6卷。(据《清人诗文集总目提要》第119页。)

〔2〕见《艮斋杂说》卷三。“诗无一字”原作“诗无一字句”、“然周晴川《十六字令》云：‘眠。月影穿窗白玉钱。无人弄，移过枕函边。’已用‘眠’字冠首矣”原作“然周晴川《十六字令》已用‘眠’字冠首矣”。(清康熙刻《西堂全集》本。)

〔3〕见毛亨传、郑玄笺、孔颖达疏《毛诗正义》卷一。“诗以申志，一字则言蹇而意不会”原作“诗者申志，一字则言蹇而不会”。(清阮刻《十三经注疏》本《毛诗注疏》。)按：《毛诗注疏》又名《毛诗正义》。

〔4〕见顾炎武《日知录》卷二十一。

〔5〕蔡伸(1088—1156)，字伸道，号友古居士，兴化军仙游(今属福建)人。徽宗政和五年(1115)进士。宣和间，历官太学辟雍，知潍洲北海县、通判徐州。高宗建炎中，为张俊神武右军参赞军事，屡败金兵。后通判真州，历知滁州、徐州、德安府、和州。著有《友古居士词》，《全宋词》录存175首。(据《宋词大辞典》第582页。)

〔6〕张孝祥，参卷一“《词律》脱误”条。

〔7〕周晴川，年里不详，号埜舟。《随隐漫录》卷三录其《十六字令》1首，《全宋词》据以收录。(据《宋词大辞典》第510页。)

〔8〕检明周瑛《词学筌蹄》、明张綖《诗馀图谱》、明程明善《啸馀谱》，均未收《十六字令》调。王奕清等纂《钦定词谱》卷一：“按张孝祥词三首，皆以‘归’字起韵。蔡伸词以‘天’字起韵。袁去华词亦以‘归’字起韵，皆一字句也。元《天机馀锦》周玉晨词(词略)本以一字起句，《词统》及《草堂别集》讹‘眠’字为‘明’，遂以‘明月影’三字为起句者，误。”

一句两韵

无名氏《鞓红》云："悄不管、桃红杏浅"。[1]"管"与"浅"叶。少游《梦扬州》云："望翠楼、帘卷金钩"。[2]"楼"与"钩"叶。此句法亦本《毛诗·秦风》"于嗟乎，不承权舆"。[3]"乎"与"舆"叶也。陶南村云："虞邵庵宴散散学士家，歌儿郭氏唱今乐府，其《折桂令》起句云：'博山铜。细袅香风。'一句而两韵，名曰《短柱》，极不易作，先生爱其新奇。"《辍耕录》。[4]而不知古人已有之。邵庵[5]博学，一时未悟，南村亦失考也。《折桂令》乃元人小曲，字数多少不同，其起句亦有六字。若七字中用两韵，则张小山"海棠娇，杨柳纤腰[6]、"绿窗纱，银烛梅花"[7]，当时已多此体。近日樊榭之"溯空行。小艇风轻。"[8]亦效之。至《天籁轩词谱》所载白无咎百字一首[9]，乃补红友之阙，系词家双叠格，与此名同而实异也。又按：词本有两字即成一韵，如《河传》之"湖上。闲望"、温庭筠。[10]"锦里。蚕市"韦庄。[11]者是，特未全篇耳。《辍耕录》载邵庵《折桂令》咏蜀汉事，通体二字三声互叶。[12]赵云松翼以为前人所未有，且引《老子》"知足，不辱。知止，不殆"、《史记》"瓯窭，满篝。汙邪，满车"，以为此体之先声。《陔馀丛考》。[13]然《毛诗》"于嗟乎驺虞"[14]，"乎"与"虞"韵，则已二字即韵矣。又，云松指邵庵所作为诗，亦误也。

〔1〕《鞓红》词见《词综》卷二十四。

〔2〕见秦观《淮海长短句》卷上。（明嘉靖小字本。）

〔3〕见《诗经·秦风·权舆》。

〔4〕陶宗仪《南村辍耕录》卷四："虞邵庵先生集：在翰苑时宴散散学士家，歌儿郭氏顺时秀者唱今乐府，其《折桂令》起句云：'博山铜。细袅香风。'一句而两韵，名曰《短柱》，极不易作，先生爱其新奇。"（民国刻《四部丛刊三编》景元本。）

〔5〕虞集(1272—1348)，字伯生，号道园，祖籍仁寿（今属四川），移居抚州崇仁（今属江西）。宋丞相虞允文五世孙。早岁与弟槃辟书舍为二室，书陶渊明、邵尧夫诗于壁，左曰陶庵，右曰邵庵。故世称邵庵先生。大德六年(1302)荐授大都路儒学教授，历国子助教、博士、集贤修撰、翰林院待制兼国史院编修官、秘书少监、奎章阁侍书学士。谥文靖。著有《道园学古录》50卷、《道园遗稿》6卷。（据《中国词学大辞典》第142～143页。）

〔6〕见张可久《张小山小令》卷上《赠歌者秀英》。（明嘉靖四十五年李开先刻本，下同。）

〔7〕见张可久《张小山小令》卷上《元夜燕集》。

〔8〕见厉鹗《樊榭山房集》续集卷十《怀嶰谷游金陵效迭韵体》。

〔9〕白无咎《折桂令》见《天籁轩词谱》卷五。

〔10〕见《花间集》卷二。

〔11〕见《尊前集》卷上。

〔12〕陶宗仪《南村辍耕录》卷四："虞邵庵先生集：在翰苑时，宴散散学士家，歌儿郭氏顺时秀者，唱今乐府。其《折桂令》起句云：'山铜细袅香风'，一句而两韵，名曰短桂，极不易作。先生爱其新奇，席上偶谈蜀汉事，因命纸笔，亦赋一曲曰：'鸾舆。三顾。茅庐。汉祚。难扶。日莫。桑榆。深渡。南泸。长驱。西蜀。力拒。东吴。美乎。周瑜。妙术。悲夫。关羽。云殂。天数。盈虚。造物。乘除。问汝。何如。早赋。归与。'盖两字二韵，比之一句两韵者为尤难。先生之学问该博，虽一时娱戏，亦过人远矣！《折桂令》一名《广寒秋》，一名《天香第一枝》，一名《蟾宫引令》。中州之韵，入声似平声，又可作去声，所以'蜀'、'术'等字皆与鱼、虞相近。"

〔13〕见赵翼《陔馀丛考》卷二十三《一二言诗》，云："古来通首二言诗，惟此一首。"（清乾隆五十五年湛贻堂刻本。）

〔14〕见《诗经·召南·驺虞》。

汪森论词

汪晋贤森曰："自有诗而长短句即寓焉，《南风之操》、《五子之歌》是已。周之《颂》三十一篇，长短句居十八；汉《郊祀歌》十九篇，长短句居其五；至短箫《铙歌》十八篇，篇皆长短句，谓非词之源乎？迄于六代，《江南》、《采莲》诸曲，去倚声不远，其不即变为词者，四声犹未谐畅也。自古诗变为近体，而五七言绝句传于伶官乐部，长短句无所依，则不得不更为词。当开元盛时，王之涣、王昌龄诗句流播旗亭，而李白《菩萨蛮》等词亦被之歌曲。古诗之于乐府，近体之于词，分镳并骋，非有先后，谓诗降为词，以词为诗之馀，殆非通论矣。"《词综序》。〔1〕晋贤与竹垞交好，故其持论相同，真得词之源流，非谬为附会以尊词也。惟云："五、七言绝句传于伶官乐部，长短句无所依，则不得不更为词。"是殆不然。诗人自为五、七言绝句耳，乐部歌之，衬字泛声，遂变成长短句。太白、飞卿即并其衬字泛声填之，非绝句之外，别有长短句也。〔2〕至吴子安谓："金、元以来，南北曲皆以词名，或系南北，或竟称词，词所同也，诗馀所独也。顾世称诗馀者寡，欲名不相混，要以诗馀为安。"《榕园词韵·发凡》。〔3〕是则不讲派别之过也。南北自名曲，长短句自名词。且古之以"词"名书者，莫先于《离骚》，而句法参差，十常七八，是亦可谓为诗馀乎？况武帝有《秋风辞》，陶靖节有《归去来辞》，若如子安之言，岂汉晋作者乃为关汉卿[4]、白仁甫[5]、高则诚[6]辈作鼻祖哉？子安徒见论填词者谓其名多本于诗，不加谛审，遽作主持。然唐宋人长短句数百家，以"词"名者十之七八，以"乐府"名者十之二三，以"诗馀"名者，不过廖省斋[7]、许梅屋[8]、吴履斋[9]数人。此如后村之名《别调》[10]、东泽之名《绮语债》[11]、林正大之名《风雅遗音》[12]同意，非必谓词宜名诗馀也。且明人又谓曲为词馀矣[13]，然则安得以词称曲哉？故诗馀指声音则可，指体制则未可，予前已备论之。[14]

〔1〕汪森(1653—1726)，字晋贤，号玉峰，又号碧巢，安徽休宁人，徙居浙江嘉兴。康熙间贡生，官至户部郎中。积书万卷，筑裘杼楼以藏，多与名流交往。著有《小方壶存稿》18 卷、《文钞》6 卷。(据《清人诗文集总目提要》第 354～355 页。)纂有《粤西诗载》24 卷附词 1 卷、《粤西文载》75 卷、《粤西丛载》30 卷。"开元盛时"《词综》原作"开元盛日"；"王之涣、王昌龄"，《词综》原作"王之涣、高适、王昌龄"。严迪昌《清词史》："汪森力辟词是诗的'余事'，是'小道'之说，论辩词体的独立性，理论锋芒较朱彝尊为锐。但他的专从词的长短不一的句式角度探其远'源'，以及解释诗与词所以分流的原因，都不免是偏至之论。"(第 287 页。)

〔2〕朱熹《朱子语类・诗文下》云："古乐府只是诗，中间却添许多泛声，后来人怕失了那泛声，逐一声添个实字，遂成长短句。今曲子便是。"

〔3〕"以来"，《榕园词韵》原作"以还"。(清乾隆刻本。)

〔4〕关汉卿，号已斋叟。大都(今北京)人。约生于金末，卒于元大德年间(1297—1307)。《录鬼簿》载他曾为太医院尹。所作杂剧 65 种，现存 17 种。其中《窦娥冤》、《拜月亭》、《单刀会》、《调风月》等是其代表作。(据《中国曲学大辞典》第 84～85 页。)

〔5〕白朴(1226—?)，初名恒，字仁甫，一字太素，号兰谷。隩州(今山西河曲)人。幼从元好问学。后徙居真定(今河北正定)，终身不仕。所作杂剧 16 种，今存《梧桐雨》、《墙头马上》、《东墙记》3 种。(据《中国曲学大辞典》第 84 页。)

〔6〕高明(1305？—1370?)，字则诚，一字晦叔，号菜根道人，浙江瑞安人，一说永嘉(今浙江温州)人。元至正五年(1345)中进士，历任处州录事、江浙行省丞相椽、庆元路推官、江南行台椽等职。后辞官以词曲自娱。著有南戏《琵琶记》等。(据《中国曲学大辞典》第 100 页。)

〔7〕廖行之(1137—1189)，字天民，其先延平(今福建南平)人，徙衡州(今湖南衡阳)。孝宗淳熙十一年(1184)进士，为岳州巴陵尉。以亲老归，授宁乡主簿，未赴。《全宋词》存其词 41 首，其中以寿词居多。(据《宋词大辞典》第

585页。)著有《省斋集》10卷,词存其中。另有《省斋诗馀》1卷,收入《唐宋名贤百家词集》。

〔8〕许棐(?—1249),字忱父,号梅屋,海盐(今属浙江)人。嘉熙中,隐居秦溪。储书数千卷,丹黄不休。《全宋词》存其词20首。(据《宋词大辞典》第437页。)著有《献丑集》1卷、《梅屋集》5卷、《梅屋诗馀》1卷。

〔9〕吴潜(1196—1262),字毅夫,号履斋,建康溧水(今属江苏)人,居德清(今属浙江湖州)。嘉定十年(1217)进士第一,授承事郎、签镇东军节度判官。历知庆元府兼沿海制置使、改知平江府、淮东总领兼知镇江府。进工部尚书,改吏部尚书兼知临安府,知福州兼本路安抚使,徙知绍兴府、浙东安抚使。淳祐十一年(1251)入为参知政事,拜右丞相兼枢密使。拜特进、左丞相,累封许国公。后责授化州团练使、循州安置。《宋史》卷四一八有传。《全宋词》录其词256首。(据《宋词大辞典》第462页。)著有《履斋遗稿》4卷续集1卷别集2卷、《履斋先生诗馀》1卷。

〔10〕《后村别调》,刘克庄词集名。

〔11〕张辑,字宗瑞,号东泽,鄱阳(今江西波阳人)。其词最晚者为端平三年(1236)。词集名《东泽绮语债》、《清江渔谱》。《全宋词》录存44首。(据《宋词大辞典》第492页。)

〔12〕林正大,字敬之,号随庵,永嘉(今浙江温州)人。开禧中,为严州学官。《全宋词》录其词41首。(据《宋词大辞典》第502页。)著有《风雅遗音》2卷。

〔13〕明郑若庸《词馀》收散曲套数三套。又,明末清初李玉《南音三籁序》:"原夫词者,诗之馀;曲者,词之馀也。"(凌蒙初辑、袁园客增订,清康熙七年刻《南音三籁》卷首。)

〔14〕参卷八"毛先舒论词不必名诗馀"条。

王昶论词之句法

王述庵曰:"汪氏晋贤叙竹垞太史《词综》,谓:'词,长短句,本于三百篇并汉之乐府。'其见卓矣,而犹未尽也。盖词实继古诗而作,而诗本于乐,乐本于音,音有清浊、高下、轻重、抑扬之别,乃为五音十二律以著之。非句有长短,无以宣其气而达其音。故孔颖达《诗正义》谓:'《风》、《雅》、《颂》有一二字为句及至八九字为句者,所以和以人声而无不协也。'"《国朝词综序》。〔1〕此于句法之所以长短,果能深知其故。惟以晋贤之言为未尽,是又好为议论。夫上古诗与乐合,虞廷典乐,诗歌无不该。中古诗与乐渐分,尼山删定,便须弦歌以求其合。

然文字与声音犹未尝显判为二也。其后文人不审音，不能不别立乐府，于是有合乐之诗，有不合乐之诗。六代以还，乐府浸废，而声音之道，终古不亡，乃寄之绝句，乃寄之填词，然则填词真乐府之嫡传矣。今述庵曰："实继古诗而作。"吾不知述庵所指"古诗"是谓《南风之操》、《五子之歌》之类乎？则晋贤已言及之矣。[2]是谓汉世所遗如《河梁赠答》及《十九首》之类乎？则词实起于唐，实转于五七言，歌法不能祧唐及六代而直祖汉人。且苏、李、枚叔之篇，亦未闻其被之弦管。至《正义》明言："诗之见句，少不减二，多至于八，其外更不见九字十字。"[3]征引尤为失实。梁章冉曰："长短句法，自一字至十馀字，其源皆起于古歌词。《赓歌》'都'、'俞'，一字之始也；《风》、《雅》之'祈父'、'肇禋'，二字之始也；'江有汜'、'思无绎'，三字之始也。四五六七为句，所在多有。七字而外，句法虽长，皆可读矣。"《藤花亭曲话》。[4]是言与述庵相发明。然'都'、'俞'非歌，不得谓为一字之始。至诗句长短相参，盖不胜举。即如《山有榛》章，始三字，中四字，终五字。《昊天有成命》章，始五字，次四字，次六字，次三字，换节移声，大致已与词同。昔人谓梁武帝《江南弄》，沈隐侯《六忆》为词之渐，[5]是未免数典忘祖欤？七字外如《金缕曲》之八字，《摸鱼儿》之十字，《水调歌头》之十三字，或竟作一句，或分作两句，则视填者笔兴之所至矣。近蒋子宣选词，拘牵红友之言，谓某字必读，某字必句，[6]是亦执一而未观其通也。况红友所分句读，律以诸家之词，龃龉却亦不少。

〔1〕见王昶纂《国朝词综》卷首。"乐本于音"原作"乐本乎音"。

〔2〕参本卷"汪森论词"条。

〔3〕见毛亨传、郑玄笺、孔颖达疏《毛诗正义》卷一。原文："诗之见句，少不减二，即'祈父'、'肇禋'之类也。三字者，'绥万邦，娄丰年'之类也。四字者，'关关雎鸠，窈窕淑女'之类也。五字者，'谁谓雀无角，何以穿我屋'之类也。六字者，'昔者先王受命，有如召公之臣'之类也。七字者，'如彼筑室于道谋'，'尚之以琼华乎而'之类也。八字者，'十月蟋蟀入我床下'，'我不敢效我友自逸'是也。其外更不见九字十字者。"(清阮刻《十三经注疏》本《毛诗注疏》。按：《毛诗注疏》又名《毛诗正义》。)马瑞辰《毛诗传笺通释》卷二十七："《正义》：'诗一句六字者，"昔者先王受命，有如召公之臣"之类也。'今本无'者'字，无'之臣'二字。"(清道光十五年学古堂刻本。)

〔4〕梁廷枏《曲话》卷四："曲谱长短句法自一字至十馀字，其源皆起于古之歌词，可取而证。《赓歌》'都'、'俞'，一字之始也。《风》之'祈父'、《雅》之'肇禋'，二字之始也。'江有汜'、'思无绎'，三字之始也。五六七字为句，所在多有，姑不具论。"我不敢效我友自逸"为八字之始。唐尧《山垤之戒》曰：'人莫踬于山而踬于垤'，为九字之始。孔氏《铭》曰：'饘于是粥于是以餬予口'，为十

字之始。七字而外,句法虽长,皆可读矣。"

〔5〕杨慎《词品》卷一:"梁武帝《江南弄》云:'众花杂色满上林,舒芳耀彩垂轻阴。连手躞蹀舞春心,舞春心。临岁腴中人望,独踟蹰。'此词绝妙。填词起于唐人而六朝已滥觞矣。其馀若'美人联锦'、'江南稚女'诸篇,皆是乐府具载,不尽录也。"张邦基《墨庄漫录》卷五:"梁沈约休文有《六忆》诗,盖艳词也。其后少有效其体者。"(民国刻《四部丛刊三编》景明钞本。)

〔6〕蒋重光,字子宣。参卷八"明词应选吴伟业词"条。蒋重光纂《昭代词选·凡例》:"《词谱》中审定句读与韵,倚声者共宜遵循。兹集逐细校对,其句讹舛韵脱落者,大乖体制,一概不录。间有当读不读而词则剧佳,不能舍去,则并于词尾加按注明,以示瑕瑜不掩。而读用中点,句用旁点,韵用旁圈,更觉开卷瞭然。"按:《词谱》指《钦定词谱》,谢氏说拘牵万树之言,殆记忆偶误。

郭麐、杨夔生《词品》乃陈言

文章有创体,即为绝唱,断不容后人学步者。司空表圣[1]《诗品》,骚坛久奉为金科玉律。国朝袁子才乃有《续品》之作[1],其语言工妙,兴象深微,吾不知媲美前修否也?近日吴江郭祥伯、金匮杨伯夔又仿之,合撰为《词品》。[2]夫词之于诗,不过体制稍殊,宗旨亦复何异?而门迳之广,家数之多,长短句实不及五七言。若其用,则以合乐,不得专论文字。引刻幽眇,颇难以言语形容,是固不必品,且亦不能品也。今试以二君所作示人,不预告之曰《词品》,安知其不可以品诗哉?况又拘牵为二十四则,此如杜老《秋兴》,偶得八咏,而和者必如数以取盈,不敢有所增减,胶柱鼓瑟,可笑孰甚。至其所分名目,更多雷同。"微婉"讵别于"委曲"?"闲雅"无异于"幽秀"?"孤瘦"、"逋峭",所差几何?"秾艳"、"奇丽",亦复相近?"幽秀"、"高超"、"雄放"、"委曲"、"清脆"、"神韵"、"感慨"、"奇丽"、"含蓄","逋峭"、"秾艳"、"名隽"十二则,祥伯撰。"轻逸"、"绵邈"、"独造"、"凄紧"、"微婉"、"闲雅"、"高寒"、"澄澹"、"疏俊"、"孤瘦"、"精炼"、"灵活"十二则,伯夔撰。与表圣立名少异,盖"高古"、"疏野"、"实境"、"超诣"等称,与词不相似也。而源流正变,都无发明,亦何贵此叠床架屋为也。虽其中若"芙蓉作花,秋水一半,欲往从之,细石凌乱。"委曲。"杂花欲放,细柳初丝,上有好鸟,微风拂之。"神韵。"送君长往,怀君思深,白日欲堕,池台气阴。"凄紧。"幽弦再终,白云愈稀,千里飘忽,鹤翅不肥。"轻逸。[3]吐属非不雅隽,然不切则为陈言矣。吴子律乃以为奄有众妙[4],何也?

〔1〕司空图(837—908),字表圣,自号知非子,又号耐辱居士。祖籍临淮(今安徽泗县东南)。自幼随家迁居河中虞乡(今山西永济东),遂为虞乡人。

咸通十年(869)登进士第，历官殿中侍御史、光禄寺主薄、知制诰、中书舍人。朱温篡唐，不受官。闻哀帝被弑，不食而死。著述今存《司空表圣文集》10卷、《司空表圣诗集》5卷，以《二十四诗品》最为著名。事迹散见新、旧《唐书》本传、《唐才子传》卷八。

〔1〕袁枚(1716—1797)，字子才，号简斋，晚年自号随园老人。浙江钱塘(今杭州)人。乾隆四年(1739)进士，历任溧水、江浦、沭阳、江宁等地知县，后徙居南京随园以终。著有《小仓山房诗文集》94卷。(据《清人诗文集总目提要》第652页。)另有《随园诗话》16卷、《补遗》10卷、《新齐谐》24卷、《续新齐谐》10卷等。《续诗品三十二首》见《小仓山房诗集》卷二十。

〔2〕郭麐(1767—1831)，字祥伯，号频伽，晚号蘧庵，江苏吴江(今苏州)人。嘉庆间贡生。工画竹石。著有《灵芬馆集》92卷，词有《灵芬馆词》6卷。(据《清人诗文集总目提要》第1027页。)杨夔生，字伯夔。参《续编》卷五"杨夔生《真松阁词》"条。《灵芬馆词话》卷二："余少作《词品》十二则，以仿佛司空《诗品》之意，颇为识曲者所赏。后见杨伯夔续作十二首，语皆名隽。余作已刻入《杂著》中，爰录伯夔所作于此，以为词场歌吹。"(《词话丛编》第1524页。)按：《词品》见《灵芬馆杂著》卷二。(清光绪九年蛟川张氏刻本，下同。)杨夔生著述中未见其所撰《词品》，其《真松阁集》卷二有《遇郭频伽麐于西湖，即用云伯〈唐栖道中题灵芬馆诗集〉原韵，书赠频伽，时同寓诂经精舍》诗。(清道光己丑刊《同岑五家诗钞》本。)可见二人有交往。其所撰《词品》有可能是在交往中为郭麐获知而录入《杂著》中。

〔3〕"委曲"、"神韵"，郭麐作。"芙蓉作花"原作"芙蓉初花"。凄紧"、"轻逸"，杨伯夔作。

〔4〕吴子律《莲子居词话》卷三："吴江郭祥伯、金匮杨伯夔仿司空表圣之例，撰《词品》各十二则，奄有众妙。"

刘家谋词

元曾鸥江允元《点绛唇》云："长亭道。一般芳草。只有归时好。"〔1〕此真善言离情矣。芑川之任台阳〔2〕，过相思岭〔3〕，亦填《忆秦娥》云："相思岭。凄凉一片离人境。离人境。白云红树，迢迢孤影。　　问名乍觉乡心警。归来莫惜重寻省。重寻省。峰峦一样，两般情景。"用意与鸥江相类。嗟乎！令威化鹤〔4〕，岂知其竟不归来耶？又过涵江〔5〕《江城子》云："远山如画映晴沙。乱飞葭。不闻鸦。但有一双柔橹响咿哑。九十九湾人未到，鸥鹭惯，识归家。
红楼隐约露红牙。日初斜。树重遮。几度随风，吹出笑声哗。梁燕双栖情自乐，孤雁影，落天涯。”写景如绘，仿佛红船问渡时也。予壬子于役漳平，载经此地，兴怀离索，并感雅制，乃填《忆秦娥》云：“轻舟渡。故人当日填词处。填词处。远山如画，一双柔橹。　　飘零双燕真凄楚。孤鸿觅食尤辛苦。尤辛苦。天涯海角，何心怀古。”〔6〕前半即用芑川语。芑川时与肖岩〔7〕同行，故有“双燕”之句，若“怀古”则指其《莆田四绝句》也。《绝句》云：“鼙鼓渔阳事已非，故乡犹自说梅妃。萧兰八赋工何益，不及梨园奏羽衣。”“怀古何心吊六朝，余郎客鬓已萧萧。江山满目无穷感，却把零笺记板桥。”“去损何如比玉才，栎翁赏识出尘埃。招尤不惜缘知己，赋到寒鸦转自哀。”“陈紫方红各擅场，一编忠惠谱堪详。浮名毕竟关何事，驿骑年年去故乡。”〔8〕肖岩曰：“芑川阻雨桃岭〔9〕，赋《浪淘沙》绝佳。”其词云：“推枕对铜荷。一夜滂沱。行时不得住如何。窗外鹧鸪先客醒，唤遍哥哥。　　匝月总晴和。今雨偏多。故乡已是隔关河。旅次途中都一样，不算蹉跎。”〔10〕余过邮亭，穷寻之不可得，想浪猞吾壁，已为逆旅主人削去矣。闻芑川居台后，所作日富，兼揽小晏、大苏之胜，乃烽火厄之，波涛厄之，遗集已苍茫不可问。〔11〕循览旧日书札，忍泪而尽登之。子建所谓“既伤逝者，行自念也”〔12〕。悲夫！

〔1〕曾允元《点绛唇》见《词综》卷二十八。

〔2〕刘家谋，字芑川。参卷一“刘家谋词”条。汪毅夫《从刘家谋诗看道咸年间台湾社会之状况——记刘家谋及其〈观海集〉和〈海音诗〉》：“道光二十九年已酉(1849)秋季，刘家谋从侯官(今福州市)启程，取道渔溪、兴化、涂岭、惠安、泉州，从厦门登舟渡海到台。……在台湾，刘家谋担任的教职是‘台湾府学训导’而不是‘台湾府学教谕’。清代府、厅、县学各设教授、学正、教谕1人主其事，又各设训导1人佐其事。府学不设教谕，刘家谋乃‘迁台湾府学左斋’即由宁德县学教谕改任台湾府学训导。”(《台湾研究集刊》2002年第4期。)按：清末台湾府治在今台南市。台阳即指台南。

〔3〕鲁曾煜纂乾隆《福州府志》卷五：“常思岭，在方岳里城东南一百二十里，界于福清，高数千仞，袤二三里，又名相思岭。”

〔4〕托名陶潜《搜神后记》卷一：“丁令威，本辽东人，学道于灵虚山。后化鹤归辽，集城门华表柱。时有少年举弓欲射之，鹤乃飞，徘徊空中而言曰：‘有鸟有鸟丁令威，去家千年今始归。城郭如故人民非，何不学仙冢累累。’遂高上冲天。今辽东诸丁云其先世有升仙者，但不知名字耳。”(明《津逮秘书》本。)

〔5〕涵江，在今福建莆田市。

〔6〕《酒边词》未载此阕。《酒边词》，光绪己丑(1889)刊于福州，此词可作《酒边词》补遗之用。

〔7〕黄宗彝，字肖岩。参卷四“报黄宗彝书”条。

〔8〕刘家谋存世著作有:《外丁卯桥居士初稿》、《东洋小草》附词、《开天官词》、《海音》、《观海集》、《东洋纪程》、《操风琐录》、《龙湫纪游》、《鹤场漫志》,均经目验,未见《莆田四绝句》诗。疑此诗出刘家谋《怀藤吟馆随笔》,或出《揽环集》,其书已佚,未可知。

〔9〕桃岭,或为杨桃岭,在今福州。鲁曾煜纂乾隆《福州府志》卷五《侯官县城外山川》:"黄柏岭在天宁山之西,天宁见前闽县山川,明嘉靖中邑人陈京镌'望北台'三字于岩石,因名。望北台岭又西,为白泉山、白鹭岭,登平山、杨桃岭、虞塘山一名金棠山。虞塘之东为鸡笼山一名斗门山,西曰凤岗,旧多荔树,中有三十六宅,宋刘彝所居曰刘宅。"

〔10〕本条登录刘家谋三首词,《斫剑词》均未载。《斫剑词》刊于清道光二十八年(1848)。《赌棋山庄词话续编》卷五云:"(刘家谋)移官台阳,遭乱守城劳瘁死。所著《观海集》、《海音》,求之积岁始获,词则尽失矣。惟其行时路经兴化,曾寄余札,附录数词,余《词话》前编已备载之。"此三首词或为刘家谋寄赠给谢章铤。《赌棋山庄文集》卷一《祭芑川文》:"己酉(1849)同反里,而君乃渡海。……始余议从君之台阳,牵于事中辍。君行,余追送离亭,迟不及见。呜呼!长聚则不能矣,而并此匆匆一面,乃亦为天所靳耶?"知谢章铤获赠此三首词应在《斫剑词》刊刻之后。

〔11〕《赌棋山庄文集》卷二《教谕刘君小传》云:"咸丰三年(1853),君年四十也。仆人护君柩渡海归,遭贼,遗书丛稿,贼尽覆于水。将弃柩,或叹于旁曰:'噫!是好官也。是台湾府学刘老师也。'贼曰:'信乎!是台湾府学刘老师也。好官也。吾舍是船。'手挥其众遽退,于是同船百八十馀人,尽向君柩啧啧称好官。"而《赌棋山庄稿本》所收《教谕刘君小传》则曰:"仆人护君柩渡海归,遭贼,遗书数箧,贼尽掷于水。将及柩,或告之曰:'是台湾府学刘老师也。'贼曰:'信乎!是好官也。'乃呼仆人曰:'速移而柩到岸,吾将刺船去。'是特同船百八十馀人尽被难,而君柩及仆人独免云。'"所载差异很大,当以《文集》中所载为可信,船既以到岸,断不至180馀人全部罹难。谢章铤在审核稿本付梓时,应出于审慎,作了修改。

〔12〕曹丕《与吴质书》:"间者历览诸子之文,对之抆泪;既痛逝者,行自念也。"(萧统编《文选》卷四十二,胡刻本。)曹丕,字子桓;曹植,字子建。谢氏偶误。

姜夔《诗说》与长短句相通

白石道人为词中大宗,论定久矣。读其说诗[1]诸则,有与长短句相通者。

节录一二于左，略以鄙意注之，而传诸同志焉。无怪予之附会也。

韵度欲其飘逸，其失也轻。词嫌重滞，故浑厚宏大诸说，俱用不着。然使其飘逸而轻也，则又无绕梁之致，而不足系人思。

雕刻伤气，敷衍露骨。若鄙而不精巧，是不雕刻之过；拙而无委曲，是不敷衍之过。此即疏密相间之说也。故白石字雕句刻，而必准之以雅。雅则气和而不促，辞稳而不浇，何患其不精巧委曲乎？

僻事实用，熟事虚用。"那人正睡里，飞近蛾绿。"[2]此即熟事虚用之法。

说景要微妙。微妙则耐思，而景中有情。"寒鸦数点，流水绕孤村"[3]、"杨柳岸、晓风残月"[4]所以脍炙人口也。

短章酝藉，大篇有开阖乃妙。不酝藉则吐露，言尽意尽，成何短章？无开阖则板拙，周草窗之词，或讥之为平矣。

委曲尽情曰曲。竹垞赠钮玉樵曰："吾最爱姜、史，君亦厌辛、刘"[5]，亦以其径直不委曲也。

语贵含蓄。句中无馀字[6]，篇中无长语，非善之善者也。句中有馀味，篇中有馀意，善之善者也。填词有一定字数，但使填毕读之，短不可增，长不可节，已极洗伐操纵功夫矣。若馀味馀意，则词家率不留心，故讲之为尤难。

体物不欲寒乞。今之搜讨冷僻者，其去寒乞亦无几矣，而奈何自以为淹博哉？

一曰理高妙，二曰意高妙，三曰想高妙，四曰自然高妙。自然高妙，词家最重，所谓本色当行也。

〔1〕即《白石道人诗说》。

〔2〕姜夔《疏影》(苔枝缀玉)词中句。

〔3〕秦观《满庭芳》(山抹微云)词中句。

〔4〕柳永《雨淋霖》(寒蝉凄切)词中句。

〔5〕朱彝尊《曝书亭集》卷二十五《水调歌头·送钮玉樵宰项城》词中句。

〔6〕"句中无馀字"前原有"若"字。(据清乾隆三十五年刻《历代诗话》本《白石道人诗说》，下同。)

《词源》不宜与《乐府指迷》相混

词盛于宋，宋人论词，精湛莫过乐笑翁[1]。《词源》一书，以澹生居士刻本[2]为善。考诸家所刻《乐府指迷》[3]，即此书之下卷。而此书实名《词源》，不宜与沈伯时[4]相混。若选本，则周草窗《绝妙好词》[5]其最也，盖在《花庵词选》[6]、《阳春白雪》[7]诸书之上。《阳春白雪》尤踳驳少条理。

〔1〕张炎，又号乐笑翁。参卷一"《词律》脱误"条。

〔2〕澹生居士刻本指秦恩复《词学丛书》本。秦恩复，一字澹生。秦恩复刻《词源》跋云：'《词源》二卷……元明收藏家均未著录，陈眉公秘籍只载半卷，误以为《乐府指迷》，又以陆辅之《词旨》为《乐府指迷》之下卷。至本朝，云间姚氏又易名为沈伯时，承讹袭谬，愈传愈失其真。此帙从元人旧钞誊写，误者涂乙之，错者刊正之，其不能臆改者姑仍之，庶与《山中白云》相辅而行。"

〔3〕陈廷焯《白雨斋词话》卷七："玉田《词源》二卷……陈眉公误以下卷为《乐府指迷》，云间姚培谦、张景星辑为《乐府指迷》一卷而删其十之二三，盖仍眉公之误也。"丁丙《善本书室藏书志》卷四十："自明陈继儒改窜炎书，并袭沈义父《乐府指迷》之名刊入续《秘籍》中，遂失其真，仪征阮元抚浙时得元人旧本，影写进御。"按：陈继儒《秘籍》本即指明万历绣水沈氏刻《宝颜堂秘籍》本《宝颜堂订正〈乐府指迷〉》。

〔4〕沈义父，字伯时，一字时斋，震泽（今江苏吴江）人。嘉熙元年（1237），以赋领乡荐，为南康军白鹿洞书院山长。主要生活在南宋理宗时代。宋亡后，隐居不仕，以遗民终。著有《时斋集》、《遗世颂》、《乐府指迷》，前两者已失传。（据蔡嵩云《乐府指迷笺释》附《编者附记》，人民文学出版社 1963 年版。）《乐府指迷》以周邦彦为宗，持论多为中理。

〔5〕《绝妙好词》，南宋周密编选，以选录精粹著称，共 7 卷，收南宋词人 133 家 384 首词，约成书于元初。始于张孝祥，终于仇远。选录标准偏重于格律形式。选录了不少宋末词人之作，其中有众多词人与编者结交词社唱和。（参《中国词学大辞典》第 275 页。）张炎《词源》："近代词如《阳春白雪》集、《绝妙词选》亦有可观，但所取不甚精一，岂若草窗所选《绝妙好词》为精粹。"

〔6〕《花庵词选》，南宋黄昇编，成于淳祐九年（1249）。全书二十卷，收词一千多首。前十卷为《唐宋诸贤绝妙词选》，后十卷为《中兴以来绝妙词选》，集后附黄昇自作词 38 首。所选各家，系以小传，间附评语。搜罗极富，所用善本，有的早已散失。选录宋词以苏轼、辛弃疾词派为主，颇具卓识。所选符合宋词发展实际，对词史研究具有重要的参考价值。（据《中国词学大辞典》第 274 页。）

〔7〕《阳春白雪》，南宋赵闻礼编。正集八卷，外集一卷，共收词 600 馀首。所选词人大都是南宋词家，较少选北宋词人。选录词人不以时代先后为序，也不按词作内容排列，所选词人分散各卷中，以词调分卷，每卷中先慢词后小令。多有错误不能强通者。但此书保存了不少不知名词人的词作，颇有辑佚价值。（据《中国词学大辞典》第 274 页。）

朱淑真异闻

朱淑真以《生查子》一词，传者疑其失德。然《池北偶谈》曰："是词见《欧阳文忠公集》一百三十一卷"[1]，然则非朱氏之作明矣。淑真又有《采桑子》，皆集唐宋女郎诗句，见《花草粹编》[2]，此尤集句之雅谈欤？按：淑真所集，校以四十四字体，上下两结句后皆多一五字句，凡五十四字。考之诸家谱律，俱不载《采桑子》有此体，且"黄"、"来"同押，尤为可疑，当博询知者。[3]而《湖壖杂记》载一事，颇属异闻，今录之："顺治辛卯，有云间客扶乩于片石居，有女仙降，或问：'仙来何处？'书曰：'儿家原住在钱塘，曾有诗编号《断肠》。'问：'仙为何氏？'书曰：'犹传小字在词场。'或不知《断肠集》谁氏作也，乃又问曰：'得非苏小小乎？'书曰：'漫把若兰方淑女。'或曰：'然则李易安乎？'书曰：'须知清照异真娘，朱颜说与任君详。'或方悟为朱淑真，故随问随答，即成《浣溪纱》一阕。随复拜祝，再求珠玉。乩又书曰：'转眼已无桃李。又见荼蘼绽蕊。偶尔话三生，不觉日移阶晷。去矣。去矣。叹惜春光似水。'乩遂不动。或疑客之所为，然客非知文者。"[4]此与苏小小降乩和马浩澜诗相似，浩澜事见《本事诗》。[5]鲍坟鬼唱[6]，又何止一曲《黄金缕》[7]也，岂其精灵固有以自永者哉？更按：淑真，诸书俱云号幽栖居士，钱塘人，世居桃村，而《词林纪事》引《四朝诗集》以为海宁人，文公侄女，未审孰是。[8]

〔1〕见王士禛《池北偶谈》卷十四。

〔2〕陈耀文《花草粹编》卷四《采桑子·集句》题"朱秋娘女郎"作。词的第一句"王孙去后无芳草"署朱淑真作。（清文渊阁《四库全书》补配清文津阁《四库全书》本。）谢章铤误认朱秋娘为朱淑真。

〔3〕朱秋娘《采桑子·集句》："王孙去后无芳草，绿遍香阶，尘满妆台。粉面羞搽泪满腮。教我甚情怀。　去时梅蕊全然少，等到花开，花已成梅。梅子青青又带黄，兀自未归来。"《采桑子》确未有此54字体。

〔4〕见陆次云《湖壖杂记》"片石居"条。据清康熙二十二年《陆云士杂著》本，"有女仙降"原作"有士以休咎问乩，书曰'非余所知'"、"在钱塘"原作"古钱塘"、"乃又问曰"原作"见曰：'儿家意其女郎也'"、"得非苏小小乎"原作"仙得非苏小小乎"、"或疑客之所为"后有"知之者谓客止扶乩"、"然客非知文者"原作"非知文者"、"或"原均作"士"。

〔5〕徐釚《本事诗》卷三："杨仪《骊珠杂录》云：'弘治初，京兆于景瞻谢事归杭，与诗人马浩澜同泛西湖，马首倡此诗。明日，再游湖中，客有扶乩者，浩澜请和，运笔如飞，曰：'此地曾经歌舞来，风流回首即尘埃。王孙芳草为谁绿，寒食梨花无主开。郎去排云叫阊阖，妾今行雨在阳台。衷情诉与辽东鹤，松柏西

陵正可哀。'和毕题曰:'钱塘苏小小敬和马先生西湖原倡',盖小小墓在西陵也。"

〔6〕李贺《秋来》:"桐风惊心壮士苦,衰灯络纬啼寒素。谁看青简一编书,不遣花虫粉空蠹。思牵今夜肠应直,雨冷香魂吊书客。秋坟鬼唱鲍家诗,恨血千年土中碧。"永瑢等撰《四库全书总目》卷一百五十《〈笺注评点李长吉歌诗〉提要》:"又如'秋坟鬼唱鲍家诗',因鲍照有《代蒿里行》而生鬼唱,因鬼唱而生秋坟,非真有唱诗事也。"鲍照《代蒿里行》:"同尽无贵贱,殊愿有穷伸。驰波催永夜,零露逼短晨。结我幽山驾,去此满堂亲。"又《代挽歌》:"埏门只复闭,白蚁相将来。生时芳兰体,小虫今为灾。玄鬓无复根,枯髅依青苔。"

〔7〕何薳《春渚纪闻》卷七《司马才仲遇苏小》:"司马才仲初在洛下,昼寝梦一美姝,牵帷而歌曰:'妾本钱塘江上住,花落花开,不管流年度。燕子衔将春色去,纱窗几阵黄梅雨。'才仲爱其词,因询曲名,云是《黄金缕》,且白后日相见于钱塘江上。及才仲以东坡先生荐应制举,中等,遂为钱塘幕官,其廨舍后唐苏小墓在焉。时秦少章为钱塘尉,为续其词后云:'斜插犀梳云半吐。檀板轻笼,唱彻黄金缕。梦断彩云无觅处。夜凉明月生春渚。'不逾年而才仲得疾,所乘画水舆舣泊河塘,柁工遽见才仲携一丽人登舟,即前声喏,继而火起舟尾,狼忙走报,家已恸哭矣。"(明崇祯汲古阁刻《津逮秘书》本。)

〔8〕朱淑真的生平事迹,古今争议很大,今据魏秀琪《朱淑真研究述评》一文,取可信之说:南宋人,生活年代晚于李清照。祖籍为安徽海宁,与朱熹祖籍歙州(徽州婺源)同在一地。居钱塘,号幽栖居士。她不是普通民家女,而是大家闺秀。丈夫是个官吏,与淑真情趣上不甚相投。南宋淳熙九年(1182),魏仲恭最早将流散于旅邸街巷的朱淑真作品搜集起来,并命名为《断肠集》。宁宗嘉泰二年(1202)孙寿斋为诗集作序,郑元佐为之作注。清人丁丙在郑元佐注的诗集之外,拾遗补缺,增诗八首。孔凡礼据刘克庄《分门纂类唐宋时贤千家诗》和明抄本《诗渊》辑得朱淑真《惜花》等佚诗共19首,冀勤又在此基础上,再从《诗渊》册八《器用门·音乐类·琴》及册二十《人事类》中辑诗2首、词1首。(《阜阳师范学院学报》2002年第6期。)明田汝成之子田艺蘅《断肠集·纪略》:"淑真,浙中海宁人,文公侄女也。"(明汲古阁刻本。)这是文公侄女说的最早来源,但未拿出依据,以后承袭较多。今之研究也不能按断朱淑真是否是文公侄女。

赌棋山庄词话续编

赌棋山庄词话续编卷一

魏了翁未尝全作谀辞

竹垞曰:“宣、政而后,士大夫争为献寿之词,连篇累牍,殊无意味。至魏华父,则非此不作矣,置之不录也。”[1]按此说本于《花庵》,[2]然华父《鹤山长短句》三卷,虽未臻上乘,亦未尝全作谀辞。其《水调歌头·过凌云和太博张方韵》云:“千古蛾眉月,照我别离杯。故人中岁聚散,脉脉若为怀。醉帽三更风雨,别袂一帘山色,为放笑眉开。握手道故旧,抵掌论人才。　山中人,灶间婢,亦惊猜。江头新涨催散,欲去重徘徊。世事丝丝满鬓,岁月匆匆上面,渴梦肺生埃。酒罢听客去,公亦赋归来。”[3]亦疏畅可诵。竹垞谓曾览观是集,殆未谛审乎?又,《临江仙·上元放灯约束伎前灯火》云:“千灯浑是泪,一笑不论钱。”[4]《八声甘州》云:“多少曹符气势,只数舟燥苇,一局枯棋。更完颜何事,花玉困重围。算眼前、未知谁恃,恃苍天、终古限华夷。还须念、人谋如旧,天意难知。”[5]则不可谓非有心人也。华父曾为吾闽安抚使。

田元均曰:“为三司使数年,强笑多矣,直笑得面似靴皮。”[6]《月泉吟社·谢诗赏启用之》云:“恭维某官,笑面如靴。”[7]阮亭议其不雅驯。《香祖笔记》。[8]华父《清平乐》咏白笑花云:“才问为谁含笑,盈盈靴面敧风。”[9]知此语为宋人所习用,然“靴面”上头赘以盈盈字,亦殊不伦。

〔1〕见《词综·发凡》。“连”原作“联”,“置之不录也”原作“是集于千百之中,止存一二,虽华甫亦置不录也。”魏了翁,字华父。参卷十“余纂《雅集词》之意”条。

〔2〕黄昇《中兴以来绝妙词选》卷七:“魏华父,名了翁,临邛人,号鹤山先生。庆元己未(1199)黄甲第三名,晚与真西山齐名。有词附《鹤山集》,皆寿词之得体者。”则朱彝尊评魏了翁词并非本于黄昇之说。

〔3〕见《鹤山先生大全文集》卷九十六。“催散”原作“催发”,“公亦”原作“公赤”。序云:“过凌云和张太博方。”(民国刻《四部丛刊》景宋本,下同。)

〔4〕见《鹤山先生大全文集》卷九十四。

〔5〕见《鹤山先生大全文集》卷九十六。“完颜”原作“元颜”。有词题:“偶书”。

〔6〕引见欧阳修《归田录》卷二。“为”原作“作”。(民国刻《四部丛刊》景元本。)

〔7〕吴渭编《月泉吟社·倪梓》:“恭惟执事,吟髯似戟,笑面如靴。”(清文渊阁《四库全书》本。)

〔8〕王士禛《香祖笔记》卷十一:“田元均为三司使,性宽厚,有干请者,虽不从必,温颜强笑以遣之。语人曰:‘为三司使数年,强笑多矣,直笑得面似靴皮。’《月泉吟社》有谢诗赏答启云:‘恭惟某官,笑面如靴。’盖用此语,不惟欠雅驯,亦本非佳语,而援以为赞颂之词,谬矣!”(清文渊阁《四库全书》本。)

〔9〕见《鹤山先生大全文集》卷九十五。词序云:“次韵李提刑埜《白笑词》,并呈李参政壁。”

杨万里《念奴娇》字面恶俗

杨诚斋[1]《念奴娇》“上章乞休,置戏,作小词自贺。”云:“一道官衔清彻骨,别有监临主守。主守清风,监临明月,兼管栽花柳。”此等字面俱恶俗。又云:“且说庐陵新盛事,三个闲人眉寿。拣罢军员,归农押录,致政诚斋叟。”[2]军员、押录,不知何许人。[3]

〔1〕杨万里(1127—1206),字廷秀,号诚斋,吉州吉水(今属江西)人。绍兴二十四年(1154)中进士,任赣州司户。调永州零陵丞,知奉新县,召为国子博士,迁太常博士,转将作少监,出知漳州,改常州。寻提举广东常平茶盐。光宗即位,为秘书监,出为江东转运副使。宁宗朝,以宝文阁待制致仕。《宋史》卷四三三《儒林传》有传。《全宋词》收其词 8 首。(据《宋词大辞典》第 458 页。)著有《诚斋集》133 卷、《诚斋易传》20 卷、《诚斋策问》2 卷。词附《诚斋集》中。

〔2〕见《诚斋集》卷九十七《上章乞休致,戏作〈念奴娇〉词以自贺》。(民国刻《四部丛刊》景宋写本。)

〔3〕军员:下级军事官员。李焘《续资治通鉴长编》卷七十三:“戊子诏:在京军员选为川峡诸州都校,还无遗阙者,并许引对当行升奖。”(清文渊阁《四库全书》本。)押录:下级刑事官员。朱熹《朱文公文集》卷第十九:“宁海县押录林

仅，拘催夏税迟慢，断配本州岛牢城，致得本县人户流移，至今不绝。”（民国刻《四部丛刊初编》本。）按：军员、押录非确指。揆词意，当指卸去屑小差事，过清净的退隐生活。

潘曾莹、陆韵梅夫妇词

夏日偶过寄巢，辰溪[1]出观闺秀诗词，卷中有《题小庚先生本事词后》二阕。姚翠涛雪初《浪淘沙》云：“天籁韵珊珊。顾曲馀闲。乌丝小字写香奁。千古风流千古恨，留在人间。　空自说辛酸。无限情缘。痴儿娇女忒缠绵。天下有情天上月，那得常圆。”[2]陆琇卿韵梅《浣溪纱》云：“韵事才人又美人。湖山金粉艳芳尘。一编絮果与兰因。　帘外绿云留倩影，风前紫玉慰香魂。琼箫吹到月黄昏。”[3]琇卿为吴县潘星斋曾莹[4]之室，有“潘陆联吟”私印。雨后坐月《清平乐》云：“湿云低扑。星斋。凉意含疏竹。闲倚红阑干几曲。琇卿。一点流萤闪绿。星斋。　小窗月上迟迟。星斋。送来花影参差。爱把湘帘半下，琇卿。秋痕筛满罗衣。星斋。”[5]琇卿工画梅，有《梅花词》十首，其夫妇读书曰“梅馆”。星斋有自题填《沁园春》词云：“梅花人影双清，有多少、香风腕底生。好凭青玉案，愁春未醒，脱红罗袄，喜夏初临。蝶外寻芳，鸥边选梦，半是闲情半绮情。鹅笙撅，笑霓裳按拍，还倩卿卿。”[6]闺帏韵事，突过赵、李矣。中四语纯集调名[7]，尤为巧合自然。

星斋词生香活色，极似吴石华[8]。兹略其《鹦鹉帘栊词钞》中警作数阕于左。《浪淘沙》闺愁云：“斜倚小红楼。不上帘钩。一年孤负踏青游。连日飞花连夜雨，酿作春愁。　花影漾溪流。水绿如油。伤春滋味似伤秋。展得眉头愁一缕，怎展心头。”《唐多令》云：“春色又天涯。寻春路已赊。待春来、重到侬家。记得泥红墙子外，有一树，海棠花。　生小最风华。晶盘舞袖斜。待来时、重听琵琶。记得海棠花影下，有一带，绿窗纱。”[9]《醉花阴》雪霁云：“粉砌冰帘寒入画。春在疏帘下。坐到夜深时，明月窗前，悄把梅花写。　一片残声飘竹瓦。何处闲愁惹。梦里好寻诗，唤个扁舟，摇入山阴也。”[10]《清平乐》闻蝉声云：“一丝微袅。为问秋多少。满地绿阴凉意早。教把斜阳遮了。　最宜雨后风前。声声换得商弦。记向红桥载酒，万荷花里停船。”《菩萨蛮》云：“晴丝摇曳烟痕织。流莺诉尽春消息。花下自寻思。去年春去时。　花魂吹未醒。付与愁边省。闲倚画阑干。玉罗衫子寒。”[11]《柳梢青》题画云：“曲曲凫乡。山眉隐黛，云叶飘凉。老柳多情，几丝秋影，挂着斜阳。斜阳无限思量。忆短梦、零星断肠。数点栖鸦，一钩初月，做尽昏黄。”[12]《十六字令》云：“丝。一缕春风绾别离。深深拜，多谢绿杨枝。”[13]

〔1〕叶滋沅，字辰溪。参卷五“叶滋沅词”条。

〔2〕姚雪初，事迹不详。其《浪淘沙》词，不详叶滋沅录自何处。徐乃昌《闺秀词钞》卷八据谢氏《词话》选此词。

〔3〕陆韵梅(？—1878)，字琇卿，江苏吴县(今苏州)人。陆澧女，侍郎潘曾莹妻。著有《小鸥波馆诗钞》1卷。(据《清人别集总目》第1223页。)蔡殿齐纂《国朝闺阁诗钞》选其诗15首。陆韵梅《浣溪沙》，不详叶滋沅录自何处。徐乃昌《闺秀词钞》卷十六据谢氏《词话》选此词，林葆恒《词综补遗》卷九十四据《闺秀词钞》选此词。

〔4〕潘曾莹(1808—1878)，字申甫，别字星斋，江苏吴县(今苏州)人。道光二十一年(1841)进士，改庶吉士，授编修，官至吏部侍郎。著有《红蕉馆诗钞》18卷、《小鸥波馆集》19卷。(据《清人诗文集总目提要》第1435页。)词有《小鸥波馆词钞》2卷、《鹦鹉帘栊词钞》2卷。

〔5〕见《鹦鹉帘栊词钞》卷二，词序：“雨后同琇卿坐月联句。”(清刻本，下同。)

〔6〕见《鹦鹉帘栊词钞》卷一《沁园春》下阕，有词序：“自题《藤花馆填词图》，同内子琇卿作。”有注：“琇卿近作《梅花词》十阕。”

〔7〕谓集《青玉案》、《愁春未醒》、《红罗袄》、《夏初临》四调。

〔8〕吴兰修，字石华。参卷二“黄景仁与吴兰修词”条。

〔9〕以上见《鹦鹉帘栊词钞》卷一。

〔10〕见《鹦鹉帘栊词钞》卷二。“霁雪”原作“雪霁”，“疏帘”原作“疏篱”。

〔11〕以上见《鹦鹉帘栊词钞》卷二。

〔12〕见《鹦鹉帘栊词钞》卷二。“鸦”原作“雅”。

〔13〕见《鹦鹉帘栊词钞》卷二。

《词选》大旨在于有寄托

张皋文[1]《词选》，凡词四十四家，一百十六首。由唐逮宋，所选止此，可谓严矣。末附其友黄仲则景仁《竹眠斋词》[2]、左仲甫辅《念宛斋词》[3]、恽子居敬《蒹塘词》[4]、钱黄山季重《黄山词》[5]、李申耆兆洛《蜩翼词》[6]、丁若士履恒《宛芳楼词》[7]、陆祁生继辂《清邻词》[8]，凡七家。郑善长抡元[9]又益以皋文《茗柯词》与其弟翰风琦《立山词》[10]、其徒金子彦应珹《兰簃词》[11]、朗甫式玉《竹邻词》[12]，而善长之作《字桥词》亦自列焉。二张及七家，皆常州人。二金及郑，则歙产也。合十家，或一二阕，或十数阕，其题多咏物，其言率有寄托。相其微意，殆为朱、厉末派饾饤涂泽者别开真面，将欲为词中之铮铮佼佼者乎？《续选》凡词五十二家，一百二十二首，则翰风外孙董子远毅[13]所录，以补前选之遗，亦肄业之善本也。

仲则诗名最盛，其《竹眠词》为王兰泉司寇所刊定。仲则曾及司寇之门，以词论，殊觉青胜于蓝，冰寒于水。乃司寇序之，若有微词，何也？此序不载《春融堂集》。[14]申耆笃学能文，其《养一斋集》不愧读书人吐属。子居古文风骨遒上，居官亦以才能见称。皋文《周易虞氏义》，世方风行，然亦剽窃以供场屋之用，其真知研究者殊难。[15]散文气醇体洁，足为桐城后劲，于词皆馀事耳。四先生之书，予皆见之，馀人则散见他著，未睹全集。此卷所录子居《画蝴蝶词》六首，分层用意，予最爱其第三首云："轻须薄翼不禁风。教花扶着侬。一枝又逐月痕空。都来几日中。　曾有伴，去无踪。阑前种豆红。蜜官队里且从容。问心同不同。"《阮郎归》。咏扬花者，名作在前，难于措手。皋文云："佋飘零彀了，谁人解，当花看。正风避重帘，雨回深幕，云护轻幨。寻他一春伴侣，只断红、相识夕阳间。未忍无声委地，将低重又飞还。　疏狂情性，算凄凉、耐得到春阑。但月地和梅，花天伴雪，合称清寒。收将十分春恨，做一天、愁影绕云山。看取青青池畔，泪痕点点凝斑。"《木兰花慢》。虽未能拔奇于东坡之外，亦自无限深情。《春日赋示杨生子掞》云："长镵白木柄，劚破一庭寒。三枝两枝生绿，位置小窗前。要使花颜四面，和着草心千朵，向我十分妍。何必兰与菊，生意总欣然。　晓来风，夜来雨，晚来烟。是他酿就春色，又断送流年。便欲诛茅江上，只怕空林衰草，憔悴不堪怜。歌罢且更酌，与子绕花间。"《水调歌头》。清空一气，寄托遥深。他如黄山之"才能吹得灯儿黑，明月无言又到窗。"又云："梅花落后桃花落，芳草无情独衬桃。"《鹧鸪天》。翰风之"花影一枝枝瘦，明月满中庭。"又云："帘外依依香絮，算东风、吹到几时停。"《南浦》。"何处系香车，海棠三两花。"又云："碧藕折连丝，梦轻君未知。"《菩萨蛮》。申耆之"倭堕绿云斜。未妨双脸霞。"又云："複袖锦鸳鸯。经年绣一双。"又云："不觉月痕西。下帘霜满衣。"《菩萨蛮》。子彦之咏萤云："又恐到、清霜时节。小扇轻罗无人惜，更银屏、翠幕深深隔。"《贺新凉》。《花影》云："一夜一分月色，又一分花意，催送芳春。"《湘春夜月》。朗甫之"人意悄，篆烟浓。开帘燕子风。"又云："春心花不知"。《更漏子》。《蛱蝶》云："一捻纤腰，恰合付与愁痕。年时此地看花处，到花时、一例伤神。"《高阳台》。善长《残荷》云："卷向薰风，拆向西风，消受斜阳无数。"《绿意》。《帘》云："只是一片湘波，怎便隔天涯。约住满庭花气，问东风可解，吹送芳菲。"又云："朝来欲卷，怕暗尘、点上罗衣。"《湘春夜月》。《柳》云："平芜一片斜阳影，问韶光、何处勾留。"又云："侬心化作天涯絮，怕重来、错认帘钩。"《高阳台》。《秋海棠》云："倚尽雕阑，殷勤谁伴黄昏。断肠剩得娉婷影，敛娇红、欲上罗裙。"《高阳台》。[16]词不一格，而皆耐人寻味，固与如涂涂附者异矣。

金应珪曰："近世为词，厥有三蔽。义非宋玉，而独赋蓬发，谏谢淳于，而唯陈履舄，揣摩床第，污秽中蒂，是谓淫词，其蔽一也。猛起奋末，分言析字，诙嘲则俳优之末流，叫啸则市侩之盛气，此犹巴人振喉以和《阳春》，黾蜮怒嗌以调疏越，是谓鄙词，其蔽二也。规模物类，依托歌舞，哀乐不衷其性，虑叹无与乎情，连章累篇，义不出乎花鸟，感物指事，理不外乎应酬，虽既雅而不艳，斯有句而无章，是谓游词，其蔽三也。"《词选跋》。[17]按：一蔽是学周、柳之末派也，二蔽是学苏、辛之末派也，三蔽是学姜、史之末派也。皋文《词选》诚足救此三蔽。其大旨在于有寄托，能蕴藉，是固倚声家之金针也。虽然，词本于诗，当知比兴，固已。究之，尊前花外，岂无即境之篇，必欲深求，殆将穿凿。夫杜少陵非不忠爱，今抱其全诗，无字不附会以时事，将《漫与[兴]》、《遣兴》诸作，而皆谓其有深文，是温柔敦厚之教，而以刻薄讥讽行之，彼乌台诗案，又何怪其锻炼周内哉？即如东坡之《乳燕飞》，稼轩之《祝英台近》，皆有本事，见于宋人之纪载。[18]今竟一概抹杀之，而谓我能以意逆志，是为刺时，是为叹世，是何异读诗者尽去小序，独创新说，而自谓能得古人之心？[19]恐古人可起，未必任受也。前人之纪载不可信，而我之悬揣，遂足信乎？故皋文之说不可弃，亦不可泥也。此意予所著《稗贩杂录》已略及之[20]，兹复论之如此，为能寻词源者进一解焉。

东坡《卜算子》云："缺月挂疏桐，漏断人初定。时有幽人独往来，缥缈孤鸿影。　惊起却回头，有恨无人省。拣尽寒枝不肯栖，寂寞沙洲冷。"时东坡在黄州，固不无沦落天涯之感。而鲖阳居士释之云："'缺月'，刺明微也。'漏断'，暗时也。'幽人'，不得志也。'独往来'，无助也。'惊鸿'，贤人不安也。'回头'，爱君不忘也。'无人省'，君不察也。'拣尽寒枝不肯栖'，不偷安于高位也。'寂寞沙洲冷'，非所安也。"[21]字笺句解，果谁语而谁知之。虽作者未必无此意，而作者亦未必定有此意。[22]可神会而不可言传，断章取义则是，刻舟求剑则大非矣。即如宋末玉田、蘋洲诸家，阅历沧桑，固宜胸有垒块。今一遇稍有感慨之词，便以为指斥时事，愁禽怨柳，塞满乾坤，是直以长短句为谤书矣。夫岂其然？昔吾友刘赞轩勷曾作咏尘词云："帘前几阵狂风，登楼一望迷南北。蒙蒙骤起，纷纷自扰，斜阳欲黑。舞榭灯昏，妆台钗冷，模糊春色。叹遮来难觅，扫来仍聚，染双鬓、谁人识。　无赖青青垂柳，又愁痕、雨边暗织。半黏去马，半随流水，销魂行客。十斛量愁，千重疑梦，青衫泪湿。好拂衣归去，低徊明镜，把朱颜惜。"《水龙吟》。无锡丁杏舲绍仪采入《听秋声馆词话》，疑为慨时之作。[23]其时粤匪披猖，闽中大警，赞轩非无忧愤之篇。而此词则实因朝云在殡，柳枝不来，感逝伤离，所遭辄不如意而作，无关时事也。夫以同时之人，踪迹未密，尚难揣其用意之所在，而况在千载百年以上乎？杏舲《词话》采摭甚勤，校雠律谱亦复精审。其论《词选》谓："过于矜严，学之者非平即晦。"乃窥测作者，又隐隐为皋文推波助澜，岂以是为独得秘解耶？皋文所选不过百馀阕，而杏舲以为四百馀阕，亦误。[24]

〔1〕张惠言(1761—1802),字皋文,号茗柯,江苏武进(今常州)人。嘉庆四年(1799)进士,改庶吉士,授编修。常州词派开山宗师。(据《中国词学大辞典》第228~229页。)著有《张皋文全集》55卷。词名《茗柯词》不分卷,与弟张琦合编《词选》(原名《宛邻词选》)2卷。《词选·附录》选其《茗柯词》7首。(清道光十年宛邻书屋刻本,下同。)

〔2〕黄景仁,字仲则。参卷二"黄景仁与吴兰修词"条。"竹眠斋词",清道光十年宛邻书屋刻本《词选》无"斋"字。《词选·附录》选其《竹眠词》3首。

〔3〕左辅(1751—1833),字仲甫,一字蘅友,号杏庄,江苏阳湖(今常州)人。乾隆五十八年(1793)进士,补安徽南陵知县,历官广东雷琼兵备道、浙江按察使、湖南布政使、湖南巡抚。(据《中国词学大辞典》第226页。)著有《念宛斋集》34卷计文稿8卷、文补1卷、诗集10卷、词钞2卷、书牍5卷、官书8卷。《词选·附录》选其《念宛斋词》2首。

〔4〕恽敬(1757—1817),字子居,号简斋,江苏阳湖(今常州)人。乾隆四十八年(1783)举人,官江西瑞金知县。著有《大云山房文稿》10卷。(据《清人诗文集总目提要》第933页。)《词选·附录》选其《蒹塘词》6首。

〔5〕钱梦兰(?—1821),字季重,号黄山,后以字行,江苏武进(今常州)人。贵州南笼府知府泌之子。屡举不第。工词赋,豪饮好客,晚岁居破寺中,卒于家。有《黄山诗》数卷。(据孙琬等修、李兆洛等纂道光《武进阳湖合志》卷二十六,清道光二十三年刻本。另据缪荃孙校辑《国朝常州词录》卷十四引《旧言集》,清光绪二十二年云自在龛刻本。)另著有《黄山词》。《词选·附录》选其《黄山词》7首。

〔6〕李兆洛(1769—1841),字申耆,号绅琦,晚号养一老人。江苏阳湖(今常州)人。嘉庆十年(1805)进士,改庶吉士,授安徽凤台县知县,兼理寿州。后主讲江阴暨阳书院,长达二十年。著有《养一斋集》34卷计《养一斋文集》20卷附《文补遗》1卷、《文续编》6卷、《诗集》8卷附《校字》1卷。(据《清人诗文集总目提要》第1042~1043页。)词有《养一斋诗馀》,原名《蜩翼词》。纂有《骈体文钞》31卷。《词选·附录》选其《蜩翼词》5首。

〔7〕丁履恒(1770—1832),字道久,一字若士,晚号东心。江苏武进(今常州)人。嘉庆六年(1801)拔贡,选授山东肥城知县,有惠政。著有《思贤堂集》14卷计文集4卷、诗集8卷、词草2卷。(据《清人诗文集总目提要》第1051页。)《词选·附录》选其《宛芳楼词》3首。

〔8〕陆继辂(1772—1834),字祁孙,一字季木,号霍庄,别号修平居士。江苏阳湖(今常州)人。嘉庆五年(1800)举人,授合肥县学训导,官江西贵溪知县。著有《崇百药斋文集》20卷《续集》4卷《三集》12卷、《合肥学舍札记》12

卷。(据《清人诗文集总目提要》第1070页。)另有传奇《碧桃记》等。词名《清邻词》。《词选·附录》选其《清邻词》5首。

〔9〕郑抡元,字善长,安徽歙县人。诸生。著有《字桥词》。(据丁绍仪《国朝词综补》卷三十六。)《词选·附录》选其《字桥词》7首。其《词选跋》云:"《词选》刻既成,余谓张子:'词学衰且数百年,今世作者宁有其人耶?'张子为言其友七人者曰恽子居、丁若士、钱黄山、左仲甫、李申耆、陆祁生、黄仲则,各诵其词数章曰:'此几于古矣。'余以为当今海内之士有能为词者,不止此七人,七人者之词不止此数章,然要以后世必传此七人者之词,其有继此而选者必不遗此数章则可知已矣。因比而录之,益以张子之词为九家。金子彦朗甫者学于张子,为词有师法,又次录焉。呜呼!诸君子之于古也,则既不谬于诸君子否耶?聊著数章以自考焉。凡为一卷,附《词选》之后。歙郑善长。"

〔10〕张琦(1764—1833),初名翊,字翰风,号宛邻,江苏武进(今常州)人。张惠言弟。嘉庆十八年(1813)举人,历官邹平、章丘、馆陶知县。《清史稿》有传。(据《中国词学大辞典》第230页。)著有《宛邻集》5卷、《战国策释地》2卷。词有《立山词》1卷。《词选·附录》选其《立山词》7首。其《续词选序》云:"《词选》之刻,多有病其太严者,拟续选而未果。今夏,外孙董毅子远来署,携有录本,适惬我心,爰序而刊之,亦先兄之志也。道光十年七月张琦。"(清道光十年宛邻书屋刻本《续词选》。)

〔11〕金应瑊,字子彦,安徽歙县人。受学张惠言。工词。著有《兰簃词》。(据民国《歙县志》卷七。)《词选·附录》选《兰簃词》6首。按:"瑊",民国《歙县志》作"城",《词选·附录》作"瑊",当以《词选·附录》为准。

〔12〕金式玉(1774—1801),字朗甫,号竹邻,安徽歙县人。师事张惠言。嘉庆六年(1801)进士,改庶吉士。旋卒。著有《竹邻遗稿》2卷附杂文1卷词1卷。(据《清人诗文集总目提要》第1086页。)《词选·附录》选其《竹邻词》7首。

〔13〕董毅(1803—1851),字子远,原名思诚,江苏阳湖(今常州)人。董士锡子。著有《蜕学斋词》2卷,并辑《续词选》2卷。(据《中国词学大辞典》第242页。)

〔14〕谢氏此处说"此序不载《春融堂集》",颇令人生疑。据黄葆树等编《黄仲则研究资料》,未见王昶为《竹眠词》作序。王昶《湖海诗传小序》、《黄仲则墓志铭》、《哭黄仲则六十六韵》甚赞仲则其人其诗,未见"微辞"。王昶评仲则词语仅一见,即《墓志铭》所云:"词出入辛、柳间,新警略如其诗。有诗词凡若干卷,世推以为工。"(《春融堂集》卷五十八。)

〔15〕《周易虞氏义》九卷《周易虞氏消息》二卷,清张惠言撰,清嘉庆八年阮氏琅嬛仙馆刻本。据《中国古籍善本书目导航》,武汉图书馆藏有谢章铤校并

题识本,存三册。笔者亲往该馆查阅,竟不藏矣。如能见到此本,当可见谢氏题识。

〔16〕以上各词,据《词选》对校:"彀"作"尽"、"旛"作"幡"、"蛈"作"蝴"、"合"作"谁"、"薰"作"熏"。

〔17〕金应珪《词选后序》署作年嘉庆二年(1797)八月。清道光十年宛邻书屋刻本《词选》无此序。据清同治十一年章氏重刻本《词选》,"应酬"作"酬应"。金应珪,安徽歙县人。著名经学家金榜子侄辈。嘉庆初随张惠言学词。(据陈良运主编《中国历代词学论著选》第542页,百花洲文艺出版社1998年版。)

〔18〕陈鹄《耆旧续闻》卷二:"公(陆子逸)尝谓余曰:'曾看东坡《贺新郎》词否?余对以世所共歌者。'公云:'东坡此词,人皆知其为佳,但后撷用榴花事,人少知其意,某尝于晁以道家见东坡真迹。晁氏云:"东坡有妾名曰朝云、榴花,朝云死于岭外,东坡尝作《西江月》一阕,寓意于梅,所谓'高情已逐晓云空'是也。惟榴花独存,故其词多及之。"观'浮花浪蕊都尽,伴君幽独',可见其意矣。'"(清乾隆刻《知不足斋丛书》本。)按:《贺新郎》一名《乳燕飞》。张端义《贵耳集》卷下:"吕婆即吕正已之妻,淳熙间姓名亦达天听。苏养直家孙女曰苏婆,其严毅不可当,三五十年朝报奏疏琅琅口诵,不脱一字。旧京畿有二漕,一吕摺,一吕正已,摺家诸姬甚盛,必约正已通宵饮。吕婆一日大怒,逾墙相詈,摺之子一弹碎其冠。事彻孝皇,两漕即日罢。今止除一漕,自此始。吕婆有女,事辛幼安,因以微事触其怒,竟逐之。今稼轩《桃叶渡》词因此而作。"(清文渊阁《四库全书》本。)按:辛弃疾《祝英台近》云:"宝钗分,桃叶渡,烟柳暗南浦。"

〔19〕"乳燕飞",《词选》原作"贺新郎"。按:《贺新郎》,一名《乳燕飞》。张惠言未对此词作评点。张氏评辛弃疾《祝英台近》云:"此与德祐太学生二词用意相似。'点点飞红',伤君子之弃;'流莺',恶小人得志也;'春带愁来',其刺赵、张乎?"

〔20〕参本书"谢章铤词话补辑"之一"《赌棋山庄笔记》所见词话","张惠言《词选》、《茗柯词》"条。

〔21〕张惠言评点《卜算子》引此鲖阳居士语,"明微"原作"微明"。鲖阳居士语见《唐宋诸贤绝妙词选》卷二。

〔22〕谢章铤所云"虽作者未必无此意,而作者亦未必定在此意",似是针对谭献"作者之用心未必然,而读者之用心何必不然"(《复堂词录序》)而发的。谭氏有意开拓词学的阐释空间,谢氏则强调词作本来之意义。谭、谢有交往,谢氏说谭"修辞之功与予派别不同"。(谢章铤《课馀偶录》卷三。)参本书《前言》。

〔23〕刘勷《效颦词》未收此词。见丁绍仪《听秋声馆词话》卷十六。有云:"闽县刘君勷、陈君遹祺咸工词、咸与锡三善、因以见示。"

〔24〕《听秋声馆词话》卷十九："嘉庆间，填词家咸推吾郡张皋文太史惠言，专主比兴。所选词自五季迄同时朋从，仅四百馀阕，矜严已甚，顾学之者，往往非平即晦。"

《迦陵填词图》题词

《迦陵填词图》，作于戊午闰三月廿四日，盖举鸿博之先一年也。乾隆末，其从孙药洲中丞缩本刻之，袁简斋为之序。〔1〕中有吾闽林麟焻《瑶华·步武曾韵》云："扫眉才子，捧砚佳人，成古来名话。龙须半翦，学弄声、索冷秋千高架。研笺凝墨，对梳掠、云鬟入画。有垆头取酒鹔裘，文是相如似者。　而今赋手凌云，记歌板因缘，花阴帘下。那人别后，憔悴甚、尺幅生绡空写。丁香带结，任帐底、烟销兰麝。想多时抛却檀槽，淡淡眉峰蹙也。"〔2〕

卷中吴农祥题词独多，有《风流子·代女郎赠主人》，有《凤凰台上忆吹箫·代主人赠女史》，又有《沁园春》三阕。末阕云："柳底吹笙，麈尾乌丝，争侍宾筵。见题诗欲倦，徐留帐下，宿酲微解，恒立床前。掷果丰姿，馀桃憨态，任打金铺拥被眠。郎君誓，定今生与尔，不罢相怜。　只今。追忆蹁跹。好初日、容仪比少年。记笑颜抬眼，花难解语，歌喉按拍，珠亦羞圆。金马初开，璧人何在，翡翠帘寒易惘然。秋怀苦，似长河不息，膏火同煎。"跋云："陈髯旧有小史，惊艳一时。又作《沁园春》以恼之。"〔3〕徐林鸿和云："歌舞君家，不借人看，阿谁肯怜。纵腰肢柳摆，长条攀折，衣裳云想，别样缠绵。瞥见何曾，窃窥未许，迢递蓬山路几千。平生面，只锦衾帐底，宝髻台前。　无端。赚制新篇。有蜀锦、吴绫十万笺。任彩霞吹彻，短箫横笛，银河隔断，碧海青天。春色依然，玉人何处，妙手空将好事传。伊相谑，除身为明镜，分得婵娟。"跋云："星叟先生将戏语谱入，余亦再叠前韵，名曰'恼髯'，以当懊侬，鸿再记。"〔4〕按星叟，即农祥也，小史盖谓紫云〔5〕。裘文达日[曰]修题五绝句，第四云："卷中诗伯首渔洋，诸子飞腾各擅场。一事难忘惆怅处，不将馀沛貌云郎。"〔6〕

〔1〕袁枚，号简斋。参卷九"郑燮词独胜"条。袁枚乾隆五十九年(1794)六月朔序《迦陵先生填词图题词》云："《填词图》者，前辈其年先生遗像，其孙药洲中丞所摹刻也。"沈初《序》云："陈药洲中丞出其伯祖迦陵先生《填词图》，设色横幅，髯敷地衣坐，手执管，伸纸欲书，若沉吟者，意象洒如。旁一蕉叶坐丽人，按箫将倚声，云鬟铢衣，望若神仙也。卷中一时著名当代之士大夫以至山人衲子，各有题咏，蝇头细书，鳞次栉比，皆可讽玩。夫迦陵先生诗文播海内，后之学者翕然奉为楷模，思一见其仪容不可得，得遗像以倾写其爱慕蕴结之忱，岂

不大幸！至于名流题咏之什，或有专集传世，人所共知，其馀流传绝少者，吉光片羽，尤足珍重。中丞以《填词图》重绘缩本，合后幅诗词为一编，付之剞劂，近之题识亦附焉。爰序其略，俾读是编者知前辈风流，偶然寓意，皆可咏可歌，可传于后世，而又知中丞之善承家学，以嘉惠来者，其意为无穷也。”（据清乾隆五十九年刻本《迦陵先生填词图题词》，下同。）李集《鹤徵录》卷一：“是图今藏先生从孙中丞淮家。”按：陈淮（？—1810），字望之，号药洲，河南商丘人。拔贡，官至江西巡抚。嘉庆元年（1796）革职。（据钱实甫编《清代职官年表》第3224页，中华书局1980年版。）

〔2〕林麟焻，字石来，号玉岩，福建莆田人。康熙九年（1670）进士，三十三年（1694）官至贵州提学签事。著有《玉岩诗集》7卷。（据《清人诗文集总目提要》第340页。）词见《迦陵先生填词图题词》，“步”原作“次”，“翦”原作“剪”，“销”原作“消”，“兰麝”原作“沉麝”。

〔3〕吴农祥（1632—1708），字庆伯，号星叟，浙江钱塘（今杭州）人。康熙十八年（1679）应博学鸿词试，不遇。著有《梧园诗文集》不分卷。（据《清人诗文集总目提要》第234～235页。）词见《迦陵先生填词图题词》，“按拍”原作“按指”。

〔4〕徐林鸿，字大文，一字宝名，浙江海宁人。诸生。康熙十八年（1679）召试博学鸿词，罢归。著有《两闲草堂诗文集》40卷。（据秦瀛《己未词科录》卷七。）词见《迦陵先生填词图题词》，“前韵”原作“前调”。

〔5〕紫云：参卷六“张际亮《金台残泪记》”条。金武祥《粟香随笔·粟香三笔》卷四：“陈迦陵尝狎一童名云郎，其后画《迦陵填词图卷》，诸名士题咏甚夥，末有裘文达公题云：‘卷中诗伯首渔洋，诸子飞腾各擅场。一事难忘惆怅处，不将馀沛貌云郎。’周畇叔都转题《湖海楼词》后《念奴娇》下阕云：‘知否二百年来，替人属我，来与公争席。自写江南肠断句，恨少紫云擫笛。’亦指云郎也。”

〔6〕裘曰修（1712—1773），字叔度，一字漫士，号诺皋，江西新建人。乾隆四年（1739）进士，改庶吉士，授编修。官至工部尚书。谥文达。著有《裘文达公集》26卷计《奏议》1卷、《文集》6卷、《补遗》1卷、《诗集》12卷、《和御制诗》6卷。（据《清人诗文集总目提要》第629～630页。）诗见《裘文达公诗集》卷十一《为陈望之观察题〈陈迦陵填词图〉》其四。“一事难忘惆怅处”，清嘉庆刻本作“一事难忘怊怅甚”。又见《迦陵先生填词图题词》，“惆怅”亦作“怊怅”。

邓牧论词

宋钱塘邓牧心牧[1]《伯牙琴》云：“唐宋间始为长短句，法非古，意古。然数百年来，工者几人，美成、白石逮今脍炙人口。知者谓丽莫若周，赋情或近俚；骚莫若姜，放意或近率。”《张叔夏词集序》。[2] 此一节持论极精的。

〔1〕邓牧(1247—1306)，字牧心，自称三教外人，世称文行先生。钱塘(今浙江杭州)人。生平淡薄荣利，好游名山。宋亡后，隐居于大涤洞霄宫，与谢翱、周密等人相往还。工诗文。(据单锦珩总主编《浙江古今人物大辞典》第53页。)著有《洞霄图志》6卷、《伯牙琴》1卷《补遗》1卷、《大涤洞天图记》3卷。

〔2〕见《伯牙琴》，据清道光刻《知不足斋丛书》本，引文无误。

宋时已有“呜呼”语

俗以死为“呜呼”，此语宋时已有。张功甫镃[1]《南湖集》有《临江仙》词，自注云：“余年三十二，岁在甲辰，尝画七圈于纸，揭之座右，每圈横界作十眼，岁涂其一，今已过五十有二，怅然戏题此词。”词云：“七个圈儿为岁数。年年用墨糊涂。一圈又剩半圈馀。”又云：“纵使古稀真个得，后来争免呜呼。”[2] 杜少陵诗《遣怀》：“存没再呜呼”。

〔1〕张镃(1153—1235)，字功甫，号约斋，祖籍凤翔(今属陕西)人，居临安(今杭州)。张炎曾祖父。历官临安府通判、直秘阁、司农寺主薄、司农少卿。开禧三年(1207)，曾参与史弥远谋杀韩侂胄事。(据《宋词大辞典》第492～493页。)著有《南湖集》10卷。

〔2〕见张镃《南湖集》卷十。据清乾隆刻《知不足斋丛书》本《南湖集》，“怅然”后有“增感”二字。

万树未见周密《塞垣春》词

《塞垣春》一名《采绿吟》，见周公谨《蘋洲渔笛谱》，[1] 与《词律》所载，句法既差，平仄亦异，想红友未见此词也。[2] 兹将其序与词并录于左，俟考。序云：“甲子夏，霞翁会吟社诸友，逃暑于西湖之环碧。琴尊笔砚，短葛练巾，放舟于荷深柳密间。舞影歌尘，远谢耳目。酒酣，采莲叶，探题赋词。余得《塞垣春》，翁为翻谱数字，短箫按之，声极谐婉，因易今名云。”词云：“采绿鸳鸯浦，画舸水北云西。槐薰入扇，柳阴浮桨，花露侵诗。点尘飞不到，冰壶里、绀霞浅压玻璃。想明珰、凌波远，依依心事寄谁。　移棹檥空明，蘋风度、琼丝霜管清脆。只赤挹幽芗，怅岸隔红衣。对沧洲、心与沤闲，吟情渺、莲叶共分题。停杯久，凉月渐生，烟合翠微。”

予此词据知不足斋本录入。[3]按《天籁词谱·补遗》载《采绿吟》，却不言即《塞垣春》，而于画舸上多一“放”字，又以“只赤”作“咫尺”、“岸隔”作“岸院”、“沤闲”作“鸥闲”、“莲叶”作“蓬莱”、“烟合”作“烟含”，又以“寄谁”作“谁寄”，谓“里”字、“寄”字、“脆”字皆韵，平仄通叶，平六仄三也。[4]知不足斋所据，影宋抄本也。公瑾好作古字，其中“中”字皆作𠁧，则以“鸥”为“沤”，以“咫尺”为“只赤”，不足怪也。

公谨以梅、瑞香、水仙为三香，菊、桂、秋荷为三逸，以《声声慢》咏之。[5]王蕺隐又以梅、兰、水仙、山矾、瑞香为《五香图》，张伯雨天雨以《踏莎行》咏之，见《贞居词》。[6]

〔1〕《采绿吟》见周密《蘋洲渔笛谱》卷一。（清乾隆刻《知不足斋丛书》本。）

〔2〕《采绿吟》见杜文澜《词律拾遗》卷四。万树《词律》卷十四收周邦彦、吴文英《塞垣春》各1首。

〔3〕是据清乾隆刻《知不足斋丛书》第八集《蘋洲渔笛谱》录入。“练巾”，《渔笛谱》作“𫄨巾”。《全宋词》亦作“𫄨巾”。（第3270页。）

〔4〕见叶申芗《天籁轩词谱》卷五，卷五即是《补遗》。按：“岸院”，清道光刊本《天籁轩词谱》实作“隔院”。

〔5〕周密有《声声慢·逃禅作梅□水仙，字之曰三香》、《声声慢·逃禅作菊桂秋荷，目之曰三逸》词。

〔6〕张雨《贞居词·踏莎行》序云：“王蕺隐《五香图》作圆象墨写梅、兰、水仙、山矾、瑞香五品，盘屈折枝于其中。韩明善有‘月上影娥池，人在众香国’一联，令子为、易元赋之。”词云：“玉镜台前，看花如雾。交柯接叶纷无数。春寒约住柳丝圈，月明染下方诸露。　　卢阜神游，湘皋微步。玉奴老去羞樊素。韩郎解比影娥池，倩谁摘出香奁句。”（清道光刻《知不足斋丛书》本。）按：张雨，字伯雨，一名天雨。参卷一“孙尔准刻《无弦琴谱》”条。

林煐《蚓吹集》

偶从乌石山九贤祠见填词一卷，上曰“蚓吹集”，下曰“侯官昆石山人填”，有“林煐”[1]小印一。《点绛唇·别意》云：“莺老花残，一春归信还无据。愁痕千缕。碧向眉峰聚。　　拈得红笺，拟写相思句。情难叙。几回勾去。没个诠题处。”《满江红·醉后书感》云：“枉做书佣，空负过、少年时节。算此际、闲愁万种，壮怀千叠。愚戆难投人世眼，颠狂合坠风尘劫。叹半生、老我旧青毡，徒羁绁。　　囊橐里，分金绝。釜庾里，馀粮竭。问满腔块垒，作何归结。一线龛灯寒吊影，数行衫泪新留血。酒酣时、乱击案头壶，声呜咽。”〔2〕

〔1〕林煐，字昆石。侯官（今福州）人。父腾蔼，以老明经课侄澍藩、乔荫于家。煐少饮庭训，与两堂兄相切劘，工填词，有《蚓吹词》行世。乾隆丁酉（1777）举于乡，终南平县学训导。（据民国《闽侯县志》卷七十二《文苑下》。）

〔2〕《蚓吹词》，今不知踪迹。此词赖谢氏记录而存世。《闽词徵》卷四选此二首词。

《西青散记》中《贺新凉》词

金坛史悟冈震林耽禅悦，撰《西青散记》，多隽语。〔1〕有云：“医者之手俯，乞者之手仰，书者之手侧，皆干人者也。”〔2〕又云：“松痴老人性嗜松。松之古者，劲直端严，曰：‘吾师也。’其次兄之、友之、子弟之。钝拙如老仆，鬅鬙如丑婢，短健如奚童，老人悉怜爱之，弗忍为翦伐。有因老人殁而枯瘁者，观者叹曰：‘义松也。’子竹溪，及老人生、忌日，必奠松以酒而拜之。下有梅，老人手植也。竹溪有《贺新凉》词云：‘此处松阴罅。有当年、酒人词客，咏觞其下。小子趋庭常听得，一一姓名心写。数往事、留传佳话。淡月微云风动竹，瘦龙鳞、恐值春雷化。黄粉漫，琴弦罢。　　伤怀老泪空盈把。再休提、零缣碎墨，看山读画。梦影酒痕都灭没，依旧月窗烟榭。岁岁里、雨淋霜打。只有寒梅增矫健，亦曾经、晤对诸公者。留伴我，孤吟夜。’”〔3〕

〔1〕史震林（1692—1778），字梧冈，号瓠冈居士，江苏金坛人。乾隆二年（1737）进士。久客扬州。乾隆间任淮安府学教授。喜研禅说，以诗文抒郁愤。（据《清人诗文集总目提要》第531页。）著有《西青散记》8卷附《西青文略》、《华阳散稿》2卷、《欠愁集》1卷。谢章铤《赌棋山庄文集》卷五《西青散记跋》：“芑川有此书，爱玩不释手，时或侘傺辄出而与余并读之，盖一瞬而三十年矣。”

〔2〕见《西青散记》卷一，文字无误。（据清嘉庆十年刻本，下同。）

〔3〕见《西青散记》卷二，文字略异。原文：“松痴老人生一子，……子号竹溪……老人尝评松：‘松之古者，劲直端严，曰吾师也。其次兄之，友之，子弟之。’其下者，钝拙如老仆，鬅鬙如丑婢，短健如奚童，老人悉怜爱之，弗忍为翦伐。有因老人殁而枝鬣枯瘁者，观者叹曰：‘义松也。’竹溪先生有方以医之，辄复活加茂。春秋之祭，及老人生忌日，必奠松以酒而拜之。松之下有梅，老人手植也。竹溪先生有《贺新凉》词云（略）。”

词之三声互叶非创自词

词之三声互叶[1]，非创自词也，虞廷《赓歌》已以熙韵“喜”、“起”矣。[2]至诗中此例尤多。又词有叠句法，亦本于诗，即如“之子归，不我过，不我过”[3]等类是也。盖必叠一句，其意方显，若无意强叠，则亦无贵乎叠矣。

〔1〕杜文澜《憩园词话》卷一：“平上入三声，间有可以互代。惟去声则独用，其声激厉劲远，转折跌荡，全系乎此，故领调亦必用之。”（清钞本。）

〔2〕孔安国传、孔颖达疏《尚书注疏》卷五《虞书》：“帝庸作歌曰：‘敕天之命，惟时惟几。’乃歌曰：‘股肱喜哉！元首起哉！百工熙哉！’”朱荃宰《文通》卷四：“诗以言志，不独虞廷《赓歌》‘喜’、‘起’已肇乎风雅之原，《五子之歌》已肇乎风雅之变，而皇极敷言其音响之协韵者，孰非诗乎？”（明天启刻本。）

〔3〕引见《诗经·召南·江有汜》。

陈轼词尤多失调

《道山堂前后集》，吾乡陈静机轼[1]著。首有黎士宏、黄周星序。[2]静机胜朝遗老，采薇不出，盖气节之士。然其文殊平庸不足观，词尤多失调。如《满江红》之“孤琴调涌海峰尖”、下半阕第七句。[3]《沁园春》之“何时飞镜大刀头”，下半阕第九句。[4]平仄全非。填词不下百阕[5]，乖错尚如是。其读书《桃源忆故人》云：“纤纤玉指翻缃缥。帘外风枝悄。揭过牙签多少。一阵脂香缭。　画屏闲几微吟了。惟有《洛神赋》好。不学男儿潦倒。偷揣登科稿。”[6]颇清脆可诵。“缥缃”倒用，其亦“丁零”、“竮竛”之遗法乎？[7]

〔1〕陈轼，字静机，福建侯官（今福州）人。崇祯十三年(1640)进士，入清官至广西苍梧道。（据《清人诗文集总目提要》第73～74页。）著有《道山堂前集》不分卷《后集》10卷。按：陈轼并非采薇不出之人。

〔2〕《道山堂前集》有黄周星序，《后集》有黎士宏序。（清康熙刻本，下同。）

〔3〕见《道山堂前集》。有词题：“寿黄处安”。

〔4〕见《道山堂前集》。有词题：“闺忆”。

〔5〕《道山堂前集》词47阕，《后集》词98阕。

〔6〕见《道山堂前集》。“帘外风枝悄”，原作“帘外风枝清悄”。按律本句为

六字句，“清”字应补。

〔7〕“丁零”、“𪓟竛”，时见倒用。

张以宁其人其词

古田张志道以宁[1]在明初文章有盛名，最为宋景濂钦服。[2]亦能词，而所传只二阕。一《明月生南浦》，已采入《明词综》。[3]一《江神子》，本平韵七十字体，近检《翠屏集》，则后半首句已脱去，不能成调。[4]然其集尚是明代所刻，盖当时此道已歇绝矣。志道《题申屠子迪毁曹操庙卷》云：“使世皆申屠驹，则汉不魏，魏不帝矣。管宁贱，孔明夭，驹生也后，天也。呜呼！悲夫！”[5]数语最慷慨可诵，然志道则已身事二姓矣。

志道，元泰定丁卯进士，任黄岩州判官，升六合知县，又教谕淮南，再征国子助教，累入翰林，食元禄者四十馀年。入明拜前官，奉使安南，封其国主。未至王卒，国人请立世子，志道不许，复请命于朝，乃许之。太祖以其奉使不辱，赐以御制诗八篇。祖留孙，元礼部尚书，父一清，参知政事，盖元世臣也。见沈景倩《万历野获编》。[6]

〔1〕张以宁（1301—1370），字志道，号翠屏山人，古田（今属福建）人。元泰定四年（1327）进士，累官至翰林侍读学士。明洪武初，复授侍读学士，知制诰，兼修国史。洪武三年（1370）奉使册封安南，北还时卒于途。张廷玉撰《明史》卷二八五有传。（据《中国词学大辞典》第152页。）著有《翠屏集》4卷（附词）、《春秋春王正月考》1卷、《春秋胡传辨疑》1卷。

〔2〕宋濂（1310—1381），字景濂，号潜溪，又号玄真子，浦江（今浙江金华）人。元至正中，荐授翰林编修，辞不就，隐居龙门山读书，历十馀年。明初，应朱元璋召至应天，任江南儒学提举，兼授太子经书。寻改起居注，与刘基常侍朱元璋左右，备顾问。洪武二年（1369）充《元史》总纂官，书成，升翰林学士，官至学士承旨。以老致仕。后因长孙牵涉胡惟庸案，谪茂州，中途病死。正德中追谥文宪。（据《中国历史大辞典》第2452页。）著作有《宋学士文集》75卷、《宋景濂未刻集》2卷、《元史》210卷、《浦阳人物记》2卷。宋濂《张先生翠屏集序》称张以宁之文“丰腴而不流于丛冗，雄峭而不失于粗厉，清圆而不涉于浮巧，委蛇而不病于细碎，诚可谓一代之奇作矣。”（《翠屏集》卷首，钞明成化刻本，下同。）

〔3〕见王昶纂《明词综》卷一。

〔4〕《翠屏集》卷二《江神子·送医官石仲铭摄邵伯镇巡检得代》：“谢公埭

上绿成围。楝花飞，子规啼。簇簇弓刀，白马拥骄嘶。一树棠梨开透也，春正好，又分携。　　草萋萋，望中迷。衣锦归欤，家在海云西。种杏明年功又满，还捧诏，上金闺。”

〔5〕见《翠屏集》卷四。“汉不魏”原作“汉不蜀”。

〔6〕沈德符，字景倩。参卷九“严长明、陆次云论度曲”条。沈德符《万历野获编》卷十《胜国词臣出使》：“太祖定天下，以元故词臣危素、周伯琦辈不能殉节，薄之，俱废置不终，所以劝事君也。然有极异者，如翰林侍读张以宁，登元泰定丁卯(1327)进士，任黄岩州判官，再升六合知县，教谕淮南，再征国子助教，累入翰林，盖食其禄者四十馀年。至明兴，拜前官，奉使安南，封其国主，未至王卒，国人请立世子，以宁不从，复请命于朝，乃许之。上以其奉使不辱，御制诗八篇赐之，其宠异如此。按：以宁祖名留孙，元礼部尚书，父一清，参知政事，为元世臣，不宜遽忘其恩也。”(清道光七年姚氏刻同治八年补修本。)

林其年《团扇词》

武平林子寿其年农部[1]《存悔斋诗集》，后附《团扇词》十数首。《虞美人》云：“一灯篷底听秋雨。夜入吴淞路。明朝应是卸帆时。可惜夫容开尽一年枝。　　罗襟点点离亭酒。蓦地重携手。画奁依旧扫双蛾。无那别时终比见时多。”[2]子寿清才早达，众皆以大器期之。同治甲子以贫故，由省会之漳，访其故人。今日停装，明日粤匪突至，遂遇害于漳州城下，并其未刻著作，亦皆散失。呜呼！文人之穷，乃至此哉！

〔1〕林其年(1824—1864)，字子寿，福建武平人。士俊子。十四岁补邑庠，十七岁举于乡，咸丰三年(1853)进士，授户部主事，例馆纂修，供职数年。咸丰七年五月十三日，太平军部石国宗陷邑城，林士俊遇害于西门外。其年闻父丧奔归，协助候补道郭蓬瀛守连城，后主讲潮州韩山书院。同治三年(1864)，赴京引见，过漳州。九月，汪海洋陷漳州，被执不屈，题绝命词三首于壁，遂死。左宗棠督师汉漳，子祖延奔扣军门，上死事状，奏准祀漳州昭忠祠，予云骑尉世职。(据丘荷公总纂《武平旧县志》卷二十三《文苑传》，原纂于1941年，1965年武平县档案馆翻印，油印本。生卒年据《清人诗文集总目提要》第1602页。)著有《存悔斋诗钞》4卷。《存悔斋诗钞》卷一《五月初九日抵农曹》其一云：“微官似马曹冷淡，头衔赢耐久生疏。”其二云：“谈将吏事客何能，金缯倘得营屯减。”知其曾任官农部，且不称意。

〔2〕《虞美人》见《存悔斋诗钞》卷四《团扇词》，文字无误。(清同治三年福

州刻本。)

周亮工《书影》论词

周栎园[1]著《书影》十卷,取"老人读书,只得影子"[2]之意,当时读者盛相推许。然其书大抵钞撮群籍而成,自出己意者不过十之二,而尚有错误之处。如谓:"宋末贾秋壑仿《说郛》为《悦生堂随钞》。"[3]按:《说郛》为陶南村所辑,南村元人,秋壑安能仿之。第栎园是书,乃成于请室者[4],穷愁著书,盖犹有古人之风焉,固不必深求也已。中又引徐巨源之言,谓"《子夜》、《读曲》之属,流为诗馀,流为词,词变为曲。"[5]按:明人皆以诗馀称词,兹云"流为诗馀",又云"流为词",诗馀与词,亦未审何别?

〔1〕周亮工(1612—1672),字元亮,号栎园,又号缄斋,河南祥符(今开封)人。崇祯十三年(1640)进士,入清官至户部右侍郎。清初官场倾轧,亮工屡起屡蹶,两次论死而获释。著有《赖古堂集》24卷。(据《清人诗文集总目提要》第82页。)另有《印人传》8卷、《读画录》4卷、《闽小记》4卷、《因树屋书影》10卷等。《因树屋书影》乃官户部入狱时追忆平生见闻而作。

〔2〕姜承烈《书影序》:"顾先生退然不敢自居,取昔人所云'老年人读书,仅存书影子于胸'之义,故名曰《影》。"(清康熙六年刻本《因树屋书影》,下同。)

〔3〕见《因树屋书影》卷三。"仿"原作"亦仿"。

〔4〕姜承烈《书影序》:"《书影》者,先生请室中所为作也。"请室:清洗罪过之室。请,通"清"。即囚禁有罪官吏的牢狱。

〔5〕见《因树屋书影》卷二。

黄燮青《国朝词综续编》疏于校雠

丙子,予过江夏,平湖张鹿仙炳堃都转以《抱山楼词》索序,[1]并出其先集两种及海盐黄韵甫燮青[2]《国朝词综续编》见赠。韵甫之书,盖准兰泉司寇而作,[3]所采约六百家,予置之行箧,未及读也。一日,见上海所刻《申报》中载《香海词话》,未列作者姓氏。云:"《词综续编》二十四卷,自顺治迄咸丰,搜罗可谓富矣。然首卷录丹阳荆慈卫《念奴娇》一阕,与草窗《绝妙词选》张于湖'过洞庭作'一字不讹,殊不可解。案:于湖为南宋名家,所著《紫微词》,久已脍炙人口,何选家竟未之见?继武朱、王,盖亦难矣。"[4]予考之草窗原书,其言不谬。此与杏舲《词话》所记《明词综》以五代李珣之《浣溪沙》为铁尚书铉作，错误正同，[5]其亦疏于校雠矣。《词话》又云："嘉善黄霁青太守安涛有《续词综》之辑，觅其书不获。周季贶司马云：'黄氏《词续》，藏黄韵珊大令宪清家，乱后存否，未由知矣。'大令官楚中，有《倚晴楼词》。"[6]按：所言即韵甫也。惟"韵甫"作"韵珊"，"燮清"作"宪清"，岂名字有更改，抑记忆之偶疏耶？然则韵甫此书，其即本于霁青欤？但霁青之作，亦选入此书第六卷。而韵甫所附词话，第言霁青所著《绿笺词钞》二卷为其所手定，并不言其有《续词综》，岂故讳之欤？疑不能明也。[7]若末卷并及近今年少英俊，则鹿仙之所附益也。[8]韵甫诗词及《帝女花》、《桃花雪》诸传奇，鄂垣皆有刊本，当寄觅之。

杏舲云："往见蒋氏《词选》，录吴兴女史沈御蝉宛《选梦词》，谓是容若侍卫妾。其《菩萨蛮》云云。此词余前卷已录。闺中有此姬人，乃诗词无一语述及，味词意，颇怨抑也。"[9]按：蒋氏《昭代词选》所列闺秀，妻称"室"，妾称"副室"。沈宛名下，明注"长白侍卫纳兰成德室"，然则妻也，非妾也，殆误记欤？抑以旗人不应有汉妇耶？[10]侍卫悼亡诸作，情长语重，予前卷已详之，或即为沈氏发欤？[11]惜侍卫所著《渌水亭杂识》、《纳兰词》等书，余皆散失，或其中有可考者。杏舲又云："大兴朱竹君学士，主试闽中，梦武夷君见召，约以十年。后视学任满，入都，未久遂逝。闽县孟瓶庵吏部吊以《金缕曲》云云。"[12]按此事载吏部所著《瓜棚避暑录》，予前卷已采入。[13]惟杏舲所引词，与原作多不同。如"蓬山"作"蓬瀛"、"为乘轺、仙霞关上"作"驾征轺、搴帷南望"、"一枕孤篷"作"一枕清宵"、"风马云车"作"云马风车"、"人世事尘凡隔"作"休忘却旧丹册"、"嗟行役"作"慵登陟"、"武夷君十年以后"作"语仙灵相期十载"、"不虚"作"不辜"、"谁料重来前缘在，蜕骨寒岩犹昔"作"谁料辅轩重莅止，到眼岩峦犹昔"、"曾几时"作"曾未几"、"莫唱人间可哀曲"作"话到幔亭张宴事"。互异将半，不知其何所本。至"蜕骨"、"莫唱"二句，即用竹君题图诗，盖吏部此词亦为题图作也。事有原委，文有来由，随意涂抹之，其亦勇于笔削矣。书中似此者多，不便备举。

〔1〕张炳堃(1817—1877?)，原名瀛皋，字鹤甫，号鹿仙，浙江平湖人。道光二十七年(1847)进士，改庶吉士，授编修。官湖北督粮道。有《抱山楼诗录》。(事迹据潘衍桐《两浙辅轩续录》卷四十，清光绪刻本。另据徐世昌辑《晚晴簃诗汇》卷一百四十九，民国退耕堂刻本。生卒年据朱德慈《近代词人考录》第73页，中国社会科学出版社2004年版。)另有《抱山楼词录》4卷、《抱山楼试帖录存》5卷。尝与黄燮青校辑《国朝词综续编》24卷。谢章铤《赌棋山庄文集》卷五有《抱山楼词序》。

〔2〕黄燮青(1805—1864)，原名宪清，字韵珊，一作蕴山。改名后，又字韵

甫。曾自号吟香诗舫主人、茧情生、两园主人。海盐(今属浙江)人。道光十五年(1835)举人,其时所梓《拙宜园词》、《帝女花》诸传奇已脍炙人口。六应会试不第,充实录馆誊录,用为湖北县令,病不之官。家居拙宜园,原为海宁杨氏别业,燮清重加葺治,并改其中之晴云阁为倚晴楼;继又购得砚园废址。咸丰十一年(1861)二月,太平军攻克海盐,乃间关至湖北就官。同治元年(1862),分校乡闱,权宜都令;旋调任松滋县。同治三年(1864)卒于武昌,年六十。所著有《倚晴楼诗集》16 卷、《诗馀》4 卷、《倚晴楼七种曲》,选刻《国朝词综续编》24 卷。生平事迹详陆萼庭《黄燮清年谱》(**陆萼庭《清代戏曲家丛考》,学林出版社 1995 年版。**)

〔3〕王昶,号兰泉,参卷一"王昶论两宋词"条。胡凤丹《国朝词综续编序》:"海盐黄韵甫先生旁搜博采,始顺治迄咸丰,集国朝词家之大成,为《词综续编》二十四卷,补少司寇之所未备。"(**清同治十二年刻本《国朝词综续编》。**)

〔4〕见《申报》第八百六十二号(大清光绪乙亥正月十五日,西历一千八百七十五年二月三十日即礼拜六。)原文云:"《国朝词综续编》二十四卷,海盐黄韵甫所辑,其婿宗子城太守刊于湖北者也。自顺治朝迄咸丰,凡及六百人,搜罗可谓富矣。然首卷录丹阳荆慈卫《念奴娇》一阕,与草窗《绝妙词选》张于湖'过洞庭作'一字不讹,殊不可解。案:于湖为南宋名家,所著《紫微词》,久已脍炙人口,何选家竟未之见?贸然选入,其欲继武朱、王,盖亦难矣。"(**上海申报馆编辑《申报》第 11 册第 6980 页,台湾学生书局 1965 年版。**)

〔5〕丁绍仪《听秋声馆词话》卷九:"建文中,燕师起,铁尚书铉力守济南,殉难最烈。《明词综》录公《浣溪沙》云:'晚出闲亭看汉棠。风流学得内家妆。小钗横戴一枝芳。　　削玉梳斜云鬓腻,镂金衣透雪肌香。暗思何事立斜阳。'按:是词见《花庵词选》,为五代时李珣作,或者公喜其词,曾手书之,后人不知,误为公作。"

〔6〕见《听秋声馆词话》卷六。"觅其书不获"前原有"所采定多佳什","黄氏《词续》"前原有"戈氏词未刊"。

〔7〕《黄燮清年谱》:"本年(甲申,1824)前后获知于嘉善黄安涛。安涛字霁青,晚号葵衣老人,嘉庆十四年(1809)进士,官至潮州知府。于燮清为父执。"周季贶所云或为不实。按:周星诒(1833—1904),字季贶,号巳翁,河南祥符(今开封)人。先世居浙江山阴(今绍兴)。官至福建建宁府知府,以事获遣革职。好聚书,有《传忠堂书目》4 卷行世。(**据《清人诗文集总目提要》第 1684 页。**)另著有《窳横诗质》1 卷、《勉熹词》1 卷、《窳櫎日记钞》3 卷。《年谱》考黄安涛卒于戊申(1848)年七月,而考黄燮清丁未(1847)始辑《国朝词综续编》,"是编网罗考核,得力于友朋者,有钱塘张应昌(仲甫)、吴县戈载(顺卿)等",丁巳(1857)编成,卒后由宗景藩于癸酉(1873)年刊行。

〔8〕胡凤丹《国朝词综续编序》:"距先生之殁已逾十年,而海内词人日新月盛,有为是编所未及甄录者,子城(笔者注:黄燮青女婿宗子城)又属鹿仙都转从而增订之,是书得蔚成钜观而无憾。"

〔9〕引见《听秋声馆词话》卷十七。沈宛,参卷七"纳兰性德其人其词"条。

〔10〕沈宛词《菩萨蛮》见《昭代词选》卷三十七。

〔11〕纳兰悼亡词,参卷七"纳兰性德其人其词"条。非为沈氏发。据张草纫《纳兰词笺注·前言》,纳兰悼亡词乃为悼妻子卢氏而作。康熙十三年(1674),纳兰娶两广总督、兵部尚书、都察院右副都御史卢兴祖之女为妻,十六年五月卢氏产后病故。三年后续娶官氏为继室。康熙十二、三年间曾纳颜氏为侍妾。康熙二十三年(1684)冬纳江南艺妓女词人沈宛为侍妾,为其另构一曲房,十分投契,情深意重,但迫于诸多压力,只相处三四个月,不得不分手。沈氏于康熙二十四年春返回江南。五月三十日,纳兰去世。据《纳兰词笺注》附录四《纳兰性德早年恋情探索》,纳兰另有悼亡词《采桑子》(谢家庭院残更立),是为悼念表妹而作。(上海古籍出版社 2008 年修订本。)

〔12〕《听秋声馆词话》卷十八:"大兴朱竹君学士筠,乾隆庚寅(1770)主试闽中,梦武夷君见召,约以十年往。逮辛丑(1781)视学任满入都,未久,以微疾逝。时学士弟石君相国方视闽学。闽县孟瓶庵吏部吊以《金缕曲》云:'廿载蓬瀛客。驾征轺、褰帷南望,山丹水碧。一枕清宵催客梦,梦到洞天窟宅。讶云马、风车络绎。九曲峰头虚左待,望先生、认取三生石。休忘却,旧丹册。　当时鞅掌慵登陟。语仙灵、相期十载,不辜诺责。谁料辎轩重莅止,到眼岩峦犹昔。曾未几、果登仙籍。话到幔亭张宴事,吹篪人、凄断缑山笛。才俯仰,总陈迹。'"

〔13〕参卷五"孟超然词"条。

赌棋山庄词话续编卷二

林则徐与邓廷桢词

侯官林文忠公勋业文章彪炳海内。所著《政书》及《畿辅水利议》、《荷戈纪程》等编，近已次第刊行。《云左山房诗文集》尚存于家。[1]公与同邑李兰卿彦章[2]都转同志，平日切磋，皆相期以古名臣。都转任思恩府时，为政私淑阳明，官声大起，惜天不永年，未竟厥施，其亦有幸有不幸矣。《榕园集》诗文颇富，而未见长短句，公则词附于《诗存》之后。公固不必以词见，而其词则与嘉、道间诸大老可以并驾齐驱。《月华清·和邓嶰筠廷桢制府沙角眺月原韵》云："穴底龙眠，沙头鸥静，镜奁开出云际。万里情同，独喜素娥来此。认前身、金粟飘香，拌今宵、羽衣扶醉。无事。更凭阑想望，谁家秋思。　　忆逐承明队里。正烛撤玉堂，月明珠市。鞅掌星驰，怎比软尘风细。向烟楼、撞破何时，怪灯影、照他无睡。宵霁。念高寒玉宇，在长安里。"[3]《喝火令·和嶰筠韵》云："院静风帘卷，篁疏月影捎。闲拈新拍按琼箫。惹得隔墙眠柳，齐袅小蛮腰。　　自辟清凉界，斜通宛转桥。家山休怅秣陵遥。翦取吴纨，写取旧烟梢。唤取幽禽入画，对影舞云翘。"[4]《高阳台·和嶰筠韵》云："玉粟收馀，原注：'罂粟一名苍玉粟。'金丝种后，原注：'吕宋烟草名金丝醺。'蕃航别有蛮烟。双管横陈，何人对拥无眠。不知呼吸成何味，爱挑灯、夜永如年。最堪怜、是一丸泥，损万缗钱。　　春雷欻破零丁峡，笑蜃楼气尽，无复灰然。沙角台高，乱帆收向天边。浮槎漫许陪霓节，看澄波、似镜长圆。更应传、绝岛重洋，取次回舷。"[5]《金缕曲·春暮和嶰筠绥定城看花》云："绝塞春犹媚。看芳郊、清漪漾碧，新芜铺翠。一骑穿尘鞭影瘦，夹道绿杨烟腻。听陌上、黄鹂声碎。杏雨梨云纷满树，更蘋婆、新染朝霞醉。联袂去，漫游戏。　　谪居权作探花使。忍轻抛、韶光九十，番风廿四。寒玉未消冰岭雪，毳幕偏闻花气。算修了、边城春禊。怨绿愁红成底事，任花开、花谢皆天意。休问讯，春归未。"[6]《买陂塘·癸卯闰七夕》云："记前番、明河如练，一双星影才渡。者回真算天孙巧，不待隔年来聚。谁作主。任月帐云屏，再绾同心缕。刍尼解事。看两度殷勤，毛衣秃尽，填就旧时路。　　含情处，脉脉一襟风露。天涯怅触离绪。追欢早把芳时误，此夕匏瓜如故。愁莫诉。怕再上层楼，又被黄姑妒。何时归去。盼白鹤重来，玉笙吹破，或与子乔遇。"[7]公乐人之善，不以分位自高。吾友翁蕙卿时穉[8]秀才，家台江，年少有俊才，诗宗太白、长吉，俯视一切，颇见呰于时口。公时以廉访读礼归家，闻其名，命驾造访，蕙卿才名由此大起。[9]公以夷事得罪，及出关，改字俟邨。读《高阳台》、《金缕曲》二阕，为之慨然，岂但于倚声中为阿芙蓉[10]增一故实哉？

集中附录嶰筠[11]原词三首，亦自清气往来。《月华清》云："岛列千螺，舟横万鹢，碧天朗照无际。不到珠瀛，那识玉盘如此。划秋涛、长剑催寒，倚峭壁、短箫吹醉。似元规啸咏，那时情思。　却料通明殿里。怕下界云迷，蜃楼成市。诉与瑶阊，今夕月华烟细。泛深杯、待喝蟾停，听画角、恐惊蛟睡。秋霁。正三人对影，不曾千里。"[12]《喝火令》云："风细筠初脱，云轻叶惯梢。小楼何处唤吹箫。恰似青蛾翠袖，扶醉舞抬腰。　邀笛前时步，垂杨旧日桥。万山烟雨故山遥。一样含漪，一样弄鸣捎。一样黄昏月下，如雪露双翘。原注：'廨东小轩十笏，修篁一丛，兀雨摇烟，娟好可念，瀹茗相对，翛然有故园之思矣。'"[13]《高阳台》云："鸦渡冥冥，花飞片片，春城何处轻烟。膏腻铜盘，枉猜绣榻闲眠。九微夜爇星星火，误瑶窗、多少华年。更那堪、一道银潢，长贷天钱。　星槎恰到牵牛渚，叹十三楼上，暝色凄然。望断红墙，青鸾消息谁边。珊瑚网结千丝密，乍收来、万斛珠圆。指沧波、细雨归帆，明月归舷。"[14]

〔1〕林则徐（1785—1850），字元抚，号式麟，又号少穆，别号俟村老人。福建侯官（今福州）人。嘉庆十六年（1811）进士，改庶吉士，授翰林院编修，道光二十年（1840）官两广总督，领导禁烟抗英斗争，寻被充军伊犁，召还后官至云贵总督。谥文忠。（据来新夏《林则徐年谱》，上海人民出版社1981年版。）著有《云左山房诗钞》9卷、《云左山房诗馀》不分卷、《林文忠公政书》37卷等。今人辑有《林则徐全集》。《畿辅水利议》、《荷戈纪程》有光绪三年刻本。

〔2〕李彦章（1794—1836），字兰卿，号则文，福建侯官（今福州）人。嘉庆十六年（1811）进士，授内阁中书。二十三年任江西乡试副考官，道光二年（1822）补军机章京。出知广西思恩府，擢广西盐法道。历官至山东盐运使，署江苏按察使。著有《榕园全集》28卷计《榕园文钞》6卷、《诗钞》16卷、《润经堂自治官书》6卷。（据《清人诗文集总目提要》第1296页。）另有《楹联》1卷。郭则沄《清词玉屑》卷二："吾闽有榕园诗社，李兰卿都转主之。榕园，其家园也，俯临清江，风景如画。隔江为画屏山，作玉带桥通之。又结亭山中，于江上凿窊尊贮酒，招客共醉，所交皆里中名彦。"

〔3〕"和邓嶰筠廷桢制府沙角眺月原韵"，清光绪十二年刻本《云左山房诗钞》作"和邓嶰筠尚书沙角眺月原韵"。（下校同此本。）"拌"原作"拼"，"宵"原作"夕"，"阑"原作"栏"，"怎"原作"争"，"向"原作"问"。

〔4〕"和嶰筠韵"原作"和嶰筠前辈韵"，"对影舞云翘"原作"对舞云翘"。

〔5〕"和嶰筠韵"原作"和嶰筠前辈韵"，"名"原作"曰"，"何味"原作"滋味"，

“零丁峡”原作“零丁穴”，“澄波”原作“澂波”。

〔6〕“蘋婆”原作“频婆”。

〔7〕“填就”原作“填出”，“层楼”原作“针楼”。

〔8〕翁时稺，字蕙卿，侯官人。贡生。与林寿图同学。（据徐世昌《晚晴簃诗汇》卷一百四十八。）约卒于道光二十五年（1845）前。（据林恩燕《清代南台两个诗人翁时稺、李应庚》，《台江文史资料》第7辑，政协福州市台江区委员会编，1991年内部印行。）著有《金粟如来诗龛集》4卷，卒后魏祯甫为之刻。刘存仁《笃旧集》录其诗18首。

〔9〕林纾序《金粟如来诗龛集》：“侯官林文忠公、李兰卿都转咸家居，得先生诗，命驾访之茅茨之下，一时惊叹二公为能下士，而先生亦未尝以事干二公也。”（民国六年刻本《金粟如来诗龛集》卷首。）民国《福建通志·文苑传·清三·翁时稺传》：“同里林总督则徐、李运使彦章与无素，闻其诗名，效韩退之、皇甫持正过访李长吉故事，命驾诣之。”

〔10〕李时珍《本草纲目》：“阿芙蓉，前代罕闻，近方有用者，云是罂粟花之津液也。”（清文渊阁《四库全书》本。）

〔11〕邓廷桢（1775—1846），字维周，号嶰筠，晚号妙吉祥室老人，又号刚木老人。江苏江宁（今南京）人。嘉庆六年（1801）进士，改庶吉士，授编修。外任宁波府知府，升湖北按察使，官至闽浙总督。著有《双砚斋集》18卷计《诗钞》16卷《词钞》2卷。（据《清人诗文集总目提要》第1095～1096页。）曾在粤、闽抗英，不久被遣戍伊犁。召还后任陕西巡抚，卒于任。另著有《双砚斋笔记》6卷、《双砚斋词话》1卷。

〔12〕见《云左山房诗钞》附词。“似元规啸咏”前原有“前事”。

〔13〕见《云左山房诗钞》附词。“叶惯梢”原作“叶惯捎”，“舞抬腰”原作“舞纤腰”，“万山”原作“万竿”，“弄鸣捎”原作“弄鸣梢”，雪露”原作“雪鹭”。

〔14〕见《云左山房诗钞》附词。

甄毅庵词

纫秋氏[1]《砚凹馀渖》四卷。按：纫秋，福鼎林滋秀也。与福州黄卓人汉章[2]、罗源黄南�武铨[3]、平阳鲍石芝台[4]、华菉园漪[5]，以诗呈长洲吴枚庵翊凤[6]选定，刻《兰社诗略》[7]，此其杂记之作也。中记假馆正定时，三月八日与沈定夫学博[8]、甄毅庵孝廉[9]置酒城之西北桃林别业中，极一时觞咏之乐。毅庵赋《沁园春》云：“约就东风，隐隐飞桥，幂幂轻烟。趁林花浓淡，春行梅坞，溪声远近，路入仙源。共访天台，相随刘阮，不饭胡麻也有缘。长林畔，看赤城霞起，那是人间。　　霏微细雨无端。空搔首、踟躇欲问天。便流膏然杏，鸠呼布谷，游丝罥柳，马系连钱。玉洞将寻，兰亭莫续，也得浮生半日闲。休孤负，待湿云吹散，月上阑干。”〔10〕毅庵未详其名，亦未知何籍。

〔1〕林滋秀(1778—1833)，字兰友，号纫秋，福建福鼎人。幼颖敏，有神童目。乾隆乙卯(1795)举于乡，后三次赴京会试皆未中。馆梁焦林相国家六年。嘉庆十一年(1806)主讲福建福鼎桐山书院，凡五载。嘉庆己卯(1819)，主讲浙江泰顺罗阳书院。嘉庆庚辰(1820)以下十二载仍留福鼎，主讲桐山书院。嘉庆己巳(1809)，仁宗睿皇帝五旬万寿，撰《集古》、《集姓》两千字文以祝，帝览毕赞叹，由是名播海内。道光十二年(1832)春，部文催其赴京待命，签掣湖北荆门州知州，滞留北京因病卒。著有《樨园十种》，计《双桂堂文集》、《双桂堂经义》、《快轩诗存》、《快轩试帖》、《腐子脍传奇》、《竹林合咏》、《砚凹馀沛》、《兰社诗略》、《集古千字文》、《集姓千字文》共113卷。(据周瑞光《清代文学家、教育家林滋秀》、谢兴国《福鼎近代文艺名人》，福鼎市政协学习和文史资料委员会编《福鼎文史》第23辑，2004年6月内部资料版。字号据《兰社诗略》卷五，清嘉庆二十四年刻本，下同。)按:《快轩诗存》或是《快轩诗则》，凡4卷。

〔2〕黄汉章，字传书，号卓人。福建侯官(今福州)人。岁贡生。励学敦行，少即工诗，宗法少陵，各体皆臻佳诣，尤长五律。著《紫云楼诗钞》60卷，计万馀首。纂有《闽海律赋》、《同音》、《排律》、《雅南》。(据《兰社诗略》卷一。)

〔3〕黄铨，字朝衡，一字南村，福建罗源人。举人。好读书，不善酬应，持论诗文必以古为法。著有《南村诗存》，不轻示人。(据《兰社诗略》卷三)另著有《学拙轩诗草》不分卷。林昌彝《射鹰楼诗话》卷二十二录其佳句，称其“诗品澹静，能写野外之景”。(据《清人诗文集总目提要》第1371页。)

〔4〕鲍台(1752—1845)，字石芝，浙江平阳人。岁贡生。与叶嘉棆、华文漪著交最契。著有《一粟轩集》6卷计诗集2卷文集4卷。(据《清人诗文集总目提要》第893页。)

〔5〕华文漪(1777—1825)，字维淇，号菉园，浙江平阳人。嘉庆辛酉(1801)拔贡。著有《逢原斋诗文集》。林纫秋因妹夫周筦卿的介绍，与华结为文友，但始终未见面。华临终前将己作《逢原斋诗文集》手稿嘱家人送到林氏手里，请他帮助整理刊行。林氏遂变卖家产，刊行华氏遗著，并亲作序跋，极力推崇华氏“才、学、识”三长。第二年道光丙戌(1826)，《逢原斋诗文集》刊行，计文4卷诗3卷。今有陈盛奖点校本《逢原斋诗文钞》，上海古籍出版社2005年版。(据《兰社诗略》卷四、周瑞光《清代文学家、教育家林滋秀》、陈盛奖点校本《后记》。)

〔6〕吴翊凤(1742—1819)，初名凤鸣，字伊仲，号枚庵、一作眉庵。长洲(今

江苏苏州)人。博学多闻,能诗工画。著有《与稽斋丛稿》18卷等。(据《中国历代画家人名辞典》第527页。)辑有《国朝文徵》40卷。

〔7〕《兰社诗略》,刊于嘉庆已卯(1819)秋。收黄汉章诗118首、鲍台诗65首、黄铨诗31首、华文漪诗93首、林滋秀诗93首、谢淞诗110首。兰社,林纫秋创立的文社。参加者除《兰社诗略》所收六君子之外,尚有霞浦吴国翰、长洲王芑孙、福鼎蔡云海等人。(据周瑞光《清代文学家、教育家林滋秀》。)《兰社诗略》所收六人诗,五人简介如上。另有谢淞一人,附介于此。谢淞,初名在师,更今名,字吴卿,别字杏根,福建闽县书生。著有《杏梦楼诗钞》。(据《兰社诗略》卷六。)

〔8〕沈定夫,浙江秀水(今嘉兴)人。事迹不详,郑虎文曾为其诗集作序。郑虎文《吞松阁集》卷二十七《沈定夫诗序》:"吾乡沈君定夫於书无所不涉,通刑名法家言,而一归本於儒术。少负经世之志,无所遇,去为诸侯宾客。今老矣,名益重,贤公卿交走币于君之门,君苦之,然亦不能辞也。"(清嘉庆刻本。)按:郑虎文,秀水人。

〔9〕甄毅庵,事迹不详。

〔10〕《砚凹馀沺》颇难寻觅,不知是否尚存人间。福鼎周瑞光先生有辑《林滋秀集》之举,亦未见《砚凹馀沺》。《沁园春》一词无以覆校。

谢学崇、谢质卿词

往余在关中[1],颇有文酒过从之乐。然能诗者多,谈词者颇少。惟南康谢蔚青兵备质卿[2]长于倚声,见予词,辄以为弗及,匿其稿不肯出,故予亦未见其全也。曾以《金缕曲》题予《酒边词》,自谓效予集中体,云:"那有埋忧地。向人间、将歌代哭,非痴非醉。闽峤烟花燕市月,一任水流云滞。只博得、狂名如沸。酒国诗城随去住,放吟魂、宇宙闲游戏。问谁识,个中意。　　青门快把春风袂。趁良宵、调宫按羽,翦灯无寐。似此清才犹不遇,愧我尘寰虚寄。更忍说、乌衣门第。落落吾宗衰歇久,望东山、事业君其继。请善养,浩然气。"[3]蔚青有《转蕙轩诗》及骈体,捻回之乱,目击心伤,作《哀秦文》[4]以吊之,凄厉不减子山[5],予曾钞藏之箧衍。君今年将七十矣,守官潼关道。署之后有养园,养园之左有观河楼,盖即潼关城楼也。或集司空表圣《诗品》作楹帖云:"太华夜碧,大河前横。"极为稳惬。山水雄奇,花竹绵渺,四扇门中,斯园实为第一胜地。君俯仰觞咏,词人之晚景,不亦佳乎?蔚青为蕴山启昆[6]中丞之孙,椒石学崇[7]观察之子,其词学盖得于庭训。观察著《小苏潭词》六卷,多成于罢官之后。《唐多令》云:"新绿破云尖。嫣红摘露缄。画楼人、重换春衫。记得刺桐花下立，风廿四，月初三。　　搅镜倦开函。摊书忘下签。玉堂人、未解华簪。妒杀多情双燕子，才蓟北，又江南。”[8]《减兰》云：“晴绵擘柳。花影扶春如殢酒。燕侣莺俦。不到春深不解愁。　　花醒人醉。一翦斜风铃语碎。莫卷珠帘。帘下狸奴自在眠。”[9]《百字令》云：“生涯如此，但熏炉茗椀，消磨长夏。四十无闻身渐老，一任呼牛呼马。藜照前因，莲花旧梦，漫与论声价。几番风雨，夜来惟听飘瓦。　　便不买赋千金，空群一顾，寂寂何为者。厚禄故人稀问讯，有以寻常慰藉。殷浩书函，令狐笺记，品第原中下。爨桐留几，肯将心事轻写。”[10]观察早岁登科，中年解组，摇落江潭，故不无生意婆娑之感。集中寄内、寄弟诸作，凄音苦节，其亦有不能已于中者乎？又秋水、秋烟、秋云、秋星调《南浦》，用玉田韵。其《秋烟》云：“橘柚渐生寒，半阴晴、正是溟蒙初晓。逗出一丝清，流云外、惟见雁翎斜扫。炊菰熟否，人家遥认山厨小。不道烧痕都化尽，似此离离荒草。　　便教搀入斜阳，带归鸦、几回未了。渔火近犹遮，萍风动、才识采菱船到。如尘去渺，荻花移过空潭悄。莫向樊川禅榻畔，催得鬓边青少。”[11]又句“算杨花、输做浮萍，尚留归着。”“近黄昏，瘦了阑干一角。”《玉人歌·落花》。“怪道邻街鼓，总是三更”。《潇潇雨·秋夜听雨不寐》。“梧桐一树无多叶，犹自做、秋声不了”。《月下笛·秋怀》。“些儿破纸着窗心，恁奈暗风如翦月如针。”《虞美人》。[12]“问讯生疏，人前翻似初相识。酒肠茶量总能谙，漏泄春消息。”《烛影摇红》。[13]“舞榭歌楼都照遍，来照篷窗人独。”《念奴娇·七里泷中秋待月》。[14]“看花仍是去年人，去年花落知何处。”《踏莎行》。[15]观察《自序》所云“痴语如梦，廋言若狂，后有知我，为引百觞”[16]者，其在此矣。苏潭，中丞之别业，以南康故里有苏步坊，翁覃溪方纲学士赠以此名，勒铭池上。[17]中丞为覃溪高弟，与钦州冯鱼山敏昌[18]并名，称为“翁门二山”。所著《小学考》，蔚青重刊于西安[19]，然校对尚未精。

〔1〕关中：指陕西渭河流域一带。据陈昌强《谢章铤年谱》：同治五年(1866)秋，谢章铤自福州往山西，应山西学政林天龄聘，佐其校阅乡试试卷。六年九月，入都预备明年会试。七年三月，应礼部试，报罢。闰四月，规往山西，依粮道赵新。八年春，应陕西巡抚刘蓉之聘，赴同州丰登讲席。九年，复以吕儁孙聘，兼主潼关关西书院。十一月，将入都。十年三月，应会试，报罢。五月，归福建。(《谢章铤集》第786～837页。)谢章铤在关中的时间是同治八年至同治九年(1869—1870)。

〔2〕谢质卿(1809—?)，字蔚青，号稚兰，一号九日山人，江西南康人。道光二十六年(1846)举人。曾官秦中。(据顾廷龙主编《清代朱卷集成》谢质卿履历，成文出版社1992年版。)著有《转蕙轩诗稿》8卷附词1卷、《转蕙轩骈文稿》1卷。

〔3〕据陈昌强《谢章铤年谱》:谢章铤与谢质卿相识在同治八年。(《谢章铤集》第 808 页。)则题《酒边词》事当在此年。据《转蕙轩词》,此词词序云:"题家枚如词稿即效其体"。"非痴非醉"原作"借痴成醉","忍"原作"羞"。(清光绪元年刻本。)据《酒边词》,此词词序作:"效集中体"。"忍"作"羞"。

〔4〕《转蕙轩骈文稿》收有《哀秦人文》。有云:"呜呼秦人!匪盲匪聋。瞻彼四国,莫此汹汹。变速祸巨,神夺之衷。告焉如醉,人道将穷。仰苍昊而号泣兮,吾不知厄运之所终。"(清同治刻本。)《赌棋山庄文集》卷五《转蕙轩骈文序》:"南康蕴山先生,以硕学显宦有声乾、嘉。余束发受书,浏览其《树经堂集》,思从曩人,嘅然远望。后三十年游秦,获交其孙蔚青观察。君为吏良而素究于文,一日,见其《哀秦》篇,凉月凄其半窗,悲风起于天末,贾生之痛哭,兰成之伤心,讵过是耶?客舍传钞,提携万里,时出把玩,愈益离悰,盖逮兹十稔矣。今夏,君以书来,请序其《转蕙轩骈体》,意谓昔日敬礼,此日元晏,将于贱子必之。余不工文,逾分增赧。默而息乎?又非所以报素交也。"

〔5〕庚信,字子山。参卷二"咏物词"条。

〔6〕谢启昆(1737—1802),字蕴山,号苏潭,江西南康人。乾隆二十五年(1760)进士,改庶吉士,授编修。典试河南,出守润州,官至广西巡抚。著有《树经堂集》35 卷计《文集》4 卷、《诗初集》15 卷、《诗续集》8 卷、《咏史诗》8 卷,《树经堂遗文》1 卷,《谢中丞诗稿》不分卷。(据《清人诗文集总目提要》第 783 页。)另著有《西魏书》24 卷、《小学考》50 卷。

〔7〕谢学崇,字椒石,一字仲兰,号亦园,江西南康人。嘉庆七年(1802)进士,授编修。十三年(1808)充会试同考官,官至归德府知府。著有《亦园诗剩》(又名《蕉南旧史诗词集》)5 卷。(据《清人诗文集总目提要》第 1076 页。)另有《小苏潭词》5 卷。

〔8〕见《小苏潭词》卷一。(清道光刻本,下同。)

〔9〕见《小苏潭词》卷二。

〔10〕见《小苏潭词》卷四。"有以"原作"有亦"。

〔11〕见《小苏潭词》卷四。"几回未了"原作"几点萦回未了"。

〔12〕以上四词见《小苏潭词》卷一。

〔13〕见《小苏潭词》卷二。

〔14〕见《小苏潭词》卷三。词序:"过七里泷,中秋夜泊。"

〔15〕见《小苏潭词》卷六。

〔16〕见《小苏潭词》卷首。

〔17〕翁方纲(1733—1818),字正三,号覃溪,顺天大兴(今北京大兴)人。乾隆十七年(1752)进士,改庶吉士,授编修。乾隆三十八年(1773)充《四库全书》纂修官,官至内阁学士、鸿胪侍卿。精满文,专于金石。著有《复初斋文集》

35卷、《集外文》4卷、《复初斋诗集》70卷、《集外诗》24卷等。（据《清人诗文集总目提要》第755页。）翁方纲《复初斋诗集》卷五十一《苏潭图歌》："奚生今写苏潭图，秦公为绘苏潭记。千里函封索我题，我梦重到苏潭际。……潭比覃溪实我愧，苏追苏室真吾师。苏潭义取苏步坊，苏公过岭经南康。"有注："戊戌（1778）作《苏潭铭》，勒石。"又："蕴山所居南康县城内有苏步坊，坡公游迹也，有井存焉。予戊申（1788）过此，重勒其石曰'苏步潭'。"（清刻本。）

〔18〕冯敏昌（1747—1806），字伯求，号鱼山，广东钦州（今广西钦州）人。乾隆四十三年（1778）进士，改庶吉士，授刑部主事。晚年主讲端溪、越华、粤秀等书院。著有《小罗浮草堂诗钞》40卷、《小罗浮草堂文集》9卷。（据《清人诗文集总目提要》第851页。）另有《河阳金石记》3卷等。

〔19〕清咸丰二年刻本《小学考》有谢质卿《序》。《序》说他咸丰元年（1851）在长安书坊见《小学考》书名，而此书刻本已为一甘肃人购去，复以重金赎回，付之手民，阅五月而书再刻成。

谭麐词

旌德谭西屏麐〔1〕以丞尉需次西安，能文知兵，喜交才士，与山阴万伯舒廷琬〔2〕、仲桓同伦〔3〕兄弟、兰州刘梦星开第〔4〕及余唱酬极洽。予尝以《感秋八咏》〔5〕命题，西屏既作诗，复填短调四阕。《秋灯》云："帘内银釭小。帘外孤星皎。天地送秋风。纱窗闪闪红。　对影情何限。凉夜愁相伴。忽报一花开。秋心未肯灰。"《醉公子》。《秋蝶》云："蝴蝶儿。早凉时。秋阴篱落数花须，暂来粉翅垂。　宵梦惊风露，含情故故飞。花前拍板对斜晖。别离知未知。"《蛱蝶儿》。〔6〕时予将之关西讲院，君亦将从军鄜州，故其言如此。〔7〕迄今十年，不通鱼雁，未知短衣匹马，其意兴尚何如也？伯舒治古文，仲桓工骈作，虽橐笔饥驱，而所志愈厉。梦星由进士分发来陕，故乡已破，无家可归，备尝祸乱，时有罪言，洒酣耳热，歌骂并作。与人交，有血性而不阿。华州民回互哄，由贸笋而起，其曲实在民，官袒民抑回，回遂叛。予论此事，颇责备县官不能持平。时适与王霞举兵部、林颖叔方伯联吟〔8〕，遂及之。梦星见之，大以为非，面质予，予谢之。及予入都，君方失官坐累，不名一钱。匝月后，忽千里致赆，并为书数百言，力伸前说。且曰："君诗文必传于后，人信之，将助回虐民矣，君忍乎哉？"予置之不敢辩。顾予之行也，君挥涕相送，出二诗。其一云："不死须相见，知音复几人。开尊欣旧雨，问字悔青春。弟子侯芭老，先生原宪贫。灞桥垂岸柳，远眼逐行尘。"〔9〕其言郑重，呜呼！此意何可忘也。

〔1〕谭麐(？—1900)，字西屏，安徽旌德县人。少从文光汉、戴钧衡学。入陕值寇乱，尝领军于鄜坊之交。旋释兵柄旅陕垣，入巡抚刘蓉幕。光绪初年(1875)，谭麐于关中倡议结青门萍社，参加者有万方煦、毛凤枝、毛凤清、谢威凤、秦毓琪、刘开第、王权、彭洵、席裕驷、赵元中、李嘉绩、樊增祥、方玉润、刘晖。讲学论政，关陇数十载吏治文风不出是社。尝佐樊增祥幕，又从之富平。庚子(1900)以疾卒。著有《励志轩文钞》2卷《诗钞》2卷(**据杨虎城等修、吴廷锡纂民国《续修陕西通志稿》卷八十五，民国二十三年铅印本。**)谢章铤《为林汉如宗远题诗札册子》："西屏爱我如兄弟，筹笔才人困小官。"(**《赌棋山庄馀集·诗》。**)

〔2〕万方煦(1823—1880)，原名庭琬，字伯舒，一字对樵，浙江山阴(今绍兴)人。少随父仕黔道。咸丰六年(1856)，避黔乱来秦，同治五年(1866)客华下。游秦二十年，客邵亨豫、李慎幕中，与官尔铎、谭麐辈相善。光绪六年(1880)卒，享年五十八。(**据民国《续修陕西通志稿》卷八十五。**)著有《豫斋集》2卷。

〔3〕万同伦，原名庭珝，字仲桓，一字寄渔，浙江山阴(今绍兴)人。客方鼎录、王思沂、林寿图、冯誉骥幕中，与谭麐等友善。以盐尹次淮上。光绪十一年(1885)，至扬州，转运使倚如左右手。越五年，谢病还秦，馆臬署，未久卒，年六十。藏书累万卷。(**据民国《续修陕西通志稿》卷八十五。**)著有《补蹉跎斋诗存》1卷。《赌棋山庄文集》卷四有《致万仲桓书》。

〔4〕刘开第，字梦惺，甘肃武威人。同治元年(1862)进士，光绪元年(1875)官醴泉知县。能文章，精堪舆，创建治城巽方魁星楼，以培文脉，由是邑中科第颇盛。申请旌表回乱死难人士。后以办赈贻误降调去职，人多惜之。(**据张道芷等修、曹骥观纂民国《续修醴泉县志稿》卷六，民国二十四年西安西山书局铅印本。**)谢章铤诗集《稿本》卷十四有《酬刘梦星开第大令，时君以事解临潼任》。

〔5〕《赌棋山庄诗集》卷十收《感秋八咏》，有"秋馆"、"秋灯"、"秋月"、"秋水"、"秋花"、"秋蝶"、"秋吟"、"秋梦"诸题。卷十有《从军行送谭西屏麐》。

〔6〕谭麐《励志轩文钞》2卷《诗钞》2卷，未知是否存世，亦未知是否收此二词，此二词无以覆校。

〔7〕据陈昌强《谢章铤年谱》，以《感秋》八题与谭麐唱和事在同治八年(1869)。(**《谢章铤集》第810页。**)

〔8〕王轩(1823—1887)，字霞举，号青田，又号顾斋，山西洪洞人。同治元年(1862)进士，授兵部主事。三年，请假归里，历主弘运书院、晋阳书院、令德堂讲席。著有《耨经庐诗集》24卷。(**据《清人诗文集总目提要》第1587页。**)谢章铤曾请其审定文稿。《赌棋山庄文集》卷四《致王霞举书》："铤于文所留甚少，十去六七，亦未请人作序。二十年前，亡友刘芑川教谕曾为记数语于卷首，

盖实事也。昨在都下,温明叔少宰师见及大喜,宠之以文。少宰出惜抱门下,太息惜抱及伯言先生不及见,然而铤之文果可传耶?意欲求阁下削定一切。”林寿图(1821—1897),初名英奇,字恭三,又字颖叔,号欧斋,又号黄鹄山人,福建闽县(今福州)人。道光二十五年(1845)进士,官至陕西布政使,署巡抚。同治七年(1868)乞归,未果,旋调山西布政使,以供饷不足被劾归。历主江苏钟山书院、福建致用书院。晚年官福建团练大臣,卒。著有《黄鹄山人诗初钞》18卷。(据《赌棋山庄文又续》卷二《赏四品顶戴团练大臣前陕西山西布政使林公墓志铭》、民国《闽侯县志》卷六十八。生卒年据陈昌强《谢章铤年谱》,《谢章铤集》第892页。)另有《华山游草》2卷(与谢章铤合撰)。未刻稿本毁于火,存者不多。《赌棋山庄诗集》卷十一有《食华州笋联句用韩孟斗鸡韵》,与会者有谢章铤、林寿图、王轩。有王轩序。《序》云:“回汉构兵实衅于此物”。同卷有《迭韵和霞举并视颖叔》诗,《序》云:“执友刘芑川长于诗,许秋史长于词,黄肖岩精于小学,著书甚富,不三十年俱尽矣。晚交颖叔,由颖叔并交霞举,甚欢。庚午(1870)春正二十七日,方为韩、孟联句,忽闻警报,慨然辍作。念霞举不能久留,感叠前韵寄之,不自知其言之拉杂也。”

〔9〕未见刘开第有诗集传世,此二诗因谢章铤记录而存世。

张树荄与徐镜清词

年来西北旱饥,大疫流行,文字旧交,一时俱逝。若袁筱坞保恒〔1〕侍郎、张听庵树荄〔2〕观察、谢麐伯维藩〔3〕、吴子儁观礼〔4〕两编修,又皆有用之才,彼苍其何意耶?筱坞在西安,见予《华山后游记》〔5〕,极倾倒,为之跋后,自称“教下小末”。听庵精技击,能书画,从军入闽,勇于杀贼,延、建诸郡,至今称颂之。麐伯诗学杜陵,言有肝胆。倭文端公〔6〕殁时,麐伯挽之云:“绍圣学于道统绝续之交,诚意正心,讲席敢参他说进;夺我公于国是纷纭之日,排和议战,明朝无复谏书来。”与公异趣者,见之皆不悦。子儁为予已酉同年生,久相闻名而未得见,丙子始晤于法源寺。君旋出典蜀试,丁丑始为莫逆交,殆所谓视我“真为一代人者”。〔7〕呜呼!尤可痛已。袁办赈河南,张转运关东,谢监视京师粥厂,皆殁于王事。惟子儁十年幕府,积劳病目,体质素羸,予别君时私忧之,而君竟已矣。袁、谢、吴皆不闻有词,张则有《满江红》一阕。叙云:“辛未春夏,畅读枚如《酒边词》十卷,胸次顿开,步集间韵,以志佩服。”词云:“鼎食钟鸣,问几日、不成寂寞。没来由、功名富贵,只填沟壑。我谓文章终不朽,君家壁垒谁能薄。击青萍、大唱酒边词,灯花落。　　展长卷,连番读。煮宿酒,浑忘浊。把肝肠荡洗,年来一乐。坎壈半生能炼骨,尘沙四海休睁目。彼苍苍、有意老雄才,何尝错。”[8]词不足以尽君念，君待我厚，重省此词，愈增腹痛耳。

子儁熟于时务，下笔洋洋洒洒，千言立就，而知人善下，尤为近日所稀。尝以一卷示予曰：“此德清徐晓芙镜清所撰词，晓芙已酉选拔，以知县谒选，卒于京师。余欲刻之，恨余不精此道，君为刊定，勿惜笔削。”予谢不敢。子儁笑曰：“余闻王兰泉司寇选《国朝词综》，于同人之作，多所窜改，君何歉焉？”余曰：“此非法也，司寇贤智之过，予何敢效？夫人之嗜好不同，文之强弱亦异，安能尽裁以一律。况人各有心，文各有意，又安能以我意为人意，谓人意必尽如我意？予读司寇《春融堂集》，亦未能远过于时贤。其选词专主竹垞之说，以南宋为归宿，不知竹垞《词综》无美不收，固不若是之拘也。今不问全集之最胜，而只取结体之相同，则竹垞已云‘吾最爱姜、史，君亦厌辛、刘’，而辛、刘之作，何以尚留于《词综》哉？且不独备数而已。稼轩三十五首，改之九首，又何以入选如是之多哉？司寇则不然，同时若蒋藏园、洪北江皆有词名，只以派别不同，蒋第选二首，洪第选一首，皆非其至者。噫！其亦异于竹垞矣。且夫一字之师，古人动色相矜许，诚难之也。丁敬礼曰：‘后世谁相知定吾文者？’[9]然则定文必由于相知，今相知未尽，而遽定其文，即不至点金成铁，而必谓子面如吾面，得无削趾适履之嫌乎？大抵司寇所著书，当以《湖海文传》为善，其馀虽采摭繁富，谓为宏奖风流则可，谓为精于鉴别，似尚须论定也。”

晓芙词名《欧阳亭》[10]，清空有致，不染涂泽襞积之习。《菩萨蛮》云：“小园丛桂张黄伞。玉蟾三五清辉满。上市美霜螯。馋涎流老饕。　延秋倾玉酝。稺子牵裾问。月里树婆娑。今年花几多。”《踏莎行》云：“浮白移尊，闹红租舸。桥头铁笛吹云破。玉钩藏罢漏声残，满湖凉露蕉衫涴。　后约裁笺，嘉宾入座。无端远岫浓烟锁。画楼红烛雨同听，销魂今夜人真个。原注：‘《西泠载酒自题纪游图》十二首之一。’”《金缕曲》云：“到此休惆怅。忆随身、耕惟一砚，十年飘荡。也算五侯鲭尝遍，拄笏西山挹爽。有几辈、逢人说项。诗近中唐词两宋，更文章、汉代卿云样。弓与帛，日相望。　如其万卷书无恙。再如其、桑栽八百，箪瓢堪仰。闭户穷经终老耳，那得高轩过访。又那得、词坛推奖。弧矢悬闾男子事，会乘风、踏破长江浪。面已皱，志还壮。”《醉后放言》。晓芙橐笔东西，一官未就，集中尚有《蓦溪山》诸作，其身世之感深矣。

晓芙《蓦溪山》云：“兜鍪一着，几辈上青云，吾老矣。无他技、但伴毛锥子。”[11]因忆昔过两渡镇[12]，见胥溪叟题壁云：“世风日薄，叹投笔从戎，运筹有志。太息欃枪星未落，灞上棘门儿戏。鹅鹳成行，牛羊受牧，莫笑夷吾器。烽烟遥望，衔杯今且一醉。　倏闻报捷红旗，轻裘缓带，不愧封疆吏。羽檄飞传纷鞞鼓，三舍暂容退避。手刷翎毛，头衔鹤顶，血滴苍生泪。黄巾不起，封侯此愿难遂。”《翠缕吟》。[13]与晓芙同意。嗟乎！烂羊头，续狗尾，古今同慨。符雪樵《咏花翎》云：“但见东南飞孔雀，岂知西北有浮云。”[14]一哄之市，谁敢知其是非耶？

旅馆留题，颇少佳作，数年来南北奔驰，所见甚多，录其稍可诵者一二。方顺桥中州玉笙氏《苏武慢》云："春意来时，河间唱罢，又作《遂初》之赋。嫩麦才抽，寒梅欲笑，扑面尘沙如雨。千里关河，廿年事业，百般情绪。想北辙南辕，车轮马铁，不堪重数。　　听谁家、腊鼓鼕鼕，琵琶切切，犹自征歌选舞。顽仆垂头，疲骡顿足，此夜愁魂千缕。白发高堂，倚闾凝望，知儿来否。且料理寒衾，先向梦中归去。"张夏无名氏《台城路》云："一灯才稳思乡梦，披衣又催鸡唱。铃语丁丁，马蹄得得，惹动四山乱响。悬崖似掌。看古雪崚嶒，寒云漭漾。晓色苍凉，一轮红日海东上。　　向平婚嫁未了，卧游图四壁，郁成奇想。来日齐州，马头灵岳，一角遥青相向。尘容俗状。怅琴剑轻装，未携筇杖。刮面西风，软红飞十丈。"又昔年琉璃厂购得残书数种，中夹一纸，前诗数首，后词两阕，字皆簪花小楷，末有"芝仙大姊"、"莲妹问香"等字，未知谁家闺秀，亦未知是录旧，是新制？惜纸已霉烂过半，字句多不全，聊掇于此，以俟知者。《浣溪沙·用叶小纨韵》云："罗縠衫轻凭画楼。乌云斜罥玉搔头。疏桐阁外月如钩。　　吟瘦远山青入梦，颦深双黛绿添愁。盈盈银浦水西流。"《虞美人》句云："万古伤心颜色算斜阳。""叫到楚云凄断一峰青。"《咏雁》。[15]

〔1〕袁保恒(1826—1878)，字贞淑，号筱坞、小午，河南项城人。甲三长子，道光三十年(1850)进士，官至刑部左侍郎。谥文诚。著有《文诚公文稿拾遗》1卷、《诗稿拾遗》1卷。(据《清人别集总目》第1755页。)

〔2〕张树荚(？—1877)，字听庵，阌乡(今河南灵宝)人。澧中季子。咸丰五年(1855)举于乡。左宗棠剿贼闽浙，闻其名，调至幕上，深倚重之。同治五年(1866)，贼陷建阳，树荚自延平驰至，大挫之。以功擢巩秦阶道。光绪三年(1877)，秦大饥，受命督购赈粮，至周家口三阅月，以劳疾卒于家，赠太仆寺卿。(据《续修陕西通志稿》卷七十八、谢章铤《课馀偶录》卷二。)据罗正钧《左宗棠年谱》：同治五年丙寅(1866)三月丙戌，左宗棠至福州，崇安斋匪起事，攻占县城。左宗棠调粤各部赴剿，部队尚未集结，斋匪攻占建阳。壬子，张树荚所部从延平赶到，贼走还崇安。丁巳，黄少春所部赶到，攻克崇安县城，会同张树荚进破岚角。三月壬戌，两部追赶到江西铅山，将匪歼灭。张树荚部还驻崇安。(岳麓书社1982年版。)据郑鹤声《近世中西史日对照表》，三月丙戌为公历3月12日，三月壬子为公历4月7日，三月丁巳为公历4月12日，三月壬戌为公历4月17日。

〔3〕谢维藩(1834—1878)，字翊天，号麐伯，又号振士，巴陵(今湖南岳阳)人。同治元年(1862)进士，官至山西学政。著有《雪青阁集》4卷。(据《清人别集总目》第2304～2305页。)陆襄钺《雪青阁诗集跋》："丁丑(1877)，畿辅饥，

麈伯启粥厂赈之，积劳中疫竟不起。”（清光绪九年刻本。）

〔4〕吴观礼（1833—1879），子子儁，号圭庵，浙江仁和（今杭州）人。同治十年（1871）进士，官编修，光绪二年（1876）任四川乡试副主考。卒后陈汝翼编其遗诗成《圭庵诗录》1卷。（事迹据《圭庵诗录》张佩纶跋；生年据贵恒撰同治辛未科《会试珠卷》，清同治刻本；卒年据陈昌强《谢章铤年谱》，《谢章铤集》第847页。）《圭庵诗录》有《与谢舍人章铤论文》，有云：“门外车声动霹雳，挟书剥啄寻幽人。共手一编恣探索注云：舍人索归方《史记》评本，波澜壮阔疑忘归。”又《酬谢舍人时将游太原》四首其一云：“兼旬谭艺破羁愁，真积如君况远谋。岂意同年垂卅载，始觇早日命千秋。”又有《舍人临行口占告别》二首其二云：“送君匹马度卢沟，万里长风一雁秋。纵复登高休望远，浮云终古使人愁。”（清光绪五年刻本。）

〔5〕见《赌棋山庄文集》卷三。

〔6〕倭仁（1804—1871），字艮峰，蒙古正红旗人。道光九年（1829）进士，改庶吉士，授编修。历官大理寺卿、叶尔羌办事大臣、盛京户部侍郎、工部尚书、文华殿大学士。卒谥文端。著有《倭文端公遗书》13卷。（据《清人诗文集总目提要》第1395～1396页。）

〔7〕《赌棋山庄文集》卷首《附录吴子儁编修书》及谢氏作《跋》述二人交谊甚详。谢氏《跋》云：“灯火渐阑，杯酒欲尽，子儁依依不忍舍，或默或语，而眉宇间皆有四海千秋之意。”“殆所谓视我‘真为一代人者’”或指吴氏对谢氏的勉励与期许。

〔8〕张树荄《满江红》词及词序见谢章铤《酒边词》卷首，文字无误。

〔9〕曹植《曹子建集》卷九《与杨德祖书》：“昔丁敬礼尝作小文，使仆润饰之。仆自以才不过若人，辞不为也。敬礼谓仆：‘卿何所宜难，文之佳恶，吾自得之，后世谁相知定吾文者邪？吾尝叹此达言，以为美谈。”（民国刻《四部丛刊》景明活字本。）

〔10〕徐镜清，字晓芙，浙江德清人。道光己酉（1849）拔贡，候选知县。著有《欧阳亭词》。（据林葆恒纂《词综补遗》卷五。）《赌棋山庄文集》卷六《徐晓芙欧阳亭词序》：“红日满窗，静坐犹汗。子儁太史以一卷至，揭而视之，则同年生德清徐晓芙长短句也。读未半，若有微风起于坐隅，既终卷，矫首向天，微云自远。慨然曰：‘是词不浮豪而有情，不涂泽而有致，于其乡先正与金风亭长为近，可谓能矣！’嗟乎！当其时，金戈铁马，唾手功名。或者摩崖，或者上封事，中外文章炳然，而君橐笔东西，若虫作茧，酒残灯灺，避人而吟。读集中《金缕曲》、《蓦溪山》诸调，其感慨于身世为何如耶？虽然高台平矣，曲榭倾矣，而拳石或有时尚存；长林翳矣，乔木榴矣，而小草或有时独笑。词虽小道，亦视其精神之能自永否耳。敝帚千金之意，或亦有高文典册而不与易者乎？子儁有心

人，闻吾言，当必拍案大噱也。君将殁，譣譣出以相托，殆亦有见于此耶？刻而行之。嗟乎！季子可以报徐君矣。光绪丁丑(1877)，长乐谢章铤倚装序于都门。”

〔11〕徐镜清《欧阳亭词》，今不知踪迹。以上四词，朱祖谋辑《国朝湖州词录》卷四选《菩萨蛮》、《踏莎行》，疑为据谢氏《词话》辑录。《踏莎行》词，《国朝湖州词录》有词序：“自题《西泠载酒图》。”“销魂”，作“消魂”。(民国吴兴刘氏嘉业堂刊本。)另二词未选。

〔12〕两渡镇，在今山西灵石县。

〔13〕胥溪叟，事迹不详。其题壁词因谢章铤记录而存世。《翠缕吟》当为《翠楼吟》之误。

〔14〕符兆纶，号雪樵。参《词话补辑》“符兆纶词”条。刘存仁《屺云楼诗话》卷六：“兵骄将惰，滥赏冒功，中外金貂，滔滔皆是。符南樵兆纶大令有句云：‘但见东南飞孔雀，岂知西北有浮云。’运古入化，讽喻言外，念之可哂。”按：符兆纶《卓峰草堂集》未载《咏花翎》诗。符氏在闽仕宦十年，与刘存仁、谢章铤有往还，集中屡见与刘、谢二人唱和之作。或此诗在朋辈间流传，为刘、谢二人熟知。符兆纶《卓峰草堂集自序》云：“诗四千馀首，删存三千馀首，刻二千四百零九首。”(清同治元年刻本。)可知符氏有大量诗歌未刻，《咏花翎》或在其中。

〔15〕以上四词因谢章铤记录而存世。《浣溪沙·用叶小纨韵》是用叶小纨《浣溪沙·新月》韵，《浣溪沙·新月》见孙麟趾纂《绝妙近词》卷下。

三人词联为长卷

戊辰计偕报罢[1]，遇丹徒茅雅初鹿鸣[2]，甲子同年也。索观予集，填《沁园春》见赠云：“往矣朱陈，雅调骚情，不在兹乎。恰三十年来，都为名误，七千里外，苦被饥驱。原注：‘君将入秦。’短鬓频搔，长歌当哭，有美谁将善价沽。飘零甚，早浮生过半，白了头颅。　　客中将伯频呼。笑此道、而今颇不孤。原注：‘时余营归计，君亦以囊涩未就道。’想天意苍茫，方将玉汝，世途偃蹇，却早衰吾。风雨琴尊，云天金石，落拓同声也胜无。聊相慰，喜清声老凤，两地将雏。”[3]盖雅初亦垂老始第，复不得志于春官，将归课子，不出山矣。闽县郑仲濂守廉[4]读之有感。步韵云：“慷慨上书，天阊路迷，君盍行乎。况朝爽西山，自供赠策，晴云太华，已为先驱。此去灞陵，短衣匹马，美酒十千差可沽。千珍重，此鬼神歌啸，沟壑头颅。　　年来痛饮狂呼。算上下、云龙兴未孤。奈垂暮风尘，输盟石隐，半生仕宦，失望金吾。琴剑栖栖，烟花漠漠，日夕狼烽黯淡无。何心问，任馋涎腐鼠，吓煞鹓雏。”[5]及余在长安，闭门寂寞，追念旧游，亦填一阕，却寄仲濂，并联为长卷，悬之斋壁。词云："三十馀年，销磨几字，也者之乎。任嫫母西施，供人刻画，追风逐电，范我驰驱。行矣诸君，归欤最乐，斜日扬帆出直沽。时应试者多由海道。悦相忆，这未衰肝胆，将老头颅。　　梦中似有人呼。劝莫遣、雄心醉后孤。笑说甚才情，几分痴蠢，生于忧患，百样支吾。蜕骨如蛇，换肠似鼠，为问留皮比豹无。君知我，算平生返哺，尚愧鸦雏。"〔6〕嗣闻雅初入闽，某观察延掌记室，宾主不相得，去馆，卒于旅邸。身后萧条，几无以敛，嗟乎！依人作计，其难至此，悲夫！

〔1〕计偕：指举人赴京会试。谢章铤《课馀偶录》卷三："予迂拙不善周旋，以是得狂名。颖叔与予年相若，弱冠后交相闻名，而踪迹极疏。颖叔早达，予年四十馀始与计偕。戊辰(1868)下第，将之陕就馆，明叔先师闻而饯之曰：'颖叔在陕，予旧同郡，相见必相得，此人可与言学，客中殊不寂寞。'盖颖叔时为陕藩，亦先师门下士也。予至陕累月后，方与颖叔相知相亲厚，旬日未见，则书问重叠，多朴挚之言。"

〔2〕茅鹿鸣，字雅初，江苏丹徒人。同治甲子(1864)举人。善临古帖。客仪征，与萧良翼讲论书法，谈数月，尽得其传。行草楷法皆古洁无俗韵。(据李恩绶原纂、李丙荣续纂光绪《丹徒县志》卷三十四，清光绪间修民国七年刻本。)

〔3〕茅鹿鸣未见有著述传世，此词赖谢氏记录而存世。林葆恒《词综补遗》卷三十一选此词。谢章铤诗集《稿本》卷十四有《答茅雅初鹿鸣同年，雅初善倚声，评予词甚确》。

〔4〕郑守廉，字仲濂，参下条。

〔5〕见《考功词》，有词序："送枚如游秦，用润州茅雅初韵。""路迷"原作"九重"、"自供"原作"足供"、"已为"原作"已助"、"灞陵"原作"灞桥"、"痛饮狂呼"原作"燕市欢呼"、"算上下"原作"算尔我"、"垂暮"原作"垂老"、"漠漠"原作"黯黯"、"日夕狼烽黯淡无"原作"六镇狼烽靖也无"、"任馋涎"原作"彼残涎"、"鹓雏"原作"鸳雏"。(清光绪二十八年刻本。)

〔6〕此词《酒边词》未收，可作谢章铤词补遗之用。

郑守廉词

郑仲濂〔1〕家世清华，妙才自喜，亦余己酉同谱。由翰林改官工部，遭乱归来，十年不出。予时多远游，与君踪迹不甚密。及戊辰入都，君闻之，夜半走访。自后，余无聊辄就君，君亦三日不见余不乐也。字、画、诗、词皆工，而词尤宛转入情。丙子，余复入都，则君亡矣。索其遗书，得《螭道人词草》〔2〕一卷。

或有题无调，或调题俱无。盖君自中年以后，多伤心之故，虽有所作，亦付之丛残，不自珍惜。然君为朝士三十年，未尝得行其志，其所藉以存君者，亦止此矣。况以词论，固海内一作者也。其即事《浪淘沙》云："没始没端倪。假象虚机。一盂转侧双丸驰。为问劳生歌哭者，见事何迟。　宿昔枉思维。总落顽痴。天空云散月来时。大地山河无所有，今日方知。"〔3〕客有贡谀者词以代答《临江仙》云："画不通神诗欠雅，羞云潦倒名场。大豚小犬费平章。且贪鸡鹜食，谁慕鹄鸿翔。　清气少分天乞与，非痴非黠非狂。只疑垂老若为忙。色尘三万斛，泪雨一千行。"〔4〕寓斋雪丁香盛开不旬日谢矣感而有作《满庭芳》云："滴粉珠飞，搓酥玉碎，韶华也忒零星。繁枝无赖，斜亚小银屏。十日匆匆开落，梨云梦、容易吹醒。凭阑倦，犹疑风絮，春雪谢娘庭。　沉沉。昼漏寂，妙年影事，花下重寻。有柰窥半面，栀绾同心。一自素鸾信杳，人中酒、憔悴如今。香篝底，不堪细诉，诉又谁听。"〔5〕简枚如同年《沁园春》云："我问枚如，有家不归，鹤怨猿惊。向巨灵掌上，高搴太华，黄金台下，懒揖公卿。仰屋著书，杜门避客，热海中间署散人。长安道，笑三千白发，十丈红尘。　梦君昨上青旻。更手挟、君诗叩玉晨。看天才何愧，鞭笞鸾凤，古贤合让，蹴踏麒麟。我亦从之，分章抉汉，俯眺齐烟九点青。蘧然觉，剩空床长簟，磊落吟身。"〔6〕仲濂继配林四娘，能诗，伉俪极笃。逝后，君终日有泪痕，其无题诸调，大抵悼亡之作，奉倩神伤，不寿未必不由此耳。〔7〕《鹊桥仙》云："百事都乖，两眉不展，嫁我有何佳处。齑盐井臼廿年中，取辛苦、备尝而去。　长簟凝尘，空箱遗挂，满口思量无据。破窗风雨夜深吟，待呕出、心肝偿汝。"〔8〕《清平乐》云："珠帘昼寂。燕子双飞入。病酒愁春无气力。又近去年寒食。"〔9〕《卜算子》云："侬自命不犹，错妒双星会。银河一水别教填，拌送如潮泪。"〔10〕又句："为卿灰尽一生心。""饥驱整日几曾闲，怎打量、闲来哭汝。"〔11〕读之令人鼻涕下一尺。

"错因缘。葡仙。薄因缘。葡仙。只得人间卅一年。悔生天。葡仙。　幸相怜。葡仙。忍相捐。葡仙。破镜无因月再圆。夜如年。葡仙。"〔12〕此亦仲濂集中悼亡之篇。盖用《风光好》调，仿《竹枝》、《采莲曲》之体，曼声长啸，呼其字而诉之。"葡仙"，当是闺讳也。

〔1〕郑守廉（1824—1876），字仲濂，号俭甫，福建闽县（今福州）人。道光二十九年（1849）举人，咸丰二年（1852）进士，选翰林院庶吉士，散馆改部主事，补吏部考功司主事。（据秦国经主编《清代官员履历档案全编》第27册，华东师范大学出版社1997年版。另据民国《闽侯县志》卷七十一。）著有《考功词》不分卷。

〔2〕《螭道人词草》，未见有书目著录，疑为郑守廉词集原用名，后付梓时更名为《考功词》。

〔3〕见《考功词》,有词序:"阅金经似有所见。"

〔4〕见《考功词》,无词序。"大豚小犬"原作"豚儿犬子"。

〔5〕见《考功词》,有词序:"三月寓斋雪丁香盛开,不旬日谢矣,怆然有赋。""斜亚"原作"低亚","犹疑"原作"错疑","同心"原作"双心","如今"原作"而今","细诉"原作"低诉","诉又谁听"原作"便诉有谁听"。

〔6〕见《考功词》,无词序。"热海"原作"人海","长篁"原作"尘篁","磊落"原作"冷落"。

〔7〕郭则沄《清词玉屑》卷九:"仲濂为太夷方伯尊人,有《考功词》一卷,多寓瘗琴之痛。"按:郑孝胥字太夷。民国《闽侯县志》卷七一《文苑上》:"(郑守廉)中岁悼亡,续娶林氏,知书,生二子:长孝胥,光绪壬午(1882)解元,官至湖南布政使;次孝柽,光绪辛卯(1891)举人,官至道尹。嗣林氏又卒,守廉哀悼甚,一用长短句写悲,今所传《考功词》一卷是也。"林氏即林四娘。叶参等合编《郑孝胥传·年谱》同治六年条:"是年(1867)九月,林太夫人逝世。"(第14页,《民国丛书》第一编第88册,上海书店1989年版。)

〔8〕见《考功词》,无词序。"备尝"原作"遍尝","夜深吟"原作"彻宵吟","待呕出"原作"剩呕出"。

〔9〕见《考功词》,无词序。

〔10〕《考功词》所载《卜算子》仅一首,词云:"扑杀惠帏灯,打叠瞢腾睡。汝自长眠侬自醒,不饮胡如醉。　　却顾影儿单,妒许双星会。银河今夜别教填,判送如潮泪。"

〔11〕以上断句《考功词》未载。《考功词》按调编排,共收词245首,系郑守廉之子郑孝颖、郑孝思、郑孝胥、郑孝柽共同校字。集中有些涉及悼亡林四娘之作,可能在刊刻时被删掉了。

〔12〕见《考功词》,调作《杨柳枝》。"错因缘"原作"姻缘错","薄因缘"原作"恩情薄","人间"原作"韶华","夜如年"原作"恨绵绵"。按:调作《杨柳枝》,误。谢章铤说是《风光好》调,正确。

萨天锡词不无错误

元萨天锡咏雨伞云:"开如轮,合如束。翦纸调膏护秋竹。日中荷叶影亭亭,雨里芭蕉声簌簌。晴天却阴雨却晴,二天之说诚分明。但操大柄常在手,覆尽东西南北行。"[1]此为依附权门、干求恩泽者发也,写炙手气焰,令人慨然。所著《雁门集》,其裔孙露萧龙光农部重刊之[2],校勘颇不苟。附词十四首,《词综》前后录其七首。[3]尚有《念奴娇·登凤凰台怀古步韵》云:"六朝形胜,想倚云楼阁、翠帘如雾。声断玉箫明月底，台上凤凰飞去。天外三山，洲边一鹭，李白题诗处。锦袍安在，淋漓醉墨飞雨。　　遥忆王谢功名，人间富贵，散草头朝露。淡淡长空孤鸟没，落日招提铃语。古往今来，浮生无定，南北劳人路。浩歌一曲，莫辞别酒频注。"[4]亦清转可诵，而他篇则不无错误。如寿大宗伯致仕干公填《法曲献仙音》，平韵双调五十四字。考之律谱，则此调止有九十一字、九十二字仄韵体。且一首之中，上用寒删，下变用支微，韵亦参差不叶。岂自度之腔，而律谱失收乎？[5]《卜算子》第三句上拍云："悄无踪、乌鹊南飞"，下拍云："西风呜、宿梦魂单"，作上三下四句法，与换头"自离边塞路"，稽之各家传作，句调皆不合，岂另有此一体乎？[6]至金陵怀古本《满江红》，误作《念奴娇》，校者已从《词综》改正。而其中"春色去也"，多"色"字；"双燕子"，"双"误"新"；"打孤城"，"孤"误"空"；"乱鸦斜日"，"斜"误"红"；"寒蛩泣"，"蛩"误"蛩"；"只有蒋山青"，"只"误"惟"，又因而不改。[7]《少年游》一名《小阑干》，《词综》脱"干"字，此亦从之作《小阑》。[8]《念奴娇》一名《酹江月》，此以"酹"作"酬"，则校者不得辞其过也。[9]农部善于治生，以盐筴起家，好行其德，待之举火者无算。子某孝廉，尤挥霍。予曾见霞浦游漫郎大琛大令《萍缘小记》[10]，皆记苏台冶游之作。大令自称"小玉"，其所云"雁门生"者，即孝廉也。长篇三千字，琐屑朗秀，动人流连。有《西江月》题词云："落笔才怜凤凰，倚歌声答乌乌。销魂犹自谱吴歈。薄命世间儿女。　　我是桃花别客，十年一梦模糊。新愁替得旧欢娱。梦里莺嗔燕妒。"[11]当时文采，转瞬消磨，而两家门户，亦皆零替矣。

〔1〕萨都剌，字天锡，号直斋，回族。雁门（今山西代县）人。泰定四年（1327）进士，授京口录事司达鲁花赤。至顺三年（1322）任江南诸道行御史台掾史，移居金陵。元统二年（1334）调燕南河北道肃政廉访司知事。后弃官归隐，结庐于司空山（今安徽太湖）而终。（据《中国词学大辞典》第148页。）著有《雁门集》14卷《附卷》1卷。诗见《雁门集》卷十四《雨伞》。（清嘉庆十二年刻本，下同。）

〔2〕萨龙光《编注〈雁门集〉缘起》云："归里后将二十载，惟以祖集未刻，萦抱在心，思欲挽救前愆，乃加意搜集遗佚，增多旧刻三十一篇，并考证旧闻。仿任子渊、史公仪谱山谷内外集之例，以诗系年。其有一二不可考者，亦即依其例，或从旧次，以类相从。其关于时事及编年者，各详注其本末。离为一十四卷。"末题"嘉庆十二年（1807）丁卯六月望日，诸孙龙光谨识。"

〔3〕朱彝尊《词综》卷二十九录萨都剌词4首，卷三十六汪森补萨氏词3首。

〔4〕见《雁门集·附卷》。词序："登凤凰台怀古用前调并韵。""浮生无定"

原作“人生无定”,“劳人路”原作“行人路”。

〔5〕《法曲献仙音·寿大宗伯致仕干公》:“鬓未银,东风早,挂冠侑诗。图乡称人瑞。度蓬瀛仙祝,灵丹绕膝舞斓煸。　天喉舌,尚书老白衣。向璇穹,尝扶日出卷珠箔,闲看云飞,成全今古稀。”未见有此54字体者。《词律》卷十三“柳永九十一字体”注云:“柳词多讹,此调与诸家句法大异,必有错误处,不可从,姑存之以俟识者。”另载吴文英九十二字体。

〔6〕《卜算子·泊吴江夜见孤雁》:“明月丽长空,水净秋宵永。悄无踪、乌鹊南飞,但见孤鸿影。　自离边塞路,偏耐江波静。西风鸣、宿梦魂单,霜落蒹葭冷。”按:此词与苏轼《卜算子》(缺月挂疏桐)字数并不差。上下阕三、四句,苏词并作一句。(据《全宋词》第295页。)

〔7〕《念奴娇·金陵怀古》:“六代繁华,春色去也,更无消息。空怅山川,形胜已非畴昔。王谢堂前新燕子,乌衣巷口曾相识。听夜深寂寞打空城,春潮急。　思往事,愁如织。怀故国,空陈迹。但荒烟衰草,乱鸦红日。玉树歌残秋露冷,胭脂井坏寒蛩泣。到如今、惟有蒋山青,秦淮碧。”跋云:“谨案《词谱》:此系《满江红》调,非《念奴娇》也。旧本题下注误。旧本‘空怅’下落一‘望’字,‘非畴昔’作‘无消息’,今从朱竹垞《词综》正之。”《词综》录此词云:“六代繁华,春去也、更无消息。空怅望、山川形胜,已非畴昔。王谢堂前双燕子,乌衣巷口曾相识。听夜深、寂寞打孤城,春潮急。　思往事,愁如织。怀故国,空陈迹。但荒烟衰草,乱鸦斜日。玉树歌残秋露冷,胭脂井坏寒蛩泣。到如今、只有蒋山青,秦淮碧。”

〔8〕《小阑》:“去年人在凤凰池,银烛夜弹丝。沉水香消,梨云梦暖,深院绣帘垂。　今年冷落江南夜,心事有谁知。杨柳风柔,海棠月澹,独自倚帘时。”

〔9〕“游钟山紫薇观赠谢道士,其地乃文宗驻跸升遐之处”下注“酬江月”。又注“遐”当作“龙”。

〔10〕游大琛,字漫郎,霞浦(今属福建)人,游彤卣之子。道光六年(1826)进士,历知山西长子、高平知县,升东治同知。著有《萍缘小记》、《窾启吟草》、《风尘呓语》。(据沈祖牟《萍缘小记跋》、黄寿祺《风尘呓语跋》、《窾启吟草跋》。)(《萍缘小记》,松竹斋钞本,民国二十九年沈祖牟题跋,福建图书馆藏。《窾启吟草》,黄寿祺题跋,1964年钞本,福建师范大学图书馆藏。《风尘呓语》,黄寿祺题跋,1965年钞本,福建师范大学图书馆藏。)

〔11〕《西江月》见《萍缘小记·题词》,注“严州舟次钞”,未署名氏。“莺嗔燕妒”,松竹斋钞本作“莺歌燕舞”。《闽词徵》卷四选此词。

《木兰花慢》应以柳词为谱

《木兰花慢》,《词律》以蒋竹山为谱,谓此词规矩森然,诚为毫发无憾矣。[1]然予读《吴礼部诗话》,载柳耆卿此调云:"折桐花烂漫,乍疏雨、洗清明。正艳杏烧林,缃桃绣野,芳景如屏。倾城。尽寻胜去,骤雕鞍绀幰出郊坰。风暖繁弦脆管,万家竞奏新声。　盈盈。斗草踏青。人艳冶、递逢迎。向路旁往往,遗簪坠珥,珠翠纵横。欢情。对佳丽地,任金罍罄竭玉山倾。拚却明朝永日,画堂一枕春酲。"[2]其结调用韵,与竹山正同。柳先于蒋,何舍置之。中又载吴彦高词亦然。但彦高后拍起句云:"长安。底处宽。人不见,路漫漫。"首句二字,次句、三句、四句俱三字,与《词律》所载两阕俱稍异,是又一格也。[3]红友未及检。礼部,元人,名师道,字正传,籍兰溪。[4]

〔1〕见《词律》卷七。

〔2〕吴师道《吴礼部诗话》云:"《木兰花慢》,柳耆卿清明词得音调之正,盖'倾城'、'盈盈'、'欢情',于第二字中有韵。近见吴彦高中秋词亦不失此体,馀人皆不能。然元遗山集中凡九首,内五首两处用韵,亦未为全知者。今载二词于后(略)。""坠"原作"堕","拚"原作"拚"。(清道光刻《知不足斋丛书》本,下同。)

〔3〕《吴礼部诗话》云:"吴词后段起句又异,当依柳为正。"即指"长安。底处高宽。人不见,路漫漫。"而言。谢章铤所云"底处宽",未知据何本,似漏抄一"高"字。《词律》卷七载蒋捷、黄机《木兰花慢》各一首。蒋捷词后段起句:"妆楼。晓涩翠罂油。倦鬓理还休。"黄机词后段起句:"吾心惟有忠诚。羞媚妩,做逢迎。"

〔4〕吴师道(1283—1344),字正传,婺州兰溪(今属浙江)人。至治进士。初为高邮县丞,调宁国路录事,迁池州建德县尹。后以荐为国子助教,寻升博士。至正四年(1344),以奉议大夫、礼部郎中致仕,卒于家。(据《中国历史大辞典》第2848页。)著有《敬乡录》14卷、《敬乡后录》23卷、《战国策校注》10卷、《礼部集》20卷、《吴礼部诗话》不分卷等。

林兆鲲词

厦门逼海,水咸不堪饮,日必取泉于鼓浪屿。近日蜃楼鬼市,遍布层巅,行者苦之,水不时至,价亦加昂。且其地为有事所必争,他族滋蔓,其无乃包藏祸心。嗟乎！厦门数十万生灵，平居之饥渴，临事之性命，俱不能自主，可不思曲突徙薪之计哉？因忆莆田林南池兆鲲[1]太史鼓浪洞天填《凤凰台上忆吹箫》云："到处招游，一筇双屐，而今又欲乘船。似凭虚公子，缥缈随仙。极目洪涛万顷，忽露出、鸡犬人烟。新来客，钟声远接，引入洞天。 岩前。老僧指点，这一所村庄，曾憩征鞍。有旧台荒垒，雨蚀苔墁。折戟沉沙已久，都忘却、凿井耕田。听说罢，掀髯一笑，共醉云端。"[2]下半所言，盖指耿、郑交讧时也。[3]今之隐忧，盖有百倍于耿、郑者矣。南池又有瓶梅《满庭芳》三阕。其首阕云："月浸瑶台，霜铺琼砌，主人早办迎寒。东篱秋老，花事又阑珊。谁自江南返棹，将春色、携到吟坛。真耶梦，佳人枉顾，洗眼试详看。 相逢翻欲哭，因他瘦损，倚遍雕阑。问别来一载，何处盘桓。且喜容颜如旧，还带得、半点儒酸。冬宵永，移尊对酌，灯火话团圞。"[4]

〔1〕林兆鲲，字南池，号崇象，福建莆田人。乾隆三十一年(1766)进士，官国史馆编修。著有《林太史集》14卷。(据《清人别集总目》第1369页。)

〔2〕见《林太史集》卷九《诗馀》。(清嘉庆九年莆田林泰刻本，下同。)

〔3〕贺长龄《清经世文编》卷二十三郑振图《治械斗议》："或问：'泉、漳械斗何自昉乎？'曰：'昉于前明之季，海氛不靖，剽劫公行。滨海居民各思保护村庄，团练乡勇，制造戈兵。逮入国初，耿、郑交讧，戈铤蔽野。至康熙三十六年(1697)，台寇始定，百姓习于武事。其闲，聚族之人挟睚眦之嫌，辄至操戈相向，彼此报复，率以为常。械斗之兴，有自来矣。'"(清光绪十二年思补楼重校本。)所谓"折戟沉沙已久，都忘却凿井耕田。"即如郑振图所言。按：耿指耿精忠，郑指郑经。杨陆荣《三藩纪事本末》卷四《郑成功之乱》："(康熙)十一年(1672)壬子，吴三桂据云南、四川、贵州以叛。十二年癸丑，耿精忠据福建执总督范承谟以叛，八闽镇将皆附于精忠。五月，精忠调海征总兵赵得胜兵，得胜不从，来奉经，经以得胜为伪兴明伯左都督。时经偷安日久，兵甲钝敝，精忠易之。经遣人于精忠，借漳、泉二府，精忠不许，耿郑交恶。"(清康熙五十六年刻本。)

〔4〕见《林太史集》卷九《诗馀》。"揣到吟坛"，原作"携到诗坛"；"阑"原作"栏"；"尊"原作"樽"。

郑玉笋能诗

台江校书郑玉笋，能诗，有集一卷。余见之于余戚冯翁。[1]"貌不负人人负貌，卿须怜我我怜卿"，玉笋所集句也。词榭诸君，皆有题咏。[2]玉笋既负艳名，日夜思脱籍，其家靳之，卒郁郁死，葬于新亭。新亭者，理香之丛冢也。冯翁嫌其秽杂，为移厝于小西捌。无赖子挟其家人与冯翁为难，重赂之，始息，殊有千金买骨之风。冯翁为余话此事，犹太息不止也。大抵闽士不善为名，至闺阁有著述，尤秘匿不肯示人。惟青楼女子，时或以此钓奇，然亦从前风气偶有之，今则绝无矣。余忆三十年前有林曼英者，喜诗，能诵唐人三百首及黄莘田《香草笺》[3]，一字不遗，亦略通其意，名噪甚。或赠以诗云："未必黄金能买笑，不妨白眼看人多。"盖曼英左目仰视，所谓斜眼也。一日，予饮其家，有客欲要之，曼英不答。客无计，乃曰："能作一小曲，当不汝扰。"曼英率尔曰："何题。"曰："月"。"何韵?"曰："光"。即应曰："光。汝看空庭白似霜。侬家远，照不到西厢。"客愕然竟去。余笑谓之曰："我不意汝乃琴操、盼盼一流人。"曼英曰："昨有客遗我《词镜》，卷首乃《十六字令》，我爱其短，时念之，故不觉冲口而出。"予曰："词气对针亦妙。"曼英笑曰："君不闻童谣乎？'与哥相约月光时，月今光了哥未来。闽语谓"来"曰"厘"，古音也。莫是侬家月出早，莫是哥家月出迟。'我实转此意言之。"[4] 盖其慧如此。

〔1〕郑玉笋(1807—1823)，福州台江妓。十岁丧母，鬻于台江渔妇家。性好吟诗。因与冯三情事自缢死，卒年十七。著有《香雪留痕》1卷。张际亮《翠眉亭稿》有诗《郑姬玉笋居洲边，约从所欢冯三，冯畏父严，欲假所狎优童某娶之，院中故不接优童，姬怒遂自缢死，时癸未(1823)三月，年才十七耳。冯以百金乞其母改葬之，征刻哀词成帙。去年有以姬授意于余者，见其貌亦中人，不知其情痴如此也，为题四绝句》。(《南浦秋波录》附。)谢氏所云冯翁即是冯三。郭则沄《清词玉屑》卷五："台江即闽江，南台俗所谓'洲边'、'湾里'者，皆粉黛所居。……台江妓所居多近水，亦有以船为家者，其习俗在桐江、珠浦之间。"

〔2〕《聚红榭雅集词》卷三《题〈香雪集〉后》收宋谦《虞美人》、梁礼堂《两同心》、马凌霄《锦缠道》、刘勷《长相思》、刘绍纲《传言玉女》、谢章铤《浣纱溪》词各1首。有题序云："从友人残书堆中，得《香雪留痕》一卷，台江校书郑玉笋所作诗也。多幽怨语。哀其遭遇，出示词榭诸君，各缀以短调，并录其自序，庶后之观者有所考焉。《序》曰：'妾生来薄命，备历迍邅。母娠时梦人持半截玉环与之，故名玉。然环不能圆，月缺花残之兆已见于未生之时，他日飞絮无家，不言自喻。十龄丧母，家彻骨贫，父老病，度日为难，母死竟无以殡，遂鬻于台江渔妇家。此劫一成，火坑直坠矣！是岁上学读书，过目辄能成诵，塾师笑曰："可惜，非丈夫子。"又怆然曰："此女生于渠家，更觉可惜。"当时闻此语，只以为赞美之词，由今思之，始知惋惜之深，真堪泪下。性好读诗，师以《唐诗合解》一部，细为讲晰。曰："汝非场屋中人，经书文字可以不必。既好吟诗，余当教汝。"遂从作对入手，兼及咏物一两联，始则搜索不能成语，师则涂抹改正之。

至十三岁，颇晓平仄。《咏镜》云："开奁含粉泪，莫照可怜人。"师见之愀然，背告人曰："是儿恐不寿。"人告于余，涔涔泪下而已。十四岁春半，师死而邻塾散，日夕在家，惟读旧所授诗，或拈物自咏，或即景自吟。时姊妹行多有读《香草笺》，予亦心好之，但典故甚多，茫无所晓。每遇文客到家，必执裾而细问之，谈一典故，喜动于色，倾耳而听之。惟恐其即去，赔酒赔浆弗计也，而得力王情海、李香圃二人居多。记今春十七矣，所得诗辄存之，不知工拙，随意吟咏，俚俗近多，盖学力不深之故。历年以来，投身苦海，早夜决计择人，终焉有欲娶而不愿嫁者，有欲嫁者又不愿娶。毕竟此身了无定居，黄土埋香之念，须臾不去心，欲海无边，回头是岸，有此善愿，天必从之乎？性傲体弱，游客来皆不快其意，往往获戾于人。自思将为泉下物，亦何畏人嗔怪。去夏至今，不见一客，闭门枯坐，詈语孔多，置之不问，倘再相逼，定索我于枯渔之肆矣。新春后，食愈减，体愈羸，所谋愈不遂。病日增取笔墨，又挥去情思，信困慵也。忆小青"卿须怜我我怜卿"之句，思拈此语，足成一绝，而心绪如麻，不能着想，只对以"貌不负人人负貌"一语而已。检旧诗得若干首，复自述苦况，以冀见怜者垂青焉，勿以里言而弃之，幸甚幸甚！台江郑玉笋自记。"丁绍仪《听秋声馆词话》卷十五："闽中钱最少，福州市间所用皆票，与古钞相似，故田家妇孺，无不识字。即青楼女子数岁时，亦延师课读，然仅粗解字义，鲜有工诗词者。近有《香雪留痕》，传为郑玉笋校书作。自叙生时母梦人与以玉玦，故名玉。幼慧，略知诗，年十七卒。'开奁含粉泪，莫照可怜人。'其十四岁《咏镜》句也。闽县梁礼堂吏部鸣谦为题《两同心》云：'融雪为神，雕琼做思。想几回对镜低徊，有多少伤心情事。向风前洒泪成珠，结珠成字。　无那孟婆风利。昙花谢矣。休再话、玉玦前因，剩几幅、金荃遗制。更谁怜，月冷台江，埋愁无地。'吏部释褐后，仍以笔耕为事。"按：《聚红榭雅集词》所收梁礼堂《两同心》词，与《听秋声馆词话》所收此词文字差异大。词云："融雪为神，抽思作意。想当年病黛愁鬟，抱多少伤心情事。擘银笺结泪成珠，结珠成字。　无那孟婆风利。昙花谢矣。台江畔、黄月埋香。料香魂，还为茉莉。把遗编读，落红满地。"

〔3〕《香草笺》，清永福黄任撰，乾隆五十九年(1794)刊本。《香草笺偶注》，寄闻轩主人注，凡2卷，有嘉庆十三年(1808)七月阮芳潮序。序云："《笺》中诗独写闺房儿女之事，流连往复，纯以绮语摅其深情。"

〔4〕童谣盖来源于闽地民歌《插禾歌》。郭柏苍《竹间十日话》卷五："村农《插禾歌》云：'等郎等到月上时，月今上了郎未来。叶音'黎'。《诗》：'羊牛下来'。《王母白云谣》：'尚能复来'。莫是(奴屋)山低月出早，莫是(郎屋)山高月出迟。不是出早与出迟，大半是郎没意来。记得当初未娶嫂，三十无月暗也来。'词虽鄙亵，往复再三，亦文人才士托兴彤管也。"(**清光绪十二年侯官郭氏刻本，括号系笔者添加。**)彤管：指女子文墨之事。按：郭柏苍，侯官(今福州)人。

赌棋山庄词话续编卷三

凌廷堪论词

歙凌次仲廷堪[1]教授著《梅边吹笛谱》,按篇注明宫调。自序云:"稿中所用四声,非于唐宋人有所本者,不敢辄为假借。所用韵,凡闭口,不敢阑入抵腭、鼻音,至于抵腭与鼻音,亦然。异时有扬子云,当鉴此苦心也。"[2]盖次仲究心乐谱,尝以琵琶证琴声,知宋人燕乐二十八调多与雅乐异名,因成《燕乐考原》六卷,条分缕析,考据极明。惜予于此道未尝学问,不敢谬说是非。第观其论词与余意合,兹采其大略于左。

宣城张其锦,次仲之高弟也。述其师之言曰:"词者,诗之馀也,昉于唐,沿于五代,具于北宋,盛于南宋,衰于元,亡于明。以诗譬之,慢词如七言,小令如五言。慢词,北宋为初唐,秦、柳、苏、黄如沈、宋,体格虽具,风骨未遒。片玉则如拾遗,骎骎有盛唐之风矣。南渡为盛唐,白石如少陵,奄有诸家。高、史则中允、东川,吴、蒋则嘉州、常侍。宋末为中唐,玉田、碧山风调有馀,浑厚不足,其钱、刘乎?草窗、西麓、商隐、友竹诸公,盖又大历派矣。稼轩为盛唐之太白,后村、龙洲亦在微之、乐天之间。金元为晚唐,山村、蜕岩可方温、李,彦高、裕之近于江东、樊川也。小令,唐如汉,五代如魏晋,北宋欧、苏以上如齐、梁,周、柳以下如陈、隋。南渡如唐,虽才力有馀而古气无矣。填词之道,须取法南宋,然其中亦有两派焉:一派为白石,以清空为主,高、史辅之。前则有梦窗、竹山、西麓、虚斋、蒲江,后则有玉田、圣与、公谨、商隐诸人,扫除野狐,独标正谛,犹禅之南宗也;一派为稼轩,以豪迈为主,继之者龙洲、放翁、后村,犹禅之北宗也。元代两家并行,有明则高者仅得稼轩之皮毛,卑者鄙俚淫亵,直拾屯田、豫章之牙后。我朝斯道复兴,若严荪友、李秋锦、彭羡门、曹升六、李畊客、陈其年、宋牧仲、丁飞涛、沈南渟、徐电发诸公,率皆雅正,上宗南宋,然风气初开,音律不无小乖,词意微带豪艳,不脱《草堂》前明习染。唯朱竹垞氏,专以玉田为模楷,品在众人上。至厉太鸿出,而琢句炼字,含宫咀商,净洗铅华,力除俳鄙,清空绝俗,直欲上摩高、史之垒矣。又必以律调为先,词藻次之。昔屯田、清真、白石、梦窗诸君,皆深于律吕,能自制新声者。其用前人旧谱,皆恪守不敢失,况其下乎?"《梅边吹笛谱目录跋后》。[3]按:篇中多持平之论,以视主张姜、史,掊击辛、刘者,其识解固高人一等矣。至论国朝词,则各言所见,且当时风气之所趋,亦足以考流派矣。

次仲云："周清真'小雨收尘'一调，题曰《月下笛》，而与白石、玉田诸作迥异。今细校之，即《琐窗寒》。唯换头处少一字耳，《片玉集》中'暗柳啼鸦'词可按也。疑是《琐窗寒》别名，非《月下笛》本调。"[4]又云："《梦芙蓉》，《梦窗甲稿》题尹梅所藏赵昌芙蓉自度曲也。调极幽咽，竹垞、樊榭尝用之，而万氏《词律》失载。"[5]又云："万氏专以四声论词，畏其严者多诋之，泸州先著尤甚。以为宋词宫调，必有秘传，不在乎四声。今按：宋姜夔白石集《满江红》云：'末句"无心扑"，歌者将"心"字融入去声，方谐音律。'《徵招》云：'正宫《齐天乐慢》前两拍是徵调，故足成之。及考《徵招》起二句，平仄与《齐天乐》吻合。又，《宋史·乐志》载白石《大乐议》云：'七音之协四声，各有自然之理。'王灼《碧鸡漫志》：'《杨柳枝》旧词起头，有侧字、平字之别。'然则宋人皆以四声定宫调，而万氏之说，与古暗合也。余恒谓推步必验诸天行，律吕必验诸人声，浅求之，樵歌牧唱亦有律吕。若舍人声而别寻所谓宫调者，则虽美言可市，终成郢书燕说而已。今秋舟过荆溪，感填《湘月》以酧红友，即白石所云《念奴娇》'鬲指声'也。按：'鬲指'亦谓之'过腔'，《念奴娇》本大石调，今吹入双调，故曰'过腔'，谓以黄钟商过入夹钟商也。"[6]此则亦采入《国朝词综》第二集，但删节不备耳。中所选次仲词，若秋夜《隔浦莲近》拍、和吕叔讷帘钩《齐天乐》，皆不见本集。[7]此三则语皆精审。其《浣溪沙·黄昏》云："鹊尾黄昏炷麝脐。压帘新琢辟寒犀。是谁门巷玉箫低。　　日自南回梅渐北，风从东至柳微西。翠禽偏向梦边啼。"《丑奴儿·晓起》云："朝来渐觉春寒减，云散檐牙。日上窗纱。起汲新泉自煮茶。　　门无屐齿苍苔满，淡处纷华。闲里生涯。细数庭前未放花。"[8]《好事近·正定道中小饮》云："秣马镇州城，城外荷花无数。解辔柳阴沽酒，看鸬鹚飞去。　　太行天矫控中原，形势自千古。莫问前朝兴废，有青山如故。"[9]《绮罗香·登壮观亭》云："雁外青天，鸦边黄叶，亭上秋光如许。万里江山，齐向此中奔赴。见隔水、几叠峰峦，似微带、六朝烟雨。战西风、苔瘦榛荒，断碑犹有老颠赋。　　徘徊空对旧迹，如见风流载酒，掀髯箕踞。雪下前村，留得可人佳句。问当时、豪兴如何，有点点、白鸥飞去。拂吟鞭、试觅归途，寂寥谁共语。"原注："米颠《壮观亭》诗：'如何夜来风，独下前村雪。'"[10]《湘江静·表忠观》云："陌上春深归骑缓。望中原、李花零乱。霜寒一剑，潮回万弩，怕谁穿钱眼。不着柘黄衣，拥旄节、开门无患。孱孙纳土，明廷报功，犹留得、表忠观。　　奠菜羹，携麦饭。奏神弦、里巫初散。红妆士女，青袍父老，指南来新雁。落日霸图销，灵旗上、疏风摇晚。英雄逝矣，行人吊古，空摩旧券。"[11]生气拂拂从十指出矣。

予少喜《藏园九种曲》[12]，若《笠翁十种》[13]则甚鄙之。次仲《高阳台》云："十年细读藏园曲，侭移宫换羽，挹遍清新。接席何由，云端怅望骖麟。须眉展拜疑相识，向画图、凝想前因。"[14]又《论曲绝句》中有云："仄语纤词院本中，恶科鄙诨亦何穷。石渠尚是文人笔，不解俳优李笠翁。"[15]可见文有定价，嗜好固不尽相远耳。

〔1〕凌廷堪(1757—1809),字仲子,号次仲,安徽歙县人。乾隆五十五年(1790)进士,官宁国府教授。著有《校礼堂文集》36卷、《诗集》14卷、《燕乐考原》6卷、《礼经释例》13卷。词有《梅边吹笛谱》2卷。生平事迹详其高足张其锦《凌次仲先生年谱》。(民国二十四年《安徽丛书》本。)

〔2〕见《梅边吹笛谱》,文字无误。(清刻本,下同。)

〔3〕见《梅边吹笛谱》,文字无误。

〔4〕见《梅边吹笛谱》卷上《月下笛》词序。

〔5〕见《梅边吹笛谱》卷上《梦芙蓉》词序。"梦窗甲稿"前原有"此"字,"芙蓉"原作"芙蓉图"。

〔6〕见《梅边吹笛谱》卷下《湘月》词序。"万氏专以四声论词"前原有"宜兴"二字,"余恒谓推步必验诸天行"前原有"先著妄人,宁卒哂乎?""感填湘月"原作"感而赋此"。

〔7〕见王昶《国朝词综》二集卷五。《隔浦莲近》、《齐天乐》确不见《梅边吹笛谱》,未知王昶录自何处。《国朝词综》所录《齐天乐》词序:"吕大叔讷以帘钩诗见示,谱此和之。"

〔8〕以上见《梅边吹笛谱》卷上。

〔9〕见《梅边吹笛谱》卷下。

〔10〕见《梅边吹笛谱》卷上。

〔11〕见《梅边吹笛谱》卷下。

〔12〕《藏园九种曲》,蒋士铨自编戏曲选集。共收《空谷香》2卷、《四弦秋》1卷、《桂林霜》2卷、《第二碑》1卷、《香祖楼》2卷、《雪中人》1卷、《冬青树》2卷、《临川梦》2卷、《一片石》1卷。

〔13〕《笠翁十种曲》,李渔戏曲集。共收《怜香伴》2卷、《风筝误》2卷、《蜃中楼》2卷、《意中缘》2卷、《凤求凰》2卷、《奈何天》2卷、《比目鱼》2卷、《玉搔头》2卷、《巧团圆》2卷、《慎鸾交》2卷。

〔14〕见《梅边吹笛谱》卷下。有词序:"蒋修隅招吴兰雪饮藏园,兼晤其令弟秋竹孝廉。"

〔15〕见《校礼堂诗集》卷二。(清道光六年刻本。)

《艺概》论词

余于沪渎书肆,得兴化刘融斋熙载〔1〕所著《艺概》。后晤同年吴桐云大廷〔2〕

观察，为言融斋掌教书院，善于谈艺，盖穷年绩学之士。惜匆匆归来，未及见也。《艺概》自诗文及经义皆言及，中有《词曲概》，虽或为古人所已言者，抑言之而或有可商者，如谓："晚唐五代为变调"[3]、"元遗山集两宋之大成"[4]，予皆不能无疑。而精审处不少，不可废也，节录之以供参考。融斋谓："词喻诸诗：东坡、稼轩，李、杜也；耆卿，香山也；梦窗，义山也；白石、玉田，大历十子也。其有似韦苏州者，张子野也。"[5] 此可参次仲之说。[6] 次仲兼以时言，融斋专论格耳。

冯延巳词，晏同叔得其俊，欧阳永叔得其深。

宋子京词是宋初体，张子野始创瘦硬之体，虽以佳句互相称美，其实趣尚不同。

叔原贵异，方回赡逸，耆卿细贴，少游清远，四家词趣各别，惟尚婉则同耳。

周美成律最精审，史邦卿句最警炼，然未得为君子之词者，周旨荡而史意贪也。

苏、辛皆至情至性人，故其词潇洒卓荦，悉出于温柔敦厚。世或以粗犷托苏、辛，固宜有视苏、辛为别调者矣。[7]

张玉田盛称白石，而不甚许稼轩，耳食者遂于两家有轩轾意。不知稼轩之体，白石尝效之矣。集中如《永遇乐》、《汉宫春》诸阕，均次稼轩韵。其吐属气味，皆若秘响相通，何后人过分门户耶？

白石才子之词，稼轩豪杰之词，才子豪杰各从其类爱之，强论得失，皆偏辞也。

白石词，在乐则琴，在花则梅也。[8]

陆放翁词，佳者在苏、秦间[9]，然乏超然之致、天然之韵，是以人得测其所至。

蒋竹山词，未极流动，而语多创获。其志视梅溪较贞，其思视梦窗较清。[10]

词当合其人之境地以观之。[11]

北宋词用密亦疏，用隐亦亮，用沉亦快，用细亦阔，用精亦浑。南宋只是掉转过来。

南宋词近耆卿者多，近少游者少。少游疏而耆卿密也。

词固必期合律，然雅颂合律，"桑间濮上"亦未尝不合律也。"律和声"本于"诗言志"，可为专讲律者进一格焉。

昔人词咏古咏物，隐然只是咏怀，盖其中有我在也。[12]

词深于兴，则觉事异而情同，事浅而情深。故没要紧语正是极要紧语，乱道语正是极不乱道语。[13]

词澹语要有味，壮语要有韵，秀语要有骨。

词莫妙于以不言言之[14]，非不言也，寄言也。如寄深于浅，寄厚于轻，寄劲于婉，寄直于曲，寄实于虚，寄正于馀，皆是。

〔1〕刘熙载(1813—1881)，字伯简，号融斋，江苏兴化人。道光二十四年(1844)进士，授编修，官至左中允。后主讲上海龙门书院。(据《中国词学大辞典》第244页。)著有《艺概》6卷、《昨非集》4卷。今人编有《刘熙载集》。

〔2〕吴大廷(1825—1877)，字彤云，一作桐云，湖南沅陵人。咸丰五年(1855)举人，任内阁中书，官至按察使衔福建台湾道。晚年驻沪操练海军。著有《小酉腴山馆集》22卷。(据《清人诗文集总目提要》第1609页。)

〔3〕原文："太白《忆秦娥》声情悲壮，晚唐五代惟趋婉丽，至东坡始能复古，后世论词者或转以东坡为变调，不知晚唐五代乃变调也。"(《艺概·词曲概》，下同。)

〔4〕原文："金元遗山诗兼杜、韩、苏、黄之胜，俨有集大成之意。以词而论，疏快之中自饶深婉，亦可谓集两宋之大成者矣。"

〔5〕"词喻诸诗"原文作"词品喻诸诗"、"张子野也"原文作"张子野当之"。

〔6〕参上条"慢词，北宋为初唐"云云。

〔7〕"矣"原文作"哉"。

〔8〕原文："姜白石词幽韵冷香，令人挹之无尽，拟居形容，在乐则琴，在花则梅也。"

〔9〕"佳者在苏、秦间"原文作"安雅清赡，其尤佳者在苏、秦间"。

〔10〕原文："蒋竹山词未极流动自然，然洗炼缜密，语多创获。其志视梅溪较真，其思视梦窗较清。刘文房为五言长城，竹山其亦长短句之长城与?"

〔11〕原文："文文山词有风雨如晦、鸡鸣不已之意，不知者以为变声，实乃变之正也。故词当合其人之境地以观之。"

〔12〕"盖其中有我在也"后有"然人孰不有我，惟吾得此中正者尚耳。"

〔13〕"乱道语正是极不乱道语"后原有"固知'吹皱一池春水，干卿甚事'，原是戏言。"

〔14〕"词莫妙于以不言言之"原作"词之妙莫妙于以不言言之"。

郑守廉与予有同志

词学国朝为盛，而词集最易消磨。以予所见，前则陈其年《迦陵词》三十卷，此初刻本，后乃编人《湖海楼集》。[1]近则戈宝士载《翠微花馆词》二十七卷[2]，最为繁富。馀则自五六卷至一二卷，而一二卷尤多。既无全集可附丽，别本孤行，虫鼠为灾，每有委之丛残，未转瞬而姓氏翳如者，可慨已。予官京师虽日浅[3]，有暇必周行厂肆，辄于烂摊堆上极力寻检，积久，遂得若干种。郑仲濂[4]与予有同志，相约俟搜罗稍富，当作提要以传之。今仲濂已殁，予亦出都，恐此事遂已，因记其集名，并录一二佳篇，随手编纂，不分先后。其中吴越为多，他省颇寥寥，岂提唱之无其人耶？嗟乎！零玑断璧，再俟百年，安知不贵若照乘之珠哉！

〔1〕《迦陵词全集》三十卷，清康熙二十八年陈宗石患立堂刻本，共收词1629阕。《湖海楼集》即指《湖海楼全集》，有清乾隆六十年刻本。按：陈维崧先刻《乌丝词》，次刻《陈检讨词钞》，再有其弟宗石所刻《迦陵词全集》。

〔2〕二十七卷本《翠微花馆词》，清嘉庆二十三年刻本，共收词989阕。

〔3〕据陈昌强《谢章铤年谱》，谢章铤举丁丑(1877)科王仁堪榜进士后，任中书舍人一职，不久挂冠归。本年六月离开京城赴山西。(《谢章铤集》第851～852页。)按：赵尔巽《清史稿》卷二十三《德宗本纪》："(丁丑夏四月)庚戌，赐王仁堪等三百二十九人进士及第。"则谢章铤任中书舍人的时间不过两个月。与郑守廉相约搜集词集一事当在此两月内。

〔4〕郑仲濂，参《续编》卷二"郑守廉词"条。

秦恩复《享帚词》

《享帚词》四卷，江都秦敦夫恩复[1]撰。《自序》云："仆家有藏书二万卷，辟屋三楹，坐卧其中，暇则吟讽以资笑傲。随意所感，寓之于词，或矢口而讴吟，或曼声而长啸，等诸击壤之尧民，有类悲秋之宋玉。凡人世之忧愉欣戚，荣辱得失，胥不入于痞痳。"[2]其言颇萧散可喜，然其词则叹老伤穷，不一而足，如和彭羡门《百字令》[3]等阕可见也。阮文达云："道光丙申，秦家不戒于火，凡宋元精刻及传钞秘籍，悉归煨烬，词板亦毁，此重刻也。"词序。[4]敦夫曾刻《词学丛书》，校录颇精。中有《菉斐轩词韵》，即厉樊榭诗所云"欲呼南渡诸公起，韵本重雕菉斐轩"[5]者是也。以入声分隶三声，盖中原音韵之先声，故论者以为曲韵，非词韵也。[6]

予向在京邸，得锡山女冠韵香为敦夫所作篆书楹帖句云："清镜理云鬟，雕炉熏紫烟。"曾作七古咏之。[7]韵香，毗陵人，氏王，名岳莲，自度于双修庵，号清微道人。有《空山听雨图》，敦夫为填《选冠子》。[8]敦夫有姬慈鬘，善画花卉，逝后，填《疏影》、《扫地游》等阕，语皆凄楚。[9]《阮郎归》咏柳云："春风吹恨上眉弯。和烟笼翠鬟。依依清绪忍轻攀。流红水一湾。　临断岸，马蹄残。春游不放闲。柳丝撩乱鬓丝斑。公然青眼看。"[10]《安公子·春社》云："已是花飞片。那堪杜宇声声劝。廿四番风，吹不尽、恨春情零乱。只趁得、衰红暗绿闲庭院。听社鼓、二月刚过半。奈好天良景，怎忍流光如箭。　羌笛添新怨。短长亭外游丝罥。欲向花前，留好语、待商量莺燕。料此后、离愁逐渐天涯远。一纸书、抵作相思券。望爱惜韶华，休把万金轻换。”〔11〕又句：“一蝶抱秋心。”《南乡子·题慈鬘〈秋花图〉》。〔12〕“有花便好，无花也有阴阴树。《金蕉叶》。〔13〕“情到深时转薄情”、“可惜一天无用月”。《南乡子》。〔14〕敦夫云：“武林吴素江，名景潮，得古琴于土中，修三尺四寸五分，额广五寸，腰狭三寸四分，刮磨三日，铭刻乃露。其文曰：‘东山之桐，西山之梓，合而为一，垂千万古。’上曰‘号钟’，下曰‘叠山’，共二十字，隶法古劲，知为宋谢文节公故物也。素江作图，余咏以《六州歌头》。”〔15〕又云：“向来填词家只分平仄两体，惟《满江红》一谱而兼四声，且字句亦参差互异。暇日按旧谱，戏以四声写之，各效其体。”〔16〕“平声韵效姜白石体”、“上声韵效杜祁公体”、“去声韵效柳耆卿体”、“入声韵效苏长公体”。〔17〕此皆足供词人考据之资。

〔1〕秦恩复(1760—1843)，字近光，一字澹生，号敦夫，晚号狷翁，江苏江都(今扬州)人。乾隆五十二年(1760)进士，改庶吉士，授编修。阮元任两浙巡抚时，聘主诂经精舍。嘉庆十四年(1809)，两淮盐政延主乐仪书院。著有《享帚精舍文集》2卷。(据《清人诗文集总目提要》第960页。)词有《享帚词》4卷。

〔2〕见《享帚词》卷首，文字无误。(清道光二十五年刻本，下同。)

〔3〕见《享帚词》卷一《百字令·长歌和彭羡门〈延露词〉韵》。词序云：“仆年逾五十，名位不彰，有虚生之忧，无适时之用，泥蟠雾隐，于世无缘。”

〔4〕引见阮元《序》。原文云：“道光丙申(1836)年，不戒于火，凡宋元精刻及传钞秘籍，为藏书家所未见者，悉归煨烬，词板亦焚毁无存。”

〔5〕见厉鹗《樊榭山房集》卷七《论词绝句十二首》。

〔6〕吴衡照《莲子居词话》卷一：“《菉斐轩词韵》，不著撰者姓氏。平声立十九韵，次以上去声。其入声即配隶三声，不另立韵。厉樊榭诗所谓‘欲呼南渡诸公起，韵本重雕菉斐轩’也。顾其书无入声韵，究似北曲，且既为南宋时所刊，尤不应有一百六部目也。”

〔7〕《赌棋山庄诗集》刊本稿本未收所咏七古诗。

〔8〕见《享帚词》卷一。序云：“毗陵韵香女史，名静莲，于双修庵自度为女道士，号清微道人。家凤梁孝廉以《空山听雨图》索题，因赋此调。”

〔9〕《享帚词》卷三有《疏影·题慈鬘画梅遗笔》、《扫地游·检旧箧得慈鬘遗墨怆然感怀》。

〔10〕见《享帚词》卷二。“清”原作“情”。

〔11〕见《享帚词》卷三。“怎”原作“争”。

〔12〕见《享帚词》卷一。词序云:“题慈㚐《秋花图》即呈施琴泉太史。”

〔13〕见《享帚词》卷二。“便”原作“也”。

〔14〕见《享帚词》卷三。

〔15〕引见《享帚词》卷二《六州歌头》词序。“素江作图,余咏以《六州歌头》”原作“素江绘图为记,与诸文士共赋之,爰成双调,一百四十三字,以志怀古之悲,良不与艳词同科也。”

〔16〕引见《享帚词》卷三《满江红》词序。

〔17〕引见《享帚词》卷三《满江红》四首词尾注。

张维屏《听松庐词钞》

《听松庐词钞》,《海天霞唱》二卷附《玉香亭词》一卷。番禺张子树维屏[1]撰。子树一字南山,早负才名,居官亦有声。晚年家居,颓唐自肆。余闻其乡人曰:“此南山有为而然也。南山生平谨饬,后为人所误。区宽者,县役之总首也,蠹法受赃,家资巨万,援例得四品衔,既殁,其家请南山题主。私以万金赂其人,其人粉饰怂恿,南山不知而从之,清议哗然。南山曾仿尤西堂法[2],作图数十帧,历纪一生事迹,付之梨枣,分致同人。或于其后添绘《题主图》,密封送还,南山始觉,乃大惭愤。因谓身名瓦裂,有何颜面,因而问柳寻花,无日不在歌姬之院,即其素爱之听松庐,亦不时至焉。”

南山曰:“词家苏、辛、秦、柳,各有攸宜,轨范虽殊,不容偏废。”又曰:“以情胜者恐流于弱,以气胜者恐失于粗。”[3]然南山词豪宕自喜,盖有意苏、辛而不至者,尚不能自践其言。其梦游仙曲三十首填《法驾导引》,盛得时名,究之,仍是五七言诗耳。《天仙子·春暮出游怅然有咏》云:“黄屋英魂犹在否。清明寒食无杯酒。夕阳红上越王台。携翠榼,整金钗。人自百花坟上来。”[4]《西地锦·舟中午日》云:“曾历燕齐邹鲁。有满身尘土。长河水浊,长淮水绿,又满天风雨。　　万里此行何补。惹离愁千缕。清明过了,端阳到了,听异乡箫鼓。”《丑奴儿令·题画》云:“疏林昨夜新霜透,天正寥寥。风又刁刁。只有丹枫醉未消。　　一条拄杖如人瘦,两鬓萧萧。两袖飘飘。又被青山引过桥。”[5]此数阕特清婉。附录一卷,皆其少作。其名“玉香”者,时有山阴方某,集诸文士于紫藤池馆,南山年十三,白莲盛开,援笔赋《浣溪沙》,有“银塘风定玉生香”之句。方叹曰:“此子他日必以文章名。”遂以幼女字之,且拟构亭池上,颜曰“玉香”。[6]其后,女以哭母病殁,南山悼之,集中《紫藤曲》与《藤花梦》传奇,皆因是作也。

〔1〕张维屏(1780—1859),字子树,号南山,又号松心子,别号珠海老渔,广东番禺人。道光二年(1822)进士,授湖北黄梅、广济知县、历官江西南康知府。晚归广州,为学海堂学长。著有《张南山诗文集》74 卷。(据《清人诗文集总目提要》第 1139 页。)另有《学海棠三集》24 卷、《花甲闲谈》16 卷。辑有《国朝诗人徵略》60 卷、《国朝诗人徵略二编》64 卷。词名《听松庐词钞》,计《海天霞唱》2 卷、《玉香亭词》1 卷。

〔2〕尤侗,号西堂老人。参卷十二"词中一字韵"条。其《西堂馀集》有《年谱图诗》1 卷、《小影图赞》1 卷。(清康熙间刻本。)

〔3〕引见金菁茅《听松庐词钞序》。"恐",原作"惧"。(清刻本《听松庐词钞》,下同。)

〔4〕《法驾导引》和《天仙子·春暮出游怅然有咏》均见《海天霞唱》卷一。

〔5〕以上见《海天霞唱》卷二。

〔6〕此据《玉香亭词》附冯赓飏《识语》转写。《浣溪沙》全词云:"小立亭亭水一方。闹红歌歇澹斜阳。银塘风定玉生香。　半亩绿云遮蛱蝶,一梳凉月照鸳鸯。倚栏人称白衣裳。"

赵福云《小石帚生词》、《和姜词》

《小石帚生词》一卷、《和姜词》一卷,山阴赵藕村福云[1]撰。余初至西安,即闻客籍中有二才士,皆会稽人,其父皆官县令,皆不幸中年化去。一藕村,一顾祖香寿桢[2]也。祖香以文,藕村以诗词。今观其词,体格已具,神味未永,天不假年,无以造于大成,惜乎!藕村专宗白石,著《白石丛稿》十卷,又以琴谱减笔之例,证白石词所注谱法,昔人所谓如梵字旁行不可辨识者,皆能得其指归,其用心可谓勤矣。[3]《声声慢·闻雁和江龙门韵》云:"白蘋波冷,黄叶霜浓,西风雁阵惊寒。觅侣呼群,迢迢来自江关。遥知茜纱窗里,有愁人、青锁眉弯。那堪听,听声声凄楚,泪落阑干。　欲把乡书重寄,恐双飞、形影忽又成单。一点相思,为依传到长安。天涯得归何日,只归心、随尔飞还。空怅惘,梦醒时、仍隔万山。"[4]《南浦·细雨斜阳行灞桥柳中》云:"杨柳夹长桥,是古来、销魂第一多处。一片碧无情,斜阳外、偏把好山遮住。东风微动,树梢兜定丝丝雨。倚阑凝伫。看沙渚玲珑,白翘双鹭。　天涯有恨谁怜,向花底停鞭,烟中呼渡。灞岸水潺潺,添三尺、摇荡别离情绪。沿堤草长,黯然寻到春归路。数声杜宇。曾苦劝春归,还催人去。"[5]

西安郭外八仙庵,庭前有二黄杨,高不三尺,而枝干横出,散布殆将一亩,鸡栖凫集,视若广厦。予每至辄徘徊其旁,叹其奇而未尝不怜其失所也。尝有句云："不栖鸾凤栖鸡鹜，长是年年厄闰时。"[6]藕村将卒之前两月，亦以《高阳台》咏之，彻夜苦思，嗽疾大作，比明，视其唾壶，则殷然尽血也。词中有句云："关心怕厄来年闰，把绿章、上奏天家。漫消磨、一寸光阴，一寸萌芽。"[7]语特不祥，无亦所谓谶耶？

〔1〕赵福云(1821—1856)，字华初，一字莲谷，号藕村，浙江山阴(今绍兴)人。后籍河南祥符(今开封)。道光二十一年(1841)进士，授陕西汧阳知县。慕姜夔，遂号小石帚生。与顾寿桢相得。著有《三惜斋文稿》1卷、诗稿6卷、《小石帚生词》1卷、《和姜词》1卷。辑有《白石丛稿》10卷等。生平事迹参其弟赵铭勋《先兄藕村先生三十六岁行状》。按：《和姜词》即《小石帚生和姜词》，附《小石帚生词》后。

〔2〕顾寿桢(1836—1864)，字伯苍，号祖香，又号伯子，浙江会稽(今绍兴)人。咸丰九年(1859)举人。同治初入陕佐幕。著有《孟晋斋文集》5卷计文4卷诗1卷、《孟晋斋外集》1卷、《立懦斋外集残稿》不分卷。(据《清人诗文集总目提要》第1711页。)另著《周列士传》1卷。事迹详顾家相《孟晋斋年谱》(民国二年刻本)。

〔3〕赵铭勋《先兄藕村先生三十六岁行状》云："南宋姜尧章《白石全稿》失其旧编，先生竭数载之力，网罗佚事，掇拾从残，为补年略一通、辑逸文一卷，订成《白石丛稿》十卷，以复宋《志》著录之旧。白石自度曲旁注指法，如西域梵书，七百年来，未之能识。先生以琴谱减笔法，辨其分刌，豁然领解。嗣得张叔夏《词源》证之，无一误者，复遍征宋元说部，钩校证据，萃辑成书。"(清咸丰十年刻本《小石帚生词》，下同。)

〔4〕见《小石帚生词》，词序云："闻雁和龙门丈即用其韵。"

〔5〕见《小石帚生词》，词序云："行灞桥杨柳中，细雨斜阳，客愁如梦，默填此解，愈觉黯然。"

〔6〕不见《赌棋山庄诗集》，可作谢氏诗歌补遗之用。

〔7〕见《小石帚生词》，词序云："病骨寒欺，生意殆尽，长至后三日，同人招游八仙道院，庭前有二黄杨，老干郁盘困顿如我，移尊对酌，歌以赠之，清泪横斜，若与歌声相续矣。"顾寿桢加按语曰："君谱此词，苦思彻夜，漱疾大作，比明惫甚，视其唾壶，则殷然尽血也，自此不复握管矣，盖两越日而遂卒。"

项鸿祚《忆云词》

《忆云词》四卷，钱塘项莲生鸿祚[1]撰。莲生深于情，小令尤佳。其词仿吴梦窗例，分为甲、乙、丙、丁四稿。丁稿自温庭筠至冯延巳各体皆拟之，且皆工，可以观其所得力矣。甲稿《自序》云：忆云“生幼有愁癖，故其情艳而苦，其感于物也郁而深。连峰巉巉，中夜猿啸。复如清湘戛瑟，鱼沉雁起，孤月微明。其窅敻幽凄，则山鬼晨吟，琼妃暮泣，风鬟雨鬓，相对支离。不无累德之言，抑亦伤心之极致矣。”[2]实能自道其词境。文亦幽蒨似唐人小品。乙稿《自序》云：“近日江南诸子，竞尚填词，辨韵辨律，翕然同声，几使姜张俯首。及观其著述，往往不逮所言，而弁首之辞，以多为贵，心窃病之。余性疏慢，不能过自刻绳，但取文从字顺而止。削稿既竣，仍自识数语，雅不欲与诸子抗衡，又何敢邀名公赏鉴耶？”[3]此言尤为痛切，足为词家砥柱，但不堪为随声逐影者闻耳。莲生词之佳者录入《国朝词综续编》甚多[4]，兹于所录外补采数篇。《太常引》云：“野桃开后柳飞绵。长是负春妍。费尽买花钱。禁多少、风天雨天。　碧城十二，红桥廿四，往事总凄然。梦也不曾圆。只檐月、看人自眠。”[5]前调客中闻歌云：“杏花开了燕飞忙。正是好春光。偏是好春光。这几日、风凄雨凉。　杨枝飘泊，桃根娇小，独自个思量。刚待不思量。吹一片、箫声过墙。”[6]《江城子·吴门夜泊》云：“金阊门外柳千条。驻兰桡。度凉宵。可惜凉宵。都付与无聊。试唤吴娘歌一曲，风又起，雨潇潇。　双鬟低映烛光摇。似花娇。最魂销。今夜魂销。明日隔枫桥。城上乌啼催酒醒，人去也，自吹箫。”《霜天晓角·玉山晓行》云：“征铎郎当。点轻衫露凉。卖酒人家未起，残月在、柳梢黄。　行装。诗半囊。梦回思故乡。秋到屏风关外，吹一路、野花香。”[7]《西江月》云：“翠被香添夜夜，琐窗人唤卿卿。如今不是旧风情。愁醉愁眠愁醒。　倚幌疏灯明灭，过墙残笛凄清。梦随凉月绕阶行。踏碎一枝花影。”[8]《虞美人·郑州》云：“碛云寒结胭脂紫。立马王嫱里。枣林一抹乱鸦啼。啼到打更时候更凄凄。　红酥手与黄縢酒。往事空销瘦。燕姬拢袖压琵琶。不许离人今夜不思家。”[9]《徵招·丙戌除夕》云：“江城几夜听箫鼓，看看又过除夕。拥被不成眠，更寒侵帘隙。蜡灯摇瘦碧，第一度、凄凉今日。红袖尊前，玉梅窗底，有人相忆。　岑寂送华年，青衫上、零乱粉香犹湿。镜卜总无凭，断天涯消息。可怜归未得，怕明岁、依然为客。拌捡点，十万鸾笺，记倦游踪迹。”[10]又句：“忽忆去年今夜，春寒第几楼边。”《风入松》。[11]“片云笼月月笼花，花下珠帘帘外影。”《玉楼春·海棠花下作》。[12]“巧极可怜无巧计。依样胡芦，明日起相思。”《苏幕遮·七夕词》。[13]“艳词空冠花间集，不上云台。却上阳台。一读南华事事乖。”《采桑子·〈金荃词〉题后》。[14]莲生家毁于火，复不得志于春官，满地江湖，依人作计，是亦竹垞所谓“空中根，料白头，封侯无分”[15]者也。莲生有灌婴城、梅仙祠、铁柱宫、滕王阁、写韵轩、苏翁圃填《壶中天》调六阕，《词综续编》选其五，而独遗《滕王阁》。然其词未尝有优劣，岂以起处不为昌黎地耶？然推誉三王，正是昌黎之意。[16]词云：“千年杰阁，笑三王以后、都无文笔。幸有西山看不足，天外修眉漾碧。凫渚云迷，龙沙草没，俛俯成今昔。阅人多矣，帆樯倚槛如栉。　　可惜蛱蝶飘零，故宫罗绮，雨打阑干湿。莫望蓼洲东去路，愁入江楼夜笛。胜地凄凉，倦游飘泊，乡泪频沾臆。马当风驶，几时一送归客。"[17] 又《高阳台》咏马湘兰研序云："研背有双眼，并王百谷小篆'星星'二字，马自铭曰：'百谷之品，天生妙质。伊以惠我，长居兰室。'"[18] 词已载《词综》，不录。竹垞有憎鼠、憎蝇诗，盖比兴之作也。然蝇尤可憎，拔剑而起，何讶昔人。予客太原，其地不用蝇拂，而用蝇帚，破竹数十丝，摇摇作声，蝇辄远飏。莲生在都下，有《鹊桥仙》咏凉篷、冷布、响竹、冰桶词。[19] 响竹即蝇帚也，然近日用之者少矣。

〔1〕项廷纪(1798—1835)，原名继章，又名鸿祚，字莲生，浙江钱塘(今杭州)人。道光十二年(1832)举人。著有《小墨林诗钞》1卷、《枯兰集》1卷、《杂著》1卷。(据《清人诗文集总目提要》第1334页。)词有《忆云词甲乙丙丁稿》4卷。

〔2〕引见《忆云词甲稿自序》。(清光绪十九年许增榆园刻本，下同。)

〔3〕引见《忆云词乙稿自序》。"俯首"原作"頫首"。

〔4〕黄燮清《国朝词综续编》卷十三收项鸿祚词64首。

〔5〕见《忆云词甲稿》

〔6〕见《忆云词乙稿》。"这"，原作"者"。

〔7〕以上见《忆云词乙稿》。

〔8〕见《忆云词丙稿》。

〔9〕见《忆云词丙稿》。"郑州"原作"郑州作"，"胭脂"原作"燕支"，"鸦"原作"雅"，"压"原作"擫"。

〔10〕见《忆云词乙稿》。"拌"原作"判"。

〔11〕见《忆云词甲稿》。"第"原作"弟"。有词题："拟蜕岩"。

〔12〕见《忆云词乙稿》。"海棠花下作"前原有"春夜"二字。

〔13〕见《忆云词丙稿》。"起相思"原作"相思起"。

〔14〕见《忆云词丁稿》。"《金荃词》题后"前原有"读"字。

〔15〕朱彝尊《曝书亭集》卷二十五《解佩令·自题词集》："老去填词，一半是空中传恨。……料封侯，白头无分。"

〔16〕韩愈《新修滕王阁记》："愈少时则闻江南多临观之美，而滕王阁独为第一，有瑰伟绝特之称。及得三王所为序、赋、记等，王勃作游阁序、王绪作赋、今中丞王公为从事日作修阁记，并题在阁。壮其文辞，益欲往一观而读之，以忘吾忧。系官于朝，愿莫之遂。十四年，以言事斥守揭阳，便道取疾，以至海上，又不得过南昌而观所谓滕王阁者。"(韩愈撰、文谠注《详注昌黎先生文集》卷十三，宋刻本。)

王勃，两《唐书》有传。上元元年(674)，王勃坐事除名为民，父福畴坐勃事，由雍州司功参军贬交州交址(在今越南河内)令。二年春，勃随父往交址，九月至洪州，重九日预都督府宴，作《秋日登洪府滕王阁饯别序》，时勃年二十五。王绪，王景之子，曾为秘书郎，开元人。见《新唐书·艺文志二》、《宰相世系表二》。王仲舒，两《唐书》有传，韩愈为作神道碑及墓志铭。王绪之赋、王仲舒之记今皆不存。(据屈守元、常思春主编《韩愈全集校注》第2345～2346页，四川大学出版社1996年版。)

〔17〕见《忆云词乙稿》。"俛俯"原作"俛仰"，"飘泊"原作"漂泊"。

〔18〕见《忆云词乙稿》。"研"原作"砚"。

〔19〕《鹊桥仙》咏物诸词，见《忆云词丙稿》。

田实发《绿杨亭词》

《绿杨亭词》一卷，合肥田梅屿实发〔1〕撰。梅屿应召试，得列一等，见卷首长沙陈勤恪序〔2〕，当时颇有才名，词附其《玉禾山人集》中。调多小令，题多闺情，然陈滑不足以名家。《如梦令》云："不怕风风雨雨。但怕杨花如雾。花里送郎归，郎隔杨花回顾。郎去。郎去。还是郎来时路。"〔3〕《菩萨蛮》云："灯花夜夜真珠颗。背灯弹泪挑灯坐。不畏锦衾寒。思君形影单。　加餐毋念妾。有梦归来说。保得好容颜。为侬画远山。"〔4〕差有馀味。

〔1〕田实发，字玉禾，号梅屿，安徽合肥人。雍正八年(1730)进士，授知县，改徐州府学教授。著有《玉禾山人集》10卷。(据《清人诗文集总目提要》第462页。)《玉禾山人集》第9卷收《绿杨亭词》58首，又收《绿杨亭词续集》32首。

〔2〕陈勤恪，应为陈恪勤。陈鹏年《绿杨亭词序》云："及钦试，田生果一等。"(清康熙刻本《绿杨亭词》，下同。)陈鹏年(1663—1723)，字北溟，号沧州，湖南湘潭人。康熙三十年(1691)进士，历官江宁知府、苏州知府、河道总督。谥恪勤。著有《陈恪勤集》39卷。(据《清人诗文集总目提要》第401页。)

〔3〕见《玉禾山人集》卷九，有词题："代人送别"。"不怕"原作"不畏"，"但怕"原作"但畏"。(清康熙刻本，下同。)

〔4〕见《玉禾山人集》卷九，有词题："闺怨"。"锦衾"原作"枕衾"。

王度《书连屋词》

《书连屋词》三卷，秦邮王香山度[1]撰。词分小令、中调、长调各一卷。短拍近剽，长拍近粗。中如《竹枝》三十首、《鹧鸪天》十八阕，音节难言，诗词莫辨，以多为贵，何为也？且其题目并有“老伯”、“太尊”等字样，更乖于风雅矣。香山以举人官学博，集中有甲戌别场屋《满江红》云：“号舍之神，酹墨汁、与君为别。惭愧煞、曲臂蒙头，欹眠逾月。银蜡泪干心未死，冰蚕鼎沸丝难竭。最惊人、一阵黑罡风，砂如雪。　头已白，须还镊。肠已断，腰还折。听楼头画角，壮怀销灭。便踏曲江迟暮矣，五湖烟水堪容拙。谢多情、吾自有吾庐，从今绝。”久困者，读之能无慨然？然“欹眠逾月”，计之不过四五度秋风耳。彼毻毲终身锲而不舍者，又岂少哉？《清平乐》云：“循檐独走。街鼓三更后。睡去自应归梦有。欲睡知能着否。　月中茉莉新开。照他香雪成堆。记得年年此际，晚凉簪上鸾钗。”[2]在其集特有馀韵。

〔1〕王度，字式如，号香山，江苏高邮人。康熙八年(1669)举人，授颖州学正。以卓异举荐，官江西弋阳令。滞宦十年，召刑部主事，晋刑部员外郎，两任刑曹，迁兵部车驾司郎中。卒年七十五。著有《书连屋词》3卷。(据《全清词·顺康卷》第7818页。)

〔2〕未能访获清刻本《书连屋词》。《全清词》(顺康卷)据《书连屋词》录入。版本不详。以上二词分见第7858、7835页，文字无异。

钱恩棨《蘅云词》

《蘅云词》一卷，太仓钱芝门恩棨[1]撰。《卖花声》云：“落叶带愁飘。别绪难抛。相思人度可怜宵。彻夜打窗风又雨，不住潇潇。　梦也够魂销。醒更无聊。兽香慵炷一灯挑。自是吴侬听不得，翻怪芭蕉。”[2]《菩萨蛮》云：“月檀珍簟寒于玉。睡醒不整鬟云绿。微雨白蘋花。单衫红藕纱。　桐阴深几许。团扇追凉去。蝴蝶一双飞。断肠人未归。”[3]《百字令》云：“听风听雨，又匆匆过了，熟梅时节。嫩绿年华销减尽，未改清狂结习。梦里攒眉，吟边敛手，怕问花颜色。青衫依旧，泪痕襟袖犹湿。　况又鼙鼓关山，井蛙风鹤，烽火江壖赤。生悔韬钤从未读，成就男儿何益。磨铁生涯，抛金身世，往事何须说。凄凉如许，谁家还弄清笛。”[4]《无闷·雪意》云：“天墨沙黄，云酽树痴，风急栖禽不语。剩几笔寒峰，睡容凄苦。桥外孤村弄暝，试准备、疲驴寻诗去。只防今夜，玉梅信息，飞琼偷取。　　愁绪。渺何处。想烟杪红楼，定扃珠户。更翠袖安排，陶家茶具。莫是熏笼悄等，早瑟缩、潜吟风中絮。倪梦绕、一院梨花，应被冻云留住。"[5]

〔1〕钱恩棨，字芝门，镇洋(今江苏太仓)人。官知府。(据丁绍仪《国朝词综补》卷五十一。)著有《褵云词》(又名《紫芳心馆词》)1卷。《褵云词》收入钱溯耆辑《沧江乐府》。

〔2〕见《褵云词》。有词题："雨夜"。(民国刻本《沧江乐府》，下同。)

〔3〕见《褵云词》。

〔4〕见《褵云词》。有词序："梅天坐雨，言愁欲愁。"

〔5〕见《褵云词》。有词序："雪意，从碧山体。"

汤成烈《清淮词》

《清淮词》二卷，常州汤果卿成烈[1]撰。《香影·秋燕》云："西风吹冷。叹飘零翠羽，去来无定。病翮惊秋，挪侭玳梁栖未稳。因甚红衰绿减，都忘却、天涯芳信。又恰是、过尽征鸿，依约暮烟暝。　　还有夜深凉月，含情入翠幕，窥见孤影。此去经年，便待春来，忍更寻芳径。想伊多少酸辛话，怕说与、伤心人听。只徘徊、旧日香巢，似恐断魂来认。"[2]《汉宫春·衰柳》云："秋已堪怜，又被风吹堕，散做愁丝。惊鸦寻侣几遍，寻到西池。荒烟淡日，有寒蝉、共托空枝。可记否，青青陌上，旧时何等芳姿。　　耐得浓霜千叠，伴凄风冷月，没个人知。无情感伊摇落，也自应悲。沉吟百遍，况从来、苦系相思。忍更听，花开花落，流莺细诉春时。"[3]《疏影·菊影》云："帘栊映彻。化碧痕满地，飞上明月。似有珊珊，来到篱阴，相逢可奈愁绝。秋心更比秋容淡，莫但说、销魂时节。想夜深、秉烛清游，定误个人攀折。　　一幅烟绡界处，何时洒醉墨，疑染晴雪。怕是斜阳，和着寒云，早又秋光明灭。愁窥镜里朱颜瘦，只冷径、霜痕都活。对小亭、鉴水遥空，衬就纸窗幽洁。"[4]《菩萨蛮·悼亡》云："蓬山缥渺千重隔。人间自古伤离别。芳草本无情。春来处处生。　　玉楼凝望久。惆怅还依旧。终日更谁来。帘垂风自开。"又云："晶帘秋卷玲珑月。明蟾今古随圆缺。情绪付西风。暗随流水东。　　水流终到海。旧恨分明在。立尽月黄昏。袖罗寒不温。"[5]果卿为皋文戚属，故其词有家法。张曜孙曰："自先世父先子《词选》出，常州词格为之一变，故嘉庆以后，与雍、乾间判若两途也。果卿表兄每一调必以全力运转，有约千篇于一阕，蹙万里为径寸之概。"《清淮词跋后》。[6]然词贵清空，意欲清，气欲空，太炼则伤气，太郁则伤意。果卿所作，前胜于后，后卷多伤结轖。即其附录唱和诸篇，如吕子奇承婍[7]、子兑承娧[8]、刘浚之遵燮[9]辈，亦多坐此病，殆以矜尚太过耳。

〔1〕汤成烈(1805—1880)，字果卿，号确园，江苏阳湖(今常州)人。道光十一年(1831)举人，官浙江玉环同知。归掌延陵书院十馀年。著有《古藤书屋集》26卷计《古藤书屋甲集》12卷、《乙集》6卷、《诗稿》6卷、《词稿》2卷。皆稿本，未刊。(《清人诗文集总目提要》第1406～1407页。)词有单刻本《清淮词》2卷。

〔2〕见《清淮词》卷一。"挪"原作"那"，"寻"原作"重寻"。(清同治刻本，下同。)

〔3〕见《清淮词》卷一。

〔4〕见《清淮词》卷一。词序："菊影，用玉田梅影韵。""珊珊"原作"姗姗"。

〔5〕见《清淮词》卷一。

〔6〕张曜孙《跋》云："自先世父先子《词选》出而词格为之一变，故嘉庆以后，词家与雍、乾间判若两途也。果卿表兄工力尤至，每一调必以全力运转，有约千篇于一阕，蹙万里为径寸之概。"

〔7〕吕承婍，字子奇，阳湖(今江苏常州)人，贻安女，同邑汤成烈室。(据缪荃孙校辑《国朝常州词录》卷二十八。)《清淮词》附其词1首。

〔8〕吕承娧，字子兑，阳湖(今江苏常州)人，承婍妹，汤成烈继室。(据缪荃孙校辑《国朝常州词录》卷二十八。)《清淮词》附其词1首。

〔9〕刘遵燮，字浚之，武进人。道光二年(1822)举人，官太仓学正。(据丁绍仪纂《国朝词综补》卷三十三。)《国朝词综补》选刘遵燮词2首。《清淮词》附其词1首。

沈涛编《洺州唱和词》

《洺州唱和词》一卷，嘉兴沈匏庐涛[1]编。此匏庐守洺州时幕中唱酬之作，红弦绿酒，笙磬同音，较之板声、钱声、珠盘声，自为佳也。作者自边袖石浴礼[2]至戴兰卿锡祺[3]，先后共八人，有《九秋词》、《销夏四咏》、《消寒四咏》等题目。袖石，任邱人，有《空青词》。邵叶辰建诗[4]，亦嘉兴人，有《听春阁词》。金改之泰[5]，英山人，词与袖石合刻，曰《燕筑双声》。女史沈芷芗蘩[6]则匏庐之女，桐乡劳介甫勋成[7]之室也。匏庐后官吾闽兴泉永道。《题瘦吟楼砚序》云："随园诗弟子陈竹士，苏州人，元配金纤纤，亦随园女弟子，著《瘦吟楼诗稿》。纤纤体羸善病，卒年二十五，是砚乃其手制，背有自写小影。"介甫填《清平乐》云："绣襦甲帐。写韵供清赏。仿佛叶家眉子样。多个熏香小像。　　蛛尘重拂瑶奁。墨花和泪犹黏。肠断瘦吟楼畔,一钩新月初三。”匏庐《南楼令》云:“鹳眼泪痕浮。红丝冷麝篝。认依稀、眉子风流。韵事疏香妆阁后,又题到,瘦吟楼。　　缺月堕银钩。花影亦愁。怅云鬟、雾鬓难留。剩有玲珑蕉一叶,记曾伴,绿窗幽。”叶辰《临江仙》云:“一叶银蕉含露白,玉台曾结芳邻。画楼吹断凤箫声。碧天云远,留影认真真。　　写出吟腰秋样瘦,数行珠字清新。墨池波冷荡愁痕。半奁眉月,空自照黄昏。”袖石《南楼令》云:“翠墨洗烟螺。云腴腻粉涡。荡愁痕、一掬湘波。惆怅瘦吟人去远,谁着手,与摩挲。　　片石未销磨。华年瞥眼过。甚春来、依旧寒多。侭把沉香熏小像,只无计,慰双蛾。”兰卿《浪淘沙》云:“尘匣展琉璃。墨雨香飞。宫闺小字玉台诗。想见吟腰春更瘦,扶病亲题。　　照影讶临池。花貌参差。彩毫谁与写相思。惆怅画眉人已老,潘鬓成丝。”改之《苏幕遮》云:“夜吟香,朝写韵。一片琳腴,脂粉痕犹凝。可惜昙花偏易陨。石上三生,但现春风影。　　玉台空,珠字剩。自比双文,秀句亲题赠。滴得蟾蜍清泪尽。新月楼头,还斗妆眉靓。”沈芙江家模[8]《减兰》云:“春闺吟燕。几度兰釭深夜翦。鹤背风寒。镜里芳容石上看。　　新诗题赠。秋水自怜妆影靓。楼外垂杨。眉样依然斗画长。”芷芗《虞美人》云:“玉台人去瑶天远。宝匣蛛尘罥。画楼空锁旧时春。惟有一钩残月吊诗魂。　　蟾蜍露滴香犹腻。密字真珠细。三生石上识芳容。想见绣帘开处不胜风。”匏庐和介甫霜林觅句图调用《霜叶飞》,自序云:“周清真‘雾迷衰草’,《图谱》以为起韵,《词律》以为非韵。然梦窗之‘断烟离绪’、玉田之‘故园空杳’、‘绣屏闲了’二阕,亦是韵。则此阕首语,自当以四字为句用韵。惟《图谱》以下句为九字,亦非,盖三字六字耳。此调前半阕‘桥’字用平声,后半阕六字易五字,皆从玉田体。”词云:“自携茶具。披风帽,支筇秋最深处。冷枫十里澹斜阳,正好寻烟语。笑指点、江南村路。红情多在销魂树。写无限荒寒,也绝胜、残年灞桥,风雪吟侣。　　十载破帽疲驴,西风无恙,打头黄叶如雨。中仙乐府已飘零,更暗移宫羽。浑减字偷声漫与。未应输了崔郎句。早暝色催人,一抹微云,乱鸦归去。”[9]昔崔不雕以“黄叶声多酒不辞”句为渔洋所击赏,呼为“崔黄叶”渔洋《诗话》。[10]“崔郎”句指此也。

〔1〕沈涛,原名尔振,字西雍,又字季寿,号匏庐,浙江嘉兴人。嘉庆十五年(1810)举人,历官如皋知县、江西道员。著有《十经斋文集》5卷、《柴辟亭诗集》5卷。(据《清人别集总目》第1021页、《清人诗文集总目提要》第1326页。)另著有《交翠轩笔记》4卷、《瑟榭丛谈》2卷、《铜熨斗斋随笔》8卷、《匏庐诗话》3卷。

〔2〕边浴礼,字子廉,一字夔友,号袖石,直隶任丘(今属河北)人。道光二

十四年(1844)进士,改庶吉士,授编修。咸丰三年(1853)补授江西道监察御史,官至河南布政使。著有《健修堂集》25卷计《健修堂诗集》22卷、《空青馆词稿》3卷。(据《清人诗文集总目提要》第1503页。)

〔3〕戴锡祺,字兰卿。(据《国朝词综续编》卷十六。)事迹不详。

〔4〕邵建诗,字叶辰,嘉兴(今属浙江)人。诸生。有《听春阁词》。(据《国朝词综续编》卷十六。)

〔5〕金泰,字改之,英山(今属湖北)人。官浙江知县。咸丰十一年(1861)杭城再陷殉难。著有《红药吟馆词》。(据《国朝词综补》卷四十二。)与边裕礼合刻《燕筑双声》。(据《国朝词综续编》卷十六。)另有《佩蘅词》1卷《补遗》1卷。《国朝词综补》卷四十二选其词8首,《国朝词综续编》卷十六选其词3首。

〔6〕沈蘂,字芷乡,嘉兴(今属浙江)人。沈焘女,桐乡劳介甫室。(据《国朝词综续编》卷二十四。)

〔7〕劳勋成,字介甫,桐乡(今属浙江)人。官江宁藩仓大使。(据《国朝词综续编》卷十六。)

〔8〕沈家模,字芙江,嘉兴(今属浙江)人。官山西吉州吏目。(据《国朝词综续编》卷十六。)

〔9〕以上所引词及词序均见《洺州唱和词》,今据清道光二十七年刻本校正。"银钩"后原有"空"字,"销磨"原作"消磨","慰双蛾"原作"熨双蛾","芳容"原作"芳姿","亦是韵"原作"亦皆是韵","乱鸦"原作"乱雅"。边浴礼《南楼令》又见《空青馆词稿》卷三,调作《唐多令》,词序云:"题金纤纤女史瘦吟楼砚拓本"。"慰"作"熨"。(清刻本。)按:《南楼令》一名《唐多令》。

〔10〕王士禛《带经堂诗话》卷十二:"崔不雕诗尤清异出尘,有句云:'丹枫江冷人初去,黄叶声多酒不辞。'人目为'崔黄叶',亦不得志以殁。予载其诗于《感旧集》。"

徐其志《瑞云词》

《瑞云词》一卷,荆溪徐伯宏其志[1]撰。伯宏词后自加评语,辄高自称许。顾其词多浅率,殆负才而不知所养者欤?曾在袁江填《高阳台》,序云:"时河工颇多事,客游无所表见,惟工倚声,劳逸固不同欤?"[2]味此语,殆有所干求而不遂耶?其《江神子》云:"花阴月暗小庭幽。乍回眸。却回头。回廊东畔,细步越勾留。退定不甘前不敢,此际与谁谋。"[3]趦趄窥伺,此小家婢耳,林下风度,殆不如是。言为心声,其不自觉欤?若《苏幕遮》云:"蓦兜来,难撇去。相忆分明,相对无言语。帘际微风花外雨。眼底深杯,不解心头苦。　说无端,还有据。何必当初,何在今生遇。山上蘼芜山下路。镜里遥山,只觉青如缕。”又,《疏影》咏杨花句云:“东沟不异西沟水,看甚日、化萍流去。”[4]尚为宛转可味。末附《镜心斋词钞》二十馀阕,则其门下士管城李少石鎏扬[5]所作。蓝出于蓝,不及蓝矣。

〔1〕徐其志,字伯宏,号湛人,自署瑞云山人,荆溪(今江苏宜兴)人。候选训导。(据黄燮清《国朝词综续编》卷十九。另据《叩囊韵语》徐其志自序,清咸丰四年刻本。)著有《叩囊韵语》1卷、《瑞云词》1卷。

〔2〕见《瑞云词》。《高阳台》序云:“丁未(1847)秋,袁江偶作,时河工颇多事,客游无所表见,惟工倚声,劳逸固不同欤?”(清咸丰四年刻本,下同。)

〔3〕见《瑞云词》。《江神子》序云:“此调甚靡靡,节短而韵长,当是齐、梁神祠弦歌之遗响,拟之亦觉笔墨间作婆娑舞也。”

〔4〕以上二首见《瑞云词》。

〔5〕李鎏扬,字少石,管城(治所今河南郑州)人。著有《镜心斋词钞》。(据《瑞云词》。)其《瑞云词序》:“鎏扬不敏,游息之暇,辄效一二。先生以为可教也,缘刻是集,命附数篇于后,并使赘辞。”

吴鼒《百萼红词》

《百萼红词》二卷,达园钼菜叟撰。按:此乃全椒吴山尊鼒[1]之词。山尊晚年寄居维扬,达园其寓斋也。六十初度,汪剑潭端光觞之湖上,倚《一萼红》调为寿,[2]山尊因而专填此调,积久遂多,故曰《百萼红》。昔钱塘高文樵以《满江红》词与余定交,喜甚,作词遂不用他调,自号“聚红生”,名余辈填词之处曰“聚红榭”,并自镌“聚红社中人”小印。[3]天下事固有不谋而合者,意者爱红其人情乎?惜文樵殉漳州粤匪之难,词卷飘零,不可复问,断红流水,点点皆碧血也。“雨夜不寐,检得昔日在都时,剑潭为书诗馀一册,藏之又十二三年矣。”词云:“受凄凉。数寒窗雨点,风又撼绳床。强起挑灯,孤吟散帙,箧底经几星霜。正消受、言愁滋味,虫唧唧、如和出颓墙。渺渺关河,泠泠钟漏,薄薄衣裳。　湖海交游剩几,比狂奴年少,陨落先伤。老病身轻,浮名心死,何曾人事能妨。问丹黄、干侬甚事,况千秋、寂寞是文章。好好白头如旧,青眼相将。”[4]《伤池荷》云:“叹西风。竟不曾驱暑,专送水边红。流眄情长,当歌声咽,花候如此匆匆。记曾傍、朝霞采采,诧前度,旧侣各西东。缘尽牵衣,味如饮蘖,心逐飘蓬。　生小鸳鸯为伴,怪今晨睡醒,绛雪无踪。愁起开初,怜生断后,知我情为谁钟。止留得、千茎惨绿,怕今夜、滴碎雨蒙蒙。何况绵绵远道,梦也难通。”[5]山尊有侍女徐桐，年十二三，知书解事，山尊病服归芍，桐云：“芍药是药，何不园中看花去。”[6]闻者叹其语妙。集中有忧其不寿及病中悼亡诸作，言皆悱恻，“伤荷”之篇，殆亦为桐发耶？[7]

〔1〕吴鼒(1755—1821)，字山尊，号及之，又号抑庵，安徽全椒人。嘉庆四年(1799)进士，选庶吉士，授编修，官至侍读学士。晚年主讲扬州书院。（据《清人诗文集总目提要》第915页。）著有《吴学士诗文集》9卷，词有《百萼红词》2卷。按：顾云有《吴山樽学士〈百萼红〉题词》，则“尊”又写作“樽”。

〔2〕《一萼红》词序：“嘉庆乙亥(1815)九月十日为余六十初度，先一日，剑潭邀同彀人师、厚庵直指、复堂都转、桐生前辈、仲符同年，觞之湖上，调此阕为寿，次韵奉答。”（清光绪五年重刊本，下同。）汪端光(1748—1826)，字剑潭，江苏仪征人。乾隆三十六年顺天举人，授国子监学正、选授广西百色同知。历署柳州、平乐、庆远知府，补授镇江府知府。后主安定乐仪书院讲席。今存《剑潭诗钞》1卷。（据《清人诗文集总目》第856页。）

〔3〕高思齐，字文樵。参卷五“漳平唱和”条。拙作《聚红榭唱和考论》考出：谢章铤与高文樵相识定交实在壬子年(1852)，故议聚红榭一事最早不过此年，直到丙辰(1856)，谢章铤客居刘勷家一段时间后才正式开展词社活动。

〔4〕见《百萼红词》卷上。词序：“雨夜不寐，检籍得昔在都时剑潭为书诗馀一册，剑潭不知作于何年，予藏之又十二三年矣。去日如流，浮踪复合，慨然久之。因次册中咏蟋蟀一阕韵，呈剑潭并示都中旧雨、同校唐文在邗上者。”

〔5〕见《百萼红词》卷上。词题：“伤池荷”。

〔6〕见《百萼红词》卷上《一萼红・买扬州芍药百本寄家》词注。

〔7〕《百萼红词》卷下《一萼红・红叶》：“况消受、荒烟冷雨，恐诗里、词彩减斒斓。更忆桃花杳然，逝水无还。”注云：“词中此等句，皆悼侍女徐桐也。”

金望欣《淮海扁舟集》

《淮海扁舟集》一卷，全椒金秋士望欣撰。[1]秋士词，清顺颇不耐人思。《巫山一段云》云：“柳弱摇春水，花娇倚暮烟。软风吹老嫩晴天。一带夕阳鲜。　紫陌初调马，红楼半卷帘。山如出浴女儿妍。螺黛湿眉尖。”[2]《临江仙・过露筋祠》云：“缓着吟鞭春水畔，东风帽影吹欹。长堤一带夕阳西。杏花开似雪，杨柳捻成丝。　翠羽明珰神貌肃，湖云低护灵旗。楹书绝妙古人诗。江淮君子水，山木女郎祠。”[3]《祝英台近・蛛网》云：“绣帘垂，芳树暮，网近画檐布。似织回文，宛转络烟缕。最怜颗颗明珠，何时穿就，倩梅子、黄时疏雨。　问愁绪。却似将老春蚕，相思正难数。闲坐斜阳，尽日惹飞絮。有情惹住风花，仍无情处，并蝶使蜂媒留住。”[4]《念奴娇·晚晴》云：“夕阳楼畔，有翩然晒羽、暂停仙鹤。点破蔚蓝天色嫩，泼黛山痕如削。云阵排空，虹梁跨水，断雨犹垂脚。晚妆眉样，一钩新月初学。　好趁空馆微凉，簟纹如水，早睡原非错。对语帘前双燕子，似笑孤鸾栖泊。网湿蟏蛸，粉干蛱蝶，梦到凝妆阁。此时归去，个人犹怨情薄。”[5]秋士曾及吴山尊之门，有《浣溪纱》云：“菊访荒村一径斜。叶公坟外野人家。此花开后便无花。　夕照城闉归画鹢，秋风木末数归鸦。西园载酒有侯芭。”为山尊言也。山尊在扬，曾居西园。[6]

〔1〕金望欣(1793—?)，字秋士，号禺谷，安徽全椒人。嘉庆二十一年(1816)举人，授甘肃古浪知县，未任卒。著有《清惠堂集》10卷计文2卷诗6卷词2卷。(据《清人诗文集总目提要》第1282页。)黄锡庆《清惠堂集序》：“词有《淮海扁舟集》，邓溥泉孝廉为之序者，其乡人马先樵刻于京师。”此单刻本《淮海扁舟集》，未见。《淮海扁舟集》后收入《清惠堂集》中。

〔2〕见《清惠堂集》卷九。词题：“雨后道上”。(清道光二十年刻本，下同。)

〔3〕见《清惠堂集》卷九。

〔4〕见《清惠堂集》卷九。“惹住”原作“留住”。

〔5〕见《清惠堂集》卷十。词题：“晚晴叠前韵”。“暂停”原作“一双”。

〔6〕见《清惠堂集》卷九。词注云：“山尊先生居西园，时从之问字。”“归鸦”原作“栖鸦”。吴鼒，字山尊，参上条。

史承谦《小眠斋词选》

《小眠斋词选》四卷，宜兴史位存承谦[1]撰。储长源国钧曰：“自《花间》、《草堂》之集盛行，而词之弊已极，明三百年直谓之无词可也。我朝诸前辈起而振兴之，真面目始出。顾或者恐后生复蹈故辙，于是标白石为第一，以刻削峭洁为贵。不善学之，竞为涩体，务安难字，卒之钞撮堆砌，其音节顿挫之妙荡然，欲洗草草陋习，反堕浙西成派。彼浙西之词，不过一人唱之，三四人和之，浸淫遍及大江南北。人守其说，固结于中而不可解，谓非矫枉之过欤？位存自定其稿，存如干首，起衰有人，固可以无恨。”[2]又位存之弟衎存承豫曰：“吾邑溪山明秀，夙称人文渊薮，而自唐迄今，核其著作，真堪不朽者，惟南宋之竹山蒋氏，本朝之迦陵陈氏两家词集而已。今得吾兄，如鼎三足。”[3]按：长源之说，与余素论最合。其时厉派方张，一唱百和，位存以穷老诸生，独能于时风众势之所趋，卓然不惑而不枉其才，卒之百年论定，虽异己者不能没其所长，则长源之所推许宁为过欤？其词选入《国朝词综》将三十首[4]，然亦取其近于浙派者，佳篇固不止此，予复简一二录之，人之赏心，何必尽同。《踏莎行》云："吹絮帘前，簸钱堂后。眼期心诺相逢骤。别来真个远于天，当时悔不携罗袖。　月冷清宵，香消永昼。阑干花影如人瘦。如何一月断芳尊，心情还似曾中酒。"《步蟾宫》云："单衫杏子无尘涴。更婀娜、合欢花朵。一生赢得住江南，便占尽、吴中梳裹。　者边只有消魂我。盼嫩约、今番须果。那知暮雨独归时，但怅望、红楼灯火。"又句："望天外、朱楼无数，不知他、住在几重楼。"《一萼红》。"抱月飘烟，想纤腰一尺。""剩画阑、冉冉斜阳，任风帘攲侧。"《拜星月慢》。[5]"远月蒙蒙霜暗湿。行不得。鸡声人语都寒色。"《增字渔家傲·交河晓发》。[6]"叹依依别梦，知向谁家。休恨寻春较晚，伤心处、不在天涯。"《凤凰台上忆吹箫》。"疏篱外、冷香萦梦，对黄花、依旧苦吟身。"《八声甘州》。"寒鸦落木，愁煞倚阑人。"《满庭芳》。[7]"伤别伤春，泪花飘冷，无分相看过一生。"《沁园春》。"千古伤心消不尽，怕玉骨生来易化烟。"《洞庭春色》。[8]

〔1〕史承谦(1707—1756)，字位存，号兰浦，江苏宜兴人。乾隆间诸生。著有《史位存著书》计《爱闲斋笔记》2卷、《小眠斋词》4卷、《秋琴集》6卷、《菊丛新话》2卷、《青梅轩诗话》2卷、《静学斋偶志》4卷。(据《清人诗文集总目提要》第606页。)谢章铤所云《小眠斋词选》，未见，不知是否存于清刻本《小眠斋集》7卷中，中国科学院图书馆整理《续修四库全书总目》著录此书，未见。

〔2〕储国钧，字长源，号石亭，又号放渔，江苏宜兴人。乾隆间诸生。著有《抱碧斋集》计诗4卷词1卷。(据《清人诗文集总目提要》第632页。)另著有《倚楼笛谱》2卷。引文乃撮录储国钧《序》而成，几不讲原《序》行文顺序。原文："夫自《花间》、《草堂》之集盛行，而词之弊已极，明三百年直谓之无词可也。我朝诸前辈起而振兴之，真面目始出。顾或者恐后生复蹈故辙，于是标白石为第一，以刻削峭洁为贵。不善学之，竞为涩体，务安难字，卒之抄撮堆砌，其音节顿挫之妙荡然，欲洗花草陋习，反堕浙西成派，谓非矫枉之过欤？……彼浙西之词，不过一人唱之，三四人和之，浸淫遍及大江南北。人守其说，固结于中而不可解。……今年秋，位存自定其稿，存如干首，分为二卷以示余。……起衰有人，固可以无恨。"(清刻本《史位存著书》六种本《小眠斋词》，下同。)

〔3〕史承豫(1710—1774)，字衎存，号蒙溪，江苏宜兴人。诸生。著有《苍雪斋诗》12卷、《古文》2卷、《苍雪斋词》3卷等。辑有《荆南风雅》、《国朝词隽》。(据《清人诗文集总目提要》第615页、《清词史》第412页。)引见史承豫《序》。

〔4〕见王昶纂《国朝词综》卷三十二。

〔5〕以上见《小眠斋词》卷一。

〔6〕见《小眠斋词》卷二。“远月”原作“月色”。

〔7〕以上见《小眠斋词》卷二。《凤凰台上忆吹箫》有词序：“为友人赋”。“愁煞”原作“愁杀”。“倚阑”原作“倚楼”。

〔8〕以上见《小眠斋词》卷二。《洞庭春色》词序云：“为人题梅花美人便面，本事见原唱诗序中。”

赵起《约园词稿》

《约园词稿》十卷，武进赵于冈起[1]撰。于冈词一卷，一名末卷有所谓《逝水歌》者，皆哭其母兄子女之作。[2]有所谓《唱晚词》者，多纪寇乱之篇。骨肉凋零，兵戈满眼，亦极人生之不堪矣。[3]《喝火令》云：“铁瓮严更月，红桥静夜霜。数交阳九颇仓皇。几载疮痍未复，浩劫又红羊。　　忠悃神应鉴，雄师力可降。么魔肆毒狠如狼。谁养群奸，谁使尽披猖。谁使藩篱自撤，楚汉达吴江。”[4]嗟乎！当时衮衮诸公，所谓参之肉，其足食乎？[5]予尝谓词与诗同体，粤乱以来，作诗者多，而词颇少见。是当以杜之《北征》、《诸将》、《陈陶斜》，白之《秦中吟》之法运入减偷，则诗史之外，蔚为词史，不亦词场之大观欤？惜填词家只知流连景光，剖析宫调，鸿题巨制，不敢措手，一若词之量止宜于靡靡者，是不独自诬自隘，而于派别亦未深讲矣。夫词之源为乐府，乐府正多纪事之篇。词之流为曲子，曲子亦有传奇之作。谁谓长短句之中，不足以抑扬时局哉？于冈《唱晚词》颇得此意。地则金陵、维扬等处，人则向荣、张嘉祥、邓绍良、袁甲三诸大帅，皆见于篇，[6]虽其词未必入胜，然亦乱离之时能词者应有之言。但所填只此《满江红》十数阕，其馀则仍是栽花饮酒闲生计，未尽量也。

〔1〕赵起（1794—1860），字于冈，江苏武进（今常州）人。赵翼孙。道光二十年（1840）举人。曾应聘治江南盐政，往来于淮、扬、徐、海间。家富饶，尝购同郡谢氏废园修葺成“约园”。咸丰十年（1860）佐团练对抗太平军，城陷全家七十馀口投约园池中死。著有《约园词稿》10卷。（据《中国词学大辞典》第239页。）

〔2〕《逝水歌》见《约园词稿》卷八。有序云：“大化易尽，好物难坚。频惊骇浪之飞，屡竭爱河之水。哀吟弥短，愁思孔长。逝者已矣，我劳如何？”（清咸丰刻本，下同。）

〔3〕《唱晚词》见《约园词稿》卷十。有序云：“暮蝉犹唱，老骥长鸣。声断五更，志在千里。咏叹之不足，慷慨有馀哀。月夜乌啼，霜天鹤警。弥怅四方之蹙蹙，遂增一夕之哓哓。”

〔4〕见《约园词稿》卷十《唱晚词》。“谁使”原作“谁把”。

〔5〕《左传·宣公十二年》:“沈尹将中军,子重将左,子反将右,将饮马于河而归。闻晋师既济,王欲还,嬖人伍参欲战,令尹孙叔敖弗欲,曰:‘昔岁入陈,今兹入郑,不无事矣!战而不捷,参之肉其足食乎?’参曰:‘若事之捷,孙叔为无谋矣!不捷,参之肉将在晋军,可得食乎?’令尹南辕反旆。伍参言于王曰:‘晋之从政者新,未能行令,其佐先縠刚愎不仁,未肯用命,其三帅者,专行不获,听而无上,众谁适从?此行也,晋师必败,且君而逃,臣若社稷何?’王病之,告令尹,改乘辕而北之次于管,以待之晋师在敖、鄗之间。”

〔6〕《满江红》共十阕,见《唱晚词》。其四序云:“向欣然大帅所带兵勇征调已空,贼四面环攻,只得扶病移驻丹阳,贼随至,犹力疾督战,贼退窜句容,逾月病殁。计咸丰三年(1853)春贼陷金陵、润城,离吾常不足二百里,迄今晏然,江浙永资屏翰,其功何敢忘也。”其五序云:“贼犯金坛,游击李鸿勋带兵数百,守御有方,张提督嘉祥督兵痛剿,城得瓦全。后李在句容战殁,人皆惋惜。”其六序云:“张提督身经百战,义勇冠军,历数战,功虽古名将,殆无以过。”其八序云:“贼据宁国,邓提督绍良,统兵密围,贼窘甚,率数万众来援,将邓营四面环击,几不能脱,邓连发大炮,毙贼甚多,乘胜击杀,遂大捷。”其十序云:“袁午桥先生甲三,缘事来常,观其意思谆恳,器量宏深。驻宿州剿办捻匪,功在垂成,为蜚语所中,殆一方劫运未终也。越半载,制军怡公雪其事,圣上复起用,即命在豫省防匪,数月境内扩清。闻驻兵亳州,孤军无援,急难殄灭。”向荣(?—1856),字欣然,四川大宁(今巫溪)人,寄籍甘肃固原(今属宁夏)。以行伍隶提标,为提督杨遇春所识拔,积功擢至甘肃镇羌营游击。道光十三年(1833),直隶总督琦调司教练,累迁开州协副将。驻防山海关,擢正定镇总兵,调通永镇。二十七年(1847),擢四川提督。三十年,调湖南,平李沅发之乱,调固原。咸丰元年(1851)春,授向荣广西提督,专事剿灭太平军。咸丰三年(1853),太平军攻克武昌,向荣率部尾追,授钦差大臣,专办军务。太平军占领南京后,向荣又率部尾追,建立江南大营进行围困,后被革职留任钦差大臣,继续督办军务。咸丰六年七月,卒于军中。谥忠武。著有《向荣奏稿》12卷。《清史稿》列传一百八十八有传。张国樑(?—1860),字殿臣,初名嘉祥,广东高要(今肇庆)人。少任侠,为里豪所辱毁其家,亡命为盗。按察使劳崇光闻其名招降,剿匪多得其力。咸丰元年(1851)破剧贼颜品瑶,积功擢守备。继隶向荣征讨太平军,因功历任湖南永州营游击、广西三江协副将、福建漳州镇总兵、湖南提督、江南提督。咸丰十年(1860)闰三月,战殁于丹阳。谥忠武。《清史稿》列传一百八十八有传。邓绍良(?—1858),字臣若,湖南乾州厅(今属湖南吉首)人。由屯弁累擢守备。因镇压李沅发,被擢为都司。后从向荣与太平军作战,历任楚雄协副将、寿春镇总兵、江南提督、陕西总督、浙江提督。咸丰八年(1858)十一月,

战殁于湾沚(今安徽芜湖)。谥忠武。《清史稿》列传一百八十九有传。袁甲三(?—1863),字午桥,河南项城人。道光十五年(1835)进士,授礼部主事,充军机章京,累迁郎中。三十年(1850),迁御史给事中。咸丰三年(1853)命赴安徽佐侍郎吕贤基军务。总督周天爵卒于亳州,命代领其军,因功加三品卿衔命署布政使,不受,超擢左副都御史。六年二月,命随同英桂剿捻河南,诏嘉奖命以三品京堂候补。八年七月,命代胜保督办三省剿匪事宜。九年四月,命署钦差大臣督办安徽军务,实授漕运总督。同治二年(1863)因病卒于陈州前线。谥端敏。《清史稿》列传二百五有传。

陈聂恒《栩园词弃稿》

《栩园词弃稿》四卷,武进陈秋田聂恒[1]撰。顾梁汾曰:"国初辇毂诸公,尊前酒边,借长短句以吐其胸中。始而微有寄托,久则务为谐畅。香严、倦圃领袖一时,唯时戴笠故交,担簦才子,并与燕游之席,各传酬和之篇。而吴越操觚家闻风竞起,选者作者,妍媸杂陈。渔洋之数载广陵,实为斯道总持,二三同学,功亦难泯。最后吾友容若,其门地才华,直越晏小山而上之。欲尽招海内词人,毕出其奇,远方骎骎,渐有应者。而天夺之年,未几辄风流云散。渔洋复位高望重,绝口不谭。于是向之言词者,悉去而言诗古文辞,回视《花间》、《草堂》,顿如雕虫之见,耻于壮夫矣。虽云盛极必衰,风会使然,然亦颇怪习俗移人,凉燠之态,浸淫而入于风雅,为可太息。"《答秋田求词序书》。[2]此一则于康熙初词场风气言之最晰。虽然,是岂独词与诗文哉?即词派中之盛衰,亦如是矣!昔陈大樽以温、李为宗,自吴梅村以逮王阮亭,翕然从之,当其时无人不晚唐。至朱竹垞以姜、史为的,自李武曾以逮厉樊榭,群然和之,当其时亦无人不南宋。迨其后,樊榭之说盛行,又得大力者负之以趋,宗风大畅,诸派尽微,而东坡词诗、稼轩词论,肮脏激扬之调,尤为世所诟病。即秋田《论词绝句》亦云:"敢言豪气全无与,诗论天然非所宜。千古风流归蕴藉,此中安用莽男儿。"[3]而秋田之词,则正病恹恹无气耳。意既凡近,笔复平实,复不能鼓荡以真气,而自谓"似密而疏,似近而远"[4],其信然乎?若《南歌子》云:"竹坞清阴浅,梧窗夜色重。不无幽梦落花中。料理断魂归去,五更风。"[5]《浣溪沙》云:"坐待三更恨二更。草根露冷百虫鸣。西南钩月为谁生。　翠被寒凉愁独梦,画阑风细忆双凭。断肠灯下翦刀声。"[6]《江城子》云:"朝来似为镜鸾羞。无言还倚楼。不梳头。憔悴残妆,风韵却宜秋。不道海棠秋更瘦,人瘦也,替花愁。"[7]求其清宕若此者,不数觏也。

〔1〕陈聂恒，字曾起，一字秋田，江苏武进（今常州）人，康熙三十九年(1700)进士，授荔浦令，邑多獞猺奸民，挟以煽乱。聂恒单骑抵其巢，谕以祸福，令返荔民之居獞穴者。又补长宁，兴学造士，文风一变。授刑部主事，改翰林院检讨，未几卒。（据赵宏恩纂乾隆《江南通志》卷一百四十三，清文渊阁《四库全书》本；黄廷桂纂雍正《四川通志》卷七，清文渊阁《四库全书》本。）著有《栩园词弃稿》4 卷、《边州闻见录》11 卷等。

〔2〕见《栩园词弃稿》卷首《顾梁汾先生书》。“谭”，原作“谈”。（清康熙四十三年刻本，下同。）

〔3〕见《栩园词弃稿》卷四《读宋词偶成绝句十首》其六。

〔4〕见陈聂恒《栩园词弃稿自序》。

〔5〕见《栩园词弃稿》卷一。

〔6〕见《栩园词弃稿》卷一。“凉”，原作“深”。

〔7〕见《栩园词弃稿》卷一。

孔传铎《红萼词》

《红萼词》二卷，《国朝词综》误作一卷，曲阜孔牖民传铎[1]撰。词颇清疏，但游戏之笔过多。《八声甘州·过邹平谒伏生祠》云：“满咸阳烈炬正焚书，先生似冥鸿。抱黄农虞夏，丛残简册，长啸清风。楚汉纵横过了，鹤发已蒙茸。不向桃源隐，只在寰中。　他日遗经口授，与吾家藏壁，字字相同。笑空疏陆贾，草创叔孙通。千年遗风绵渺，剩荒祠、落日断垣红。有多少、行人错问，何代仙翁。”[2]《踏莎行·过宋状元梁颢故里》云：“满巷斜阳，没阶藜藿。当年此地开黄阁。青云客去渺无踪，至今不见归来鹤。　甲第犹存，墙垣颓落。丰碑已砺牛羊角。只因曾作榜头人，令人每过思量着。”[3]味此两结语，调侃俗情不少也。

〔1〕孔传铎，字振路，号牖民，山东曲阜人。雍正元年(1723)袭封衍圣公，年已八十馀。著有《申椒集》2 卷、《申椒二集》1 卷、《绘心集》2 卷、《盟鸥草》1 卷、《安怀堂文集》2 卷。词有《炊香词》3 卷、《红萼词》2 卷、《红萼词二集》1 卷。（据《清人诗文集总目提要》第 300 页。）

〔2〕见《红萼词》卷上。“千年”原作“数千年”。（清康熙刻本，下同。）

〔3〕见《红萼词》卷下。“颢”原作“灏”。

秦耀曾等《江东词社词选》

《江东词社词选》一卷，作者江宁秦香光耀曾、上元孙伯雨若霖、阳湖孙树仪廷璩、苏州孙清瑞麟趾、吴县戈宝士载、华亭雷介生葆廉。[1]评阅多出汤雨生贻汾[2]手。其中惟孙清瑞、秦香光所填入格，余则登选少，亦未见胜作。清瑞《祝英台近·秋灯》云："剔银釭，留凤烛，愁思倩谁替。照到凄花，澹澹画秋意。最怜别院归时，歌筵散后，便抛在、乱蛩声里。　　翠帘底。为甚今夜新凉，不将绣奁理。斜晕残蟾，六扇绮窗闭。悄从窗隙偷窥，红罗帐侧，引秋梦、一丝烟细。"[3]香光《绿意·冷月》云："暝烟似织。讶渐开渐朗，四壁旋白。悄挂冷空，试比秋宵，更觉清辉凄恻。嫦娥耐冷居原惯，怕照到、衣单羁客。料满城、翠馆红楼，不解此时孤绝。　　雪后江梅几树，乍看移瘦影，斜上窗格。一片青铜，千古高寒，铸就伤心愁魄。那回呵手牵香袖，欲重拜、瑶阶怎得。任夜霜、铺满阑干，没个玉人同立。"[4]

〔1〕据《江东词社词选·姓氏》：秦耀曾，字香光，号远亭，一号雪舫。江宁(今江苏南京)人。嘉庆十三年(1808)举人，兵部正郎。著有《澹然居骈体文》、《铜鼓斋诗话》、《冶城箫谱词钞》、《白门词略》、《雪园词话》。孙若霖，字伯雨，号雨村。上元(今江苏南京)县廪生。著有《双红豆阁词》。孙廷镰，字树仪，号竹庲，一号笋甫。阳湖(今江苏常州)县监生。著有《师竹庐初集》、《申福堂稿》、《酿春词》。孙麟趾，字清瑞，号月坡，长洲(今江苏苏州)人。苏州府庠生。著有《无隐斋文集》、《白云庵诗》、《秋露词》、《绣鸳词》、《碎锦集》、《拜玉词》、《一鱼庵词话》、《词的》、《洗钵录》、《雅词万选》、《词学正宗》、《冷云居录》、《石臼集选》、《陋轩集选》。雷葆廉，字介生，号约轩，华亭(今上海松江)县庠生。著有《诗窠》、《诗选》、《莲社词》、《通波水阁词话》。(清道光刻本，下同。)戈载，参续编卷五"戈载《翠薇花馆词》、《词林正韵》"条。

〔2〕汤贻汾(1777—1853)，字若仪，号雨生，别号琴隐道人。江苏武进(今江苏常州)人。袭云骑尉世职，历任江苏、广东、浙江等省守备、副将。太平军陷南京时自杀死，谥贞愍。著有《琴隐园诗集》36卷、《琴隐园词集》4卷。(据《清人诗文集总目提要》第1114页。)另著有《画荃惜览》2卷。

〔3〕见《江东词社词选·第六集》。

〔4〕见《江东词社词选·第八集》。"冷空"原作"遥空"。

江顺诒《愿为明镜室词稿》

《愿为明镜室词稿》二卷，旌德江秋珊顺诒[1]撰。据自序谓有九卷，而余所见只此二卷。[2]自序云："余性刚而词贵柔，余性直而词贵曲，余性拙而词贵巧，余性脱略而词贵缜密，余性质实而词贵清空，余性浅率而词贵蕴蓄，学词冀以移我性也。"[3]余谓此秋珊訾言，以写其不平耳。夫人文合一，理所固然，究之，人自有人之性，文自有文之体，凡秋珊之所言者，其故在不深于情耳。深于情则刚无不柔，直无不曲。当于性中求情之用，若徒求柔求曲，则词格未工，而心术或先病矣。秋珊少填《镜中泪》传奇，自号"愿为明镜生"，因绘为图。游白门，遇水仙子，与图中人十九仿佛，乱后图与图中人俱化去，有《高阳台》纪之，[4]然则秋珊岂短于情者耶？《浣溪纱》云："一种相思诉与谁。肠儿一寸不禁回。心儿一寸不堪灰。　误我蚕丝空自缚，背人蜡泪已成堆。无多好梦莫惊猜。"[5]《凤凰台上忆吹箫》序云："皖城沦贼十年矣，甲子重来，感而赋此。"词云："埋玉怜烟，碾珠吊月，昙花竟是空花。惨渔阳鼙鼓，惊散天涯。多事仙人跨鹤，觅残阳、红认谁家。伥一片，颓垣断井，冷噪栖鸦。　嗟嗟。蜉蝣身世，竟过客迷津，沧海浮槎。有千行血泪，两鬓霜华。几处遗营故垒，剩深宵、画角悲笳。休凭吊，干戈未休，何处烟霞。"[6]又句："残稿零星曾读遍，重记取，断人肠。"《唐多令》。[7]"有花看处莫登楼。不平世事，湖水亦东流。"《临江仙》。[8]

〔1〕江顺诒(1822—1885)，字秋珊，自署愿为明镜室主人。安徽旌德人。浙江候补县丞，需次杭州。所居东平巷有花坞、夕阳楼之胜。(事迹据谭正壁编《中国文学家大辞典》第1710页，上海书店1981年版。生卒年据杨柏岭《唐宋词审美文化阐释》第378页，黄山书社2007年版。)著有《愿为明镜室词稿》2卷、《读红楼梦杂记》1卷，编有《词学集成》8卷。

〔2〕同治己巳(1869)刊本《愿为明镜室词稿》为九卷，同治癸酉(1873)仲春重校梓本为二卷。二本词作未变，只是卷数不同。谢章铤所见应为癸酉仲春重校梓本。己巳本江顺诒自《序》说《愿为明镜室词稿》为九卷，癸酉本自《序》未说《愿为明镜室词稿》有多少卷。癸酉本谭献《序》提到江氏词的卷数实乃二卷。谢氏所云"据自序"是据己巳本自《序》。

〔3〕自序见《愿为明镜室词稿》卷首。"学词冀以移我性也"原作"以余为词，不几南辕北辙乎？顾阅历世途，动辄得咎，未尝不悔，悔而终不能改，乃学为词，冀以移我性也。"(癸酉仲春重校梓本，下同。)

〔4〕见《愿为明镜室词稿》卷二。词序云："余少填《镜中泪传奇》，自号'愿为明镜生'，因绘为图。游白门，遇水仙子，风姿绰约，与图中人十九仿佛，出图

相质，疑有夙因。未几，烽烟历乱，图与图中人俱化去。廿载天涯，久无绮梦，兹以词稿付梓，因补斯图，非冀有后缘，实深感前遇也。对凌波之姗影，能无回首，凄然。"

〔5〕见《愿为明镜室词稿》卷二。

〔6〕见《愿为明镜室词稿》卷二。"鸦"原作"雅"。

〔7〕见《愿为明镜室词稿》卷一。

〔8〕见《愿为明镜室词稿》卷二。有词题："湖上杂作"。

夏宝晋《笛椽词》

《笛椽词》二卷，高邮夏玉延宝晋[1]撰。余在都下，寄居萧寺，虽挂名朝籍，而门无车骑之客。一日，同寓友人谓曰："京朝无热官，近虽时局稍变，然亦有求热而不能热者，但若吾子，似又太冷。"余是日适从厂肆购得此词，因翻其寄芙初《水调歌头》共读之。前拍云："京雒独官冷，人更冷于官。家居近在阳羡，归去却无田。留得秋风双鬓，还怕燕山霜雪，吹白上华颠。仕宦已如此，词赋自堪传。"[2]读毕，各大笑而罢。芙初，刘嗣绾[3]也。玉延为郭频迦麐[4]女夫，其词宛转关生，知其濡染者深矣。有《百字令·将抵袁浦寄频迦先生》云："问天不语，恁茫茫尘海，一身飘堕。孤负高歌青眼望，屈指华年空过。钝榜无名，劳薪有味，那便沧江卧。生平略似，归来翁定怜我。　何意浊浪声边，黄埃影里，犹客长淮左。胡不逍遥从此去，随处浮家皆可。孽火焚巢，贼星照户，各剩孤身裸。近乡心切，杜陵茅屋先破。"自注："频翁去年不戒于火，余在都为穿窬所困。"[5]《蝶恋花》云："雨雨风风无一可。瘦倚闲窗，守着黄昏坐。咫尺回廊难得过。阑干曲折葳蕤锁。　白袷单寒红袖摋。中酒心情，无病惟宜卧。解道清愁能几个。漂零花柳漂零我。"[6]《酷相思》云："愁红万点垂杨下。正妙舞、清歌罢。便消尽、离魂花月夜。侭有个、知音者。那有个、知音者。　天与清愁花不惹。定少个、人相亚。却何事、漂零犹未嫁。才送了、春归也。又送了、人归也。"《浣溪纱》云："小阁通桥槛倚河。一层帘子一层波。碧阑干外画船过。　柳色浓时朝雨细，桃花开后夕阳多。留春不住奈春何。"[7]其自序云："昔称乐府，今乃徒歌，声之不被，谱亦何施？取彼苦调，写我怨思。柯亭有竹，岂无人知？"[8]此亦可为专言宫调者下一转语也。

〔1〕夏宝晋(1790—1859)，字慈仲，号玉延，又号慈仲，江苏高邮人。吴江郭麐赘婿。嘉庆十八年(1813)举人，历任山西绛州、浮州、和顺、宁乡知县，署代州，升任朔州、和州知州。道光十七(1837)、二十七年(1847)两充乡试同考

官。归里主崇川、紫琅书院讲席。著有《冬生草堂集》18卷计《文录》4卷、《诗录》8卷、《词录》4卷、《山右金石录》1卷、《跋尾》1卷。(据《清人诗文集总目提要》第1249页。)词有《笛椽词》2卷、《琴隐词》1卷、《湖中明月词》1卷。

〔2〕见《笛椽词》卷一。有词题:"寄芙初"。(清咸丰刻本,下同。)

〔3〕刘嗣绾(1762—1820),字醇甫,又字简之,号芙初,江苏阳湖(今常州)人。嘉庆十三年(1808)状元,改庶吉士,授编修。归主无锡东林书院。著有《尚䌹堂集》58卷,中有《筝船词》2卷。(据《清人诗文集总目提要》第981页。)

〔4〕郭麐,号频迦。参卷十"沈学渊《八美词》"条。

〔5〕见《笛椽词》卷二。

〔6〕见《笛椽词》卷一。"援"原作"辨"。

〔7〕以上二首见《笛椽词》卷一。

〔8〕见《笛椽词》卷首。"徒歌"原作"徒词"。

储秘书《花屿词》

《花屿词》一卷,宜兴储玉函秘书〔1〕撰。玉函与史位存兄弟投分甚深〔2〕,故词格亦颇相似,沉着则不及耳。中年曾游吾闽,有《风入松·送友》云:"东风吹散海边萍。去住总飘零。闽山一路多啼鴂,料归人、也自愁听。惆怅片帆天远,悬知两地云停。　　殊乡节物又清明。谁共踏青行。酒阑绪语星星记,怕梦回、还绕池亭。从此西窗暗雨,声声尽是离情。"〔3〕

〔1〕储秘书(1718—1780),字玉函,号花屿,江苏宜兴人。乾隆二十六年(1761)进士,改庶吉士,授户部主事,官湖北郧阳知府,改黄州知府。著有《緘石斋诗稿》8卷。(据《清人诗文集总目提要》第744页,生卒年据《清词史》第412页。)另有《花屿词》1卷。

〔2〕《花屿词》有史承豫序。《花屿词》中有多首词作的小序可见储氏与史位存兄弟交往的行迹。(清刻本,下同。)史位存兄弟,参本卷"史承谦《小眠斋词选》"条。

〔3〕见《花屿词》。词序云:"新朋故侣,闽海相依匝月盘桓,忽焉星散。邗上罗南埜先归,歌此以当折柳,时戊寅(1758)清明前二日。"

蒋春霖《水云楼词续》

《水云楼词续》一卷，江阴蒋鹿潭春霖[1]撰。宗源瀚[2]《序》云：鹿潭“先刻《水云楼词》于东台，同时作者，莫不敛手。而鹿潭慨然自谓欲以骚经为骨，类情指事，意内言外，造词人之极致。誉以南唐两宋，意弗满也。”按：此亦前人已发之论，然得其意则可耳，若但涂泽字面则非矣。且亦惟短调能存古意，使长调故为惝恍之辞，似可解似不可解，读之终篇，不得其注意之所在，岂得谓之工哉？鹿潭长调颇觉郁晦，正坐此病耳，然其说则不可废也。《序》又云：“鹿潭晚岁困甚，益复无聊，倒心回肠，博青眸之一顾。词中所谓黄婉君者，聚散乖合，恩极怨生，鹿潭卒为婉君而死，婉君亦以死殉鹿潭。濒死，向陈百生再拜，乞佳传，从容就绝。论者谓此可以慰鹿潭，而鹿潭愈足伤矣。”《菩萨蛮》云：“雄龙雌凤盘高阁。红墙百尺银河落。蜡烛散轻烟。春城寒食天。　　兽环金屈戌。花影空房宿。轻燕趁风斜。还来王谢家。”又云：“青溪流水宵呜咽。青溪杨柳无枝叶。远客莫相思。江南春信迟。　　迟君堤上道。堤下多荒草。布谷雨声中。野花肠断红。”又云：“南塘洗马喧春水。驮金买宅长干里。锦带玉麒麟。双鸾罗帐温。　　御笺银沫冷。北雁音书警。落日动边愁。春寒罢远游。”又云：“碧窗新火明朱鸟。金盘侍女分瑶草。作妇已经年。鸾刀清昼闲。　　松纹团细绿。采采愁盈掬。微笑别春厨。羹汤劳小姑。”《河传》云：“鹦鹉。低语。绣帘垂。残日空房梦迷。白狼塞前书信稀。花枝。好如郎去时。　　屋后垂杨临古道。飞絮少。极目空芳草。袖罗单。愁倚阑。玉关。铁衣春更寒。”[3]以《子夜》、《读曲》[4]之遗，运入长短句，似五代学六朝人语也。

〔1〕蒋春霖(1818—1868)，字鹿潭，江苏江阴人。寄籍大兴(今属北京)。诸生。咸丰二年(1852)官两淮富安场盐大使，权东台场。慕成容若之《饮水》、项鸿祚之《忆云》，自署所居曰水云楼。罢官后抑郁暴卒。著有《水云楼诗剩稿》1卷、《水云楼烬馀稿》1卷。(据《清人诗文集总目提要》第1536页。)另有《水云楼词》2卷《补遗》1卷。

〔2〕宗源瀚(1834—1897)，字湘文，江苏上元(今南京)人。监生。历官衢州、湖州、嘉兴、严州、宁波各地知府，升署温处道、杭嘉湖道。著有《颐情馆闻过集》12卷、《颐情馆诗钞》4卷、《颐情馆诗续钞》1卷。(据《清人诗文集总目提要》第1691页。)另著有《自有馀斋日记》5卷，纂有《湖州府志》97卷、《国朝严州诗录》8卷、《国朝右文掌录》1卷、《辨志文会课艺初编》8卷。

〔3〕宗源瀚《序》与所引各词俱见《水云楼词续》，文字无异。(清同治十二年刻本。)

〔4〕《子夜》、《读曲》,参卷四"情语与绮语不同"条。

钱国珍《寄庐词存》

《寄庐词存》二卷,江都钱子奇国珍〔1〕撰。其词长调气颇疏宕。《满江红·焦山春望》云:"浪涌蛟门,是天险、长江峭壁。问谁任、孙卢到此,楼船出没。战垒尚依京口树,估帆遥指瓜州驿。算劫尘、已过又重新,青山色。　着几两,游山屐。吹一曲,临江笛。侭茫茫春水,荡开胸臆。画稿图成狮象岭,狂吟惊起鱼龙窟。让焦仙、独占古烟霞,留遗迹。"〔2〕又有悲金陵、悲扬州及感事《金缕曲》等阕〔3〕,言皆凄愤。余尝欲辑丧乱以来各家吊亡悼逝诸作,都为一集,言者无罪,闻者足鉴,传诸檀板,以警将来。是亦小雅告哀之义,而当局者所宜日置之坐右也。《念奴娇》自序:"寒宵梦觉,晴月照帷,乡思无聊,凄然成咏,戏用'寒'字叠句。"云:"短惊寒昼,又长怕寒宵,数残寒漏。耐得布衾寒似铁,寒月和人都瘦。火剩寒灰,霜堆寒色,独自消寒九。暖寒谁慰,故乡寒信知否。　最是枕畔寒鸡,唤醒寒梦,寒思难消受。猛忆寒窗花事误,又到寒梅开候。蛰比寒虫,饥怜寒雁,红泪浸寒袖。一寒至此,岁寒犹恋三友。"〔4〕此虽游戏,然尚不坠恶道。

〔1〕钱国珍,字子奇,号沁庵,江苏江都(今扬州)人。道光二十三年(1843)优贡,二十九年举人。咸丰八年(1858)充乡试同考官,官浙江二十馀年,先后任瑞安、龙泉、馀杭知县。光绪元年(1875)补安吉知县。著有《峰青馆诗钞》7卷、《续钞》4卷。(据《清人诗文集总目提要》第1599页。)词有《寄庐词存》2卷。

〔2〕见《寄庐词存》卷上。(清咸丰十年刻本,下同。)

〔3〕《寄庐词存》卷下有《金缕曲·感事仍用前韵》、《金缕曲·和沈笠湖农部镗元韵二阕》。后阕二首有尾注:"悲金陵也"、"悲扬州也"。

〔4〕见《寄庐词存》卷下。"戏用寒字叠句"后原有"和济川韵,兼简海秋、午桥两舍人","浸寒袖"原作"寒浸袖","一寒至此"原作"一寒如此"。

黄锡庆《铁庵词甲稿》

《铁庵词甲稿》一卷,甘泉黄子馀锡庆〔1〕撰。昔王莽州讥杨孟载七言可填入《浣溪纱》,竹垞推引十数联,谓此皆绝妙好词。〔2〕诚以词中如《生查子》似五绝,《鹧鸪天》、《玉楼春》似七律,苟非恰好,无庸强填。初涉者以为易也,而不知其为最难。今观此卷，若《忆江南》、《捣练子》、《忆王孙》、《长相思》等调，连篇累牍。题则蔷薇、丁香、凤仙、玉簪、秋海棠，排列如群芳之谱。虞姬、杨妃、卓文君、黄天荡、燕子矶、雨花台，悉数若人物舆地之书。既无新意，并多伧句。是其于词也，殆口占漫兴，取充简册者欤？其卷首作序者，不书姓名，第称"东山廓道人"，亦非法也。[3]

〔1〕黄锡庆，字子馀，一字小园，号铁庵，江苏甘泉（今扬州）人。道光十三年(1833)钦赐举人，官广东候补道。工书画。著有《小园诗钞》1卷。(《清人诗文集总目提要》第1447页。)另著《铁庵词甲稿》1卷、《铁庵词乙稿》1卷。

〔2〕见王世贞《艺苑卮言》(《弇州四部稿》卷一百四十八)。按："王莽州"应为"王弇州"。朱彝尊《静志居诗话》卷三"推引十数联"，参卷十二"张翥、杨基学姜"条。

〔3〕《铁庵词甲稿》凡收词152阕。有东山廓道人道光乙巳(1845)春正月序，或此本刻于清道光间。据序，壬寅(1842)秋，黄锡庆在扬州助城守拒夷犯城。

朱和羲《万竹楼词》

《万竹楼词》二卷，吴县朱子鹤和羲[1]撰。子鹤词庸弱未成体，姚春木椿序之。首云："词之义，至南宋而正，至国朝而续。国朝之言词者，尤宗浙西，盖皆以南宋为归也。近人言词者推西泠厉氏，近则又以吴门为多才，盖其渊源派别为不二矣。"[2]信如此言，则南宋以前词皆不正乎？浙西派之外，皆不足谓之词乎？其亦误会竹垞之旨，而抑扬太过矣。萧山单玉辉元辅，幼即双瞽，听人读书，入耳不忘，长而淹博，年仅三十而逝。自言祖父以上，能诗者十六代，皆有稿本未刊。自著《饮酒读骚堂诗文集》、《奁边月痕词》、《周清真词笺注》。子鹤填《霜叶飞》悼之。[3]洞庭山茶产于碧螺峰上，曰碧螺春，其色如螺黛，其味如兰麝，其细如蚕眉。采于社前者为头茶，又名寿茶。本"社"字，后误为"寿"。二采者为明茶，谓清明时所采，不过一二十两。山人亦自珍惜，俗谓之"吓煞人"。子鹤填《茶瓶儿》[4]咏之。又黄霁青辑《续国朝词综》，以嘉庆初年为始，亦见子鹤《凤归云》词。[5]此三则可备《词苑丛谈》。

〔1〕朱和羲，字紫鹤，吴县东山（今江苏吴县东山镇）人。诸生，官国子监典薄。与姚椿同时代。著有《采白仙子殉难哀辞》2卷、《采白吟》1卷、《返魂香》1卷、《词馀》1卷。(据《清人别集总目》第436页。)词有《万竹楼词》3卷、《万竹

楼词选》不分卷。谢章铤云《万竹楼词》二卷，非。

〔2〕引见姚椿《引》。姚椿(1777—1853)，字春木，一字子寿，号樗寮，江苏娄县(治所今上海松江)人。道光元年(1821)荐举贤良方正，辞不就。四年主讲开封彝山书院，十八年后主讲湖北荆南书院达二十五年，归主松江景贤书院。著有《通艺阁集》40卷。(据《清人诗文集总目提要》第1113页。)另辑有《国朝文录》82卷。

〔3〕《万竹楼词》卷二《霜叶飞》序云："萧山单玉辉元辅，幼即双瞽，听人读书，入耳不忘，辄有神悟，长而淹博，著述极富，乃年仅三十，遽赴玉楼，伤哉！词以悼之。"注云："玉辉自云祖父以上能诗者十六代，俱有稿本，未刊。"注又云："君有《饮酒读骚堂诗文集》"。又："君词集《奁边月痕词》。"又："君有《周清真词笺注》，惜未刊竣。"(清道光三十年刻本，下同。)

〔4〕《万竹楼词》卷二《茶瓶儿》序云："吾山之茶曰碧螺春，以其产于碧螺峰上，故名。他产则非。其色如螺黛，其味如兰麝，其细如蚕眉。采于社前者为头茶，又名寿茶。原'社'字，后误为'寿'。二采者为明茶，谓清明时所采，若过此俱不堪名矣。考之《学林新编》，茶之佳者，造在社前，其次火前，其下则雨前。吾山造茶之时与古相合，所产亦不过一二十两，又与白鹤僧园之数相符。山人亦自珍惜，无所名状，俗谓之'吓煞人'，故末及之。"

〔5〕《万竹楼词》卷二《凤归云》序云："黄霁青先生安涛，越人也。雕龙绣虎，为一代之闻人，知古涵今，实千秋之韵士……"按：此词序未言及黄霁青辑《续国朝词综》以嘉庆初年为始事。此事实见《万竹楼词选》所收《凤归云》词注："太守辑《续词综》，自嘉庆初至今得若干卷，亦滥及拙词。"(清同治五年刻本。)

张兴镛《远春词》

《远春词》二卷，华亭张金冶兴镛[1]撰。金冶在王述庵[2]门下，又及闻赵味辛[3]、吴榖人[4]诸老绪论，故其词无猥琐之病。《满江红·题赵春漪锁院咏物诗后》云："检点番番，比家具、携来差少。传呼进、纷投矮屋，安排粗了。片瓦支将茶鍑稳，双钉挂处风帘袅。看横陈、三板试闲眠，轻埃扫。　琐屑事，资军校。缓急谊，商同调。算蜂房营罢，空留鸿爪。欲去更须重料理，此间本不求安饱。又谁知、写入倚楼吟，皆诗料。"[5]席帽中人[6]读之，恍忆如燕归巢，如蛇赴壑时也。《沁园春·赋二字》云："有女同车，燕燕莺莺，才兼艳兼。爱杏花开候，春风似翦，棋床对处，妙弈疑仙。看去双文，叠来一字，配个人儿想见怜。自注："词调有《想夫怜》。"休抛撇，怕形单影只，各自萧然。　鹣鹣。兰夜镫前。

算过了、初更漏正添。忆洲分白鹭，水流无迹，台荒铜雀，春锁何年。茧样同功，鱼般比目，嘉耦宁从怨耦传。厮相并，莫较长论短，两小生嫌。"[7]又《赋三字》云："怅望神仙，天风泠然，吟湘路遥。只题缄岁久，墨痕未灭，湔裙春暮，别恨重撩。石上因缘，命中奇耦，六幅罗裙色半销。尊前恨，恨阳关叠后，酒盏长抛。　　无聊。偶弄檀槽。拨不到、鹍弦第四条。算扬州月色，那容分占，灵和柳影，怎地眠娇。擘岂双双，添仍一一。画手休夸颊上毫。相思苦，便频年蓄艾，心病谁疗。"[8]关合匀适，是亦古人陶心儿[9]、崔廿四[10]之遗则也。

〔1〕张兴镛，字远春，一字金冶，江苏华亭(今上海松江)人。嘉庆六年(1801)举人。著有《红椒山馆诗选》6卷、《红椒山馆词选》2卷、《远春词》2卷、《远春试体赋抄》1卷。(据《清人诗文集总目提要》第1056页。)

〔2〕王昶，晚号述庵，参卷一"王昶论两宋词"条。

〔3〕赵怀玉(1747—1823)，字亿孙，一字味辛，号牧庵，江苏武进(今常州)人。乾隆四十五年(1780)赐举人，授内阁中书。出为山东青州海防同知，升登州、衮州知府。后主通州文正书院、陕西关中书院、湖州爱山书院。著有《亦有生斋集》68卷计《诗集》32卷、《文集》20卷、《续集》6卷、《云溪乐府》2卷、《词》5卷、《秋籁吟》3卷。(据《清人诗文集总目提要》第852页。)赵怀玉《红椒山馆词选序》："乾隆丁未(1787)八月，寓居桐乡，木犀将残，宿雨未已，有奴捧针朴晨入于室，则华亭张君金冶所寄《远春词》，侑之以书，属序于仆焉。"

〔4〕吴锡麒，号榖人。参卷九"吴锡麒长短句洵为作手"条。

〔5〕见《远春词》卷二，"皆"原作"俱"。(清嘉庆四年刊本，下同。)又见《红椒山馆词选》卷一，"皆"亦作"俱"。(清道光刊本，下同。)

〔6〕宋李巽年轻时累举不第，其乡人讽嘲曰："李秀才应举，空去空回，知席帽甚时得离身?"后李巽仕至度支郎中，遗乡人诗曰："当年踪迹困泥尘，不意乘时亦化鳞。为报乡闾亲戚道，如今席帽已离身。"事见宋吴处厚《青箱杂记》卷二。(明万历刻《稗海》本。)后即因以"席帽离身"指读书人应科举考试及第做官。则"席帽中人"指应举之读书人。

〔7〕见《远春词》卷二，"同车"原作"同居"。又见《红椒山馆词选》卷二，"宁从"原作"口从"。

〔8〕见《远春词》卷二，"春暮"原作"春莫"，"奇耦"原作"奇偶"，"怎地眠娇"原作"恁地生娇"。又见《红椒山馆词选》卷二，"春暮"原作"春从"，"奇耦"原作"奇偶"。

〔9〕陶心儿，参卷五"张红桥与林鸿唱和"条。

〔10〕崔廿四，参卷十二"集句词"条。

赌棋山庄词话续编卷四

续纂词话

秋风乍起，忽染沉疴，病间，则冬已深矣。续纂词话，辍业者累月。丛残满案，零落殊可惜。红日上窗，寸心渐暖，乃于严寒瑟缩之中，负暄[1]而重录之。其词名素著及位高望重者，有所见则论及，否则本集在，不赘也。

〔1〕负暄：冬天受日光曝晒取暖。列御寇《列子》卷七《杨朱》："昔者宋国有田夫，常衣缊黂，仅以过冬。暨春东作，自曝于日，不知天下之有广厦隩室，绵纩狐貉。顾谓其妻曰：'负日之煊，人莫知者，以献吾君，将有重赏。'"（民国刻《四部丛刊》景北宋本。）

孙锡《雪帷韵竹词》

《雪帷韵竹词》，仁和孙雪帷锡[1]撰。《词综续编》载《韵竹词》四卷，余所得一册，共三十开，不列卷数[2]，而《词综》所选《金缕曲》、《玉烛新》两阕亦正在此中。[3]其词盖瓣香樊榭者。《买陂塘·白菊》云："挂蕉衫、素帘寒曙，幽枝渐折霜信。尊前只有秋人澹，定不澹于花影。风雨近。配小盏甜冰，好饯荒祠冷。琼姿最俊。傍金粉阑低，琉璃障薄，凉梦悄须认。　圆蜍夜，暗抱檀心消领。欹斜休上丝鬓。剧怜脱帽三千丈，一色颤摇难定。翻自省。便刻画花魂，着相花先哂。丹铅谢尽。要疏朵横陈，新缣细蘸，书带露梢润。"[4]此在集中最为清空。雪帷工于篆刻，有《石州慢》、《百字令》二调咏之。[5]

〔1〕孙锡，字备衷，号雪帷，浙江仁和（今杭州）人。乾隆五十八年（1793）进士，官宁州知州。著有《韵竹词》四卷。（据《国朝词综续编》卷三。）今存有《雪帷韵竹词》不分卷。

〔2〕《雪帷韵竹词》有清乾隆刻本，收词58阕。南京图书馆藏本书后有丁丙手迹，云："金述之孝廉选刊《十家词汇》时，曾百计求《雪帷词》，不得。属余搜罗，亦不得。今重装此册，述之殁已二十年矣。曷胜炫然！光绪三年（1877）九月十六日，先慈冥忌，丁丙识。"

〔3〕《金缕曲》、《玉烛新》见黄燮清纂《国朝词综续编》卷三。

〔4〕见《雪帷韵竹词》，文字无异。（清乾隆刻本，下同。）

〔5〕《石州慢》、《百字令》均见《雪帷韵竹词》。

王效成《轩霞词》

《轩霞词》一卷，盱眙王子匜效成[1]撰。子匜词虽无多，而饶有姜、史遗韵。《长亭怨·夕阳》云："记曾入、隔花深坞。一片花光，总无花处。剩有晴痕，柳阴阴外、渐销度。玉颜何许，算怎向、鸦边认取。草色凄迷，应不似、前番庭宇。　试住。听声声风里，玉笛又还吹暮。明烟淡雨，侭描出、可怜情绪。怪生涯、直恁匆忙，偏日日、黄昏归去。还怕见新娥，化作愁红千缕。"[2]又句："门外绕、一曲烟波，剩三两、野鸥来去。"《长亭怨》。[3]"小缀梢头，悄不许、花心知得。""看钓港、已歇蘋风，还爱向丝边，伴人孤立。"《望梅》咏蜻蜓。[4]"秋心镇日浑难展，剩一纸、相思无迹。但夜深、凄泪潸潸，雨过荒阶闻滴。"《绿意》咏芭蕉。[5]前有傅桐[6]，后有王锡麟[7]，二序俪体皆可观，子匜尚有《伊嵩室诗文集》。

〔1〕王效成（？—1846），字子匜，号雪腴，别号约甫，江苏盱眙人。道光十六年(1836)恩贡生。性狷急，与世不合。十年后自沉淮水死，年五十馀。歿后邑人吴棠编其集为《伊嵩室集》9卷，计《文集》6卷、《诗集》2卷、《诗馀》1卷。（据《清人诗文集总目提要》第1285页。）词有单刻本《轩霞词》1卷。

〔2〕见《轩霞词》。"鸦边"原作"雅边"，"吹暮"原作"吹莫"，"侭"原作"尽"。（清刻本，下同。）《伊嵩室诗集》所附《诗馀》同。（清咸丰五年刻本。）

〔3〕见《轩霞词》。有词序："重过九峰草堂，有怀昔游。"《伊嵩室诗集》所附《诗馀》同。

〔4〕见《轩霞词》。有词题："蜻蜓"。《伊嵩室诗集》所附《诗馀》同。

〔5〕见《轩霞词》。有词题："芭蕉"。《伊嵩室诗集》所附《诗馀》同。

〔6〕傅桐，字味琴，号梧生，江苏盱眙人。道光十七年(1837)拔贡。工骈体文。著有《梧生诗文钞》20卷计《文钞》10卷、《诗钞》9卷、《词钞》1卷。另有《梧生骈体文钞》1卷。（据《清人诗文集总目提要》第1531页。）《轩霞词》有其道光岁星次甲辰(1844)孟秋既望序。

〔7〕王锡麟，年里不详。王效成门生。《轩霞词》有其道光岁星次旃蒙协洽(1835)序。

李贻德《梦春庐词》

《梦春庐词》一卷，嘉兴李次白贻德[1]撰。自序谓："弱冠时作香艳词近二百首，或以秀道人语相规，遂弃去。今检其纤佻不甚者，并新作，通得四十馀首。"然则次白固揣摩《花间》者，故短令胜于慢词。《西地锦》云："画阁响归游屧。倚屏风三叠。卸衣时候，为怜绣鸟，春衫亲折。　粉气初干香颊。渐光融眉睫。呼来小玉，都无使处，遣花间捎蝶。"《惜分钗》自序："畹芬谢世，已五易寒暑矣，禁烟节近，客怀怆然。"云："垂花幌。黏蛛网。梯桄怕向重楼上。负前期。算他时。碧海银河，纵许依依。迟迟。　人何往。窗纸飐。倚窗略记伊模样。几回痴。几回思。一冢春莎，一树棠梨。悲悲。"[2]畹芬乃嘉兴吴女史筠[3]，次白之妇也。能诗，著《早花集》，造句俊秀，不屑以脂粉自囿，卒年二十六，有《落花诗》二十首，序云："妒风相逼，花片齐飞，一缕愁丝，顿成九结。作《落花诗》二十首，哀语沓来，不复检制，第不知我生以后，悼花而更以悼筠者，复有何人？阅是诗者，可以感矣。"句如："称意花多怜薄命，解愁人自不长生。""富贵怕逢初失意，别离终觉易销魂。""生前有色骄松柏，化后何人辨燕环。""空阶月到啼鹃冷，粉洞香消醉蝶醒。""羊角风粗人掩泪，马蹄声乱蝶随香。""流水有声何处泊，软风无力隔墙飞。"[4]此类数十句，语虽哀艳，抑何其伤心也。次白咏蕉扇《桂枝香》，中述畹芬《团扇诗》有"明月三分全在手，秋风一半已销魂"句。[5]今此集不载，知其散佚多矣。次白有《春秋贾服逸注辑述》、《揽青阁诗集》诸书，朱阁学兰[6]为之刊行。按：嘉兴钱新梧仪吉《记事稿》有次白《墓志铭》，叙述最详，盖绩学敦品而不遇者云。"有《十七史考异》，可与嘉定钱氏书并行。"[7]又云："其妇以哭姑卒，次白时方逾弱冠，遂不复娶。"[8]"梦春庐"作"望春庐"，其笔误耶？[9]

〔1〕李贻德(1783—1832)，字天翼，号次白，一号杏村，浙江嘉兴人。嘉庆二十三年(1818)举人。会试报罢，卒于京师。尝助孙星衍纂辑《十三经佚注》。(据《清人诗文集总目提要》第1168页。)著有《揽青阁诗钞》2卷、《梦春庐词》1卷附《早花集》1卷，纂有《春秋左氏传贾服注辑述》20卷。

〔2〕以上见《梦春庐词》。(清同治六年刻本《梦春庐词》附《早花集》，下同。)

〔3〕吴筠(1784—1808)，字湘萍，号畹芬，嘉兴人。上虞学博吴基女，李贻德妻。著有《早花集》1卷。卒年二十六。(据李贻德《亡妇吴筠小传》，《早花集》卷首。)

〔4〕以上见《早花集》。"薄命"原作"短命"。

〔5〕见《梦春庐词》。

〔6〕朱兰(1800—1873),字心如,号久香,晚号耐庵,浙江余姚人。道光九年(1829)探花,授编修。官至内阁学士,署工部左侍郎。著有《寄静草堂己未诗稿》1卷、《补读室诗稿》10卷、《朱兰文稿》不分卷。(据《清人诗文集总目提要》第1354～1355页。)

〔7〕钱仪吉(1783—1850),字蔼人,一字新梧,号衎石斋,又号心壶,浙江嘉兴人。嘉庆十三年(1808)进士,改庶吉士,授户部主事。官至工科给事中。罢归,主讲粤东学海堂、河南大梁书院。著有《衎石斋集》26卷计《衎石斋纪事稿》10卷、《续稿》10卷、《刻楮集》4卷、《旅逸小稿》2卷。另有《衎石斋晚年诗稿》5卷等。(据《清人诗文集总目提要》第1171～1172页。)纂有《碑传集》160卷。引见《衎石斋纪事稿》卷十《李次白墓志铭》,云:"其《十七史考异》最完善,辨覈谛审,当与嘉定钱氏书并行。"(清道光刻本。)按:钱大昕,嘉定人,著有《二十二史考异》。

〔8〕引见《衎石斋纪事稿》卷十《李次白墓志铭》,文字无误。

〔9〕《李次白墓志铭》说李贻德著有《望春庐词》,"望"应为"梦"。

温启封《玉镜台词》

《玉镜台词》一卷,太原温云心启封[1]撰。按:本集不书名,于《寄庐词存》题词得其名,补之。余尝由燕之晋,复由秦入燕,凡六度太行之天门。自获鹿至什贴,乱山相向,天小石顽,中惟青玉峡最为幽秀,而固关颇觉高雄。庚午穷冬,遇雪于白石岭,撒盐堆絮,千里一白,予趺坐车沿,直觉万态俱清,乃叹严寒之中能炼人心性也。云心《浣溪纱》云:"十里惊涛吼碧溪。四山岚翠扑缁衣。雪花如掌固关西。　汉垒兵销烟自灭,秦城堞废鸟空啼。冲寒马上觅新题。"又云:"石路无尘密雪飘。同云如梦晓山遥。玉郎真个踏琼瑶。　鸾镜光寒心皎皎,绣帏人冷夜迢迢。一番回首一魂销。"当年风景,犹依依在目也。《南乡子》云:"萧瑟洒孤蓬。断续残更断续风。绣被焚香眠不稳,朦胧。身在寒云软浪中。　离恨苦匆匆。欲诉何因得见侬。为问泪珠和雨点,谁浓。疏雨如何与泪同。"《贺新凉·感遇赠汪竹海》云:"拔剑投杯起。看吴霜、点人青鬓,吾真衰矣。况又文园消渴甚,瘦骨支离如许。屈指数、生平知己。惟有姮娥青眼盼,鉴臣心、一片冰壶水。呵壁问,那能已。　沉沦似我惟君耳。恨前因、三生石上,缘悭到底。谁说冯唐终不遇,毕竟名垂青史。何必要、苍生霖雨。但使模棱真得诀,便扶摇、直上云霄里。相视笑,盍勉此。"闻云心与人交,其相契者倾肝胆,其非所交者辄龃龉,官刑曹十年不得迁,读此词可以知其意气矣。云心又有《虞美人·题顾横波小像》云:"眉楼风月秦淮柳。往事思量否。朝衣犹带美人香。赢得五花官诰媚秋娘。　孙三葛嫩登仙矣。故侣休提起。可怜非复旧婵娟。犹记当时曾伴石斋眠。”〔2〕嗟乎！柳如是〔3〕、顾横波〔4〕皆青楼中奇杰女子，惜所归俱非第一流，是亦不幸已。而后来题图者，又往往因乌及屋，使钱、龚二贵人，捱尽笑骂〔5〕，是非不幸中之尤不幸者哉！

〔1〕温启封(1788—1839)，字石峰，号云心，山西太谷人。直隶总督承惠子，十七岁举于乡，十上春官不第，援例为刑部郎中。年五十二卒。著有《绿云仙馆诗稿》10卷，《玉镜台词》附后。生平事迹详《诗稿》卷首杜受田《墓志》。

〔2〕所引诸词俱见《绿云仙馆诗稿》所附《玉镜台词》。“樸棱”，清同治九年刻本作“撲棱”。

〔3〕柳如是，晚归钱谦益。参卷三“姚燮词”条。

〔4〕顾媚(1619—1664)，字眉生，改姓徐，名横波，一字智珠，又字眉庄，又号善材君，江苏上元(今南京)人。龚鼎孳侧室。著有《柳花阁稿》。(据《全清词·顺康卷》第1601页。)有词三首存于《众香词》。龚鼎孳，参卷四“陈维崧一门词”条。

〔5〕“捱尽笑骂”云云，如陆以湉《冷庐杂识》卷八《顾媚柳是》：“龚鼎孳娶顾媚，钱谦益娶柳是，皆名妓也。龚以兵科给事中降闯贼，授伪直指使。每谓人曰：‘我原欲死，奈小妾不肯何？’小妾者，即顾媚也。见冯见龙《绅志略》。顾苓《河东君传》谓乙酉五月之变，君劝钱死，钱谢不能。戊子五月，钱死后君自经死，然则顾不及柳远矣。”(清咸丰六年刻本。)

姚斌桐《还初堂词钞》

《还初堂词钞》一卷，襄平姚秋士斌桐〔1〕撰。《清平乐》云：“春愁无那。镇日恹恹坐。今日春光看又过。愁思更添些个。　杜鹃叫遍归休。香泥满地谁收。只有两株杨柳，年年看到深秋。”《河传》云：“望里。罗绮。车如流水。愁说相逢。个人拘束绣帏中。匆匆。但教眉语通。　垂杨几树临官道。霜华早。也共相思老。月满天。秋夜寒。灯前。可知侬未眠。”《齐天乐》云：“销魂试向莲塘问，吟怀顿添凄楚。冷露犹凝，枯香欲断，禁得秋风如许。鸳鸯最苦。怕凉到天心，欲栖无处。比似春蚕，乱丝抽尽万千缕。　当时翠盘醉舞。有划船越女，妆罢还妒。瘦怯罗衣，愁抛玉镜，一样销凝迟暮。空房细数。叹流水年华，半随伊去。甚得心情，夜窗留听雨。”《梦横塘·蛤蜊》云：“海市腥传，沙头鲜采，酒怀偏易牵惹。隔巷呼来，底用向、晚风评价。壳解纤银，浆含柔玉，翠盘初泻。伴新醅清浅，次第尝来，还略胜、双螯把。　江南二月清明，有罛船齐赴，两浆轻打。滑泧春泥，抛细网、绿杨阴下。谁料得、风尘燕市，肯与愁人助杯斝。菰叶横塘，何时归去，结几椽渔舍。”[2] 西北质直，其音伉爽，此则款款入情矣。秋士虽北产，尝往来于吴、越、楚、黔，尽览其山川。集中有《洞仙歌·怀旧词》八阕，纪其所经名胜。与吾闽张亨甫际亮[3]善，亨甫有《博陵登眺图》，秋士题以《百字令》送之南归云：“佯狂阮籍，忆曾登广武，豪情千里。竖子英雄多少恨，一样残山剩垒。拜月灵狐，眠烟石马，阅尽兴亡事。无端凭吊，更教吾辈来此。　　我亦肮脏兴歌，凄凉怀古，湿透青衫泪。搜尽碧鸡金马迹，惜少画图能记。铩羽怜君，驱车归去，又过前游地。芜城新赋，故人还望重寄。”[4] 秋士举甲榜，官中枢，性不合时，中寿即卒，盖亦崎嵚磊落数奇人也。[5]

〔1〕姚斌桐，字秋士，隶汉军正白旗，襄平（今辽宁辽阳）人。道光十六年（1836）进士，官兵部职方司主事。贫且困，不中寿卒于官。著有《还初堂词钞》1卷。（据《中国词学大辞典》第241页。）

〔2〕以上见《还初堂词钞》，“灯”原作“镫”。（清道光刻本，下同。）

〔3〕张际亮，字亨甫。参卷六“湾里、台江、小西湖水患之由”条。

〔4〕见《还初堂词钞》。词序云：“题张亨甫《博陵登眺图》，即送其南归。”“剩”，原作“废”。

〔5〕此据潘曾玮道光二十七年（1847）作《还初堂词钞序》。

福增格《酌雅斋诗馀》

《酌雅斋诗馀》一卷，松岩福增格[1]撰。松岩曾为江宁将军，此词则刻于粤东。[2]《蝶恋花·西园送春》云：“絮乱西园春欲暮。燕子呢喃，愁绝雕梁诉。醉眼劝春春不住。朱门空掩青苔路。　　留春不见春何处。春煞无情，花也随春去。落尽胭脂莺不语。绿杨枝上黄昏雨。”[3]

〔1〕福增格，字赞咸，一作赞侯，号松岩，大学士伊桑阿孙，山西总督伊都立子。满洲人。以怡王府仪宾擢散秩大臣，出为山西总兵官，旋迁步军总尉兼副都统，累官盛京兵部侍郎、广州将军。乾隆四十五年（1780）罢职。（据官修雍正《八旗通志》卷一百二十，清文渊阁《四库全书》本。另据张维屏《国朝诗人征略》卷四十一，清道光十年刻本；《清人诗文集总目提要》第674页。）著有《酌雅斋诗集》4卷、《酌雅斋诗馀》不分卷。顾国泰序《酌雅斋诗集》称其诗“光明磊落，雅健沉雄，读之令人一唱三叹，不忍释手。”（清乾隆刻本《酌雅斋诗集》。）

〔2〕《酌雅斋诗馀》收词凡39阕。有任果、蔡元春序。蔡序云：“即今词集

成，不远千里，自粤缄寄，雒诵之下，不揣闇陋，妄识数语于简末。”（清刻本，下同。）

〔3〕《蝶恋花·西园送春》见《酌雅斋诗馀》，文字无误。

孙宗礼《二十四桥吹箫谱》

《二十四桥吹箫谱》二卷，江都孙定夫宗礼〔1〕撰。定夫词亦流转，但言外无味，不耐寻绎，盖学南宋而未至者。《湘月》调下自注云：“上下阕遵白石老人原制，第四句作四字读，第五句作九字读，《词律》作《念奴娇》填，误。”〔2〕按此说亦未当。《湘月》之异于《念奴娇》，在宫调不在字句。白石指明《念奴娇》鬲指声，可见是声异而非体异也。至词体虽分句读，而作者笔兴所及，时有变化。即如东坡此调“故垒西边，人道是、三国孙吴赤壁。”“人道是”三字虽属上句，而语势未尝不趋下句，又岂独《湘月》乎？是不必强生分别矣。定夫不能为硬语，七夕填《水调歌头》，似有意学苏、辛。而开句云：“乌鹊复何事，而汝作因缘。”〔3〕殊觉伧气，亦可见其笔性之有所限矣。《卖花声》云：“遍地惹愁肠。无限春光。高楼远处莫相望。除却陌头青草色，还有垂杨。　飞絮去忙忙。直恁凄凉。东风底事太匆忙。燕子不归帘未卷，闲煞斜阳。”〔4〕《祝英台近·梅影》云：“雾迷迷，烟霭霭，何处暗香绕。拟向雕阑，待折一枝好。只愁半缕柔魂，呼他不起，算都被、梦痕遮了。　笛音悄。吹上明月三分，二分为谁照。瘦骨亭亭，可似那时貌。有时别后相思，檐前槛外，听点屐、声声寻到。”〔5〕《摸鱼子》自序：“秋雨初霁，野色争妍，同人小步东郊，沿缘村径，柳阴深际，有茶室焉。短槛长篱，数椽新筑，门外芦竹丛生，鸭塘环绕，败荷疏蓼，颜色可怜，主人扫叶支铛，煮茗待客，殷勤款洽，野趣翛然。”云：“掩疏篱、柳阴初瘦，人家还在深处。西风也做凄凉意，一叶一声凄楚。行且住。有四壁、啼蛩暗里吟清露。秋光付与。早豆荚初肥，菱丝正熟，绝好忆烟渚。　江村味，撩得相思几许。闲心合称来去。山童低傍松炉坐，邀我白云为侣。天渐暮。又满径、斜阳红了溪头路。何时认取。记灯火荒庄，牛羊高陇，清梦话儿女。”〔6〕饶有清气，可资吟讽。

〔1〕孙宗礼，字定夫，江苏江都（今扬州）人。道光十六年（1836）进士，官广东澄迈知县。（据《清人诗文集总目提要》第1421页。）著有《眠云出岫集》1卷，中有《眠云出岫集词钞》，收词10阕。词集有《二十四桥吹箫谱》2卷。

〔2〕见《二十四桥吹箫谱》卷二《湘月》词注。“原制”前原有“湘月”二字。（清道光刻本，下同。）

〔3〕见《二十四桥吹箫谱》卷二。

〔4〕见《二十四桥吹箫谱》卷一。“忙忙”原作“茫茫”。

〔5〕见《二十四桥吹箫谱》卷二。“亭亭”原作“娉婷”。

〔6〕见《二十四桥吹箫谱》卷二。

汪适孙《甲子生梦馀词》

《甲子生梦馀词》一卷，钱塘汪亚虞适孙[1]撰。亚虞一字又村，词工短调，意在《金荃》、《兰畹》，《词综续编》录入七调[2]，皆佳。尚有《行香子》云：“虬箭宵停。蛤帐寒轻。记年来、彩燕争迎。楼台处处，弦管声声。满林花，满轮月，满城灯。　　鸽颤金铃。雁促银筝。送春归、婪尾杯倾。柳阴深院，草色长亭。过花朝，过上巳，过清明。”[3]《鬓云松令》云：“画桥高，春水满。隔岸桃花，花底门双扇。曾记东风窥半面。帘影丝丝，不识愁深浅。　　鬓鸦分，钗凤颤。输与雕梁，燕子寻常见。几日踏青归去晚。梦也生疏，夜夜思量遍。”[4]

〔1〕汪适孙，字亚虞，号又村，钱塘（今浙江杭州）人。候选州同知。著有《甲子生梦馀词》。（据黄燮清纂《国朝词综续编》卷十六。）

〔2〕见《国朝词综续编》卷十六。

〔3〕见《甲子生梦馀词》。“婪尾”，原作“蓝尾”。（清道光十七年振绮堂刻本，下同。）

〔4〕见《甲子生梦馀词》。

戴鉴《泼墨轩词》

《泼墨轩词》三卷，济宁戴石坪鉴[1]撰。词与其诗合刻，虽少深思，亦无累句。《江城子·双村道中》云：“春塘潋滟碧于油。柳绵浮。荻芽抽。巷陌人家，一带绿阴稠。蓑笠牧童烟际去，横短笛，倒骑牛。　　天寒未脱木绵裘。冷飕飕。似残秋。路转高原，又到小桥头。帽影鞭丝图画里，山矗矗，水悠悠。”[2]《西江月·带桥人家》云：“天外群峰渺渺，江边野水罗罗。樵歌唱罢又渔歌。此曲闲人能和。　　稻陇田车驾树，山家碓舍临河。驼峰桥跨鸭头波。波上黄花鱼过。”[3]《满江红·宿金山寺》云：“孤屿中洲，浑欲把、洪涛拦住。凝望眼、荧荧云石，蒙蒙烟树。杰阁平吞三楚尽，惊波倒卷前朝去。更塔铃、对客话兴亡，悲今古。　　红叶岸，青苔渡。江落日，山沉雾。看帆飞槛外，危桥低度。夕嶂悬灯钟磬发，水轩吹笛鱼龙舞。听苍崖、浪打夜潮生，惊风雨。”[4]吾闽紫藤花开时，人家或取作饼，北地则以榆钱下面，亦烹之以为羹。石坪有《金缕曲·食榆钱作》云："形体圆而小。缀乔柯、几经雨洗，数番风扫。阿堵传神称妙处，遍地拾来不了。看鼓铸、洪炉工巧。制就满盘同苜蓿，伴庾郎、韭食供昏晓。馋涎向，齿边绕。　　无声掷去知多少。与何曾、一般下箸，一般同饱。爱尔毫无铜臭气，何必邓通方好。更香入、厨娘手爪。野客羹材虽淡薄，也强如、饥走荒山道。真傲煞，杜陵老。"[5]此于华山顶上莲花白、华山金天宫产白菜，形如菡萏，谓之莲花白，味胜山下十倍。沙苑蒺藜苗、安肃黄芽韭之外，真别饶风味也。自去长安[6]，久不尝矣。

〔1〕戴鉴，字赋轩，号石坪，山东济宁人。道光十七年(1837)尚在世。著有《泼墨轩集》6卷内诗词各3卷。(据《清人别集总目》第2433页。)

〔2〕见《泼墨轩词》卷一。按：书栏注《泼墨轩词》卷四，实应为《泼墨轩集》卷四(清道光二十三年刊本，下同。)

〔3〕见《泼墨轩词》卷二，"渺渺"原作"矗矗"，"夸"原作"跨"。

〔4〕见《泼墨轩词》卷一。"宿金山寺"后有"作"字，"危桥"作"危樯"。

〔5〕见《泼墨轩词》卷一。"韭"原作"韮"，"臭气"原作"气息"，"香入"原作"须遣"。

〔6〕据陈昌强《谢章铤年谱》，谢氏离开西安的时间在同治九年(1870)十一月。(《谢章铤集》第827页。)

陈朗《六铢词》

《六铢词》二卷，平湖陈太晖朗[1]撰。集句为词，始于小长芦[2]，然所集乃诗句，近且有集词句者，且有专集本人之句者，若太晖则集唐以前句。余谓六朝歌曲，语多古艳，若能运用入词，吐属自异，苟强联成篇，反觉生硬。虽自谓仙衣无缝，而天吴紫凤，已不胜其颠倒矣，姑留以备一体可也。

〔1〕陈朗，字太晖，号梦欧，平湖(今属浙江)人。乾隆三十四年(1769)进士，官抚州知府。著有《六铢词》2卷。(据《国朝词综续编》卷二。)另著有《青柯馆词》3卷附《补遗》。其子循古跋《青柯馆词》云："先君子雅好吟咏，殆无虚日，诗稿积至五千馀首。今存。自定《青柯馆诗集》二十卷，不及十分之三。至诗馀，前所刻《六铢词》二卷，皆集汉魏六朝句，间有未尽协律处，盖句既集句，一时兴到为之耳。又词三卷，前二卷俱未第时作，后一卷乾隆己丑(1769)后作也。"(南京图书馆藏钞本《青柯馆词》。)黄燮清纂《国朝词综续编》卷二选陈朗

集句词 3 首。《六铢词》,有清乾隆刻本,极罕见。

〔2〕朱彝尊晚号小长芦钓鱼师,参卷二"朱彝尊赠伎词"条。清人集句为词,始于朱彝尊。若论最早集句为词者,当始于宋人王安石。黄昇《唐宋诸贤绝妙词选》卷二收其《菩萨蛮·集句》、《浣溪沙·集句》。

乐钧《断水词》

《断水词》三卷,临川乐元淑钧〔1〕撰。元淑一字莲裳,诗文温丽,才名甚著。又作《耳食录》小说,体与《聊斋志异》、《夜谭随录》相似,〔2〕书贾屡刻,风行于时。词以周、柳为宗。《菩萨蛮》云:"西家蛱蝶东家燕。绛桃花里迷茫见。晓起自钩帘。春寒冻指尖。　　廉纤针样雨。吹上屏风去。屏上画仙姝。仙裙湿也无。"又云:"门前溪水凄鸣玉。人家十里随溪曲。曲到画楼边。楼中人正眠。　　几回牵短梦。报与春寒重。长是替伊愁。伊曾替我不。"〔3〕《浪淘沙》云:"昨夜立空廊。月地流霜。影儿一半是衣裳。如此天寒如此瘦,怎不凄凉。　　昨夜枕空床。雾阁吹香。梦儿一半是钗光。如此相逢如此别,怎不思量。"〔4〕《蓦山溪·武阳渡旅夜》云:"荒洲古渡。沙阔行人语。芦笔两三枝,写不尽、秋声无数。鱼鳞云起,曾记上归船,从此去。别南浦。又上南州路。　　丹枫几树。隔岸迷烟雾。犹认杏花开,不道是、斜阳红处。独轮生角,趁不上前村,天已暮。渡头住。一夜风和雨。"〔5〕《百字令·将至涿州叠韵》云:"非关惜别,又非关感旧,伤心谁晓。认作世间儿女恨,也被林花冷笑。残夜呼尊,高秋把剑,泪洒西风老。无端归去,无端又踏燕草。　　记得日下层城,烟中古塔,五度经过了。几个黄金台下客,不把舍人门扫。射虎山空,钓鱼矶冷,梦里千回绕。芦沟桥畔,马蹄踯躅多少。"〔6〕莲裳相知曰雪如,《听秋声馆词话》曰:"姑苏女伶葆珠也。"〔7〕集中有送雪如还吴门《金缕曲》〔8〕、招同友人及潘静香诸女郎泛舟山塘酹酒雪如墓《玲珑四犯》下拍有云:"几杯肠断酒,化作冥冥雨。兼劳女伴深深拜,问何意、相怜如许。垂泪语。他时事,凭谁记取。"〔9〕其初至雪如墓《喝火令》云:"冷草迷孤蝶,新烟缭断鸦。送春旧路已天涯。不道保安桥外,咫尺路犹差。　　碧血红心地,黄泥紫玉家。一行碑字隐残霞。惜少周围,几丈短篱笆。又少几竿斑竹,几树白梅花。"极意渲染,深情若揭,而雪如之品格,亦可见矣。又《过秦楼》自序云:"莲花博士侍书岳缘春,吴兰雪姬人也,能写兰。余既数见之,为述此解,即题陆祁生所作《碧桃记》院本后。""紫襹风香,翠翘云晃,映靥瓶花低亚。搜从帐后,拜近鞋尖,笑道酒徒颠也。知是阿婿风魔,和客褰帘,向侬求画。便低呼小玉,分瓯仙茗,解伊酲罢。　　曾见说、聘却千金,缘悭双璧,遇了玉郎才嫁。情根慧茁,性蕊憨开,不枉镜台佳话。多少词人艳传，曲谱宜春，歌名子夜。甚桃花两朵，换得莲花侍者。"《南乡子·再赠绿春》云："花有美人香。树影玲珑画粉墙。道不解诗侬未信，吟将。佳句分明似沈郎。　　笛谱按宫商。此技儿家不擅场。听曲暗抛红豆记，思量。要发莺喉赛暖簧。"自注："首二语绿春句，兰雪云。"〔10〕词工摹写，事亦可传。

〔1〕乐钧(1766—1814)，初名宫谱，字元淑，号莲裳，江西临川人。乾隆五十四(1789)年拔贡生，嘉庆六年(1801)举人。历游楚、粤，侨江、淮间，聘主扬州梅花书院。(据《清人诗文集总目提要》第1017～1018页。)著有《青芝山馆诗集》22卷、《青芝山馆骈体文集》2卷、《断水词》3卷、笔记小说《耳食录》初编12卷二编8卷。

〔2〕梁兰雪《耳食录序》："吾友莲裳，早负儁才，高韵离俗。以粲花之笔，抒镂雪之思，摭拾所闻，纪为一编，曰《耳食录》。事多出于儿女缠绵，仙鬼幽渺，间以里巷谐笑助其波澜。胸情所寄，笔妙咸臻，虽古作者无多让焉。同好诸君，请付剞劂，适仆至都，因属为叙。"(清同治辛未重刊本。)《聊斋志异》，蒲松龄撰。《自序》云："才非干宝，雅爱搜神；情类黄州，喜人谈鬼。闻则命笔，遂以成编。久之，四方同人又以邮筒相寄，因而物以好聚，所积益夥。……集腋为裘，妄续幽冥之录；浮白载笔，仅成孤愤之书。寄托如此，亦足悲矣！嗟乎！惊霜寒雀，抱树无温；吊月秋虫，偎栏自热。知我者，其在青林黑塞间乎！"(清铸雪斋钞本。)《夜谭随录》，和邦额撰。《自序》云："予今年四十有四矣，未尝遇怪，而每喜与二三友朋于酒觞茶榻间，灭烛谈鬼，坐月说狐，稍涉匪夷，辄为记载，日久成帙，聊以自娱。"(民国刻《笔记小说二十种》本。)

〔3〕以上见《断水词》卷一。(清嘉庆二十二年刻后印本，下同。)

〔4〕见《断水词》卷二。原有词题："昨夜"。

〔5〕见《断水词》卷一。

〔6〕见《断水词》卷二。"叠韵"，原作"五叠前韵"。

〔7〕丁绍仪《听秋声馆词话》卷一："词人好事无如孝廉(指乐钧)者，后游扬州，眷姑苏女伶葆珠，字以雪如，将备小星珠，旋卒，葬之山塘，赋《烟梦词》悼之，并为绘像征诗，所著《断水词》。《阮郎归》云(略)。"

〔8〕见《断水词》卷二。词序云："雪如将还吴门，有相待于半塘之约，为作此解送之。"

〔9〕见《断水词》卷二。词序云："三月十六日招同江梦占、王载园、邹春田、刘春农、史补堂、仲仁、黄厚庵、杨辑亭、余半池、胡鹤泉、周菊隐并携潘静兰、蓉香、爱芝三女郎泛舟山塘，酹酒雪如之墓。"

〔10〕以上见《断水词》卷二。

王初桐《巏嵍山人词集》

《巏嵍山人词集》,《杯湖欸乃》三卷,《杏花村琴趣》一卷。嘉定王于阳初桐[1]撰。于阳一字竹所。自序云:"填词三十年,有词五百馀阕,虽世所推许,多近甜熟,不存也。三十年来,仅得三百馀阕,而应酬之作,亦不存之。排为四卷,计词二百馀阕,所存十之三,所去十之七。"[2]然则竹所之于词,可谓勤矣。其词于南北宋诸家莫不津逮,述庵虽选入《词综》二集[3],要非浙西宗派所能牢笼也。《最高楼·支硎山访张雨亭》云:"山深处,怪石斗谽谺。老树幻龙蛇。初疑云碍无行路,忽闻犬吠有人家。好峰峦,环四面,转三叉。　听遍了、空林都是鸟。吟到了、闲门都是草。茨舍矮,枳篱斜。秋风已碎千条柳,寒霜未倒一丛花。注醍醐,浮凿落,话桑麻。"《水调歌头·响竹轩剧饮》云:"一爵喉初润,两爵面微酡。三爵腾腾耳热,四爵眼模糊。五爵氤氲浃背,六爵淋漓泼袖,七爵笑胡卢。醉倒便酣卧,红袖不须扶。　赏心事,惟痛饮,与狂歌。胸中无数块垒,借此以消磨。贤有竹林之七,逸有竹溪之六,其乐也婆娑。一日不为少,千日岂云多。"[4]《减兰·夏日村居》云:"豪风猛雨。共入孤村喧竹树。一霎晴云。隐隐残雷细似蚊。　水车斜阁。柳下黄牛闲弄角。月上凉天。今夜西窗自在眠。"《鹊桥仙》云:"秧针雨急,楝花风暝,归路几重烟树。踉跄走入短亭中,早有个、人儿先驻。　问年不答,问名不答,并坐已知未许。冲泥小屐又迎归,但迁坐、伊曾坐处。"[5]《喝火令》云:"素艳明如月,殷红小似樱。罗窗惯见见还惊。几度相回相避,几度笑相迎。　唤坐何妨坐,催行未即行。侭教伊道是狂生。镇日樗蒱,红豆记输赢。镇日闲言闲语,渐说近真情。"《少年游》云:"门前瞥见,人前称唤,冷淡异时常。绝不寒暄,略无眷恋,端步入深堂。　沉吟独在屏风外,旧事费猜量。第一堪疑,断肠声里,曾道莫相忘。"[6]自刘改之以《沁园春》咏指甲、咏小脚[7]后,词家刻划闺秀,辄从其体。竹所最多,发、唇、舌、颈、胸、腰、心、泪、唾、汗、气、香、声、影凡十四阕。[8]《静志居琴趣》有《洞仙歌》十七阕,竹所继之,亦有十六阕。[9]词皆稳帖,是何绮思之深也。集前有王西庄鸣盛评语,集后有张未轩龙辅跋尾,皆有益于词境。节录之。王云:"词之为道最深,以为小技者乃不知妄谈,大约只一细字尽之。细者,非必扫尽艳与豪两派也。北宋词人原只有艳冶、豪荡两派,自姜夔、张炎、周密、王沂孙方开清空一派,五百年来,以此为正宗。然《金荃》、《握兰》本属国风苗裔。即东坡、稼轩英雄本色语,何尝不令人欲歌欲泣?文章能感人,便是可传,何必净洗艳粉香脂与铜琵铁板乎?"[10]张云:"余最好竹所之词。甲戌将游括苍,渡江入山,羁愁大发,奴聋佣蠢,不可告语。孤舟村店,惟竹所词是亲,朝吟夕诵,酒后耳热,辄击节呜呜。浙东之人无知音律者,闻余歌声,无不群聚倾听,争相赞叹。新年还至武林，登紫阳山顶，再歌之，又有笑我者矣。一江之分，风俗大异，江东为硃砂，江西为赤土。乃我之口因之亦异，江西得毁，江东获誉，而竹所之词，因之亦异。誉我者不复知其词，笑我者间有以词为好者。"[11]王之说，持平之论也。张之说，则真赏之难矣。

〔1〕王初桐(1730—1821)，字于阳，号赓仲，嘉定人。监生，官齐河县丞。著有《古香堂六种》14卷。(据《清人别集总目》第136页。)纂有《奁史》100卷、《猫乘》8卷。词名《巏堥山人词集》，清刻本，凡4卷，计《杯湖欸乃》3卷收词179阕附北乐府3阕、《羹天阁琴趣》1卷收词60阕。谢章铤所称《巏堥山人词集》，清刻本，计《杯湖欸乃》3卷共179阕附北乐府3阕附《杏花村琴趣》60阕。此两种清刻本名称微异，收词相同。

〔2〕原文："初桐幼喜填词，三十年前有词五百馀阕，虽为世所推许，多近甜熟，不存也。三十年来，词不多作，仅得三百馀阕，而应酬之作，亦不存也。一刻于练川，再刻于京师，三刻于西安，皆合刻非专刻。兹因都中、吴中书来，催请搜诸故箧，排为四卷，计词二百四十二阕，所存十之三，所去十之七。"(两种清刻本《巏堥山人词集》同。)

〔3〕王昶纂《国朝词综二集》卷一选王初桐词8首。

〔4〕以上见《杯湖欸乃》卷一。(两种清刻本同。)

〔5〕以上见《杯湖欸乃》卷二。(两种清刻本同。)

〔6〕以上见《杏花村琴趣》，亦见《羹天阁琴趣》。文字无异。

〔7〕刘过《沁园春·美人指甲》、《沁园春·美人足》见《全宋词》第2145、2146页。

〔8〕见《杯湖欸乃》卷三，调寄《沁园春》。(两种清刻本同。)

〔9〕见《杏花村琴趣》，亦见《羹天阁琴趣》。文字无异。

〔10〕此是王鸣盛三则评语中的第一则。(两种清刻本同。)

〔11〕张龙辅《跋》云："余不能为词，心最好词，尤最好竹所之词。每见一篇，必为一歌，虽不合节，离合悲欢差得词中之意。甲戌(1814)孟冬，寄余全稿百翻，其时将游括苍，遂付行箧。渡江入山，羁愁大发，奴聋佣蠢，不可告语。孤舟村店，惟竹所词是亲，朝吟夕诵，能记忆六七十阕。酒后耳热，辄击节呜呜。浙东之人无知音律者，闻余歌声，无不群聚倾听，争相赞叹。新年还至武林，渐渐遗忘，只十六七阕，一字不误。登紫阳山顶，再歌之，又有笑我者矣。一江之分，风俗大异，江东为硃砂，江西为赤土。乃我之口，因之亦异，江西得毁，江东获誉，而竹所之词，因之亦异。誉我者不复知其词，笑我者间有以词为好者。"(两种清刻本同。)

安致远《吴江旅啸》

《吴江旅啸》一卷，寿光安静子致远[1]撰。静子文笔颇流宕有生气，词其馀事也，皆作于南游之时。《满江红·姑熟怀古》云："满目烟波，闲指点、江山如画。想南渡、谁曾遗臭，顿兵不下。梅岭春携白纻妓，姑溪夜饮青骢马。笑可儿、对手有何人，惟卿也。　谢公宅，无楼榭。谪仙墓，长桑柘。叹英雄才子，做些声价。寸管好描千古恨，三杯难起九原话。问眼前、解语是谁人，凭他罢。"[2]静子汐社[3]逸老，目击沧桑，慨然言之，殆有感马、阮与四镇乎？[4]其所著《玉硊集》、《纪城文稿》，颇及明季乱离时事。

〔1〕安致远(1628—1701)，字静子，一名如磐，号绒庵，晚号错叟，自署拙石老人，山东寿光人。顺治十一年(1654)拔贡生，屡举不售。著有《安静子集》15卷计《纪城文稿》4卷、《诗稿》4卷、《玉硊集》4卷、《蠡音》1卷、《寿圹碑辞》1卷、《吴江旅啸》1卷。(据《清人诗文集总目提要》第195～196页。)

〔2〕见《吴江旅啸》。"姑熟"原作"姑孰"。(清同治二年重刊本。)

〔3〕汐社，宋遗民谢翱创立的文社名。方凤《谢君皋羽行状》："会友之所名汐社，期晚而信，盖取诸潮汐。"(谢翱《晞发集》附录，明万历刻本。)此意谓安致远乃明遗民，不仕新朝。按：检《安静子集》，未见安致远参加文社的记载。且安氏自撰《拙石先生墓志并铭》说自顺治乙酉至康熙甲子(1645—1684)，凡十五举而不售。又说尤不乐与世接，经年兀坐一室，止一童子侍侧。(《蠡音》，清康熙刻本。)则"汐社逸老"之说不能无疑。

〔4〕马士英(约1591—1646)，字瑶草，贵州贵阳人。万历四十七年(1619)进士。授南京户部主事。天启时迁郎中。历知严州、河南、大同三府。崇祯五年(1632)，累官右签都御史，巡抚宣府，坐遣戍，流寓南京。十五年复起，任兵部右侍郎兼右签都御史，总督庐州、凤阳等地军务。十七年，拥兵立福王于南京，进东阁大学士兼兵部尚书，独掌朝纲。弘光元年(1645)，清兵破南京，往投唐王，被拒。或云在太湖被清军俘杀，或云降清后在延平被杀。(参《中国历史大辞典》第1730页。)阮大铖(约1587—1646)，字集之，号园海、石巢、百子山樵，怀宁(今安徽安庆)人。万历四十四年(1616)进士。历官行人、户科给事中。初附魏忠贤，与东林党人为敌。思宗即位，名入逆案，削职。明亡，以马士英荐，任弘光朝兵部左侍郎，擢兵部尚书。专以攻击东林党人为业。顺治三年(1646)，降清，后随清军入闽，死于仙霞岭。著有传奇《燕子笺》、《春灯迷》、《牟尼合》、《双金榜》(以上即《石巢园四种》)、《忠孝环》。另有《咏怀堂诗集》等。(参《中国历史大辞典》第2131页。)四镇：福王时分淮扬为四镇，令高杰、刘泽

清、黄得功和刘良佐统领。陈鹤《明纪》卷五十八《福王始末》:“(顺治元年,1644,五月)又议分江北为四镇,以(黄)得功、(刘)良佐、(刘)泽清、(高)杰领之。泽清辖淮海,驻淮北,经理山东一路;杰辖徐泗,驻泗水,经理开归一路;良佐辖凤寿,驻临淮,经理陈杞一路;得功辖滁和,驻庐州,经理光固一路。设督师于扬州,节制诸镇。士英旦夕冀入相,及督军命下,大怒,以可法七不可书奏之。王令杰、泽清等疏趣可法督师淮阳,而拥兵入觐,拜表即行,可法遂请出镇。壬寅,王即位,以明年为弘光元年。”(清同治十年江苏书局刻本。)

黄曾《瓶隐山房词》

《瓶隐山房词》,钱塘黄菊人曾[1]撰。此词选入《词综续编》,而未言卷数,余所得止两卷。[2]黄韵甫谓“新警诡丽,独绝一时,其守律之严,尤一字不苟,非惟才大,亦复心细。”[3]余以为未免过誉。词气疏畅则有之,然可议处尚多。菊人好咏古,集中如“出塞”、“归国”、“当垆”、“堕楼”、“奔拂”、“盗绡”、“取盒”、“梦鞋”等题,颇似传奇齣目。又如“潘妃蓬花”、“丽华玉树”、“中宗点筹”、“明皇洗儿”、“温太真行酒”、“谢安石围棋”等题,更似杂剧名色。立题自有法,刻意求新[4],何关雅道乎?又,词有以上代平之法,近人准以《中原音韵》,往往以入代平。然此曲韵,非词韵也,亦北曲法,非南曲法也。用之于词,岂为稳惬?且诗中如八十之十,尚书之尚,未尝不借仄为平。然相习已久,作者读者,皆知其有所本。今菊人于“媪”、“枕”、“玉”、“缚”、“落”、“水”、“绿”、“喜”、“子”、“湿”等字,向来仄读,莫不自注作平。[5]其中“喜”字、“子”字或可援“箕子”作“荄兹”、“妹喜”作“妹僖”之例,[6]然已非通行之音,馀则更少依据。况转平为仄,词中亦有此例,傥准此而行之,则满纸平仄,任意颠倒,不亦傎乎?音之不审,律于何有,韵甫乃谓其一字不苟哉!

〔1〕黄曾,字菊人,号瓶隐,浙江钱塘(今杭州)人。道光十二年(1832)举人,官直隶香河知县。著有《瓶隐山房诗钞》12卷附《词钞》8卷。(据《清人诗文集总目提要》第1479～1480页。)

〔2〕清道光刻本《瓶隐山房词》,共8卷。(下据此本。)

〔3〕引见黄燮清纂《国朝词综续编》卷十三。有云:“黄韵甫云:‘菊人词新警诡丽,独绝一时,其守律之严,尤一字不苟,非惟才大,亦复心细。所著《瓶隐山房词》,予为手定而序之,盖词中之精品也。’”

〔4〕《瓶隐山房词·凡例》:“行文须试难题,填词须试难调。”

〔5〕《瓶隐山房词·凡例》:“入声作平,上声代平,自来词刻多用旁注,兹编

仍之。"绿"、"玉"等字，借作去声，本无庸注，今吾从众。"又："是编中生调熟调悉取音谱并原唱一一校正，以归整严，凡选本所刊及名家之有误者，概不印证。"

〔6〕班固撰、颜师古注《汉书》卷八十八："蜀人赵宾好小数书，后为《易》，饰《易》文，以为'箕子明夷，阴阳气亡箕子；箕子者，万物方荄兹也。'宾持论巧慧，《易》家不能难，皆曰'非古法也'。"颜师古注曰："《易明夷卦》彖曰：'内文明而外柔顺，以蒙大难。文王以之，利艰贞，晦其明也。内难而能正其志，箕子以之。'而六五爻辞曰：'箕子之明夷，利贞。'此箕子者，谓殷父师说《洪范》者也，而宾妄为说耳。荄兹，言其根荄方滋茂也。荄音该，又音皆。"刘向《古列女传》卷七："末喜者，夏桀之妃也。美于色，薄于德，乱孽无道。女子行丈夫心，佩剑带冠。桀既弃礼义，淫于妇人，求美女积之于后宫；收倡优、侏儒、狎徒能为奇伟戏者，聚之于旁，造烂漫之乐；日夜与末喜及宫女饮酒，无有休时，置妹喜于膝上，听用其言，昏乱失道。"(民国刻《四部丛刊》景明本。)吴澄《春秋纂言》卷五："杞伯姬来求妇。杜氏曰：'自为其子求昏。'杜氏谔曰：'伯姬五年，书来朝，其子二十八年书来，今又为子求妇。'澄曰：'自来求妇者，盖疑不自来求，则妇不可得也，求而得僖公之女。叔姬以为桓公之夫人，经不书归，至成公世被出，乃见经。伯姬，庄公之妹僖，公之姑也，于庄公时一会一来已非礼矣。僖公五年，挟其长子代君父来朝，长子成公既卒，次子桓公继立朝，而遭卑国。又见入，故二十八年伯姬又来，至今年又来为其子求妇，此时伯姬年逾六十，近七十矣。不顾其行之越礼，意欲亲鲁，借援以扶其小弱之国也。张氏曰：'成公世杞，叔姬之不终，或者权舆于此欤？'"(清文渊阁《四库全书》本。)则妹喜与妹僖实不为同一人。

谢元淮词与词谱

《海天秋角词》一卷，松滋谢默卿元淮〔1〕撰。默卿尚有《碎金词》一卷、《碎金词谱》六卷，仿白石道人例，词旁自注工尺，并及平仄句韵，固以为独得减偷之秘矣。〔2〕余谓：诗流为词，自唐以后，词与诗分途矣。词流为曲，自宋以后，曲与词又分途矣。今人之于词，犹宋人之于诗，声音之道，随时变易。即使引商刻羽，其果画旗亭之壁，果复大晟之遗乎？余《词话》前编已论及之。〔3〕故言宫调者，亦沿流溯源，知其意存其说焉可矣。善夫鄱阳陈方海之言曰："古无四声，而《风》诗起于委巷，亦奚有律吕之意？汉唐诗并入乐，今则不能。词曲音节，明用昆山腔，又与宋、元稍别。宋、元词曲不能尽入今乐，犹汉、唐诗不入宋、元之乐。则今人填词，有不可歌者，在宋、元时，未必不协。即宋、元有不谐律吕之作，推之汉、唐以前，或又有说。且元、明同用四声工尺，而调又各殊，或者新声善变。今弋阳、海盐之谱，无可倾听，则昆山实欲掩之也。夫调丝竹曰歌，徒歌曰谣，亦曰咢。或歌，或咢，诗固言之矣。观于委巷讴吟，则有以处古今作者。"《碎金词谱后序》。[4]此通论也。且今之自谓能歌词者，亦第以唱昆腔之法求之，而遂以周、柳、姜、史自命，此尤吾所不敢知者矣。默卿手笔虽不高，而持论颇有可采。如云："词为诗馀，上不似诗，下不似曲，在诗与曲恰好之间。炼字忌深，亦忌鄙俚，设想须是有情无理，措语须是未经人道。声调格律，自有一定，如填某调，即专从一人之词为定体，逐字逐句照依填入。纵不能四声俱论，而平仄断不容舛。重字虽所不禁，亦应斟酌，不得屡见。至于句读，更有一定。如六字为句，有上一下五、上二下四、上三下三、上四下二、上五下一之别，均须遵守。图谱有可平可仄之说，系指他词全阕而言。盖一调十馀词，平仄各异，以见格非一体，然亦每词各有一定之平仄，并非彼此逐句皆可互易。若一调十馀词，此句平仄从甲，彼句平仄从乙，则是通首无不可活动之字，必至通篇无一合格之句矣。"[5]所论虽浅，然卤莽下笔者当知之。其论词韵，平入俱独用，近人以入代平，此沿北曲之误，尤与余前说相合。[6]《蓦山溪·阴雨》云："积阴连晦，不似清秋节。满目涨昏烟，更难保、随风变灭。怜花惜草，颠倒费猜寻，忽做雨，忽做晴，乍冷还疑热。　　濛濛密密，欲说凭谁说。负手问苍苍，到何时、银潢漏歇。原非日暮，遮蔽总浮云，层霾扫，火轮飞，好补炎精缺。"[7]咄咄书空，此默卿感事词也。盖海警初起，默卿身在军中，有《莺啼序》、《三台》等调，皆在宝山防堵，闻镇海、定海、宁波三府县连陷之作。[8]又有《念奴娇》自序云："重游京口，登北固山以望大海，时当兵燹之馀，呻吟未歇，歌管犹闻，往事追思，不胜慨叹。"词云："润州天堑，叹成败古今，奸雄豪杰。对涌金焦银浪里，飞出琼台玉阙。上扼荆襄，横遮越豫，险阻称奇绝。江山依旧，不堪重与追说。　　谁道荒岛穷夷，海波千万里，楼船飘瞥。火箭风轮经过处，牛酒齐供饕餮。运策何人，逡巡终致此，满城流血。惊魂刚定，却听歌吹呜咽。"[9]嗟乎！谁生厉阶，至今为梗，长歌之哀，逾于痛哭矣。

〔1〕谢元淮(1784—?)，字钧绪，号默卿，湖北松滋人。诸生。嘉庆二十一年(1816)补任太湖东山巡检。道光六年(1826)任无锡知县，调海州分司总办盐务，补淮南盐掣同知。咸丰三年(1853)调任广西盐法道。著有《养默山房诗稿》40卷。(据《清人诗文集总目提要》第1182～1183页。)另著《海天秋角词》1卷、《碎金词》1卷、《养默山房诗馀》2卷、《填词浅说》1卷等。纂有《碎金词谱》14卷、《碎金词韵》4卷。

〔2〕《海天秋角词》，清道光二十三年刊本标注句韵平仄，后收入清道光二十八年朱墨套印本《养默山房诗馀》，加注工尺。《碎金词》有清道光二十四年

刻本,自注工尺,后收入《养默山房诗馀》。

〔3〕参卷八"江藩论填词不知宫调"条。

〔4〕陈方海,字伯游,江西鄱阳(今波阳)人,为文私淑桐城,与刘开、姚莹等以文学相切磋。著有《计有馀斋文稿》1卷。(据《清人诗文集总目提要》第1134页。)《碎金词谱后序》见清道光二十三年松滋谢氏朱墨套印本《碎金词谱》卷五,"即宋元有不谐律吕之作"原作"即宋元时有不谐律吕之作"。按:此本凡6卷。

〔5〕引文乃节录《海天秋角词》中《莺啼序》(匆匆度春过夏)词序而成。(清道光二十三年刻本,下同。)清道光二十八年朱墨套印本《养默山房诗馀》所收此词无此序。

〔6〕参本卷"黄曾《瓶隐山房词》"条。

〔7〕见《海天秋角词》。词序云:"阴雨兼旬,重云晻晦,全无清秋爽垲之气。天耶? 雨耶? 咄咄而已。"

〔8〕见《海天秋角词》。《莺啼序》序云:"夷情狡黠,未加挫衅,议守议和,都无胜算。"《三台》序云:"嘉庆乙亥(1815)九日,余于役宝山,会登东城,望海有诗,载集中,倏经二十七重九矣。今来防堵暎咭唎逆夷,又逢题糕之节,而警报叠至,夷势猖狂,半月之间,连陷定海、镇海、宁波三府县,登高遥望,妖氛甚恶,聊为变徵之声,不禁发上冲冠,击碎唾壶也。"

〔9〕见《碎金词》。"古今"原作"今古"。(清道光二十四年刻本。)

陶元藻《泊鸥山房词》

《泊鸥山房词》四卷,会稽陶凫亭元藻[1]撰。凫亭一字篁村。袁简斋见其题壁诗,极倾倒,所谓"江湖沿路访斯人"者。[2]《国朝词综》谓其有《香影词》四卷,或即此乎?[3]篁村虽以明经终,而生平交游甚广,阅历已深,既有才名,尚求浓福。其腊月五日初度填《洞庭春色》,末阕有云:"古不云乎,达人知命,较恁枯荣。奈兴悲古庙,重瞳有泪,见嗤远使,金榜无名。何处更矜嘴爪健,对快马康庄话不平。笑前夕、授南柯太守,衣锦宵行。"[4]于时篁村年七十馀矣,何于世情尚未解脱耶?《归朝欢・题常山旅店壁》云:"叔子不如铜雀伎。奴价何年能胜婢。腰包脚裹雪风天,乘车戴笠炎凉地。送穷穷不已。枥间休学长鸣骥。苦行僧,一瓶一钵,鼹饮终何济。　　未消魄礌闻琴起。壮不如人今老矣。长门空赋孰酬金,南皮有约堪沈李。人生行乐耳。去多时日来无几。盍归乎,非竹非丝,山水清音里。"[5]行役感慨,其气尚豪。篁村词投赠、题画、应酬之作颇多,单微之思,遥寄之情,固未暇及也。曾游吾闽,有饮林氏园亭《满江红》[6],

黄莘田斋头观吴门顾二娘所制砚《石州慢》[7]等阕。闽之鼓山芳崱峰，俗说可望流求。篁村《双双燕》句云："中峰放眼，一发流求，千里嵌翠。"[8]然余三登绝顶，虽天日晴明，而空青无际，究难确指其所在。惟五更观日出，金碧万状，风云异色，较之泰山、华山所见，又自不同。思作一词写之，至今未能。《全浙诗话》亦篁村所辑者，其书博采群籍，时加案语。于黄梨洲先生下附案云：梨洲"著述甚富。康熙初，徐元文曾呈其书于朝。既而征求前明遗献，徐乾学以先生对，复言其衰老，竟以布衣终。虽先生抱道自高，不乐仕进，而荐剡不力，与有过焉。"[9]余谓此篁村借浇垒块之言耳，殊失论世知人之学。梨洲生平，大致与顾亭林相似，盖皆以胜国遗老自待者。故翰林掌院学士叶方蔼将以梨洲应鸿博之征，而陈庶常锡嘏闻之，大惊曰："是将使先生为叠山九灵之杀身也。"力争之乃罢。锡嘏，梨洲之高弟，其言盖知之深矣。其后修史，累招不至。徐元文请诏浙中督抚钞其所著送京，并延其子百家与其门人万斯同。万言梨洲致书曰："昔闻首阳山二老，托孤于尚父，遂得三年食薇，颜色不坏。今吾遣子从公，可以置我矣。"见《鲒埼亭集》、《汉学师承记》等书。[10]虽戏言也，有深痛焉。夫以人事君，大臣之盛节也。然出则无以全其名，不出则无以安其身，东海盖筹之熟矣。"老不能来"之对，盖所以成梨洲也，而尚议其不力荐哉？且梨洲在残明，位至副宪，虽国破君亡，而我朝天恩宽大，未闻并诸人之历官而削之者。而篁村一则曰"诸生"，再则曰"布衣"，若并不知梨洲之前事者，岂于无所忌讳之时，而反深于忌讳耶？徒以素负才名，不如其意，因致嘅吹嘘之无人，于古人未暇深考，遽发议论，是则热中之为害耳。

〔1〕陶元藻(1716—1801)，字龙溪，号篁村，晚号凫亭，浙江山阴(今绍兴)人。明末迁萧山。诸生。客两淮盐运使卢见曾幕。后走京师，游闽、粤、扬州，多以诗文记录行程。著有《泊鸥山房集》38卷计文14卷、诗20卷、词4卷。(据《清人诗文集总目提要》第653页。)另纂有《全浙诗话》54卷。

〔2〕《泊鸥山房集》卷二十八《纪事二首》序："余初不识袁明府枚，今年秋相晤于瑶峰方伯之署，袁大惊且喜云：'壬申岁(1752)过良乡，见旅店题咏颇多，有一律甚佳，仅署'篁邨'二字于末，不知姓名，因依韵和之，不意十八年来相见于此。'又云：'十年前，方问亭制府将驻良乡，淮徐劳宗发观察时方为大兴令，先期洒扫，店主欲圬其壁，劳命两诗俱留之。店主惧制府责，录而呈焉。制府大为击节，传述同官，并命劳公访余十有馀载，竟不可得，而方、劳二公已归道山矣。"其一云："匹马曾从燕蓟趋，桥霜店月已模糊。人如旷世星难聚，诗有同声德未孤。笑我长吟忘岁序，是谁相访遍江湖。袁诗：'手迭花笺书稿去，江湖沿路访斯人。'秦淮河上班荆语，应识今吾即故吾。"(清刻本，下同。)

〔3〕见王昶纂《国朝词综》卷四十一。今可知《香影词》有清乾隆六十年刊

本、乾隆怡云阁刊本、评花仙馆排印《泊鸥山房诗集》本。以清乾隆六十年刊本《香影词》与清刻本《泊鸥山房集》所收词比对，二本收词完全一致，可知《香影词》即是《泊鸥山房词》。

〔4〕见《泊鸥山房集》卷三十八。

〔5〕见《泊鸥山房集》卷三十六。“伎”，原作“妓”。

〔6〕见《泊鸥山房集》卷三十七。词序云：“张南坪招游林氏园亭，黄莘田同作。”

〔7〕见《泊鸥山房集》卷三十七。词序云：“过黄莘田斋头，观所蓄端石诸砚，其为吴门顾二娘制造数枚特胜。”

〔8〕见《泊鸥山房集》卷三十七。词题云：“鼓山”。

〔9〕见《全浙诗话》卷四十。据清嘉庆元年怡云阁刻本，“著述甚富”作“生平著述甚富”、“呈其书于朝”作“言于朝书呈内府”、“既而征求”作“既而朝廷征求”。

〔10〕见全祖望《鲒埼亭集》卷十一《梨洲先生神道碑文》、江藩《国朝汉学师承记》卷八。又见李元度《国朝先正事略》卷二十七《黄梨洲先生事略》，云：“康熙戊午(1678)，诏征博学鸿儒。叶学士方蔼拟疏荐，陈庶常锡嘏曰：‘是将使先生为迭山九灵之杀身也。’力止之。会修《明史》，徐学士元文谓先生非可召试者，然或可聘之修史。乃与兴化李公清同征，诏督抚以礼敦遣，先生固辞。朝廷知不可致，特诏浙中督抚抄先生著述关史事者送京师。徐公延先生子百家及万处士斯同、万明经言任纂修，皆先生门人也。先生以书报徐公且谐之曰：‘昔闻首阳山二老托于尚父，遂得三年食薇，颜色不坏，今吾遣子从公，可以置我矣。”(清同治刻本。)

戴氏《澈道人词存》

《澈道人词存》三卷，江宁戴氏撰。按：此集不载名字，卷首有其子芝《识语》，谓先妣戴太恭人，晚年自号澈道人，以吟咏自适，所存仅十之五六。其前又有序，序末已失，不得其名氏。称为冯吾园学士之母，然则吾园其即芝耶?[1]序又谓：即墨李毓昌不肯冒赈，山阳令王绅汉潜毒杀之，太恭人为作《旌忠传》[2]曲本。是戴又有传奇行世，不止以诗词见也。李毓昌[3]之事，诸家文集及笔记言之甚详，余前在都下，得《千古奇冤传奇》[4]一册，未刻本也，专为淮安府王毂出脱。谓王毂为王绅汉诬蔑，检验时非未得赃，所说独异。余谓：王毂不幸身为本府，王绅汉又其所禀调之首县，即使全不知情，谁肯信之？亦姑存此说而已，类记于此，俟得《旌忠传》再核之。黄天河钧宰《金壶浪墨》云：“毂初任德州牧，本贪酷吏，有

'王老虎'之目。"[5]毛西河入都娶一妾,丰台卖花翁女也,字之曰曼殊,不久即逝。同举大科诸公,以诗词诔传吊之甚多,详见《西河合集》。[6]戴恭人《惜馀春慢·芍药开时忆曼殊》云:"婪尾花繁,曼殊仙迹,丰台春色如许。红遮香径,碧绕阑干,当日娇柔堪拟。想一代词人,千秋佳丽。消受最怜伊,吟肩试倚。　翠巾新拭。绣窗闲,语悄鬟低,犹堪追忆。天与艳才如此。姗姗月下徘徊,露冷苔黏,钗横珮坠。任从他满目风光,总被杜鹃催去。"[7]嗟乎!名花美人,百年后犹令人俯仰,不知芍药附曼殊传耶?抑曼殊附芍药传耶?《金人捧露盘·秋海棠》云:"趁秋阴,舒秋萼,助秋光。盈盈粉晕,烟鬟亸、倦倚匡床。依稀叶底,翩翩晚蝶觅晴芳。红衣零乱,似怜他、径冷方塘。　砧声咽,笛声怨,蛩声切,漏声长。幽恨绝、未谙无香。强相依傍,芙蓉不逊美人妆。黄花待吐,东篱对、半圃斜阳。"[8]集句《浣溪沙》云:"隔得卢家白玉堂。李商隐。好风吹树杏花香。曹唐。共怜时世减梳妆。秦韬玉。　燕子不来春寂寂,薛昭蕴。残灯无焰影幢幢。元稹。断多难到九回肠。李商隐。"[9]应弦合节,笔无脂粉气。其馀则多应酬之作,词后附《诗存》一卷。

〔1〕冯芝,字吾园,山西代州(治所今山西代县)人,嘉庆十三年(1808)进士,官侍读学士。(据王家相《清秘述闻续》卷四、卷十,清光绪十四年刻本。)顾莼序《澈道人词存》称吾园为戊辰(1808)其分校礼闱所得士,故吾园请其为母诗词集作序。《澈道人词存》上卷冯芝《识语》云:"太恭人,江宁望族。先外祖侍御公讳翼子之长女,年十七归先大夫江西南昌尉晴谷府君,逮事先曾王母、先王父王母,克循妇职,暇则以吟咏自适。"(清道光十三年刊本,下同。)

〔2〕戴氏《旌忠传》,不详踪迹。

〔3〕李毓昌,字皋言,山东即墨人。嘉庆十三年(1808)进士,发江南,以知县用。总督铁保使勘核山阳县赈事,得山阳令王伸汉冒赈状。山阳令患之,指使仆包祥等下毒并缢杀李毓昌。时在嘉庆十四年六月七日,李毓昌仅三十馀岁。山阳令以自缢复于淮安守王毂,毂遣验视之,报曰尸口有血。毂怒,责验者四十,遂以自缢状上。后事发,王伸汉、王毂等一干人犯伏法,江南总督以下皆贬谪有差。赠君以知府衔,封其墓。天子自为愍忠诗三十韵,命勒于墓上。无子,命访其家立嗣。(据陈用光《太乙舟文集》卷三《李毓昌传》,清道光二十三年孝友堂刻本。)

〔4〕《千古奇冤传奇》,不详踪迹。

〔5〕见《金壶浪墨》卷五《山阳赈狱》。(清同治十二年刻本。)

〔6〕诗词诔传见毛奇龄《曼殊别志书𬎆》。(《西河合集·墓志铭》卷六。)

〔7〕见《澈道人词存》卷上。"珮"原作"佩"。

〔8〕见《澈道人词存》卷中。

〔9〕见《潄道人词存》卷下。"时世"原作"时老","薛昭蕴"原作"薛蕴照"。

金绳武、汪淑娟夫妇《评花仙馆合词》

《评花仙馆合词》二卷,钱塘金韵仙绳武与其妇汪玉卿淑娟撰。一为《泡影集》,一为《昙花集》。[1]玉卿来归二年馀即卒,韵仙时已举孝廉,遂遭离乱,伤春伤别,如泣如诉,其词格亦相似也。韵仙《蝶恋花·重到平原再赠素云》云:"鬓影蓬松钗半亸。百计相留,无一相留可。黄历除非侬自做。出行日子天天破。　收了羊灯楼上火。听掩中门,听上中门锁。叠好兰衾难道坐。梦儿也要安排个。"又云:"挨近茜纱窗下坐。听说芳年,瓜字才分破。一枕红蕤清梦妥。销魂何必成真个。　贴翠偎香双鬓亸。泪湿青衫,怎样安排我。蝶梦惊回钗影堕。粉墙明月移花朵。"[2]《云仙引》自序:"玉卿逝二十六日矣,时楚氛告警,羽檄飞驰,杭人迁徙,道路如织。余为厝其柩于西湖卧龙桥南,既念逝者,行复自痛。"云:"鼙鼓惊天,旌旗卷地,满城兵气秋凉。星黯黯,月荒荒。鼕鼕听催禁鼓,偏到今宵偏不长。晓角一声,青山红粉,从此茫茫。　送伊过了横塘。犹忆得、花开陌上香。不道今生,再无侬分,替检归装。又是回风,萧骚做暝,恁不教人屡断肠。一坏荒草,五更残梦,两地思量。"[3]《早春怨》云:"了了前盟,茫茫后世,草草今生。也没安排,全无头尾,好不分明。　几回睡去还惊。听簌簌、风声竹声。是隔房栊,是摇罗帐,是近窗棂。"[4]玉卿《虞美人》寄雯卿妹云:"秋千影落闲庭院。明月移花转。几天不挂玉帘钩。难道春来总是不梳头。　绿窗还是摊书好。何苦寻烦恼。自家去验小腰肢。却比垂杨肥了那丝丝。"[5]《南乡子·喜韵仙归》云:"独自理琴弦。睡起慵梳髻半偏。新样初三眉子月,娟娟。盼到如今渐渐圆。　此意忒缠绵。背着银釭笑拍肩。如此风光如此夜,天天。安放痴魂在那边。"[6]《卖花声》自序:"韵仙藏有古金数十品,并藏金错刀,为平原校书素云所贻。脂花间红,藓瘢斐绿,既见君子,我思美人,为翦柿蒂绫制方盝贮之,譬如度地排花,亦自信位置得宜也。"云:"古月出弯弯。绣涩苔瘢。定情消受美人难。如此相贻原抵得,约指连环。　检盝替伊安。更翦罗纨。中央四角蝠云蟠。仿作盘中诗样子,画与伊看。"[7]前有关秋芙锳[8]女史序与题词,笔致翩翩,序俪体,词倚《金缕曲》云:"不道花朝雨。便匆匆、几天催了,杜兰香去。六扇文纱窗格子,曾忆旧题诗处。看几阵、东风花絮。堆上红楼人不管,只一双、燕子还来住。尘世事,好无据。　妆台闻说全无主。只粉笺些些,留得断肠词句。病骨黄花人比瘦,却合秋声廿五。念侬也、悲秋情绪。萍梓行踪花样命,未拈毫、便有离愁聚。怎做得,玉台序。"[9]按:《昙花集》凡二十五阕,秋芙《序》谓"集如花萼依然,璧玉一双;词数篇章,却合《离骚》廿五。"[10]此阕"秋声廿五"之句,亦指此也。

〔1〕金绳武，字述之，号韵仙。浙江钱塘（今杭州）人。咸丰元年（1851）举人。（据《国朝词综续编》卷二十）与夫人汪淑娟合刻《评花仙馆合词》。汪淑娟，字玉卿，浙江钱塘人。金绳武室。有《昙花集》。（据《国朝词综续编》卷二十四。）词集《昙花集》与金绳武词集《泡影集》合刻于《评花仙馆合词》中。

〔2〕《蝶恋花》二首见《泡影集》，词序云："再赠素云。""自做"原作"自作"。上一首《虞美人》词序云："重到平原，饮素云楼上。"（清咸丰三年刻本《评花仙馆合词》，下同。）

〔3〕见《泡影集》，"做暝"原作"作暝"。

〔4〕见《泡影集》。

〔5〕见《昙花集》，词序云："再柬雯卿。"

〔6〕见《昙花集》。词序云："槁砧忽归，刀梦停唱，觞月荐夜，筵花汤亯，用谱双声，并畅遥夜，钗冠交错，不知圆蜍西上海棠矣。时壬子（1852）五月十五日。"

〔7〕见《昙花集》。序及词文字无异。

〔8〕关锳（1822—1857），字秋芙，浙江钱塘（今杭州）人。蒋坦妻。学书于魏谦升，学画于杨澂，学琴于李玉峰。工愁善病，终归学佛。坦为锳著《秋灯琐忆》1卷。锳著有《梦影楼词》1卷、《三十六芙蓉馆诗存》1卷。（据《清人诗文集总目提要》第1579页。另据徐乃昌辑《小檀栾室汇刻闺秀词·第四集词人姓氏》，清光绪二十二年徐氏刻本。）

〔9〕见《评花仙馆合词·闺秀题词》。

〔10〕引见关锳《序》。

赌棋山庄词话续编卷五

戈载《翠薇花馆词》、《词林正韵》

戈宝士[1]《翠薇花馆词》最多，余所得者二十七卷，《词综续编》以为三十九卷，《万竹楼词》注以为三十卷，《听秋声馆词话》以为十卷。殆其词随作随刻，故积久愈多耳。[2]然平庸少味，阅至十篇，便令人昏昏欲睡。因其室有馀资，喜结纳，才名易起，谓之好事则可，谓之名家则不能也。而其所自负者，以为吾词能辨四声，能分宫调。然而张玉田有言："音律固当参究，词章先宜精思。"《词源》。诚以声音丽于虚，文字征于实，实者既难惬心，虚者何由动听。且吾亦未见其词之出，果能使四方传唱也，则律之叶否，终不可知。而人转因其守律之严，反恕其临文之劣，则律者真藏拙分谤之具也。近日浙派盛行，立说莫不如此，盖不独宝士然也。而宝士之可议者，尚不止是。卷首序与题词数十篇，借光之多，已属可笑。开卷即有"龙涎香"、"白莲"、"莼"、"蝉"等题，此近来学南宋者几成例作，习气愈觉可厌。[3]且宝士一贡生耳，而自十三卷以后，交游渐广，攀援渐高，中丞、方伯、观察、太守、司马、明府，历碌满纸，所作无非应酬。虚声愈大，心灵愈短，岂芝麓之于迦陵乎？岂愚山之于河右乎？[4]抑何其不惮烦也。至为麟见亭[5]河帅题《鸿雪因缘图》，前后合一百六十阕，多至四卷，观其自述，知配合雕镂，费尽苦心。然以《花间》、《兰畹》之手笔，加以引商刻羽之工夫，乃为钜公谱荣华之录，摹德政之碑也。言之不足，又长言之，若以为有厚幸焉，此真极词场之变态矣。第未知周美成、姜白石见之，以为何如也？宝士词亦未必风行于世，原无庸论。余所以覼缕者，庶几学词之人，知所自省，不至芜蔓若此。夫人文合一，词虽小道，亦当知绩学敦品耳。

近见宝士所著《词林正韵》，与吴子安《榕园词韵》大体相同。子安宗《广韵》，宝士宗《集韵》，然韵书以《广韵》为最古，《集韵》亦出于《广韵》耳。考子安刻于乾隆甲辰，宝士刻于道光辛巳。子安，海盐人，宝士不应未见其书，乃历举诸家而不之及，何耶？夫古人书多用韵，韵之所包者广，宋元以下，始渐分诗韵、词韵、曲韵。诗韵虽二百六部、一百七部，分合之不同，而源流秩然可考。曲韵则专为北曲而作，以入为平，其法与他韵皆异。惟词韵初无一定，作者十数家，各持一义。宝士之书，亦未必尽出诸家之上，而其《凡例》排击一切，自以为独得之秘。最可异者，中有云："毛奇龄之言曰：'词韵可任意取押'，毛氏论韵，穿凿附会，本多自我作古，不料丧心病狂，败坏词学至于此极。"[6]夫以词无定韵，恐其泛滥，特勒一书，未尝不可。即驳正前人之误，亦未尝不宜。但发墨守、针膏肓，言自有体，何以毒詈不堪如此？岂以毛氏善骂，而亦以骂反之乎？然词学不独不足比圣经贤传，而亦非史例文体关系之重。况毛氏之时，词方复兴，霞蒸云蔚，亦岂一人之见所能败坏？其言之过当，甚矣！且以宋词考之，宝士之说，亦不尽然。寒、山一部，覃、咸一部，刘改之《唐多令》〔7〕则“湾”、“帆”、“滩”、“间”、“衫”、“寒”、“安”、“南”同押，是寒、山可合覃、咸矣。然辛、刘固浙派之所鄙夷者，吾请征之周草窗。“先”与“盐”不同部也，而《鹧鸪天》合之；庚、青与侵不同部也，而《恋绣衾》合之；庚、青与真、文不同部也，而《梅花引》、《声声慢》、《浣溪纱》合之；《江城子》且并合于蒸与侵矣。〔8〕至“莺”在庚韵，而吴梦窗《木兰花慢》〔9〕则押入江、阳矣；草窗《眼儿媚》、《浣溪纱》则押入真、文、侵矣。梦窗、草窗之词，宝士选入《七家》，即有误笔，断不至再至三。宝士自谓遍考名家词，亦知其出入不一律否耶？况词又有叶以方音，叶以古音之例，其叶本甚宽，毛氏‘任意取押’之言，亦何尝尽是诬罔乎？宝士素与元和顾千里广圻游，受其吹嘘，千里于古文、诗、词皆非当家，吾观其所作戈氏父子诸文，多怪愤浮宕，而《宝士填词图序》，尤可失笑。俱见《思适斋集》。〔10〕夫自迦陵以后，作《填词图》者，不知若干，此亦习气耳，千里乃特张皇之。宝士之学问，未知去毛氏几由旬也，而论韵既自痛诋西河；其词才亦未知去陈氏几由旬也，而千里又为推倒迦陵〔11〕，岂溺情而不自觉欤？凡朋友切磋之义，诱掖以成其业，尤当规讽以培其德。千里校雠之学，精审可观，而乃为后进增骄长傲如是耶？宜其与段懋堂〔12〕论学制，至于互争不已，为人口实也。段事见《经韵堂集》。〔13〕

〔1〕戈载（1786—1856），字顺卿，号宝士，江苏元和（今苏州）人。诸生。官国子监典簿。（据《国朝词综续编》卷十。生卒年据严迪昌纂《近代词钞》第292页，江苏古籍出版社1996年版。）著有《翠薇花馆诗集》20卷、《词集》39卷，编有《宋七家词选》7卷、《词林正韵》3卷等。（参冯桂芬纂同治《苏州府志》卷一百三十六，清光绪九年刊本。）

〔2〕笔者见到的《翠薇花馆词》版本有：八卷本，嘉庆刻本，收词300首；十七卷本，嘉庆二十三年刻本，收词632首；十九卷本，嘉庆刻本，收词704首；二十七卷本，嘉庆二十三刻本，收词989首。另有一卷本《翠薇雅词》，道光刻本，收词151首。至于十卷本、三十卷本、三十九卷本，未见。查黄燮清《国朝词综续编》卷十，言及《翠薇花馆词》有三十九卷。朱和羲《万竹楼词》卷一《湘月》序云：“题戈顺卿载《翠薇花馆词》三十卷，即用集中题《七家词选》韵。”丁绍仪《听秋声馆词话》卷六：“宝士，一字顺卿，……所著《翠薇花馆词》，多至十卷。”

〔3〕“龙涎香”、“白莲”、“莼”、“蝉”、“蟹”是宋末遗民咏物词集《乐府补题》中的题目。参卷七“顾贞观词”条注〔7〕。

〔4〕龚鼎孳，号芝麓。参卷四“陈维崧一门词”条。陈维崧，号迦陵。参卷四“陈维崧一门词”条。《迦陵词全集》卷二十六《贺新郎·将之中州留别芝麓先生》：“珊瑚十丈凭敲折。叹世上、非公知我，几成怪物。此外半生谁鲍子，负此真非豪杰。”施闰章（1618—1683），字尚白，号愚山，安徽宣城人。顺治六年（1649）进士，官江西参议。康熙十八年（1679）举博学鸿词，授翰林院侍讲，转侍读。著有《愚山全集》90卷计《学馀文集》28卷、《诗集》50卷、《外集》2卷、《遗集》6卷、《别集》4卷。（据《清人诗文集总目提要》第121页。）毛奇龄，别号河右。参卷四“毛奇龄、俞士彪词”条。毛奇龄《经问》卷九：“及官于京师，同馆施愚山死，生平受愚山大恩，刊章籍捕，非三至湖西，几于不免。临哭一察，复重念生平而泪已不能落矣。”（《西河合集》。）

〔5〕麟庆（1791—1846），姓完颜氏，字伯馀，一字振祥，号见亭，满洲镶黄旗人。嘉庆十四年（1809）进士，授内阁中书。由兵部主事授右中允。道光九年（1829）任河南按察使，转贵州布政使，擢湖北巡抚。官至江南河道总督，降授库伦办事大臣。著有《凝香室诗存》6卷。（据《清人诗文集总目提要》第1262页。）另有《河工器具图说》4卷。

〔6〕引文见《词林正韵·发凡》。据清道光翠微花馆刻本，“词韵可任意取押”后有：“支可通鱼，鱼可通尤，真、文、元、庚、青、蒸、侵，无不可通，其它歌之与麻，寒之与盐，无不可转入声，则一十七韵辗转杂通，无有定纪。”

〔7〕刘过《唐多令》见《全宋词》第2157页。“唐”，《全宋词》作“糖”。

〔8〕周密《鹧鸪天》见《全宋词》第3270页，《恋绣衾》见《全宋词》第3273页，《梅花引》见《全宋词》第3276页，《声声慢》见《全宋词》第3278页，《浣溪沙》见《全宋词》第3266～3267页，《江城子》见《全宋词》第3273页。下《眼儿媚》见《全宋词》第3274页，《浣溪沙》见《全宋词》第3277页。

〔9〕吴文英《木兰花慢·饯韩似斋赴江东盐幕》见《全宋词》第2917页。

〔10〕顾广圻（1766—1835），字千里，号涧薲，一号鉴平，别号思适居士、无闷子。以字行。江苏元和（今苏州）人。嘉庆诸生。通经学、史学、小学，尤精校勘。著有《思适斋集》18卷。（据赵诒琛《顾千里先生年谱》，民国刻《对树书屋丛书》本。）《思适斋集》卷二有《题戈小莲〈红袖添香夜读书〉卷子二十六韵》、卷十三有《吴中七家词序》、《词林正韵序》、卷十八有《清故孝子戈君之铭》。按：戈载之父名宙襄，字小莲。《戈顺卿填词图序》，见《思适斋集》卷十三。（清道光二十九年徐渭仁刻本，下同。）

〔11〕《思适斋集》卷十三《戈顺卿填词图序》：“昔陈其年为《填词图》，今戈子顺卿亦为《填词图》，将毋（按：应为毋）同乎？曰：否。其年之词貌为苏、辛，逞其才气，奔放不拘，足以惊凡目，而不足以餍知音。”

〔12〕段玉裁（1735—1815），字若膺，号懋堂。江苏金坛人。乾隆二十五年

(1760)举人,充景山教习,授贵州玉屏知县,后任四川巫山知县。受学于戴震,治声韵训诂之学。著有《说文解字注》30卷、《经韵楼集》12卷等。(据《清人诗文集总目提要》第770页。)

〔13〕《经韵楼集》卷十一有段玉裁与顾千里书二通及顾千里复书二通,卷十二有段玉裁与顾千里书七通及顾千里复书一通。(清道光刻本。)

杨夔生《真松阁词》

金匮杨伯夔夔生〔1〕,名父之子,家世能词,涉历诸派,不专一格。〔2〕其《过涧歇·青铜峡》云:"孤峭摩天路漫灭。双厓奇特。群峰四旁森列。似矛戟。出峡奔涛何急。雷辊声轰砉,盲风起,怒鹘惊飞响磔磔。　洪濛谁试手,劚断云根,削成奇骨。终古无人迹。苔蚀藤,缠老树,杈枒苍烟深处,往来惟见猿猱掷。"〔3〕《菩萨蛮·宿峡口禹庙》云:"荒榛细路趋灵阁。蒙茏天半闻清铎。神壁画波涛。水官芦叶袍。　孤灯松映碧。如坐嵩阳驿。山殿护风云。人眠虎过门。"〔4〕《谒金门·晓发南星驿》云:"霜华冻。戍[戍]卒醉争干瓮。燃着豆秸红屋栋。偎暖孤驿梦。　咿咿晨鸡初哢。喝马呼牛声哄。人自出门云出洞。四围山冢冢。"〔5〕《临江仙·夜宿郎当驿》云:"襆被饥驱风雪里,薄游滋味如僧。路长何事怕还憎。虎衔樵容屦,鼠隐纺人灯。　自是元晖闻道浅,平生悔学鸾吟。略经林壑倦攀寻。隙飙声尽鬼,孤叶影疑禽。"〔6〕笔力瘦健,标奇领异,有此题不可无此词也。予尝谓南宋词家,于水软山温之地,为云痴月倦之辞,如幽芳孤笑,如哀鸟长吟,徘徊隐约,洵足感人。然情近而不超,声咽而不起,较之前人,亦微异矣。不独东坡之《百字令》、《水调歌头》无其兴致,即柳耆卿之"渐霜风凄紧,关河冷落、残照当楼"〔7〕,秦少游之"醉卧古藤阴下,了不知南北"〔8〕,出语高爽。惟白石尚有此意,馀则皆不逮也。有花柳而无松柏,有山水而无边塞,有笙笛而无钟鼓,斤斤株守,是亦只得其一偏矣。辛、刘之派,安可废哉!夔生手定《真松阁词》,凡六卷。方廷湖书其后曰:"北宋不袭南唐之貌,而或失之过刚。南宋则力矫北宋刚劲险率之弊,而常流于纤腻。过犹不及,君子疑之。"〔9〕斯言也,学词者可以鉴矣。又《过云精舍词》二卷,汪紫珊世泰合刻《七家词》中。〔10〕今考之,只留一二阕载入此集首卷,馀皆不存矣。罗两峰聘〔11〕之《鬼趣图》,流传题咏,所见多矣,而其图未知何状,亦未见有记之者。夔生有题图长短调八阕,词未录,录其小序,荒情怪态,亦足以资噱噱。序云:"其一、澹墨黯昧,隐隐有面目肢体,谛视始可辨。""其二、一鬼短衣,偻而趋,一鬼奴从裸上体,以手拄腰,骨节可数。""其三、一鬼衣冠甚都,手折兰花,揽女袂,女鬼红衣丰髻,昵昵语,旁鬼摇扇侧耳以听。""其四、一矮鬼扶杖据地,一小鬼捧酒盏就矮鬼吻,吻箕张。""其五、一鬼瘦而长,垂绿发至腰,左手作攫拿状,右手循其发,手长与身等,足步武越数丈,腰腹云气蒙之,身作青绿色。两峰自云焦山寺中所见也。""其六、长头而偻者,一鬼身不及头之半,头之前,鬼二,一锐上,一混沌然,若避若指且顾。""其七、风雨如漆,一鬼俯首疾趋,一鬼张伞其后,一鬼导其前,一鬼头出伞上,若依倚疾走,昏黑淋漓,极遑遽奔忙之状。""其八、枫林古冢间,两髑髅齿齿对语,白骨支节,巉巉然也。"〔12〕又有《瑶台聚八仙·赠祁阳山人吾吾子》词,附录吾吾子《浣溪沙》六阕。末二阕云:"木叶落兮湘水波。待他纤月过银河。又将鼓枻唱渔歌。　挽尺鲜藤编小笠,翦丛香草结新蓑。未披先付小龙驮。"又云:"隔断苍松是白霓。杖头衡岳数峰低。故人船未泊浯溪。　一朵青莲忽摇动,水仙骑鹭出波飞。依稀月底认红衣。"〔13〕吾吾子,未详何许人,而夔生词有"授我龙虎飞腾"〔14〕之句,岂白玉蟾〔15〕、邱处机〔16〕之流乎?

〔1〕杨夔生(1781—1831),初名承宪,字伯夔,号浣乡,金匮(今江苏无锡)人。芳灿长子。国学生,官蓟州知府。(据《清人别集总目》第736页。)著有《过云精舍词》2卷、《真松阁词》6卷、《杨夔生诗》1卷。

〔2〕方廷湖《真松阁词序》云:"守其家钵,更陶冶于唐宋诸名家而撷其精华,摅以妙笔,江南北一时称宗匠焉。"按:《真松阁词》收方廷湖《序》两篇,文字略异,此录前篇。

〔3〕见《真松阁词》卷一。调寄《南乡子》。(清道光十四年刻本,下同。)

〔4〕见《真松阁词》卷一。词序原作"宿峡口禹庙,同箌云作。"

〔5〕见《真松阁词》卷四。"咿咿"原作"咿喔"。

〔6〕见《真松阁词》卷四。词序原作"夜宿郎当驿,歌此词以自警。"

〔7〕柳永《八声甘州》词中语。

〔8〕秦观《好事近·梦中作》词中语。

〔9〕引见方廷湖《真松阁词序》。"北宋不袭南唐之貌"原作"北宋词人不袭南唐之貌"。按:方廷湖两篇《真松阁词序》此处引文相同。

〔10〕《七家词钞》,汪世泰辑,有清嘉庆间刻《随园三十种》本。

〔11〕罗聘,字两峰,江都人。淹雅工诗,从金农游,称高足弟子。画无不工,耽禅悦梦,自号花之寺僧。多摹佛像,又画鬼趣图。游京师,跌宕诗酒,老而益贫。曾燠为两淮运使,资之归,未几卒。(据赵尔巽《清史稿》列传二百九十一。)严迪昌《清诗史》说罗聘画《鬼趣图》"体现着王朝的衰象、人间世的混浊"。(第946页。)李调元《雨村诗话》卷六:"罗两峰聘,英梦堂相国上客也,工画,醉后落笔,挥洒如飞。余在翰林,晤于朱竹君学士席上,酒酣,笑谓余曰:'闻君诗最敏,能敏于余画乎?余曰:'唯。'曰:'余一画成,君即题诗一首,谁迟

者罚酒。'余又曰:'唯。'两峰遂以纸团蘸墨,连画四轴。画甫毕,而余诗亦成,四座竟嗟叹,以为两不可及。"

〔12〕见《真松阁词》卷三。调寄《古梅曲》。"身作"原作"身纯作","两峰"原作"山人"。

〔13〕见《真松阁词》卷六。"翦丛"原作"剪丛"。

〔14〕《真松阁词》卷六《瑶台聚八仙·赠祁阳山人吾吾子》中语。"飞腾"原作"升腾"。

〔15〕白玉蟾,原名葛长庚。参卷一"《词律》脱误"条。

〔16〕邱处机(1148—1227),字通密,号长春子。登州栖霞(今属山东)人。少师王喆。兴定三年(1219),成吉思汗遣近侍迎至雪山关道,元光二年(1223)东还。(据《全金元词》第452页。)著有《磻溪集》6卷。

杜文澜、勒方锜词

秀水杜小舫文澜〔1〕词清笔婉,言外殊多感慨。《长亭怨慢》云:"竟偷被、东风吹莫。绮院销香,画桥飏絮。燕子归来,一襟幽怨、向谁语。落花蘸网,偏不放、春魂去。后约问蔷薇,早拍遍、阑干无数。　空误。甚年华似水,却把旧愁留住。新寒未减,尚负手、玉阶寻句。待检点、小扇轻衫,笑呼酒、烟萝深处。奈树外斜阳,还惹残莺啼苦。"〔2〕《八声甘州·淮阴晚渡》云:"尚依稀认得旧沙鸥,三年路重经。问堤边瘦柳,春风底事,减却流莺。十里愁芜凄碧,旗影淡孤城。谁倚山阳笛,并入鹃声。　空剩平桥戍角,共归潮呜咽,似恨言兵。坠营门白日,过客阻扬舲。更休上、江楼呼酒,怕夜深、野哭不堪听。还飘泊、任王孙老,匣剑哀鸣。"〔3〕《卜算子·残月》云:"花影漾帘波,夜久春痕薄。试问姮娥瘦几分,只有阑干觉。　陌上玉骢嘶,唤起双栖鹊。杨柳梢头挂晓星,又下西栖角。"〔4〕《菩萨蛮·冬日》云:"栖鸦点点如残叶。林容寂寂天疑雪。烟外晓钟疏。山寒僧梦孤。　西风吹短策。酒束诗肠窄。招鹤问梅花。今年春瘦些。"〔5〕小舫曾重刻吴梦窗、周草窗二家词,搜罗校对颇备。自著《采香词》,即附刻于其后。〔6〕又有《词律校勘记》,亦足弥红友之缺,皆肄业所不可少之书也。〔7〕又新建勒少仲方锜〔8〕词气疏宕。《秦楼月》云:"月沉沉。秋窗寂寂宵深深。宵深深。暗魂何许,步遍墙阴。　空房遗影悲青琴。黄泉碧落愁难寻。愁难寻。无人诉得,咽泪归心。"〔9〕此盖悼亡之作。吾闽俗谚有"腹饥莫与饱人说,心酸莫在路头哭"之语,即少仲所谓"咽泪归心"也。《临江仙·感事》云:"读破芸缃三万卷,回翔直到公卿。胸藏武库角心兵。绮罗丛里,擎酒说功名。　镂玉横腰金佩肘,白头一梦零星。舞裙歌扇总飘萍。故人江海,闲读种鱼经。"《摸鱼儿·东湖感旧》云:"问湖边、旧时莺燕,而今亭榭谁主。百花洲畔波鳞碧，低卷断烟零雨。凄绝处。是几个、渔罾冷挂眠鸥渚。垂杨自舞。想玉笛声残，画船人杳，幽恨向风诉。　　桥东路，还记题香俊侣。萝窗深夜弦语。十年重唱《西江月》，寥落紫云遗谱。吟思苦。费万轴、情丝织就销魂赋。天涯倦旅。怅沽酒楼头，阑干独倚，酩酊送春去。”[10]此二阕寄慨更深。所著有《榑洲词》，卷首陈心泉庆溥序，语极矜负，自述有《篱壑词》四卷，惜未之见。[11]又马平王少鹤拯[12]诗文俱长，亦工词。余于琉璃厂曾得其刻本，为人篡去。林颖叔[13]与之最善，拟从颖叔寄书索之。时少鹤已归粤西，书未行而其讣至矣，至今耿耿于心。少仲工书，年老矣，犹能作蝇头小字。杜、勒皆官江南，王终于通政司副使。

〔1〕杜文澜(1815—1881)，字小舫，浙江秀水(今嘉兴)人。诸生。入资为县丞，以功晋布政使衔，官两淮盐运使。著有《采香词》4卷、《憩园词话》6卷、《词律校勘记》2卷、《词律补遗》1卷，重刊吴文英、周密二家词，后附已作八十馀首。(据《中国词学大辞典》第245页。)另著有《词律拾遗》6卷、《曼陀罗华阁琐记》2卷、《平定粤寇记略》22卷、《江南北大营纪事本末》2卷。纂有《古谣谚》100卷。

〔2〕见《采香词》卷一。“绮销香”原作“绮院销香”。(清咸丰十一年曼陀罗华阁刻本，下同。)

〔3〕见《采香词》卷一。“呜咽”原作“喑咽”。

〔4〕见《采香词》卷一。“栖角”原作“楼角”。

〔5〕见《采香词》卷一。词题云：“冬日即景”。

〔6〕《曼陀罗华阁丛书》本《吴梦窗甲乙丙丁稿》，咸丰辛酉年(1861)杜文澜编校，一函二册，有《梦窗词》四卷、《补遗》一卷、《续补遗》一卷，今存北京大学图书馆。《曼陀罗华阁丛书》本另有《草窗词》二卷、《补遗》二卷。《采香词》又称《曼陀华罗阁词》，有两种版本，一种为二卷本，收词作82首，前有李肇曾序，刊行于咸丰十一年(1861)，陈乃乾刊入《清名家词》的《采香词》即为此本；一种为四卷本，前有如冠九写于同治四年(1865)的序及李肇曾序，所收词作止于光绪二年(1876)，前两卷与咸丰十一年刊行的二卷本同，后两卷又收词作97首，共计179首。(参沙先一《论杜文澜的词学主张与创作》，《苏州大学学报》2003年第4期。)

〔7〕杜文澜《词律校勘记》二卷，有清咸丰十一年《曼陀罗华阁丛书》本。俞樾《校刊词律序》云：“咸丰中，秀水杜筱舫观察乃始有《词律校勘记》之作。万氏原文有误叶者，有失分段落者，有脱漏至廿馀字者，有并作者姓名而误者，一一为之厘订，洵乎万氏之功臣矣！”

〔8〕勒方锜(1816—1882)，字梧九，号少仲，别号太素，江西新建人。道光

举人,历官江苏布政使、福建巡抚、贵州巡抚。著有《太素斋词钞》2卷,一名《榑洲词》。(据严迪昌《近现代词纪事会评》第157页,黄山书社1995年版。)

〔9〕见《榑洲词》卷上。有词题:"又一体"。(清同治四年刻本,下同。)

〔10〕以上二首见《榑洲词》卷下。

〔11〕陈庆溥,字心泉,江夏(治所在今湖北武昌)人。道光二十年(1840)举人,官江苏同知。有《薲壑词》。(据《国朝词综补》卷四十七。)陈庆溥序《榑洲词》云:"余有《篱壑词》四卷,计二百馀首。因叹世无赏音,久弃箧笥,不欲出而覆瓿也。然幸有少仲知我,亦将灾梨枣矣。"《篱壑词》,未见书目著录。

〔12〕王拯(1815—1876),初名锡振,字定甫,号少鹤,广西马平(治所在今广西柳州)人。道光二十一年(1841)进士,授户部主事,充军机章京,累迁大理寺少卿,署左副都御使。告归卒。著有《龙壁山房集》26卷计文集8卷诗集17卷。(据《清人诗文集总目提要》第1503～1504页、赵尔巽《清史稿》列传二百十。)

〔13〕林寿图,字颖叔。参《续编》卷二"谭廔词"条。

龚自珍词

仁和龚定庵自珍[1]恃才跅弛,狂名甚著,气倍人前,言语震四壁。官礼部主事,随班供职,与同寮有所辨论,其声远扬。宣庙[2]亦微闻之,置而不问。诗文皆不落凡近,词凡五种[3],存者不多。有诗云:"不能古雅不幽灵,气体难跻作者庭。悔煞流传遗下女,自障纨扇过旗亭。"[4]意不以词人自居,然首句亦作者同病。《菩萨蛮》云:"文窗花雾凄然绿。侍儿不肯传银烛。楼外月昏黄。口脂闻暗香。　　新来情性皱。未肯偎罗袖。此度袷衣单。蒙他讯晚寒。"[5]《减兰》自序:"偶检丛纸中,得花瓣一包,纸背细书辛幼安'更能消几番风雨'一阕,乃是京师悯忠寺海棠花也,泫然得句。"云:"人天无据。被侬留得香魂住。如梦如烟。枝上花开又十年。　　十年千里。风痕雨点斓斑里。莫怪怜他。身世依然是落花。"[6]牢落百感,其不自得可慨矣。又,《瑶台第一层》题某侍卫所撰《王孙传》,并录原序于后。序云:"某王孙者,家城中,珠规玉矩,不苟言笑。某氏,亦贵家也,解词翰,以中表相见相慕重。杏儿者,婢也,语其主曰:'王孙所谓都尔敦风古,阿思哈发都。''都尔敦风古',言骨格异也。'阿思哈发都',言聪明绝特也。再三云,女不应。王孙遘家难,女家薄之,求昏,拒不与,两家儿女皆病。一夜,天大雪,杏私召王孙,王孙衣雪鼠裘至,杏曰:'寒矣。'为脱裘,径拥之女帐中而出。女方寝,惊寤,申礼防,不从。王孙曰:'来省病耳。'亦以礼自固也。杏但闻絮絮达旦声。旦,杏送之出。王孙以赪绡巾纳女枕中,女不知也,嗣是不复能相见。旬馀,梦见女执巾问曰:'此君物也。'曰:'然。'寤而女讣至,知杳儿取巾以佐殓矣。王孙寻郁郁以卒,杏自缢。此嘉庆丙寅、丁卯间事。越辛未,余序之如此。又乞浙龚君填词以传之。"词云:"无分同生偏共死,天长恨较长。风灾不到,月明难晓,昙誓天旁。偶然沦谪处,感俊语、小玉聪狂。人间世,便居然愿作,长命鸳鸯。　　幽香。兰言半枕,欢期抵过八千场。今生已矣,玉钗鬟卸,翠钏肌凉。赖红巾入梦,梦里说、别有仙乡。渺何方。向琼楼翠宇,万古携将。"[7]《百字令》自序:"蒋伯生得顾横波夫人小像,靳余曰:'此君家物也,为填一词。'"云:"龙华劫换,问何人料理,断金零粉。五万春花如梦过,难遣些些春恨。原注:"京师某家剧楼,有楹帖一联曰:'大千秋色在眉头,看遍翠暖珠香,重游瞻部。五万春华如梦里,记得丁歌甲舞,曾睡昆仑。'相传尚书作也。"帐亸春宵,枕欹红玉,中有沧桑影。定山堂畔,白头可照明镜。　　记得肠断江南,花开两岸,老至才还尽。何不绛云楼下去,同礼空王钟磬。原注:"尚书与钱尚书同在秦淮日赋诗云:'杨柳花飞两岸春,行人愁似送行人。'一时传诵。"青史闲看,红妆浅拜,同护吾宗肯。漳江一传,心头蓦地来省。原注:'忽忆黄石斋先生在秦淮之事,曲终及之。'"[8]二词皆足资谈柄,某王孙事,尤令人低徊也。

〔1〕龚自珍(1792—1841),字尔玉,号定庵,浙江仁和(今杭州)人。道光九年(1829)进士,授内阁中书,擢宗人府主事,改礼部主事。以暴卒终。著有《定庵全集》20卷,词名《定庵词》。(据《清人诗文集总目》第1274～1275页。)

〔2〕道光帝爱新觉罗·旻宁(1782—1850),嘉庆皇帝次子,是清入关后的第六个皇帝,在位30年。死后庙号为宣宗成皇帝。

〔3〕龚自珍有《无著词》、《怀人馆词》、《小奢摩词》、《影事词》、《庚子雅词》,合称《定庵词》。(清光绪二十三年万本书堂刻本《定庵词》,下同。)

〔4〕见《定庵全集·定庵续集·己亥杂诗》。(清光绪二十三年万本书堂刻本。)

〔5〕见《庚子雅词》。

〔6〕见《怀人馆词》。"乃是京师悯忠寺海棠花也"原作"乃是京师悯忠寺海棠花,戊辰(1808)暮春所戏为也"。

〔7〕见《怀人馆词》。"某王孙者"云云,非词序,而是《瑶台第一层》词后跋文。词序云:"某侍卫出所撰《王孙传》见示,爱其颇有汉晋人小说风味,属予为之引,因填一词以括之,戏俏稗家之言。"

〔8〕见《庚子雅词》。"此君家物也"原无"此"字。

许宗衡《玉井山馆诗馀》

近日古文,自梅伯言曾亮[1]之后,众推上元许海秋宗衡[2]。其文夷犹自得,不为桐城末派所囿，诗词亦入格，盖海秋固先治词赋，与以古文馀力作韵语者不同也。词名《玉井山馆诗馀》，中有二阕，最足感人。嗟乎！酒场歌板，举目沧桑，氛尘澒洞，此真回肠荡气时也。《金缕曲·书余淡心〈板桥杂记〉后并叙》云："曩读曼翁斯编，心辄低回。窃以顿老琵琶，妥娘词曲，人间天上，事艳情哀。乃至葛嫩、李香，贱能抗节，魁萧卯笛，听辄增悲。几类国殇，讵同祸水，方诸志乘，亦系兴亡。嗟乎！秦淮呜咽，谁忆前尘？粤寇披猖，倏遭今劫。岁在癸丑孟春之月，仆在江上，仓猝北征。时贼骑距城不四百里，堠兵甫集，烽火断然，仅二旬，而金陵瓦解矣。侯景谁迎，袁粲徒死，曰为改岁，未复岩疆。呜乎！江关残破，亲故流亡，慨念昔游，都非旧梦。衣衫蝶化，楼阁薪烧，一付劫灰，无从吊影。桓子野奈何之唤，贺方回断肠之词，载诵斯编，抑又伤已。夫事非同轨，感无异情，曼翁此作，胜国难忘。仆念故园，亦滋嘅息。昔之招邀胜侣，流连景光，南部烟花，东山丝竹，坠欢难拾，逝水不回。遑问前因，空成死别。奚必他时凭吊，始为伤心之事哉？仰天掩卷，歌呼乌乌！因为此词，用谂同调。"词云："别有伤心处。侭消磨、劫灰金粉，大江东去。楼阁斜阳秋易晚，呜咽青溪如诉。只衰柳、残鸦无数。龙虎雄图悲竖子，剩遗编、细载闲歌舞。亡国恨，哽难语。　　年来烽火台城路。念无端、家山唱破，凄凉无主。似有箫声闻鬼哭，忍忆板桥风雨。漫惆怅、美人黄土。绕郭旌旗霜影重，恐将军、愁击军中鼓。早哀绝，子山赋。"[3]《霓裳中叙第一》序云："昔在道光乙未、丙申间，余留京师，尝观王郎蕊仙演《桃花扇》传奇《寄扇》一齣，艳绝一时，士大夫宾筵酒座，盛称叹之。碧玉梳妆，绿韝结束，五花爨弄，不复置念寻常粉墨也。闽孝廉张亨甫作《王郎曲》云：'天下三分月，二分在扬州，一分乃在王郎之眉头。'王郎，扬州人，其演此曲尤精。至王郎老去，无演之者。余有诗云：'参军苍鹘都更变，忽忆王郎倍可嗟。一自春风消扇影，更无人解唱桃花。'及咸丰壬子，朱郎莲芬始演此曲，然赏之者卒鲜。嗟乎！曲海词山，千生万熟，而擫簪擫落，知者无人。与之言邓千江《望海潮》、蔡伯坚《石州慢》，瞠然而已。何况公子天涯，美人楼上，春风问讯，谁复于一握浓香，识南朝之兴废哉？同治丙寅春正月，同人夜谳，时陈郎兰仙初演此曲。清尊檀板，素袜明珰，虽不知视王郎、朱郎为何如，然而锦色缠头，如聆旧曲，笛声犯尾，共拍新腔，何必侯生，乃为之数调寻宫慨然太息乎？"词云："清歌粲素靥。眼底浓香消绛雪。拍遍阑干几叠。现后影前身，桃花颜色。关河阻绝。可有飞红卷残蝶。知音少、缄愁难寄，倚里向谁说。　　悲切。笛声低咽。似当日、秦淮夜月。伤心公子远别。又今夕燕脂，写恨如血。泪痕描露叶。早板鼓、凄凉数阕。当筵叹、春风一握，为尔启金箧。"[4]及余游都下，王郎[5]已死，朱郎[6]久不登场，顾时时为海秋写词，盖朱郎素工书也。庚午，余再至，则海秋殁矣。朱郎无聊，复理旧业，然年华老大，盛名难再，吾友郑仲濂[7]见之辄太息。其时有万郎芷侬[8]，亦善小楷，又有李郎听秋[9]，工愁爱懒，二郎皆有艳名而无俗态。一日，余招仲濂饮，李郎司酒纠，仲濂自述食性喜酸。李郎曰："君能饮醋一杯，吾以一曲偿。"仲濂欣然引满。余笑曰："吃得三斗醋，百事可作，君所饮尚嫌少耳。"翌日，仲濂寄余《临江仙》云："兜愁不忿青绫被。梦残渴想梅花味。夜雪晓寒天。思君思水仙。　出门无处可。坐对防花恼。花恼若为怀。还逃醋瓮来。"[10]嗟乎！欢场若水，共尽何言？曾几何时，眼中人无一存者，悲夫！

〔1〕梅曾亮（1786—1856），字伯言，江苏江宁（今南京）人。道光二年（1822）进士，十四年入赀官户部郎中。居京师二十馀年，归主扬州梅花书院。古文师事姚鼐。著有《柏枧山房全集》31卷计诗集10卷、诗续集2卷、文集16卷、文续集1卷、骈体文2卷。（据《清人诗文集总目提要》第1205页。）

〔2〕许宗衡（1811—1869），初名鲲，字海秋，号我园，江苏上元（今江宁）人。道光十四年（1834）举人，咸丰二年（1852）进士，改庶吉士，授内阁中书，任起居注主事。著有《玉井山馆集》25卷，中有《文略》5卷、《文续》2卷、《西行日记》1卷、《诗》15卷、《诗馀》1卷。（据《清人诗文集总目提要》第1461页。）词有清咸丰单刻本《玉井山馆词》，与清同治九年刊本《玉井山馆集》所收《玉井山馆诗馀》词篇大同小异。

〔3〕见《玉井山馆诗馀》。"仓猝"原作"仓卒"，"岩疆"原作"严疆"，"桓子野"原作"桓子埜"，"嘅息"原作"慨息"，"凄凉无主"原作"凄凉谁主"，"漫惆怅"原作"漫怊怅"。（清同治九年刊本《玉井山馆集》，下同。）

〔4〕见《玉井山馆诗馀》。"谯"原作"醮"。

〔5〕王郎，名长桂春，台部歌者。（据张际亮《思伯子堂诗集》卷二十七《王郎曲》题下注。）萝摩庵老人撰、麋月楼主附注《怀芳记》："王长桂，字粲仙，扬州人。年十四五，娟丽无匹；二十许，艳冶如故。是馀庆堂弟子。"（《清代燕都梨园史料》本。）此王长桂不知是否是长桂春，谢氏说王郎扬州人，王长桂亦扬州人，王是姓氏，长桂乃名也，长桂春殆艺名也。

〔6〕许宗衡《媚妩》词序云："余久不倚声。己未（1859）残腊，索居寡欢，镫下吟讽白石、草窗诸集，因依体间为一二。至除夕，约得十馀阕。以朱郎莲芬精度曲，且工书，常侍酒坐，乃择少合声律者数阕，命书之。比于十七八女郎按执红牙拍，歌柳屯田词，固亦余情之所托耶？"朱莲芬（1837—?），昆剧演员。名延禧，又名福寿，字莲芬，又字水芝，行二，又称"紫阳主人"。吴县（今江苏苏州）人。工旦。隶四喜部。为"同光名伶十三绝"之一。常与徐小香、王楞仙、杨鸣玉合演。擅长剧目有《琴挑》、《问病》、《游园》、《惊梦》、《折柳》、《思凡下山》、《活捉三郎》等。并工书，擅管弦。（据《中国曲学大辞典》第846页。）

〔7〕郑守廉，字仲濂。见《续编》卷二"郑守廉词"条。

〔8〕万希濂，字芷侬，吴(今江苏)人。伶工。隶棣华部。秀骨天成，意态贤远。貌骚人墨士，惟妙惟肖。善弈工书，书名与朱莲芬相等。(据馀不钧徒殿春生《明僮续录》，《清代燕都梨园史料》本。)

〔9〕李听秋，事迹不详。

〔10〕见《考功词》，调寄《菩萨蛮》，是，谢氏说是《临江仙》，误。有词序："枚如有三斗醋之诮，以此解嘲。""梦残"原作"醉残"、"梅花"原作"梅华"、"夜雪晓寒天"原作"晴雪峭寒天"、"思君"原作"思伊"、"无处可"原作"无计可"、"防花恼"原作"妨花恼"。

黄彭年词

往岁晤黄子寿彭年〔1〕于京师兴胜寺，出文相质，子寿然之。与论词，颇讶余肮脏。余曰："近来词派悉尊浙西，余笔放气粗，实不足步朱、厉后尘。虽然，浙派不足尽人才，亦不足穷词境。今日者，孤枕闻鸡，遥空唳鹤，兵气涨乎云霄，刀瘢留于草木。不得已而为词，其殆宜导扬盛烈，续《铙歌》鼓吹之音。抑将慨叹时艰，本小雅怨诽之义。人既有心，词乃不朽，此亦倚声家未辟之奇也。余方自愧其不逮，又何寻南宋之故步，斤斤奉一先生之言哉。"因索子寿旧作，为录一篚相寄，自云不求甚解，然其词固当家也。《二郎神慢·和蜕叟原韵》云："青春谢。有多少、风情挥洒。忆往日、神仙新眷属，焚香坐、水晶帘挂。问何事瑶池伴侣，便先后、双鸾飞驾。怅楚天、如丝细雨，迸作泪珠倾泻。　真雅。坡公翰墨，朝云声价。暗思量、小园桃李在，镇日里、愁鬟低亚。叹世事浮沤逝水，只无计，安排目下。况佳节重逢，归期未卜，栖皇中夜。"〔2〕《满庭芳·闻箫》云："细雨斜风，扁舟河畔，无端撩乱心情。扣舷歌者，多半是吴音。争似吹箫幽咽，和云水、一样凄清。漫悬拟，洞庭张乐，鼓瑟起湘灵。　更休提往事，凤凰台上，弄玉飞升。记楚山重叠，无水纵横。椎髻山婆伴我，闲按拍、夜景萧森。今安在，新愁旧恨，此曲怕重听。"〔3〕《江南春慢·题朱眉君〈焦山酣睡图〉》云："江水东流，寒山孤峙，白云常护行客。扁舟破笠，踏前朝、多少陈迹。到此抛游屐。聊酣饮、风吹坠帻。非佛非仙，悠然与世相隔。　思往事，驹过隙。谁唤醒希夷，惊回吟魄。青天万里，笑蛮触、安知蜗窄。待把榛芜辟。好乾坤、任安幕席。更寻访、古鼎残碑，几卷琳琅，助君枕边酣适。"《意难忘·题寄巢夜话图》云："聚散何常。似浮云倏起，天半飞扬。寄巢人已渺，图画又重装。陵变谷、海成桑。剩一卷琳琅。凭记取、名流姓字，老辈心肠。　天涯海角亭旁。念故人远矣，风雨难忘。琴尊时小集，灯火共凄凉。星落落、水苍苍。吟绪料应长。争快睹、昌黎谢表，玉局文章。"《暗香·用石帚韵题杨古酝消寒图》云："鸦声月色。念故乡远矣，江城吹笛。驿使寄来，问绮窗谁向亲摘。春意江南未遍，且付与、何郎诗笔。正萧瑟、清梦扶持，期约挂帆席。　香国。音信寂。怅兀坐小斋，故纸尘积。笑歌更泣。绿萼金尊定相忆。闲写疏花点点，凭记取、词林琼碧。待觅岁、寒友也，几人共得。"[4]子寿本贵筑人，寄籍楚南，早岁入翰林，便归不出。同年生多居要路，盛意吹嘘，子寿泊如也。年来修志保阳，寓莲池书院，极池台花木之胜。丁丑，余自晋回闽，中秋过之，扶栏并坐，谈及四鼓乃罢。

〔1〕黄彭年(1823—1891)，字子寿，号陶楼，晚号更生，贵州贵筑(今贵阳)人。道光二十七年(1847)进士，改庶吉士，授编修。历任湖北襄、郧、荆道，升湖北按察使，转陕西按察使，官至湖北布政使。晚年主讲关中畿辅书院。(事迹详《陶楼文钞》附陈定祥《黄陶楼先生年谱》，民国十二年刻本。)著有《陶楼文钞》14卷、《诗钞》4卷、《陶楼杂著》4卷附《有不为斋随笔》10卷等。

〔2〕《二郎神慢·和蜕叟原韵》见《黄陶楼日记·遁庵日记》卷二。序云："再叠柳耆卿元韵。蜕叟示我新构，情见乎词。予次梦井，两占□人，方病羁栖江畔，愁绪偏长，感触之深，再拈前韵。"上片末原有注云："元夕雨"。(稿本，国家图书馆藏，下同。)

〔3〕《满庭芳·闻箫》见《黄陶楼日记·翔鹄录》卷二。序云："宝应舟次听箫有感。""吴音"原作"吴声"、"往事"原作"往日"、"山婆"原作"山妻"。

〔4〕以上三首词未载《黄陶楼日记》。按：国家图书馆所藏稿本《黄陶楼日记》，共54册，中多缺失和漫漶之处。黄氏在日记中屡按年月日载所作诗文词。黄氏抄给谢章铤的词卷今已不得见。黄氏所著《陶楼文钞》、《陶楼诗钞》、《陶楼杂著》附《有不为斋随笔》、《黄陶楼杂钞》(稿本，中国国家图书馆藏，与《黄陶楼日记》合编)、《黄彭年文稿辑存》(稿本，北京师大图书馆藏)、《紫泥日记》(清光绪十五年刻本)均不载所作词。按：张璋整理本《词综补遗》卷四十六选《江南春慢·题朱眉君〈焦山酣睡图〉》词，在"非佛非仙"前加"□□□、□□□□"，按律甚是，知此词有漏句。

词非意内言外之意

有通套语、门面语，流传习用，且若奉为指南，而不知其与本义不相酬者。如近人论词，辄曰："词者，意内言外。"[1]按：此语本于《说文》，然此特大徐本耳，若小徐本则作"意内音外"。[2]音外者，古之所谓语助，今之所谓虚字也，故经传于助句之字，辄训曰"词"。若，几词也；于，叹词也；云，语已词也；其，问词之助也。此类多矣！夫“意内言外”，何文不然？不能专属之长短句。苟为“意内音外”，则倚声者将专求虚义，专讲馀腔，若古乐府之“沦涬”、“妃呼豨”之类，令人不可解乎？且今之称为能手者，不以作意见奇，而以知音自诩，是直“音内意外”矣，更与古义不合。是盖乾嘉以来，考据盛行，无事不敷以古训，填词者遂窃取《说文》以高其声价。[3]殊不知许叔重[4]之时，安得有减偷之学，而预立此一字为晏、秦、姜、史作导师乎？郢书燕说，众口一辞，何为也？又近人词集，不曰“筝语”，即曰“琴雅”；不曰“梅边吹笛”，即曰“月底修箫”。[5]凌仲子谓为习气[6]，不信然乎？而开卷必有咏物之篇，亦必和《乐府补题》数阕[7]，若以此示人，使知吾词宗南宋，吾固朱、厉之嫡冢也。究之满纸陈因，毫无意致，此尤习气之不可解者矣。元陆文圭论词亦有“意内言外”之语，亦误解《说文》，以“词”为长短句耳。[8]

〔1〕张惠言《词选序》：“叙曰：词者，盖出于唐之诗人采乐府之音以制新律，因系其词，故曰词。《传》曰：‘意内而言外谓之词’。”

〔2〕徐铉(917—992)，字鼎臣，广陵(今江苏扬州)人。初仕吴为校书郎。南唐元宗时，为知制诰、中书舍人。后主时，为吏部尚书、左仆射、参知左右内史事。入宋，直学士院，出为散骑常侍，因事贬静难军行军司马，卒于邠州。(据《中国历史大辞典》第3074页。)著有《徐骑省集》30卷(一称《徐文公集》)等。徐铉奉旨与句中正、葛湍、王惟恭等同校《说文解字》，于宋太宗雍熙三年(986)完成并雕版流布，世称“大徐本”。民国刻《四部丛刊》景北宋本许慎《说文解字》题曰：“汉太尉祭酒许慎记，银青光禄大夫守右散骑常侍上柱国东海县开国子食邑五百石臣徐铉等奉敕校定”，此本《说文解字》即是“大徐本”。卷九上云：“词，意内而言外也。从司，从言，声似兹切。”徐锴(920—974)，字楚金，广陵(今江苏扬州)人。徐铉之弟，世称“小徐”。南唐元宗时，起家秘书郎，授右拾遗、虞部员外郎。后主时，官至集贤殿学士、右内史舍人，兼兵、吏部选事。(据《中国历史大辞典》第3068页。)著有《说文解字系传》40卷、《说文解字篆韵谱》5卷等。民国刻《四部丛刊》景述古堂景宋钞本《说文解字系传》通论下卷三十五：“词者，音内而言外，在音之内在言之外也。何以言之？惟也、思也、曰也、兮也、斯也，若此之类，皆词也，语之助也。”谢章铤云“小徐本则作‘意内音外’”，或即据此而改说。按：谢章铤撰有《说文大小徐本录异》1卷，稿本，国家图书馆藏。经目验，未见“小徐本则作‘意内音外’”之记载。小徐本是否作‘意内音外’，不得而知。谢章铤《答张玉珊》：“自有《说文》二千年来，真面不得见，唐本既已失传，传者止大、小徐二本。大徐摹刻者多，举世盛行；小徐直至乾隆中叶始显，而其势不敌大徐，考订家直侪之《玉篇》、《字林》、《广韵》、《集韵》之中，以备字书之一种。夫《说文》真本既不得见，大、小徐俱治《说文》，似不宜有所轩轾，况大徐学不及小徐，其定本多从小徐之说而有时反失其意，故

欲于二本参稽同异，庶可窥《说文》之真于万一否?”(《赌棋山庄文续》卷一。)可见谢氏重小徐本。用“意内言外”论词不失为阐释学方法的一种，不宜全盘否定。清金武祥《粟香五笔》卷四《赌棋山庄词话》引谢章铤“意内音外”说后云：“其论甚辨。余谓凡文皆谓之词，而独取以名长短句，正可以‘意内言外’为之。则当更为引而伸之，能意内有意言外有言，斯尽善矣。”以后又有新说，况周颐《蕙风词话》卷四：“‘意内言外’，词家之恒言也。《韵会举要》引《说文》作‘音内言外’，当是所见宋本如是。以训诗词之词，于谊殊优。凡物在内者恒先，在外者恒后，词必先有调而后以词填之，调即音也。亦有自度腔者，先随意为长短句，后勰以律。然律不外正宫、侧商等名，则亦先有而在内者也。凡人闻歌词接于耳，即知其言，至其调或宫或商则必审辨而始知，是其在内之征也。唯其在内而难知，故古云知音者希也。”二说很有道理。谢氏虽颇赏张惠言的推尊词体之功，但不满张惠言“意内言外”之说，究其原因，就是此说容易导致解词如同猜谜的局面。如《赌棋山庄词话续编》卷一针对张惠言《词选》引鲖阳居士评点苏轼《卜算子》语云：“字笺句解，果谁语而谁知之。虽作者未必无此意，而作者亦未必定在此意。可神会而不可言传，断章取义，则是刻舟求剑，则大非矣。即如宋末玉田、蘋洲诸家，阅历沧桑，固宜胸有垒块。今一遇稍有感慨之词，便以为指斥时事，愁禽怨柳，塞满乾坤，是直以长短句为谤书矣。夫岂其然?”谢氏为求否定张惠言倡导的“意内言外”说的负面作用，遂推出“意内音外”之说，并对此说保持相当清醒的态度。谢氏评论词作主张以事实为根据，很少认同作主观解说。所谓“作者未必无此意，而作者亦未必定有此意”云云即是此意，与谭献所云“作者之用心未必然，而读者之用心何必不然”(谭献《复堂词录序》)不同。参本书《前言》。

〔3〕指张惠言借用《说文》释词。参本书《前言》。

〔4〕许慎(约58—约147)，字叔重，东汉汝南召陵(今河南郾城)人。曾任太尉南阁祭酒。师事贾逵。历二十二年著成《说文解字》14卷，收9353字加以解说。另著有《五经异义》10卷，已佚。今有清陈寿祺辑本《〈五经异义〉疏证》。(据《中国历史大辞典》第3082页。)

〔5〕筝语，如张云璈《三影阁筝语》；琴雅，如厉鹗《秋林琴雅》、冯登府《花墩琴雅》、孔昭虔《绘声琴雅》等；梅边吹笛，如李堂有《梅边笛谱》；月底修箫，如朱鋐有《月底修箫谱》。

〔6〕凌廷堪《梅边吹笛谱序》：“旧取白石《暗香》句意，名之曰《梅边吹笛谱》，盖词人习气，亦不复追改也。”

〔7〕必和《乐府补题》数阕云云，参本卷“戈载《翠薇花馆词》、《词林正韵》”条。

〔8〕陆文圭《墙东类稿》卷五《玉田〈词源〉稿序》：“‘词’与‘辞’字通用。《释

文》云:'意内而言外也'。意生言,言生声,声生律,律生调,故曲生焉。《花间》以前无杂谱,秦、周以后无雅声,源远而派别也。"(清文渊阁《四库全书》本。)

谢肇淛词

先方伯在杭公,著述极富,载家谱者二十馀种。[1]《滇略》、《北河纪》等悉登四库,《五杂俎》一书,作家尤多征引。近沪上重刻《文海披沙》,则来自海舶,云倭人最所钦重。[2]其《小草斋集》诗后附录填词四十馀阕,王述庵《明词综》不录,殆未见公集耳。《忆秦娥·别意》云:"花簇簇。恼人一点春山蹙。春山蹙。灞陵金缕,潇湘寒玉。　马蹄芳草年年绿。流萤空照黄金屋。黄金屋。独行独坐,独言独宿。"《谒金门·溪上》云:"溪水碧。倒浸一天秋色。隔岸芙蓉香欲滴。半醉娇无力。　人倚阑干叹息。惊起一双鸂鶒。望断彩云愁脉脉。横塘霜月白。"《苏幕遮·秋暮》云:"朔云高,芳草尽。才过重阳,阵阵西风紧。鸿雁衔来青女信。最是无情,先上愁人鬓。　炭烟销,香篆烬。月坠江波,宿鸟寒无影。玳瑁梁空罗帐冷。翠被银床,孤负鸳鸯锦。"《御街行·惜春》云:"落红满地春无主。看嫩柳、争飞絮。轻寒犹未卷重帘,最怕五更风雨。十分春色,九分过了,只一分枝头住。　双双紫燕帘前语。人不见、天将暮。昼长睡起篆烟残,别是一番情绪。香肌暗损,此时此恨,脉脉堪谁诉。"[3]

荔枝,闽最胜,三十年前,兴化太守王君于府治门外悬楹帖云:"荔子甲天下,梅妃是部民。"其句盛传于时。[4]明徐兴公聚友品之,名曰"红云会"。[5]有会约,载近人所刻《说铃》。[6]《小草斋诗馀》有订兴公、汝翔餐荔枝《临江仙》云:"忆昔红云花下宴,玉颜娇映波罗。如今又是五年过。枝头风雨少,林外露华多。　一骑红尘飞得到,天香已自销磨。凤皇江上水微波。扁舟乘兴去,胜会莫蹉跎。"[7]当时曹石仓、徐、谢齐名,并多藏书。[8]文酒过从,即草木亦增光采。噫!可感也。又,长乐有荔名"胜画",绝佳。集中《浪淘沙》两阕咏之,所谓"异品出吴航"[9]者,然今日亦难得矣。至国初高云客兆继举此会,著《荔社纪事》一卷,张超然远为之序,深辟朱竹垞、曹秋岳"闽荔不如粤荔"之说,谓二君食不以时,故不见佳,后以语竹垞,竹垞亦为爽然。序末云:"一物之微,耳名矣而不知,知矣而不尽,非深历而详察之,鲜有不失者。"[10]嗟乎!是可谓言近旨远矣。

〔1〕谢肇淛(1567—1624),字在杭,号武林,福建长乐人。明万历十六年(1588),以《诗经》举于乡,万历十七年上春官不第,万历二十年中进士。除湖州司理,官至广西左布政使。天启四年(1624),提调省试。冬,入觐,行至江西

萍乡，卒于官舍。事迹详陈庆元先生《谢肇淛年表》。(《闽江学院学报》2009年第1期。)谢氏的著述及存佚情况，陈庆元先生《谢肇淛著述考》(《广西师范大学学报》2005年第1期。)一文据曹学佺《明通奉大夫广西方伯武林谢公墓志铭》和徐𤊹《中奉大夫广西布政使武林谢公行状》所列谢氏书目及卷数予以详细考证。今简述于此(括号中即陈先生所考)：《小草斋诗集》30卷、《小草斋续集》3卷(今传明末刻本，分藏福建省图书馆和福建师范大学图书馆)、《小草斋文集》30卷(今传天启本28卷，藏江西图书馆)、《西吴支乘》2卷(一作《吴兴支乘》)、《居东杂纂》4卷(存佚不详)、《北河纪》10卷(《四库全书》本8卷)、《滇略》(《四库全书》本10卷)、《风土记》(即《百粤风土记》)2卷、《粤藩末议》2卷(存佚不详)、《鼓山志》8卷(万历刊本12卷，藏福建省图书馆)、《支提山志》4卷(福建师范大学图书馆藏有同治本《支提寺志》6卷)、《太姥山志》2卷(康熙刊本3卷，藏福建省图书馆；嘉庆刊本、光绪刊本均3卷)、《方广岩志》2卷(雍正刻光绪增补本、光绪刊本，均4卷)、《长溪琐语》2卷(抄本1册，今藏福建师大图书馆)、《史测》2卷、《史考》7卷、《史觿》17卷(崇祯刊本17卷，藏上海图书馆；《四库全书》本17卷)、《麈馀》4卷、《续麈馀》2卷、《小草斋诗话》6卷(有日本天保二年即1821年据明林氏旧藏读耕本摹刻本6卷)、《五杂俎》20卷(《明史艺文志》载16卷，上海图书馆藏明本16卷)、《文海披沙》8卷(万历刊本，藏北京图书馆)、《笔觿》10卷、《今用礼考》10卷。另，陈先生考出曹、徐二文未载者3种：《北河纪馀》(《四库全书》本4卷)、《八闽鹾政志》16卷、校刻《二曹诗》。又，陈先生考出谢氏诗集(包括赋、词)有：《游燕集》、《小草斋稿》、《游燕二集》、《下菰集》6卷(万历刻本，今藏北京图书馆)、《鎏江集》、《居东集》6卷(明刻本，今藏南京图书馆)、《乌衣集》1卷(钞本，今藏上海图书馆)、《东方三大赋》1卷(万历刻本，今藏北京图书馆)、《谢在杭诗》(疑未刊行)、《谢工部诗集》(疑未刊行)、《近游草》(疑未刊行)、《小草斋集》30卷(明刻本，卷1～8、卷24～30藏福建图书馆，卷19～23藏福建师大图书馆。福建师大图书馆所藏《小草斋集》除明刻5卷，余皆配钞本)、《小草斋续集》3卷(明刻本，藏福建图书馆)。

〔2〕谢章铤《课馀续录》卷五："《文海披沙》八卷，亦在杭公著。此书前二十年上海有翻刻本，云传于日本。此则家藏老钞本也。"所谓上海翻刻本即指清光绪三年(1877)申报馆据日刻本铅印本。

〔3〕以上四首词见《小草斋集》卷30，文字无异。(明刊本配钞本。)

〔4〕《酒边词》卷八《瑞鹤仙影》序云："红云会，徐兴公品荔之会，有会约，载《说铃》。"注云："红雨楼，兴公别业。'梅岭江妃'、'风亭荔子'，莆人以为二绝。近莆守王某作楹帖云：'荔子甲天下，梅妃是部民。'盛传于时。"梁章钜《称谓录》卷三十二："部民。兴化府大堂联语：'荔子甲天下，梅妃是部民。'联为明代

所刊。"(清光绪刻本。)

〔5〕据陈庆元《谢肇淛年表》:万历三十六年(1608)五月,谢肇淛与徐𤊹、马欻、陈价夫等结红云社,作《餐荔约》。徐𤊹有《红云社约》,见其《文集》卷二十七。又据陈庆元《徐𤊹的〈红云社约〉与红云社——晚明文人雅集之一例》:《红云社约》又见邓庆寀编崇祯刻本《闽中荔枝通谱》卷十一。(《上海大学学报》2010年第6期。)

〔6〕《说铃》,吴震方编的一部清代笔记小说丛刊,清康熙四十一年刊行。以后多有翻刻。笔者细检清康熙刊本《说铃》所收诸种笔记小说,未见载有《红云会约》。此条详细出处不明。

〔7〕见《小草斋集》卷30,"凤皇"原作"凤凰"。

〔8〕谢章铤《论诗绝句三十首》:"当年鼎足曹徐谢,巨擘还应让石仓。"曹指曹学佺,徐指徐熥、徐𤊹,谢指谢肇淛。曹学佺(1573—1646),字能始,侯官(今福州)人,万历二十三年(1595)进士。除户部主事,移南京大理寺副,转南户部郎中,出为四川右参政,三十九年(1611)进按察使,遭中伤,归构石仓园。天启二年(1622),起广西右参议。六年(1626)又遭谤伤,除名为民。崇祯初复官,不赴,家居20年。明亡,唐王入闽,学佺为尚书加太子太保。清顺治二年(1646),唐王在汀州被俘,清军入福州,学佺自缢。(参陈庆元《福建文学发展史》第334～335页。)著有《曹大理集》8卷、《石仓文稿》4卷、《石仓诗稿》33卷、《诗经剖疑》24卷、《周易可说》7卷、《蜀中广记》108卷、《广西名胜志》10卷。纂有《石仓十二代诗选》506卷。

〔9〕见《小草斋集》卷三十。有词题:"胜画荔支"。

〔10〕高兆,字云客,号固斋,福建侯官(今福州)人。明末诸生。与朱彝尊友善。著有《春蔼亭杂录文稿》2卷、《启祯宫词》1卷。(据《清人诗文集总目提要》第211页。)另著有《端溪砚石考》1卷、《观石录》不分卷、《续高士传》5卷、《荔社纪事》1卷。张远(1649—1723),字超然,号无闷道人。福建侯官(今福州)人。康熙三十八年(1699)举人,五十五年(1716)始授云南禄丰知县。著有《无闷堂集》30卷、《仙都纪游集》1卷。(据《清人诗文集总目提要》第330页。)朱彝尊,号竹垞。参卷二"朱彝尊赠伎词"条。曹溶(1614—1685),字洁躬,又字鉴躬,号秋岳,一号倦圃。浙江秀水(今嘉兴)人。明崇祯十年(1637)进士,仕至御史。入清官至户部侍郎。著有《静惕堂诗集》44卷。(据《清人诗文集总目提要》第95页。)另有《刘豫事迹》不分卷、《崇祯五十宰相传》不分卷、《明漕运志》不分卷、《倦圃莳植记》5卷、《静惕堂词》1卷。谢章铤《课馀续录》卷四:"《荔社纪事》一卷。侯官高兆固斋著,前有张远序,后有周在浚跋。明季曹、徐、谢诸公相聚谈艺,夏日则以品荔为名,谓之'红云会'。易代以后,固斋继举其事,取各处名产,第其高下,人值一会,按会纪之,然固斋之意实不在

荔。"按：未能访获张远序刻本《荔社纪事》，今台湾新文丰出版公司1989年版《丛书集成续编》和上海书店1994年版《丛书集成续编》所收《昭代丛书》本《荔社纪事》均不载张远序。

丁铸、施邦镇、何轩举词

丁翁元量铸[1]，余外大父啫庭先生桐[2]之从弟也，家饶于财，性好聚书。自云在《四库总目》外者颇多。独居一楼，不关世务，摩挲彝鼎，间或吟咏，直是倪高士[3]一流人物。其后家中落，书亦散。其戚招之点勘经籍，历举古今刻本，累累如贯珠。亦讲倚声，以《词苑丛谈》不注所出[4]，乃重加编录，稿已盈尺，殁后并其自著词，皆不知流落何所矣。尝属施处士怡岩邦镇[5]为作《鹿裘子诵〈离骚〉图》，古装扶杖，真有萧然出尘之概。林教谕书甫丞英[6]为之作赞。粤匪之乱，教谕殉难最烈，其生平盖不轻许人也。翁有《瑶华慢》赋雪丁香云："东风飘瞥。顿遣琼英，压树霏香雪。玲珑细簇，疑载见、曲院梨云溶月。丛丛匀糁，更愁认、杨花铺氎。知几番、蘸粉凝酥，侭费春工攒叠。　　抚阑静与端相，恍珠蟢银蛾，垂护娇靥。笼灯款映，呈澹靓、未让海棠殊绝。便有人、取媲蕉心，莫缀闲情千结。"[7]是梦窗门庭中语也。怡岩工写照，技不在曾波臣[8]下。有《画馀诗稿》，多近王、孟语。素不以词名，然余曾见其题书贾郑君小影《金缕曲》云："忆鬻丹青日。那时节、生涯虽淡，头颅尚黑。也爱缥缃频展阅，争忍光阴虚掷。今老矣、何能为役。岁月消磨无觅处，羡君家、尚拥书千帙。我只剩，一枝笔。　　莫言市隐无人识。见多少、文人墨士，画师词客。今日为君闲写照，不比寻常资格。况雅有、壶觞在侧。偌大乾坤凭笑傲，侭从容、俯仰无萧瑟。毕竟是，读书得。"[9]亦复言外见意。其后有何南霞轩举[10]者，既作秀才，其穷愈甚，乃以鬻书为业，卒落魄死。著《竹情斋集》，并辑诗话、笔记十馀卷，采摭颇富，今其稿亦多零落。《长相思》云："山悠悠。水悠悠。风卷桃花上翠楼。春人不耐愁。　　潮东流。潮西流。燕子飞飞未肯休。天涯无一舟。"《百字令·秋思》云："老天悭吝，待愁人只放、半弯明月。小立闲阶风又峭，一线秋心到骨。竹影轻筛，桂华暗馥，凉重厅如雪。哀蛩万亿，耳边谁使休歇。　　此夜未必无情，明河一水，枨触离肠热。聚散果凭谁作主，待共牵牛絮说。毕竟相思，几人遂意，徒搅魂和血。不如梦去，避他银漏声咽。"[11]嗟乎！此皆市门隐君子也。今者，侯嬴[12]已渺，朱亥[13]空存，阛阓之中，安得复闻此《广陵散》[14]哉！

〔1〕丁铸，字元量，一字贞九。长乐人。有《葆经阁词》。（据《闽词徵》卷

五。)

〔2〕丁桐(1766—1823),字孝继,又字学阳,号喈庭,福建侯官(今福州)人。乾隆五十三年(1788)中乡试,次年举进士。历任广东灵山、阳春、陆丰知县。援例刑部员外郎,入都供职。以亲老告归,优游林下二十馀年。卒年五十八岁。著有《晋史杂咏》不分卷。(据谢章铤《丁耕邻墓志铭》;丁芸《晋史杂咏跋》,光绪十八年刻本《晋史杂咏》;丁芸《喈庭公年谱》,民国间钞本;民国《闽侯县志》卷八十四。)

〔3〕倪高士,即倪瓒。赵琦美《赵氏铁网珊瑚》卷十五:"倪瓒,字符镇,号云林生,无锡人。家最饶而先生脱略纨绮,一事于翰墨,作为诗章,妙绝一世,人欲不服自不能不服也。虞文靖公、张外史伯雨深相契焉。然先生性癖,傲物多忤于时。元末弃家业,泛舟五湖三泖间,兴至则捉笔写烟林小景或竹枝,偶流于市,好事者争贸之,虽千金不靳也。"(清文渊阁《四库全书》本。)

〔4〕王百里《〈词苑丛谈〉校笺》对《词苑丛谈》有补正,参卷二"徐釚词"条。

〔5〕施邦镇,字怡岩,侯官(今福州)人。善画,年80馀尚在世。著有《画馀诗钞》4卷。(据《清人别集总目》第1654~1655页。)

〔6〕林丞英,字书甫,嘉庆二十三年(1818)恩科举人。(据民国《闽侯县志》卷四十三《选举》。)

〔7〕丁铸《葆经阁词》今不存,《瑶华慢》当系谢章铤记录而存世。《闽词徵》卷五选此词。"媲"作"譬"。

〔8〕曾鲸(1568—1650),字波臣,福建莆田人。寓居金陵。擅画肖像,常在闽、浙、吴一带作画。近代画家陈师曾认为他受西洋画影响较深,是传神一派。他的技法风行一时,弟子甚多,世称"波臣派"。有《王时敏像》、《张卿子像》、《赵庚像》等传世。(据《福建名人词典》第117页。)

〔9〕施邦镇《画馀诗钞》,4卷,未收《金缕曲》词。(清咸丰十一年亦舫刻本。)未知此词谢氏录自何处。

〔10〕何轩举,字南霞,闽县(今福州)人,举人,同治元年(1862)任宁洋训导。(据同治《宁洋县志》卷五。)著有《竹情斋诗话》。存残二卷,福建图书馆藏。

〔11〕何轩举《长相思》、《百字令·秋思》当系谢章铤记录而存世。《竹情斋诗话》今存钞本五、六卷,多漫漶。未见此二词。卷五述谢章铤主盟聚红榭事,称谢章铤副贡,并载谢章铤《大江东去》(中原逐鹿)一词(刊本《酒边词》、稿本《赌棋山庄词》均未载)。卷六云徐一鹗乃"友中天分绝高者"三人之一。

〔12〕侯嬴(?—前257),战国时魏国人。家贫。年老时始为大梁(今河南开封)监门小吏。信陵君慕名往访,亲自执辔御车,迎为上客。前257年,秦急攻赵,围邯郸(今河北邯郸),赵请救于魏。魏王命将军晋鄙领兵十万救赵,中

途停兵不进。他献计窃得兵符，夺权代将，救赵却秦。因自感对魏君不忠，自到而死。事见《史记》卷七十七《魏公子列传》。

〔13〕朱亥，战国时侠客，魏大梁（今河南开封）人。有勇力，隐于屠肆。秦兵围赵，信陵君既计窃兵符，帅魏军，又虑魏将晋鄙不肯交兵权，遂使朱亥以铁椎击杀晋鄙，夺晋鄙军以救赵。事见《史记》卷七十七《魏公子列传》。

〔14〕《广陵散》，古琴曲名。源出于《聂政刺韩王曲》。刘潜《琴议》称三国魏杜夔妙于《广陵散》，嵇康就其子求得此声。后嵇康临刑前弹奏此曲，使之更负盛名。隋唐时，经李良辅、吕渭加工，演变为长达四十五拍之大曲。（据《中国历史大辞典》第842页。）

刘家谋、黄宗彝词

余弱冠，即与侯官黄肖岩熥〔1〕、刘芑川家谋〔2〕定交。芑川能词，见余作，自以为不及。其《斫剑词》中所云："七百有馀岁，谢子不凡夫。"〔3〕又云："归来闭门坐，对元晖清发。"〔4〕余甚愧其言。移官台阳，遭乱，守城劳瘁死。所著《观海集》、《海音》，求之积岁始获，词则尽失矣。〔5〕惟其行时路经兴化，曾寄余札，附录数词，余《词话》前编已备载之。〔6〕年来南北数万里，车唇马足，每诵其"白云红树，迢迢孤影"〔7〕之句，为之凄然。又诵其"故乡已是隔关河。旅次途中都一样，不算蹉跎"〔8〕之句，又复爽然若失。肖岩词则作于渡海以后，故名曰《婆梭》。婆梭者，海曲也。其意欲寻源于古乐府，而参以《子夜》、《读曲》〔9〕之法，惜未竟其业，而饥驱东西，目击祸乱，卒以多愁而陨。悲夫！然所作实能岸然自异，不逐时风。《梅花引》云："晓鸡鸣。候虫惊。独拥寒衾百感生。梦难成。梦难成。辗转车轮，秋天不肯明。　西山映雪冬还早。东邻凿壁人偏恼。抱遗经。抱遗经。下炷然灯，无油那得明。"《长相思》云："紫罗囊。明珠珰。二月单衣绣裲裆。侬身竟体香。　耶婆樐，女儿箱。夜夜思欢还故乡。欢眠何处床。"《风中柳》云："亦沼亦园，有此不令人俗。插短篱、略栽花木。春时种竹。秋时种菊。绕吾庐、黄金苍玉。　门阶阒寂，也算高人之屋。倚新声、南词北曲。奚须食肉。何妨脱粟。愿儿曹、父书常读。"〔10〕嗟乎！二君去我，远者三十年，近亦二十载矣，欲面无从，言之腹痛。而芑川尤生平知己之最，重录遗编，互旷之思，其何日已乎？丁杏舲纂《国朝词综补》，林锡三从余得二君词，因以畀之。二君年辈在锡三前，锡三未及与游。《听秋声馆词话》以为锡三之友，非也。〔11〕芑川道光壬辰举人，肖岩以太学生终。

〔1〕黄宗彝，一名熥，字肖岩。参卷四"报黄宗彝书"条。

〔2〕刘家谋，字芑川。参卷一“刘家谋词”条。

〔3〕刘家谋《水调歌头·酬谢枚如题拙集之作》：“倚醉拔长剑，慷慨说髯苏。铜琶铁板能唱，东去大江无。喷出一腔热血，填入四弦新谱，曲声调不妨粗。七百有馀岁，谢子不凡夫。　志何壮，遇何蹇，貌何癯。哀歌斫地顷刻，快雨疾风俱。万事不如杯酒，千古但凭文字，笑骂任狂徒。旗鼓非吾事，执策效前驱。”(《斫剑词》。)

〔4〕刘家谋《忆少年》：“连番微雪，今朝细雨，前宵明月。临风皎然在，算梅花坚骨。　醉眼看天常兀兀，青向人乱山千笏。归来闭门对，有玄晖清发。”(同上。)

〔5〕《观海集》，有道光二十八年(1848)东洋学署刻《芑川先生合集》本，另有咸丰戊午(1858)福州刊本。《海音诗》，有咸丰乙卯(1855)台湾刊本，《台湾文献丛刊》第28种《台湾杂咏合刻》本即是此本。据李灵年、杨忠《清人别集总目》：《海音诗》有钞本，藏台湾中图分馆。(第544页。)《斫剑词》，有清道光二十八年《东洋小草》附刻本。

〔6〕参卷一“刘家谋词”条。

〔7〕刘家谋《忆秦娥》云：“相思岭。凄凉一片离人境。离人境。白云红树，迢迢孤影。问名乍觉乡心警。归来莫惜重寻省。重寻省。峰峦一样，两般情景。”(《赌棋山庄词话》卷十二引。)

〔8〕刘家谋《浪淘沙》云：“推枕对铜荷。一夜滂沱。行时不得住如何。窗外鹧鸪先客醒，唤遍哥哥。　匝月总晴和。今雨偏多。故乡已是隔关河。旅次途中都一样，不算蹉跎。”(《赌棋山庄词话》卷十二引。)

〔9〕《子夜》、《读曲》，参卷四“情语与绮语不同”条。

〔10〕《婆梭词》，有咸丰四年(1854)福州刻本。《梅花引》、《长相思》、《风中柳》均见此本，文字无异。

〔11〕见《听秋声馆词话》卷十六。按：丁绍仪(1815—1884)，字杏舲，又字原汾，江苏无锡人。援例捐藩经历，分发湖北，署东湖县(今湖北宜昌)知县。后居丧去官，复游幕台湾，以原官改省福建，委权藩经历，综理七局事物。以军功升通判，复权汀州府同知，为制府所不容，改上洋通判。上洋陷落去官，著书自娱。著有《东瀛识略》8卷、《听秋声馆词话》20卷。编有《国朝词综补》18卷(又称《清词综补》)。生平详《清词综补》续编卷首载胡鉴《外舅丁先生述略》。

聚红词榭

自余倡聚红词榭，不过二十年矣。[1]始四五人，继十五六人[2]，至于今，亡且八九。其时李星村[3]为祭酒，不幸亦有左邱之疾，余皆牢落不自得。兵火水旱，时局多艰，贫病死生，壮心顿尽。盖自余游晋适秦，而故乡零落，殆少一日之聚矣。古云：盖棺论定。诸君或未成书，或成书而求之不可得，俯仰逝者，愈用慨然。乃搜残箧之馀，聊寄山阳之痛[4]。其已刻《雅集词》者，毁誉在人，无庸多及。[5]异日会合晨星，载谈旧雨，其亦有瞠目相视，声咿哑而不能续者乎？嗟乎！

〔1〕词榭活动时间在丙辰至癸亥(1856—1863)年间。谢章铤《刘寿之〈随庵遗稿〉序》："予方在刘赞轩家授读，赞轩喜填词，予为招高文樵、宋已舟与寿之共事，后又益以梁礼堂、林锡三诸君为十五人。"(《**赌棋山庄馀集**》**卷一**。)刘勷(字赞轩)《非半室词存·自叙》则曰："余幼好诗，不知词之格调也。甫冠见枚如《酒边词》，亦好之，遂事枚如。比邀高文樵、徐云汀、梁礼堂、林锡三辈在家结聚红社，月课诗词约八、九年，类梓社诗四卷，余亦梓《效颦词》。"(《非半室词存》，民国十年铅印本。)可知词榭的活动地点是刘勷家，活动时间约八、九年，主盟者则是谢章铤。梁鸣谦《过存诗略叙》云："忆斯会之肇，实维丙辰(1856)，余厕其间，已在丁巳(1857)。"(《**过存诗略**》。)对词榭成立之年记忆明晰。证之于魏秀仁《陔南山馆诗话》卷四："癸亥(1863)秋，枚如招入聚红榭，榭始丙辰，专以课词，刊有《雅集词》前后二集，间亦以诗而集。"(《**魏秀仁杂著钞本**》**第150页**。)词榭正式成立在丙辰年应为确信不疑。词榭活动时间的下限应定在哪一年？前引刘勷"月课诗词约八、九年"语，应是词榭活动的大致时间，下限似应定在同治二年癸亥(1863)，前引《陔南山馆诗话》可证本年词榭仍在活动。本年谢章铤整理刊行了《聚红榭雅集词》第二集与《过存诗略》，均为社员唱和之作，以后未再有社员唱和之作刊行，且谢章铤《过存诗略纪事》云："癸亥(1863)夏，余方汇刊《雅集词》第二集，云汀忽出残稿一本相示，礼堂慨然曰：'极盛难为继，昔日在会诸君或仕于朝，或饥驱四方，或闭门肮脏不自得，日月无多，风景顿异，求为一日之聚而不可再顾，此区区殊可惜矣，曷弗留之？'余闻此言，惘惘者数日。"(《**过存诗略**》。)可知癸亥年以后词社不再有什么活动。基于上述理由，词榭活动的下限定在同治二年(1863)是能够成立的。(**参刘荣平**《**聚红榭唱和考论**》。)

〔2〕参卷十"余纂《雅集词》之意"条。魏秀仁《陔南山馆诗话》卷四提到聚红榭社员共17人，除《聚红榭雅集词》所列16人外，多出杨浚一人。杨浚，字雪沧，原为南社会员。谢章铤及其社友著述曾未提到杨在聚红榭活动一事，且"聚红榭中人"未列其名，殆与魏秀仁同属客串性质。陈庆元先生惠赠所著《〈赌棋山庄诗集〉稿本研究》(《**中华文史论丛**》**第73辑，上海古籍出版社，2003年版**。)一文，除《聚红榭雅集词》所收16人另加魏秀仁、杨浚2人外，陈先生另

列有张承渠(轩叔)、薛禧年(幼臣)二人。谢章铤只是在壬子(1852)年与张、薛在漳平有过唱和,张、薛未参加聚红榭活动,故不能列入聚红榭会员之列。参本书卷五相关条目。拙作《聚红榭唱和考论》认为张、薛二人系客串聚红榭,亦不准确。兹在拙作《聚红榭唱和考论》基础上,考《聚红榭雅集词》中所列社员事迹,附于此,而本书其他条目有考证者除外。

宋谦(1827—?)字已舟,侯官(今福州)人。丙辰年与谢章铤等共举词榭。咸丰九年己未(1859)中举,丁绍仪《听秋声馆词话》卷一六:"侯官宋已舟孝廉谦与余胡婿鉴同与己未(1859)乡试,词与林君锡三相伯仲。"宣统二年(1910),所著《灯昏镜晓词》四卷附录《聚红榭雅集词》一卷刊行,共收词 266 首,附录《聚红榭雅集词》收其聚红榭唱和词 31 首。民国八年(1919),所著《剑怀堂诗草》内编外编各一卷刊行。内编丙寅(1866)年诗《秋夜》:"功名误儒冠,行年已四十。"据此逆推其生年是道光七年(1827),卒年不详。《聚红榭雅集词》存其词 38 首,《过存诗略》存其诗 19 首。

刘三才,字寿之,号随庵,侯官(今福州)人。丙辰年入聚红榭。据民国《福建通志·文苑传·清三》,同治六年(1867)中举。据谢章铤《刘寿之〈随庵遗稿〉序》,刘三才是刘薇卿之孤子,薇卿著《琼台吟史编》二十四卷,早逝,三才由母李氏养育成人。丁未、戊申(1847—1848)间结识谢章铤,并私淑之,少谢章铤十馀岁。由廪膳生举于乡,又入赀为学官。据《随庵遗稿》,戊辰年(1868)赴京师参加科考,报罢,读书道山,与同人结诚社,以穷经致用为宗旨。光绪十年(1884)复任永安县教谕。《刘寿之〈随庵遗稿〉序》称离聚红榭成立不足三十年,同人先后谢世,唯他本人与刘勷尚在世,则三才之卒年当在光绪十年到十一年(1884—1885)之间,三才之生年约在道光辛卯至乙未间(1831—1835)。《随庵遗稿》四卷,光绪二十六年(1900)铅印本,中国科学院图书馆整理《续修四库全书总目》著录,未见。又有《随庵遗稿》一卷,皆文,传抄本。《聚红榭雅集词》存其词 41 首,《过存诗略》存其诗 20 首。

刘绍纲,字云图,侯官(今福州)人。刘勷从弟。据民国《福建通志·文苑传·清三》,由诸生援例为县佐,应官广东,后协助船政大臣沈葆桢监督办船厂,论功以县令,仍归广东补用,淡于宦情不复出。曾与徐一鹗等在小西湖宛在堂结飞社。著作有《屏绿山房诗词集》若干卷、《情眷集》十六卷,均未刊,今不存。享年七十八岁。谢章铤《酒边词》卷八《满江红》序:"辛巳七月望日,招葛少山新、刘云图,魏子谕季孚、李少棠、许申季肇基小集赌棋山庄……"可知辛巳(1881)年,绍纲仍在世。《聚红榭雅集词》存其词 3 首,《过存诗略》存其诗 14 首。

陈文翊,字彦土,长乐人。秀才。黄鹤龄之婿,黄鹤龄《不暇懒斋诗钞》有诗《彦士婿寄旧秋荐卷来阅还缀以长句》。(钞本,福建图书馆藏。)谢章铤曾托其向黄鹤龄借钞刘家谋《怀藤吟馆随笔》。(参卷一"翁宗琳词"条。)上海师范大学图书馆藏有佚名抄本《抄存闽人词十一种》,内收陈文翊《弦外词》,收词58首,重出1首,实收57首,弥足珍贵。《聚红榭雅集词》存其词1首,《过存诗略》存其诗4首。(参刘荣平《聚红榭著述二种——稿本〈墨沖词〉和钞本〈弦外词〉》,《古籍研究》2006年卷下。)

马凌霄(1830—?)字子翊,闽县(今福州)人。据宋志曾《墨沖词跋》(附题于《墨沖词》卷末,题目系笔者所拟。),曾任教谕。原为南社社员,后入聚红榭。平生著述甚富,大多散佚,今存抄本《习静楼诗稿》三册、稿本《墨沖词》一册。《课馀续录》卷五:"社中著述最富者为马子翊习静楼,裒然大集,剞劂殊不易易耳,其馀则散见于社作雅集诸编耳。"宋志曾《墨沖词跋》:"吾所存先生诗词有数种;《美人百咏》一卷、《友声草》一卷、《习静楼稿》一卷、并此四卷矣,皆珍藏之。"《美人百咏》、《友声草》皆佚。林濂《习静楼诗稿序》:"况年裁弱冠,他日所至未可量。"序作于己酉(1849)年,则其生年当为道光庚寅(1830)年,卒年不详。《聚红榭雅集词》存其词45首,《过存诗略》存其诗6首。《墨沖词》,福建图书馆藏,定为孤本。卷二有《赤枣子·糊窗》,词调前有一"删"字,可能是马凌霄在定稿前所写,亦可能是请质友人,友人所题。故我认为此本乃稿本而非抄本。收词122首,弥足珍贵。(参刘荣平《聚红榭著述二种——稿本〈墨沖词〉和钞本〈弦外词〉》。)

王彝,字子舟,闽县(今福州)人。据民国《福建通志·文苑传·清三》,光绪元年(1875)中举。丙辰年入聚红榭,词榭东道主之一。《词话续编》卷五载其招同社为吟菊之局,云"咸丰己未(1859)之秋,闽县王子舟彝孝廉,购菊花三百盆,五色纷如,堂庑庭阶皆满,招诸君为吟菊之局。一人、一席、一笔、一墨、一砚、一韵本、肴四、酒无算。拈题分笺,三日始罢。夜则然红蜡数十枚,浅斟密咏于冷叶幽香之下。至今思之,如在天上。"《聚红榭雅集词》存其词5首,《过存诗略》存其诗12首。

〔3〕李应庚,字星村。参卷一"李应庚词"条。

〔4〕山阳之痛:参卷七"纳兰性德其人其词"条。

〔5〕据谭献《复堂日记》卷一,社集合刻凡4种,即《聚红榭雅集词》、《过存诗略》、《游石鼓诗录》、《黄刘合刻词》。词榭开展活动之年,就刊行了《聚红榭雅集词》第一辑,即第一卷、第二卷。共收社员5人119首词。辛酉年(1861),《游石鼓诗录》一卷附词刊行,收《联句》1篇,社员8人诗50首词7首。癸亥年(1863)又刊行了《聚红榭雅集词》第二辑,即第三、四、五、六卷。共收社员15人279首词。全部《聚红榭雅集词》六卷共收16人398首词。另《过存诗略》二卷也于癸亥年刊行,收社员15人148首诗。二书刊刻皆谢章铤主其事,但所收并非社员全部之作,散佚不在少数。至于《黄刘合刻词》,据谢章铤《课

馀续录》卷五："黄肖岩《婆娑词》，赞轩取与《效颦词》合刻。"知是黄宗彝（字肖岩）与刘勷（字赞轩）词的合集。《婆娑词》、《效颦词》今存。《婆娑词》，咸丰四年（1854）刻本；《效颦词》，咸丰六年（1856）刻本。然《黄刘合刻词》未见，刊于何年俟考。或《黄刘合刻词》是谭献对《婆娑词》、《效颦词》的合称，并未有《黄刘合刻词》一书，未可知。

徐一鹗词

四十年前，有乌山十才子，徐云汀一鹗[1]教谕其一也。君早以诗名，善为淡远偶句，同人传为"云汀派"。既而为词，萧疏自喜。《花发沁园春》云："一阵廉纤，悄然无语，沉沉细动春酌。空阶点滴，触起牢愁，多半中年哀乐。凭谁诉却。诉不了、铃声剑阁。侭坐听燕子呢喃，轻寒早下帘幕。　今夕联床如昨。便翦烛西窗，重温旧约。莫谈悲愤，莽莽天涯，起舞荒鸡殊恶。孤眠难着。忍报道、海棠红落。况此后惆怅巴山，怀人何限寂寞。"原注："雨中闻赞轩将入蜀。""猛惺松一梦，抛撇了、可怜宵。甚无雨无风，邻鸡唱罢，天也潇潇。情知好春未去，奈逼人、烦恼又今朝。时有嘤嘤细响，乱蚊飞下轻绡。　绿烟吹水扑窗寮，正心展闲蕉。着一点凉酸，归鸿唳急，老鹳声骄。中庭尚稀行迹，更青林、黄雀弄啁嘈。鸦语鸠啼相续，渐催尘事如潮。"原注："曙窗无寐，劳者易歌，倚枕得此。"[2]君喜掌录，见佳句辄钞附稿中。积卷盈尺，然潦草陵乱，非君复起，不能辨其为谁某也。有小妻，君特爱媚之。卖文所入，尽供奁费，而君破帽残衫，不自修饰，其溺情如此。然君殁后，独能抱其遗诗，鸠资刻行，岂君固知其不负所托耶？"猛惺松"阕失其调名，俟考。[3]

〔1〕徐一鹗（1817—1874），字云汀，闽县（今福州）人。聚红词社祭酒之一。据民国《福建通志·文苑传·清三》，道光甲辰（1844）中举。据王凯泰《宛羽堂诗钞序》，癸酉年（1873），一鹗应其请主道南书院讲席一年。据刘勷《宛羽堂诗钞序》，一鹗司铎东瀛（台湾）半载卒于官，同人搜其遗稿刊刻。《文苑传》谓一鹗官台湾某县学教授并主某书院讲席。徐一鹗卒年当在同治十三年（1874）。朱德慈《近代词人考录》定其生年为1817，从之。著有《宛羽堂诗钞》2卷，附词16首，乃聚红榭唱和之什。《聚红榭雅集词》存其词14首，《过存诗略》存其诗24首。（参刘荣平《聚红榭唱和考论》。）

〔2〕《聚红榭雅集词》、《宛羽堂诗钞》（清光绪二年刻本。）未收此二词，赖谢章铤记录而存世。

〔3〕此词调寄《木兰花慢》。

陈遹祺书札

词榭中能作温尉、李主之语，以闽县陈子驹遹祺[1]副贡为第一。君昔与永福黄笛楼经[2]倡和，有《双邻词钞》两卷，曾乞余序之。[3]二君才同体合，真为笙磬之音。后林子鱼直欲刻之，携以入粤，子鱼卒官，未知其集能不零落否？[4]君生业本裕，又年少多才，既而累不第，家亦落，摧藏不自得，逃于酒人，卒以此殒其生。诗文清丽，兼工绘事，跌宕酣嬉，见之俗情自远。嗟乎！今眼中安得有是人哉！搜其遗制，竟无一存，其游西江时曾致余一札，今录之，亦足以想见风采矣。"曩者，黄河一唱，双鬟画壁于旗亭。丛菊两开，九日登高于蓝水。钓龙台上，荔榕怀古之场。飞虹桥边，荷芰流觞之地。子既激昂以为倡，余亦跌宕乎其间。自别大江，遂成旧雨。岭鸿渡雪，知泥印之应非。海燕辞云，惜巢痕之又换，虽关心芳草，已非灵运池塘。而满目青山，尚忆宣城佳句。望风驰想，慨也何如？仆计出山，已周寒暑，劳薪日积，珍髢徒夸。夏间远探衡阳，径湘麓，访屈子之宗邦，探贾生之故宅。亦欲纫其丛兰，撷其香草。而乃苍梧云黯，湘竹泪滋，帝子不来，宓姬难遇。迨辞回雁之峰，复踏磨驴之迹。迢迢滕阁，重吟画栋飞云。寂寂匡庐，空对香炉晓日。盖由袁赴湘，由湘过洪，而仍复回袁者，凡五阅月。乌经绕树，飞三匝以难栖。鹤本在林，借一枝而自足。虽复琴书可乐，尘坋无劳。小聚埙篪，不殊家室。而尝世味于蓼甘荼苦，阅历已多。数浮踪于去马来牛，差池不少。鸟飞已倦，鲈美难归。盼故都其可怀，积素心而谁语。况复楚蜀传烽，皖吴列燧。赤眉铜马，寇尽鸱张。灞上棘门，军皆狼狈。扶桑非东隅之景，孤竹鲜北伐之威。嗷遍野之哀鸿，求中林之丧马。局竟日非，生当斯世。楫不渡江，田无负郭。犹且萍随浪转，絮逐风飘。此则登楼望远，王仲宣所益增慨于匏瓜。曲江潜行，杜少陵所以兴悲于花草者也。夫人惟戢志烟霞之表，而后鸡虫之累，不足震其神明。殚精著作之林，而后乌兔之光，不足囿其修短。足下拔麾艺苑，联襼苔岑。占嘉遁之五爻，受灵文之十赍。斑斑古血，囊中之锦已多。苍苍高山，天际之琴自鼓。始知闭户之贤，益信奔波之失。异日者三椽可筑，一舸归来。访君赌棋庄头，坐我百尺楼上。重招好月，共酌清流。古今任变，不谈玉垒浮云。朝暮相逢，莫唱阳关旧曲。岁寒松柏，待订同心。岭表梅花，先期驰驿。惟兹息壤，永矢弗谖。"[5]书至未数月，君亦归而余又远出，遂自此不共杯酒之欢矣。

〔1〕陈遹祺（？—1869）字子驹，闽县（今福州）人。原为南社会员，后入聚红榭。据民国《福建通志·文苑传·清三》：同治丁卯（1867）副举人，工词善

画。兄弟八人皆嗜酒，岁糜千金。家本有资，所营云锦庄绸业、林阁纸业，至亏累易主。未及中年，侘傺以终。《课馀续录》卷五："《陈宋诗词合选》二卷。闽县陈遹祺子驹诗名《芙初仙署吟草》，侯官宋谦已舟词名《灯昏镜晓词》，皆聚红社挚交。……然二君皆工诗词，子驹之词已成集而未载此卷，已舟之诗此卷亦未尽载，皆不得谓之全集。特录其所见耳。"《芙初仙署吟草》与《陈宋诗词合选》皆佚。今存所著《湘音楼吟草》，传抄本，寥寥数页耳。《吟草》附马凌霄《哭陈君子驹》诗云："庚申(1860)七月二十八，黄郎(原注：笛楼)溘逝青驼驵。今岁无端更哭君，相去十年先一日。"顺推子驹卒于己巳(1869)。生年不详。《课馀续录》卷五："子驹最先与黄笛楼唱和，编成《双邻词钞》，曾问序于予，然议刻数次未能也。"《双邻词钞》今不存。《聚红榭雅集词》存其词5首，《过存诗略》存其诗9首。(参刘荣平《聚红榭唱和考论》。)

〔2〕黄经(1830—1860)，字笛楼，号圣莞，永福(今福建永泰)人。诸生。山东候补县丞。著有《瑶鹤山房词草》。(据林葆恒《闽词徵》卷五、陈遹祺《湘音楼吟草》。)按：谢章铤纂《我见录》收有马凌霄《哭黄大笛楼》诗，诗云："去年三十那便衰，呜呼黄郎竟如此。都门小别五月馀，呜乎黄郎竟长已。"注云："庚申(1860)七月廿八日，殁于青驼寺旅次。"可见黄经享年三十一岁，可定其生年在1830年。

〔3〕《赌棋山庄文集》卷二有《双邻词钞序》。

〔4〕林直，字子鱼，参卷四"叶小庚、叶滋沅词"条。其《壮怀堂诗二集》卷三《九日得圣莞、子驹诗札却寄》："闽川词派数黄陈，裙屐风流喜最真。我自他乡为异客，君从何处寄闲身。溪桥暮雨滩声急，歌馆残灯酒气醇。多恐相思有魂梦，夜深易去叩双邻。"注云："近有合著《双邻词钞》。"(清光绪三十一年羊城刻本。)按：今未见《双邻词钞》传世。

〔5〕此札不见《湘音楼吟草》，赖谢氏记录而存世。

梁履将《木南山馆词》

长乐梁洛观履将〔1〕秀才，宫詹九山上国〔2〕先生之曾孙也。为人机警而有至性，出笔秀削，宜于倚声，年未三十而卒。有《木南山馆词》一卷，余拟序而刻之。以中有残缺，尚须辑补，因循至今，冥冥中殊负吾友也。〔3〕魏子安秀仁、梁礼堂鸣谦亦皆有序。子安有云："一鳞一爪，一泪一声。鸷鸟盘空，天有苍凉之色。哀蝉乍警，时多凌厉之音。"〔4〕读者可以知其词境矣。《南柯子·春日用礼堂韵》云："帘卷霏霏雨，苔匀漠漠烟。柴门春水暮云天。独对落花无语，立阶前。　薄醉初欺脸，微吟欲耸肩。鹧鸪声里路三千。不道东风吹梦，忽经年。"[5]《声声慢·双江楼闻琵琶有感》云:"鬓丝减绿,烛泪烧银,酒醒人倚雕阑。切切凄凄,乍疑雨过江干。几度伤春伤别,剩香尘、涴在青衫。愁绝处,欲歌难终曲,记又无端。　　一语一弦一咽,莫珠帘风露,十指禁寒。江月无声,开窗一白漫漫。昨梦红灯深处,第三桥、过第三间。问甚夜,携朱笙、同谱花南。"[6]

〔1〕梁履将(?—1865),字洛观,福建长乐人。著有《木兰山馆词》不分卷。谢章铤《课馀续录》卷五:"梁洛观《木兰山馆词》,予为之刻,其子客江浙,予曾寄致百本以备投赠。"梁鸣谦《序》云:"洛观死三阅月,其友谢文枚如为辑生平所作,仅得若干首,其它散佚不可见矣。洛观入词榭最早,学词最有神悟,居恒覃思研精,不苟下笔。每一篇出,幽思曲折,凄节动人,同辈莫不叹服。余尝戏之曰:'子他日当以词人传',而今果然,岂不悲哉!洛观少年倜傥自喜,于诗文无不工,尤有经济才,乃累试不遇,遂困厄弗能自振,尝一入赀为吴中县丞矣,乱不果行,久之,挈家入黄竹洞,将为终隐计,复大病归,竟悒悒以死,哀哉!"魏秀仁《陔南山馆诗话》卷四:"洛观尤工词,乙丑(1865)秋,遽以瘵卒。"本条云:"年未三十而卒。"则其生年当在道光丙申(1836)以后。《聚红榭雅集词》存其词18首,《过存诗略》存其诗19首。(参刘荣平《聚红榭唱和考论》。)

〔2〕梁上国(1748—1815),字斯仪,一字九山,福建长乐人。清乾隆四十年(1775)进士,历官山东道监察御史、工科给事中、内阁侍读学士、提督广西学政、太仆寺卿,累擢太常寺卿。著有《九山诗文集》12卷、《数目通典》10卷、《闽海人文》5卷等。(据陈寿祺《左海文集》卷九《皇清诰授通议大夫太常寺卿广西提督学政梁公墓系铭》,清刻本。)

〔3〕《木兰山馆词》有魏秀仁、梁鸣谦、谢章铤序,均作于同治乙丑(1865)年。存词71首,梁履将其在聚红榭唱和词亦收入。(清光绪十八年赌棋山庄刊本,下同。)

〔4〕引见乙丑(1865)季冬魏秀仁序。

〔5〕见《木兰山馆词》,"春日用礼堂韵"原作"春日用家礼堂鸣谦韵"。

〔6〕见《木兰山馆词》,"同谱"原作"同品"。

梁鸣谦词

梁礼堂[1]观察,弱冠捷秋试,友教四方,中年登科,观政吏部,遂乞假不出。门下多腾达知名之士,名师之望,几同山斗。既而佐大府理官文书,声华日起,所入亦丰,有田有宅。归理旧业,将以此终矣,未几竟卒。讣至都下,余为之泫然。归见沈幼丹制军所作墓志铭[2],摹写生平,须眉欲活,又不禁慨然。礼堂幼从其族叔少皋赓辰[3]学博游，髫龀时余即见之。后二十馀年，复见于刘氏。礼堂欣然曰："丈昔由吾师购陈祥道《礼书》[4]，吾彼时以《礼书》为冷书，意吾丈必是冷人，今何幸一接颜色乎！"自是遂为相知。素工俪体，后有志治古文，每与余言辄终日。词笔清华，而时露抑塞之意。想其橐笔饥驱，久尝世味，固亦有不自得者乎？《满江红·杨花》云："如此韶光，竟着意、漫空飘洒。况夕阳楼阁，清溪亭榭。欲去还衔春社燕，将留更逐长亭马。问一春、何事负东君，飘零也。　才不在，飞琼亚。态不在，翾风下。只茫茫尘海，何方税驾。洁白宁因泥水污，轻狂早被鹦哥骂。愿他生、莫更作浮萍，无休暇。"《南楼令·落花》云："艳雪轻霏树，香尘薄糁空。倚阑干、尽日濛濛。毕竟东君何意绪，开与落，恁匆匆。　质弱随风易，情多欲下慵。同天涯、谁认离踪。吩咐衔泥双燕子，莫衔到，画楼东。"[5]

〔1〕梁鸣谦（1826—1877），字礼堂，闽县（今福州）人。道光丙午（1846），举于乡。咸丰己未（1859）成进士，分吏部考功司行走，母老假归授徒。同治丁卯（1867），佐沈葆桢治船政。庚午（1870），因家事舍船政，复授徒。甲戌（1874）沈葆桢奉命巡台，引鸣谦同行，草檄批答赖之。光绪乙亥（1875）偕至两江督署，内外事悉委之。沈葆桢为入赀叙道员，以船政劳晋三品衔，以抚番劳晋二品衔。不久，应掌鳌峰书院聘，未果卒。葬杜武山。（**据沈葆桢《夜识斋剩稿》所收《梁礼堂观察墓志铭》，清刻本，下同。**）原为南社会员，后入聚红榭。《陔南山馆诗话》卷四："癸丑（1853）九月，与林小铭斋韶、黄笛楼经、梁礼堂鸣谦、马子翊凌霄、林锡三天龄、杨预庭叔怿、陈子驹遹祺、杨雪沧浚、郭縠斋式昌、杨子恂仲愈、陈幼仙锵、龚蔼仁易图结南社。"谢章铤《课馀续录》卷二："而予与高文樵、刘赞轩以词学倡同人立聚红榭，林锡三提学、梁礼堂主政、陈子驹副贡、马子翊孝廉皆自南社而来。"丁巳（1857）入聚红榭。著有《静远堂诗文集》8卷、《笔记》2卷，《词存》1卷，均佚。另有《梁礼堂文集》2卷，光绪三十三年刻本，中国科学院图书馆整理《续修四库全书总目》著录，未见。《聚红榭雅集词》存其词19首，《过存诗略》存其诗22首，《南社诗钞》存其诗18首。（**《南社诗钞》，佚名编，大通楼钞本，福建图书馆藏。**）（参刘荣平《聚红榭唱和考论》。）

〔2〕沈葆桢（1820—1879），字翰宇，一字幼丹，福建侯官（今福州）人。林则徐婿。道光二十七年（1847）进士，改庶吉士，官至两江总督。卒谥文肃。（**据民国《闽侯县志》卷六十九**）著有《沈文肃公政书》7卷首1卷、《沈文肃公牍》16卷、有《夜识斋剩稿》不分卷。《梁礼堂观察墓志铭》："共晨夕十馀年，未尝见其衣履整洁，襘袺常不全，时或以绳续带。一日，自指其衣耀于众曰：'此新出刀尺者也。'即而视之，两袖墨痕狼籍矣。于食亦然，不知所谓美恶也者。虽劳甚，未尝释卷，有所触则笔之。诗似新城，文似震川，而未尝愿以自域也。"

〔3〕梁赓辰，字少臯，福建闽县(今福州)人。同治六年(1867)举人。(据民国《闽侯县志》卷四十三。)《赌棋山庄文集》卷六《梁礼堂文集序》："礼堂少从学于其族父少臯训导，少臯与予以时艺相切劘，过其斋舍，礼堂侍立，进退执事甚恭。"

〔4〕陈祥道，字用之，长乐(今福建福州)人。英宗治平进士。官太常博士，秘书省正字。治经学，考订详审，继王安石新学之风，多反汉人经说，敢发新义。(据《中国历史大辞典》第284页。)《宋史》卷四三二有传。著《礼书》150卷，《论语全解》10卷。卒年五十二。(据淳熙《三山志》卷八。)

〔5〕未见梁鸣谦有词集传世。以上二首不见《聚红榭雅集词》，赖谢章铤记录而存世。《闽词徵》卷四选此二首词。

林天龄词

长乐林锡三天龄〔1〕读学，以编修入值上书房，既又充宏德殿行走，时时以不称其官为虑，近再任江苏学政。回忆畴昔之言，计蒇事之后，或可相聚于故乡。今冬忽闻其卒，噫！天何夺之遽耶！其初视学山西，走急足六千里，邀余襄校文字。〔2〕余至，累月唱和。旧幕故多能文之士，宾馆中有西斋，当涂黄左田钺〔3〕侍郎所辟，团聚其内，终日不谈一俗事，是亦一时胜概也。其填词不苦思，不险语，随势宛转，而恰如其意。吟俦既散，所作渐稀，尝寄书从余觅旧稿，谓欲勒成一集，亦未知其果否也。《满庭芳·新竹》云："暖坼泥痕，嫩连苔色，雨声才作潇潇。无人庭院，独立爱丰标。恰好二分宜水，不禁得、露泫烟销。平安否，报书何处，问讯到东桥。　飘萧。看风尾，才扶欲起，已定还摇。且长祝东君，放使干霄。不负前年醉日，绿窗下、樽酒频浇。薰风早，檀栾三径，待尔洗炎歊。"《最高楼·杨花》云："东风晚，吹雪满天涯。游子去何归。江干暮雨新寒后，楼头斜照晚晴时。怎飘零，初醒眼，更攒眉。　愁还向、邻家明月说。梦还向、御沟流水别。惜春颜色难长驻，送春情绪易成痴。更何心，愁落早，问开迟。"《满江红·乞雨》云："厌说春晴，又谷雨、今朝过矣。有老农、仰天而叹，犁锄未试。烟日徒滋花柳媚，风云不吐江山气。笑绿章、只借海棠阴，翻多事。　麦苗槁，稻苗死。鸭儿恼，鹊儿喜。算惯放骄阳，应非天意。高卧不妨茅屋破，闭门当为苍生计。莫昏昏、潭底睡痴龙，鞭之起。"《摸鱼儿》自序："正月十五夜，梦与枚丈联句填词，醒而忘其大半，只记'青山'二句为枚丈语耳，醒后补缀成篇。"云："六千里、惊魂乍定，一尊重见倾倒。青山故国还无恙，只有鬓丝枯槁。愁亦好。任雪月风花，搀入骚人抱。车尘暂扫。怅隔槛呼灯，对船招酒，香梦断三岛。　且料理，宏奖风流心事，天涯侭有香草。傅山绝调销沉久，故宅空馀文藻。春未老。莫眼倦长空，踯躅斜阳道。归鸿尚早。指流水晋祠，泠泠碧玉，幽趣共君讨。"[4]按：此在晋所作，晋祠去阳曲五十里，山水绝胜，回首当时，黯然魂销矣。傅山[5]，字青主，国初高士。

〔1〕林天龄(1830—1878)，字锡三，长乐(今属福建)人。原为南社会员，后入聚红榭。民国《长乐县志》卷二十三："时闽中英隽结南社，以诗文相切靡，天龄与社中杨叔怿、郭式昌、陈遹祺皆庚寅(1830)年生，称五虎。尝摘《楚词》中'唯庚寅吾以降'句，合刻印文。风流文采照耀一时。"今存有《林天龄手札真迹》、钞本《林锡三先生遗稿》。另有《率真集》，未见。另有《林学士遗诗》一卷，乃其弟天从所辑，钞本，中国科学院图书馆《续修四库全书总目》著录，未见。《遗稿》乃郑缪从原稿《林文恭公遗稿》校正。校正本后附《宁斋氏校后记》，言天龄生平甚详。约略言之：咸丰三年(1853)成进士，改庶吉士，应台湾海东书院讲席之聘；同治三年(1863)散馆任编修，入上书房行走，奉命视学山右大同；九年(1870)充江南乡试副考官，已而擢侍讲、转侍读，命在弘德殿行走；十一年(1872)权国子监祭酒，出任江苏学政；光绪四年(1878)卒于官，卒年四十九；民国三年(1914)清室追谥文恭。《聚红榭雅集词》存其词30首，《过存诗略》存其诗20首。(参刘荣平《聚红榭唱和考论》。)又林氏辑有《紫琅联唱》1卷，收甲戌(1874)仲冬同游紫琅山11人诗，另收22人寄和诗。另有《游狼山诗集》，与《紫琅联唱》名异实同。

〔2〕《赌棋山庄文集》卷四《记客中所得近人诗文集》："丙寅、丁卯间(1866—1867)，余游晋，佐学使者校阅试卷。"民国《长乐县志》卷二十二："同治丙寅(1866)游山西，佐学使校阅试卷。"学使指林天龄。

〔3〕黄钺(1750—1841)，字壹斋，一字左君，号左田，又号盲左，安徽当涂人。乾隆五十五年(1790)进士，官至户部尚书。谥勤敏。著有《壹斋集》49卷。(据《清人诗文集总目提要》第872页。)

〔4〕林天龄未见有词集传世。以上四首词不见《聚红榭雅集词》，赖谢氏记录而存世。《闽词徵》卷四选《满庭芳》、《最高楼》、《摸鱼儿》，未选《满江红》。"熏"作"薰"。郭则沄《清词玉屑》卷五："林锡三学士少日与先王父同结南社，亦善词，多与枚如酬唱而不袭其派，官京朝日，尝于元夕梦与枚如联句填词，醒而忘其大半，仅忆得'青山故国应无恙，只有鬓丝枯槁'二语，是枚如作。"

〔5〕傅山(1607—1690)，字青主，号啬庐，又号真山，别署公之佗，又署青羊庵主，一曰石道人，山西阳曲人。康熙十八年(1679)荐鸿博，授内阁中书，托疾归。著有《霜红龛集》40卷等。今人辑为《傅山全书》。(据《清人诗文集总目提要》第58～59页，生卒年据丁宝铨《傅青主先生年谱》，清宣统三年刻本。)

王彝招吟菊之局

咸丰已未之秋，闽县王子舟彝[1]孝廉购菊花三百盆，五色纷如，堂庑庭阶皆满，招诸君为吟菊之局。一人、一席、一笔、一墨、一砚、一韵本、肴四、酒无算。拈题分笺，三日始罢。夜则然红蜡数十枚，浅斟密咏于冷叶幽香之下。至今思之，如在天上。子舟为文勤[2]尚书从子，门地清华，风姿玉立，能诗善饮，裙屐洒然，固翩翩佳公子也。未几，文勤卒于位，生计渐窘，而君之意兴亦渐阑珊矣。乃入资为学官，又未几，哭其妻妾并及子女，一年数丧，而君之生意殆尽矣。迁俄数月，竟殁于建阳。其时赞轩[3]家亦中落，而词榭中遂无人能为东道主者。盛衰之转移，不堪置念。赞轩刻有《效颦词》。子舟于词不多作，余屡属赞轩搜其遗稿，不可得也。牵连书之，亦吾不死吾友之意而已矣。又有浙人王筠舲廷瀛[4]者，锡三之弟子也。暂来词局，归应秋试，获隽即死，其所作亦不可考矣。

〔1〕王彝，字子舟，福建闽县(今福州)人。光绪元年(1875)举人，官建阳县学训导。(据林葆恒《词综补遗》卷三十八。)丙辰年(1856)入聚红榭，词榭东道主之一。《聚红榭雅集词》存其词5首，《过存诗略》存其诗12首。(参刘荣平《聚红榭唱和考论》。)

〔2〕王凯泰(1823—1875)，初名敦敏，字补帆，江苏宝应人。道光三十年(1850)举进士，选庶吉士，授编修。同治二年(1863)入李鸿章幕，历官浙江督粮道、浙江按察使、广东布政使、福建巡抚。同治末，为防日本侵占台湾，迁巡抚衙署于台湾。光绪元年(1875)病笃，还福州卒，谥文勤。(据《清史稿》列传卷二百十三。)著有《台湾杂咏》，凡诗32首。

〔3〕刘勷(1836—1904)字赞轩，闽县(今福州)人，刘家谋之弟。丙辰年入聚红榭，词社东道主之一。其《宛羽堂诗钞序》云："弱冠时谢枚如同年馆予家"。谢章铤馆刘勷家始在乙卯(1855)年。谢章铤《籐阴客赘》："咸丰乙卯、丙辰(1855—1856)间，刘赞轩招余读书于窥竹精舍。"逆推知刘勷生于丙申(1836)。民国《福建通志·文苑传·清三》谓其"卒年六十有九"，顺推知刘勷卒于甲辰(1904)年。据《文苑传》，同治甲子(1864)中举，应礼部试报罢，后任长泰教授，曾协助总兵孙开华捕获巨盗，孙调守台湾败法人，刘勷为之探军情，因功保知县，因母老未就，调补宁洋诏安。著有《非半室文集》、《非半室诗存》、《非半室词存》、《随机决疑》一卷、《瘟病条理》四卷。今存《效颦词》、《非半室词存》。其他著述已佚。《聚红榭雅集词》存其词58首，《过存诗略》存其诗40首。按：叶恭绰纂《全清词钞》卷二十六谓刘勷"有《非半室词存》一卷，一名《效

鞶词》",不确。《效鞶词》收词83首,《非半室词存》收词149首。刘勷《非半室词存·自序》:"因取前后已梓未梓者,悉行删定,仅存百馀阕。"《效鞶词》中只有少数词见于《非半室词存》。《非半室词存》乃勷孙刘学基谨订,因非半室是勷之斋名,遂用"非半室原刻词"代指《效鞶词》,卷首《非半室原刻词存序》即是《效鞶词序》,叶氏未能辨。(参刘荣平《聚红榭唱和考论》。)

〔4〕王廷瀛,字筠舲,山阴(今绍兴)人。事迹未详。谢章铤《锡三视学山右招襄试事留别诸同志》注云:"自余倡聚红词榭,不过十年耳,而文樵、洛观、筠舲俱作古人,洛观存稿无多,筠舲未有集,文樵则死于漳州之难,只字不复留矣。"则廷瀛卒于同治乙丑(1865)年前。《聚红榭雅集词》存其词6首,《过存诗略》存其诗2首。(参刘荣平《聚红榭唱和考论》。)

石介词

往,余掌教同州丰登书院,庚午,将入都,诸生谋醵资为赆。余闻而力谢之,乃合写《衢尊阁侍别图》,题者二十馀人,以寄其无已之思。〔1〕蒲城郭生玉堂宝森〔2〕作后序,大荔石生廉夫介〔3〕填二词。廉夫性情简傲,素不满于众口。余以芑川赠余二语转赠之曰:"清勿见骨,奇勿露角。"〔4〕廉夫感焉,而同人亦渐与之亲。其词为《金缕曲》,并序云:"夫子长乐魁儒,陈留贵胄。文光偶临于西土,才名久擅乎南邦。太华携诗,三辅之风云变色。丰登主讲,十城之桃李皆春。蔼蔼人师,循循善诱。两载于兹,人知孔北海。千秋若接,昔之张横渠。尔乃篱菊初残,岭梅乍放。恩承北阙,将鸣珮玉于薇垣。教著西河,暂驻离云于槐市。于是鹿洞生徒,鳣堂弟子,彩笔赋临歧之句,素丝成话别之图。言表丹忱,非同粉饰也。介从游最早,受染滋深。学愧康成,窃恋扶风之帐。情移钟子,忍停流水之琴。瓣香永矢于后山,学拍偶师乎白石。万里虽遥,愿逐大河而到海。一方竟隔,空怜飞雪之随风。远眼双悬,寸肠九转。嗟乎!所计在百年以后,公不忘滋兰树蕙之心。相逢在廿载以前,我或有入室升堂之望。"词云:"泪落骊歌里。叹别离、人生最苦,况为师弟。劝我名山须努力,消受垂青凡几。且莫说、感恩知己。李杜韩欧吾不见,舍宣城、此笔谁提起。愿十载,随杖履。　弄人造化偏如此。却要把、两年马帐,竟移千里。太华长河俱寂寂,一瓣心香谁侍。忽报道、南丰去矣。皎皎白驹终欲系,恨岭梅、有信催行李。肠九折,愁难已。"又云:"才得追随乐。差慰我、长书短剑,频年落拓。阮籍穷途何足惜,扪虱空怀景略。更愁对、孤山梅鹤。天壤移情今孰是,恐六州、又铸今生错。身世事,须斟酌。　斯人终为苍生托。但可有、关西夫子,讲堂鳣雀。北向长安几千里,何日相逢台阁。只鱼雁、往来休莫。他日闽山应更远，悄梦魂、总恋鳌峰着。肯孤负，千秋约。”[5]余于朋旧题赠之作，恐涉标榜，多置不录。其生存者，尤不欲援引。第念秦闽相去七千里，余老矣，廉夫亦逾艾，渺渺停云，未知继见在何日，因特存之，以志尔时沆瀣之情。廉夫于余去后，将所得书札，联为长卷，因玉堂求题识于谢蔚青观察，昨阅《转蕙轩文集》始知之。[6]嗟乎！若廉夫者，不诚加人一等乎？

〔1〕谢章铤《课馀续录》卷一："予年四十八岁游陕，始主书院讲席，在丰登二年（原注：同州），兼关西一年（原注：潼关），以应礼部试辞馆，诸生请立教泽去思碑。予笑曰：'此热宦之所为，冷席安用此？且人情好恶不同，好者之誉不敌恶者之毁，行人闻而笑之，是增吾丑也，何为乎？况此为西河设教旧地，司马子长之龙门，亦近在咫尺，何物忘男子，敢夸文教？'诸生遂已，乃分日置酒饮予于衢尊阁，阁为院中最胜地，面对太华三峰，下临黄河九曲，朝夕纵谈，不及尘俗一语。予谓生平山水清福，恐此十数日消受尽矣！诸生因作《衢尊阁侍别图》，而蒲城郭玉堂宝森明经为之序。明经文名、书法冠绝一时，中年不遇无愠色，门徒甚盛，众以为安贫乐道君子也。"郭宝森《衢尊阁侍别图序》："今年庚午（1870）大比，夫子于肆业常课外，择其尤者九人，屡课以文。饮食之、教诲之、盛暑汗如雨下，口画笔指，久而无倦容。其后，或售或不售，而皆若有得于心以自强。临冬，夫子将游京师，行有日矣，诸生醵金为寿，夫子力却之，乃为此以献，名之曰《衢尊阁侍别图》。"（《课馀续录》卷一。）

〔2〕郭宝森，字玉堂，蒲城（今属陕西）人。谢章铤主讲丰登书院时门生，后主讲豫章白鹿洞书院。其子廷谨亦谢章铤门生。（据谢章铤《课馀续录》卷一。）《赌棋山庄诗集》卷十一有《与郭生玉堂宝森谈艺作并示石生廉夫介》。《酒边词》卷八《金缕曲》序云："及门郭生玉堂宝森、石生廉夫介以近作古文填词见示，皆可造道，喜而作此以勉之，时予将入都。"

〔3〕石林凤，字廉夫，初名介，改名林凤，陕西大荔人。廪生。生平喜经史，无意于科举。骈体文、各体诗均能颉颃古人。（据陈少先等修、张树柽等纂民国《大荔县旧志存稿》卷十，民国二十六年陕西省印刷局铅印本。另据谢章铤《课馀续录》卷四。）谢章铤门生。编《华山游记》1卷。纂《赌棋山庄文见录》1卷、《赌棋山庄诗见录》1卷（均为稿本，吉林图书馆藏。）、《历代词话》12卷（稿本、东北师范大学图书馆藏）。《赌棋山庄文集》卷四《为石生廉夫手札长卷题后》："余初至丰登讲院，廉夫即从余游，往来书札遂多。庚午（1870），余将入都，廉夫乃联为长卷，以寄其相思之意。"《课馀续录》卷四："《华山游记》一卷，大荔石林凤廉夫著。予客游陕西，主讲同州、丰登、潼关关西书院，诸生颇无违言。廉夫肆业丰登，初名介，予谓徂徕先生刚正不易及，不宜同其名，廉夫乃改称林凤。然其人颇负气，又留心关学，于先辈遗文行谊多所涉猎，故俯视一切，

人不敢忤，见于时已中年矣。自返颇无聊，予力规之，君遂翻然力敛其意气，同辈亦刮目相视，盖其才本加人一等矣。予两游太华，前同吾乡林颖叔方伯，有诗，颖叔合己作刻之；后同洪洞王霞举兵部，有记。相传太华有两名记，一屈翁山，一洪稚存，继者难称，不敢着笔。予以为各言所见，不妨效颦，记成遂盛传于时，廉夫读而喜之，因有此作。七千里编稿相示，中载玉泉院有福州谢枚如先生题联云：'"入山不必深，君试昂头，削成太华五千仞；流水杳然去，我曾抱膝，分据希夷上下床。"同治己巳、庚午，先生尝主丰登书院，因怀先生，得五古云："玉泉来谷口，潜与玉井通。到此略停蓄，能清游人衷。石船妙普渡，朝见图南公。图南正酣睡，易象开鸿蒙。回廊饶山荪，无忧碧雾笼。昂头五千仞，遥忆赌棋翁。"先生有《赌棋山庄集》。'嗟乎！予别太华三十年矣，不接廉夫信，亦且二十载，犹是健在，其进德修业更当何如耶？嗟乎！山水日新，游山水之人亦日异，而令人恍惚当年，流连而不能已者，只此文字之传。然则人寿、山水寿皆不及文字之寿耶？而忍弃掷此残纸耶？且予得廉夫时，从之借书，颇闻关中文献，所借之书，时亦摘抄一二，不忍弃之，附见于此。"

〔4〕《酒边词》卷一《献衷心·怀刘芑川家谋时在宁德》词注："'清勿露骨，奇无见角'，芑川书中语也。"刘家谋，字芑川。参卷一"刘家谋词"条。

〔5〕《金缕曲》（泪落骊歌里）、《金缕曲》（才得追随乐）二词，笔者拜托王昊、黄季鸿先生代为查阅《赌棋山庄文见录》、《赌棋山庄诗见录》、《历代词话》，未见此二词。此二词及词序赖谢氏记录而存世。

〔6〕谢质卿，字蔚青，参《续编》卷二"谢学崇、谢质卿词"条。《转蕙轩骈文稿》有《题石廉甫裒谢枚如先生诗札册》述"求题识于谢蔚青观察"事。（清同治十一年刻本。）

谢章铤词话补辑

一、《赌棋山庄笔记》所见词话

作词大旨

余撰《词话》十二卷，所论源流正变，颇有会心之语。中亦偶采近人名作。近来所见日多，懒于著录，是以不及《续编》，今略记数则于此。[1]词出于古乐府，上不及诗，不下及曲，其大旨则余《词话》详之矣。然有其要焉，则归于养性情，宅之以忠爱，出之以温厚，意旨隐约，寄托遥深，犹是作诗、作文之根柢也，特其体格不同耳。[2]苏、辛志于君国，故其词肮脏而不猥；秦之情深，姜之行洁，故其词缠绵而娟秀。幸勿以词为小道，而谓其无关学问心术也。

〔1〕本条至"评聚红榭同人词作"条，见《稗贩杂录》卷三，题作《词话纪馀》。据陈昌强《谢章铤年谱》，《词话纪馀》完成于同治七年(1868)，时谢章铤在陕西西安。(《谢章铤集》第807页。)

〔2〕此述《词话》宗旨殆指同治七年以前谢氏研讨词学的心得。谢氏词论主旨应是词量说，参本书《前言》。

张惠言《词选》、《茗柯词》

国朝词书以竹垞《词综》、皋文《词选》为最善。《词综》繁而有理，可以穷词趣；《词选》简而不陋，可以敦词品。若词谱，则以钦定《词谱》与万红友树之《词律》为最善也。

皋文《词选》，自唐至宋，凡词四十四家，一百十六首。《自序》谓："宋之亡而正声绝，元之末而规矩隳，以至于今，四百馀年，作者十数。谅其所是，互有繁变，皆可谓安蔽乖方、迷不知门户者也。今第录二卷，都为此编，义有幽隐，并为指发，几以塞其下流，导其渊源，无使风雅之士惩于鄙俗之音，不敢与诗赋之流同类而讽诵之也。”[1]其用意可谓卓绝，故多录有寄托之作，而一切夸靡淫猥者不与。学者知此，自不敢轻言词矣。虽然词多发于尊前酒后，亦有不可庄论者，即如辛稼轩《祝英台近》，盖伤离之篇，本事见《贵耳集》，而皋文以为与德祐太学生同意，[2]未审何据？学者当分别观之可也。

皋文有《茗柯词》，所存不多。《摸鱼儿》云：“镇三年、看花一度，人生几回朝暮。欢情容易愁中过，偏是愁人记取。花深处。是往日、分红瞥翠曾游路。旧时鸥鹭。若问我凄凉，酒徒一散，寂寞委黄土。　百年事，休说重来非故。当时感慨何许。尊前万柄新妆，拥明日乱红无数。天也误。怎不许、清秋一例萎风雨。问花无语。但倚遍回阑，斜阳漠漠，独自下楼去。”[3]《相见欢》云：“枝头觅遍残红。更无踪。春在斜阳芳草，野花中。　溪边树。堤间路。几时逢。昨夜梦魂飞过，小楼东。”[4]

〔1〕见张惠言《词选序》。“今第录二卷，都为此编”，清道光十年宛邻书屋刻本作“今第录此篇，都为二卷”，“讽”作“风”。

〔2〕张惠言《词选》卷二：“此（指辛弃疾《祝英台近》）与德祐太学生二词用意相似。‘点点飞红’，伤君子之弃；‘流莺’，恶小人得志也；‘春带愁来’，其刺赵、张乎？”张端义《贵耳集》载辛弃疾《祝英台近》词本事，参《词话续编》卷一“《词选》大旨在于有寄托”条注〔18〕。

〔3〕见《茗柯词》。“倚遍”，原作“倚尽”。有词序：“过天香楼，忆同崔格卿旧游，感而赋此。”（清道光《张皋文笺易诠全集》本，下同。）

〔4〕见《茗柯词》。“芳草”，原作“荒草”。

吴伟业词

江左三家，吴梅村[1]、龚芝麓[2]俱以词名，而龚不及吴。芝麓感慨有馀，缠绵不足也，然爱才下士，颇有长者之风。其《沁园春》和别迦陵诸阕，如云：“堪怜处，君袍未锦，我鬓先霜。”[3]又云：“此客殊佳，吾衰已甚，安用车轮更转肠。”[4]抑何其语长心郑重也。芝麓《香严斋词》中有楼晤二阕，一《鹊桥仙》，一《东风第一枝》。句云：“两好心情难罢。”[5]又云：“紧围定，梦憨心软。”[6]此皆为横波[7]而发。楼，眉楼也。又有《狱中寄忆》、《春明寄忆》、《湖舫同内人送春》诸作，无非为顾发者。[8]至释系填《万年欢》，末云：“络纷调笙，还让引裾人物。侭取头厅重印。肯换却、纤纤霞袜。甘心署、锦队钳奴，五湖编管风月。”[9]阅尽兴亡而醉，梦犹不肯醒，虽是有激之词，然新亭之泪较之梅村有惭色矣。其《烛影摇红·为方密之催妆》云："一揖芙蓉，闲情乱似春云髪。凌波背立笑无声，学见生人法。此夕欢娱几许，唤新妆、佯羞浅答。算来好梦，总为今番，被他猜煞。　宛转菱花，眉峰小映红潮发。香肩生就靠檀郎，睡起还凭榻。记取同心带子，双双绾、轻绡尺八。画楼南畔，有分鸳鸯，预凭锦札。"〔10〕密之，桐城方以智也。〔11〕方先生少年跌宕，其遗事颇见于《板桥杂记》。嗣后红羊换劫〔12〕，瓶钵长往，所谓"药地和尚"者。迄今读《通雅》、《物理小识》诸编，犹令人霍然起敬，不知芝麓闻之，以为何如也。

〔1〕吴伟业，号梅村。参卷八"明词应选吴伟业词"条。

〔2〕龚鼎孳，号芝麓。参卷四"陈维崧一门词"条。

〔3〕见《香严斋词》。词序云："读《乌丝集》次曹顾庵、王西樵、阮亭韵。"词云："相怜处是，君袍未锦，我鬓先霜。"（清康熙十一年刻本，下同。）又见《定山堂诗馀》卷三，词序与所引词句同《香严斋词》。（清康熙十五年吴兴祚刻本，下同。）又见《香严词》卷下，词序云："读其年〈乌丝集〉次宋荔裳、王西樵、曹顾庵韵。"词句同《香严斋词》。（清留松阁刻本，下同。）

〔4〕见《香严斋词》。词序云："再和其年"。又见《定山堂诗馀》卷三，序云："再和其年韵。"又见《香严词》卷下，同《香严斋词》。

〔5〕见《香严斋词》。调寄《鹊桥仙》。序云："同前，用向芗林七夕韵"。又见《定山堂诗馀》卷一，词序云："楼晤，用向芗林七夕韵。"又见《香严词》卷上，同《定山堂诗馀》。

〔6〕见《香严斋词》，调寄《东风第一枝》。词序云："楼晤，用史邦卿韵。"《定山堂诗馀》卷一、《香严词》卷下同。

〔7〕顾媚，一名横波。参《续编》卷四"温启封《玉镜台词》"条。

〔8〕《香严斋词》有《临江仙·除夕狱中寄忆》、《薄幸·春明寄忆》、《桃源忆故人·同内人湖舫送春用秦少游春闺韵》。《定山堂诗馀》卷一有《临江仙·除夕狱中寄忆》、《薄幸·春明寄忆》、《桃源忆故人·同善持君湖舫送春用少游春闺韵》。《香严词》卷上有《临江仙·除夕狱中寄忆》、《桃源忆故人·同内人湖舫送春用秦少游春闺韵》，卷下有《薄幸·春明寄忆》。

〔9〕《香严斋词》此词词序云："春初系释用史邦卿韵。""络纷"，作"络粉"。又见《定山堂诗馀》卷一《万年欢·春初系释用史邦卿春思韵》。"络纷"，亦作"络粉"。《香严词》卷下同《定山堂诗馀》。

〔10〕见《香严斋词》。词序云："方密之索赋催妆即用其韵。""猜煞"原作"猜杀"。《定山堂诗馀》卷二、《香严词》卷下同。

〔11〕方以智（1611—1671），字密之，又字曼公，号鹿起，安徽桐城人。崇祯十三年（1640）进士，官翰林院检讨。与陈子龙等主盟复社。明亡为僧，名弘

智，字无可，一字愚者，号墨历，别号药地和尚。（据《清人诗文集总目提要》第75页。）著作今存《浮山集》14卷、《通雅》52卷、《物理小识》12卷等。

〔12〕红羊劫：指国难。古人以为丙午、丁未是国家发生灾祸的年份。丙丁为火，色红；未属羊，故称。宋代柴望作《丙丁龟鉴》，历举战国到五代之间的变乱，发生在丙午、丁未年的有二十一次之多。此指太平军起义。

查伊璜、曹溶词

海宁查伊璜[1]擅声伎之乐，蒋藏园《雪中人》传奇所谓"查孝廉"者。[2]曹秋岳溶[3]有《卜算子》、《采桑子》两阕，皆为查氏歌姬作。[4]所谓"漫信雏年不怨春，意思灯前觉"者。[5]秋岳词颇短于情。其铜陵阻风《唐多令》下拍云："无语泪空悬。征衫似旧年。望江心、白浪连天。尽把香车吹散了，刚留我，倦游船。"[6]特为清远可诵。

〔1〕查伊璜（1601—1676），名继佐，号与斋，一号东山钓史。海宁（今属浙江）人，居杭州。明崇祯六年（1633）举人。鲁王征为兵部郎中，晚年讲学铁冶岭下，学者称敬修先生。著有《罪惟录》90卷、《海东逸史》18卷、《续西厢》1卷、《敬修堂讲录》不分卷、《敬修堂钓业》1卷、《粤游杂咏》1卷等。辑有《九宫谱定》12卷《总论》1卷。事迹详沈起编，张涛、查縠纂注《查东山年谱》。（民国刻《嘉业堂丛书》本。）

〔2〕《雪中人》传奇演查伊璜救助乞丐吴六奇后获吴报答事，详蒋士铨《雪中人·铁丐传》。（清刻本。）

〔3〕曹溶，号秋岳。参《续编》卷五"谢肇淛词"条。

〔4〕曹溶《静惕堂词》有《卜算子·伊璜再携歌姬过》、《采桑子·查伊璜两度出家姬作剧》。（清康熙四十六年刻本，下同。）

〔5〕即《卜算子·伊璜再携歌姬过》中语。

〔6〕见《静惕堂词》。

《过存诗略》

余生平咏物、咏古及一切应酬之作颇夥，率不留稿，盖以无所寄托也。数年前，与友人为阄诗之戏，其法拈题分韵，限香三寸，成诗三首，或五律，或七律，逐写糊名，立两人为主司分阅之，定其甲乙，所作不下数十卷。老友徐云汀一鹗[1]于散佚之馀，掇拾一二刻之，则今所传《过存诗略》者是。[2]中如《咏残灯》云："烟团孤月冷，风曳一星尖。"《寒鸦》云："水村微有雨，驿树已无花。"[3]此类甚多，观者以为警策。近阅曹实庵贞吉[4]《珂雪词》，鸦阵填《金缕曲》句云："寒话空林飞且止，似商量、明日风兼雨。"[5]用意颇与余同，但诗词之造句则有辨矣。又代泉下人语填《望江南》句云："白骨怯清秋"[6]。此五字殊觉惨动，比"陌上人，归翁仲"[7]语，为尤佳也。

〔1〕徐一鹗，字云汀。参《续编》卷五"徐一鹗词"条。

〔2〕《过存诗略》二卷于同治二年(1863)刊行，梁鸣谦作《叙》，谢章铤作《纪事》。收录聚红榭社员15人279首诗作。计谢章铤49首、宋谦19首、刘三才20首、刘勷40首、李应庚19首、徐一鹗24首、刘绍纲14首、陈文翊4首、梁鸣谦22首、马凌霄6首、陈適祺9首、林天龄20首、梁履将19首、王彝12首、王廷瀛2首。

〔3〕《残灯》，梁礼堂作。《寒鸦》，谢章铤作。据清同治二年福州刻本《过存诗略》，"烟团孤月冷"原作"烟迷孤月缩"，"水村微有雨"原作"水村时遇雨"。

〔4〕曹贞吉(1634—1698)，字升阶，又字升六，号实庵，山东安丘人。康熙三年(1664)进士，授内阁中书，出为徽州府同知，官至礼部员外郎。著有《曹舍人集》(又名《珂雪集》)10卷计《珂雪集》1卷、《二集》1卷、《朝天集》1卷、《鸿爪集》1卷、《黄山纪游诗》1卷、《词》1卷、《十子诗略》1卷、《珂雪词》2卷、《补遗》1卷。(据《清人诗文集总目提要》第246页。)

〔5〕《珂雪词》卷下有《贺新郎·鸦阵》，引句见此词。此词后有评曰："阮亭曰：'似商量，明日风兼雨'句造神境。"(清康熙刻本，下同。)按：《金缕曲》一名《贺新郎》。

〔6〕见《珂雪词》卷上。

〔7〕见《珂雪词》卷上《望江南》词。

周大枢《调香词自序》

周大枢[1]《调香词自序》曰："国朝先辈，阮亭词工于诗，陈检讨诗工于词，而世所称或反。盖词家两派，秦、柳，苏、辛而已。秦、柳婉媚而苏、辛以宕激慷慨变之，近于诗矣。诗以风骨为主，苏分其诗才之馀者也，辛则并其诗之才之力而专治其馀。故尝谓：'闲澹历落之才，其人宜于诗，词则间为之可矣。其年诗最风秀有骨力，而词非雅音，无他，劲激之调不易摹耳。'"《湖海文传》。[2]按：国朝之词多宗浙西六家，导源姜、史，旁参周、秦，若苏、辛，固非其所留意也，故大枢之言如此。然而不善学苏、辛者，才气不能自固，满纸浮嚣，则于“意内言外”[3]之旨远矣。大枢不为无见也。

〔1〕周大枢(1699—?)，字元牧，一作元木，号存吾，浙江山阴(今绍兴)人。乾隆元年(1736)试博学鸿词，十七年举人，官平湖教谕。著有《存吾春轩集》10卷。(据《清人诗文集总目提要》第562页。)

〔2〕《〈调香词〉自序》见王昶《湖海文传》卷三十二。“阮亭”原作“阮亭先生”，“婉媚”原作“绝媚”，“宜于诗”原作“于诗宜”，“可”原作“而可”，“雅音”原作“雅声”。(据清道光十七年经训堂刻本。)按:《调香词》未见书目著录，《存吾春轩集》未收词。

〔3〕“意内言外”，参《续编》卷五“词非意内言外之意”条。

许宗彦论词谱

德清许周生宗彦[1]驾部曰:“作词谱者，一词或列十数体，思之殊为未安。词之体即歌之调，有《齐天乐》、《双声子》诸体，即歌有黄钟宫、林钟商诸调。按:歌者不闻一调之中分又一调，填词岂得于一体之中分又一体哉？且其所以分之者，在字句长短、用韵多少、平韵仄韵之异耳。字句有长短，亦犹曲中衬字，或用或不用，与本调无关。至如上六下四之类，在歌时曼声引逗，自非音节顿挫之处，原不必定以某字。绝句换韵之句，或叶或不叶，亦同此理。其调本平韵而或用仄韵，本仄韵而或用平韵，正如曲中之声可以通叶，或以仄作平，要与体制无所增减，作谱者但当于题下及句下一一注明，使填词知其通变足矣。若因此析为别体，则逐字平仄之殊，亦当细剖，一词可分数百体矣。鄙意一词惟有一体，以其入歌惟有一调也。词之歌法虽不可考，而曲即词之支流，曲中字句间有参差，及其合歌，要归一致，则词可推矣。若字句大相舛互，则必名同而实不同，其宫调亦当有异，当别立一格，不必比而合之也。偶翻《词律》，附记所见，以谂之知音者。”《鉴止水斋集》。[2]周生以考据名家，固不在诗词见长，第此节所论，实足正《词律》之失。夫词有体同而调反不同者，如《湘月》为《念奴娇》之鬲指声[3]，此惟审律者知之。外此则字数之多寡，原无关体制之异同，正不必多分名目耳。

〔1〕许宗彦(1768—1818)，本名庆宗，字子咏，又字积卿，号周生，浙江德清(今湖州)人。嘉庆四年(1799)进士，授兵部主事。著有《鉴止水斋集》20卷计诗8卷、词1卷、文11卷。(据《清人诗文集总目提要》第1034～1035页。)

〔2〕引文见《鉴止水斋集》卷十一《书〈词律〉后》。文字略有不同，今据清嘉庆二十四年德清许氏家刻本校正。“填词岂得于”原作“填词者岂得于”，“平韵仄韵”前原有“及”字，“之类”原作“之句”，“至如上六下四之类”原作“或为上四下六之类”，“使填词知其通变足矣”原作“使填词者知其通变足矣”，“鄙意一词惟有一体”原作“鄙意以为一词惟有一体”，“则词可推矣”原作“则词可推已”。

〔3〕参卷二“冯登府词与雠律”条。

梁德绳词

梁楚生德绳[1]，周生之室也，著有《古春轩诗词抄》。《苍梧谣·周生意有所感作此戏之》云：“痴，遍绕阑干十二时。千金意，密密祝刍尼。”“愁，镇日无言独倚楼。月如钩，寂寞似寒秋。”“怜，诗骨伶俜耸瘦肩。情脉脉，独坐小窗前。”“空，吹落春花不见踪。东风冷，何处觅残红。”十首录四。“杭有章娘者，故隶山西裴中丞家，通晓音律，从师学琴，转授女公子。中丞与高相国、姚尚书密戚也，每会集，使章娘鼓琴，无不激赏。其后嫁尚书仆某。中丞殁后，随其夫流转武林，佣于人，任烦辱之役。偶至余家，为余鼓琴，因言往事，感喟者久之。嗟乎！才人厮养，念华屋而悲生；商妇琵琶，感青衫而泪下。为谱斯调，亦庶几有以传章娘也。”《金缕曲》云：“姻戚崔卢贵。倒金尊、兰堂日午，广筵佳会。软舞娇歌都过了，志在高山流水。催一霎、妆成奏伎。上客低徊频注目，为儿家、争洗筝琶耳。娇顾影，自矜喜。　当时只解耽游戏。一年年、桃鬟高并，柳丝难系。弱蔓孤根无处着，随分萦依荆杞。也算做、花开连理。茵溷飘零原不定，判百年、人事长如此。浑不计，电光驶。”“金谷繁华息。更惊心、乔松鹤去，大弦声急。丝管春风前日事，悲动白杨萧瑟。对弟子、青娥暗泣。小队银筝零落了，玳梁边、谁管双栖翼。秋燕影，浪萍迹。　燕飞萍转钱塘客。鼓飞涛、泠泠江上，尊前鬓白。换羽移宫传别恨，回首蓬莱云隔。但海水、数峰摇碧。停拂银钩增怅惘，坐幽篁、独谱胡笳拍。词未尽，泪沾臆。”[2]四首录二。

〔1〕梁德绳(1771—1847)，号楚生，钱塘(今杭州)人。德清许宗彦之室。著有《古春轩诗钞》2卷附《词钞》。(据《古春轩诗钞》卷首阮元《梁恭人传》，清咸丰二年重刊本，下同。)许宗彦，号周生。参上条。

〔2〕以上词序及词见《古春轩词钞》。“转授”原作“以转授”，“为谱斯调”原作“为谱斯词”，“金尊”原作“金樽”，“争洗”原作“一洗”。

《花萼联吟集》

《花萼联吟集》，吴县曹实甫毓秀与弟紫荃毓英、姐宜仙景芝所作。[1]实甫词名《桐华馆》。铃语《摸鱼儿》云："最销魂、风风雨雨，黄昏搅破檐玉。分明诉出伊凉话，冷答蛩声断续。愁万斛。道今日、山邱昔日皆华屋。钉花闪绿。正倦客愁听，凄凄切切，几阵误窗竹。　因风絮，不管乡心怅触。今宵梦魂偏各。伤心天宝当年事，一样烽烟满目。孤影独。对如此、江山凄绝《淋铃曲》。繁华转毂。怕蜀魄归来，三更相应，抵得楚骚读。"[2]春感《高阳台》句云："伤春不是因风雨，在晓寒衾枕，暝色窗纱。"[3]夜坐忆紫荃《点绛唇》句云："凄凉么。料来如我。对影和愁坐。"[4]紫荃词名《锄梅馆》。鸦阵《金缕曲》云："万翼盘旋急。是将军、蔽空而下，阵云都黑。曾向八公山下过，草木至今无色。但一片、霜威萧瑟。好趁今宵天欲雪，听营门、书报淮西克。城上角，更吹急。　不堪驿路烽烟密。料乌江、八千子弟，全军皆墨。莫笑连翩虚结队，应有幕巢堪觅。问何处、关河栖息。此去雁鸿还得意，看零星、涂尽风前檄。须不让，振天翮。"[5]宜仙词名《寿砚山房》。悼素芝姊《苏幕遮》云："为多情，双眉蹙。记得当时，有个人如玉。同倚小阑干一曲。对月联吟，还把新诗续。　到而今，愁万斛。无限酸心，独背人前哭。不道清才多命薄。如此年华，撇我缘何速。"[6]《高阳台》句云："欲讳情痴，人前强忍啼声。明知憔悴原同调，转愁伊、比我飘零。劝知心、努力加餐，好记丁宁。"[7]《浪淘沙》句云："心事总凄迷。恨缕愁丝。兰釭风闪一花低。除却梅花除却月，更有谁知。"[8]《金缕曲》句云："我自相思浑不觉，只觉人间无味。"[9]宜仙许字陈氏，未嫁而夫亡，守贞早卒，又经寇乱，流离辛苦，故多伤心之言。陆敬安以湉《冷庐杂识》云："嘉兴冯柳东教授登府之室李梅卿女史畹，早娴文墨，盛年殂谢，教授深悼之。女史尤工词，自题《倚梅图》有'雪影压残鸟梦，月痕冷靠花身'之句，其寒夜《南柯子》云云。按：此词余《词话》已载，今不录。[10]殁后，教授题《城头月》于后云：'唐诗一卷曾亲授。红豆双声就。箫局偎寒，纺车絮雨，梦也休回首。　芦帘十载为新妇。草草分离骤。写韵楼空，横琴月冷，总是断肠候。'"[11]又云："钱塘凌茝沅女史祉媛，丁松生丙之室也。事亲孝，兼工诗词，于归一载遽卒。松王[生]为刊遗稿《翠螺阁诗词》。诗如《里湖棹歌》云：'辋川庄外水迢迢，携得青尊复碧箫。商略依舟泊何处，嫩寒春晓段家桥。'词如《菩萨蛮》云：'檐铃惊破红闺梦。晓妆人怯馀寒重。纤手卷帘衣。风前放燕飞。　落红纷似雪。倦了寻香蝶。楼外易斜晖。春归人未归。'女史生于四月八日，制有玉牌，镌'与佛同生'四字。"[12]

〔1〕曹毓秀，字实甫，吴县(今江苏苏州)人。有《桐华馆词》。(据《国朝词

综补》卷五十三。)曹毓英,字紫荃,吴县人。咸丰九年(1859)举人。有《锄梅馆词》。(据《国朝词综补》卷五十八。)曹景芝,字宜仙,吴县人。同邑陆元第室,毓秀、毓英胞姊。著有《寿研山房词》。(据吴灏纂《闺秀百家词选·词人姓氏》,民国扫叶山房石印本。)曹毓秀《锄梅馆词序》:"犹忆在苏时,花萼楼前,一灯相对,每与吾弟及三姊景芝对榻联吟,龟题分咏,词成各为品评,以定甲乙。弟词清新绵丽,余与三姊辄心好之。自洎乎苏城陷没后,余兄弟犇走流离,所存词稿不过十之一二,更兼遭家不造,母殁父衰,负米生涯,饥驱千里,兄南弟北,邮寄诗词,藉以通音问、慰寂寞,无暇计工拙也。"按:南京图书馆藏《桐华馆词》一卷附《锄梅馆词》一卷《寿研山房词》一卷,扉页未题《花萼联吟集》。据《闺秀百家词选·词人姓氏》,曹毓秀、曹毓英、曹景芝词汇刻为《花萼联吟集》。

〔2〕见《桐华馆词》。"搅破"原作"搅碎","皆"原作"都","切切"原作"咽咽","枨触"原作"振触","淋铃曲"原作"零铃曲"。(清同治刻本,下同。)

〔3〕见《桐华馆词》。词题云:"春感寄紫荃"。

〔4〕见《桐华馆词》。词题云:"夜坐忆紫荃"。

〔5〕见《锄梅馆词》。"更吹急"原作"更吹出","不堪"原作"况今","雁鸿"原作"飞鸣"。

〔6〕见《寿砚山房词》。

〔7〕见《寿砚山房词》。有词序:"芝姊去后,忽忽不乐,谱此寄之。"

〔8〕见《寿砚山房词》。

〔9〕见《寿砚山房词》。有词序:"二月十七寄霞夫子,十周期拈此焚寄。"

〔10〕参卷二"冯登府词与雠律"条。

〔11〕引见陆以湉《冷庐杂识》卷二。"文墨"原作"翰墨"、"题《城头月》于后"原作"题《城头月》词于后"。

〔12〕引见《冷庐杂识》卷五。"松王"原作"松生"、"水迢迢"原作"浪迢迢"、"女史生于四月八日"前有"皆清逸"三字。

《西青散记》中《凤凰台上忆吹箫》词

易安居士填《声声慢》,连用十数叠字,倚声家以为创格。近读金坛史悟冈震林[1]《西青散记》,绡山女子双卿有《凤凰台上忆吹箫》词云:"寸寸微云,丝丝残照,有无明灭难消。正断魂魂断,闪闪摇摇。望望山山水水,人去去、隐隐迢迢。从今后,酸酸楚楚,只似今宵。　　青遥。问天不应,看小小双卿,袅袅无聊。更见谁谁见,谁痛花娇。谁望欢欢喜喜,偷素粉、写写描描。谁还管,生生世世,夜夜朝朝。"[2]虽近于曲,然颇清脆可诵。双卿农家子,才而艳,所适非天，备受荼毒，《散记》录其诗词甚夥。

〔1〕史震林，参《续编》卷一"《西青散记》中《贺新凉》词"条。

〔2〕见《西青散记》卷六。据李金坤《清代农民女词人贺双卿研究综论》：贺双卿(1713—1736)，初名为卿卿，或庆青，字秋碧，江苏金坛市人。康、雍、乾年间著名的农家女词人，曾享有"清朝第一女词人"之美誉。其事迹主要见于与贺双卿同时且同乡的史震林所著的《西青散记》。后人曾从中辑成贺双卿诗词集为《雪压轩集》(又名《雪压轩诗词集》)，双卿之诗词遂广为传播。《综论》说："贺双卿的有无问题及籍贯的归属问题，现在学界尚无统一意见，尽管倾向于贺双卿实有其人的呼声要远远高过否定者，但为了求得学界较为公认的说法，尚须进一步花大气力细加考实，明辨是非。"(《中国韵文学刊》第 24 卷第 2 期，2010 年 6 月版。)

杨芸、李佩金词

梁溪女史杨蕊渊芸有《琴清阁词》。〔1〕《蝶恋花·新秋》云："一院新凉花气馥。乍试生衣，簟影明秋玉。砌畔寒蛩吟断续。流萤点破苔痕绿。　灯穗和烟飘簌簌。凉月多情，移近阑干角。午后秋声高过竹。碧窗小梦风吹觉。"〔2〕《金缕曲·送畹兰五妹归吴江》云："往事思量否。最难忘、踏青期近，弓鞋同绣。斗草寻花惊蝶梦，小燕呢喃如咒。乍一霎、雨僝风僽。肠断临歧无一语，只啼痕、万点沾衣透。空彳亍，把衫袖。　离情脉脉浓于酒。恨无情、清秋残照，两行疏柳。行矣长途须自爱，莫共黄花争瘦。算枫落、吴江时候。烟水归帆安稳到，寄双鱼、慰我眉间皱。家山约，盼携手。"〔3〕长洲女史李纫兰佩金有《生香馆词》。〔4〕《减字木兰花·雨夜书怀》云："雨昏灯瞑。窗外芭蕉敲梦冷。点点声声。故搅愁人睡不成。　更深漏永。一缕馀香摇瘦影。旧句低吟。不是伤心不要听。"〔5〕《鬓云松令·春感和蕊渊二姊韵》云："玉为心，金铸泪。薄暝帘前，燕啄香泥坠。春色依然人事改。填就新词，教与鹦哥背。　梦如云，愁似醉。谁放风筝，吹堕秋千外。镜掩威蕤慵染黛。小病初瘳，怯怯轻寒耐。"〔6〕

〔1〕杨芸，字蕊渊，金匮(今江苏无锡)人，户部员外郎杨芳灿女，同邑景州知州秦承霈室。词风美流发，在《片玉》、《冠柳》之间。著有《金箱荟说》，皆古今闺阁诗话。(据《小檀栾室汇刻闺秀词·第一集词人姓氏》。)另有《琴清阁词》不分卷。彭俪鸿《琴清阁词序》称杨芸和李佩金为"同心友"。《序》作于嘉

庆甲戌(1814)。

〔2〕见《琴清阁词》。(清末况周颐和校读钞本,下同。)

〔3〕见《琴清阁词》。"送畹兰五妹归吴江"原作"送畹兰归吴江","临岐"原作"临期"。

〔4〕李佩金,字纫兰,一字晨兰,长洲(今苏州)人,李邦燮女。著有《生香馆诗》2卷、《生香馆词》2卷。(据《清人别集总目》第796页。)

〔5〕见《生香馆词》卷上。"雨夜"原作"夜雨","漏永"原作"夜永","一缕"原作"一线"。(清嘉庆二十四年刻本,下同。)

〔6〕见《生香馆词》卷下。

国朝闺秀多清才

国朝闺秀以诗传者颇多,此外有工画者、工书者、工填词者、工为传奇者、工作古文时文者。而郝兰皋之室王婉佺照圆[1]且工考据,有《列女传补注》八卷、《叙录》一卷行于世,则愈转愈上矣。前年叶临恭大庄[2]秀才出长卷求作题跋,其前则王惕甫芑孙[3]诗札,后则惕甫所作墓志铭,其室曹墨琴[4]女史书丹者。墨琴为兵马司指挥曹锐[5]女。锐工书画,生三女,二女皆知书,长即墨琴,于书用力甚深。其临帖自跋十数通,俱见其《写韵轩小集》[6]中,故其书攀王揖赵,翛然自远也。吴江郭祥伯麐曰:"鹿城半茧园有女郎以簪画壁,作一绝云:'月底纤纤扶婢来,梨花如雪点苍苔。红蚕辛苦愁丝尽,谁把同功茧擘开。'后书一'毗'字,意欲题名而未及者。为填《蝶恋花》于后,亦无使其无传焉。'青粉墙头苔没砌。谁拔金钗,画破春痕细。罗袜纤纤来月底。有心人识相思字。 天远采云飞去矣。卿自何来,有个芳名未。料得欲题还又止。当时直凭恹恹地。'"[7]可见弱质清才,湮没甚多,又岂但士之不遇哉!

〔1〕王照圆(1763—1851),字瑞玉,号婉佺。山东福山(今属山东烟台)人。栖霞郝懿行之妻。幼孤,以女辈跻身乾嘉校勘考据之林。所撰有《列女传补注》8卷《叙录》1卷《校正》1卷、《梦书》1卷、《婉佺诗草》1卷、《晒书堂闺中文存》1卷。(据《清人诗文集总目提要》第986页。)另有《诗问》7卷。

〔2〕叶大庄(1844—1898),字临恭,号损轩。福建闽县(今福州)人。叶申芗曾孙。同治十二年(1873)举人,授中书舍人。曾入张之洞幕,官至邳州知州,勘灾遇险,病卒于任。(据民国《闽侯县志》卷六十八。)著有《写经斋全集》9卷,中有《小玲珑阁词》1卷(又名《曼殊庵词》、《写经斋词》)。

〔3〕王芑孙(1755—1817),字念丰,号德甫,又号惕甫,一号铁夫,别号楞伽

山人，江苏长洲(今苏州)人。乾隆五十三年(1788)举人，官华亭教谕。著《渊雅堂诗文稿》61卷。(据《清人诗文集总目提要》第913页。)

〔4〕曹贞秀(1762—?)，字墨琴，安徽休宁人，侨居长洲。曹锐女，王芑孙妻。工书画。道光二年(1822)六十一岁仍健在。著有《写韵轩小稿》2卷附王芑孙《渊雅堂集》后。(据《清人诗文集总目提要》第979～980页。)

〔5〕曹锐(1732—1793)，字锷堂，号又裴，又作友梅，安徽休宁人。客居苏州。官北京东城兵马司指挥。擅画山水，得常熟王愫传授，笔意苍浑，近似沈周。女贞秀、兰秀，都能作画。侄烜，受家传，一工山水。(据朱铸禹编《中国历代画家人名辞典》第1106页，人民美术出版社2003年版。)

〔6〕即《写韵轩小稿》，有清嘉庆九年(1804)刻本。

〔7〕郭麐《灵芬馆词话》卷一："鹿城半茧园，故明宰相宅也，今阑入城隍庙中。学使者科岁两试，吴郡人士皆集为游欢之所。戊甲(按：应为戊申，1788。)之秋，余与同人清晓入园，见最后小屋西偏之墙，有字迹如新，乃一绝句也。诗云：'月底纤纤扶婢来，梨花如雪点苍苔。红蚕辛苦愁丝尽，谁把同功强擘开。'字非墨书刻划而成，颇似簪脚所为。末后一行，作一昆陵之'昆'字，意其欲题名而未及完也。朋辈各有诗记事，余为赋一小词云：'青粉墙头苔没砌。谁拔金钗，划破苔痕细。罗袜纤纤来月底。销魂几个银钩字。　　天远彩云飞去矣。卿自何来，有个芳名未。料得欲题还又止。当时直恁恹恹地。"(《词话丛编》第1505～1506页。)词又见《灵芬馆词》卷一。

郭麐短调尤佳

前十数年，曾见祥伯[1]所著《诗话》，末附《词话》一卷。其论词虽未能独出手眼，而词则实近今一眉目也。短调尤佳。《一痕沙》云："落了梨花香雪。过了荒村寒食。负了去年期。可怜伊。　　三月已将三十。记得去年今日。今日是何时。没人知。"《醉太平》云："竹风韵长。荷风气香。待他月上回廊。再围棋不妨。　　竹风一窗。荷风半床。凭肩笑问檀郎。是今凉昨凉。"《如梦令》云："行过重重楼柱。随意低低窗户。一树碧梧桐，垂在小帘深处。小帘深处。帘外数声残雨。"[2]《丑奴儿令》云："五三六点微微雨，开了梨花。谢了梅花。才拓蒙蒙一面纱。　　玉阶独立思闲事，花在邻家。吹落侬家。今日东风较大些。"《南楼令·春人绾髻图》云："春梦晕潮霞。春风褪臂纱。缓春愁、盘好双鸦。溜了金钗佯不省，问开否，碧桃花。　　镜槛者般斜。新妆略似他。只修眉、人在天涯。尚着薄罗衫一件，帘又卷，太寒些。"[3]《生查子》云："阶前一片苔，青到墙阴住。罗袜是何人，小印香痕去。　　愁随炉篆长，影共

灯花语。关了碧窗纱,各自听春雨。”〔4〕

〔1〕郭麐,字祥伯。参卷十二“郭麐、杨夔生《词品》乃陈言”条。

〔2〕以上三首词见郭麐《蘅梦词》卷一。“如梦令”原作“无梦令”。(清光绪五年许增刻本《灵芬馆词》,下同。)

〔3〕以上二首见郭麐《蘅梦词》卷二。“春人绾髻图”前原有“题”字,“鸦”原作“雅”。

〔4〕见郭麐《浮眉楼词》卷二。

评聚红榭同人词作

绍兴金谷生万清〔1〕太守爱民如子,疾恶如仇,诵声在道路。丙辰,以延平府剿匪被戕,侦其尸十数日乃得,无首,视其服则太守也。袒其臂,有故创如掌大,乃信,盖太守旧有割臂疗父疾,故得以征实云。宋已舟谦有《金缕曲》挽词云:“挥尽行人泪。迸将来、跃剑津头,多于流水。太息彼苍何梦梦,酿出干戈满地。偏坏到、长城万里。不为溪山留保障,痛遗黎、谁作同仇气。天下事,奈何矣。　感恩况属真知己。但有愧、才非宋玉,招魂无计。寒雪压关丹旐冷,枉是英雄盖世。只博得、如斯而已。热血一腔空欲洒,洒难成、两个伤心字。呜咽处,暮云紫。”〔2〕太守敦气节,上官忌之,平生勇于任事,其死也,盖有阴致之者,可悲也。刘寿之三才少丧父,终鲜兄弟,依母氏以居,弱冠失母,四壁既空,一身无寄,飘零之苦,言及辄下泪。曾以《金缕曲》示余云:“揽镜低徊久。算人生、谁无骨肉,畏其不寿。忆我数龄先失怙,我母如珠在手。盼头角、不居人后。未食怕饥衣怕冷,课读书、又怕儿心呕。想此意,忍回首。　比年病态如衰柳。把世间、凄风苦雨,侭情消受。底事干人争欲杀,背地频开笑口。富与贵、吾生自有。无补于时生亦赘,自注:“外议谓余必早达而夭。”况今生、怎报亲恩厚。十年矣,飘零彀。”〔3〕余书其后云:“一家骨肉总凄凉,三岁麻衣积泪行。今日读君《金缕曲》,五更独立月昏黄。”〔4〕嗟乎!同是伤心人,天荒地老,血泪坌涌,其奚堪卒读哉!其奚堪卒读哉!已舟、寿之皆余社中人也。自余倡词社,始不过五人,其后至十馀人。抽奇聘秘,颇极一时唱和之乐,汇刻为《聚红榭雅集词》五卷。前年,余卧病在家,忽闻流求国使金紫大夫某来见,问其故,则云:‘向在国子监读书,询访近日填词家,闻先生倡教于闽,今自京师归,特来请益。’予以病谢之去。某乃往见余友魏子安〔5〕,并求子安为作《立后议》,丁宁订后约,而余之晋,遂不相知矣。社中诸君,其别集已刻者,则有赞轩之《效颦词》。赞轩性豪宕,填词则婉转入细,盖得力于秦、柳多也。已舟、陈子驹遹祺皆有集未刻。子驹初与黄笛楼锷唱和，有《双邻词抄》二卷，余曾为作序。[6]其词则以《花间》为圭臬也。已舟之刻挚、子驹之俊逸、礼堂之绵丽、林锡三天龄之雅淡，皆足步武南唐，靳骖两宋，即使阳羡髯君、金风亭长见之，当亦不诮为恶札也。[7]名山可券，以俟百年。

〔1〕金万清(？—1856)，字縠生，浙江绍兴人。先以进士知永安县事，爱民如子。及升署延平府，刚正廉明，一如治永时。适顺昌土寇猖獗，奉命往查缉，获贼匪悉戮之。亲往万全坑匪巢督剿，众寡不敌，为贼所获，不屈。贼怒，分裂其尸，焚骨灰烬。(**事迹据吴栻修、蔡建贤纂民国《南平县志》卷二十，民国十七年铅印本。**)据曾万文《红巾军起义大事记》：清咸丰三年(1853)，在太平天国起义军影响下，首领郭万忠、杨三仔、老罗仔等人在顺昌北部九龙山聚众起义。起义军仿效元末农民军，头上包着红包头巾，取名为“红巾军”，在顺昌、邵武、沙县、永安、将乐、南平、建阳、建瓯等地活动，先后击毙延平府守备王三韬、延平知府金万清和延建邵道员袁懋绩。咸丰九年(1859)被清军打败。金万清因镇压闽北“红巾军”起义有功，由永安知县擢升延平知府。咸丰六年(1856)农历十月，在九龙山外门万全坑被俘处死。(**政协顺昌县委员会文史组、《顺昌县志》编写组《顺昌文史资料》1982年第1辑，内部发行本。**)

〔2〕见宋谦《灯昏镜晓词》卷三《贺新郎·哭金縠生夫子》。按：《贺新郎》一名《金缕曲》。“挥”原作“揾”，“溪山”原作“吾闽”，“痛遗黎谁作同仇气”原作“同斯民谁作帡幪庇”，“况属”原作“曾荷”，“有愧”原作“自愧”。(**清宣统二年石印本。**)魏秀仁《陔南山馆诗话》卷十：“已舟之受知于太守(**指金万清**)寔深，太守敦气节，猥琐之士不能蒙一盼，然则已舟之欷歔坠泪又岂为一身之私恩哉？”(**陈庆元编《魏秀仁杂著钞本》，江苏古籍出版社2000年版。**)

〔3〕刘三才，字寿之。参《词话续编》卷五“聚红词榭”条。刘三才《随庵补遗》未收此词，亦不见《聚红榭雅集词》，赖谢章铤记录而存世。

〔4〕此诗不见《赌棋山庄诗集》，可作谢氏诗歌补遗之用。

〔5〕魏秀仁(1818—1873)，字子安，一字子敦，早年号痴珠，又号眠鹤主人，不悔道人，福建侯官(今福州)人。魏本唐长子。二十八岁补弟子员，次年道光二十六年(1846)举乡试，接连试春官皆不第。同治六年(1856)赴太原，馆于王文勤节署。咸丰九年(1859)，留川主讲芙蓉书院。同治元年(1862)携妾归里。同治十一年(1872)主讲南平道南书院。卒于院廨。著作有《陔南山馆诗钞》不分卷、《陔南山馆诗话》10卷等四十馀种，多亡佚。小说《花月痕》尤脍炙人口。(**据陈庆元《魏秀仁及其杂著》，《魏秀仁杂著钞本》。**)

〔6〕见《赌棋山庄集》文二《双邻词钞序》。

〔7〕宋谦，字已舟。参《续编》卷五“聚红词榭”条。陈遹祺，字子驹。参《续

编》卷五"陈遹祺书札"条。梁鸣谦,字礼堂。参《续编》卷五"梁鸣谦词"条。林天龄,字锡三。参《续编》卷五"林天龄词"条。陈维崧,阳羡人。参卷四"陈维崧一门词"条。陈维崧《迦陵词全集》卷十九《百字令·送徐松之还松陵兼讯弘人、九临、闻玮、电发诸子,松之亦名崧》:"廿以年前,记曾与汝,烂醉皋桥下。我鬓君黑,路旁红粉轻骂。"朱彝尊,一号金风亭长。参卷二"朱彝尊赠伎词"条。

郑守廉词二首

《金缕曲·书竹西按拍图》:"粲者无名氏……"附录郑仲濂[1]词。向栗生[2]世讲借词十数种,捡《红豆树馆集》[3],有其尊甫仲濂同年词数阕,录在卷端,因钞存二阕。按:前调《金缕曲》,后调《浣溪纱》也。其时予与仲濂因在都下,朝夕往还,此二阕皆经予眼者。荏苒三十馀年,人琴俱渺矣。而仲濂词集未梓[4],故录之,庶几存十百于千一也。

"意气云霄薄。记小时、身如威凤,回翔阿阁。肯负春风栏七宝,赏遍名花倾国。世侭有、真仙不学。志业未成忧患迫,忽连天、烽火来吴越。嗟十事,九全错。　　中年宛转伤哀乐。便眼前、成围丝竹,老怀安托。自见蓬莱清浅后,又似辽东归鹤。何止痛、亲交零落。冷淡生涯犹叵耐,恁心情、每对欢场恶。知我者,此明月。"[5]"年纪关心近簸钱。双垂鬓发浅齐肩。泥人欢笑怯人怜。　　春半帘栊窥月夜,秋千院落拗花天。是曾逢处莫流连。原注:'欲尽理还之境,幸勿以绮辞罪我。'"[6](录自《赌棋山庄馀集·词》)

〔1〕郑守廉,字仲濂。见《续编》卷二"郑守廉词"条。

〔2〕栗生,郑守廉长子。叶参等合编《郑孝胥传·年谱》"光绪二十七年(1901)条":"先生(郑孝胥)之长兄孝颖,字栗生,又自沉于河。"

〔3〕《红豆树馆词集》八卷补遗一卷,陶樑撰,有清道光十三年(1833)百梅书屋刻本。陶樑,参卷四"《闽词钞》、《词综补遗》互有得失"条。

〔4〕郑守廉词集《考功词》,今有清光绪二十八年刻本。

〔5〕见《考功词》,调作《贺新郎》。"回翔"原作"来翔","侭有"原作"纵有","真仙"原作"神仙","忽连天烽火来吴越"原作"忽惊心烽火连吴越","中年宛转"原作"中年而后","清浅后"原作"深浅惯","何止痛"原作"何止怅","此明月"原作"有明月"。按:《贺新郎》一名《金缕曲》。

〔6〕见《考功词》,无词注。

张穆《南浦》词不合律

龙树寺在宣武门外南下洼，近望三殿，远睇西山，京华登临佳处也。一日，见吴冠英儁[1]所作《龙树寺讌集图》[2]，主者韩小亭泰华[3]大令、刘宽夫位坦[4]侍御，中有梅伯言[5]先生《小叙》，而平定张石州穆[6]填《南浦》词云："节序信匆匆，惜芳辰、错过丙午端午。蒲老更开花，城南曲、莫辨韩刘宾主。连簃展讌，波痕尚殢宵来雨。到眼池塘围万绿，化作佛天龙树。　　最难良友如云，甚诗狂酒达，犹龙似虎。怀抱豁然开，从头说、阅尽楼台歌舞。亏他妙手，当楼放出山眉妩。夕照烟波真入画，只欠数声柔橹。"[7]石州此作，多从玉田体，然"节"字、"芳"字、"错"字、"韩"字、"波"字、"尚"字、"良"字、"诗狂酒达"字、"似"字、"怀"字、"阅"字、"楼"字、"当"字、"放"字、"数"字，平仄多不合，"丙午"、"端午"两"午"字犹未协。石州考据有重名，生平俯视一切，不受褒贬，岂于词律别有所据耶？[8]（录自《课馀偶录》卷一，《赌棋山庄笔记合刻》本，光绪辛丑刻本。）

〔1〕吴儁，字冠英，江苏江阴人。诗、书、画有"三绝"之称，画肖像更能继承传统技法。尝游历北京，为当时知名文人戴熙、何绍基、张穆等所推重。（据《中国历代画家人名辞典》第529页。）辑有《鸿雪偶留》不分卷。

〔2〕据李明哲、李珂《龙树寺与宣南诗社》：龙树寺原址位于北京宣武区南部，临近右安门，在陶然亭西北，与陶然亭隔野凫潭相望。野凫潭即现在陶然亭公园内的西湖一带。（第1页。）《龙树寺宴集图》记载道光二十六年(1846)闰五月初五日在龙树寺举行的一次聚会，时兵部郎官韩泰华邀请了梅曾亮、陈庆镛、何绍基、曹懋坚、戴䌹孙、刘位坦、沈兆霖、张穆、赵振祚、吴儁等11人聚会。这天正好是闰端午，韩泰华邀请客人既是做闰端午之会，又是借此机会为即将离京回福建晋江的陈庆镛饯行，出席宴请的人都与陈庆镛关系密切。在刚刚结束不久的鸦片战争中，他们都主张严禁鸦片，全力支持林则徐对英作战。陈庆镛更是力主抵抗侵略，反对对外妥协，后来又直谏道光帝"刑赏失措，无以服民"，是以直声震天下的著名人物。鸦片战争后，林则徐被谪新疆，道光帝重用投降派穆彰阿，作为主战派的陈庆镛在政治上受到排挤，心情极不愉快，因而在道光二十六年请假归里。这次聚会就是他的好友们在他临行之前为其饯行。（第102页。）（北京燕山出版社，2003年版。）

〔3〕韩泰华，字小亭，别署魏公后裔，仁和（今杭州）人。道光间由兵部郎中历官陕西粮道。晚年居金陵，筑玉雨堂，藏书甚富。有阮元家宋本《金石录》十卷，因刻"金石录十卷人家"藏书印一。辑有《南岳小录》、《非诗辨妄》、《洪老圃集》、《孙耕闲集》等九种，加自著《书画记》，咸丰间合刊为《玉雨堂丛书》。（据

《浙江古今人物大辞典》第463页。)按:《玉雨堂书画记》,凡4卷。另著有《无事为福斋随笔》2卷。

〔4〕刘位坦(?—1861),字宽夫,顺天大兴(今属北京)人。道光五年(1825)拔贡,道光间由刑部郎中补授湖广道监察御史,咸丰元年(1851)任湖南辰州府知府。家富收藏金石、书、画,工花鸟,善篆隶。著有《叠书庵遗稿》不分卷。(据《清人诗文集总目提要》第1414页。)

〔5〕梅曾亮(1786—1856),字伯言,江苏江宁(今南京)人。道光二年(1822)进士,十四年(1834)入赀官户部郎中。居京师二十馀年,归主扬州梅花书院。古文师事姚鼐,为高第弟子。著有《柏枧山房集》31卷。(据《清人诗文集总目提要》第1205页。)

〔6〕张穆(1805—1849),字诵风,一字石州,又署石舟,号惺吾,一号㞩斋,晚号靖阳亭长,山西平定州(治所在今山西平定县)人。道光十一年(1831)贡生。考取正白旗汉教习,后以知县侯铨。著有《㞩斋诗文集》12卷。(据《清人诗文集总目提要》第1405页。)另著有《阎潜丘先生年谱》不分卷、《顾亭林先生年谱》不分卷、《蒙古游牧记》16卷等。《㞩斋诗文集》附词6首,皆调《百字令》,未收此词。

〔7〕据《龙树寺与宣南诗社》附录《有关龙树寺的诗词文摘编》,张穆此词序云:"闰端午日,小亭太守、宽夫侍御招饮龙树寺,并为图写之。坐客皆有诗,穆亦倚声相和,用纪盛会。"词云:"节序信匆匆,惜芳辰、错过丙午端午。蒲老更开尊,城南曲、莫辨韩刘宾主。(原注:宽夫初作客,继乃谦而为主人。)连篨展禊,波痕尚殢宵来雨。到眼池塘围万绿,化作佛天龙椅。　最难良友如云,甚诗狂酒达,犹龙似虎。(原注:艮甫诗有张君气,最豪,酒龙而诗虎之句,故特记之。)怀衮豁然开,从头说、阅尽楼台歌舞。(原注:是日,坐客多谈阅历旧事。)亏它妙手,当楼放出正堪娱。(原注:寺中楼遮,西山不见。)夕照烟波真入画,只欠数声柔橹。(原注:右调寄《南浦》,平定张穆初稿。)"(第177页。)按:《龙树寺与宣南诗社》扉页印有张穆《南浦》词真迹,谢章铤看到的张穆《南浦》词可能是传抄本,故文字有不同。

〔8〕谢章铤《酒边词》卷八《如此江山·题〈龙树寺禊集图〉》:"代。予去京国十馀年矣,丙子(1876)重踏软红,旧好招饮龙树寺。左楼可望三殿,右楼平视西山,登临胜处也。时方苦旱,万绿初回,扶阑俯仰,渺然有江湖魏阙之思。主人多情,欲为图志之,未就也。先是,韩小亭大令有《禊集图》,韩之会在丙午(1846),距今三十年,其年亦闰五月,时地相同,诚翰墨之佳话。主人请先为题咏以纪盛缘,乃同卷中张石州韵倚声以应之。"谢章铤因代人作词和张穆词韵,故对此词格律细加注意。

张树荧、徐镜清词

（前略）听庵名树荧，阌乡主人，有拳勇，喜养马。同治末年，击贼建宁，搜捕尽力，至今建宁人歌诵之。以任子授巩秦阶道。秦晋饥，出关办运赈米，以劳卒。亦与予善。读予《酒边词》，匝月不已，作《题词》一阕曰："此近日第一快事也。"〔1〕子儁〔2〕以徐晓芙词、《莪园诗》示予曰："君位置之，或附君集以传。"晓芙名镜清，德清人，已酉选拔，以知县谒选，卒于京邸。词名《欧阳亭》，一卷，予乃采其词入《词话》。〔3〕而予不作诗话，《莪园诗》无可附丽，乃录而存之《备忘录》〔4〕，今复撮集于此。此子儁不死其友之心也。（录自《课馀偶录》卷二）

〔1〕张树荧，参《续编》卷二"张树荧与徐镜清词"条。《酒边词》未录其《题词》。谢章铤有词赠之。《酒边词》卷八《沁园春》序云："己巳（1869）仲冬，与阌乡张听庵树荧观察别于西安，君出词箑赠行，途中欲酬作，得首三句，不能成阕，季冬自同州归，始完之，书寄听庵。京师。"

〔2〕吴观礼，字子儁。参《续编》卷二"张树荧与徐镜清词"条。

〔3〕参《续编》卷二"张树荧与徐镜清词"条。

〔4〕《备忘录》：谢章铤《课馀偶录》卷二："予弱冠后，治经好抄考据家言，又好博览。每见一书辄胪其首委，撮其大旨，或录数篇存之，因有《我见录》、《备忘录》诸名，积到中年，约得四十馀本。盖其书率非己有，时一省览，如遇故人，然而虫伤鼠咬，灾于水火，亦销磨其七八矣。"经目验，今福建图书馆藏稿本《赌棋山庄备忘杂录》未存《莪园诗》。据谢章铤《课馀偶录》卷二，《莪园诗》乃马复震作。马字莪园，安徽桐城人。马瑞辰之孙。年十五，父守城拒捻军死难，即从军欲报父仇。世袭云骑尉，从曾国藩募兵，治兵二十年。勇于任事，儒于取名，年未四十赍志以殁。著有《莪园诗》。吴观礼有《马莪园诗序》，谢章铤录入《课馀偶录》卷二。按：《赌棋山庄备忘杂录》篇幅甚巨，不分卷，系撮录清人笔记，略加跋语而成。共十二册。每页十行，每行二十四字，楷体。卷中跋语有明确纪年的时间有丁亥（1887）、甲午（1894）、乙未（1895）、丙申（1896）。陈昌强《谢章铤年谱》谓谢章铤约在甲午前后完成此书，略不准确。（《谢章铤集》第888页。）此书完成时间应在丙申以后。

《倚声初集》

《倚声初集》二十卷，武进邹祗谟、新城王士祯同选。〔1〕按：此国初旧刻，颇

蠹蛀不完。邹、王二公皆词家白眉，故补缉存之。卷首所采《词话》、《韵辨》，亦有益减偷之学。（录自《课馀偶录》卷二）

〔1〕《倚声初集》，词总集，亦名《倚声集》。邹祗谟、王士禛编选。二十卷，《前编》四卷。顺治十七年（1660），王士禛任扬州推官，邹祗谟来游，遂辑此编，王士禛助成之。是集在时代上系续明人《词统》而选，特详于明末天启、崇祯。体例以小令、中调、长调排列。小令十卷，录词 1116 首；中调四卷，录词 364 首；长调六卷，录词 434 首。全编凡选词人 460 馀家，词 1914 首。《前编》四卷，前三卷《词话》录时人论词之语，后一卷为《韵辨》，录时人论词韵诸说。书前有邹祗谟、王士禛顺治十七年（1660）二序。其议论大抵主"花草"，崇香艳。是书在清初词坛影响甚巨。有顺治十七年大冶堂刻本。（参《中国词学大辞典》第 278 页。）

张有、张维、张先集

《复古编》二卷，宋张有[1]撰。《曾乐轩稿》一卷，张维[2]撰。《安陆集》一卷，张先[3]撰，《附录》一卷。按：此淮南书局红印本，甚可爱玩。有，字谦中，篆书有盛名。其所校勘，一笔不苟，晚年入道以终。维，其曾祖。先，其祖也。先以词传，即所谓"张三影"者。安邑葛鸣阳合刻之。[4]（录自《课馀偶录》卷二）

〔1〕张有（1054—?），字谦中，吴兴（今浙江湖州）人。道士。工篆书。著有《复古编》2 卷，专本许氏《说文》。（事迹据陈振孙《直斋书录解题》卷三。生年据王珏《张有〈复古编〉为匡正王安石〈字说〉而著考略》，《宁夏社会科学》2009 年第 4 期。）

〔2〕张维（956—1046），乌程（今浙江湖州）人，张先之父。身历四朝，极承平之乐事。好诗，以吟咏自娱。未仕，以子张先封至正四品。先尝摘维所自爱诗十首，绘为《十咏图》，孙觉为之序。周密《齐东野语》备载其诗及觉序，并述是图始末甚详。然周密在著录时，多凭记忆，颇有讹误之处。（据周笃文《艺苑奇珍〈十咏图〉》，《文学遗产》1996 年第 4 期。）安邑葛鸣阳从《齐东野语》录出原图残阙，佚其第五首，编成《曾乐轩稿》1 卷。

〔3〕张先（990—1078），字子野，乌程（今浙江湖州）人。仁宗天圣八年（1030）进士。历任宿州掾、以秘书丞知吴江县、嘉禾判官。皇祐二年（1050），晏殊知永兴军，辟为通判。后知渝州，又知安州，以都官郎中致仕。词名《张子野词》，《全宋词》存其词 165 首。（据《宋词大辞典》第 487～488 页。）著有《安

陆集》1卷。

〔4〕葛鸣阳编《复古编》二卷，附葛氏《校正》一卷《附录》一卷、张维《曾乐轩稿》一卷、张先《安陆集》一卷。有清光绪八年(1882)淮南书局刻本。

谭献评《聚红榭雅集诗词》

(前略)仲修[1]修词之功与予派别不同，然亦有家数。近闻其弃官不事，去为楚北书院院长矣。因检书中所刻《日记》六卷，盖按日读书随笔之作。中有数则为予发者，录之，此亦风雨鸡鸣之思也。[2]"访长乐谢章铤枚如。此君于经籍、金石之学均有本末，闽中学人可以称首。"卷一"阅《聚红榭雅集诗词》。聚红榭者，闽中社集合刻所作。长乐谢枚如持赠，凡四种，曰《雅集词》五卷、《过存诗略》二卷、《游石鼓诗录》一卷、《黄刘合刻词》二卷。枚如，社中巨手，词人能品。徐云汀、李星村亦高出流辈。"卷一(后略)[3](录自《课馀偶录》卷三)

〔1〕谭献(1832—1901)，初名廷献，字仲修，号复堂。浙江仁和(今杭州)人。同治六年(1867)举人，历知歙县、全椒、合肥、宿松知县。晚年主讲武昌经心书院。著有《复堂类稿》25卷计文4卷诗11卷词2卷日记8卷、《文续》5卷、《诗续》1卷。(据《清人诗文集总目提要》第1676～1677页。)辑有《箧中词》6卷、《箧中词续》4卷。门人徐珂辑其论词语成《复堂词话》1卷。

〔2〕陈昌强《谢章铤年谱》系谭献访谢章铤事在同治二年(1863)六月(《谢章铤集》第774页。)，但未作细考，略有误。《复堂日记》卷一："同治二年五月以前日记沦失，不可记忆。今自癸亥(1863)五月始删节。"此可能是《年谱》把谭献访谢章铤事系在六月的根据。但《复堂日记》卷二："自福州携妇子三月十一日登舟，四月二十二日归杭州。"(清光绪间仁和谭氏刻《半厂丛书续编》本。)则谭献访谢章铤事当在三月左右，断不可系在六月，因为谭献四月就回到杭州。

〔3〕以上引文见《复堂日记》，文字无误。按：《黄刘合刻词》是谭献对黄宗彝《婆娑词》、刘勷《效颦词》的合称，并未有《黄刘合刻词》一书。参《词话续编》卷五"聚红词榭"条。

予二十馀年不填词

予二十馀年不填词，十馀年不作诗，即偶有所作，亦零星不成篇卷。[1]然虽

不足存，亦一时情事所寄，因附于此。（后略）（录自《课馀偶录》卷四）

〔1〕《赌棋山庄诗集》刊于光绪十四年(1888)，《课馀偶录》刊于光绪二十四年(1898)。谢章铤基本不作诗的时间约在1888—1898年间。谢氏《叶辰溪七十寿序》："道光乙巳、丙午间(1845—1846)，予以词与辰溪定交。是时，年各二十馀……惜予二十年不填词，不然步魏华父之所长，为君歌一阕，必将多侑君十觞酒也。"谢章铤与叶滋沅(字辰溪)年岁差不多，叶氏七十岁，谢氏也当七十岁左右，从七十岁逆推二十年，则谢氏"不填词"的时间在其五十到七十岁间。据陈昌强《谢章铤年谱》，同治十年(1871)正月十八日，谢章铤抄录《酒边词》成，寄赠石介。(《谢章铤集》第832页。)则谢章铤似对自己作词的成果有了一个交代，以后不准备多作。其基本不作词的时间似可定在1871—1890年间，正是其五十到七十岁。

《天花丈室诗集》附《生红馆诗词》

长乐梁九山土国[1]太常，居官有声，著述颇富，而皆未付梓，问其家亦不能详也。……太常三男三女，其季子兰茬云镛[2]广文最知名，次女蓉函韵书诗笔足以函盖闺秀。[3]太常拜奉天府丞，子女随任。蓉函后又随其夫许明经濂[4]客承德，两次出塞，得江山之助多。今合录一二，亦文献之所必及也。广文有《天花丈室诗集》，久未付梓，其子靖辰携以属予，予为编定六卷，附《生红馆诗词》一卷，则其继室侯官周蕊芳[5]所作也。有序载《赌棋山庄文又续》[6]。（后略）（录自《课馀续录》卷一，《赌棋山庄笔记合刻》本，光绪辛丑刻本。）

〔1〕梁上国，号九山。参《续编》卷五"梁履将《木南山馆词》"条。"土"字误，应为上。

〔2〕梁云镛，字兰生，福建长乐人。嘉庆二十四年(1819)举人，官福宁教授。(据丁绍仪《国朝词综补》卷三十。)著有《天花丈室诗稿》，今福建图书馆藏有清钞本，林鼒抄、谢章铤校。

〔3〕梁章钜《闽川闺秀诗话》卷三《梁韵书》："蓉函九妹为九山公次女，适侯官副贡生许濂。九山公三女皆能诗，而蓉函为之冠。工绘事，善鼓琴，于诗用力尤专。随宦京师时，每陪诸昆季作八韵试律，杂之馆阁名篇中，几莫能辨，间作小文小赋亦深得骚雅之遗。尝随妹婿许莲叔明经重游辽、沈，依莲叔之从父画山邑侯署中。画山本诗坛老宿，蓉函从莲叔后得其指授，又获山川之助，故所作益工，吾乡女士当首推之。著有《静安吟草》，索余序言。余谓蓉函精进未

已，愈唱愈高，似宜假以时日，俟其大成，再当操铅椠相从，此时且不必汲汲也。"

〔4〕许濂，侯官（今福州）人。民国《闽侯县志》卷四十四《选举》载其辛巳(1881)成贡生。

〔5〕《闽川闺秀诗话》卷三《周蕊芳》："周蕊芳，侯官人，儒士周登龙女，余十弟兰笙之继室也。母高氏，亦能诗，通经史，故蕊芳幼承母训，素解吟咏。年十七，归兰笙，复从余九妹蓉函讲贯，诣益进，善楷书，尝手录唐宋古近体诗千馀首，以授儿辈，并工鼓琴，摒挡家计之暇，挥弦染翰，乐而忘疲。随兰笙赴南安广文任，卒于官署，年仅三十有七。尝自编其吟稿一卷，题曰《生红馆诗钞》。兰笙录以寄余点定，余最爱其《灯下课杏堉两儿读〈尔雅〉》云（略）。"

〔6〕见《赌棋山庄文又续》卷一《散花丈室诗后序》。一曰天花丈室，一曰散花丈室，或谢章铤作《后序》时曾更改书名，未可知。

闽中三社

（前略）其时有西湖社〔1〕，则林颖叔〔2〕、孙穀庭〔3〕两方伯主其事，又后有南社〔4〕，则杨子恂〔5〕太史、龚蔼人〔6〕方伯主其事。而予与高文樵〔7〕、刘赞轩〔8〕以词学倡同人立聚红榭，林锡三〔9〕提学、梁礼堂〔10〕主政、陈子驹〔11〕副贡、马子翊〔12〕孝廉皆自南社而来，刻有社集。首集不过五人，次集则十五人，今存者惟予与赞轩耳。（后略）（录自《课馀续录》卷二）

〔1〕郭白阳《竹间续话》卷一："西湖社始于道光甲辰(1844)，倡和者刘鲁汀端、沈桐士绍九、周少绂麟章、萨树堂大滋、陈朗川福嘉、陈亦香崇砥、陈幼农隅庭、林颖叔寿图、孙穀庭翼谋九诗人。其址在荷亭。光绪辛巳(1881)，林渭如、陈礼刚二丈于大梦山麓购萨氏地筑室。颜曰'西湖社'，成旧志也，并设龛以祀九诗人，亦小西湖之故事。"（郭氏稿本传钞本。）今存道光戊申刻本《西湖社诗存》2卷，录九人诗凡275首。谢章铤《赌棋山庄文续》卷二《听秋声馆图卷》："西湖社之诗，予既读之矣。社中人，予尽见之矣。才调风格自当以颖叔为赤帜。"

〔2〕林寿图，字颖叔。参《续编》卷二"谭廑词"条。

〔3〕孙翼谋，字砚诒，号穀庭，福建侯官（今福州）人。咸丰二年(1852)进士，由翰林院编修补授山东道御史，官湖南布政使（据黄叔璥《国朝御史题名》，清光绪刻本。）

〔4〕魏秀仁《陔南山馆诗话》卷四："癸丑(1853)九月与林小铭斋韶、黄笛楼

经、梁礼堂鸣谦、马子翊凌霄、林锡三天龄、杨预庭叔怿、陈子驹遹祺、杨雪沧浚、郭穀斋式昌、杨子恂仲愈、陈幼仙锵、龚蔼仁易图结南社”。

〔5〕杨仲愈，榜名仲愉，字子恂，又字去疾，福建侯官人。鹤鸣子。弱冠补弟子员，与从兄叔怿齐名。咸丰初举于乡，官内阁中书兼侍读。同治壬戌(1862)进士，以癸亥(1863)朝考第一人入词林，充国史馆协修，散馆改主事。林则徐出赀为之加捐直隶补用道，拟大用。卒于沪。著有《剑秋阁诗文集》，未刊。(参郑祖庚纂《侯官县乡土志》卷三《耆旧录》，光绪三十二年铅印本；又参方浚师《蕉轩随录》卷三，清同治十一年刻本。)

〔6〕龚易图(1835—1893)，字蔼仁，号含晶，福建侯官人。清咸丰八年(1858)进士，由庶吉士改任云南知县。同治七年(1868)，知济南府。同治九年(1870)起任登、莱、青兵备道道员兼东海关监督。光绪三年(1877)升任江苏按察使。光绪七年(1881)，调广东按察使。光绪十一年(1885)，调任湖南布政使，被劾奏，奉旨革职。后因献款，奉旨赏还原衔。光绪十四年(1888)春，回福州。精书法，善绘画，喜作诗，著有《乌石山房诗存》传世。(据《龚易图自定年谱》，清光绪间刻本。)

〔7〕高思齐，字文樵。参卷五“漳平唱和”条。

〔8〕刘勷，字赞轩。参《续编》卷五“王彝招吟菊之局”条。

〔9〕林天龄，字锡三。参《续编》卷五“林天龄词”条。

〔10〕梁鸣谦，字礼堂。参《续编》卷五“梁鸣谦词”条。

〔11〕陈遹祺，字子驹。参《续编》卷五“陈遹祺书札”条。

〔12〕马凌霄，字子翊。参《续编》卷五“聚红词榭”条。

勒方锜、张鸣珂题赌棋山庄

予所著书名《赌棋山庄》，而实无山庄。五年四徙，突不黔，席不暖。前十数年，以馆谷馀金买屋于鳌峰坊九曲亭。于山之麓，后有小山，予欣然曰：“吾今乃有吾山庄矣”。有《记》，载文集。[1]……勒少仲见而题之。其后，予游豫章，张公束鸣珂亦为之题。两君皆词家也，备录之，以为山庄谈助焉。……

“治城东畔，有精庐小筑、高凌层巘。薜壁萝屏围卧榻，还喜烟岚迎面。磴仄穿云，台平伫月，胜概随时选。天成图画，地偏元为心远。　　回念往日乌衣，芸辉玉照，弹指沧桑变。近市翻饶邱壑美，谁计归山深浅。旧烬搜馀，新巢营就，三径都幽蒨。棋声何处，夕阳红上藤扁。”勒少仲中丞《壶中天》词。[2]

“一月垂天，万山窥牖，借大著《酒边词》中句。谢家词笔清空。认草堂何处，乔木青葱。世事枯棋一局，还记否、赌墅争雄。从今后，楸枰敛手，得失鸡虫。

匆匆。客游去也，花底几楼台，蛛网尘封。况鼓鼙声激，渐少欢悰。剩有池边疏柳，开倦眼、犹带春风。春风到，元亭问字，载酒相从。”张公束大令《凤凰台上忆吹箫》。〔3〕(录自《课馀续录》卷三)

〔1〕《课馀偶录》卷四：“予所居赌棋山庄在水部门内九曲亭，与迟清亭相望。”按：九曲亭在福州于山，赌棋山庄今已不存。《赌棋山庄记》见《赌棋山庄文集》卷六。

〔2〕勒方锜，号少仲。参《续编》卷五“杜文澜、勒方锜词”条。《壶中天》词不见勒方锜《榑洲词》，可作勒氏词补遗之用。据陈昌强《谢章铤年谱》，勒方锜光绪七年(1881)调任云南巡抚，谢氏有词送之。(《谢章铤集》第863页。)此后不见交游。题词应在此前，具体时间不详。

〔3〕张鸣珂(1829—1908)，字公束，号玉珊，晚号窳翁，浙江嘉兴人。咸丰十一年(1861)拔贡，官德兴知县、升义宁知州。自辑《寒松阁集》14卷，计诗8卷、骈文1卷、骈文续1卷、词4卷。(据《清人诗文集总目提要》第1646页。)据《课馀偶录》卷一，谢章铤在豫章时曾向张鸣珂借阅顾千里校本《淮南子》，后有秘本，张鸣珂必示谢章铤。《凤凰台上忆吹箫》见《寒松阁词》卷三。据清光绪刻本：“记否”原作“忆否”，“犹带”原作“犹待”，“问字”原作“问奇”。有词序：“章铤《赌棋山庄图》。”据陈昌强《谢章铤年谱》，谢氏初识张鸣珂在光绪十年(1884)秋。(《谢章铤集》第872页。)题词具体时间不详。

陈氏书籍铺刊《白石诗词》

《白石诗词》二卷。宋番阳姜尧章著。此本尚从宋刻传录者，末有“临安府棚北大街陈氏书籍铺刊行”字，但写手潦草，难免错误。其词集只载宫调，不载歌谱，举所谓旁行斜上字如番书者，皆不得见，尚不及近刻之可观。

陈遹祺钞赠词话

《远志斋词衷》武进邹祗谟程村著、《金粟词话》海盐彭孙遹骏孙著、《七颂堂词绎》颍川刘体仁公勇著，三种皆刊入丛书〔1〕，陈子驹遹祺〔2〕副贡钞以遗予，其卷旁有“芙初仙署”字，盖子驹填词处也。(录自《课馀续录》卷四)

〔1〕《远志斋词衷》有《赐砚堂丛书》本，顾沅辑，清道光十年刻本。《金粟词

话》、《七颂堂词绎》有《别下斋丛书》本，蒋生沐辑，清道光十七年刻本。

〔2〕陈遹祺，字子驹。参《续编》卷五“陈遹祺书札”条。

《词辨》跋

周氏《词辨》二卷。予旧跋云：“是卷传钞于吕庭芷[1]观察，原选十卷，未刻而厄于水，重录得二卷云。有刊本，未见也。持论创而确，大可开拓眼力。其选录大意则本于皋文张氏。皋文之论词，以有怀抱有寄托为归，将以力挽淫艳、猥琐、虚枵、叫呶之末习，其用意远矣！虽然，词以温尉为大宗，温尉之诗靡靡，以彼怀抱较之李、杜，不待智者而知其不似也，而谓其词皆遐稽隐讽字字有着落，或不然也。诗三百，一言以蔽曰：‘思无邪’。吾谓词不尽有托，而能以有托之心读之，则有托矣。是故皋文以寄托论词，山阳潘四农以人品论诗[2]，皆诚为能尊诗词之体者。作家虽不必拘其说，要不可不闻其说也。然则《养一斋诗话》、皋文《词选》及此卷，谓非肄业者之一助哉！介存即周保绪[3]，吾昔曾闻其名，盖学有渊源者矣。光绪壬午，章铤记于赌棋山庄之看云话雨楼。”（录自《课馀续录》卷四）

〔1〕吕耀斗(1828—1895)，字庭芷，一字定子，江苏阳湖(今常州)人。道光三十年(1850)进士，改庶吉士，授翰林院编修，历官至直隶天津道。为学博综，尤工画兰。著有《鹤缘词》1卷。事迹见《清代毘陵名人小传稿》。(据《中国词学大辞典》第247页。)

〔2〕潘德舆(1785—1839)，字彦辅，号四农，又号养一。江苏山阳(今淮安)人。道光八年(1828)中举人第一名。道光十五年(1835)大挑一等，选安徽候补知县，未赴。著有《养一斋集》26卷，中有《养一斋诗话》10卷。(据《清人诗文集总目提要》第1195页。)徐宝善《养一斋诗话序》说潘氏论诗“必求合于温柔敦厚、兴观群怨之旨”。(清道光十六年徐宝善刻本影印《养一斋诗话》。)书中“人品”一词，凡六见，如“子建人品甚正，志向甚远”(卷二)云云。

〔3〕周济(1781—1839)，字保绪，号未斋，又号止庵，别号介存居士，江苏荆溪(今宜兴)人。嘉庆十年(1805)进士，官淮安府学教授。后退隐南京，潜心著作。(据《中国词学大辞典》第234页。)著有《求志堂存稿汇编》16卷、《晋略》80卷、《词辨》10卷(存2卷)附《介存斋论词杂著》、《宋四家词选》1卷。词有《味隽斋词》1卷、《存审轩词》2卷。

聚红榭同人著述

《陈宋诗词合选》[1]二卷。闽县陈遹祺子驹诗名《芙初仙署吟草》[2]，侯官宋谦已舟词名《灯昏镜晓词》[3]，皆聚红社挚交。子驹填词秀蒨，近晏小山，词之正宗也。已舟强有力，词近刘后村，则别调矣。然二君皆兼工诗词，子驹之词已成集而未载于此卷。已舟之诗，此卷亦未尽载。皆不得谓之全集，特录其所见耳。嗟乎！当立社时，予方三十馀，诸君亦皆年少，乃不及一纪，渐弃宾客，今存者，惟予与刘赞轩[4]耳。当时诸君亦皆有集。祭酒为李星村[5]，其友为刻《琴寄斋诗》，而佳作不尽录。徐云汀集虽刻成，颇嫌真伪杂糅，盖云汀见人佳句，则写以资吟讽，身后无人分别，遂致认甲作乙，甚或指鹿为马耳。[6]黄肖岩《娑娑词》，赞轩取与《效颦词》合刻。[7]梁洛观《木南山馆词》，予为刻之。[8]其子客江浙，予曾寄致百本，以备其投赠。子驹最先与黄笛楼[9]倡和，编成《双邻词钞》，曾问序于予，[10]然议刻数次，未能也。林锡三[11]身后，其子弟到处搜其遗稿，未知已成集否？社中著述最富者为马子翊[12]，《习静楼》裒然大集，剞劂殊不易易耳，其馀则散见于社作雅集诸编耳。昔者勿村林丈[13]曾谓予曰："若有著作，当自料理，后人之不留意者无论矣，即或爱惜祖父，宝其片纸只字，将并其不必刻者而刻之，反增一重口实。"予思此言，通彻俗情，殊有至理，故予于生平所作，辄付之梓，固知贻笑詅痴符[14]，然较之欲笑而无可笑者，似差胜一筹也。嗟乎！人之学问，成不成有天焉，其著作传不传，亦有命焉，聊以适吾意耳，故不能强作主张也。且亦不尽关于好丑，彼鹤声一一飞上天，果足擅千秋佳句乎？（录自《课馀续录》卷五）

〔1〕《陈宋诗词合选》，今佚。

〔2〕陈遹祺，字子驹。参《续编》卷五"陈遹祺书札"条。《芙初仙署吟草》，今佚。

〔3〕宋谦，字已舟。参《续编》卷五"聚红词榭"条。《灯昏镜晓词》，今有清宣统二年(1910)铅印本。

〔4〕刘勷，字赞轩。参《续编》卷五"王彝招吟菊之局"条。

〔5〕李应庚，字星村。参卷一"李应庚词"条。

〔6〕徐一鹗，字云汀。参《续编》卷五"徐一鹗词"条。其《宛羽堂诗钞》有清光绪二年(1876)刻本。

〔7〕黄宗彝，字肖岩。参卷四"报黄宗彝书"条。黄、刘合刻词，参《续编》卷五"聚红词榭"条。

〔8〕梁履将，字洛观。参《续编》卷五"梁履将《木南山馆词》"条。

〔9〕黄经，字笛楼，参《续编》卷五"陈遹祺书札"条。

〔10〕《赌棋山庄文集》卷二《双邻词钞序》："吾友子驹之词，则殆合内外而兼之者乎？一日，出其《双邻词钞》相示，而黄君笛楼之作亦在焉。二君者其云龙之上下，抑亦笙磬之同声也夫。

〔11〕林天龄，字锡三。参《续编》卷五"林天龄词"条。

〔12〕马凌霄，字子翊。参《续编》卷五"聚红词榭"条。

〔13〕林鸿年(1805—1886),字勿村,福建侯官(今福州)人。道光十六年(1836)进士第一,授翰林院修撰。道光二十年充山东乡试副考官,官至云南巡抚。同治五年(1866)因拒剿太平军被革职。著有《松风仙馆诗草》1卷。(据民国《闽侯县志》卷六十九。)

〔14〕詅痴符:称文拙而好刻书行世的人。颜之推《颜氏家训·文章》:"吾见世人,至无才思,自谓清华,流布丑拙,亦以众矣,江南号为'詅痴符'。"(民国刻《四部丛刊》景明本。)宋王应麟《困学纪闻·评文》:"和凝为文,以多为富,有集百馀卷,自镂板行于世。识者多非之。此颜之推所谓'詅痴符'也。"(民国刻《四部丛刊三编》景元本。)

彭光斗、彭湘词

《彭退庵集》。溧阳彭退庵光斗[1]受知于宁化雷副宪鋐[2],副宪督江南学课,合属诗古第一。举拔萃,后官永安县,以与上官不合,归著《云溪草堂文集》十六卷。……退庵工词。《摸鱼儿·闻蛩》云:"正凉宵、酒醒孤馆,何来唧唧私语。一派荒庭喧落叶,唤起侯虫无数。伊何苦。岂爱伴、欧阳惯作秋声谱。萧然风露。算篱角床头,一般凄紧,相对只吾汝。　更深也,渐喜河倾月午。故园仿佛归路。无端傍枕啼偏急,不许梦魂偷去。伊且住。可省有、绿窗为尔停机杼。泪痕如雨。侭背着灯儿,无眠到晓,没个言愁处。"《暗香·吊林处士墓》句云:"水仙笑俗。收拾吟魂挂修竹。"[3]其曾孙心梅湘典籍与余善,[4]性通而介,避乱居晋十年,为学使者上客,有《适毚存稿》。《纪家人被难》等诗,皆沉痛不堪卒读,予曾录入《我见录》[5]。亦治长短句。《醉公子》云:"郎暖酴醾酒。故故将人诱。诱却上红潮。云添分外娇。　懒转深杯递。为怕如泥醉。醉卧五更钟。醒来苦累侬。"《蝶恋花》云:"神女高唐容易见。莫道匆匆,夙世兰因浅。毕竟胜他无一面。双眸尚觉花光眩。　银汉迢迢情未展。隔院玲珑,响戛黄金钏。若再相逢须饱看。琐窗雕户关心遍。"[6](录自《稗贩杂录》卷一,《赌棋山庄笔记合刻》本,光绪辛丑刻本。)

〔1〕彭光斗,字文枢,一字贲园,号退庵,江苏溧阳人。乾隆二十四年(1759)举人,官福建建安知县,改永定。解组归田,逍遥林下数十年。卒年八十六。著有《云溪草堂文钞》14卷、《彭贲园诗钞》11卷。(据《清人诗文集总目提要》第760页。)

〔2〕雷鋐(1697—1760),字贯一,号翠庭,福建宁化人。雍正十一年(1733)进士,改庶吉士,官至都院左副都御史。乾隆二十五年(1760)乞归养。著有

《经笥堂文钞》2卷。(据《清人诗文集总目提要》第555页。)另有《读书偶记》3卷等。

〔3〕二词均见《彭贲园诗钞·湖上棹歌》。据清乾隆五十一年溧阳彭氏刻本,"月午"原作"月泻"。《暗香》词序原作"孤山吊林处士墓"。

〔4〕彭湘,字心梅,号适龛,江苏溧阳人。官山西县丞,改安徽当涂县大信司巡检。著有《适龛诗集》14卷。(据《清人诗文集总目提要》第1456页。)另有《适龛诗稿》不分卷。《赌棋山庄诗集》卷十《题并门话别图即寄心梅有序》:"右图,彭典籍心梅作。心梅,名湘,溧阳世家子,工诗词,有集十数卷。粤匪窜江南,君跳身出游,其后金陵破,妻子及于难。君作诗哭之恸,而君亦颓然自废矣!君性介而多情,居晋十年,为学使者所引重。然君卒硁硁不为容悦也。同幕吴则之秀才,长应制文,而齿长矣,不为后进所许可。吴亦遂排荡无意于进取,乃丁卯戊辰(1867—1868)忽连举乡会试,君闻之喜。一日,遍走其所知告之曰:'则之成进士矣!而等以为何如耶?'闻者眙愕无以答,君大笑。昔年,余将入都,君穷昼夜作诗一词一画四赠余,且曰:'湘今年六十,子亦将五十,此后相见不可知,然吾决子必千秋,愿子自厚也。'予亦劝君图归计。君曰:'善,予不负爱我者。'遂欷歔而别,及今又再期矣。君在晋,余在秦,相望千里之间,盖犹皆肮脏而不得如其意也。吁!可感也。"

〔5〕《纪家人被难》不见清光绪元年刻本《适龛诗集》、清刻本《适龛诗稿》。当是彭湘书赠谢氏的,谢氏录入词话而传世。《我见录》:《课馀续录》卷五:"予少习词章,性好浏览名篇俊句,动则录副,因有《我见录》之作。……辛未(1871),请假归家,见老友魏子安方纂《陔南山馆诗话》,盖庀史之为,因尽举车尘马足所收罗,以为土壤泰山之助。子安受之,散布于其书中,而予心慰矣。"今福建图书馆藏有稿本《我见录》不分卷,陈庆元先生收入《赌棋山庄稿本》中,凡75页,未见《纪家人被难》诗,亦未见收彭湘其他诗歌。谢章铤《赌棋山庄词集》卷八有《百字令·题彭心梅湘〈适龛集〉》。

〔6〕《适龛诗集》、《适龛诗稿》未收此二词。当是彭湘书赠谢氏的,谢氏录入词话而传世。《酒边词》卷八《金缕曲·心梅示词极慷慨淋漓之致作此柬之》序:"心梅示词,极慷慨淋漓之致,作此柬之。"词云:"一纸飘然至,似大声、发于水上,吾惊而视。云涌天摇山亦走,勃勃其中有气。妙到此、何论文字。我辈岂真贪富贵,便伤心、也是千秋泪。只可惜,无聊矣。风云崛起原容易,看无数、煌煌钟鼎,潭潭门第。腰脚不灵君自误,唾手功名遍地。休相溷、吾方欲寐。竖子英雄空一叹,古之人、不应狂如是。这肝胆,难安置。"谢章铤诗集《稿本》有《书心梅词后》诗。(《赌棋山庄稿本》第二册。)

符兆纶词

宜黄符雪樵兆纶[1]以名孝廉需次吾闽，权建阳，缘事谪官。素性潇洒，善诗工书，好诙谐，刻集十数卷。……词不多作，然亦豪宕可喜。有《满江红》五阕，云："如此纵横，乃蛮触、仍然鏖战。却无奈、数奇由命，封侯无面。肉食班超投已笔，铁寒维翰磨犹砚。屈左思、藩溷著十年，三都炼。　洗双眼，谁如电。刖双足，犹如下。论抡才心死，才人几遍。许邵果能高月旦，陈平不合长贫贱。钓鳌竿、携上钓龙台，风云变。"又云："便是英雄，能禁受、几番磨折。思往事、长歌慷慨，酒酣耳热。苦笑成名皆竖子，可堪用世无豪杰。吐长虹、耿耿不能平，床头铁。　历卅载，无停辙。怀万恨，凭谁说。哦恶诗聊当，书空咄咄。一榻坐穿茅屋雨，双鬟唱暖旗亭雪。待携君、海上控鼋鼍，捞明月。"又云："又是天凉，已千树、商声交作。更兼那、凄凄楼笛，呜呜关角。雁响忽沉风力劲，乌啼争警霜华落。惨边城、无恙日萧条，蛮山恶。　问筹策，谁帷幄。问门户，谁键钥。莽炉锤铁聚，六州犹错。虚负贾生前席召，可怜祖逖先鞭着。漫无聊、酒盏合骚人，寻秋酌。"又云："凡事输人，才赢得、几篇词赋。怎能彀、我书还读，柴桑归去。自踏梁鸿春庑月，不贪司马金茎露。造化炉、妙手太空空，金难铸。　这岁月，真虚度。这进退，全无据。便还乡那许，林泉久住。已去不堪思往事，再来仍是悲前路。冀他时、勋业抵文章，将母误。又云："有味灯青，君休便、短檠轻弃。颇无赖、悠悠尘俗，茫茫天意。王后庐前谁计较，棘门灞上都儿戏。猛思量、古调不堪弹，孤琴碎。　说不尽，世间事。揾不尽，衫边泪。且掀翻千古，高寻位置。百尺楼中容啸傲，五侯门下嫌腥秽。便事成、碌碌只依人，羞毛遂。"[2]（录自《稗贩杂录》卷二）

〔1〕符兆纶(1795—1864)，字涣廷，号雪樵、学者称雪樵先生。江西宜黄人。道光十二年(1832)举人，历署福清、屏南、光泽、建阳知县。有善政。(据民国铅印本《卓峰草堂诗钞》卷首宋谦《先师小传》。)著有《卓峰草堂集》31卷计《诗钞》20卷、《诗续钞》4卷、《文钞》3卷、《梦梨云馆诗外编》4卷。

〔2〕《卓峰草堂集》未收词。《满江红》五阕见李家瑞《停云阁诗话》卷二，乃符兆纶答赠李家瑞而作。"犹如"原作"谁如"，"万恨"原作"万事"，"蛮山恶"原作"蛮山愕"，"虚负"原作"虚说"，"秋酌"原作"秋约"，"母"原作"毋"，"千古"原作"别要"，"依人"原作"因人"。按："投已笔"，应为"投已笔"。《停云阁诗话》作"投已笔"，遂误。

闽中方言

余昔刊《聚红榭雅集词》，黄肖岩宗彝为之序，略云："三代正音多存吾闽，苟词曲家讲明而切究之，尤近而易为功。窃谓音虽起于喉，当以鼻音为主，闭鼻，则开、发、闭、收音俱不真。鼻为君声，万类所统辖也，韵首东等首见，为得其本矣。刘继庄《新韵谱》亦先立鼻音，次立喉音，复以喉、鼻二音辗转相生，而万有不齐之音统摄于此。国书十二字头，首部'阿'、'厄'、'衣'、'乌'、'于'亦以喉、鼻二音为首，六部之音皆从此生。天下方音，五音咸备，独阙纯鼻之音，惟吾闽尚行此音，乃千古一线元音之仅留于偏隅者。漳、泉人度曲，纯行鼻音，则尤得音韵之原矣！且江韵中字，古多与东、冬同用，其偏旁从'工'、'空'、'舂'、'童'、'丰'、'叟'、'宗'、'龙'、'从'、'匆'、'农'等字，皆东、冬部，《说文》以之取声，闽音得之。四方人读'江'如'姜'，遂合为江、阳韵，乃俗音，非古音也。先、仙韵中字如'天'、'田'等，半入真部；尤、侯幽韵中字，如'刘'、'流'、'留'、'楼'、'矛'、'浮'、'猴'、'头'、'投'等字，半入肴部，此皆有合于古者也。'儿'字，古近日平声；'大'字，古近杕字音，吾闽此音尚存。至重唇之转为轻唇、舌头之转为穿齿，吾闽依然，三代之本音也。"[1]肖岩究心韵学有年，著《闽方言古音考》四卷。[2]时刘芑川家谋亦讲此学，著《操风琐录》四卷[3]。援据俱极该洽。二君，余石交，愧未能梓其书，今略数十则于左，颇见梗概。(后略)(录自《稗贩杂录》卷四)

〔1〕黄宗彝，字肖岩。参卷四"报黄宗彝书"条。所引黄宗彝《聚红榭雅集词序》与《聚红榭雅集词》中黄《序》文字略有不同。"窃谓音虽起于喉"原作"窃尝论之，音虽起于喉"，"辗转"原作"展转"，"皆从此生"原作"皆由此而生"，"工、空、舂、童、丰、叟、宗、龙，从、匆、农"原作"工、空、舂、童、农、丰、叟、匆、从、宗、龙"，"刘、流、留、楼、矛、浮、猴、头、投"原作"刘、流、留、楼、投、头、矛、浮、猴"，"此皆有合于古者也"原作"此皆闽音之有合于古者也"，"古近杕字音"原作"古近代字音"，"吾闽此音尚存"原作"吾闽独存"，"至重唇之转为轻唇"原作"至重唇音之转为轻唇"，"舌头之转为穿齿"原作"舌头音之转为穿齿"，"三代之本音也"原作"三代之前之本音也"。

〔2〕谢章铤《赌棋山庄文集》卷二《黄君宗彝别传》："君治古文有义法，工诗词，尤精小学。遗诗一卷、《婆娑词》二卷、《方言古音考》八卷、杂文若干篇。顾君不欲以文人传，不自贵也。"今见黄宗彝著述刊本仅《婆娑词》一种。谢章铤《稗贩杂录》卷四录有《闽方言古音考》部分条文。

〔3〕《操风琐录》未见有刊本。谢章铤《操风琐录序》云："始，吾见吾友黄肖

岩撰《榕城方言古音考》,心喜极,相见则怂恿其成,而肖岩卒,匆匆不暇。今乃得艺川《操风琐录》,嗟乎!此诚不朽之作也。音韵之学,吾闽最精,吴才老、陈一斋皆闽产也。国初,安溪相国尤为神解,《钦定音韵阐微》半出其手。近则推歧海,顾其书秘甚弗传,其散见于何氏学者,艺川犹时时指其误,前贤宁不畏后生哉!艺川之兄奂为教谕,亦究心于此,著书数十卷,惜未及卒业而死,而其友黄蕙田、陈金城二孝廉尚存,皆小学家之铮铮者。昔杭世骏游闽,著《榕城诗话》,讥闽人为'鸟音禽呼'(**原注:四字本魏收《魏书》**),试此示之,当爽然自失也。丁未七月,长乐弟谢章铤拜叙。"又有谢章铤戊申(1848)自跋,云:"艺川此书尚有散漫处,亦有错误处,尚须整理。余曾指以问艺川,艺川曰:'然。'戊申自跋。"(**《赌棋山庄馀集·文》卷二**。)按:《操风琐录》有刘家谋道光二十五年(1845)自序。笔者见到的《操风琐录》乃一精钞本,藏厦门图书馆,列为善本,每页10行每行25字。卷三有眉批:"铤按:鲁论:'季氏旅于太山',《史记·鲁世家》作'季氏卢于太山',是'旅'与'卢'通也。"批语乃谢章铤作,无疑(福建省图书馆藏民国二十六年传抄本无此批语)。所用纸张与赌棋山庄常用红格稿纸同,笔迹与谢氏楷体相仿佛,再加上此条眉批,故此钞本极有可能出自谢氏手抄。谢氏一生抄书甚多,今皆散落四方矣。

二、序跋、书信

叶辰溪《我闻室词》叙

词渊源三百篇，萌芽古乐府，成体于唐，盛于宋，衰于元、明，复昌于国朝。温、李，正始之音也。晏、秦，当行之技也。稼轩出，始用气；白石出，始立格。呜乎！词虽小道，难言矣。与诗同志而竟诗焉，则亢；与曲同音而竟曲焉，则狎。其文绮靡，其情柔曼，其称物近而托兴远且微，骤聆之，若惝恍缠绵不自持，而敦挚不得已之思隐焉。是则所谓意内言外者欤？辰溪之于词，家学也，而余之词，则土音耳。顾辰溪特喜与余言词。忆道光乙巳，余读书西园，其地池台参差，水木明瑟。去辰溪之居不百步，而主人李少棠者，余姨弟也，意气豪甚，置酒饮余，辄招辰溪。饮酣，纵谈天下事及今昔人才，喜而笑，怒而骂，思而沉吟，哀而长太息。其声方拉杂不休，忽邻人善笛者数声悠扬，自远徐至。下视庭阶，月三尺许，有蛩独叫，丛竹受风，如人拜起，举座默然，而辰溪独拍案填词。呜乎！天下填词之境，孰有过于此时哉？今辰溪之词具在矣。回想前尘夙梦，独使余低徊而不能自已也。呜乎！舍辰溪其谁知之，辰溪其勉之矣。（录自《赌棋山庄文集》卷一）

肖岩《婆娑词》序

朝出门，闻诸途曰："昨夜告急，羽书至若干矣。"夕出门，闻诸途曰："某日交绥，败而死而走若干矣。"太息而归，归而妻曰："吁！寒甚！椸无衣，床无被矣。"儿曰："吁！饥甚！厨无米，灶无薪矣。"言未终，或叩于门，伏而窥之，则索逋者。乃蛇行登床危坐，戒妻儿婉辞焉，迟久始去。方下床，剥啄又作，惊怛不遑，忽其人扬言曰："是我也，主人在家否？"谛听，则吾交好某某也。大喜，开门延之入，瀹苦茗，挑灯，促膝坐。始而述家况，其声呜呜然；继而谈时事，其声嚣嚣然；既乃出所作文字相示相对读，其声振振然。于是，披抉古今，低昂作者，其声欣然、凄然、纷纷然，渺不知其处何地，置身何等也。嗟乎！以此填词，词安得工？嗟乎！以此填词，词安得不工？虽然，当此之时，而奈何尚以其词为也？此吾读肖岩之词，所以奋袖起舞彷徨四顾而不能自已也。（录自《赌棋山庄文集》卷一）

刘赞轩《效颦词》叙

近余穷困不得志，闭门谢客，终日不见一人，而赞轩乃时时造吾庐。赞轩才高气盛，持论恢谲，余怵然不敢与赞轩深谈也。既而赞轩招余读书其家，礼余加敬，而其家亦不以食客相视，余于是得安其身者数年。间或俯仰侘傺，赞轩必命酒为欢，相与上下。其议论，举凡古今之利病，身世之是非，穷如何固节，达如何行义，即至一技一艺之末，无不批导，及之奋袖顿足，而赞轩不余忤也。盖至是，余与赞轩乃相视而笑而莫逆矣。是时，赞轩治举子业，余方撰定旧所作文，赞轩见余词，独欣喜，乃学词，而其词骎骎日上。适钱塘高文樵从惠安来，文樵固善词，余乃邀宋已舟、刘寿之及文樵与赞轩填词，数日一聚，拈题分咏，今所传《聚红榭雅集词》者是。其后，文樵应官远出，已舟、寿之各有所事，而赞轩之词独裒然成集。嗟乎！是吾赞轩之不凡也。夫天下之事，患其不学，学焉有不能而不精者乎？虽然，予之期赞轩者不在词，即赞轩自视其才当不止词。赞轩年甚少，赋质甚美，处境又甚顺，诚能敛其才不妄用，沉其志不轻发，寄情高远而出言期于中道，虽以此名世可也，而区区谓其词能窥作者已哉？刘氏群从知余颇众，而芑川独厚余。赞轩，芑川之弟也，其亦读芑川之文继起而大芑川之业者乎？若余之荒陋，何足道也。（录自《赌棋山庄文集》卷一）

《双邻词钞》序

词也者，意内而言外者也。言胜意，翦彩之花也；意胜言，道情之曲也。顾与其言胜，无宁意胜，意胜则情深。“梧桐树，三更雨，不道离情正苦。一叶叶，一声声，空阶滴到明。”羌无故实，其感人有甚于“手里鹦鹉，胸前凤凰”者矣。“何处合成愁，离人心上秋。便[1]芭蕉、不雨也萧萧。”都无点缀，其移情更有甚于“檀栾金碧，婀娜蓬莱”者矣。是故词贵清空嫌质实，然而五石之瓠，非不彭然也，清空则清空矣，一往而尽焉。东坡词诗、稼轩词论，其流弊又有不厌众口者矣。盖言意之不易称也如是。吾友子驹之词，则殆合内外而兼之者乎？一日，出其《双邻词钞》相示，而黄君笛楼之作亦在焉。二君者，其云龙之上下，抑亦笙磬之同声也。夫吾闽当赵宋之世，词人甲海内，自柳耆卿、王实甫以下，不下数十家。考其遗制，大抵以流宕自喜。今二君独以温尉、李主为职志，而骖靳于晏、秦、张、周之间，选言既工，用意尤极于缠绵。想起酒阑灯灺，占坐分题，琴声乍歇，炉香徐温，一字之浅深，一句之进退，把臂而起，必有相视而笑莫逆于心者。呜乎！令余神往矣！余始识笛楼而踪迹甚疏，近与子驹相过从，见其温厚多情，宜填词，而子驹顾数称笛楼，夫子驹岂阿好哉？昔者，浙西六家更唱迭和，而金风亭长实为一雄。若子驹之与笛楼，其二俊矣！师法古人，力振坠绪，不随流俗，独为铮铮，异日者转而愈上，使意内言外之旨大显于世者，其在二君乎？其在二君乎？余虽无似，犹能寻声按拍而从之。（录自《赌棋山庄文集》卷二）

〔1〕“便”，《全宋词》作“纵”。

张惠言《词选》跋

礼堂自京师归，出皋文《词选》示余。余读之曰：“此词家正法眼之作也。”国朝词家最盛，王兰泉《词综》、姚茝阶《词雅》、蒋子宣《词选》，撰录不下数十百人。然自浙派盛行，大抵挹流忘原，弃实佩华，强者詉呶，弱者涂泽，高者单薄，下者淫猥，不攻意，不治气，不立格，而咏物一途，搜索芜杂，漫无寄托，点鬼之簿，令人生厌。呜乎！其盛也，斯其衰也。岂知竹垞、樊榭之所以挺持百辈，掉鞅词坛，在寄意遥深，不在用事生涩。舍其闲情逸韵，而师其襞积，学者何取焉？求如皋文之卓见，盖希已难已。昔竹垞撰《词综》，以雅为宗，读《词综》则词不入于俚，读皋文此选则词不入于浅。且使天下不敢轻易言词，而用心精求于六义，皋文之有功于词，岂不伟哉！然而杜少陵虽不忘君国，韩冬郎虽乃心唐室，而必谓其诗字字有隐衷，语语有微辞，辨议纷然，亦未免强作解事。若必以此法求之于词，则夫酒场歌板，流连景光，保无即事之篇、漫与之作，而不必与之庄论者乎？皋文将引词家而进之于古，其立言自不得不尔，学者当观其通焉。礼堂殆不以余言为妄也。（录自《赌棋山庄文集》卷二）

《木南山馆词》序

洛观殁三阅月，遗集告成，其友谢章铤忍泪而志之曰：余识君将十年，无顺境，无欢容，人生非金石，臣精几何？其不销亡哉？君阀阅清华，读书世有声，弱冠裙屐洒然，虽王、谢佳子弟不过也。未几，遭太夫人忧，又经数丧，家骤落。尊甫客居，君独力拮据门户，夜眠不交睫。然君内抚弱弟少妹，外接戚友，充充若有馀，虽至亲密戚不知其疲也。是时，余方与梁礼堂、刘赞轩治词学，招君与其事。君齿稍后于余，抑然不敢以辈行视。每从余问，故余重违君心必尽言，君辄悠然得其意以去。其后，君词大成，出一语，见者皆诎服，而君不自以为能。乌石之阳有山馆焉，群峰左右拱，大江接于几席，高秋风利，万叶渐飞。余甲夜与君登其上，君忽惘惘有所思，谓余曰："人生岁月，一转瞬耳，如此江山，亦正需人。嗟乎！父其老矣！弟其少矣！修名不立，讵复图富贵为？"余彷徨，无以应对。坐良久，徐叹而起，残月半规，虫声入户，嗒然若不知天之高、地之厚也。间数月，而君遂甚病。君于文无不工，而填词尤有神解，幽思爽节，动与古会，而余微嫌其声咽。嗟乎！可传者在此，其不祥殆亦在此也。然使君抱尘袭俗，谬为肤悦，遂能百年无恙耶？而谓君其以彼易此耶？世之英俊多矣！求如君之深心果力，百不一二。君不短折，其造就谁窥涯涘哉？乃天既困之、阨之，并此劳生而亦靳焉，能无悲乎？缀拾绪馀，以俟后世之知君者。同治乙丑仲冬二十有一日。（录自《赌棋山庄文集》卷三）

《酒边词》自叙

余尝登峻岭，临溪而坐。乱松怒号，幽虫自咽，奔泉向东作虎啸，村歌数声起于隔岸，风徐徐送入余耳。余恍然若有感触，归而填词，所得渐多。或曰：其中有天籁焉。或曰：呕哑嘲哳难为听也。（录自《赌棋山庄文集》卷三）

词后自跋

余二十一岁始学词，其时，建宁许秋史赓皞方以词有名于世。秋史兄弟姊妹数人皆能度曲操管弦，家有池台水木之胜，暇日，辄奉其两大人，上觞称寿，各奏一技，以相娱乐。其于词也，盖能推而合之于音律。秋史之言曰："填词宜审音，审音宜认字，先讲反切则字清，遍习乐器则音熟。然其得心应手、出口合耳、神明要妙之致，非可以言传，亦非可以人强也。"余因是不敢为词者数年。其后多读古人词，觉时时有所疑，久之，乃慨然曰："秋史之说可从而不可泥也，夫词辨四声，韵书俱在，言语虽不同而四声则有一定，且今之传奇，往往一人填词，一人正谱，有自填之而不能自度之者，故宋人之词亦不尽可歌。夫声音一道，诗转为乐府，乐府转为唐人绝句，唐绝句转为宋人词，宋词转为元人北曲，元北曲转为明人之南曲。然《阳关》、《清平》之调虽亡，后人未尝不为七言绝；歇拍、哨遍、鬲指声之法虽亡，后人未尝不为长短句。审如秋史言，则岂独词哉？诗不能合乐，虽终古不作诗可也。余毋宁为肓[盲]词哑曲而已矣。"于是，乃复填词，积之遂得若干卷。其闻余风而起者，亦不乏人。虽然，秋史之说，正

道也，惜乎秋史已殁，其所谓神明要妙者，终不得闻矣！嗟乎！秋史不且笑余为无知妄作哉？（录自《赌棋山庄文集》卷三）

《抱山楼词》序

国朝词学，浙最盛。竹垞倡于前，樊榭骋于后，羽翼佐佑，俊才辈出而派别成焉。祖宋窥唐，意内言外，竹垞以情，樊榭以格，作者莫之或先。又揭其涉猎之绪馀，搜奇征僻，以相夸耀。昔昌黎之诗，时多险涩，皆其文之所吐弃者积之于诗而已矣。朱、厉体物数典，其游戏殆亦若是哉？或专效之，浙词之盛反衰。鹿仙观察，浙产也，家世擅文章。予从颖叔见其词，志和音雅，卓然能事。乙亥冬，予沿海绝江抵鄂。于时冰风凄栗，狂雪兼雨，千重暝色，下抱檐际，余与颖叔执手道契阔。君方小恙，冲寒踵至，继以他客，谈谐喧作，余不能一二言，君亦数言而止。寂寞相视，若老梅孤秀，色香俱远。余私意君之于文事，必别有得也。君乃出其词，命为之序。余于词，特为盲腔哑曲焉已。君则清气在笔先，无所为涂泽焉、襞积焉。噫！可贵也！夫词欲清空，忌填实，清空生于静，静则心妙，其寄意也微，其托兴也孤。君由承明出为监司，辗转一官，萧然物外，殆亦委心任运者耶？凡物味淡则品贵，凡人心淡则文灵。君之长于词，理也，况生词人荟萃之乡，而默会其盛衰之故哉！余别君之京师三阅月矣，时方苦旱，黄尘涨天，驱车过龙树寺，万绿初回。苦夭阏，不能遂登凌虚阁，遥睇西山，欲求一点之青而无所见。诵稼轩"惜春"之句、白石"感旧"之章，凭阑太息，有鸟孤逝，心目随之，与为无极也。夫词者，性情事也，劳人思妇忽歌忽泣，方不自知其意之何属？其声调之为何体也，而岂以铺张靡丽为哉？请以此言质之君药炉茗盌之侧，君其悠然一叹也。（录自《赌棋山庄文集》卷五）

与黄子寿论词书

子寿太史足下：章铤数年以来始闻大名，继读大作，心向往之。今年由颖叔幸得一见，率然以所业进，猥蒙不弃，示诲恳到。其推许不敢当，其指摘则确无以易，快甚！至于填词一道，抑然自下，若讶章铤之误而诱之使言者，此意亦何可负也。章铤于词，始固不敢为，为之既久，甚有所疑，亦若颇有所得。窃谓词以声为主，宋词固可歌而亦不尽可歌，至今人不能歌宋词，犹宋人不能歌唐人绝句。既不能歌则徒文也，亦求尽乎为文之道而已矣。词之兴也，大抵由于尊前惜别，花底谈心，情事率多亵近，数传而后，俯仰激昂，时有寄托，然而其量未尽也。故赵宋一代作者，苏、辛之派不及姜、史，姜、史之派不及晏、秦，此固正变之推未穷，而亦以填词为小道。若其量之，只宜如此者。国初诸老奋兴，宗唐祖宋，词学固为最盛。复古不已，继以审音，持论愈精，用功愈密矣。然渐流渐衰，耳食之徒或袭其貌而不究其心，音节虽具，神理全非，题目概无关系，语言绝少性情，未及终篇，废然思返，岂按吕协律之作必为是味同嚼蜡而后可乎？甚且冷典卮词，轇轕满幅，专以竹垞、樊榭咏物为宗，则尤为黄茅白苇矣！而其时之素谙声律者，如藏园、梦楼诸公，其词又未尝不摆脱一切，言所欲言。乃知诗词同源，夫词固亦有词之量矣。若"意内言外"之说，则词家敷假古义以自贵其体也。词之兴最晚，许叔重之时，安所有减字偷声之长短句者？且此注见于大徐本，若小徐则曰："音内言外"。谓词在音之内，在言之外，即后人之称语助者。核以传注："某，词也"。"某，词也"之训正合，而移其说于填词则大非。词调长者百馀字，短者亦数十字、十数字，安得不用意不选言，而第以虚腔见美，将"妃呼豨"、"儿郎伟"之类即为千古之绝妙乎？乾、嘉以来，汉学盛行，学者见此义出于《说文》，遂奉为长短句金针，不知旁训非正训也。虽然，凡为文，皆当意言兼美，则以"意内言外"论词，未尝不深中肯綮。第今之为词者，求其意不知起止，殆迂就于内而已矣；求其言又漫无归宿，殆涂泽于外而已矣。如儿女子咿嚘于帏闼之中，不敢出堂皇半步。噫！果填词之界限如是之严画鸿沟乎？夫声音一途，真知灼见，非无神瞽其人。然章铤尝见能度曲者，亦能自度其词，按其抗坠抑扬，犹是世俗之昆谱。问以九宫、八十一调、务头、鬲指、大晟之雅音，反茫然，以为无用。然则其自谓"阳春白雪"者，无亦英雄欺人，贤者不免乎？故常自嘅曰："弹唱，非吾事也，曷姑听客之所为乎？"昔江子屏有言："近日大江南北，盲词哑曲塞破世界，人人以姜、张自命者，幸无老伶俊倡窃笑之耳。"然子屏能为此言，而子屏之词则未有闻焉。且执此而论，诗乐本合，诗不合乐，请终身不作诗可矣，何责于词？故章铤之所为者，正子屏之所谓盲词哑曲，断不敢以姜、张自命者也。足下学有本原，若怜其盲哑而终教之。幸甚！企踵以望。（录自《赌棋山庄文集》卷五）

徐晓芙《欧阳亭词》序

红日满窗，静坐犹汗。子儁太史以一卷至，揭而视之，则同年生德清徐晓芙长短句也。读未半，若有微风起于坐隅，既终卷，矫首向天，微云自远。慨然曰：是词不浮豪而有情，不涂泽而有致，于其乡先正，与金风亭长为近，可谓能矣！嗟乎！当其时，金戈铁马，唾手功名。或者摩崖，或者上封事，中外文章炳然，而君櫜笔东西，若虫作茧，酒残灯灺，避人而吟。读集中《金缕曲》、《蓦溪山》诸调，其感慨于身世为何如耶？虽然，高台平矣，曲榭倾矣，而拳石或有时尚存；长林翳矣，乔木榴矣，而小草或有时独笑。词虽小道，亦视其精神之能自永否耳。敝帚千金之意，或亦有高文典册而不与易者乎？子儁，有心人，闻吾言，当必拍案大噱也。君将殁，谶谶出以相托，殆亦有见于此耶？刻而行之。嗟乎！季子可以报徐君矣。光绪丁丑，长乐谢章铤倚装序于都门。（录自《赌棋山庄文集》卷六）

张玉珊《寒松阁词》序

古不云乎？诗三百篇，大抵圣贤发愤之所为作也。夫人苟非不得已，殆无文字，即填词亦何莫不然？浙西之词，以小长芦钓师为职志，其生平减偷宗旨，备见于《自题词集》之中。以彼飘零桑海，萧索高门，夜别酒徒，朝瞻兵气，此何景邪？舟唇马背，水曲山椒，北风凄其吹人，饥乌昏而啄屋，此何地邪？引商刻羽，其第求派别邪？其第美音节邪？夫固有迫之于初斡之于内者矣。君生长词人荟萃之乡，擩染已非寻常，又得韵甫黄氏为之导师。卷首所载商榷诸言，可药末派，可起正宗。故君所涉笔，铜簧新炙无其脆，弹丸脱手无其灵。初写《黄庭》，神与体会，知者皆能道之矣。忆予经南昌郭外，晤君于野寺，四壁黤黮，小窗微明，君独据一案，校乙《淮南鸿烈解》，细楷流丽，如珠走盘，萧然不自知听鼓应官为何事。乃叹人惟能甘淡泊之境，始有情至之言。情愈至，品愈高，诣愈深，蕴抱愈厚，激发愈雄，将得已邪？不得已邪？然则君之词，殆其嚆矢耳！予于词，既孱学，又多意造，况复闻见苍凉，知交零落，才华既退，结习遂除，弃置不讲久矣。今读君词，又不禁怦然有动于中，惜乎相逢之已晚也！异日者，落月在梁，碧云舒卷，若有作“天风海涛”之音，唱“玉宇琼楼”之句者，其殆君乎？光绪甲申冬月。（录自《赌棋山庄文续》卷一）

答黎生

《尔雅》为六艺阶梯，固不可不治，古注只存郭氏一家，《邢疏》又太简略。至国朝，则治者颇多，率能申明古义。而其中最善者，则邵氏二云《尔雅正义》、郝氏兰皋《尔雅义疏》，而郝氏更胜于邵氏。此二书《皇清经解》内皆有而稍有删节，不及单行本之美备。单行本亦易寻。郝并有近刻，盖兰皋先生之孙，名联薇字近垣，重刻于直隶，想沪上可购觅。本经固当熟，郭《注》、邢《疏》亦宜先温，然后读此两家，以郭为宗，以邵、郝为辅，其馀博涉诸家，取其合，去其违，总以训诂为要，不在搜采异闻。盖诂经与注杂书其法不同也，而尤当通之以《说文》。盖《尔雅》体裁本与《说文》相近，且其中不无汉儒附益之处，与许氏时代相接，音义自可互证。郝之所以独胜者，亦以于六书通转之例熟耳。仆尝欲取两书皆有之字，列为长编，先采原注，然后广采后人之说以证明之。其或《尔雅》有而《说文》无者，则另为一编。于《说文》中，求其字之可通者而疏证之，阐其义，兼正其字，于小学似有所裨益。盖经传中正多后起之俗体不合于古义者，但其功浩大，非静坐十数年不能成。而奔走衣食，间以他作，徒悬此志，今老矣，无能为矣！吾贤有志，其能宏此远谟乎？考据之学，我朝已极其盛，重床叠屋之为，无益观摩，须别出手眼，或可备一格而验所学之浅深耳。即如所惠《郭注补正》一书，昨略为翻撷，其说皆近儒所已备，以之备考固好，若谓有心得则尚不足，且其书亦止可名《邢疏补正》，若《郭注》，似未便唐突。郭之学，非后来所易几。其《山海经》、《穆天子传》两注，多引杂说，而《尔雅》则不多及，盖其慎也。读古人书当考其生平，方知其意，而岂易言补正哉？程生饱山所校词话，别录一纸寄阅，其中有是有非，仆尚未及勘正。饱山近学词，苦无师友，昨答书略道源流及应读应看之书，未知于其意若何？盖仆之论词，颇与时派不同，甚不欲其汩没于黄茅白苇中耳。贵乡蒋藏园先生为长短句能手，视当时之崇奉浙派者，直如鹤立鸡群。惜词少而曲多，不能如迦陵以一子而方驾六家也。（录自《赌棋山庄文续》卷二）

《眠琴小筑词》序

诗以道性情，尚矣。顾余谓言情之作，诗不如词。参差其句读，抑扬其音调，诗所不能达者，宛转而寄之于词。读者如幽香密味，沁人心脾焉。诗不宜尽，词虽不必务尽，而尽亦不妨焉。诗不宜巧，词虽不在争巧，而巧亦无碍焉。其设辞愈近，其感人愈深。范希文、欧阳永叔，非一代名德哉？乃观其所为词，与张三影、柳三变未尝不异曲同工，何哉？嗟乎！夫人必先有所不忍于其家，而后有所不忍于其国。今日之深情款款者，必异日之大节磊磊者也。故工诗者馀于性，工词者馀于情。韵舫太守为中丞公子，少年科第得美官，度其遭际，谅无不遂意，而其发为词，若不胜悱恻咏叹之情，见者疑之，予以为不足疑也。不观纳兰容若乎？容若之境比韵舫似较优，容若之词则比韵舫尤为工愁，然容若之人则生平嗜学问，交友有始终，其周旋姜湛园、吴汉槎诸君，薄俗岂能有此？安知韵舫他时之所树立，不有过之者乎？词忌质实，韵舫之词则已清空矣。方且骎骎然期骖靳于两宋之间，乃不自满，而来求益于予。夫予何能词？自抒胸臆，殆为无弦之琴，无腔之笛而已。然窃谓自唐以来，词人日兴而词量则犹未尽。夫曲为词之馀，乃传奇，诸作佳者纪事言情，外可考世运之盛衰，内足验人物之邪正，而词反靡靡焉。即素讲宗派，亦止争格调声律之幽眇。古云诗史，岂词毫不足以庀史耶？故曰未尽也。韵舫籍山左，山左在宋以词擅名者，丈夫则历城辛稼轩，妇人则济南李易安。其俯仰身世，出以惝恍抑郁之音，横绝一时，亦深逾千尺，诚词场飞将手也。韵舫承其国宝，步其后尘，试为歌曰："西北是长安，可怜无数山。"又试为歌曰："守着窗儿，独自怎生得黑？"其揉肠荡气，果何如耶？嗟乎！吾知其词境方进未已也。（录自《赌棋山庄文续》卷二）

叶辰溪七十寿序

道光乙巳、丙午间，予以词与辰溪定交。是时，年各二十馀，意气勃发，不知忌讳，雌黄及于古作者。闽人固少言词，而辰溪大父小庚先生，独以是名家。所著《词谱》、《词韵》、《词存》、《本事词》，皆称为《天籁轩》，予得尽读。又获见潘绂庭、陆莱臧、冯柳东、姚梅伯诸老辈所倡和，每执卷悠然，恨不得奉其绪论。窃念假令旗鼓坛坫，或不无拔帜之一日。每与辰溪相视而笑，盖其盱衡驰骋，精神所注，虽不专在词，而词亦其一也。然文人习气不足恃，而春秋佳日亦不可多得。未几，予遂饥驱觅馆，与辰溪不常聚。既数年，辰溪家亦落，以资得官，需次浙水。又十馀年，辰溪自浙来归，予适久病在家，相见则大喜，既而相对无言。偶及倚声，虽苏、辛、姜、史诸名作，举其辞不能属。而余债负累累，困且窘，求鬻其老屋，辰溪为介绍于所亲，得钱百万，随手而尽。予乃跳身远出，辰溪复之浙，自是不得面，通讯亦稀，盖于今三十馀年矣。此三十馀年中，世境日下，盗贼蜂起，浙再陷，辰溪匏系不得食，子女且为国殇。事稍平，辰溪历权长兴、寿昌、武康、分水诸邑篆，官声日起而官况则日穷。夫以辰溪之为人，不得罪于百姓，可决也；处脂膏而不能自润，尤可信也。且辰溪与予平日所议论，怀抱何限，岂以此而遂谓得行其志耶？夫辰溪之仕既如此，予虽通籍，终不能仕。盖自古功名之际，虽高庳广狭不同科，大抵有命焉，非人力也。今君年七十矣，五福之文，一富二寿，其不足于富者，其当有馀于寿耶？忆予与君游，时程君石夫、邱君少兰、李君少棠往来并密，今程、李已作古人，而少兰尚强健。日者率君之孙诣予征文，会予起居颇适，遂能执笔为君寿，君闻之当甚喜。文成，不谬为恭敬赞谀，使君厌闻，而掀眉抵掌，犹是五十年前樽酒相于故态，君阅之必且大快也。君清爽淡定，性与予近，而平矜释躁，胜予数倍，不以机械损其天真，不以嗜欲伤其元气。虽由此期颐可也。惜予二十年不填词，不然步魏华父之所长，为君歌一阕，必将多侑君十觞酒也。谨序。（录自《赌棋山庄文

续》卷二）

刘寿之《随庵遗稿》序

（前略）方寿之之与予游也，予方在刘赞轩家授读。赞轩喜填词，予为招高文樵、宋已舟与寿之共事，后又益以梁礼堂、林锡三诸君，为十五人。不逮三十年，凋零殆尽，今仅存者惟予与赞轩耳。省君遗著，大抵当时唱和之遗。嗟乎！人琴之感，其何极哉！（后略）（录自《赌棋山庄馀集·文》卷一）

书《茶梦庵词稿》后

仁和高茶庵望鲁通判笃于伉俪，曾具稿请予为其妇作传，予以尘冗不及作，今并其稿失之。三十年来，负此一诺，每念及辄为耿耿，而茶庵亦久弃宾客，即成篇将谁付乎？茶庵之妇姓陈名嘉字子淑，与其夫同县，盖才女而烈妇也。辛酉，杭城失守殉难，遗著俱付劫火。其兄诰与茶庵掇拾搜讨，所得不及半，名曰《写麋楼遗词》，附《茶梦庵词后》。茶庵有《行香子》久不得内子书，谱此附家书后云："寒色衣边。暮色灯前。听征鸿、响落长天。故园鱼信，何事迟延。怕病相缠，贫相累，恨相牵。　　倦理鹍弦。懒劈鸾笺。写离怀、不尽缠绵。香消酒醒，静夜无眠。剩泪如泉，愁如雨，梦如烟。"子淑有《唐多令》外子客海昌，以词见寄，谱小令答之云："芳事倏将残。新愁镜里看。薄罗衣、尚怯馀寒。不为伤春非病酒，拚一味，病阑珊。　　咫尺阻云山。音书寄便难。报高堂、两字平安。琐屑家常君莫问，须努力，劝加餐。"《好事近》已未冬月，得外子崇川见寄词，知有归意，即用元韵为答云："风雪近残年，恁受别离滋味。梦中傥许相随，奈关山迢递。　　亏他征雁带书来，珍重万金抵。料得羁愁难遣，早商量归计。"又《踏莎行》花朝云："芳草侵阶，落花辞树。韶光一半随流去。杏饧门巷又清明，踏青试约邻家女。　　旅燕初归，流莺欲语。垂杨绿遍闲庭宇。二分春色一分阴，一分不定晴和雨。"笔意颇似频伽山人，笙磬同音，宜茶庵之肠断孤弦也。（录自《赌棋山庄馀集·文》卷一）

跋《丁氏因话录》

（前略）按：《因话录》，后以与唐赵璘书同名，遂增删改为《见见闻闻录》。

然郭子横有《洞冥记》,与汉武帝同;吴均有《齐谐记》,与东阳无疑同;稽[嵇]含有《南方草木状》,与徐衷同,文异何害于名同?此则大略见梁曜北《瞥记》"《太平御览》所引书"条。予少年好填词,自名其词为《酒边》,后知与宋词向子諲同名,欲改之。时予常与酒人游,多在壶觞狼籍之馀,沉酣梦呓,不可以庄语,非酒不能为予塞责也。少陵不云"君当恕醉人"乎?遂不改。词之好丑,不关名之同异也。(录自《赌棋山庄馀集·文》卷二)

赌棋山庄《酒边词》自序

余尝登峻岭,临溪而坐。乱松怒号,幽虫自咽,奔泉向东作虎啸,村歌数声起于隔岸,风徐徐送入余耳。余恍然,若有感触,归而填词,所得渐多。或曰:其中有天籁焉。或曰:呕哑啁哳难为听也。道光戊申四月,长乐谢章铤。

乙亥重删一过,存其半,凡已见《聚红榭雅集词》者,亦不录。少年锐于自见,勇于讥刺,其他闲情所寄,皆非闻道之言,多存不如少存,少存不如不存。然而曾用心焉,欲尽去之,其弗忍矣。赘肬黑子,面目之病,亦面目之真也。使子羽遇翾蔑,安知不以为两美之合乎?七月五日,章铤记于丹芝讲院。(录自《酒边词》)

《聚红榭雅集词》小引

"晓风残月"销歇者七百年,"铁板铜琵"招邀者二三子,爰于寂寞清闲之地,频来崎嵚磊落之人。不言性而独言情,欲读书必多读曲。百阕长歌,数杯浊酒。箫声柳色,敢言太白重生;《疏影》、《暗香》,且遣小红低唱。传之好事,岂无傍墙偷记之时;示我知音,大有浮海移情之意。咸丰丙辰谷雨节,长乐谢章铤撰。(录自《聚红榭雅集词》)

《聚红榭雅集词》(二集)小引

关河屡警,正渡江击楫之年;风月自佳,有闭户哀吟之侣。乾坤应留清气,文酒可养生机;出缠绵绮丽之才,说跌宕酣嬉之梦。《离骚》为苗裔,微言呕芳草之心;旌旆各飞扬,硬语压铜弦之首。方城祖席,井水宗风,昔得五人,今馀十子。嗟乎!大地萧萧,楼外之愁云如墨;劳生扰扰,江头之春水易波。歌者

聊醒其倦眼，闻之敢望夫解颐。长乐谢章铤撰。（录自《聚红榭雅集词》二集）

《灯昏镜晓词》题词

花外新莺百啭柔。佳人悄立最高楼。丝丝幽怨聚眉钩。　　未免有情歌一曲，忽闻邻笛更添愁。春江如梦水争流。

已舟仁兄出近词相示，上攀温、李，下挹晏、秦，正始之音也。读竟，不胜诎服，而十年旧梦枨触满心，爰题《浣溪纱》一阕。甚矣！成连之移我情也。以君清思俊才，愿益懋之，旗鼓中原，为吾闽生色焉。可。长乐弟谢章铤谨书。（录自《灯昏镜晓词》）

为石廉夫录寄《酒边词》跋

廉夫从余学词，既节录余《词话》，又欲钞余词。适余北行期迫，不能给以副本。廉夫求为到京录寄，因杂缀此册邮置之，大抵咸丰初年作也。夫词者，意内言外，上不可诗，下不可曲，其宗旨颇散见余《词话》中，愿廉夫深体之。异日太华、龙门间有以倚声名天下者，必廉夫也。则余所作，不过为君先驱耳。

辛未首春十有八日，长乐谢章铤记于宣南寓斋，时别廉夫盖三阅月矣。（录自石介《赌棋山庄诗文见录》，据《谢章铤集》第183页。）

三、论词词、词序、词注

《贺新凉》(世事茫茫里)尾注:"星村时从余问芑川。'叹平生可笑,无聊之至。'星村《满江红》句也。吾乡光禄吟台在省城光禄坊,先辈许有介结诗社之处。"(录自《酒边词》卷二。)

《买陂塘·寄星村》"餐霞亦有题句"注:餐霞楼在沧霞洲。张姬锦云素善星村,所以事星村者备至,今没数年矣。星村图其影为长卷,余为题《金缕曲》一阕,详余《赌棋山庄词话》。(录自《酒边词》卷三。)

《金缕曲·谈艺视芑川》:总要性情耳。自古来、韩苏李杜,所争止此。试把艺文时一阅,姓氏纷纷难纪。正法眼、何曾有几。风雅本原都不讲,只描头画角真堪鄙。覆酱瓿,谁料理。　要展精神新壁垒。拥皋比、双眸炯炯,驱神役鬼。莫笑填词为小道,第一须删绮靡。如椽笔、横空提起。千古名山原有数,这功名、不与寻常比。深相望,子刘子。(录自《酒边词》卷三。)

《满江红·菁城话别诸作》序:友仁精舍在菁城北门外,余招诸同志叙别其中,酒酣联句题壁。既归,文樵叠韵送余行,余亦和答。又数日,适逢重九登高,复叠前韵,所作愈多。文樵图为长卷,且命余叙其首,余亦誊为副本。真一时胜概也!兹录余作,其联句并诸君和作则已戴[载]《友仁精舍雅集录》矣。(录自《酒边词》卷四。)

《满江红·菁城话别诸作》"花休落"注:初余录同好《满江红》词畀文樵,且系之曰:"异日杯酒相逢,各抒长技,称为'聚红词社'可也。"文樵欣然,因自称"聚红生",并镌一印赠余曰:"聚红社中人"。是夜,灯结花四,既又茁一蕊,文樵笑曰:"是所谓聚红也。"(录自《酒边词》卷四。)

《满江红·菁城话别诸作》"人非浊"注:文樵填词处曰聚红轩,榴花、长春各一。(录自《酒边词》卷四。)

《满江红·为肖岩题吴清夫所藏汪稼门尚书梅花诗扇册》:"岁壬子,余抱幽忧,浪游自排遣,一二知已惠书省问,述所见闻,皆堪痛哭。适肖岩寄此册相示,欣赏累日夜不厌,因思昔日尚书治吾闽,政举法行,时国家称极休盛,而册中唱和诸君子如吴清夫、伊墨卿亦各能出所树立,以自显于世。及今几何时,竟令人累欷增叹,而莫能自解邪?十月,余行经泉南,见道旁薪者皆焦毁无枝叶,询其故,始知前日剧盗方出掠,治之不得,官乃纵兵焚其十数乡,众悉趋入海,此其烬馀之物。嗟乎!付之一炬中安知无梅花哉?"(录自《酒边词》卷四。

亦见《词话》卷五，文字略有不同。）

《金缕曲·同肖岩论词颇酣作此赠之》：不死狂奴胆。眼青青、仰天长啸，填词犹敢。得意居然能千古，万事都忘轲辘。七百载、风流将斩。刘柳骚魂萧索甚，冷江山、几辈虚名啖。为醉语，为梦魇。“七百有馀岁，谢子不凡夫。”芑川《水调歌头》句也。　瘦肩自转风骚担。逼真情、言欢能笑，言愁便惨。夜月青灯常惹恨，怕听渔阳之掺。芒作作、岳军难撼。一见旌旗臣则避，坐词坛、欠稳针横毯。君如海，仆如坎。“骚首问青天，是我知心惟月。多少不团圆事，莫向青灯说。”肖岩《好事近》句也。（录自《酒边词》卷五。）

《满江红》（不暇长歌）序：辰溪出示近词，直迫古作者，读之狂喜，叠韵赋此。尾注：辰溪大父小庚先生善词，著书数种，皆名《天籁轩》。（录自《酒边词》卷五。）

《满江红·读刘寿之三才词拈赠》：香草美人，好怀抱、风骚有几。便拈毫、铺红染翠，画皮而已。热血谁从狂胆喷，豪弦陡令雄心起。能酣嬉、跌宕学苏辛，千秋矣。　山有色，烟霞美。天有骨，风云喜。且自家闭户，须眉料理。手笔敢居台省下，眼光直满乾坤里。看他年、挥洒上凌烟，奇男子。（录自《酒边词》卷五。）

《满江红·答锡三》尾注：锡三清明《摸鱼儿》词绝佳。（录自《酒边词》卷七。）

《金缕曲》（难与天争命）序：时事愈迫，赞轩慨然作出山计。读其词，呜咽弥甚，作此以广其意。嗟乎！此正子野闻歌时也。（录自《酒边词》卷七。）

《扬州慢·姜石帚小像》尾注：竹垞云：“吾最爱姜史”，又云：“倚新声，玉田差近”。玉田，亦石帚门庭中人。（录自《酒边词》卷八。）

《瑞鹤仙影·红云会》尾注：按：此调原名《凄凉犯》，红友《词律》谓上拍首句第四字有韵，下拍末句应三字一逗七字一句。然考玉田《白云词·过邻家见故园有感》，是用陌韵，而其首句云：“西风暗剪荷衣碎”，“剪”字非韵，且作七字句。末句云：“梦三十六陂流水，去未得。”则亦可作两五字句也。“十”字应读作“谌”。小杜诗：“南朝四百八十寺”，“十”亦读平音，可证。或疑“十”字可用仄，亦非也。此红友所未审及者。附记于此。（录自《酒边词》卷八。）

《金缕曲》（一纸飘然至）序：心梅示词，极慷慨淋漓之致，作此柬之。（录自《酒边词》卷八。）

《沁园春》（黯甚离魂）序：已巳仲冬，与阌乡张听庵树荧观察别于西安，君出词笺赠行，途中欲酬作，得首三句，不能成阕，季冬自同州归，始完之。书寄听庵京师。（录自《酒边词》卷八。）

《金缕曲》(便欲分襟去)序：及门郭生玉堂宝森、石生廉夫介以近作古文填词见示，皆可造道，喜而作此以勉之。时予将入都。（录自《酒边词》卷八。）

《如此江山·题龙树寺谳集图》序：代。予去京国十馀年矣，丙子重踏软红，旧好招饮龙树寺。左搂可望三殿，右楼平视西山，登临胜处也。时方苦旱，万绿初回，扶阑俯仰，渺然有江湖魏阙之思。主人多情，欲为图志之，未就也。先是，韩小亭大令有《谳集图》。韩之会在丙午，距今三十年，其年亦闰五月，时地相同，诚翰墨之佳话！主人请先为题咏，以纪盛缘，乃同卷中张石州韵，倚声以应之。尾注：石州词有"酒达诗狂，犹龙似虎"句。（录自《酒边词》卷八。）

《菩萨鬘慢·陈恭甫先生〈恋云图〉》序：章铤敬观涤笔，《恋云》诸图题者，古今各体俱备，而尚缺长短句，故作此以补之。昔先生掌教清源，陈颂南给谏在门下，自述请业请益经史诗文之外，及于万红友《词律》，乃知先生固未尝鄙填词为不足道也。光绪壬午。（录自《酒边词》卷八。）

四、论词诗、诗序、诗注

自题《酒边词》

苍茫天地自朝昏，翦烛樽前屡断魂。有意著书宁不朽，无端感愤竟多言。珊瑚九尺龙蛇走，风雨千秋涕泪存。昨夜铜弦对明月，海门照见浅深痕。（录自《赌棋山庄诗集》卷一。）

答程石夫玉英（其一）

词坛当日集邹枚，卓荦程生亦异才。时我山阳方听笛，逢君水榭共衔杯。任如殁于是年。玉兰水榭，芑川诗屋。无端孤愤谁堪说，偶尔狂言世已猜。青眼如今能几辈，云龙上下费追陪。（录自《赌棋山庄诗集》卷一。）

漳平杂诗（其三）

甓园当日亦词豪，偶尔鸿泥溷冷曹。一盏龙停山下水，紫云无地荐溪毛。晋江丁雁水曾作漳平教授，著《紫云词志》，不详。[1]（录自《赌棋山庄诗集》卷四。）

〔1〕丁炜词集《紫云词》，今有清康熙希邺堂刻本、清咸丰四年重刊本。

将归自漳平作（其二）

故人减字寄双鱼，犯暑冲寒怨岁除。今日我归更惆怅，奔波无计爱吾庐。肖岩近词有“冲寒犯暑，年年忘却除夕”之句。（录自《赌棋山庄诗集》卷四。）

题高文樵思齐词卷

其一

幽兰作纸写《离骚》，手捧神龙铸宝刀。抱得无弦琴谱在，琵琶肯唱郁轮袍。《无弦琴谱》，君乡贤仇山村词名。

其二

罗刹江头有逝波，六和塔下月华多。铜琵铁板俱无恙，几辈江湖载酒过。

其三

达夫诗笔自清超，减字偷声倚碧箫。近日旗亭看画壁，可容赌酒解金貂。

其四

萝月凄凉许子规，武彝山下竟何之。《酒边》《斫剑》故人老，一曲檀槽怨柳枝。吾乡许秋史以"人在子规声里瘦"句得名，许子规后坠武彝仙人掌下死。《斫剑词》，芑川著。（录自《赌棋山庄诗集》卷四。）

花朝感旧（其一）

一花一客水云边，煮酒论诗忽七年。好梦重圆须隔世，故人何意竟生天。远山断续迷烟树，夜月凄凉冷管弦。地下有谁堪作伴，画图旧句总缠绵。己酉花朝在东洋，芑川设饮召客，作《花朝雅集图》，填《百字令》，有"一花一客，花随客至"之句，今七年矣。（录自《赌棋山庄诗集》卷四。）

阅近人《秋窗同话》词卷作

其一

旗亭斜日太匆匆，何处人间唱恼公。独上钓龙台上望，铜弦遥忆大江东。

其二

昏昏兵气入春城，冷落当年柳七名。忽听同声歌《水调》，晓风残月不胜情。（录自《赌棋山庄诗集》卷六。）

建宁杂诗（其二）

削壁谁题黄绢碑，仙人拍掌问归期。幔亭一宴无消息，寂寞生天许子规。许秋史赓皞以“人在子规声里瘦”句得名，称为“许子规”，后以修《武夷志》，悉历诸峰，坠仙人掌崖下死。（录自《赌棋山庄诗集》卷八。）

过武林门外感念文樵（其一）

可怜无计恋烟霞，酒后填词苦忆家。尚有飘零小儿女，西风葛帔怨啼鸦。（录自《赌棋山庄诗集》卷八。）

杭州杂诗（其六）

精舍何时再诂经，秋山顾影太玲㻞。能诗近日推谭峭，我为徐陵忆客星。谓谭仲修献。仲修佐徐寿蘅学使校阅，颇叶士论。所著《复堂诗词》亦入格，近闻其为诂经精舍监院。（录自《赌棋山庄诗集》卷八。）

叠韵和霞举并视颖叔

序云：挚友刘芑川长于诗，许秋史长于词，黄肖岩精于小学，著书甚富，不三十年俱尽矣。晚交颖叔，由颖叔并交霞举，甚欢。庚午春正二十七日，方为韩孟联句，忽闻警报，嘅然辍作。念霞举不能久留，感叠前韵寄之，不自知其言之拉杂也。（录自《赌棋山庄诗集》卷十一。）

丹芝讲舍杂感（其四）

广文埋碧竟何方，池秋如学博剑波。羁客登城赋国殇。林子寿部郎其年。拚与填词高竹屋，高文樵县尉思齐。皆死于同治三年之乱。骚魂夜夜泣他乡。（录自《赌棋山庄诗集》卷十二。)

登郁孤台

“鹧鸪声未已”句注:辛稼轩过郁孤台词“江晚正愁余,山深闻鹧鸪”,谓和议行不得也。(后略)(录自《赌棋山庄诗集》卷十三。)

己未将游蜀留别词榭诸子

其一

昔日徐陵笔,风流自一时。及今渐衰老,混俗感须眉。叠叠谋生累,廖廖送远诗。词坛念祭酒,倘与古人期。徐云汀一鹗。词榭中君年最长。

其二

孤苦平生泪,凄凉酒后来。卖文艰远计,知命养真才。不觉群儿贵,依然一卷开。及门有豚犬,万事荷栽培。己舟。君近日精于子平。

其三

急难仓皇日,蒙君慷慨情。放言见风骨,衔感最生平。一别竟千里,相期赴大名。临歧眷恋意,从此泪纵横。林锡三天龄。予坟地为人窃售势家,君极力为余关说,始得无事。

其四

风义兼师友,闻言愧至今。长悬千里月,为照两人心。倔强难凝福,苍茫孰赏音。不妨美芳草,闭户自高深。寿之。

其五

满地皆烽火,依人竟远游。我方怨远道,君复买离舟。后会知何日,饥驱隐百忧。酒边且豪语,投笔或封侯。洛观。君亦将之歙。(录自《赌棋山庄稿本》第二册。)

书心梅词后

可怜拉杂凄凉事，都作缠绵哀咽音。上党峨峨天下脊，夫君渺渺古人心。高年渐觉风云淡，久客宁忘霜雪侵。但愿江南好烟水，双鬟画壁酒重斟。（录自《赌棋山庄稿本》第二册。）

五、赌棋山庄词学纂说

按:福建图书馆藏有谢章铤稿本《赌棋山庄词学纂说》,陈庆元先生编《赌棋山庄稿本》据以收录,凡二十八页,乃谢氏研读词学之笔记,从中可考察谢氏词学思想之渊源。字多漫漶之处,不易辨认。今据谢氏所抄原书一一覆核,谢氏误抄或刊落或改动的地方,出校记说明。稿本字迹阙如,则据所抄原书补出,不一一说明。

唐名曲称《霓裳羽衣》,旧矣,然《唐书·乐志》谓是河西节度使杨敬忠所献,曲凡十二遍。又,刘禹锡诗:"开元天子万事足,惟惜当年光景促。三乡驿上望仙山,归作《霓裳羽衣曲》。"唐乐史《太真外传》云:"杨氏进见之日,奏《霓裳羽衣曲》。"三说盖不同,何也?考《碧鸡漫志》以为西凉创作,明皇润色之,似已。而《外传》又称妃醉中舞《霓裳》一曲,则妃特妙此舞耳,制其曲当仍为明皇无疑。宋填词名有《霓裳中序第一》,亦鲜知其解。余案:《梦溪笔谈》谓"《霓裳曲》十二叠,前六叠无拍,至第七拍始有拍而舞。"则填词名《中序第一》者,盖中分十二叠,而以第七叠为《中序第一》,此必宋人舞曲明矣。宋《乐志》舞队第五曰《拂霓裳》,是可验也。宣和初,普州守王平自言得夷则《霓裳羽衣》谱,则此曲当属商声。或曲十二叠,各按月令,平独得其一遍之谱耶?毛先舒稚黄《潠书》卷三《霓裳曲辨》。[1]

〔1〕据毛先舒《潠书》卷三《霓裳曲辨》:"制其曲"后原有"者"字,"无疑"原作"亡疑"。

填词不得名诗馀,犹曲自名曲,不得名词馀。又,诗有近体,不得名古诗馀,楚骚不得名经馀也。盖古歌皆作者随意造之,歌者寻变入节,传之以声而歌,故乐有谱歌无谱也。后世歌法渐密,故作定例而使作者按例以就之,平平仄仄,照调制曲,预设声节,填入词华。盖其法自填词始,故填词本按实得名,名实恰合,何必名诗馀哉?问:若是则古人随意为之,何以皆可歌?是歌工之工,善传喉吻耶?抑古人皆通音律耶?曰:歌工虽巧,不能使拗者之可歌;古作者才虽高,不能尽通音律。要之,古人事不强作,亦不强成。通音律者乃作歌,不通者不作也;歌之而叶者乃歌,不叶者不歌也。后世歌者愈昧,作者愈滥,而歌法愈益密,不得不为定谱以绳之,使贤者俯而就,不肖者跂而及,填词之谓矣。故填词既出则诗亡,夫诗之亡也,诗馀也哉。《潠书》卷四《填词名说》。[1]

〔1〕据毛先舒《潠书》卷四《填词名说》:"填词不得名诗馀"前原有"填词者填其词也,不得名诗馀","词华"原作"辞华","耶"原作"邪"。

临桂朱小岑布衣依真精于倚声,其《论词绝句》二十二首,以视元遗山论诗,无多让也。诗云:"南国君臣艳绮罗,梦回鸡塞欲如何?不缘邻国风云得,璧月琼枝未讵多。""天风海雨骇心神,白室清空谒后尘。谁见东坡真面目?纷纷耳食说苏辛。""柳绵吹水我伤春,杜宇声声不忍闻。十八女郎红拍板,解人应只有朝云。""贫家好女自娇妍,彤管讥评岂漫然。欲向词家角优劣,风流终胜柳屯田。""词场谁为斩荆榛?只手难扶大雅轮。不独俳谐缠令体,铺张我亦厌清真。""合是诗中杜少陵,词场牛耳让先登。暗香疏影精神在,夜月清寒照马塍。"白石墓在马塍。"香泥垒燕卢申之,淡月疏帘绮语词。何似山阴高竹屋,独标新意写乌丝。""质实何须诮梦窗,自来才士惯雌黄。几人真悟清空旨,错采镂金也不妨。""雕梁软语足形容,柳暝花香意态中。项羽不知兵法诮,也应还箸贺黄公。贺裳字黄公,著《皱水轩词筌》,谓史邦卿'咏燕'词,白石不取其'软语商量',而取其'柳昏花暝',不免项羽不知兵法之诮。""半湖春色少人记,夜月蕢洲渔笛吹。深悔钝根闻道晚,廿年始读草窗词。""莲子结成花自落,清虚从此悟宗门。西湖山水生清响,鼓吹尧章岂妄言。""儿女痴情迥不侔,风云气概属辛刘。遗山合有出蓝誉,寂寞横汾赋雁丘。""蜕岩乐府脱浮嚣,又见梅溪谱六幺。莫笑凋零草窗后,宋人风格未全消。""已是金元曲子遗,风流全失草堂词。端须忘尽昆仑手,更向楼前拜段师。论明代。""燕语新词旧所推,中兴能挽古风颓。如何拈出清空语,强半渔郎七宝台。词至前明,音响殆绝,竹垞始复古焉,第嫌其体物杂,不免叠垛耳。""陈髯怀抱亦堪悲,写入青衫怅怅词。记得中州乐府体,岂知肖子属吴儿。""樊榭仙音未易参,追踪姜史复谁堪。一时甘下先生拜,合与词家作指南。""候鲭都不解疗饥,癖嗜疮痂笑亦宜。一夜梨花惊梦破,何如春草谢家诗。吾乡谢良琦《醉白堂词》一卷,首二句括其自叙语。'昨夜梨花惊破梦,而今芳草伤心碧',其词中佳句也。""十载无能读父书,摩挲遗谱每唏嘘。词人竞美遗山好,蕴藉风流那不如。"吾先大夫有《补闲词》二卷。"岭西宗派颇纷拏,谁倚新声仿竹垞?独有春山冷居士,闭门窗下咏枇杷。吾友冷春山昭有词一卷,咏枇杷词最工。""红杏梢头宋尚书,较量闺阁韵全输。无端叶打风窗响,肠断人间秀阁夫。闺秀唐氏,吾友黄南溪元配也。自号月中逋客,早卒,有诗词集若干卷。其《杏花天》词为时所称,予最喜其'试听飘坠声声,风际吹来打窗叶。'飒然有鬼气。""零膏剩粉可能多,啧啧才名染月波。叵测断肠天不管,香销帘影卷银河。"梁月波,宦门女,有才思,早卒。'香烬,香烬,帘卷银河波影。'其《如梦令》中语也。林昌彝惠常《射鹰楼诗话》。[1]

〔1〕录自林昌彝《射鹰楼诗话》卷二十三："精于倚声"前原有"诗已录别卷布衣"，"镂金"原作"填金"，"之诮"原作"之讥"，"惊破梦"原作"惊梦破"，"吾先大父"原无"吾"字，"试听"原作"试听其"。（据清咸丰元年刻本。）

尝于友人斋中，见悬秦良玉小像一帧，上钱谢庵先生枚题《金缕曲》一阕，风流悲壮，殆罕其匹。其词云："明季西川祸。自秦中、飞来天狗，毒流兵火。石砫天生奇女子，贼胆闻风先堕。早料理、夔巫平妥。应念军门无将略，念家山、只怕荆襄破。妄男耳，妾之可。　　蛮中遗像谁传播。想沙场、弓刀列队，指挥高座。一领锦袍殷战血，衬得云鬟婀娜。更飞马、桃花一朵。展卷英姿添飒爽，论题名、愧煞宁南左。军国恨，尚眉锁。"梁绍壬应来《两般秋雨庵随笔》。[1]

〔1〕据梁绍壬《两般秋雨庵随笔》卷一《秦良玉词》："其匹"原作"其俦"。

琴娘者，珠江戴氏妇也。雅善鼓琴，偕其夫游楚南，某中丞耳其名，延请授琴，群姬并从学焉。不二年，中丞卒，戴夫妇遂流落，转辗至浙，往来大姓家，虽略行其道，要非复曩时之尊重。每当酒阑灯灺，缕述旧情，未始不泪涔涔也。余闻而感焉，为赋《金缕曲》二阕云："双泛珠江橹。侭风流、泰娘身样，莹娘眉妩。生小自娴文君技，花底秋桐惯抚。总羞学、寻常菊部。一曲水云潇湘调，竟公然、转入临淮府。鹣比翼，凤鸾伍。　　鼕鼕夜静军门鼓。好良宵、阑干月转，花阴亭午。半臂添寒尚书醉，屏后金钗楚楚。齐頫首、邯郸学步。绛帐高谈勾挑法，把霓裳、谱作鸳鸯谱。飘泊恨，不须诉。""划地啼鹃血。怪无端、房中曲奏，鼓宫宫绝。华屋俄成山邱感，化去朱门剑舄。有多少、花啼柳泣。何况堂前双飞燕，更谁容、重向雕梁歇。飞絮影，化萍叶。　　漂流却向明湖侧。任匆匆、宫移羽换，珠狼翠籍。旧日鞋尖三千拜，今日鹑衣百结。回首望、侯门天隔。大有水云捶琴意，莽江山、重话梁园雪。春梦事，感而述。"嗟乎！始则王侯笑傲，继则宾客飘零，比比是也，独一琴娘也哉？仝。[1]

〔1〕据梁绍壬《两般秋雨庵随笔》卷一《琴娘》："啼鹃"原作"鹃啼"。

仁和赵筱珊先生铭，湖北安乐县知县，以罣误归。一琴一鹤，颇有祖风，担石无储，不改其乐。尝作小词自遣，记其游西溪《齐天乐》云："清流澮沱。有一鹭飞来，白头似我。"又《临江仙》咏秋海棠叶云："断肠人不见，留得绿衣裳。"皆绰有风趣也。仝。[1]

〔1〕见梁绍壬《两般秋雨庵随笔》卷一《赵筱珊》。

万红友先生《词律》一书，其辨《洞仙歌》之杂入《丑奴儿》，《揉碎花笺》之为残缺，《祝英台近》、《莺啼序》之别无添字，《三台》之分两段为三段，《笛家》之当移掇句读，细心校订，允推词学功臣。他如《啸馀谱》之复收误收，如《金人捧盘》之即《上西平》，《蝶恋花》之即《一箩金》，《念奴娇》之即《赛天香》，《六丑》之即《个侬》，《高阳台》之即《庆春泽》，《望梅》之即《解连环》，《过秦楼》之即《惜馀春》，《雨中花》之即《夜行船》，《玉人歌》之即《探芳信》，《红情》、《绿意》之即《暗香》、《疏影》，莫不丑诋之，不遗馀力。其辨体辨句，可谓精且确矣，然亦有时校勘未精者。《律》中第十一卷，收韩玉《番枪子》一调，而数阕以后，又收李献能《春草碧》一调，细考字数句法，无不相同。且韩词尾句三字是“春草碧”，而李即以为名，亦犹《贺新郎》之名《乳燕飞》，《水龙吟》之名《小楼连苑》，《临江仙》之名《庭院深深》，偶立新标，并非异制。然则《春草碧》之即为《番枪子》，无疑也。惟有数字平仄稍异，依先生旧例，则当收作又一体，或于韩词旁注“可平”、“可仄”字样，而以《春草碧》之名附于《番枪子》之下，则事归一律矣。仝。[1]

〔1〕据梁绍壬《两般秋雨庵随笔》卷一《番枪子》：“啸馀谱”原作“啸馀图谱”。

吴谷人祭酒词华盖代，然偶以雕琢掩其才气。稚存洪太史评其诗如“青绿溪山，尚未苍古”是已。余谓祭酒著作，以倚声为最，余酷爱其《望湘人·春阴》词一阕云：“惯留寒弄瞑，非雨非晴，误抛多少春色。半带闲愁，半迷归梦，黯黯靡芜空碧。阁处云浓、禁馀烟重，欲移无力。最晚来、如雪东栏，一树梨花明白。　辜负饧箫巷陌，已清明时过，懒携游屐。只润逼熏炉，约略故香留得。天涯燕子，问伊来也，可有斜阳信息。听傍人、半晌呢喃，似怨暮寒帘隙。”按：《望湘人》上半段第五句，下半段第七句，旧皆有韵，自竹垞先生误之，遂沿讹至今。细腻熨贴，玉田、白石不得专美于前。余向拈此题，曾赋《金缕曲》云：“春在冥蒙处。怪东风、无端收拾，蜂情蝶趣。淡煞梨花浓煞柳，娇煞海棠一树。更何俟、绿章乞取。庭院深深帘窣地，腻薰炉、润逼沉檀炷。香篆外，逗飞絮。　佳游已误寻芳侣。好繁华、楼台十里，莺花无主。划厚浓云痴不醒，竟把韶光勒住。更不放、斜阳一缕。梁燕呢喃声不定，似猜详、明日风还雨。镇相对，说愁绪。”脱稿颇自惬心，读先生作，爽然失矣。仝。[1]

〔1〕据梁绍壬《两般秋雨庵随笔》卷一《春阴词》：“爱其”原作“爱诵其”，“熏炉”原作“薰炉”。

家凫舫兄敏事眉有断痕。其完姻也，张舫怀茂才玉海作《贺新郎》词调之。其后阕起处数语云："羊车玉貌真无偶。只微瑕、眉峰青处，断云横岫。我有传家京兆笔，先与檀郎补就。"诙谐入妙，可谓雅谑矣。仝。[1]

〔1〕见梁绍壬《两般秋雨庵随笔》卷一《新婚词》。

吴蘋香女史初好读词曲。或劝之曰："何不自作？"遂援笔赋《浪淘沙》一阕云："莲漏正迢迢。凉馆灯挑。画屏秋冷一枝箫。真个曲终人不见，月转花梢。　何处暮砧敲。黯黯魂销。断肠诗句可怜宵。欲向枕根寻旧梦，梦也无聊。"轻圆柔脆，脱口如生，一时湖上名流傅诵殆遍。自后遂肆力长短句，不二年，著《花帘词》一卷，逼真《漱玉》遗音。《祝英台近・咏影》云："曲阑低，深院锁，人晚倦梳裹。恨海茫茫，已觉此身堕。那堪多事青灯，黄昏才到，又添上、影儿一个。　最无那。纵然着意怜卿，卿不解怜我。怎又书窗，依依伴行坐。算来驱去应难，避时尚易，索掩却、绣帏推卧。"《河传》云："春睡。刚起。自兜鞋。立近东风费猜。绣帘欲钩人不来。徘徊。海棠开未开。　料得晓寒如此重。烟雨冻。一定留春梦。甚繁华。故迟些。输他。碧桃容易花。"《南乡子》云："吹到鲤鱼风。凉煞秋花一朵红。怪得黄昏寒又力，濛濛。人在疏帘细雨中。　香篆袅房栊。倦倚熏篝鬓影松。多事青灯桃不尽，重重。偏向钗头缀玉虫。"《柳梢青・题无人院落图》云："不索烧茶。一重帘卷，几折阑遮。杨柳楼台，桃花世界，燕子人家。　东风幅幅窗纱。望翠袖、非耶是耶。鹦鹉前头，秋千背面，没处寻他。"《如梦令・燕子》云："燕子未随春去。飞人绣帘深处。软语话多时，莫是要和侬住。延伫。延伫。含笑回他不许。"蘋香父夫俱业贾，两家无一读书者，而独呈翘秀，真夙世书仙也。又常作《饮酒读骚》长曲一套，因绘为图，已作文士装束，盖寓速变男儿之意。余为题图有句云："黄朝幕府黄崇嘏，北宋词宗李易安。"盖非虚誉也。仝。[1]

〔1〕据梁绍壬《两般秋雨庵随笔》卷二《花帘词》："凉煞"原作"凉杀"，"装束"原作"妆束"，"黄朝"作"南朝"。

有妓致书于所欢，开缄无一字。先画一圈，次画一套圈，次连画数圈，次又画一圈，次画两圈，次画一圆圈，次画半圈，末画无数小圈。有好事者题一词于其上云："相思欲寄从何寄。画个圈儿替。话在圈儿外，心在圈儿里。我密密加圈，你须密密知侬意。单圈儿是我，双圈儿是你。整圈儿是团圆，破圈儿是别离。还有那说不尽的相思，把一路圈儿圈到底。"[1]无中生有，令人忍俊不禁。仝。[1]

〔1〕见梁绍壬《两般秋雨庵随笔》卷二《圈儿信》。词用调不明，仅按文意断句。

仁和赵秋舲庆熺，铁岩大空殿最来孙也。性倜傥，工诗词，家贫读书，傲骨风棱，逸情云上。道光辛巳举于乡，壬午连捷南宫，引见归本班铨选。此才不入词馆，惜哉！弱冠时，曾从其叔祖筱山大令铭宦游楚北，赋《楚游草》一卷。犹记其《金陵杂诗》十首之二云："璧月姮娥镜殿光，六宫学士女儿妆。南朝才子都无福，不作词臣作帝王。""出身皇觉忽飞升，孙祖传家感孝陵。孙作缁流祖还俗，入山天子出山僧。"议论新警，足以夺目。又在楚时，其所聘室卒，作《续离骚》、《招魂》哭之，词旨悲艳，末题《浣溪沙》一阕云："检点青衫有泪痕。十年前事最销魂。偏他细雨又黄昏。　鹦鹉一篇才子泪，桃花三尺女儿坟。不知何处吊湘君。"又《长相思·薄游西湖》云："苏公堤。白公堤。十里亭台高复低。断桥流水西。　杜鹃啼。鹧鸪啼。楼外斜阳一酒旗。杨花不住飞。"《苏幕遮》云："玉阑干，金屈戌。帘外长廊，廊响弓弓屧。鬓影春云衫影雪。如水裙拖，幅幅相思褶。　阮弦松，笙字涩。心上烧香，香上心先灭。安得返魂枝底叶。便做青虫，也褪花蝴蝶。"《生查子》云："青溪几尺长，中有双枝橹。杨柳小于人，便解留船住。　歌声遏暮云，酒气蒸香雾。又落碧桃花，红了来时路。"此种小令，柔脆轻圆，酷肖北宋人手笔。仝。[1]

〔1〕据梁绍壬《两般秋雨庵随笔》卷二《赵秋舲》："从其"原作"随其"。

海昌陈敝贞，工词。有句云："见他竹影横窗，疏疏密密，总写着个人两字。"杭董浦太史呼为"竹影词人"。仝。[1]

〔1〕见梁绍壬《两般秋雨庵随笔》卷二《竹影词人》。

汪焜，字宜伯，号忆兰，钱唐人，著《怀兰室词》。有《喝火令》一阕云："弱絮粘红豆，名花委绿苔。一奁秋水镜初揩。闻道香泥旧径，重印凤头鞋。　欲见无端借，相期有梦来。模糊心事系春怀。记得盟时，笑指鬓边钗。记得鬓边钗上，双凤不分开。"旖旎独绝。仝。[1]

〔1〕见梁绍壬《两般秋雨庵随笔》卷二《喝火令》。

南唐李后主词："最是仓皇辞庙日，不堪重听歌坊歌，挥泪对宫娥。"讥之者曰："仓皇辞庙，不挥泪于宗社，而挥泪于宫娥，其失业也，宜矣。"不知以为君之道责后主，则当责之于在位之日，不当责之于亡国之时。若以填词之法绳后主，则此泪对宫娥挥为有情，对宗社挥为乏味也。此与宋蓉塘讥白香山诗，谓忆妓多于忆民，同一腐论。仝。[1]

〔1〕据梁绍壬《两般秋雨庵随笔》卷二《李后主词》："歌坊"原作"教坊"。

丙戌至京，寓土地庙下斜街全浙会馆，塘栖姚镜生孝廉亦寓焉。一日，出卷子属题，则西泠十子沈去矜先生谦手书诗卷也。先生于顺治乙酉泛棹苏、常，时南都新破，百姓流离，目击情形，凄然有感，取是年所作之诗，写成长卷，计古今体诗四十馀篇，末缀小跋，字画苍劲，诗格浑成，允为名迹。是卷藏塘栖金氏，姚君部试，托其携入都中，遍征题咏。展卷，名公钜卿，山人墨客，诗词歌赋，无美不臻。余为填南北曲一套云："[新水令]黍禾荒后薇蕨高，莽乾坤泪痕多少。江山馀战伐，发鬓剩刁骚。凤泊鸾飘，留下这不灭的遗民数行稿。[步步娇]落日姑苏寒山道，小泊停孤棹，见流离战骨抛。叹几劫红羊，歌几回朱鸟，雪涕太无憀，对篷窗写出伤心调。[折桂令]这几首过明湖，清泪频飘，恨一时鼙鼓，闲却笙箫。那几首秀水苕溪，扁舟跌宕，短策逍遥。这几首哭忠魂，岳王墓表，吊毅骨，于相祠高。这几首江左萧条，海国游邀，还有那送行感逝，泣青衫死别生交。[江儿水]呜咽青陵笛，悲哀赤壁箫。你天涯眼见黄尘扫，你浮生梦醒黄粱觉，你闲身许作黄冠老，幸免白衣宣召，底事神伤，别有这凄凉怀抱。[雁儿落]想当年酒三杯，浇来义胆豪。泪千行，流得诗肠燥。橹双枝，撑开战血波。笔千言，写不尽惊心貌。呀！早玉箫声断广陵潮，眼见那边上将军万宝刀，当不起玉弩儿三千搅，留不住金瓯儿一半牢，波也么焦，更谁将东节移王导。悲也么号，赢得个西台哭谢翱。[侥侥令]留儿幅残笺兼断楮，侭教人短诵又长谣。心香一瓣虔烧，恨不识先生貌，只认得押角的红泥把姓氏标。[收江南]待提起昔年遗老呵！笑忠义，枉云高，有几个西山曾赴辟贤轺，有几个北山又被移文诮。怅贞松自凋，叹芳兰自熬，只剩得梅边一集殿南朝。[园林好]展遗书龙眠虎跳，诵遗诗鸾姿鹤标，有大节千秋照耀，算兵火不能烧，算纸劫不相遭。[沽美酒]喜装签，玉共瑶，喜装签，玉共瑶，留下这伤心一卷《续离骚》，看故国河山裂纸条，这些些墨藻，问几番零落几搜牢。零落在蛛丝虫爪，搜牢在海绢山胶，看待作兰亭墨妙，何处许茂陵求稿。今日个风凄月寥，茶干酒销，许诗人展图凭吊。[清江引]寸金尺璧真堪宝，问何人笔尖儿横扫？这是那十子内的西泠沈氏草。"仝。[1]

〔1〕据梁绍壬《两般秋雨庵随笔》卷二《沈去矜卷子》："薇蕨"原作"蕨薇"，

“这不灭”原作“这磨不灭”。

项梅侣学正名达与余为总角交，恂恂温雅，正如公瑾醇醪。丙戌成进士，以知县即用。君请于朝，愿就学正本班铨补。舍花封之烂漫，甘槐市之萧条，亦可想其襟怀之冲淡矣。长于制义，尤精算学，间作小词，极细意熨贴。记其《祝英台近·悼亡》词一阕云：“恼蜂情，慵蝶意，春色又如许。愁立苍苔，花影乱深坞。如花人已天涯，花开依旧，争忍见、翠围红舞。　　漫延伫。犹记双袖凭阑，冷香上诗句。能几番游，风月竟抛去。只除梦里归来，梦醒何处。重帘外、断烟零雨。”清思婉转，逼真白石遗音矣。仝。[1]

〔1〕见梁绍壬《两般秋雨庵随笔》卷二《悼亡词》。

“簇簇鱼盐喧古市，声声弦诵遍儒家。”此宋姚述尧《过青田》句也，见《方舆胜览》。按：述尧字进道，钱唐人，绍兴二十四年进士。所著有《箫台公馀词》一卷。生平与张无垢、施彦执诸公友善。《横浦集》中有和进道诗，彦执《北窗炙輠录》述进道语尤多。《炙輠录》谓进道华亭人，岂其祖贯欤？竹垞选《词综》直以进道为名，而所载《三年枕上吴中》一首，又见于《东坡集》，不可解也。吴骞槎客《拜经楼诗话》。[1]

〔1〕据吴骞《拜经楼诗话》卷二：“欤”原作“与”。

古来文章，虽不无一日之短长，然口述传闻，亦多有纰缪不足尽信者。《诚斋诗话》载：“人有从秦少游许来见东坡，坡问：‘少游近有何言句？’客举秦《燕子楼》词云：‘小楼连远横空，下临绣毂雕鞍骤。’坡笑曰：‘又连远，又横空，又绣毂，又雕鞍，也劳扰。某亦有此词云：‘燕子楼中，佳人何在，空锁楼中燕。’”按：《高斋诗话》云：“少游在蔡州，有营妓娄婉字东玉者，甚密，少游赠以词云：‘小楼连苑横空，下窥绣毂雕鞍骤’云云。”此词今见《淮海集》，并非题燕子楼，《诚斋诗话》岂得诸传闻，又伪“连苑”作“连远”，“下窥”作“下临”，而假东坡云云？大抵皆好事者之所为耳。仝。[1]

〔1〕见吴骞《拜经楼诗话》卷四。

同邑陈敞贞上舍，诗文清绮，为厉樊榭、杭堇浦诸前辈所知。施兰垞作《浣纱图》，盖以姓自寓也。敞贞题云：“清溪一曲苎萝滨，谁把夷光为写真？岁岁浣纱犹未嫁，番教不及效颦人。”兰垞甚悦。又有《送吴樵石归硖州》云：“顾况台边有故居，骚人此日赋归欤？四朝文献诗无敌，两硖溪山画不如。著述选幽藏副本，功名投老脱征书。西来爽气知无限，时与瑶编共卷舒。”樵石名嗣广，亦硖川诗人，早受知于查初白先生，所著有《樵石山人集》。敞贞少有功名念，晚岁志节忼慨，年六十，自作《辞寿文》，累数千言。尝梦宋柳仲涂持刺来谒，相与论文，终夕而去。周松霭闻而忧之，俄疽发背而卒，盖开亦以是病死，殊可异也。敞贞壮岁尤工长短句，有云："见他竹影筛窗，疏疏密密，总写着个人两字。"为堇浦击赏，目为"竹影词人"云。仝。[1]

〔1〕据吴骞《拜经楼诗话》卷四："赋归欤"原作"赋归与"。

查孝廉晚益耽声伎之乐，家蓄女伶，并一时妙选。尝自制《鸣鸿度》等新乐府，登场搬演，视汤玉茗所云"伤心拍遍无人会，自掐檀痕教小伶"者，未免生党姬之妒矣。厉樊榭云："查家旦色，皆以些为名。"故毛西河有"只有柔些频顾影，猜人不欲近阑干"之句。仝。[1]

〔1〕见吴骞《拜经楼诗话》卷四。

海盐马墨麟观察自云是李空同再世，并于梦中常见之。其孙青上少府尝为予言。青上工词，有《蓬莱阁吏诗馀》。妇陈筠，字翠君，亦善吟咏。予最赏其"郎似东风侬似絮，天涯辛苦相随处"之句。仝。[1]

〔1〕见吴骞《拜经楼诗话》卷四。

明季东吴徐氏号多才女。徐媛字小淑，为范长倩先生之室，所著《络纬吟》，盛称于时，无何而湘蘋继起。湘蘋名灿，实小淑从孙，尤工长短句，间亦为诗，人以方阮氏之有仲容。然小淑诗以绮丽胜，故姚园客以为才情不及陆卿子。湘蘋则尽洗铅华，独标清韵，又多患难、忧愁、拂郁之思，时时流露楮墨间，恐卿子亦当避之三舍。惜诗稿散佚，予重梓《拙政园诗馀》，复得五、七言二首，附录于左，俾世之论湘蘋者，不得仅以词人目之。"西去穷荒恨，东来故国愁。一心悬两地，双泪落分流。羽檄秋偏急，戎车夜不休。壮夫轻出塞，未到陇山头。"《陇头水》。"帝苑芳春风吹谐，看花曾遍洛阳街。行吟缓控青丝辔，击节频抽白玉钗。共挽鹿车归旧阮，几浮鱼艇散秋怀。霜风扫尽烟霞况，愁见龙城叶满阶。《秋日漫兴》。仝。[1]

〔1〕据吴骞《拜经楼诗话》卷四："又多"原作"又多历"，"阮"作"隐"。

宜黄符雪樵明府兆纶跌宕风流，爱才如命。予填《金缕曲》寄呈，明府亦填《满江红》五阕答赠。其一云："如此纵横，乃蛮触、仍然鏖战。却无奈、数奇由命，封侯无面。肉食班超投已笔，铁寒维翰磨犹砚。屈左思、藩溷著十年，三都炼。　洗双眼，谁如电。刖双足，犹如卞。论抡才心死，才人已遍。许邵果能高月旦，陈平不合长贫贱。钓鳌竿、携上钓龙台，风云变。"其二云："便是英雄，能禁受、几番磨折。思往事、长歌慷慨，酒酣耳热。苦笑成名皆竖子，可堪用世无豪杰。吐长虹、耿耿不能平，床头铁。　历卅载，无停辙。怀万事，凭谁说。哦恶诗聊当，书空咄咄。一榻坐穿茅屋雨，双鬟唱暖旗亭雪。待携君、海上控鼋鼍，捞明月。"其三云："又是天凉，已千树、商声交作。更兼那、凄凄楼笛，呜呜关角。雁响忽沉风力劲，乌啼争警霜华落。惨边城、无恙日萧条，蛮山愕。　问筹策，谁帷幄。问门户，谁键钥。莽炉锤铁聚，六州犹错。虚说贾生前席召，可怜祖逖先鞭着。漫无聊、酒盏合骚人，寻秋约。"其四云："凡事输人，才赢得、几篇词赋。怎能彀、我书还读，柴桑归去。自踏梁鸿春庑月，不贪司马金茎露。造化炉、妙手太空空，金难铸。　这岁月，真虚度。这进退，全无据。便还乡那许，林泉久住。已去不堪思往事，再来仍是悲前路。冀他时、勋业抵文章，将毋误。"其五云："有味灯青，君休便、短檠轻弃。颇无赖、悠悠尘俗，茫茫天意。王后庐前谁计较，棘门灞上都儿戏。猛思量、古调不堪弹，孤琴碎。　说不尽，世间事。揾不尽，衫边泪。且掀翻别要，高寻位置。百尺楼中容啸傲，五侯门下嫌腥秽。便事成、碌碌只因人，羞毛遂。"明府著有《屏南草》、《梦梨云馆诗钞》、《倚楼唱和集》，共若干卷。李香苹家瑞《停云阁诗话》。[1]

〔1〕见李家瑞《停云阁诗话》卷二。"予填《金缕曲》寄呈，明府亦填《满江红》五阕答赠"《停云阁诗话》原作"曾于辛翁处见予《松涛》六律，即题纸尾云：'海山摇醉笔，风雨杂悲歌。郁郁老松树，苍苍清涧阿。生才原不偶，吾道竟如何。更奈边城角，吹来暮气多。祠堂丞相树，怀古有馀哀。大节曾何愧，天心亦可回。更无鹰隼击，难戢犬羊灾。太息如予助，秋声纸上来。'辛翁出以示予，予心感之，因填《金缕曲》寄呈，明府甚喜，亦填《满江红》五阕答赠。自言素不解此，而偶一为之，自能合拍，可与岳忠武一作并传。""投已笔"《停云阁诗话》原作"投已笔。"

"丁东细漏侵瑶瑟。寒笼炷香泉咽。扇薄露红铅。香尘玳瑁筵。　口娥卷衣晚。艳笑双飞断。斜月到罘罳。梨花雪压枝。""鸳鸯艳锦初成匹。楼前波月连江白。筝语玉纤纤。轻寒不隔帘。　薄云凝雀扇。屏上吴山远。青琐见玉沉。高秋卧茂陵。"[1]

〔1〕此则不全，出处不明。按：此为二首集句词，乃集温庭筠诗句而成，略有改动原句。调寄《菩萨蛮》。“娥”字前原阙，据温庭筠诗可补“秦”字。《织锦词》：“丁东细漏侵琼瑟”。《水仙谣》：“寒丝七柱(一作炷)香泉咽”。《江南曲》：“扇薄露红铅”。《咏寒宵》：“秦娥卷衣晚”。《过华清宫二十二韵》：“艳笑双飞断”。《咏寒宵》：“斜月到罘罳”。《太子池二首》：“梨花雪压枝”。(其一)《织锦词》：“鸳鸯艳锦初成匹”。《湘东宴曲》：“楼前澹月连江白”。《偶题》：“筝语玉纤纤”。《偶题》：“轻寒不隔帘”。《过华清宫二十二韵》：“薄云敧雀扇”。《春日》：“屏上吴山远”。《洞户二十二韵》：“青琐见王沉”。《宿一公精舍》：“高秋卧茂陵”。(以上均见《温庭筠诗集》，民国《四部丛刊》景清述古堂钞本。)

附：指迷乐府。律海探源宫换羽。词里沧浪。天水堂堂沈与张。　　赌棋草创。赤帜岿然闽海上。暖眼残编。想见精勤落笔前。　　义父《指迷》、叔夏《词源》，为词话之始。闽中作者，以前所知，枚如先生其首也。耑斋出示《纂说》稿本，盖《赌棋山庄词话》之资饍，可珍也。率题《减字木兰花》一阕于后。壬午岁不尽三日，金陵卢前榕城寓楼灯下记。[1]

〔1〕此则钤有“冀野经眼”章，阳文。卢前(1905—1951)，原名正绅，字冀野，号小疏，别号饮虹，后改名卢前。江苏南京人。词曲大师吴梅弟子。历任金陵、成都、河南、中央、中山、暨南、四川等大学教授。抗战胜利后返宁，任通志馆馆长。一生致力于词曲研究，著有《红冰词集》、《词曲研究》，校勘有《南唐二主词》、《金陵卢氏饮虹簃丛书》第一集至第四集等。辑有《曲雅》、《续曲雅》，并与任中敏合编《元曲三百首》。(据《中国词学大辞典》第 262 页。)

参考书目

一、经部之属

《诗序》.(春秋)卜商撰.明崇祯汲古阁刻《津逮秘书》本

《经问》.(清)毛奇龄撰.清康熙间书留草堂刻《西河合集》本

《毛诗注疏》(又名《毛诗正义》).(汉)毛亨传、郑玄笺.(唐)孔颖达疏.清嘉庆刊阮刻《十三经注疏》本

《尚书注疏》.(汉)孔安国传.(唐)孔颖达疏.清嘉庆刊阮刻《十三经注疏》本

《左传正义》.(晋)杜预注.(唐)孔颖达疏.清嘉庆刊阮刻《十三经注疏》本

《毛诗传笺通释》.(清)马瑞辰撰.清道光十五年(1835)学古堂刻本

《礼记》.(汉)郑玄注.(唐)陆德明音义.民国刻《四部丛刊》景宋本

《说文解字》.(汉)许慎撰.(五代)徐铉校定.民国刻《四部丛刊》景北宋本

《说文解字系传》.(汉)许慎撰.(五代)徐锴传.民国刻《四部丛刊》景述古堂景宋钞本

《经学博采录》.(清)桂文灿撰.民国刻《敬跻堂丛书》本

二、史部之属

弘治《八闽通志》.(明)陈道纂.明弘治刻本

《三藩纪事本末》.(清)杨陆荣撰.清康熙五十六年(1717)刻本

《闽小纪》.(明)周亮工撰.清康熙周氏赖古堂刻本

《湖湘水利志》.(清)毛奇龄撰.清康熙间书留草堂刻《西河合集》本

乾隆《南靖县志》.(清)姚循义修、李正曜等纂.1987 年据乾隆八年(1743)刻本复印本

乾隆《福州府志》.(清)鲁曾煜纂.清乾隆十九年(1754)刊本

《汉书》.(汉)班固撰.(唐)颜师古注.清乾隆武英殿刻本

《新唐书》.(宋)欧阳修撰.清乾隆武英殿刻本

《宋史》.(元)脱脱纂.清乾隆武英殿刻本

《明史》.(清)张廷玉纂.清乾隆武英殿刻本

《四朝闻见录》.(宋)叶绍翁撰.清乾隆道光间刻《知不足斋丛书》本

《续资治通鉴长编》.(宋)李焘撰.清文渊阁《四库全书》本

《春秋纂言》.(元)吴澄撰.清文渊阁《四库全书》本

《万姓统谱》.(明)凌迪知撰.清文渊阁《四库全书》本

乾隆《江南通志》.(清)赵宏恩纂.清文渊阁《四库全书》本

雍正《四川通志》.(清)黄廷桂纂.清文渊阁《四库全书》本

雍正《八旗通志》.(清)官修.清文渊阁《四库全书》本

《南唐书》.(宋)马令撰.清嘉庆刻《墨海金壶》本

《东越文苑后传》.(清)陈寿祺撰.清嘉庆道光刻《左海全集》本

《己未词科录》.(清)秦瀛纂.清嘉庆刻本

《朱竹垞先生年谱》.(清)杨谦撰.清嘉庆刻《曝书亭集诗注》本

《万历野获编》.(清)沈德符撰.清道光七年(1827)姚氏刻同治八年(1869)补修本

《国朝诗人徵略》.(清)张维屏纂.清道光十年(1830)刻本

《国朝诗人徵略二编》.(清)张维屏纂.清道光二十二年(1842)刻本

道光《武进阳湖合志》.(清)孙琬等修、李兆洛等纂.清道光二十三年(1843)刻本

《阎潜丘先生年谱》.(清)张穆撰.清道光二十七年(1847)寿阳祁氏刻本

《文献徵存录》.(清)钱林辑.清咸丰八年(1858)有嘉树轩刻本

《明纪》.(清)陈鹤撰.清同治十年(1871)江苏书局刻本

同治《赣县志》.(清)黄德溥、崔国榜修.褚景昕纂.清同治十一年(1872)刻本

《国朝先正事略》.(清)李元度撰.清同治刻本

《会试珠卷》(同治辛未科).(清)贵恒纂.清同治刻本

同治《苏州府志》.(清)冯桂芬纂.清光绪九年(1883)刊本

光绪《续修浦城县志》(清)翁天祜、吕渭英修.翁昭泰纂.清光绪二十六年(1900)刻本

《侯官县乡土志》.(清)郑祖庚纂.清光绪三十二年(1906)铅印本

《国朝书人辑略》.(清)震钧撰.清光绪三十四年(1908)刻本

《补辽金元艺文志》.(清)倪灿撰.清光绪刻《广雅书局丛书》本

《国朝御史题名》.(清)黄叔璥撰.清光绪刻本

《乌石山志》.(清)郭柏苍、刘永松纂.清光绪刻本

《善本书室藏书志》.(清)丁丙撰.清光绪刻本

《龚易图自定年谱》.(清)龚易图撰.清光绪刻本

《傅青主先生年谱》.(清)丁宝铨撰.清宣统三年(1911)刻本

乾隆《屏南县志》.(清)沈钟纂修.钞本

《明季南略》.(清)计六奇辑.清钞本

《孟晋斋年谱》.(清)顾家相撰.民国二年(1913)刻本

《西湖志》.(民国)何振岱纂.民国五年(1916)福建水利局铅印本

光绪《丹徒县志》.(清)李恩绶原纂.李丙荣续纂.清光绪间修民国七年(1918)刻本

民国《长乐县志》.(民国)孟昭涵修.李驹等纂.民国七年(1918)铅印本

民国《建宁县志》.(民国)钱江修.范毓桂纂.吴海清续修.张书简续纂.民国八年(1919)铅印本

民国《闽清县志》.(民国)杨宗彩修、刘训瑺纂.民国十年(1921)铅印本

民国《南平县志》.(民国)吴栻修.蔡建贤纂.民国十七年(1928)铅印本

《清史稿》.(民国)赵尔巽撰.民国十七年(1928)清史馆本

民国《闽侯县志》.(民国)欧阳英修.陈衍纂.民国二十二年(1931)刻本

《紫云小史》.(清)冒鹤亭辑.《清代燕都梨园史料》.张次溪辑.台湾学生书局 1965 年版

《云郎小史》.(清)冒鹤亭撰.《清代燕都梨园史料续编》.张次溪辑.台湾学生书局 1965 年版

民国《续修陕西通志稿》.(民国)杨虎城等修.吴廷锡纂.民国二十三年(1934)铅印本

民国《续修醴泉县志稿》.(民国)张道芷等修.曹骥观纂.民国二十四年(1935)西安西山书局铅印本

同治《宁洋县志》.(清)董钟骥修.陈天枢等纂.民国二十四年(1935)钟干丞铅印本

民国《歙县志》.(民国)石国柱修.许承尧纂.民国二十六年(1937)旅沪同乡会铅印本

民国《大荔县旧志存稿》.(民国)陈少先等修.张树枟等纂.民国二十六年(1937)陕西省印刷局铅印本

民国《福建通志》.(民国)李厚基等修.陈衍等纂.民国二十七年(1938)刻本

嘉庆《大清一统志》.(清)穆彰阿纂.民国刻《四部丛刊续编》景旧钞本

《渔洋山人自撰年谱》.(清)王士禛撰.民国刻《四部备要》本

《三国志》.(西晋)陈寿撰.民国刻百衲本景宋绍熙刊本

《后汉书》.(南朝·宋)范晔撰.民国刻百衲本景宋绍熙刻本

《顾千里先生年谱》.(清)赵诒琛撰.民国刻《对树书屋丛书》本

《查东山年谱》.(清)沈起编.张涛、查穀纂注.民国刻《嘉业堂丛书》本

《武平旧县志》.(民国)丘荷公总纂.1965年武平县档案馆油印本

《本朝名家诗钞小传》.(清)郑方坤撰.《古今诗话丛编》.广文书局编译所编.台北广文书局1971年版

《郑孝胥传》.叶参等合编.《民国丛书》第一编第88册.上海书店1989年版

《云翁自订年谱》.(清)王楚堂撰.《北京图书馆藏珍本年谱丛刊》第131册.北京图书馆编.书目文献出版社1999年版

《扬州画舫录》.(清)李斗撰.周春乐注.山东友谊出版社2001年版

三、子部之属

《论语注疏》.(三国)何晏集解.(宋)邢昺疏.清嘉庆刊阮刻《十三经注疏》本

《庄子》.(春秋战国)庄周撰.(晋)郭象注.民国刻《四部丛刊》景明世德堂刊本

《列子》.(春秋战国)列御寇撰.民国刻《四部丛刊》景北宋本

《孟子》.(战国)孟轲撰.民国刻《四部丛刊》景宋大字本

《孔子家语》.(三国)王肃撰.民国刻《四部丛刊》景明翻宋本

四、集部之属

(一)汉至南北朝人著述

《汉武洞冥记》.(旧题后汉)郭宪撰.明正德嘉靖刻《顾氏文房小说》本

《诗品》.(南朝·梁)钟嵘撰.明万历刻《夷门广牍》本

《搜神后记》.(托名晋)陶潜撰.明刻《津逮秘书》本

《文选》.(南朝·梁)萧统编.胡刻本

《曹子建集》.(三国)曹植撰.民国刻《四部丛刊》景明活字本

《世说新语》.(南朝·宋)刘义庆撰.民国刻《四部丛刊》景明袁氏嘉趣堂本

(二)唐五代人著述

《昌黎先生文集》.(唐)韩愈撰.宋蜀本

《北梦琐言》.(五代)孙光宪撰.明万历刻《稗海》本

《华阳集》.(唐)顾况撰.清文渊阁《四库全书》本

《剧谈录》.(唐)康骈撰.清文渊阁《四库全书》本

《褚遂良集》.(唐)褚遂良撰.清光绪刻《武林往哲遗著》本
《韦江州集》.(唐)韦应物撰.民国刻《四部丛刊》本
《温庭筠诗集》.(唐)温庭筠撰.民国刻《四部丛刊》景清述古堂钞本

(三)宋人著述

《详注昌黎先生文集》.(唐)韩愈撰.(宋)文谠注.宋刻本
《韵补》.(宋)吴棫撰.宋刻本
《鄂州小集》.(宋)罗愿撰.明洪武二年(1369)罗宣明刻本.明钞本
《朱子语类》.(宋)朱熹撰.明成化九年(1473)陈炜刻本
《淮海长短句》.(宋)秦观撰.明嘉靖小字本
《青箱杂记》.(宋)吴处厚撰.明万历刻《稗海》本
《晞发集》.(宋)谢翱撰.明万历刻本
《后山诗话》.(宋)陈师道撰.明崇祯汲古阁刻《津逮秘书》本
《避暑录话》.(宋)叶梦得撰.明崇祯汲古阁刻《津逮秘书》本
《春渚纪闻》.(宋)何薳撰.明崇祯汲古阁刻《津逮秘书》本
《老学庵笔记》.(宋)陆游撰.明崇祯汲古阁刻《津逮秘书》本
《东坡词》.(宋)苏轼撰.明毛氏汲古阁刻《宋名家词》本
《书舟词》.(宋)程垓撰.明毛氏汲古阁刻《宋名家词本》
《坦庵词》.(宋)赵师侠撰.明毛氏汲古阁刻《宋名家词》本
《鹤林玉露》.(宋)罗大经撰.明刻本
《东轩笔录》.(宋)魏泰撰.明刻本
《白石道人诗说》.(宋)姜夔撰.清乾隆三十五年(1770)刻《历代诗话》本
《茶山集》.(宋)曾几撰.清乾隆刻武英殿《聚珍版丛书》本
《直斋书录解题》.(宋)陈振孙撰.清乾隆刻武英殿《聚珍版丛书》本
《浩然斋雅谈》.(宋)周密撰.清乾隆刻武英殿《聚珍版丛书》本
《苕溪渔隐丛话前集》.(宋)胡仔撰.清乾隆刻本
《能改斋漫录》.(宋)吴曾撰.清文渊阁《四库全书》本
《贵耳集》.(宋)张端义撰.清文渊阁《四库全书》本
《两宋名贤小集》.(宋)陈思辑.清文渊阁《四库全书》本
《南湖集》.(宋)张镃撰.清乾隆道光间刻《知不足斋丛书》本
《四朝闻见录》.(宋)叶绍翁撰.清乾隆道光间刻《知不足斋丛书》本
《芦浦笔记》.(宋)刘昌诗撰.清乾隆道光间刻《知不足斋丛书》本
《耆旧续闻》.(宋)陈鹄撰.清乾隆道光间刻《知不足斋丛书》本
《蘋洲渔笛谱》.(宋)周密撰.清乾隆道光间刻《知不足斋丛书》本
《伯牙琴》.(宋)邓牧撰.清乾隆道光间刻《知不足斋丛书》本

《莆阳比事》.(宋)李俊甫撰.清嘉庆刻《宛委别藏》本
《词源》.(宋)张炎撰.清道光八年(1828)刻《词学丛书》本
《东山寓声乐府》.(宋)贺铸撰.清光绪三十四年(1908)缪荃孙艺风堂刻本
《无弦琴谱》.(宋)仇远撰.清道光刻本
《容斋随笔》.(宋)洪迈撰.清修明崇祯马元调刻本
《容斋四笔》.(宋)洪迈撰.清修明崇祯马元调刻本
《范文正公诗馀》.(宋)范仲淹撰.民国刻《彊村丛书》本
《欧阳文忠公集》.(宋)欧阳修撰.民国刻《四部丛刊》景元本
《归田录》.(宋)欧阳修撰.民国刻《四部丛刊》景元本
《渭南文集》.(宋)陆游撰.民国刻《四部丛刊》景明活字本
《诚斋集》.(宋)杨万里撰.民国刻《四部丛刊》景宋写本
《朱文公文集》.(宋)朱熹撰.民国刻《四部丛刊初编》本
《乐府诗集》.(宋)郭茂倩编.民国刻《四部丛刊》景汲古阁本
《豫章黄先生文集》.(宋)黄庭坚撰.民国刻《四部丛刊》景宋乾道刊本
《白石道人歌曲》.(宋)姜夔撰.民国刻《四部丛刊》景清乾隆江都陆氏本
《白石道人诗集》.(宋)姜夔撰.民国刻《四部丛刊》景清乾隆江都陆氏本
《诗话总龟》.(宋)阮阅纂.民国刻《四部丛刊》景明嘉靖本
《鹤山先生大全文集》.(宋)魏了翁撰.民国刻《四部丛刊》景宋本
《中兴以来绝妙词选》.(宋)黄昇编.民国刻《四部丛刊》景明翻宋本
《梦溪笔谈》.(宋)沈括撰.民国刻《四部丛刊续编》景明本
《困学纪闻》.(宋)王应麟撰.民国刻《四部丛刊三编》景元本
《吹剑录全编》.(宋)俞文豹撰.张宗祥校订.上海古典文学出版社 1958 年版
《古今词话》.(宋)杨湜撰.《词话丛编》.唐圭璋编.中华书局 1986 年版
《王灼集》.(宋)王灼撰.李孝中、侯柯芳辑注.巴蜀书社 2005 年版

(四)元人著述

《张小山小令》.(元)张可久撰.明嘉靖四十五年(1566)李开先刻本
《月泉吟社》.(元)吴渭编.清文渊阁《四库全书》本
《墙东类稿》.(元)陆文圭撰.清文渊阁《四库全书》本
《吴礼部诗话》.(元)吴师道撰.清乾隆道光间刻《知不足斋丛书》本
《贞居词》.(元)张雨撰.清乾隆道光间刻《知不足斋丛书》本
《雁门集》.(元)萨天锡撰.清嘉庆十二年(1807)刻本
《圭塘欸乃集》.(元)许有壬等撰.清嘉庆吴氏听彝堂刻《艺海珠尘》本
《敬斋古今黈》.(元)李冶清撰.清光绪刻《海山仙馆丛书》本

《钱塘遗事》.(元)刘一清撰.清光绪刻《武林掌故丛编》本
《研北杂志》.(元)陆友仁撰.民国刻景明《宝颜堂秘籍》本
《辍耕录》.(元)陶宗仪撰.民国刻《四部丛刊三编》景元本

(五)明人著述

《翠屏集》.(明)张以宁撰.钞明成化刻本
《世经堂集》.(明)徐阶撰.明万历间徐氏刻本
《艺苑卮言》.(明)王世贞撰.明万历刻《弇州四部稿》本
《青泥莲花记》.(明)梅鼎祚撰.明万历刻本
《元曲选》.(明)臧懋循辑.明万历刻本
《少室山房笔丛》.(明)胡应麟撰.明万历刻本
《鹿裘石室集》.(明)梅鼎祚撰.明天启三年(1623)玄白堂刻本
《林初文诗文全集》.(明)林章撰.明天启四年(1624)刻崇祯印本
《文通》.(明)朱荃宰纂.明天启刻本
《度曲须知》.(明)沈宠绥撰.明崇祯刻本
《尊前集》.(明)顾梧芳辑.明汲古阁刻本
《安雅堂稿》.(明)陈子龙撰.明末刻本
《七修类稿》.(明)郎瑛纂.明刻本
《词品》.(明)杨慎撰.明刻本
《尧山堂外纪》.(明)蒋一葵撰.明刻本
《小草斋集》.(明)谢肇淛撰.明刊本配钞本
《鸣盛集》.(明)林鸿撰.清初钞本.清嘉庆十三年(1808)刻本.清文渊阁《四库全书》本
《因树屋书影》.(明)周亮工撰.清康熙六年(1667)刻本
《南音三籁》.(明)凌蒙初辑.(清)袁园客增订.清康熙七年(1668)刻本
《弘艺录》.(明)邵经邦撰.清康熙邵远平刻本
《闽小纪》.(明)周亮工撰.清康熙周氏赖古堂刻本
《秋雪词》.(明)余怀撰.清康熙刻《百名家词钞》本
《丹铅总录》.(明)杨慎撰.清文渊阁《四库全书》本
《升庵集》.(明)杨慎撰.清文渊阁《四库全书》补配清文津阁《四库全书》本
《古诗纪》.(明)冯惟讷辑.清文渊阁《四库全书》本
《本草纲目》.(明)李时珍撰.清文渊阁《四库全书》本
《花草粹编》.(明)陈耀文辑.清文渊阁《四库全书》补配清文津阁《四库全书》本
《赵氏铁网珊瑚》.(明)赵琦美撰.清文渊阁《四库全书》本

《红雨楼题跋》.(明)徐𤊹撰.清嘉庆三年(1798)郑杰刻本

《情史类略》.(明)冯梦龙撰.清嘉庆十四年(1809)刻本

《夏内史集》.(明)夏完淳撰.清嘉庆吴氏听彝堂刻《艺海珠尘》本

《宜秋集》.(明)周玄撰.清道光间葛文蔚据徐兴公录订钞本.福建图书馆藏

《文海披沙》.(明)谢肇淛撰.清光绪三年(1877)申报馆据日刻本铅印本

《夜航船》.(明)张岱撰.清钞本

《张忠烈公集》.(明)张煌言撰.清傅氏钞本

《玉琴斋词》.(明)余怀撰.民国十七年(1928)南京国学图书馆影印稿本

《米友堂诗》.(明)许友撰.民国二十年(1931)石印本

《笔精》.(明)徐𤊹撰.沈文倬校注.福建人民出版社 1997 年版

《闽中十子诗》.(明)袁表、马荧选辑.苗健青点校.福建人民出版社 2005 版

(六)清人著述

1. 顺康刻本

《钝吟文稿》.(清)冯班撰.清初毛氏汲古阁清康熙陆贻典等刻《钝吟全集》本

《倚声初集》.(清)邹祇谟、王士禛辑.清顺治十七年(1660)刻本

《梅村集》.(清)吴伟业撰.清顺治间刊本

《今词苑》.(清)陈维崧、吴本嵩、吴逢原、潘眉辑.清康熙十年(1671)徐喈凤南磵山房刻本

《二槐草存》.(清)王翃撰.清康熙十一年(1672)王庭刻本

《香严斋词》.(清)龚鼎孳撰.清康熙十一年(1672)刻本

《古今词选》.(清)沈时栋辑.清康熙十三年(1674)刻本

《东江别集》.(清)沈谦撰.清康熙十五年(1676)沈圣昭、沈圣晖刻本

《定山堂诗馀》.(清)龚鼎孳撰.清康熙十五年(1676)吴兴祚刻本

《荆溪词初集》.(清)曹亮武、蒋景祁、潘眉等辑.清康熙十七年(1678)刻本

《今世说》.(清)王晫撰.清康熙二十二年(1683)霞举堂刻本

《湖壖杂纪》.(清)陆次云撰.清康熙二十二年(1683)《陆云士杂著》本

《瑶华集》.(清)蒋景祁辑.清康熙二十五年(1686)刻本

《遣愁集》.(清)张贵胜撰.清康熙二十七年(1688)刻本

《迦陵词全集》.(清)陈维崧撰.清康熙二十八年(1689)陈宗石患立堂刻本

《词综》.(清)朱彝尊.汪森辑.清康熙三十年(1691)裘杼楼刊本

《通志堂集》.(清)纳兰性德撰.清康熙三十年(1691)徐乾学刻本

《菊庄词》.(清)徐釚撰.清康熙三十三年(1694)刻本

《挹奎楼选稿》.(清)林云铭撰.清康熙三十五年(1696)陈一夔刻本

《挹奎楼诗馀》.(清)林云铭撰.清康熙三十五年(1696)陈一夔刻本.康熙六十年(1721)刻本

《安雅堂文集》.(清)宋琬撰.清康熙三十八年(1699)宋思勃刻本

《林蕙堂全集》.(清)吴绮撰.清康熙三十九年(1700)刻本

《栩园词弃稿》.(清)陈聂恒撰.清康熙四十三年(1704)刻本

《静惕堂词》.(清)曹溶撰.清康熙四十六年(1707)刻本

《带经堂集》.(清)王士禛撰.清康熙五十年(1711)程哲七略书堂刻本

《三藩纪事本末》.(清)杨陆荣撰.清康熙五十六年(1717)刻本

《梅村词》.(清)吴伟业撰.清康熙留松阁刻本

《二乡亭词》.(清)宋琬撰.清康熙留松阁刻本

《香严词》.(清)龚鼎孳撰.清康熙留松阁刻本

《艮斋杂说》.(清)尤侗撰.清康熙刻《西堂全集》本

《闲情偶寄》.(清)李渔撰.清康熙刻本

《西堂杂组》.(清)尤侗撰.清康熙刻本

《西堂馀集》.(清)尤侗撰.清康熙刻本

《鸾情集选填词》.(清)毛先舒撰.清康熙刻思古堂十四种本

《潠书》.(清)毛先舒撰.清康熙刻思古堂十四种本

《扶荔词》.(清)丁澎撰.清康熙刻本

《西河合集》.(清)毛奇龄撰.清康熙间书留草堂刻本

《炊闻词》.(清)王士禄撰.清康熙留松阁刻本

《丽农词》.(清)邹祗谟撰.清康熙留松阁刻本.钞本

《湛园未定稿》.(清)姜宸英撰.清康熙二老阁刻本

《吴山鷇音》.(清)林云铭撰.清康熙刻本

《纪城文稿》.(清)安致远撰.清康熙刻本

《明诗综》.(清)朱彝尊纂.清康熙刻本

《牧斋初学集诗注》.(清)钱曾注.清康熙间玉诏堂刊本

《亦山草堂遗词》.(清)陈维嵋撰.清康熙刻本

《香胆词》.(清)万树撰.清康熙刻《百名家词钞》本

《浣雪词钞》.(清)毛际可撰.清康熙刻本

《衍波词》.(清)王士禛撰.清康熙刻《国朝名家诗馀》本

《息庐诗》.(清)汪洪度撰.清康熙刻本

《蓉槎蠡说》.(清)程哲撰.清康熙刻本

《珂雪词》.(清)曹贞吉撰.清康熙刻本
《春芜词》.(清)江闿撰.清康熙刻本
《今词初集》.(清)顾贞观、纳兰性德辑.清康熙刻本
《道山堂前集》.(清)陈轼撰.清康熙刻本
《红萼词》.(清)孔传铎撰.清康熙刻本
《天禄识馀》.(清)高士奇撰.清康熙刻《说铃》本
《古今词话》.(清)沈雄撰.清康熙刻本
《饮水诗词集》.(清)纳兰性德撰.清康熙间顾梁汾合刻本
《浙西六家词》.(清)龚翔麟辑.清康熙龚氏玉玲珑阁刻本
《玉禾山人集》.(清)田实发撰.清康熙刻本

2. 乾隆刻本

《小山诗馀》.(清)王时翔撰.清乾隆十一年(1746)王氏泾东草堂刻本
《小山诗文全稿》.(清)王时翔撰.清乾隆十一年(1746)王氏泾东草堂刻本
《随园诗话》.(清)袁枚撰.清乾隆十四年(1749)刻本
《清诗别裁集》.(清)沈德潜辑.清乾隆二十五年(1760)教忠堂刻本
《带经堂诗话》.(清)王士禛撰.清乾隆二十七年(1762)刻本
《昭代词选》.(清)蒋重光、张玉穀、沈光裕合辑.清乾隆三十二年(1767)刻本
《林屋诗馀》.(清)王愫撰.清乾隆三十二年(1767)刻本
《吴诗集览》.(清)吴伟业撰.清乾隆四十年(1775)凌云亭刻本
《弹指词》.(清)顾贞观撰.清乾隆四十年(1775)积书岩刻本
《艺香词钞》.(清)吴绮撰.清乾隆四十一年(1776)刻本
《草木子》.(明)叶子奇撰.清乾隆五十一年(1786)刻本
《彭贲园诗钞》.(清)彭光斗撰.清乾隆五十一年(1786)溧阳彭氏刻本
《陔馀丛考》.(清)赵翼撰.清乾隆五十五年(1790)湛贻堂刻本
《芙蓉山馆词稿》.(清)杨芳灿撰.清乾隆五十七年(1792)刻本.清嘉庆六年(1801)刻本
《竹佃诗略》.(清)林芳撰.清乾隆五十九年(1794)刊本
《迦陵先生填词图题词》.(清)陈淮刻.清乾隆五十九年(1794)刻本
《香影词》.(清)陶元藻撰.清乾隆六十年(1795)刊本
《日知录》.(清)顾炎武撰.清乾隆刻本
《分甘馀话》.(清)王士禛撰.清文渊阁《四库全书》本
《渔洋诗话》.(清)王士禛撰.清文渊阁《四库全书》本
《池北偶谈》.(清)王士禛撰.清文渊阁《四库全书》本

《香祖笔记》.(清)王士禛撰.清文渊阁《四库全书》本

《金鳌退食笔记》.(清)高士奇撰.清文渊阁《四库全书》本

《全唐诗》.(清)曹寅纂.清文渊阁《四库全书》本

《历代诗馀》.(清)沈辰垣等编.清文渊阁《四库全书》本

《板桥集》.(清)郑燮撰.清乾隆清晖书屋刻本

《榕城诗话》.(清)杭世骏撰.清乾隆道光间刻《知不足斋丛书》本

《春巢诗馀》.(清)何承燕撰.清乾隆静者居刻本

《小仓山房诗集》.(清)袁枚撰.清乾隆刻增修本

《羡门山人诗钞》.(清)孙霖撰.清乾隆刻本

《蔗尾诗集》.(清)郑方坤撰.清乾隆刻本

《雨村词话》.(清)李调元撰.清乾隆刻《函海丛书》本

《酌雅斋诗集》.(清)福增格撰.清乾隆刻本

《四库全书总目》.(清)永瑢等撰.中华书局1965年版

《榕园词韵》.(清)吴宁撰.清乾隆刻本

《雪帷韵竹词》.(清)孙锡撰.清乾隆刻本

3. 嘉庆刻本

《全浙诗话》.(清)陶元藻撰.清嘉庆元年(1796)怡云阁刻本

《词林纪事》.(清)徐釚纂.清嘉庆三年(1798)刻本

《国朝词雅》.(清)姚阶辑.清嘉庆三年(1798)刻本(谢章铤批注).福建图书馆藏

《猫乘》.(清)王初桐撰.清嘉庆三年(1798)自刻本

《远春词》.(清)张兴镛撰.清嘉庆四年(1799)刊本

《国朝词综》.(清)王昶纂.清嘉庆七年(1802)王氏三泖渔庄刻增修本

《明词综》.(清)王昶纂.清嘉庆七年(1802)王氏三泖渔庄刻本

《笥河诗集》.(清)朱筠撰.清嘉庆九年(1804)朱珪椒华吟舫刻本

《林太史集》.(清)林兆鲲撰.清嘉庆九年(1804)莆田林泰刻本

《西青散记》.(清)史震林撰.清嘉庆十年(1805)刻本

《存素堂诗初集录存》.(清)法式善撰.清嘉庆十二年(1805)王墉刻本

《惜抱轩文集》.(清)姚鼐撰.清嘉庆十二年(1807)刻本

《春融堂集》.(清)王昶撰.清嘉庆十二年(1807)塾南书舍刻本

《简松草堂诗集》.(清)张云璈撰.清嘉庆十二年(1807)刻本

《颐道堂文钞》.(清)陈文述撰.清嘉庆十二年(1807)刻道光增修本

《香草笺偶注》.(清)黄任撰.寄闻轩主人注.清嘉庆十三年(1808)刻本

《鹤徵录》.(清)李集撰.清嘉庆十五年(1810)漾葭老屋刻本

《稼门诗钞》.(清)汪志伊撰.清嘉庆十五年(1810)刻后印本

《曝书亭集词注》.(清)朱彝尊撰.李富孙注.清嘉庆十九年(1814)校经庼刻本

《留春草堂诗钞》.(清)伊秉绶撰.清嘉庆十九年(1814)秋水园刻本

《青芝山馆诗集》.(清)乐钧撰.清嘉庆二十二年(1817)刻后印本

《断水词》.(清)乐钧撰.清嘉庆二十二年(1817)刻后印本

《翠薇花馆词》.(清)戈载撰.清嘉庆刻八卷本.清嘉庆二十三年(1818)刻十七卷本.清嘉庆刻十九卷本.清嘉庆二十三年(1818)刻二十七卷本

《四明近体乐府》.(清)袁钧辑.清嘉庆二十三年(1818)刻本

《熙朝新语》.(清)余金撰.清嘉庆二十三年(1818)刻本

《足本灵芬馆全集》.(清)郭麐撰.清嘉庆二十四年(1819)刻本

《鉴止水斋集》.(清)许宗彦撰.清嘉庆二十四年(1819)德清许氏家刻本

《生香馆词》.(清)李佩金撰.清嘉庆二十四年(1819)刻本

《兰社诗略》.(清)林滋秀辑.吴翊凤审定.清嘉庆二十四年(1819)刻本

《双鸳祠传奇》.(清)仲振履撰.清嘉庆二十五年(1820)刊本

《静志居诗话》.(清)朱彝尊撰.清嘉庆扶荔山房刻本

《饮水词钞》.(清)纳兰性德撰.(清)袁通选录.清嘉庆随园刻本

《裘文达公诗集》.(清)裘曰修撰.清嘉庆刻本

《吞松阁集》.(清)郑虎文撰.清嘉庆刻本

《十驾斋养新录》.(清)钱大昕撰.清嘉庆刻本

《瓜棚避暑录》.(清)孟超然撰.清嘉庆刻《亦然亭全集》本

《知足斋集》.(清)朱珪撰.清嘉庆刻增修本

《拜经楼诗话》.(清)吴骞撰.清嘉庆刻《愚穀丛书》本

《三松堂集》.(清)潘奕隽撰.清嘉庆刻本

《紫霞巾传奇》.(清)陈烺撰.清嘉庆刻本

《瞥记》.(清)梁玉绳撰.清嘉庆刻《清白士集》本

《有正味斋词集》.(清)吴锡麒撰.清嘉庆、道光、咸丰、同治刻《有正味斋诗集》本.清乾隆刻《琴画楼词钞》本

《更生斋诗馀》.(清)洪亮吉撰.清嘉庆刻《更生斋诗集》本

《三影阁筝语》.(清)张云璈撰.清嘉庆刻本

《桐华吟馆词稿》.(清)杨揆撰.清嘉庆刻本

《两浙𬨎轩录》.(清)阮元辑.清嘉庆刻本

《莲子居词话》.(清)许宗彦撰.清嘉庆刻本

《香研居词麈》.(清)方成培撰.清嘉庆刻《读画斋丛书》本

《桐花阁词》.(清)吴兰修撰.清嘉庆刻本

《淞南乐府》.(清)杨光辅辑.清嘉庆吴氏听彝堂刻《艺海珠尘》本

《松江衢歌》.(清)陈金浩撰.清嘉庆吴氏听彝堂刻《艺海珠尘》本

4. 道光刻本

《敝帚斋诗集》.(清)何长诏撰.清道光四年(1824)刻本

《校礼堂诗集》.(清)凌廷堪撰.清道光六年(1826)刻本

《真松阁集》.(清)郭麐撰.清道光九年(1829)刊《同岑五家诗钞》本

《词选》.(清)张惠言、张琦合编.清道光十年(1830)宛邻书屋刻本.清同治十一年(1872)章氏重刻本

《续词选》.(清)董毅辑.清道光十年(1830)宛邻书屋刻本

《远志斋词衷》.(清)邹衹谟撰.清道光十年(1830)《赐砚堂丛书新编》本

《种芸仙馆词》.(清)冯登府撰.清道光十二年(1832)刻本.清道光刻本

《本事词》.(清)叶申芗辑.清道光十二年(1832)福州叶氏天籁轩刻本

《纳兰词》.(清)纳兰性德撰.(清)汪元治辑.清道光十二年(1832)刻本

《疏影楼词》.(清)姚燮撰.清道光十三年(1833)上湖草堂刊本.宁波天一阁博物馆藏稿本

《种玉词》.(清)孙家穀撰.清道光十三年(1833)刻本

《澈道人词存》.(清)戴氏撰.清道光十三年(1833)刊本

《真松阁词》.(清)杨夔生撰.清道光十四年(1834)刻本

《小庚词存》.(清)叶申芗撰.清道光十四年(1834)天籁轩刻本

《闽词钞》.(清)叶申芗纂.清道光十四年(1834)福州刊本

《养一斋诗话》.(清)潘德舆撰.清道光十六年(1836)徐宝善刻本

《甲子生梦馀词》.(清)汪适孙撰.清道光十七年(1837)钱唐振绮堂刻本

《湖海文传》.(清)王昶纂.清道光十七年(1837)经训堂刻本

《冬青馆乙集》.(清)张鉴撰.清道光十九年(1839)刻本.清道光二十六年(1846)刻本

《算沙室词钞》.(清)江沅撰.清道光二十年(1840)刻本

《楹联丛话》.(清)梁章钜撰.清道光二十年(1840)桂林署斋刻本

《清惠堂集》.(清)金望欣撰.清道光二十年(1840)刻本

《泼墨轩词》.(清)戴鉴撰.清道光二十三年(1843)刊本

《海天秋角词》.(清)谢元淮撰.清道光二十三年(1843)刊本

《碎金词谱》.(清)谢元淮撰.清道光二十三年(1843)松滋谢氏朱墨套印本

《太乙舟文集》.(清)陈用光撰.清道光二十三年(1843)孝友堂刻本

《铜弦词》.(清)蒋士铨撰.清道光二十三年(1843)《蒋氏四种》本

《忠雅堂文集》.(清)蒋士铨撰.清道光二十三年(1843)《蒋氏四种》本

《桂留山房词集》.(清)沈学渊撰.清道光二十四年(1844)郁松年刻本

《碎金词》.(清)谢元淮撰.清道光二十四年(1844)刻本

《魏伯子文集》.(清)魏际瑞撰.道光二十五年(1845)刻《宁都三魏全集》本

《享帚词》.(清)秦恩复撰.清道光二十五年(1845)刻本

《春草堂集》.(清)谢堃撰.清道光二十五年(1845)刻本

《浪迹丛谈》.(清)梁章钜撰.清道光二十七年(1847)刻本

《洺州唱和词》.(清)沈涛撰.清道光二十七年(1847)刻本

《斫剑词》.(清)刘家谋撰.清道光二十八年(1848)刻本

《养默山房诗馀》.(清)谢元淮撰.清道光二十八年(1848)朱墨套印本

《西湖社诗存》.(清)林寿图等撰.清道光二十八年(1848)刻本

《外丁卯桥居士初稿》.(清)刘家谋撰.清道光二十八年(1848)东洋学署刻《芑川先生合集》本

《闽川闺秀诗话》.(清)梁章钜撰.清道光二十九年(1849)刻本

《思适斋集》.(清)顾广圻撰.清道光二十九年(1849)徐渭仁刻本

《东洋小草》.(清)刘家谋撰.清道光二十九年(1849)福州刊本

《鹤场漫志》.(清)刘家谋撰.清道光二十九年(1849)刻本

《平远堂遗诗》.(清)许赓皞撰.清道光二十九年(1849)刻本

《万竹楼词》.(清)朱和羲撰.清道光三十年(1850)刻本

《辋川诗钞》.(清)王沄纂.清道光三十年(1850)金山钱氏漱石轩《艺海珠尘》本

《荔社纪事》.(清)高兆撰.清道光刻《昭代丛书》本

《花草蒙拾》.(清)王士禛撰.清道光刻《昭代丛书》本

《西河词话》.(清)毛奇龄撰.清道光刻《昭代丛书》本

《秋灯丛话》.(清)戴延年撰.清道光刻《昭代丛书》本

《经韵楼集》.(清)段玉裁撰.清道光刻本

《茗柯词》.(清)张惠言撰.清道光刻《张皋文笺易诠全集》本

《泰云堂文集》.(清)孙尔准撰.清道光刻本

《天籁轩词谱》.(清)叶申芗纂.清道光刻本

《金石综例》.(清)冯登府撰.清道光刻本

《衎石斋纪事稿》.(清)钱仪吉撰.清道光刻本

《春草堂词集》.(清)谢堃撰.清道光刻本

《词林正韵》.(清)戈载纂.清道光翠微花馆刻本

《翠薇雅词》.(清)戈载撰.清道光刻本

《两般秋雨庵随笔》.(清)梁绍壬撰.清道光振绮堂刻本

《曲话》.(清)梁廷枏撰.清道光刻《藤花亭十七种》本

《金台残泪记》.(清)张际亮撰.清光绪刻本
《红椒山馆词选》.(清)张兴镛撰.清道光刊本
《小苏潭词》.(清)谢学崇撰.清道光刻本
《江东词社词选》.(清)秦耀曾等撰.清道光刻本
《萝月词》.(清)许赓皞撰.清道光刻本
《瓶隐山房词》.(清)黄曾撰.清道光刻本
《还初堂词钞》.(清)姚斌桐撰.清道光刻本
《二十四桥吹箫谱》.(清)孙宗礼撰.清道光刻本

5. 咸丰刻本

《惕园初稿》.(清)陈庚焕撰.清咸丰元年(1851)刻本
《小学考》.(清)谢启昆撰.清咸丰二年(1852)刻本
《古春轩词钞》.(清)梁德绳撰.清咸丰二年(1852)重刊本
《评花仙馆合词》.(清)金绳武、汪淑娟撰.清咸丰三年(1853)刻本
《诒安堂诗稿》.(清)王庆勋撰.清咸丰三年(1853)刻五年增修本
《紫云词》.(清)丁炜撰.清咸丰四年(1854)重刊本
《问山文集》.(清)丁炜撰.清咸丰四年(1854)重刊本
《婆梭词》.(清)黄宗彝撰.清咸丰四年(1854)福州刻本
《叩囊韵语》.(清)徐其志撰.清咸丰四年(1854)刻本
《瑞云词》.(清)徐其志撰.清咸丰四年(1854)刻本
《伊嵩室诗集》.(清)王效成撰.清咸丰五年(1855)刻本
《停云阁诗话》.(清)李家瑞撰.清咸丰五年(1855)刻本
《聚红榭雅集词》第一集.(清)谢章铤等撰.清咸丰六年(1856)福州刻本
《冷庐杂识》.(清)陆以湉撰.清咸丰六年(1856)刻本
《两当轩全集》.(清)黄景仁撰.清咸丰八年(1858)黄氏家塾刻本
《寄庐词存》.(清)钱国珍撰.清咸丰十年(1860)刻本
《小石帚生词》附《和姜词》.(清)赵福云撰.清咸丰十年(1860)刻本
《采香词》.(清)杜文澜撰.清咸丰十一年(1861)曼陀罗华阁刻本
《词律校勘记》.(清)杜文澜撰.清咸丰十一年(1861)曼陀罗华阁刻本
《画馀诗钞》.(清)施邦镇撰.清咸丰十一年(1861)亦舫刻本
《游石鼓诗录》.(清)谢章铤编.清咸丰十一年(1861)福州刊本
《笛椽词》.(清)夏宝晋撰.清咸丰刻本
《约园词稿》.(清)赵起撰.清咸丰刻本
《玉井山馆词》.(清)许宗衡撰.清咸丰单刻本
《猫苑》.(清)黄汉撰.清咸丰瓮云草堂刻本

6. 同治刻本

《卓峰草堂集》.(清)符兆纶撰.清同治元年(1862)刻本

《吴江旅啸》.(清)安致远撰.清同治二年(1863)重刻本

《过存诗略》.(清)谢章铤等撰.清同治二年(1863)刻本

《聚红榭雅集词》第二集.(清)谢章铤等撰.清同治二年(1863)福州刻本

《琴寄斋诗剩》.(清)李应庚撰.清同治三年(1864)刻本

《存悔斋诗钞》.(清)林其年撰.清同治三年(1864)福州刻本

《榑洲词》.(清)勒方锜撰.清同治四年(1865)刻本

《惜抱轩诗后集》.(清)姚鼐撰.清同治五年(1866)刻《惜抱轩全集》本

《万竹楼词选》.(清)朱和羲撰.清同治五年(1866)刻本

《梦春庐词》附《早花集》.(清)李贻德、吴筠撰.清同治六年(1867)刻本

《听秋声馆词话》.(清)丁绍仪撰.清同治八年(1869)刻本

《愿为明镜室词稿》.(清)江顺诒撰.清同治八年(1869)刊本.清同治十二年(1873)仲春重校梓本

《绿云仙馆诗稿》附《玉镜台词》.(清)温启封撰.清同治九年(1870)刻本

《耳食录》.(清)乐钧撰.清同治十年(1871)重刊本

《转蕙轩骈文稿》.(清)谢质卿撰.清同治十一年(1872)刻本

《蕉轩随录》.(清)方浚师撰.清同治十一年(1872)刻本

《词律拾遗》.(清)徐本立撰.清同治十二年(1873)刻本

《国朝词综续编》.(清)黄燮清辑.清同治十二年(1873)刻本

《水云楼词续》.(清)蒋春霖撰.清同治十二年(1873)刻本

《金壶浪墨》.(清)黄钧宰撰.清同治十二年(1873)刻本

《汲古阁刻板存亡考》.(清)荥阳悔道人撰.清同治十三年(1874)刻《小石山房丛书》本

《鲒埼亭集》.(清)全祖望撰.清同治刻本

《屺云楼诗话》.(清)刘存仁撰.清同治闽侯林氏刊本

《清淮词》.(清)汤成烈撰.清同治刻本

《艺概》.(清)刘熙载撰.清同治刻《古桐书屋六种》本

《桐华馆词》附《锄梅馆词》、《寿砚山房词》.(清)曹毓秀、曹毓英、曹景芝撰.清同治刻本

7. 光绪刻本

《转蕙轩词》.(清)谢质卿撰.清光绪元年(1875)刻本

《适龛诗集》.(清)彭湘撰.清光绪元年(1875)刻本

《宛羽堂诗钞》.(清)徐一鹗撰.清光绪二年(1876)刻本
《屺云楼文钞》.(清)刘存仁撰.清光绪四年(1878)福州刊《屺云楼全集》本
《影春园词》.(清)刘存仁撰.清光绪四年(1878)福州刊《屺云楼全集》本
《止园笔谈》.(清)史梦兰撰.清光绪四年(1878)刻本
《圭庵诗录》.(清)吴观礼撰.清光绪五年(1879)刻本
《灵芬馆词》.(清)郭麐撰.清光绪五年(1879)许增刻本
《百萼红词》.(清)吴鼒撰.清光绪五年(1879)重刊本
《灵芬馆杂著》.(清)郭麐撰.清光绪九年(1883)蛟川张氏刻本
《雪青阁集》.(清)谢维藩撰.清光绪九年(1883)刻本
《秣陵集》.(清)陈文述辑.清光绪十年(1884)刻本
《赌棋山庄文集》.(清)谢章铤撰.清光绪十年(1884)南昌刻本
《芬陀利室词集》.(清)蒋敦复撰.清光绪十一年(1885)王韬淞隐庐刻本
《云左山房诗钞》.(清)林则徐撰.清光绪十二年(1886)刻本
《清经世文编》.(清)贺长龄辑.清光绪十二年(1886)思补楼重校本
《竹间十日话》.(清)郭柏苍撰.清光绪十二年(1886)侯官郭氏刻本
《茶馀客话》.(清)阮葵生撰.清光绪十四年(1888)刻本
《本事诗》.(清)徐釚撰.清光绪十四年(1888)徐氏刻本
《邃怀堂全集》.(清)袁翼撰.清光绪十四年(1888)袁镇嵩刻本
《赌棋山庄诗集》.(清)谢章铤撰.清光绪十四年(1888)福州刻本
《酒边词》.(清)谢章铤撰.清光绪十五年(1889)《赌棋山庄所著书》本
《芙蓉山馆全集》.(清)杨芳灿撰.清光绪十七年(1891)活字本
《赌棋山庄文续》.(清)谢章铤撰.清光绪十八年(1892)福州刻本
《木兰山馆词》.(清)梁履将撰.清光绪十八年(1892)赌棋山庄刊本
《忆云词甲乙丙丁稿》.(清)项鸿祚撰.清光绪十九年(1893)许增榆园刻本
《白雨斋词话》.(清)陈廷焯撰.清光绪二十年(1894)刻本
《写经斋文稿》.(清)叶大庄撰.清光绪二十一年(1895)刻《写经斋全集》本
《闽川闺秀诗话续编》.(清)丁芸撰.清光绪二十二年(1896)刻本
《国朝常州词录》.(清)缪荃孙校辑.清光绪二十二年(1896)云自在龛刻本
《小檀栾室汇刻闺秀词》.(清)徐乃昌辑.清光绪二十二年(1896)徐氏刻本
《定庵词》.(清)龚自珍撰.清光绪二十三年(1897)万本书堂刻本
《定庵全集》.(清)龚自珍撰.清光绪二十三年(1897)万本书堂刻本
《赌棋山庄文又续》.(清)谢章铤撰.清光绪二十四年(1898)刻本
《课馀续录》.(清)谢章铤撰.清光绪二十六年(1900)福州刻本
《稗贩杂录》.(清)谢章铤纂.清光绪二十七年(1901)《赌棋山庄笔记合刻》本

《藤阴客赘》.(清)谢章铤撰.清光绪二十七年(1901)《赌棋山庄笔记合刻》本

《考功词》.(清)郑守廉撰.清光绪二十八年(1902)刻本

《壮怀堂诗》.(清)林直撰.清光绪三十一年(1905)羊城刻本

《国朝书人辑略》.(清)震钧撰.清光绪三十四年(1908)刻本

《七颂堂词绎》.(清)邹祇谟撰.清光绪刻《别下斋丛书》本

《金粟词话》.(清)彭孙遹撰.清光绪刻《别下斋丛书》本

《词苑丛谈》.(清)徐釚撰.清光绪刻《海山仙馆丛书》本

《秦云撷英小谱》.(清)严长明、曹仁虎、钱坫撰.清光绪至宣统刻《双楳景闇丛书》本

《北江诗话》.(清)洪亮吉撰.清光绪授经堂刻《洪北江全集》本.清道光至光绪间刻《粤雅堂丛书》本

《瞻衮堂集》.(清)袁钧撰.清光绪刻本

《称谓录》.(清)梁章钜撰.清光绪刻本

《曝书杂记》.(清)钱泰吉撰.清光绪刻《别下斋丛书》本

《南浦秋波录》.(清)张际亮撰.清光绪刻本

《秦川焚馀草》.(清)董平章撰.清光绪刻本

《国朝词综补》.(清)丁绍仪辑.清光绪刻前五十八卷本

《词学集成》.(清)江顺诒纂.清光绪刻本

《寒松阁词》.(清)张鸣珂撰.清光绪刻本

《复堂日记》.(清)谭献撰.清光绪间仁和谭氏刻《半厂丛书续编》本

《郎潜纪闻》.(清)陈康祺撰.清光绪刻本

《两浙辅轩续录》.(清)潘衍桐撰.清光绪刻本

《粟香随笔》.(清)金武祥撰.清光绪刻本

8. 宣统刻本

《爱日吟庐书画录》.(清)葛金烺撰.清宣统二年(1910)葛氏刻本

《艺风堂文续集》.(清)缪荃孙撰.清宣统二年(1910)刻民国二年(1913)印本

《灯昏镜晓词》.(清)宋谦撰.清宣统二年(1910)铅印本

《剑怀堂诗草》.(清)宋谦撰.清宣统二年(1910)铅印本

《傅青主先生年谱》.(清)丁宝铨撰.清宣统三年(1911)刻本

9. 清朝年代不详刻本稿本钞本

《莼乡赘笔》.(清)董含撰.清刻《说铃》本

《延露词》.(清)彭孙通撰.清刻本

《聊斋志异》.(清)蒲松龄撰.清铸雪斋钞本

《数马堂答问》.(清)黄名瓯撰.台湾汉学研究中心藏旧钞本

《藕村词存》.(清)张宗楠撰.清刻本

《小眠斋词》.(清)史承谦撰.清刻《史位存著书》六种本

《泊鸥山房集》.(清)陶元藻撰.清刻本

《花屿词》.(清)储秘书撰.清刻本

《雪中人》.(清)蒋士铨撰.清刻本

《适龛诗稿》.(清)彭湘父撰.清刻本

《巏嵍山人词集》(《杯湖欸乃》3卷收词179阕附北乐府3阕附《羹天阁琴趣》60阕).(清)王初桐撰.清刻本

《巏嵍山人词集》(《杯湖欸乃》3卷收词179阕附北乐府3阕附《杏花村琴趣》60阕).(清)王初桐撰.清刻本

《樾亭杂纂》.(清)林乔荫撰.钞本.国家图书馆藏

《复初斋诗集》.(清)翁方纲撰.清刻本

《瓣香堂诗集》.(清)林正青撰.钞本.福建师范大学图书馆藏

《青柯馆词》.(清)陈朗撰.钞本.南京图书馆藏

《酌雅斋诗馀》.(清)福增格撰.清刻本

《花月痕传奇》.(清)陈烺撰.清刻本

《梅边吹笛谱》.(清)凌廷堪撰.清刻本

《琴清阁词》.(清)杨芸撰.况周颐和校读钞本

《听松庐词钞》.(清)张维屏撰.清刻本

《心日斋词集》.(清)周之琦撰.清刻本

《柳东居士长短句》.(清)冯登府撰.清钞本

《沈梦塘词稿》.(清)沈学渊撰.佚名纂《抄存闽人词十一种》.钞本.上海师范大学图书馆藏.清钞本.福建图书馆藏

《思伯子堂诗集》.(清)张际亮撰.清刻本

《天花丈室诗稿》.(清)梁云镛撰.林熏抄.谢章铤校.清钞本.福建图书馆藏

《铁庵词甲稿》.(清)黄锡庆撰.清刻本

《空青馆词稿》.(清)边浴礼撰.清刻本

《轩霞词》.(清)王效成撰.清刻本

《鹦鹉帘栊词钞》.(清)潘曾莹撰.清刻本

《玉井山馆诗馀》.(清)许宗衡撰.清刻本

《竹情斋诗话》.(清)何轩举撰.钞本.福建图书馆藏

《夜识斋剩稿》.(清)沈葆桢撰.清刻本

《不暇懒斋诗钞》.(清)黄鹤龄撰.钞本.福建图书馆藏

《赌棋山庄备忘杂录》.(清)谢章铤纂.稿本.福建图书馆藏

《说文大小徐本录异》.(清)谢章铤撰.稿本.国家图书馆藏

《赌棋山庄文见录》.(清)谢章铤撰.(清)石介编.稿本.吉林图书馆藏

《赌棋山庄诗见录》.(清)谢章铤撰.(清)石介编.稿本.吉林图书馆藏

《黄陶楼日记》.(清)黄彭年撰.稿本.国家图书馆藏

《黄陶楼杂钞》.(清)黄彭年撰.稿本.国家图书馆藏

10. 民国刻本钞本

《金粟如来诗龛集》.(清)翁时稺撰.民国六年(1917)刻本

《香雪词钞》.(清)王策撰.民国七年(1918)扫叶山房石印本

《滓虚词》.(清)王铬撰.民国八年(1919)五月思益旬刊社排印本

《柳塘词话》.(清)沈雄撰.民国十年(1921)《词话丛钞》本

《非半室词存》.(清)刘勷撰.民国十年(1921)铅印本

《陶楼文钞》.(清)黄彭年撰.民国十二年(1923)刻本。

《赌棋山庄馀集》.(清)谢章铤撰.民国十四年(1925)刻本

《明僮续录》.(清)殿春生撰.《清代燕都梨园史料》.张次溪辑.台湾学生书局 1965 年版

《燕兰小谱》.(清)西湖安乐山樵撰.《清代燕都梨园史料》.张次溪编.台湾学生书局 1965 年版

《怀芳记》.(清)萝摩庵老人撰.(清)麋月楼主附注.《清代燕都梨园史料》.张次溪辑.台湾学生书局 1965 年版

《闽词徵》.(清)林葆恒纂.民国二十年(1931)忉庵刊本

《复堂日记补录》.(清)谭献撰.(民国)徐彦宽辑.民国二十年(1931)《念劬庐丛刻初编》铅印本

《操风琐录》.(清)刘家谋著.民国二十六年(1937)传钞本.福建省图书馆藏.精钞本(年代不详).厦门图书馆藏

《萍缘小记》.(清)游大琛撰.松竹斋钞本.民国二十九年(1940)沈祖牟题跋.福建图书馆藏

《九宫谱定》.(清)查继佐撰.《新曲苑》.任讷辑.民国二十九年(1940)刻本

《雪桥诗话馀集》.(清)杨钟羲撰.民国刻《求恕斋丛书》本

《馡云词》.(清)钱恩棨撰.民国刻《沧江乐府》本

《花间集》.(五代·后蜀)赵崇祚纂.民国刻《四部丛刊》景明万历刊巾箱本

《文心雕龙》.(南朝·梁)刘勰撰.民国刻《四部丛刊》景明嘉靖刊本

《陈迦陵文集》.(清)陈维崧撰.民国刻《四部丛刊》景清本

《曝书亭集》.(清)朱彝尊撰.民国刻《四部丛刊》景清康熙本

《渔洋山人精华录》.(清)王士禛撰.民国刻《四部丛刊》景林佶写刻本

《樊榭山房集》.(清)厉鹗撰.民国刻《四部丛刊》景清振绮堂本

《渔洋山人自撰年谱》.(清)王士禛撰.民国刻《四部备要》本

《国朝湖州词录》.(清)朱祖谋辑.民国刻吴兴刘氏嘉业堂刊本

《卓峰草堂诗钞》.(清)符兆纶撰.民国铅印本

《松龛文集》.(清)徐继畬撰.民国刻《山右丛书初编》本

《蕙风词话》.(清)况周仪撰.民国刻《惜阴堂丛书》本

《夜谭随录》.(清)和邦额撰.民国刻《笔记小说二十种》本

11. 建国后刊本钞本

《窾启吟草》.(清)游大琛撰.黄寿祺题跋.1964 年钞本.福建师范大学图书馆藏

《风尘呓语》.(清)游大琛撰.黄寿祺题跋.1965 年钞本.福建师范大学图书馆藏

《林锡三先生遗稿》.(清)林天龄撰.1973 年据原稿钞本.福建师大图书馆藏

《钦定词谱》.(清)王奕清等纂.中国书店 1983 年版

《东皋杂钞》.(清)董潮纂.《丛书集成初编》.王云五主编.中华书局 1985 年版

《诗经乐谱》.(清)清高宗敕撰.《丛书集成初编》.王云五主编.中华书局 1985 年版

《填词杂说》.(清)沈谦撰.《词话丛编》.唐圭璋编.中华书局 1986 年版

《皱水轩词筌》.(清)贺裳撰.《词话丛编》.唐圭璋编.中华书局 1986 年版

《灵芬馆词话》.(清)郭麐撰.《词话丛编》.唐圭璋编.中华书局 1986 年版

《宋四家词选目录序论》.(清)周济撰.《词话丛编》.唐圭璋编.中华书局 1986 年版

《憩园词话》.(清)杜文澜撰.《词话丛编》.唐圭璋编.中华书局 1986 年版

《论词随笔》.(清)沈祥龙撰.《词话丛编》.唐圭璋编.中华书局 1986 年版

《近词丛话》.(清)徐珂撰.《词话丛编》.唐圭璋编.中华书局 1986 年版

《淞南乐府》.(清)杨光辅辑.许敏、吕素勤标点.上海古籍出版社 1989 年版

《我见录》.(清)谢章铤纂.《赌棋山庄稿本》.(清)谢章铤著.陈庆元编.江苏古籍出版社 2000 年版

《乐此不疲随笔》.(清)谢章铤撰.《赌棋山庄稿本》.(清)谢章铤著.陈庆元编.江苏古籍出版社2000年版

《魏秀仁杂著钞本》.(清)魏秀仁撰.陈庆元编.江苏古籍出版2000年版

《曲海序目》.(清)黄文旸撰.《扬州画舫录》.(清)李斗撰.周春东注.山东友谊出版社2001年版

《柳如是集》.(清)柳如是撰.周书田、范景中辑校.中国美术学院出版社2002年版

《书连屋词》.(清)王度撰.《全清词》(顺康卷).南京大学中文系编.中华书局2002年版

《香胆词选》.(清)万树撰.《全清词》(顺康卷).南京大学中文系编.中华书局2002年版

《逢原斋诗文钞》.(清)华文漪撰.陈盛奖点校.上海古籍出版社2005年版

《词综补遗》.(清)林葆恒纂.张璋整理.上海古籍出版社2005年版

《雨村剧话》.(清)李调元撰.《历代曲话汇编》.俞为民、孙蓉蓉编.黄山书社2008年版

(七)民国人著述

《闺秀百家词选》.(民国)吴灏纂.民国扫叶山房石印本

《晚晴簃诗汇》.(民国)徐世昌辑.民国退耕堂刻本

《清代燕都梨园史料事略》.(民国)张次溪撰.《清代燕都梨园史料》.(民国)张次溪辑.台湾学生书局1965年版

《清词玉屑》.(民国)郭则沄纂.民国二十五年(1936)蛰园校刊本

《乐府指迷笺释》.(民国)蔡嵩云笺释.人民文学出版社1963年版

《申报》.上海申报馆编辑.台湾学生书局1965年版

《竹间续话》.(民国)郭白阳撰.郭氏稿本传钞本.福建图书馆藏

《耑斋丛书》.(民国)沈祖牟辑.钞本.福建图书馆藏

五、今人著作

《全宋词》.唐圭璋编.中华书局1965年版

《中国戏曲发展史纲要》.周贻白著.上海古籍出版社1979年版

《全金元词》.唐圭璋编.中华书局1979年版

《清代职官年表》.钱实甫编.中华书局1980年版

《姜白石词编年笺校》.夏承焘撰.上海古籍出版社1981年版

《中国文学家大辞典》.谭正璧著.上海书店1981年版

《林则徐年谱》.来新夏著.上海人民出版社 1981 年版

《词苑丛谈校笺》.(清)徐釚撰.王百里校笺.人民文学出版社 1988 年版

《唐宋词通论》.吴熊和著.浙江古籍出版社 1989 年版

《中国文学家大辞典》(唐五代卷).周祖譔主编.中华书局 1992 年版

《清代朱卷集成》.顾廷龙主编.成文出版社 1992 年版

《福建名人词典》.刘德城、周羡颖主编.福建人民出版社 1995 年版

《中国历史地名大辞典》.魏嵩山主编.广东教育出版社 1995 年版

《近现代词纪事会评》.严迪昌著.黄山书社 1995 年版

《福建文学发展史》.陈庆元著.福建教育出版社 1996 年版

《中国文学家辞典》(先秦汉魏晋南北朝卷).曹道衡、沈玉成编撰.中华书局 1996 年版

《中国词学大辞典》.马兴荣、吴熊和、曹济平主编.浙江教育出版社 1996 年版

《韩愈全集校注》.屈守元、常思春主编.四川大学出版社 1996 年版

《近代词钞》.严迪昌纂.江苏古籍出版社 1996 年版

《清词别集知见目录汇编》.吴熊和.严迪昌.林玫仪合编.台湾"中央研究院"中国文哲研究所筹备处 1997 年版

《清代官员履历档案全编》.秦国经主编.华东师范大学出版社 1997 年版

《夏承焘集》.夏承焘著.浙江古籍出版社、浙江教育出版社 1998 年版

《中国历代词学论著选》.陈良运主编.百花洲文艺出版社 1998 年版

《北京图书馆藏珍本年谱丛刊》.北京图书馆编.书目文献出版社 1999 年版

《清词史》.严迪昌著.江苏古籍出版社 1999 年版

《清人别集总目》.李灵年、杨忠主编.安徽教育出版社 2000 年版

《弹指词笺注》.(清)顾贞观撰.张秉戍笺注.北京出版社 2000 年版

《清代著名文学家林嗣环》.林元朱主编.人民日报出版社 2001 年版

《柳如是别传》.陈寅恪著.三联书店 2001 年版

《浙江古今人物大辞典》.单锦珩总主编.江西人民出版社 2001 年版

《清诗史》.严迪昌著.浙江古籍出版社 2002 年版

《全清词》(顺康卷).南京大学中文系编.中华书局 2002 年版

《清人诗文集总目提要》.柯愈春著.北京古籍出版社 2002 年版

《明词史》.张仲谋著.人民文学出版社 2002 年版

《宋词大辞典》.王兆鹏、刘尊明主编.凤凰出版社 2003 年版

《中国历代画家人名辞典》.朱铸禹著.人民美术出版社 2003 年版

《龙树寺与宣南诗社》.李明哲、李珂著.北京燕山出版社 2003 年版

《全明词》.饶宗颐初纂.张璋总纂.中华书局 2004 年版

《唐宋词综论》.刘尊明著.中国社会科学出版社 2004 年版

《近代词人考录》.朱德慈著.中国社会科学出版社 2004 年版

《词调名辞典》.吴藕汀、吴小汀撰.上海书店出版社 2005 年版

《全清散曲》.谢伯阳、凌景埏编.齐鲁书社 2006 年增补版

《宋词题材研究》.许伯卿著.中华书局 2007 年版

《中国历史大辞典》(音序本).郑天挺、吴泽、杨志玖主编.上海世纪出版股份有限公司、上海辞书出版社 2007 年版

《唐宋词审美文化阐释》.杨柏岭著.黄山书社 2007 年版

《两宋词人丛考》.王兆鹏、王可喜、方星移著.凤凰出版社 2007 年版

《宋金元词话全编》.邓子勉纂.凤凰出版社 2008 年版

《纳兰词笺注》.(清)纳兰性德撰.张草纫笺注.上海古籍出版社 2008 年修订本

《谢章铤集》.(清)谢章铤著.陈庆元主编.吉林文史出版社 2009 年版

《中国小说史略》.鲁迅著.中华书局 2010 年版

六、今人论文

《〈刘宾客嘉话录〉的校辑与辨伪》.唐兰著.《文史》第 4 辑.中华书局 1965 年版

《红巾军起义大事记》.曾万文著.《顺昌文史资料》第 1 辑.政协顺昌县委员会文史组、《顺昌县志》编写组编.1982 年内部发行本

《清代南台两个诗人翁时稺、李应庚》.林恩燕著.《台江文史资料》第 7 辑.政协福州市台江区委员会编.1991 年内部印行本

《黄燮清年谱》.陆萼庭著.《清代戏曲家丛考》.陆萼庭著.学林出版社 1995 年版

《艺苑奇珍〈十咏图〉》.周笃文著.《文学遗产》1996 年第 4 期

《魏秀仁及其杂著》.陈庆元著.《魏秀仁杂著钞本》.(清)魏秀仁撰.陈庆元编.江苏古籍出版社 2000 年版

《从刘家谋诗看道咸年间台湾社会之状况——记刘家谋及其〈观海集〉和〈海音诗〉》.汪毅夫著.《台湾研究集刊》2002 年第 4 期

《朱淑真研究述评》.魏秀琪著.《阜阳师范学院学报》2002 年第 6 期

《论杜文澜的词学主张与创作》.沙先一著.《苏州大学学报》2003 年第 4 期

《〈赌棋山庄诗集〉稿本研究》.陈庆元著.《中华文史论丛》第 73 辑.上海古

籍出版社 2003 年版

《清代文学家、教育家林滋秀》.周瑞光著.《福鼎文史》第 23 辑.福鼎市政协学习和文史资料委员会编.2004 年 6 月内部资料版

《福鼎近代文艺名人》.谢兴国著.《福鼎文史》第 23 辑.福鼎市政协学习和文史资料委员会编.2004 年 6 月内部资料版

《谢肇淛著述考》.陈庆元著.《广西师范大学学报》2005 年第 1 期

《晚明诗人徐𤊹论——兼论荆山徐氏业儒与文学之兴衰》.陈庆元著.《中国文化研究》2006 年秋之卷

《聚红榭唱和考论》.刘荣平著.《福建师范大学学报》2006 年第 3 期

《聚红榭著述二种——稿本〈墨沛词〉和钞本〈弦外词〉》.刘荣平著.《古籍研究》2006 年卷下

《王紫稼生卒年考》.程宇昂著.《韶关学院学报》2007 年第 8 期

《张际亮年谱简编》.王飚著.《思伯子堂诗文集》.(清)张际亮撰.王飚校点.上海古籍出版社 2007 年版

《谢肇淛年表》.陈庆元著.《闽江学院学报》2009 年第 1 期

《“务头”再探》.车文明著.《文艺研究》2009 年第 2 期

《郑振铎与松江三掘夏允彝墓》.华振鹤著.《钟山风雨》2009 年第 2 期

《潘昂霄〈金石例〉小考》.慈波著.《江西科技师范学院学报》2009 年第 3 期

《张有〈复古编〉为匡正王安石〈字说〉而著考略》.王珏著.《宁夏社会科学》2009 年第 4 期

《谢章铤年谱》.陈昌强著.《谢章铤集》.(清)谢章铤撰.陈庆元主编.吉林文史出版社 2009 年版

《沈谦年谱》.汪超宏著.《明清浙籍曲家考》.汪超宏著.浙江大学出版社 2009 年版

《清代农民女词人贺双卿研究综论》.李金坤著.《中国韵文学刊》2010 年第 2 期

《林古度年表》.陈庆元著.《南京师范大学文学院报》2010 年第 4 期

《徐𤊹的〈红云社约〉与红云社——晚明文人雅集之一例》.陈庆元著.《上海大学学报》2010 年第 6 期

后 记

昔年沪上从邓乔彬先生求学时，曾读到谢章铤《赌棋山庄词话》及其《续编》，感觉此书真气弥满，有许多作者词学活动的实录，大不类晚清众多的论词之书。只是当时学力浅薄，时有读不懂之处。但此书时时盘踞在脑海之中，未曾与我分离。后来赴厦门大学工作，知谢氏大量稿本及朋辈间往还书札尚存福建，每有空即查阅，间有所得，就在《词话丛编》本上批注一二，渐渐有些积累，遂有给全书作笺注的想法。2008 年申请福建社科课题时，即报以《〈赌棋山庄词话〉笺注》一题，幸运获批。经过两年时间的苦熬，终于完成课题研究。一旦着手笺注，即发现困难重重。谢氏是治学严肃的学者，比较讲究学术规范。但他也有同时代学者的通病，即在引证文献时，好笔削原文，或修改字句，或删节原文，或刻意改动，且引文时有不指明出处。这就使得最初只作笺注的想法，不太现实，于是就想作校注。既作校注，就要逐一查阅谢氏《词话》所引原文。谢氏《词话》篇幅甚巨，引证资料广博，经史子集随手拈来，这从本书的参考书目中即可见一斑。为求得谢氏所引文献之原书，我先后 20 多次外出查阅资料，足迹到过北京、上海、南京、福州、武汉、温州等地，幸赖各地图书馆同志细腻检书，才有可能完成此项工作。

陈庆元先生始终关注本书的写作。他整理的数种福建古代名人的稿本著作，每种都能引来成规模的研究，甚至海外学者也参加进来。我正是在他影响之下，投身到福建地域文学的研究之中。陈先生宽容温和的目光中总是充满鼓励，使我不知不觉中多了一些战胜困难的勇气。2009 年 9 月，正当本书结稿之际，陈先生托胡旭教授捎来了他主编的《谢章铤集》，提供了一些有价值的线索，使课题研究得以更好的深入。这是我特别要感谢的。

我还要特别感谢我的硕士导师王兆鹏先生。王师以研究词学享誉海内外，十馀年来，只要是学问方面的事情，王师总是有求必应，有信必复。数年前，葛渭君方家欲纂词话，中有《谢章铤词话补辑》一项，托王师介人辑录，王师把此项任务交与我，我和研究生王信霞君及时完成。这次辑录经历，也是我申请课题的一个原由。本书附录中已收入《补辑》，并做了部分校注。在本书的写作过程中，我得到了王伟勇、张宏生、王毓红、刘建萍、王昊、黄季鸿、许博、陈红秋、陈建男、陈昌强、祁宁锋、邸晓平、廖哲平等先生和女士的支持，谨致谢意！课题结项时，我曾请王兆鹏、陈庆元、吴在庆三位擅长古籍研究的专家做鉴定人。他们在肯定本书取得的成绩的同时，也提出了极好的修改意见。我按照他们的意见作了认真的修改，非常感谢他们严谨细腻的评审。

责编王依民先生认真审读全稿，提出了许多宝贵的修改意见，使我减少了一些失误。研究生江卉、赵瑞华协助完成了全书校对工作，我均铭感在心。

谢氏藏书3000馀种，抄书200馀种，卒后很快散佚。（据荷笔《谢章铤藏书》，《福建日报》1994年10月18日刊。）谢氏在写作《词话》时所看到的资料，今天基本能寻觅得到，而谢氏稿本和朋辈间来往的手札，只能寻到一部分，因而本书的写作不可避免地会出现失误，敬请读者批评指正。兹附我的电子信箱：liurongping123@163.com。

2009年9月10日 初稿

2010年2月10日 再稿

2010年12月12日 终稿

2013年6月4日 记

附录:课题评审专家鉴定评语

王兆鹏教授鉴定评语

这是一部下了苦功夫、大工夫的著作,也是一部有很高学术含量的笺注之作。

一般词话著作的校注,是找同一书的若干版本进行文字异同正误的校勘,对其中的语词和所涉人、事、地、典章制度等进行笺注。而《〈赌棋山庄词话〉校注》的作者却自找苦吃,不仅校文字的异同,还要校引文的来源出处,注所涉词人的生平行事和所引词句的原作,这就大大增加了校注的难度。清人词话著作,是有著有述,"著",是自己立言,而"述",则是代人立言,引述前人的观点或作品予以评论。《赌棋山庄词话》规模甚大,正续凡十七卷,所引清人词论词作不计其数,要一一寻检出其所引词论和词作的来源出处,殊非易事。虽然清人词话有《词话丛编》可资利用,清人词作有《全清词·顺康卷》可资查寻,但《赌棋山庄词话》所引词话词论多为《词话丛编》所不载;所引词作,也多为《全清词·顺康卷》所未收,这就要求校注者必须一一寻检清人诗文别集、词别集、相关总集和其他史部子部的著述,从而准确寻检出《赌棋山庄词话》所引词论词作来源,使读者了解其原始面貌。这样的工作难度,非一般注释可比。该书所附《参考书目》多达六百种,其中大多数是一般读者不经见的清代典籍,足见校注者用力之勤,用功之苦。

《〈赌棋山庄词话〉校注》对引文的核实、校勘、辩误以及补笺、辑佚,大大提升了原书的文献价值和使用价值,对研究清代词学理论批评和清代词史具有重要的参考价值,对编纂《全清词》后续部分也有参考意义。

陈庆元教授鉴定评语

《赌棋山庄词话》是近代闽人谢章铤所著的一部很有影响的重要词话。长期以来，福建省内高校和研究机构对整理和研究闽人文献缺乏兴趣，除了林则徐等少数杰出人物之外，成果寥寥，这和福建这样一个文化大省的地位很不相称。刘荣平博士的研究填补了这方面的空白，值得赞许。

对古籍进行校注，最重要的是找寻版本资料，这方面作者花了许多的心血，跑了国内许多大小图书馆，查阅图书数百种，其中有不少善本、稿本、抄本。作者所得的资料是依靠手抄积累起来的，非常不容易。

由于清中叶及晚清的大多词集尚未整理出版，研究缺失，《赌棋山庄词话》中的不少词家、词作的注释存在相当大的难度，作者反复查找、排比，注释精准可靠。

本成果的文字表达简练准确，要言不烦。

总之，本成果是优秀的研究成果，是优秀古籍整理与研究的成果。

建议省社科规划办今后多多鼓励和支持类似的古籍整理和研究成果。

吴在庆教授鉴定评语

闽人谢章铤的《赌棋山庄词话》是一部清代的重要词话，其中记载了大量的闽籍词人的文学活动、词学观点理论和词作，具有丰富的词学思想，是了解有清一代词学创作、词学理论以及闽人词学状况及其发展的重要文献。《〈赌棋山庄词话〉校注》以清光绪十年刻本为底本进行校勘，其校勘不仅有文字的比勘，尤为用力的在于找出原文所引用的文献资料、词话词作，以及与其相近的内容观点的文献进行不计烦琐的细致周密的比照，指出其来源之所自、文字之异同乃至讹误之处。这一艰苦的笺校成果具有很高的学术价值与实用价值，不仅让读者明了著者谢章铤的词学思想发展变化的过程，并使认识更臻准确深入。其校注引用了大量的古今文献资料，乃至今人的著作文章，遂使极为繁杂的大量语词和历史人物、词家得到具体准确的阐释，有助于读者更深入准确地解读谢章铤词话。总之，这一校注具有严谨、细致、深入、准确的特色，是一部合乎校注规范，具有很高学术价值与实用价值的著作。

图书在版编目(CIP)数据

赌棋山庄词话校注/刘荣平校注.—厦门:厦门大学出版社,2013.6
ISBN 978-7-5615-4685-7

Ⅰ.①赌…　Ⅱ.①刘…　Ⅲ.①词话-作品集-中国-清代②《赌棋山庄词话》-注释
Ⅳ.①I207.23

中国版本图书馆 CIP 数据核字(2013)第 132202 号

厦门大学出版社出版发行
(地址:厦门市软件园二期望海路 39 号　邮编:361008)
http://www.xmupress.com
xmup @ xmupress.com
沙县方圆印刷有限公司印刷
2013 年 6 月第 1 版　2013 年 6 月第 1 次印刷
开本:787×1092　1/16　印张:32.25　插页:2
字数:596 千字　印数:1～2 000 册
定价:80.00 元
本书如有印装质量问题请直接寄承印厂调换